BASTEI
LÜBBE
TASCHENBUCH

Über die Autorin

Marie Lamballe wurde in Hannover geboren. Ihre Liebe zu Frankreich entdeckte sie bereits früh; sie studierte Französisch und begann schon kurz nach dem Studium mit dem Schreiben. Inzwischen lebt die Mutter zweier erwachsener Kinder in der Nähe von Frankfurt. Ihre Ideen kann sie am besten in ihrem Lieblingscafé entwickeln.

Marie Lamballe

Das tiefe Blau des Meeres

Roman

BASTEI
LÜBBE
TASCHENBUCH

BASTEI LÜBBE TASCHENBUCH
Band 17188

MIX
Papier aus verantwortungsvollen Quellen
FSC® C014496
www.fsc.org

Dieser Titel ist auch als E-Book erschienen

Originalausgabe

Textredaktion: Ulrike Strerath-Bolz, Friedberg
Titelillustration: © shutterstock/haraldmuc; © shutterstock/Chantal de Bruijne; © shutterstock/Capture Light; © iStockphoto/Piepereit; © iStockphoto/Piepereit
Umschlaggestaltung: Kirstin Osenau
Satz: two-up, Düsseldorf
Gesetzt aus der Caslon
Druck und Verarbeitung: GGP Media GmbH, Pößneck
Printed in Germany
ISBN 978-3-404-17188-0

3 5 7 6 4

November 1939

Das Meer tobte und warf das kleine Boot auf den nachtschwarzen Wogen hin und her. Ein lärmendes, zischendes Inferno, düster, eiskalt und tödlich. Margot saß in der winzigen Kajüte des Fischerbootes, klammerte sich mit beiden Händen an der hölzernen Bank fest und starrte durch das Fenster in die dunkelgrauen Fluten der Nordsee. Die Sicht war verschwommen, weil das Fenster unablässig von schaumiger Gischt benetzt wurde. Umso mehr hörte man das Brüllen und Zischen der See und das Pfeifen des boshaften Nordostwindes. Hin und wieder glitt eine dunkle Gestalt vor dem Fenster vorbei, torkelnd, sich gegen den Wind stemmend, eine Hand an der Reling, um nicht über Bord gerissen zu werden. Das war Jean, der Skipper. Hinten am Steuer stand Claude; wenn er seine Befehle brüllte, drang seine tiefe, raue Stimme sogar durch das Toben der Elemente.

»Jersey!«, brüllte Claude.

»Nie im Leben!«

Das war Jean, er musste jetzt direkt neben dem Steuermann stehen. Seine Stimme war heller und ein wenig heiser. Er war noch jung, ein drahtiger, rothaariger Normanne.

»Was sonst?«, schrie Claude.

»Herpin!«

»Unmöglich!«

»Herpin! Und dahinter Grouin.«

»Hol's der Teufel!«

»Backbord muss Cécembre liegen!«

Das junge Mädchen in der Kajüte begriff nur wenig von dem, was es hörte, auch hatten Wind und Wetter wohl etliche Worte davongerissen. Doch ihr wurde klar, dass man vom ursprünglichen Kurs abgekommen war. Lag die Insel Jersey nicht südlich von Cherbourg, wo sie in See gestochen waren? Portsmouth an der englischen Küste aber war im Norden. Auf der Karte hatte es so einfach ausgesehen, ein kleiner Sprung nur, mit einem Ruderboot leicht zu schaffen, man hätte sogar schwimmen können. In Wahrheit jedoch lag zwischen ihr und der rettenden englischen Küste ein graues Ungeheuer: ein wütendes, geiferndes Meer, das sich anschickte, sie allesamt zu verschlingen.

»Wegen einer Deutschen …«, vernahm sie wieder Claudes tiefe Stimme. Es klang voller Verachtung und tat weh. Früher war sie immer stolz darauf gewesen, eine Deutsche zu sein. Früher, als sie noch nicht wusste, dass es zwei Sorten Deutsche gab.

»Hättest es ja auch lassen können.«

»Aus reiner Gutmütigkeit …«

»Tatsächlich? Und das Geld?«

»Lohnt nicht, dafür zu ersaufen!«

Ein Brecher fuhr über das Deck des Fischkutters, klatschte gegen das Kajütfenster. Sie erstarrte, fürchtete, das Glas könne zerspringen, doch es hielt stand. Dann, als sich das Seewasser wieder verlaufen hatte, glaubte sie, oberhalb der Wellenkämme im diesigen Grau einen hellen Punkt zu sehen. Ein Stern? Oder ein Leuchtturm? Jean torkelte an der Kajüte vorbei zum Bug, verharrte dort einen Moment und machte kehrt. Als er die Tür der Kajüte aufriss, drangen Gischt und eisiger Wind zu Margot herein. Triefend stand der Fischer vor ihr, glich das Schwanken des Bootes mit wenigen Körperbewegungen aus, als wäre er mit dem Schiff verwachsen. Seine Gesichtszüge waren im Halbdunkel kaum zu erkennen, nur die Augen schimmerten hell.

»Wir müssen den Sturm abwarten, Mademoiselle. Keine Angst, wir sind nicht das erste Mal bei solchem Wetter draußen.«

Er sprach langsam, wie man zu einem Kind redet. Ohne Zweifel wollte er sie beruhigen, doch der durchdringende Blick seiner hellen Augen sprach eine andere Sprache. Schon als sie gestern Abend über das schmale Brett auf das Schiff balanciert war, hatte er sie so angestarrt. Sie fürchtete sich vor ihm.

»Wann … wann werden wir in Portsmouth sein?«

»In Portsmouth?«

Ihre Angst stieg hoch. Wieso fragte er? Es war doch abgesprochen, dass dieses Boot sie hinüber nach England bringen sollte.

»Ja, in Portsmouth. Oder irgendwo anders an der englischen Küste …«

Er wischte sich mit der Hand über das nasse Gesicht und zog die Nase hoch. Morgen würde man dort ankommen. Nach einem Zwischenstopp auf Jersey, sie müssten sich ausruhen.

»Da hinten klart es auf«, behauptete er. »Das Schlimmste haben wir hinter uns.«

Die hellen Augen ließen von ihr ab, für einen kurzen Moment verdoppelte sich das Brausen und Zischen der Elemente, dann hatte er die Tür hinter sich zugedrückt. Margot hockte verlassen auf ihrer Bank, vor Kälte zitternd, tausend Ängsten ausgeliefert. Ach, sie hatte sich alles selbst zuzuschreiben. Ihr dummer Stolz war schuld, ihr Dickschädel. Waren sie nicht alle vier herzlich in Paris aufgenommen worden? Hatten Tante Sybille und Marcel ihnen nicht großmütig zwei Zimmer ihrer Wohnung überlassen? Aber sie hatte Tante Sybille noch nie leiden können, und sie hasste es, ihr dankbar sein zu müssen. Dann lieber hinüber nach England zu Tante Florence.

Morgen, dachte sie und klammerte sich an diese Hoffnung. Nur einige Stunden Aufenthalt auf Jersey, sie würde sich hier in der Kajüte verstecken, sich zusammenkauern und versuchen zu schlafen. Morgen schon wäre sie an der englischen Küste. Der Sturm flaute ab, würde sich legen. Dann war die Überfahrt ein Kinderspiel. Die beiden hatten Geld bekommen, bei der Ankunft würde sie ihnen den Rest auszahlen. Sie würden Wort halten – schon wegen des Geldes. Morgen. Vielleicht erst am Abend. Wenn das Wetter es zuließ. Spätestens übermorgen saß sie bei Tante Florence auf dem Sofa, trank Tee und erzählte ihr von der abenteuerlichen Überfahrt …

Fröstelnd schlang sie die Arme um den Oberkörper und lehnte den Rücken gegen die Kajütwand. Jean hatte die Wahrheit gesagt: Das Boot schlingerte jetzt nicht mehr ganz so heftig, die See beruhigte sich, nur hin und wieder peitschte ein Brecher gegen das Fenster und ließ die Sicht nach draußen verschwimmen. Das graue Ungeheuer war müde geworden, wälzte sich noch ein paarmal hin und her und spuckte salzigen Schaum gegen das lästige Fischerboot auf seinem Rücken. Bald würde sich der Meeresdrache in sein Nest auf dem tiefen Grund zurückziehen, und sein Atem würde flach werden.

Sie entspannte die verkrampften Muskeln und blinzelte zu dem Licht hinüber, das über den brodelnden schwarzen Wellen größer und heller zu werden schien. Tatsächlich, ein Leuchtturm. Dort drüben war Land, vielleicht Jersey oder eine andere Kanalinsel. Ein paar Stunden ausruhen, hatten sie gesagt. Die Männer waren müde, das konnte sie verstehen. Auch sie selbst war vollkommen erschöpft, viel zu heftig war die Anspannung gewesen, die Angst, in den grauen Fluten ertrinken zu müssen, das krampfhafte Sich-Anklammern, um nicht hin- und hergeschleudert zu werden. Ihre Lider sanken herab, und trotz der unbequemen Haltung senkte sich erlösender Schlummer über sie. Es war kein Schlaf, nur ein leichter Dämmerzustand, der die Angst betäubte und schöne Bilder aufsteigen ließ. Sie sah sich als kleines Mädchen im Gartenhaus der Eltern, sprang die Treppenstufen hinunter auf den weichen Rasen, lief zu der Trauerweide, unter deren dicht herabhängenden Zweigen sie ein Haus für ihre Puppen eingerichtet hatte. Lulu, die dreifarbige Glückskatze, strich durch die Büsche, und drüben auf dem Wäscheplatz hatte Jette Papas weiße Hemden aufgehängt. Sie blähten sich im Sommerwind wie lebendige Wesen mit langen Armen …

»Verdammte Scheiße. Das ist kein Fischerboot …«

»Ruhig. Das ist die Küstenwache. Bretonen. Aus Dinard oder St-Malo …«

Sie fuhr aus ihren Träumen, schlug mit dem Kopf hart gegen die Kajütwand. Stöhnend setzte sie sich zurecht. Waren sie schon im Hafen? Sie musste blinzeln, denn die Fischer hatten am Bug eine helle Laterne entzündet.

»Das sind keine Bretonen, hol mich der Teufel. Das sind Deutsche …«

»Was haben die Dreckskerle hier zu suchen?«

»Die hat der Sturm abgetrieben. Genau wie uns.«

»Dass ich nicht lache …«

Mit einem Schlag hatte die Angst Margot wieder in ihrem kalten Griff. Zitternd stand sie auf, trat dicht an das Fensterchen heran und sah den schwarzen Leib eines Schiffes. Es war größer als das Fischerboot, auf dem sie sich befanden, von zwei Laternen beleuchtet, man konnte mehrere Seeleute auf Deck erkennen.

»Die schneiden uns den Weg ab …«

»Verflucht! Hart Steuerbord!«

»Wohin denn? Auf die Klippen?«

»Bleib ruhig. Was können sie schon wollen? Wir sind Fischer.«

Margot starrte fasziniert auf das beleuchtete Deck des deutschen Schiffes. Es war breit, die Aufbauten weiß, die Matrosen trugen helle Kleidung und liefen scheinbar aufgeregt durcheinander, in Wirklichkeit aber gehorchten sie den Befehlen des Offiziers. Für einen Augenblick war sie fast stolz auf dieses schöne Schiff, auf dem alles so klar und wohlgeordnet funktionierte. Es näherte sich, der Rumpf wuchs empor, groß, riesengroß, bedrohlich, man vernahm einen tiefen, durchdringenden Warnton.

O Gott, er wird uns rammen, dachte sie entsetzt. Die grausige Vorstellung, mit dem berstenden Fischkutter in die Tiefe gerissen zu werden, trieb sie zur Tür. Sie zerrte daran, riss sie schließlich auf und kämpfte sich nach draußen. Sturm und Regen beutelten sie, ein Brecher, der über das Deck fuhr, riss sie zu Boden. Sie keuchte, rang nach Luft, versuchte, sich an der Reling festzuklammern, doch das Wasser riss sie mit sich fort wie einen leichten Kork, schleuderte sie gegen die Kajütwand. Jemand brüllte etwas, was wie »verdammte Göre« klang, dann überdeckte der gewaltige Ton des Schiffshorns alle anderen Geräusche.

Der nächste Brecher stürzte sich auf sie, nahm sie in seine kalten Arme und trug sie über Bord. Erst als sie in das eiskalte Wasser tauchte und die nasse Dunkelheit sie verschlang, begriff sie. Für einen Moment war sie wie betäubt, ging unter, schluckte Seewasser, kam wieder hoch, und die Wellen schlugen erneut über ihr zusammen. Dann begann sie zu kämpfen, ein kleines Menschlein gegen das gewaltige graue Seeungeheuer – ein aussichtsloser Kampf …

März 2010

»Findest du es eigentlich normal, als erwachsener Mann den ganzen Tag über zu spielen?«

Katharina hatte ihn schon im Treppenflur des Mietshauses hören können: Unablässig redete er mit lauter Stimme ins Mikro zu seinen Mitspielern, gab Anweisungen, lobte, tadelte, erklärte die neue Spieltaktik. Als sie jetzt ins Wohnzimmer trat, drehte er sich nicht einmal zu ihr um, so vertieft war er. Der Schreibtisch, auf dem der Laptop stand, war mit Bonbonpapierchen übersät, dazwischen Teller mit Essensresten, leere Zigarettenschachteln, ein überquellender Aschenbecher, eine offene Colaflasche.

»Hast du was gekocht?«

Die Frage war müßig, aber immerhin wendete er ihr jetzt sein Profil zu, grinste zur Begrüßung und teilte seinem unsichtbaren Gesprächspartner mit, er solle mal kurz warten. Er schob das Mikro an seinem Kopfhörer ein wenig zur Seite.

»Ist nichts eingekauft. Höchstens Nudeln mit Soße aus'm Glas. Magst du rüber zum Supermarkt fahren?«

»Ich bin müde!«

»Ist ja gut. Dann fahr ich eben nachher …«

Er drehte ihr wieder den Rücken zu, richtete das Mikro und fuhr fort, mit seinen Spielpartnern zu schwatzen. Auf dem Bildschirm bewegten sich Drachenwesen vor mittelalterlich anmutenden Gebäuden, dazwischen wuselten gepanzerte Ritter, edle Greise und halb bekleidete, kampflustige Jungfrauen. Auch Ratten, Affen und Fledermäuse glaubte Katharina zu erkennen, doch sie war sich nicht sicher.

»Das ist kein Spiel für Kinder«, hatte er ihr erklärt. »Das ist eine komplizierte künstliche Welt. Eine zweite Dimension. Ein Kampf, bei dem nur besteht, wer die beste Taktik fährt und sie den Mitspielern vermitteln kann …«

Bei erfolgreichen Aktionen konnte man im Rang aufsteigen – Patrik besaß inzwischen einen recht hohen Rang und musste daher täglich im Spiel präsent sein, sonst verlor er das Erreichte wieder.

Katharina trug ihre Büchertasche ins Schlafzimmer, wo sie sich am Fenster einen Arbeitsplatz eingerichtet hatte. Missmutig besah sie den Stapel rot eingebundener Hefte auf dem Regal – die Deutscharbeit musste bis übermorgen korrigiert sein, das bedeutete wieder einmal Nachtarbeit. Wenigstens hatte sie hier im Schlafzimmer ihre Ruhe, denn Patrik pflegte bis weit nach Mitternacht vor dem Computer zu hängen. Dafür stand er niemals vor Mittag auf und jammerte häufig, dass ihr Wecker, der um halb sieben klingelte, ihn um den besten Schlaf brächte.

Sie stellte das Fenster schräg, um wenigstens ein bisschen frische Luft hereinzulassen, und zog die verknäulten Bettdecken glatt. Nein, sie war nicht pedantisch, wie er behauptete, aber sie konnte dieses Chaos in einem Raum, in dem sie arbeitete, nicht leiden. Ihre Mutter hatte seinerzeit die Federbetten noch mithilfe eines Besenstils geglättet; die Paradekissen waren stets frisch gestärkt gewesen. Ein ungemachtes Bett war für Elli von Staden der Gipfel des Lasters, ein Zeichen von moralischem Verfall. Früher hatte Katharina Stunden gebraucht, um die kleine Wohnung vor dem Besuch ihrer Mutter in einen einigermaßen annehmbaren Zustand zu versetzen. Inzwischen war dies nicht mehr notwendig – ihre Mutter war dement, und bei ihren seltenen Besuchen hatte Papa ihr erklären müssen, dass sie sich in Bockenheim befand, in der Wohnung ihrer Tochter Katharina, und dass der dunkelhaarige junge Mann, der so charmant mit ihr redete und ihr Kuchen auf den Teller legte, ihr künftiger Schwiegersohn Patrik Sonnenweiler sei. Mama hatte auf der

Couch gesessen und Apfelkuchen gemümmelt wie ein Kind – ein schrecklicher Anblick. Katharina tat vor allem der Vater leid, der sich hingebungsvoll um seine Frau kümmerte.

In der winzigen Einbauküche roch es verbrannt, im Backofen fand sich der Rest einer verschmorten Fertigpizza, die Patrik offensichtlich im Eifer des Spiels vergessen hatte. Katharina knallte die Ofentür wieder zu und inspizierte kurz den Kühlschrank – zwei Flaschen Bier, eine Schachtel Margarine, ein vertrocknetes Stück Emmentaler, diverse geöffnete Dosen mit Fisch, Corned Beef und Mais, die alle nicht sehr vertrauenerweckend aussahen. Im Brotkasten waren noch zwei Scheiben Graubrot. Sie strich Margarine darauf, rieb Emmentaler darüber und verzog sich ins Schlafzimmer. Es schmeckte grässlich – aber sie hatte seit der zweiten Pause nichts mehr gegessen und starb fast vor Hunger.

Nach dem kärglichen Mahl war sie so müde, dass sie ernsthaft überlegte, ob sie sich nicht einfach in ihrem Bett verkriechen und ein wenig schlafen sollte. Sechs Stunden Unterricht, Pausenaufsicht und dann noch Konferenz – das ging an die Substanz. Jetzt war es fast fünf; wenn sie nur ein Stündchen schlief, würde sie danach …

Das Handy in ihrer Büchertasche summte, und sie sprang mechanisch auf, um den Anruf entgegenzunehmen. Es war Brigitte Gebauer, eine junge Kollegin, fast eine Freundin, wenngleich Katharina sehr sparsam mit diesem Titel umging. Gitti war eine befreundete Kollegin, das war wohl die korrekteste Bezeichnung.

»Hi, Kati! Stör ich dich bei was?«

»Nein, gar nicht. Ich wollte mich gerade hinlegen, war ein langer Tag …«

Leider hatte Gitti keine Antenne für feinere Andeutungen. Sie versicherte Katharina, dass auch sie »völlig fertig« sei, und fiel mit ihrem Anliegen über sie her. »Du, ich hab da einen Kandidaten in der Neun, der versaut mir die ganze Gruppe. Ich hab schon Günther gefragt, ob er ihn nimmt, aber er sagt, er habe schon genug Problemschüler, mehr könne er nicht verkraften.«

Natürlich ein Wiederholer. Er drehte eine Ehrenrunde in der Neun, nachdem er auch schon die Acht wiederholt hatte, war also mindestens zwei Jahre älter als die anderen. Dass er einen Migrationshintergrund hatte, war nichts Besonderes, in den meisten Klassen gab es nur ein oder zwei deutsche Schüler, der Rest kam aus aller Herren Länder. Dieser hier hieß Ahmed und war Kurde.

»Weißt du, ich halte nichts davon, einen schwierigen Schüler zwischen den Parallelklassen hin- und herzuschieben«, sagte Katharina gedehnt und schielte sehnsüchtig nach ihrem Bett. Aber sie hatte nicht mit Gittis Beharrlichkeit gerechnet. Es gäbe eine Erzfeindschaft zwischen Ahmed und drei türkischen Jungen in ihrer Klasse, gestern sei die Situation eskaliert und sie habe sich nur mit Müh und Not »über Wasser gehalten«. Sie sei vollkommen am Ende.

»Wenn er nicht provoziert wird, ist er ein richtig lieber Kerl«, versicherte sie. »Und gar nicht dumm, nur mit dem Deutsch hapert es, aber das kriegt der leicht drauf, wenn er mal in Ruhe gelassen wird. Du weißt ja, wie das ist – zu Hause reden sie nur kurdisch …«

Auf einmal war der Störenfried ein lernwilliger Knabe, einer, der Verantwortung übernahm, ein guter Rechner und überhaupt ein recht liebenswerter Junge. Es waren nur diese drei Türken, die ihn immer wieder provozierten … Katharina war erfahren genug, um die Sache richtig einschätzen zu können. Ahmed war einer dieser aggressiven Burschen, die bis über beide Ohren in Problemen stecken. Man konnte solchen Schülern nur schwer beikommen, als Frau schon gar nicht.

»Lass uns morgen nochmal drüber reden, Gitti. Ich bin jetzt zu müde …«

Brigitte war enttäuscht, man hörte es ihrer Stimme an. Morgen würde sie nur wenig Zeit haben – aber nun ja. Solidarität unter Kollegen sei so eine Sache …

»Hat dein Patrik dir was Schönes gekocht?«, fragte sie.

»Will er nachher machen …« Katharina kroch in ihr Bett, das Handy am Ohr.

»Nachher? Ach ja, ich vergaß. Der Herr muss zuerst das Universum erobern, ist es nicht so?«

Katharina gähnte.

»Hat er sich jetzt endlich zum Bachelor angemeldet?«

»Im Wintersemester …«

Warum ließ diese lästige Person sie nicht endlich in Ruhe? Sie sollte einfach das Handy ausschalten und sich hinterher darauf herausreden, dass der Akku den Geist aufgegeben hatte. Aber Katharina mochte solche Schwindeleien nicht.

»Ich versteh ja nicht, wie du es mit diesem Menschen so lange aushältst, Kati. Studiert mal dies, mal jenes und lässt sich von dir durchfüttern. Ist er wenigstens gut im Bett? Wenn er auch da nichts taugt, dann solltest du der Sache ein Ende setzen. Besser ein Ende mit Schrecken als ein Schrecken ohne Ende …«

»Bitte, Gitti, lass uns ein anderes Mal darüber reden. Ich möchte jetzt schlafen, weil ich nachher noch Arbeit habe …«

»Schon gut, es geht mich ja nichts an«, sagte Gitti eingeschnappt. »Ich versteh dich ja so gut, Kati. Es ist immer schwer, sich von der ersten Liebe zu trennen. Er war doch der Erste – oder etwa nicht?«

»Wir sehen uns dann morgen …«

Sie drückte auf die rote Taste und fühlte sich erlöst. Besser ein Ende mit Schrecken als ein Schrecken ohne Ende. Ausgerechnet Gitti glaubte, ihr Ratschläge erteilen zu müssen. Brigitte, die seit dem Beginn ihrer Bekanntschaft vor vier Jahren schon den dritten »Lebensabschnittspartner« vor die Tür gesetzt hatte und momentan wieder solo war. Eine Partnerschaft hatte nun einmal Höhen und Tiefen, das musste durchgestanden werden, auch wenn es schwerfiel. Man lief nicht gleich beim ersten Streit auseinander, man hielt zusammen, bot dem Leben die Stirn, verwuchs zu einer Einheit. Schon um der Kinder willen. Woher stammten diese Weisheiten eigentlich? Von ihrer Mutter? Möglich.

Sie legte das Handy auf den Nachttisch, drehte sich auf die Seite und schob das Kopfkissen zurecht. Wie schön das war, endlich die Decke über den Kopf ziehen zu können, sich in der weichen Betthöhle vor allen Ärgernissen und Sorgen zu verkriechen und wegzudämmern.

Höhen und Tiefen … Tatsächlich hatte es in letzter Zeit mehr Tiefen in ihrer Beziehung gegeben und kaum Höhen. Eigentlich gar keine Höhen. Die waren nur am Anfang gewesen, vor sieben Jahren, als sie heiß verliebt war. Damals war sie achtzehn, hatte gerade ihr Abitur gemacht und wäre eigentlich gern Malerin geworden. Stattdessen begann sie, Kunst und Französisch zu studieren, und der erste Mensch, den sie an der Frankfurter Uni traf, war Patrik. Damals war sie schwer beeindruckt von ihm. Er kannte sich überall aus, nahm sie am Abend in die Kneipen mit und – ja, da hatte Brigitte ganz richtig geraten – führte sie auch in die Kunst der Liebe ein. Ausführlich tat er das, zu Anfang hatten sie mindestens zweimal am Tag Sex. Später nur noch einmal in der Woche, dann nur alle zwei Wochen und jetzt … Wann hatten sie das letzte Mal miteinander geschlafen? Vielleicht im vergangenen Monat. Aber schließlich war das nicht das Wichtigste in einer Beziehung. Viel wichtiger war das Menschliche … dass man einander respektierte … vertraute … zueinander pass…

»Kati? Hey, Schatz! Du schläfst ja wie ein Murmeltier.«

Er hatte sich auf den Rand ihres Bettes gesetzt und strich ihr übers Haar. Kitzelte ihre schlafheiße Wange, bohrte den Zeigefinger in ihr rechtes Ohr. Sie grunzte wohlig und drehte sich auf den Rücken, spürte für einen Augenblick seine Hände auf ihren

Brüsten. Er versuchte, den BH hochzuschieben, gab aber rasch wieder auf.

»Ich dachte, du wolltest einkaufen«, murmelte er mit sanftem Vorwurf. »Ist schon nach sieben.«

»Ich? Hast du nicht gesagt, du würdest nachher einkaufen?«

Er zog die Stirn in Falten, als könnte er sich nicht erinnern. Seit einiger Zeit trug er das Haar in die Stirn gekämmt, um seine »Geheimratsecken« zu verbergen, und benutzte jede Menge Haarfestiger, damit die Tarnung nicht beim ersten Windhauch aufflog.

»Na schön«, gab er nach. »Ich den Einkauf, du die Küche.«

»Du den Mülleimer«, forderte sie.

Er rollte die Augen. Der sei noch gar nicht voll.

»Wirf den Müll von deinem Schreibtisch dazu, dann ist er voll!«

»Jawohl, Frau Oberlehrerin«, sagte er spöttisch. »Kommt jetzt gleich noch das Ding von wegen: ›Was tust du eigentlich den ganzen Tag über, wenn ich in der Schule bin? Wieso machst du nicht sauber? Putzt keine Fenster? Machst nicht die Betten?‹ Na los doch, Frau von Staden. Ich würde deine Gardinenpredigt gern mal wieder hören, auch wenn ich gestehen muss, dass ich sie bereits auswendig kann …«

Sie musste all ihre Energie aufbieten, um ruhig zu bleiben. Es hatte überhaupt keinen Zweck, sich von ihm provozieren zu lassen. Er liebte die Wortgefechte, brillierte mit Ironie und Eloquenz, außerdem schaffte er es jedes Mal, die Ausgangssituation komplett umzudrehen, sodass sie, Katharina, schließlich als die Schuldige dastand. Leider war das in diesem Fall besonders leicht, denn irgendwo tief in ihrem Denken steckte noch die überkommene Vorstellung, dass die Frau und nicht der Mann für den Haushalt zuständig war.

»Du musst doch sowieso runtergehen, also kannst du den Müll gleich mitnehmen.«

»Soll ich auch gleich die Treppe wischen und die Wände im Treppenhaus neu streichen? Wo ich sowieso runtergehen muss?«

»Sei nicht albern.«

»Du kannst einem wirklich auf die Nerven gehen mit deiner Pingeligkeit!«

Er ließ es dabei bewenden, erhob sich von der Bettkante und verkündete, der Einfachheit halber ihr Portemonnaie mitzunehmen. Er selbst verdiente nur sporadisch Geld, indem er Internetseiten für kleinere Firmen gestaltete. Katharina hatte wenig Überblick, welche Mittel ihm zur Verfügung standen; momentan schien er ziemlich blank zu sein.

Ihre Müdigkeit war verflogen, also stand sie auf und begann, die Küche aufzuräumen, stellte das benutzte Geschirr in die Spülmaschine, wusch zwei Töpfe und eine Pfanne sauber, wischte über die Arbeitsplatte. Befriedigt stellte sie fest, dass er die Mülltüte mitgenommen hatte. Na also. Patrik war wie ein dickköpfiges Kind; man musste nur ruhig und beharrlich bleiben, dann kam man irgendwann zum Ziel.

Schneller als gedacht war er zurück, packte die Einkäufe aus, und sie verstauten die Sachen gemeinsam im Kühlschrank. Natürlich hatte er wieder Steaks gekauft, dazu jede Menge Gelbwurst, die sie nicht mochte, und für morgen Schnitzel mit Pommes.

»Hab extra für dich einen Salat mitgebracht!«

Er kümmerte sich um die Steaks, die sie angeblich nicht richtig zubereiten konnte, dafür wusch sie den Salat und machte ein Dressing. Während sie miteinander in der Küche werkelten, empfand sie ein angenehmes Gefühl der Vertrautheit. Patrik summte vor sich hin, hantierte mit Gewürzdöschen und dem Bratenwender, sie selbst mischte Joghurt und Mayonnaise, fand noch eingefrorene Kräuter, deckte dann den Tisch. Wenn sie sich aneinander vorbeischoben, umfasste er manchmal ihre Taille, grub sein Kinn in ihre Schulter.

»Was hältst du von Nachtisch, Süße?«

»Viel!«

Sie kicherte albern. Mischte Salat, fand noch einen angebrochenen Riesling im Kühlschrank und lief ins Wohnzimmer, um die guten Gläser zu holen. Schaute in den Flurspiegel und kämmte sich rasch das Haar. Dunkelblond und glatt, meist am Hinterkopf mit einer Spange zusammengefasst. Ob sie nicht doch mal eine Dauerwelle versuchte? Oder rostrote Strähnchen? Sie hatte so wenig Mut zu Veränderungen. Auch in Bezug auf ihre Kleidung. Immer nur Hosen und Pullover, höchstens mal eine Bluse, einen Rock ganz selten, Mini niemals. Schon wegen der Schüler.

Vielleicht lag es ja an ihr, dass Patrik das Interesse verloren hatte. Sie machte nichts aus sich. Auch ihr Gesicht war streng geworden, hatte sie etwa schon Furchen in der Stirn? Wäre kein Wunder – die Arbeit in der Schule forderte ihre ganze Kraft, und die Erfolgserlebnisse waren mager.

Patrik war angesichts seines gewaltigen Steaks bester Laune. Sie erzählten sich, was sie den Tag über erlebt hatten, Patrik gab seine Kommentare zu ihren Schulberichten, sie versuchte zu begreifen, welche imaginären Gefahren er gemeinsam mit seinen Kumpanen bestanden hatte, welche Feinde sie ausgemerzt und in die Luft gesprengt hatten. Der Wein tat ein Übriges – es war auf einmal wieder wie früher, sie fühlte sich verstanden und geborgen, im Hintergrund wartete prickelndes Begehren. Sie lachten über die mollige Nachbarin, der heute Mittag auf der Treppe eine Flasche Limo zerschellt war und die dann alle Treppen bis ins Erdgeschoss hatte wischen müssen. Patrik berührte ihre Hand, hielt sie fest und küsste zart ihre Fingerspitzen. Sie erschauerte. Er wusste genau, dass diese Berührung sie verrückt machte.

»Gehen wir rüber?«

Er leerte die Neige aus seinem Weinglas und sah mit glänzenden Augen zu, wie sie aufstand und an ihm vorbei in den Flur ging. Vor der Pinnwand gleich neben der Tür zum Schlafzimmer hatte er sie eingeholt, umfasste sie von hinten und begann, sie mit festen, kreisenden Bewegungen zu massieren. Katharina gab sich der Berührung hin. Sie kannte sein Programm, das er niemals veränderte, doch sie liebte es und fand alles, was er tat, ganz wundervoll.

»Gefällt es dir? Es gibt noch mehr davon. Runter mit diesem verdammten Pullover, Frau Lehrerin …«

Die »Frau Lehrerin« war neu und es gefiel ihr nicht, riss sie aus der Stimmung. Ein roter Zettel an der Pinnwand bohrte sich in ihr Sichtfeld. Was stand da?

KATHARINENKRANKENHAUS STATION 3 HERZCHIRURGIE

»Was … was ist das für eine Notiz?«

Er brauchte einen Moment, um zu begreifen, hob kurz den Kopf und fuhr dann in seinen Bemühungen fort. »Später«, murmelte er und küsste ihren Nacken.

Sein Atem roch nach Wein, was ihr plötzlich unangenehm war. Und er hätte sich ruhig die fettigen Hände waschen können.

»Die mit dem Krankenhaus.«

Er musste gespürt haben, dass sie nicht mehr bei der Sache war, denn er ließ von ihr ab, schnaufte tief durch und bemerkte dann, er wolle sowieso gleich die Sportnachrichten sehen. »Das hatte ich ganz vergessen. Dein Vater hat heute Morgen angerufen. Er sei im Katharinenkrankenhaus und würde wohl heute oder morgen operiert.«

»Was?«

Sie fuhr herum, vollkommen außer sich vor Entsetzen. Operiert? Wieso das denn? Er hatte doch niemals über Beschwerden geklagt. Operiert? Am Herzen etwa?

Patrik machte beschwichtigende Bewegungen mit beiden Händen und behauptete, es gäbe keinen Grund, sich Sorgen zu machen.

»Es wird ein Bypass gelegt, soweit ich verstanden habe. Eine Routinesache. In ein paar Tagen sei er aus der Klinik, hat er gemeint. Er wollte nur, dass wir Bescheid wüssten …«

Sie konnte es nicht fassen. Die OP war vielleicht längst vorbei, und man hatte ihr nichts davon gesagt. Heute Morgen. Wann denn genau? Wieso hatte er sie nicht in der Schule angerufen? Dann hätte sie die Konferenz sausen lassen, um ins Krankenhaus zu fahren … Sie fand es plötzlich unpassend, mit nacktem Oberkörper vor ihm zu stehen, hob den Pullover auf und zog ihn über.

»Du meine Güte – sonst bis du immer sauer, wenn ich dich in der Schule anrufe!«

»Und wieso hast du nichts gesagt, als ich nach Hause kam?«

»Hab's halt vergessen. Kann doch mal vorkommen! Bist du vielleicht perfekt? Vergisst du nie was?«

Sie nahm sich zurück, begriff, dass es wenig half, ihm jetzt Vorwürfe zu machen. Doch die Verletzung saß tief. Er hatte ihren Vater niemals leiden können; das hatte seine Vergesslichkeit ganz sicher gefördert.

»Und was ist mit meiner Mutter? Wer kümmert sich um sie?«

Er zuckte mürrisch die Schultern und war schon auf dem Weg zum Wohnzimmer, wo der Fernseher stand.

»Er hat sie in das Heim gebracht. Da, wo sie schon einmal gewesen ist, als er in Kur war. Es ist alles in Ordnung, kein Grund, so ein Theater zu machen.«

Beleidigt verschwand er im Wohnzimmer, und gleich darauf vernahm sie die aufgeregte Stimme eines Fußballreporters vor dem Hintergrund des brodelnden Stadionlärms.

Auf dem Zettel war eine Telefonnummer. Aufgeregt suchte sie nach dem Mobilteil des Telefons, entdeckte es schließlich im Bad auf dem Wasserkasten der Toilette und stellte fest, dass der Akku leer war. Sie holte ihr Handy aus dem Schlafzimmer, verwählte sich zweimal, weil ihre Finger vor Aufregung zitterten. Sie verstand das alles nicht. Wieso hatte Vater nicht vorher davon erzählt? Da war etwas. Etwas Schlimmes. Etwas, was er ihr nicht hatte sagen können. Sie presste das Handy ans Ohr und vernahm den eigenen, laut dröhnenden Puls. Dann die Melodie der gewählten Tasten. Das Klingelzeichen. Das Knacken, als jemand den Anruf annahm.

»Katharinenkrankenhaus, Schwester Berta. Was kann ich für Sie tun?«

Sie erklärte stotternd, wer sie war. Dass ihr Vater – Peter von Staden – in der Herzchirurgie lag. Ob man ihr die Durchwahl geben könne.

»Wir haben mehrfach versucht, Sie zu erreichen, Frau von Staden …«

»Es tut mir leid, der Akku des Telefons war leer …«

»Es wäre gut, wenn Sie vorbeikämen …«

Sie verspürte eine eisige Kälte, ihr Hirn setzte für einen Augenblick aus. Vorbeikommen. Jetzt. Um neun Uhr abends.

»Geht es … geht es meinem Vater nicht gut?«

»Dr. Breimann wird mit Ihnen sprechen.«

Der Arzt würde mit ihr sprechen. Weshalb nicht ihr Vater? Konnte er vielleicht gar nicht mehr reden? War er ohne Bewusstsein? War er vielleicht …

»Frau von Staden? Hallo? Sind Sie noch am Apparat?«

»Ja … Ja, ich komme … In einer halben Stunde bin ich da.«

Patrik war ehrlich erschrocken, als sie totenbleich im Wohnzimmer erschien und ihm erklärte, sofort in die Klinik fahren zu müssen. Das habe er doch nicht ahnen können, murmelte er zerknirscht. Sie solle ruhig bleiben, wahrscheinlich würde sich alles als halb so schlimm erweisen. Nach einer OP sei man halt eine Weile außer Gefecht, das sei ganz normal.

»Ich fahre – du bist jetzt viel zu aufgeregt und baust am Ende noch einen Unfall!«, meinte er besorgt.

Gelegentlich konnte er durchaus fürsorglich sein, was sie ihm hoch anrechnete. Half ihr in die Jacke und legte dann die Arme um sie, presste sie an sich und flüsterte: »Nur Mut, mein Schatz. Was auch kommt, wir stehen es gemeinsam durch.« Er fuhr schnell, aber niemals riskant, vermied es, hart zu bremsen. Die Straßen waren um diese Zeit recht gut passierbar, Miquelallee, Adickesallee, Friedberger Landstraße, dann über Nebenstraßen rechts halten. Die Frauenstimme des Navis sagte mit sanfter Bestimmtheit die Richtung an, und Patrik folgte ihr heute gehorsam, moserte nicht wie gewöhnlich, dass dies die längere Strecke sei und er eine Abkürzung wisse. Wenn sie an einer Ampel hielten, schaute er mit sorgenvoller Miene zu ihr hinüber und nahm ihre Hand.

»Eiskalt … Wenn wir dort sind, besorge ich dir erst mal einen Kaffee, mein Schatz.«

Sie nickte und war auf einmal unendlich froh, dass er bei ihr war. Auch in der Klinik übernahm er die Regie, erkundigte sich an der Pforte nach Peter von Staden und erhielt die Auskunft, er befände sich im zweiten Stock. Die Pförtnerin war Inderin und ganz in Weiß gekleidet.

»Die Nachtschwester wird Ihnen Zimmernummer sagen.«

»Ach … Und der Arzt? Doktor … wie hieß er doch, Kati? Richtig. Doktor Breimann.«

»Ist unten bei Notaufnahme. Später er wird Zeit für Sie nehmen.«

»Na schön. Vielen Dank. Komm Schatz, dort drüben ist der Aufzug.«

Er legte den Arm um ihre Schultern und zog sie mit sich fort, betätigte die Knöpfe, um den Aufzug herbeizurufen, und fluchte, weil es ihm zu lange dauerte. Katharina ließ ihn gewähren. Etwas in ihrem Inneren war zu Stein geworden, fühlte sich hart und kalt an, sie konnte kaum schlucken, so presste es ihr die Kehle zu. Angst. Die Ahnung von etwas Schrecklichem. Etwas, das niemals wieder gut wurde. Als sie neben Patrik in der Aufzugskabine stand, schaffte sie es nur knapp, sein aufmunterndes Lächeln zu erwidern. Dann traten sie in den langen, hellgrün gestrichenen Flur, und der scheußliche Geruch warf sie fast um. Alle Krankenhäuser rochen nach irgendwelchen Desinfektionsmitteln, aber heute erspürte sie darunter die Ausdünstungen der Kranken, Schweiß und die Reste des Abendessens, Blut, Kamillentee, Urin und Eiter. Und noch etwas anderes, das sie nicht benennen konnte, das ihr aber unnennbare Furcht einjagte.

»Warte hier, Schatz. Setz dich. Bin gleich wieder bei dir …«

Er lief davon, um die Nachtschwester aufzutreiben, sie hörte seine Schritte durch den Flur hallen, und ihr wurde plötzlich bewusst, wie totenstill es hier war. Das Licht der Neonlampen an der Decke zitterte leicht bläulich, das helle Linoleum des Fußbodens verlor sich in der Ferne und endete an einem dunklen Fenster. Kunstdrucke hie und da an den Wänden in rahmenlosen Bildhaltern: Hundertwasser, Chagall, Franz Marc … Unvergängliche Kunst, die hier zur bunten Trostdekoration gebraucht wurde, Bilder, deren lebendige Kraft in diesem toten Flur erstarrte. Katharina saß steif auf einem mit Plastik bezogenen Stuhl und presste die Knie zusammen. Die Starre legte sich auch über sie, ließ ihren Atem flach werden und nahm ihr die Kraft zu denken.

Weit hinten, gleich neben dem dunklen Fenster, öffnete sich lautlos eine Tür, und eine weißgekleidete Schwester betrat den Flur. Die Nachtschwester? Patrik suchte sie auf der anderen Seite beim Büro. Die kleine weiße Erscheinung näherte sich rasch, der Schleier über ihrem Kopf flatterte, sodass sie ihn festhalten musste. Wie schaffte sie es nur, dass man ihre Schritte nicht hörte?

Auch sie war Inderin. Sie blieb vor Katharina stehen und sah sie mit dunklen, mitleidsvollen Augen an.

»Ich wollte … Mein Vater. Peter von Staden. Man sagte mir, ich solle vorbeikommen …«

Sie fand es peinlich, dass sie derart zusammenhangslos daherstammelte, doch in ihrem Kopf war Panik.

»Ihr Vater?«

»Ja. Peter von Staden ist mein Vater. Kann ich zu ihm?«

Der Blick der Inderin wurde noch um einige Nuancen mitfühlender. Sie ergriff Katharinas Hand und drückte sie. »Erst wenn gesprochen mit Doktor Breimann. Hier warten. Bitte.«

»Was ist mit meinem Vater? Warum darf ich nicht zu ihm?«

Die Schwester machte eine sanfte verneinende Gebärde und wiederholte, dass sie zuerst mit dem Doktor reden müsse. Hier warten. Nicht mehr lange. Dann griff sie in eine Tasche ihres langen, weißen Gewands und streckte Katharina einen Gegenstand entgegen, den sie in der gekrümmten Hand verbarg. Sie nahm Katharinas rechte Hand und ließ etwas Kleines, Kühles hineingleiten. Ein goldener Ring. Schmal und abgeschliffen in mehr als vierzig Jahren. Der Trauring ihres Vaters.

»Warten bitte. Doktor kommt gleich ...«

Sie lächelte, legte die Hände flach gegeneinander und beugte den Kopf ein wenig vor, als wollte sie eine höfliche Verneigung machen. Dann schwebte sie lautlos davon wie eine nächtliche weiße Taube. Kurz darauf erschien Patrik, lärmend, die Glastür schlug knirschend hinter ihm zu.

»Die verdammte Nachtschwester ist nicht aufzutreiben. Aber der Arzt ist in seinem Zimmer und wartet auf dich ...«

Er stockte, weil er erst jetzt bemerkte, dass Katharina weinte.

»Ach, Schatz ... Wird schon nicht so schlimm sein ... Was is'n das?«

Er besah verständnislos den goldenen Ring, nahm ihn in die Hand und drehte ihn hin und her.

»Der Trauring meines Vaters ... Die ... Schwester ... hat ihn mir ... gegeben ...«

Er starrte sie an, sah dann wieder auf den Ring und begriff.

»Scheiße!«

Danach fiel ihm nichts mehr ein. Deprimiert drehte er den schmalen Reif zwischen den Fingern, wusste nicht recht, was er damit tun sollte, und reichte ihn ihr schließlich mit großer Bedachtsamkeit, wie eine wertvolle Antiquität. Dann atmete er tief durch und legte eine Hand auf ihre Schulter.

»Bringen wir's hinter uns.«

Dr. Breimann sah sehr jung aus: ein smarter, blonder Mann, blauäugig, schmalgesichtig und vermutlich sehr sportlich. Der Bildschirm des Computers auf seinem Schreibtisch leuchtete hellblau, er drehte ihn weg und stand auf, um Katharina von Staden und ihrem Begleiter die Hand zu geben.

»Es tut mir unendlich leid, Frau von Staden … Mein tiefes Mitgefühl … Ich habe Ihren Vater zwar nicht operiert, doch wir hatten heute Nachmittag ein kurzes Gespräch …«

Er war gegen fünf Uhr am Nachmittag gestorben. Völlig überraschend, denn die Bypass-Operation am Morgen war ohne Komplikationen verlaufen. Man hatte ihn auf die Intensivstation gebracht, und dort hatte Dr. Breimann ihn noch gegen vier gesprochen.

»Hat er … nach mir gefragt?«

Der Arzt machte eine bejahende Geste. Er hätte diesen Umstand möglicherweise verschwiegen, um die junge Frau nicht in Gewissensnöte zu bringen, doch nun berichtete er wahrheitsgemäß, dass Peter von Staden ihn gebeten hatte, seine Tochter zu benachrichtigen. Leider war es jedoch nicht möglich gewesen, sie unter der angegebenen Telefonnummer zu erreichen.

»Ich hatte fast den Eindruck, dass er etwas geahnt hat. Er wollte Ihnen noch irgendetwas sagen …«

Patrik stöhnte auf, und sie fand die Seelenstärke, ihn zu trösten. Nein, es sei nicht allein seine Schuld gewesen. Ihr Vater habe Handys abgelehnt und deshalb auch ihre Handynummer nicht wissen wollen.

»Und Sie hatten keine Ahnung? Das ist seltsam. Er muss

Atembeschwerden gehabt haben, auch das Treppensteigen war vermutlich ein Problem für ihn.«

Sie erfuhr, dass er schon gestern zur Vorbereitung der OP in der Klinik gewesen war. Auch das hatten sie nicht gewusst.

»Er war keiner, der jammerte«, sagte sie leise. »Er hat niemals viel Aufhebens um sich gemacht. Es war immer meine Mutter, die bestimmte und redete …«

»Das ist wahr«, bestätigte Patrik, der froh war, etwas sagen zu können. »Dein Vater war immer sehr still. Fällte einsame Entscheidungen. Ein sehr verschlossener Mensch.«

Sie schwieg. Eine tiefe Kluft tat sich plötzlich zwischen ihnen auf. Niemals würde Patrik verstehen, wie sehr sie ihren Vater geliebt hatte. Viel mehr als ihre Mutter, die sich in alles einmischte, alles bestimmen wollte, alles zerredete. Wäre ihre Mutter gestorben, dann wäre sie wohl traurig gewesen, doch sie hätte nicht dieses lähmende Gefühl eines unersetzlichen Verlusts empfunden. Sie und Vater hatten einander ohne viele Worte verstanden; in seiner stillen Art hatte er weit mehr von ihr gewusst, als die Mutter je geahnt hatte.

Eine Lampe leuchtete rot auf, zugleich ertönte ein lauter Summton. Dr. Breimann hob den Kopf, um festzustellen, aus welcher Abteilung der Notruf kam.

»Er hat nicht angedeutet, was er mir mitteilen wollte?«

»Nein. Leider. Wenn Sie Abschied nehmen möchten, bringe ich Sie jetzt zu ihm.«

»Ja …«, sagte sie leise. »Bitte …«

Sie hatte Angst davor, den Toten zu sehen. Vor einigen Jahren war ein Onkel gestorben, ein Bruder ihrer Mutter, den man nach altem Westerwälder Dorfbrauch im Haus aufgebahrt hatte. Der Anblick war nicht schön gewesen, das Gesicht in den blütenweißen Plastikspitzen gelblich, die Nase spitz, um die geschlossenen Augen dunkle Krater. Der Leichnam hatte keinerlei Ähnlichkeit mit Onkel Hans gehabt, so wie sie ihn in Erinnerung hatte.

Der junge Arzt hatte es eilig, sprach einige Sätze in ein Mobiltelefon, während sie durch den Flur hasteten. Zweimal öffnete er die falsche Tür, dann endlich ließ er sie in einen kleinen, weiß gestrichenen Raum eintreten, der von einer spanischen Wand in zwei Hälften geteilt wurde. Der Tür gegenüber stand ein Bett, das mit einem weißen Laken abgedeckt war, darunter erkannte man die Form eines menschlichen Körpers.

»Verzeihung«, sagte der Arzt. »Einen Augenblick …«

Das Mobiltelefon summte, wurde von ihm jedoch ignoriert. Er ging zum Kopfende des Bettes und hob sacht das Laken an, verharrte einen Moment, um sicher zu sein, dass es auch der Richtige war, dann schlug er das Tuch zurück.

Ihr Vater lag friedlich auf dem Rücken, die Augen geschlossen, die Gesichtszüge entspannt, als hielte er nur sein Nachmittagsschläfchen. Jemand musste ihm das dichte weiße Haar glatt gekämmt und die Hände über der Brust gefaltet haben – ohne Zweifel eine der indischen Schwestern.

»Ich muss jetzt leider zu einem Notfall – schließen Sie nachher einfach die Tür, ich sage der Nachtschwester Bescheid …«

Katharina trat vorsichtig einige Schritte näher zu dem Bett. Wie seltsam der große, kräftige Mann doch in diesem weißen Krankenhaushemd aussah. Und doch, wenn sie sein Gesicht betrachtete, hatte sie das Gefühl, ihn einfach nur rufen zu müssen, dann würde er die Augen aufschlagen und sie verlegen anlächeln. »Habe ich etwa geschlafen? Na so was, ich wollte nur ein wenig sitzen und ausruhen …«

»Was hält er denn da für ein Bild in den Händen?«, fragte Patrik, der ihr nach anfänglichem Zögern gefolgt war.

Katharina war das Bildchen bisher gar nicht aufgefallen. Es lag mit der Rückseite nach oben in seinen gefalteten Händen – hatten die frommen Schwestern ihm ein Heiligenbildchen verpasst? Der Gedanke gefiel ihr nicht, denn ihr Vater war schon vor Jahren aus der Kirche ausgetreten. Den Grund hatte sie nie erfahren, doch sie hatte seine Entscheidung stets respektiert.

»Ich glaube, es ist eine alte Fotografie«, meinte Patrik. »Ein Foto von deiner Mutter vielleicht?«

Eigentlich ging es sie nichts an. Ihr Vater hatte dieses Foto mit in die Klinik genommen, weil es ihm wichtig war. Sollte sie neugierig sein? Oder respektieren, dass dieses Foto nur ihn allein betraf? Es war vielleicht ein Kinderbild von ihr selbst. Ein Bild von ihrer Mutter aus guten Zeiten. Oder ... oder hatte es noch eine andere Frau in seinem Leben gegeben? Was für ein absurder Gedanke. Und doch: Vielleicht hatte dieses Foto ja etwas mit dem zu tun, was er ihr noch hatte sagen wollen?

Sie berührte sacht seine rechte Hand. Sie war hart und sehr kühl. Dann hob sie eine Ecke des Bildchens an und versuchte, etwas zu erkennen. Ein altes Schwarz-Weiß-Foto. Das Gesicht einer dunkelhaarigen jungen Frau, die ihr völlig unbekannt war. Sie wich zurück, ärgerlich, dass sie dieses Geheimnis ihres Vaters aufgedeckt hatte.

»Na und?«, fragte Patrik neugierig. »Wer ist es?«

»Meine Mutter«, log sie.

»Da schau her«, murmelte er. »Möchtest du noch länger hierbleiben?«

Sie schüttelte den Kopf. Eigentlich hätte sie jetzt weinen müssen, doch sie fühlte sich nur unendlich müde und innerlich leer. Er war gegangen mit dem Bild einer fremden Frau in seinen Händen. Die Erklärung dazu hatte er ihr nicht mehr geben können. Es war gut so – sie wollte es im Grunde auch gar nicht wissen.

Sie schlossen die Tür hinter sich, und Patrik legte den Arm um sie, während sie den Flur entlang zum Aufzug gingen. Eine weiße Taubenschwester flatterte an ihnen vorüber, lächelte ihnen zu und verschwand. In einer Nische stand ein Krankenhausbett, in dem eine weißhaarige Frau schlief. Ein Plastikbehälter hing an einem Ständer neben dem Bett, daraus führte ein durchsichtiger Schlauch unter ihre Bettdecke.

Patrik atmete tief durch, als sie ins Freie traten. Es war kalt und dunkel, im Schein der Straßenlaternen konnte man die kleinen Regentropfen sehen, die ein sachter Wind ihnen entgegentrieb. Sie beugten sich vor und liefen dicht nebeneinander zum Auto, froh, eine Zuflucht vor Kälte, Dunkelheit und den beklemmenden Eindrücken zu finden. Als Patrik die Scheinwerfer einschaltete und der Motor lief, ging es Katharina ein wenig besser. Sie drehte die Heizung hoch und zog die Jacke eng um den Körper.

»Wenn du willst, helfe ich dir«, meinte Patrik, als sie schon wieder auf der Friedberger Landstraße waren. »Es wird eine Menge Verwaltungskram auf dich zukommen. Beerdigung, Rente, Versicherung … Und dann deine Mutter.«

Katharina war noch nicht so weit, über diese praktischen Dinge nachzudenken. Wann hatte sie zuletzt mit ihrem Vater gesprochen? Vor drei Tagen? Oder war es länger her? An irgendeinem Sonntag im Februar waren sie bei ihren Eltern zu Besuch gewesen … Damals schien alles wie immer.

»Und dann das Haus in diesem Taunuskaff«, fuhr Patrik fort. »Das kannst du nicht leer stehen lassen. Am besten wäre es, die Hütte zu verkaufen …«

»Das Haus gehört meiner Mutter …«

»Die musst du entmündigen lassen, damit du an das Geld herankommst. Hoffentlich haben deine Eltern was auf der hohen Kante, sonst musst du am Ende noch für deine Mutter aufkommen. Aber immerhin ist ja das Haus da. Ist es wenigstens schuldenfrei?«

»Bitte, Patrik, lass mich mit diesen Dingen jetzt in Ruhe!«

Er zuckte die Schultern und überfuhr eine Kreuzung bei Gelb. »Ich mein ja nur …«

Die Beerdigung fand auf dem kleinen Dorffriedhof bei Blitz und Donner statt. Mehrfach musste der Pfarrer die Ansprache unterbrechen, weil das Gewitter seine Stimme übertönte; auch der Frauenchor klang dünn zu den zitternden Tönen des elektrischen Harmoniums. Als die Trauergemeinde die Friedhofskapelle verließ, um den Sarg zum Grab zu geleiten, prasselten dicke Hagelkörner aus den schweren Wolken. In großer Eile löste sich die Versammlung auf. Die Steinbacher rannten davon, um ihre Autos und Gärten vor den Geschossen in Sicherheit zu bringen, die auswärtigen Trauergäste – zwei Schwestern des Verstorbenen mit Ehepartnern – zogen sich wieder in die schützende Kapelle zurück. Nur der Pfarrer und die sechs Sargträger trotzten dem Unwetter, und auch Katharina war entschlossen, den Vater bis zum Grab zu begleiten. Patrik folgte in einigem Abstand; er kämpfte mit seinem Regenschirm, der aufgrund des heftigen Beschusses immer wieder zuklappen wollte.

Was der Pfarrer am Grab sagte, ging im Hagelsturm vollkommen unter, aber es war nicht viel mehr als die üblichen Segensworte und das gewaltige und zugleich erlösende Wort: »Erde zu Erde, Asche zu Asche, Staub zu Staub.«

Die Sargträger waren Profis; sie hatten sich gegen Kälte und Wind mit mehreren Lagen des einheimischen Birnenschnapses gestärkt, bevor sie ans Werk gingen. Katharina sah den Sarg ihres Vaters samt dem Rosengesteck von Tante Alice langsam in der mit einer grünen Matte bespannten Graböffnung versinken, während ringsum die weißen Hagelkörner auf den polierten Grabsteinen tanzten. Eigentlich war es ein höchst feierlicher Augenblick, zu dem bei jeder Beerdigung reichlich Tränen flossen. Doch die skurrile Trommelbegleitung und die Donnerschläge aus den Gewitterwolken über ihnen ließen die Beteiligten nach getaner Arbeit mit hastigen Schritten zur Kapelle zurücklaufen, und Katharina fiel erst später auf, dass sie ihrem Vater nicht einmal die übliche Schippe Sand mit ins Grab gegeben hatte.

Später saß man in der Dorfhalle an langen Tischen, um Hefekuchen zu essen und Kaffee zu trinken, danach gab es Schnäpse und Liköre, sodass die zunächst gedrückte Stimmung nach einer knappen Stunde in Wohlbehagen umschlug. Katharina hatte sich um diese Feierlichkeit nicht kümmern müssen, die Frauen im Dorf übernahmen die Organisation. Kuchen, Kaffee und geistige Getränke waren schon im Voraus bezahlt worden – ihr Vater hatte alles geregelt.

Sie hätte es sich eigentlich denken können, dass er diese letzten Dinge nach seinen Vorstellungen geordnet hatte. Sein Testament war bei einem Notar hinterlegt, darin erklärte er seine Tochter Katharina zur Universalerbin, mit der einzigen Auflage, dass sie sich um ihre Mutter kümmern musste. Was sie sowieso getan hätte. Es gab einiges Barvermögen – ihr Vater war Beamter beim Straßenbauamt gewesen und hatte seine Ersparnisse durch geschickte Aktiengeschäfte vermehrt. Dieses Geld würde sie vorerst nicht antasten, es war für ihre Mutter bestimmt, die im Heim versorgt werden musste.

Am Abend fanden sich die Familienmitglieder in Katharinas Elternhaus zusammen. Tante Alice machte sich in der Küche zu schaffen, schmierte Schnittchen mit Leberwurst und Hausmacher Rotwurst, Katharina holte ein Glas mit Gewürzgürkchen aus der Speisekammer, die vermutlich ihre Mutter noch eingemacht hatte. Onkel Max und sein Schwager Wilhelm hatten den Weinkeller inspiziert und einige Flaschen mit heraufgebracht, die sie vorsichtshalber im Wohnzimmer testen wollten, damit sie den Damen nicht etwa verdorbenen Wein anboten. Patrik war mit Tante Gudrun in die Garage gegangen, um Vaters Audi in Augenschein zu nehmen.

»Die Bremsbeläge sind komplett durch, und das Getriebe macht's auch nicht mehr lange«, hörte Katharina seine Stimme im Flur. Er sprach im lässigen Ton des Fachmannes, der sich gutmütig herablässt, einer Unkundigen guten Rat zu erteilen.

Die Haustür schlug zu, ein Schirm wurde ausgeschüttelt. Tante Gudrun beklagte sich über das scheußliche Regenwetter.

»Ich versteh das nicht«, sagte sie, in die Küche eintretend. »Der Wagen ist doch erst drei Jahre alt. Und Peter hat meines Wissens in letzter Zeit keine längeren Fahrten mehr unternommen.«

»Kurzstrecken«, meinte Tante Alice und zog wissend die Augenbrauen in die Höhe. »Kurzstrecken ruinieren jedes Auto. Er hat die Elli doch immer zum Einkaufen fahren müssen, zu den Ärzten und was weiß ich, wohin noch. Für schöne Reisen ist ihm da keine Zeit mehr geblieben.«

»Ja, er war gutmütig ohne Ende. Habt ihr Salzstangen?«, fragte Tante Gudrun, die den Küchentisch gleich einer Feldherrin überblickte. »Zu Käseschnittchen passen nur Salzstangen.«

»Vielleicht im Wohnzimmerschrank. Er hat ja alles großartig in Ordnung gehalten. Und dabei die demente Frau betreut. Das wird ihn Jahre seines Lebens gekostet haben ...«

»Ja, die Elli war keine einfache Person, auch früher nicht. Gib doch mal das Käsemesser, Kati. Emmentaler, den hat er immer so gern gegessen ...«

»Wird deine Mutter einen Platz im Altenheim bekommen, Kati? Dort wäre sie ja wohl am besten aufgehoben ...«

»Ich schau mal nach den Salzstangen ...«, sagte Katharina.

Im Flur holte sie tief Luft. Wenn dieser Abend doch schon vorbei wäre! Das Geschwätz der Tanten war ihr schon immer lästig gewesen; heute hätte sie sich am liebsten die Ohren zugestopft.

Im Wohnzimmer hatten sich die beiden Onkel über Vaters Humidor hergemacht, den er von seinen Kollegen im Bauamt zu seiner Pensionierung geschenkt bekommen hatte. Ein Kasten aus Teakholz mit Glaseinsätzen und einem Befeuchter, ein edles Stück, über das sich Vater damals sehr gefreut hatte.

»Du hast doch sicher nichts dagegen, wenn wir uns eine genehmigen, Kati?«

Onkel Max hatte die Zigarre seiner Wahl bereits herausgenommen und drückte an der Spitze herum, Onkel Wilhelm spuckte Tabakbrösel, die er fachmännisch von der Havanna abgebissen hatte. Die Weingläser, die sie aus der Vitrine genommen hatten, waren noch halb gefüllt, eine der Flaschen bereits geleert. Sie schienen den Test sehr ernst zu nehmen.

»Natürlich nicht«, sagte sie höflich. »Ich werde sie gewiss nicht rauchen, und Patrik ist Zigarettenraucher.«

»Ach!«, meinte Onkel Max schnell, bevor Onkel Wilhelm den Mund auftun konnte. »Dann brauchst du das gute Stück wohl gar nicht?«

»Der Humidor ist ein Andenken an meinen Vater!«

Die Feststellung klang recht energisch, sodass Onkel Max rasch zurückruderte, während Onkel Wilhelm froh war, nicht zu Wort gekommen zu sein. Natürlich, es war nur allzu verständlich, dass sie daran hing. Wo der Verlust noch so frisch war. Aber vielleicht würde sie ja später einmal daran denken, sich von dem hübschen Teil zu trennen. Und dann wäre es doch schade, wenn ihr Freund es bei eBay verschleuderte …

Sie fand mehrere Tüten Salzbrezeln im Schrank, Vater hatte dort ein Depot angelegt, weil Mutter dieses Zeug seit ihrer Demenz pausenlos vor sich hin mümmelte. Patrik war inzwischen verschwunden, vermutlich beschäftigte er sich mit Vaters Modellbauten, die er fotografieren und bei eBay anbieten wollte. Katharinas Vater hatte eine Leidenschaft für historische Segelschiffe gehabt, die er minutiös gemäß den Abbildungen in einem Bildband in verkleinertem Maßstab nachbaute. Seine Schiffsmodelle waren so perfekt, dass man sie sogar im Gartenteich schwimmen lassen konnte, ohne dass sie Schlagseite bekamen und untergingen. Einige dieser Schifflein wollte Katharina auf jeden Fall behalten, vor allem diejenigen, die er gebaut hatte, als sie noch klein war. In ihrer Stadtwohnung war nicht viel Platz, sie würde überhaupt nur wenige Stücke aus ihrem

Elternhaus mitnehmen können. Das Haus sollte leer geräumt und verkauft werden, so hatten Patrik und sie es beschlossen, denn beide waren an das Leben in der Großstadt gewöhnt. Hier in dem winzigen Steinbach zu wohnen war undenkbar.

»Patrik? Es gibt Schnittchen. Komm doch bitte herunter!«, rief sie die Treppe hinauf.

»Komme gleich …«

»Beeil dich, sonst bleibt nichts für dich übrig!«

Es war gelogen, denn die Tanten hatten Berge von Schnittchen hergestellt, garniert mit Salzstangen, Essiggürkchen und Zwiebelringen, die Onkel Wilhelm besonders gern zur Leberwurst aß. Aber Katharina war nicht wohl bei dem Gedanken, dass Patrik dort oben in Vaters Schubladen herumwühlte. Obgleich sie sich fast sicher war, dass Vater nichts hinterlassen hatte, was auf die fremde Frau hinwies. Schon weil Mutter in guten Zeiten jeden Winkel und jede Schublade beherrschte. Immerhin war das Foto ihrer Aufmerksamkeit entgangen – wo er es wohl versteckt gehalten hatte?

Während sie zwischen Onkel Max und Tante Gudrun auf dem Wohnzimmersofa saß und ein Käseschnittchen kaute, fühlte sie sich immerhin erleichtert, dass die Beerdigung vorbei war. Es war lächerlich gewesen, eine Situation zu fürchten, die es höchstens in schlechten Filmen gab. Doch sie hatte tatsächlich Angst gehabt, die Unbekannte könnte zu Vaters Beerdigung in der Friedhofskapelle erscheinen. Ihre Phantasie hatte ihr eine zierliche Frau in Schwarz vorgegaukelt, großstädtisch gekleidet mit Kostüm, Hut und dunklem Schleier, das Gesicht trotz ihres Alters schön und jugendlich … Meine Güte – sie hatte sich doch tatsächlich mindestens fünfmal umgedreht, um die Trauergäste in den hinteren Sitzreihen zu mustern. Was man wohl von ihr gedacht hatte? Natürlich war die Unbekannte nicht aufgetaucht, weshalb auch? Vermutlich wohnte sie weit entfernt in einer anderen Stadt und wusste gar nicht, dass Vater gestorben war. Wenn sie überhaupt noch am Leben war.

»Was ist denn jetzt mit dem Audi?«, wollte Tante Gudrun wissen. »Du hast doch ein Auto, Kati. Dann brauchst du den Wagen ja nicht. Kostet nur Versicherung und Steuer für nichts und wieder nichts …«

Sie bot tausend Euro für den Wagen, das sei ein guter Preis angesichts der Tatsache, dass sie und ihre Schwester ja vom Nachlass ihres Bruders ansonsten ausgeschlossen seien. Der liebe Peter hätte sich gewiss gefreut, seinen Wagen bei ihr in guten Händen zu wissen …

Patrik blinzelte schräg zu ihr hinüber. Katharina wusste, dass er scharf auf den Audi war, er suchte seit Monaten einen gebrauchten A3 im Internet, der Kauf war jedoch immer wieder an seiner geringen Barschaft gescheitert. Eigentlich passte es ihr nicht, dass Patrik, der kaum etwas anderes tat, als »World of Warcraft« zu spielen, nun Vaters Auto für sich beanspruchte. Er hatte es nicht verdient, und sie glaubte zu wissen, dass ihr Vater damit keineswegs einverstanden gewesen wäre. Vorsichtshalber erklärte sie Tante Gudrun, den Wagen selbst fahren zu wollen, worauf Onkel Wilhelm behauptete, nichts anderes erwartet zu haben.

»Wenn ihr vielleicht ein Möbelstück oder ein Bild haben möchtet. Ich meine, als Andenken an Vater …«

»Danke – wir sind selbst gut ausgestattet«, sagte Tante Gudrun beleidigt.

»Höchstens das Silber …«, ließ sich Tante Alice vernehmen.

Überraschenderweise erhob jetzt der sonst so fügsame Ehemann heftigen Widerspruch. Vom Rheinwein ermutigt, erklärte Onkel Max, er habe bereits jetzt ihre silbernen Gäbelchen, Obstmesserchen und Zuckerzangen bis oben hin satt. Der ganze Plunder, mit dem sie daheim ihre Schränke vollgestopft habe, Moccatässchen, Teekännchen, Sahnelöffelchen und Kristallväschen, sei zu nichts anderem nütze, als dumm herumzustehen.

»Du bist ja betrunken!«, zischte Tante Alice.

»Unsinn«, rief er und hob das Glas. »Aber wir trinken jetzt auf meinen Schwager Peter, das hat er verdient. Prost, Peter, wo immer du auch sein magst. Bist ein anständiger Bursche gewesen. Wenn auch mit … mit kleinen Fehlern …«

»Jawoll«, stimmte Onkel Wilhelm ein und hob solidarisch sein Weinglas. »Ein guter Kerl, das war er. Mit kleinen … kleinen Fehlern. Der größte … größte Fehler, das war die Elli!«

Tante Alice und Tante Gudrun wechselten besorgte Blicke, denn der Rheingauer Riesling hatte ganze Arbeit geleistet. Tante Gudrun bemerkte, man würde sich morgen beim Frühstück noch einmal in Ruhe unterhalten. Sie habe ihrem Bruder vor zwei Jahren einen Satz hellblau karierter Bettwäsche geschenkt, dazu auch Betttücher und zwei Bezüge für die Paradekissen. Diese Sachen würde sie eventuell für ihren Sohn Rolfie mitnehmen, der ja doch auch eine Erinnerung an seinen Onkel Peter haben wolle.

Onkel Max kämpfte mit einem Schluckauf, den er mit einem tiefen Zug aus seinem Weinglas verscheuchte. Tante Alice sah die Lage außer Kontrolle geraten, bewahrte jedoch energisch die Fassung.

»Weiß deine arme Mutter, dass sie nun Witwe ist?«, erkundigte sie sich bei Katharina. Sie musste mit erhobener Stimme sprechen, da der Lärm im Wohnzimmer zunahm.

»Elli, Elli – du entschwandest«, sang Onkel Wilhelm mit knödeligem Tenor. »Und mit dir mein Portemonnaie …«

Der Onkel war seit dreißig Jahren Mitglied im Männergesangverein »Sangeslust 1845«. Onkel Max bekam auf den Vortrag hin einen Lachanfall, der in einen Hustenanfall überging. Als er in beängstigender Weise zu keuchen begann, klopfte ihm Patrik auf den Rücken, damit er wieder Luft bekam.

»Wir haben es Mutter gesagt, aber ob sie es hat aufnehmen können, ist nicht sicher«, versuchte Katharina gegen den Lärm anzureden. »Wolltet ihr sie nicht im Heim besuchen?«

Sie schob die Weinflasche beiseite, aus der Onkel Wilhelm ihr schwungvoll eingießen wollte.

»Ich denke, wir werden das bei unserem nächsten Besuch tun, liebe Kati«, gab Tante Gudrun liebenswürdig zurück und riss ihrem Gatten die Flasche aus der Hand. »Wir sehen uns ja gewiss bald wieder. Und deine Mutter würde uns sowieso nicht erkennen …«

»Im tie-fen Ke-ller sitz ich hier …«, intonierte Onkel Wilhelm und tätschelte den Oberschenkel seiner Schwägerin Alice. Die schrie auf und schlug ihm auf die Finger, ein Weinglas ging zu Bruch, zwei leere Flaschen rollten über den Teppich.

»Jetzt reicht's«, kreischte Tante Alice.

Tante Gudrun versuchte, ihren Gatten aus dem Sessel zu zerren, das gelang jedoch erst, als Patrik ihr zu Hilfe kam.

»… in a-hei-ne-hem Fass voller Re … ben … Hör auf, an mir herumzuzerren, Weib!«

»Du gehst jetzt ins Bett und schläfst deinen Rausch aus!«

»Rausch? Ich bin stocknüchtern!«

»Stockbesoffen bist du!«

»Mir … mir ist … schlecht!«, äußerte der Onkel, als er endlich leicht schwankend auf den Füßen stand.

»Das war zu erwarten«, sagte Tante Gudrun kühl. »Sei so lieb, Kati, und stell einen Plastikeimer ins Gästezimmer …«

Es dauerte ein Weilchen, bis die Tanten ihre Ehehälften die Treppe hinaufbugsiert hatten; danach rumorte es heftig im Badezimmer, und man vernahm Onkel Wilhelms Tenorstimme, die eine Arie von Mozart intonierte. Die Dusche machte dem Vortrag ein rasches Ende.

»Deine Verwandtschaft ist echt zirkusreif«, bemerkte Patrik grinsend. »Sieben Flaschen Wein haben sie vernichtet.«

Da Schlafzimmer und Gästezimmer besetzt waren, blieb für Katharina und Patrik nur das Wohnzimmer. Sie trugen die Reste der Schnittchen in die Küche, weil Katharina den Zwiebelgeruch nicht mehr ertrug, dann suchten sie sich Kissen und Wolldecken zusammen und lagerten sich, so gut es ging, auf den Polstermöbeln.

Morgen, dachte sie. Morgen fahren sie nach Hause, und wir sind sie endlich los. Der Gedanke erleichterte sie, und sie glitt sanft über die Schwelle des Bewusstseins hinüber in die unendlich weite Landschaft der Träume. Dort fuhr sie auf schwankenden Wogen über ein hellblau schimmerndes Meer, über ihr bauschten sich mächtige Segel, hölzerne Rahen und Masten knarrten. Sie befand sich auf einem Dreimaster, den ihr Vater vor Jahren gebaut hatte. »Seacloud« war sein Name gewesen, er hatte damals monatelang daran gearbeitet, und sie hatte zugeschaut, wie er die einzelnen Teile aus Holz zurechtsägte und ineinanderpasste.

»Wohin fahren wir?«

Er stand dicht neben ihr, sein weißes Haar wehte im Wind. Er schwieg zunächst, wie er es oft getan hatte, wenn sie Fragen stellte, dann aber sah er sie ernsthaft mit hellen, blauen Augen an. Mit den Augen eines Seemanns, der gewohnt ist, in die Weite zu schauen.

»Wohin der Wind uns trägt, Kati.«

Sie spürte das Schwanken und Schlingern, hörte das Knirschen der Taue, das Knattern der Segel im scharfen Wind.

»Aber wohin trägt er uns, Vater?«

Sie sah zu ihm auf, doch er war verschwunden. Ein tiefer Schmerz erfasste sie, und sie irrte über das Deck, hielt sich an der Reling fest, um nicht zu fallen, suchte hinter Taurollen und Aufbauten, schaute in die Kajüte, wo mehrere Männer an einem langen Tisch saßen. Sie hoben die Köpfe und musterten sie schweigend: bärtige Seeleute, einige noch jung, die meisten schon grau und wettergegerbt. Sie kannte keinen einzigen.

»Habt ihr meinen Vater gesehen?«

Einer der Männer erhob sich und deutete stumm mit der Hand zum Bug hinüber. Sie verließ die Kajüte, lief über das Deck nach vorn, bis die Sicht zum Bug frei war. Dort stand eine schwarzgekleidete Gestalt, zierlich, in Kostüm und Schleierhut. Während sie sie noch anstarrte, drehte sich die Erscheinung herum und schob den Schleier auseinander. Eine junge Frau, braune Augen, ein herzförmiges Gesicht, ein kleiner Mund mit vollen Lippen.

»Du bist es also!«, sagte Katharina im Traum.

Das Frühstück am folgenden Tag – es war ein Samstag – fand mit leichter Verspätung statt. Die Tanten hatten die Herrschaft in der Küche übernommen, Patrik wurde zum Brötchenkauf geschickt, Katharina blieb die Aufgabe, das Wohnzimmer in einen annehmbaren Zustand zu versetzen und den Frühstückstisch mit Mutters Rosenthal-Service zu decken.

Man plauderte über dies und das, wobei die Tanten es geflissentlich vermieden, ihren verstorbenen Bruder zu erwähnen. Katharina war nicht traurig darüber – das Verhältnis zwischen ihrem Vater und seinen beiden jüngeren Schwestern war niemals herzlich gewesen. Früher hatte sie geglaubt, ihre Mutter sei dafür verantwortlich, denn sie redete meist abfällig über Tante Gudrun und Tante Alice. Später war Katharina jedoch klar geworden, dass es diese Kluft schon gegeben haben musste, bevor ihre Eltern heirateten. Den Grund dafür hatte sie nie erfahren, aber er musste gravierend sein, denn ihr Vater hatte in seinem Testament extra vermerkt, dass seine beiden Schwestern von der Erbschaft ausgeschlossen seien. Ein vollkommen überflüssiger Passus, sie hatten ohnehin keine Erbansprüche.

»Die Tischdecken wirst du ja wohl nicht brauchen, oder? Ihr jungen Leute nehmt doch viel lieber diese bunten Sets …«

Vater hatte wohl gewusst, wie raffgierig sie waren. Tante Gudrun wollte das komplette Rosenthal-Service mitnehmen, dazu

Bettwäsche, Tischdecken und Mutters Kamelhaarmantel. Tante Alice reflektierte auf die Römer, einige Kristallvasen und das silberne Besteck, das angeblich noch aus dem Haus ihres Vaters stammte und das Monogramm der Urgroßmutter trug. AvS – Alicia von Staden. Hier gerieten die Schwestern in heftigen Streit, da Tante Alice der Meinung war, alle Gegenstände, die dieses Monogramm trügen, also auch Tischdecken und Servietten aus gutem Leinen, habe Papachen damals für sie bestimmt. Wegen der Übereinstimmung der Initialen. Dem widersprach Tante Gudrun energisch. Papachen habe zwar Ähnliches einmal gesagt, aber mehr im Scherz und keinesfalls als ernst gemeintes Versprechen. Sie, Gudrun, habe die gleichen Ansprüche wie Alice.

»Ich lasse dir ja die silbernen Serviettenringe!«, meinte Tante Alice großmütig.

»Die will ich nicht. Nimm du sie ruhig!«

Das Erscheinen der beiden Ehemänner am Frühstückstisch ließ den Streit abflauen, und man ging dazu über, Pläne für die Abreise zu entwerfen. Katharina blickte erschöpft zu Patrik hinüber, der jedoch großes Vergnügen an dem Schauspiel zu haben schien. Er köpfte schwungvoll sein Frühstücksei und behauptete, wegen eines tückischen Rückenleidens leider keine schweren Gegenstände heben zu dürfen.

»Bandscheibenvorfall«, log er frech mit tragischer Miene.

Die Tanten seufzten, Tante Alice bemerkte, dass solche Erbdefekte gerade bei jungen Menschen immer häufiger in Erscheinung träten. Ob sie denn einmal Kinder haben wollten?

»Vorläufig nicht«, meinte Patrik, bevor Katharina etwas sagen konnte.

»Sehr weise!«, bemerkte Onkel Max.

Die beiden Onkel sahen recht blass aus, was ohne Zweifel mit dem gestrigen Rheinwein-Konsum zu tun hatte. Die leckeren Brötchen aus dem Supermarkt rührte keiner von ihnen an, sie tranken nur ein wenig Kaffee, und Onkel Max ermannte sich, an einem Croissant zu knabbern.

»So! Dann wollen wir mal …«, befahl Tante Alice und erhob sich, um hinüber ins Schlafzimmer zu gehen. Tante Gudrun, die um die Bettwäsche fürchtete, heftete sich an ihre Fersen. Gute zwei Stunden lang wurde gestritten und gekeift, eingepackt und wieder ausgepackt, Katharina schleppte Kartons und Zeitungen zum Einwickeln herbei, die unglücklichen Onkel trugen Kisten und Kasten in die entsprechenden Pkw und mussten sich später anhören, dass sie die Sachen völlig blödsinnig eingeräumt und jede Menge Platz vergeudet hätten. Die beiden Frauen waren in einen regelrechten Beuterausch verfallen, Tante Alice wollte allen Ernstes die Kühl-Gefrierkombination mitnehmen, und Tante Gudrun erklärte, Waschmaschine und Trockner zu benötigen. Hier war jedoch die Kapazität der Pkw am Ende, und Katharina weigerte sich, Tante Gudrun Vaters Anhänger zu »leihen«.

»Nun ja – dein Vater war schon immer vom Stamme Nimm«, bemerkte Tante Gudrun beim Abschied. »Und du bist ja nun fein raus, nachdem du alles geerbt hast.«

»Allein das Haus wird eine schöne Stange Geld bringen«, stimmte Tante Alice mit ein und fügte hinzu, dass es doch sehr problematisch sei, wenn ein junger Mensch solch große Summen in die Hände bekäme.

»Es wäre mir anders lieber gewesen«, sagte Katharina.

»Ja, natürlich … Wir alle hätten gewünscht, dass der arme Peter nicht so früh hätte gehen müssen … Hast du den Lederkasten mit den Auflegegabeln eingepackt, Wilhelm?«

Katharina zählte die Minuten, bis sie endlich eingestiegen waren und vom Grundstück fuhren. Niemand drehte sich noch einmal nach ihr um, kein Taschentuch flatterte zum Abschied, es hatte noch nicht einmal einen Handschlag, geschweige denn eine Umarmung gegeben. Bedankt hatte sich auch keiner, dabei schleppten sie den halben Haushalt davon. Was auch immer der Grund für Vaters Abneigung gegen seine Schwestern gewesen war – Katharina konnte seine Gefühle heute gut verstehen.

Aufseufzend kehrte sie ins Haus zurück und sah sich noch einmal in den chaotisch zugerichteten Räumen um. Jetzt erst, da die aufgeregten Stimmen, das Gerenne und Gelaufe verstummt waren, verspürte sie den Schmerz um die zerstörte Ordnung, die doch einmal die heile, sichere Umgebung ihrer Kindheit gewesen war. Gewiss – ihr Kinderzimmer war zum Gästezimmer umgewandelt worden, doch ihre Mutter hatte alle ihre Kuscheltiere, die Kinderbücher und andere Erinnerungen in den Regalen belassen. Die Tanten hatten den Wäscheschrank geöffnet und die Bettwäsche herausgenommen, was sie nicht brauchen konnten, lag auf Betten und Fußboden. Beklommen ließ Katharina den Blick über die Regale schweifen, entschloss sich dann, einen braunen Teddybären mitzunehmen, den sie zu ihrem zehnten Geburtstag bekommen hatte. Alles andere würde beim Entrümpler landen, sie konnte es nicht aufheben. Langsam ging sie weiter durch die zerwühlten Räume, machte sich klar, dass vor einer guten Woche hier noch ihre Eltern gewohnt hatten, und musste sich zusammennehmen, um nicht zu weinen. Was würde sie ihrer Mutter sagen? Sie hatten sie vorgestern im Altenheim besucht und bei dieser Gelegenheit alle Formalien geregelt. Ihre Mutter hatte mehrfach nach Peter gefragt. Peter solle sie holen. Nach Hause. Katharina hatte ihr gesagt, er käme später, morgen vielleicht. Später hatte Patrik sie gescholten, weil sie der dementen Frau nicht die Wahrheit erklärt hatte. Aber auch die Schwester im Heim war der Meinung gewesen, dass Frau von Staden nur schwer begreifen würde, was geschehen war. Man könne aber hoffen, dass sie es einfach vergaß und irgendwann nicht fragte.

Wie deprimierend das alles doch war! Wenn wenigstens Patrik hier wäre, aber er hatte sich gleich nach dem Frühstück zu einer Probefahrt mit dem Audi abgesetzt und war noch nicht zurückgekehrt. Katharina öffnete das Fenster im Elternschlafzimmer und atmete die kalte Vorfrühlingsluft ein. Unten auf den Beeten steckten schon die gelben und lilafarbenen Krokusse ihre Köpfe heraus, daneben gab es runde Kissen mit weißen Schneeglöckchen.

Es hat wenig Zweck, sich in diesem Chaos Depressionen einzuhandeln, dachte sie. Vater ist in meinem Herzen und nicht in diesem Haus zwischen all dem Krempel. Je rascher die Sachen fortkommen, desto besser.

Sie legte den Teddybären auf ihre Reisetasche, dazu zwei der Schiffchen und eines der Fotoalben aus dem Wohnzimmer. Mehr nicht. Alles Weitere wäre nur Ballast, der ihr das Leben schwer machte. Möglich, dass Patrik noch ein paar von Vaters Werkzeugen aus dem Keller mitnehmen wollte. Wo er nur blieb? Sie seufzte ungeduldig und sah aus dem Fenster. Auf der Straße spielten ein paar Jungen Fußball, ein Auto war nicht in Sicht. Sie trug ihr Gepäck hinunter und verstaute es im Kofferraum ihres Wagens, blickte dann noch einmal über den kleinen Garten, den eine Buchsbaumhecke umgab. Ob sie noch einmal drüben im Gartenhäuschen nachsehen sollte? Aber dort gab es nur Hacken, Spaten und einen Benzinmäher, all das brauchten sie nicht. Ein Schwarm grauer und weißer Tauben, der über dem Haus kreiste, nahm ihre Aufmerksamkeit in Anspruch. Ihre Mutter hatte sich oft über diese Vögel geärgert, weil sie sich auf dem Dachfirst niederließen und die Dachschindeln mit ätzendem Kot bekleckerten. Doch der Taubenzüchter war ein Nachbar, und so musste man wohl oder übel ein Auge zudrücken. So war das auf dem Dorf – man wusste nie, ob man einander nicht einmal brauchen würde.

Die Sonne kam heraus, und die frechen Tauben setzten sich tatsächlich auf den Dachfirst. Eigentlich ein hübscher Anblick, zwei graue, zwei weiße, eine graue, drei weiße – sie hockten dicht nebeneinander, aufgereiht wie auf einer Perlenkette und offensichtlich entschlossen, hier oben eine gemütliche Mittagspause einzulegen. Katharina beschattete die Augen gegen die noch tief stehende Frühjahrssonne, und plötzlich fiel ihr ein, dass sie ja den Dachboden gar nicht in Augenschein genommen hatte. Obgleich – dort würde gewiss nur Gerümpel stehen, alte Koffer, Kisten, kaputte Stühle …

Sie seufzte und sehnte sich nach ihrer hübschen, gemütlichen Stadtwohnung. Zumal sie bis Montag noch Hefte zu korrigieren und Unterricht vorzubereiten hatte. Vor Ostern sollten noch drei Tests geschrieben werden.

Aber da Patrik sich immer noch nicht blicken ließ, ging sie ins Haus zurück und suchte den Holzstab mit dem Haken, der die Dachbodenklappe öffnete. Sie scheiterte zweimal, fluchte über den blöden Mechanismus, der vermutlich auch noch verrostet war, dann öffnete sich die Klappe, und sie mühte sich, die hölzerne Leiter auszuhaken und herunterzuziehen. Oben schien die Sonne gleißend hell durch ein Dachfenster, Staub wirbelte auf, tanzte im Sonnenlicht, ein dichtes Gewirr gleißender Fünkchen. Katharina musste niesen. Wollte sie wirklich da hinauf zu Dreck und Spinnweben? Aber nun hatte sie die verflixte Treppe so mühevoll aufgestemmt, also würde sie auch hinaufsteigen.

Der Dachboden war recht niedrig, nur in der Mitte unter dem First konnte sie aufrecht stehen, ihr Vater hatte vermutlich gebückt herumlaufen müssen. Viel gab es nicht zu sehen. Rechts stand Mutters alte Nähmaschine, mit einem Tuch abgedeckt, aber dennoch gut zu erkennen. Daneben eine Kommode mit drei Schubladen, vermutlich ihre alte Wickelkommode. Darauf lagen verwelkte Türkränze, aus Trockenblumen hergestellt, in denen jetzt wohl die Spinnen hausten. Links standen tatsächlich drei Reisekoffer, altmodische Teile aus Pappe mit Lederoptik, die Ecken mit Metall verstärkt. Sie öffnete einen davon, erzeugte eine Staubwolke und stellte fest, dass er alte Bilderrahmen enthielt. Hustend schloss sie das gute Stück wieder und entdeckte einen weiteren Koffer, den man weit unter die Dachschräge geschoben hatte. Er war ohne Zweifel viel älter als die anderen, ein richtiger Überseekoffer, aus Holz gezimmert wie eine Truhe mit gewölbtem Deckel. Als sie näher herantrat und mit Todesverachtung die Spinnweben beiseitewischte, stellte sie fest, dass er mit einem Vorhängeschloss versehen und abgeschlossen war. Natürlich steckte der Schlüssel nicht im Schloss. So ein Pech …

»Kati?«, rief es von unten. »Wo steckst du?«

Patrik war zurück. Sie ging bis zum Rand der Luke und beugte sich vor. »Hier, auf dem Dachboden. Bring irgendetwas mit, um ein Schloss zu sprengen, ja?«

Sie hörte, wie er die Treppe in den ersten Stock hinaufstieg, dann sah sie sein entgeistertes Gesicht.

»Ein Schloss willst du sprengen? Mit Dynamit oder so?«

»Ein Vorhängeschloss! Bring einen kräftigen Schraubenzieher, den man als Hebel benutzen kann.«

Der Verschluss der Kiste erwies sich als äußerst widerstandsfähig. Der Bügel verbog sich, Patrik musste jedoch mehrfach ansetzen, um ihn aus dem Holz herauszusprengen. Fast tat es Katharina leid, das alte Teil so brutal behandelt zu haben.

»Da sind alte Mappen drin«, stellte Patrik fest. »Vielleicht die Steuerakten deiner Großeltern.«

Sie mussten den Koffer ein Stück vorziehen, um den Deckel aufklappen zu können. Patriks scharfe Augen hatten richtig gesehen, die Kiste war angefüllt mit handgebundenen Mappen von unterschiedlicher Dicke. Katharina nahm eine davon heraus, schlug sie auf – und traute ihren Augen kaum.

»Schau dir das an«, stammelte sie. »Ist das nicht wunderschön? Was für eine Entdeckung!«

Es waren Bilder: Aquarelle, in zarten Tönen aufs Papier geworfene Landschaften, Felsen, Buchten und immer wieder das Meer. Leuchtend blau, grünlich, dunkelgrau, tiefblau, taubenblau – wer konnte all diese Schattierungen benennen? Katharinas Hände zitterten vor Aufregung, während sie die Alben durchblätterte. Sie bestanden aus unzähligen bemalten Blättern, eines vollkommener als das andere. Rötlicher Fels, der sich zu Fabelwesen und Gesichtern formte, schlanke Leuchttürme in diesiger Ferne, düstere Wolkengebilde wie vorüberjagende Geisterschiffe …

»Wer mag das gemalt haben?«, murmelte sie.

Patrik hockte neben ihr und drehte den Schraubenzieher in den Händen. Ihre Begeisterung konnte er nicht so recht nachvollziehen. Nun ja – Bilder halt.

»Da ist doch eine Signatur. Da zwischen dem Geröll …«

Tatsächlich. Sie entzifferte die Buchstaben MdM.

»MdM – war das ein Verwandter von dir?«

»Nicht, dass ich wüsste …«

Sie schüttelte den Kopf, denn sie hatte zuerst vermutet, ihr Vater habe diese Bilder in jungen Jahren gemalt. Nun aber drängte sich ihr eine andere Vermutung auf. Sie gefiel ihr nicht besonders, aber angesichts dieser wundervollen Bilder war sie geneigt, großmütig über gewisse Dinge hinwegzusehen.

»Na ja«, meinte Patrik. »Nehmen wir das Zeug halt mit. Ich biete es bei eBay an.«

»Bei eBay? Vergiss es!«

Kein einziges würde sie freiwillig hergeben. Es war der Fund ihres Lebens. Sollte Patrik sie ruhig auslachen, sie war sicher, dass ihr Vater sie heute bei der Hand genommen hatte, um sie zu diesem Schatz zu führen. Jetzt fiel ihr auch wieder ein, dass sie in der Nacht von ihm geträumt hatte. Irgendetwas mit einem Schiff war es gewesen …

November 1939

Das Meer war ein schwarzes Ungeheuer, eine glitschige Echse mit breitem Rücken, deren Schwanz die Wellen peitschte. Sie konnte fühlen, wie es unter ihr atmete, sein Opfer mit einem bösen Lachen hin- und herwarf, es spielerisch zu sich hinabzog und dann wieder emporspülte. Aber sie kämpfte. Die Wellen griffen nach ihr mit riesigen, gekrümmten Händen, doch sie wehrte sich, schlug auf sie ein mit tauben Armen und geballten Fäusten. Sie stieß mit den Füßen gegen den Leib des Meeres, der unter ihr zurückwich, seine Beute zappeln ließ, um sie später, wenn sie müde war, desto leichter zu verschlingen. Mochte sie das salzige Seewasser ausspucken, keuchend immer wieder auf den Wellenkämmen Luft holen, Hoffnung schöpfen, die Lichter der beiden Schiffe im Blick: Sie gehörte schon längst dem Meer, war ein Teil seiner dunkelblauen Tiefe, aus der alles Leben gekommen war und wohin es zurückkehren musste.

Erst als die Lichter der Boote in der Ferne erloschen waren und sie mit dem Meer allein blieb, zeigte es ihr sein zweites Gesicht. Es war sanft, hüllte sie in kühle Seide und wiegte sie in den Schlaf. Es nahm sie auf in seinen weiten Schoß, und sie wurde zu einem Kind des Meeres, glitt wie ein Fisch durch die kristallene Tiefe, vorbei an den dahintreibenden Leibern der Brüder und Schwestern, in die Heimat, aus der sie gekommen war. Hier war alles leicht und schön, vorüber der mühsame Kampf, die Verzweiflung, die unselige Angst, ein Leben zu verlieren, das doch lange vergangen war. Hier waren Frieden und Stille, selige Dunkelheit, glückliches Vergessen …

Ein Schmerz wuchs in ihrem Körper, stieg an, peinigte sie,

erreichte seinen Höhepunkt und verging. Sie sank wieder in den angenehmen Zustand des Unbewussten. Der Schmerz kehrte zurück, zog durch die Kehle in ihre Brust, füllte sie bis zum Bersten, machte, dass sie husten musste. Ließ sie endlich wieder frei. Sie hörte sich stöhnen. Das Meer, dem sie gehörte, hatte sie ganz und gar durchdrungen, sie schmeckte die salzige Flut.

Jemand redete auf sie ein. Die Stimme eines Mannes. Kein Wort war zu verstehen. Noch eine andere Stimme, genauso unverständlich. Man zerrte an ihr herum, tat ihr weh, presste ihre Brust, ihren Magen zusammen. Sie würgte das Meer heraus, rang nach Luft, quälte sich mit widerlicher Übelkeit, kotzte salziges Wasser in weißen Sand. Blinzelnd sah sie türkisfarbenes Licht, spürte harte Hände auf ihrem Leib, die nicht aufhören wollten, ihr Schmerz zuzufügen.

»Nein … Lasst mich … Ich will nicht …«

Die Hände hörten auf, sie zu malträtieren, hielten mitten in der Bewegung inne. Es wurde geredet, schnell und unverständlich. Sie atmete keuchend, ein Zittern stellte sich ein, das ihren ganzen Körper erfasste und nicht aufhören wollte. Wenn man sie doch nur endlich in Ruhe ließe! Doch zugleich wusste sie, dass ihr die Rückkehr in jenes sanfte Reich der Dunkelheit nun verschlossen war. Sie gehörte wieder der Welt des Lichts und der Schmerzen, ob sie wollte oder nicht.

»Eh! Alan!«, rief die Männerstimme.

Wo war sie? Was war das für eine Sprache? Sie drehte den Kopf und versuchte, etwas zu erkennen. Diesiges, blaugrünes Licht. Da war Sand, winzige Körnchen, rosige, weiße, auch schwarze. Kleine Schneckenmuscheln, zart, in allen Farben. Felsblöcke, braune und rosige, seltsam geformt, als wäre eine Herde Fabelwesen zu Stein erstarrt. Erschöpft schloss sie die Augen. War das der Grund des Meeres? Durfte sie endlich ausruhen, in dieser türkisfarbenen Dämmerung einschlafen wie ein großer Fisch, der sich auf den Meeresgrund bettet?

Schritte, dumpf im feinen Sand, aber doch hörbar. Braune Lederschuhe, Hosenbeine – eine weitere Männerstimme.

»Fräulein? Können Sie mich verstehen?«

Mühsam drehte sie den Kopf, sah ein Gesicht, eine blonde Mähne, an der der Wind zerrte. Blaue Augen, eine gefurchte Stirn. Er sprach deutsch.

»Wo … wo bin ich?«

Er ging in die Hocke, ließ den Blick neugierig über ihr Gesicht, ihren Körper wandern, grinste freundlich. Freute er sich, dass sie ihn verstanden hatte?

»Wo Sie sind? In Frankreich.«

»In … Frankreich?«

Es musste recht verzweifelt geklungen haben, denn seine Miene zeigte Mitgefühl.

»Haben Sie keine Sorge, Fräulein. Wir halten nicht viel von diesem dummen Krieg. Wir Bretonen schon gar nicht …«

»Bre…tonen …«

Ihr Hirn war zu müde, um den Sachverhalt zu begreifen. Bretonen, Briten, Bretagne, Großbritannien … War sie jetzt in England oder in Frankreich? Ein schwerer Schatten legte sich über ihr Denken, drang in ihr Hirn wie eine klebrige Flüssigkeit und machte sie dumpf und gleichgültig. Nur schlafen, dahindämmern, ausruhen … Wenn es nicht so schrecklich kalt wäre! Sie zitterte immer noch, ihre Zähne schlugen aufeinander.

Jemand zog ihren Oberkörper hoch, legte einen Arm um ihren Rücken, schob den anderen unter ihre Kniekehlen. Sie schrie vor Schmerz, als er sie emporhob. Jeder Muskel tat weh, ihr Rücken, ihre Brust, Arme und Beine – es fühlte sich an, als hätte sie mit dem Teufel gerungen.

»Nur ruhig, Fräulein … Es ist nicht weit … Ein paar Schritte …«, sagte die Stimme des blonden Mannes. Sie war sanft und ein wenig heiser. Sie konnte seine hastigen Atemzüge hören, während er sie trug, und sie begriff, dass er ihr nicht mit Absicht Schmerzen zufügte. Sie biss die Zähne aufeinander und versuchte verzweifelt, das Zittern zu unterdrücken. Es gelang nur für kurze Zeit, dann verlor sich ihre Wahrnehmung in matter Dämmerung.

Sie war wieder auf dem Fischkutter, spürte das Schwanken des Bootes, glaubte das Zischen zu vernehmen, wenn der Bug in die heranrollende Welle schnitt. Da war Jean, der laut mit seinem Kameraden redete, doch obgleich er französisch sprach, konnte sie seine Worte nicht verstehen. Das Boot schlingerte so heftig, dass sie auf dem Deck hin- und hergeschleudert wurde, sie prallte gegen den Mast, stieß gegen den Kajütenaufbau, rutschte zur Reling hinüber und hörte sich vor Schmerz leise stöhnen. Panik erfasste sie. Die Wellen schwappten über das Deck und wollten sie mit sich fortreißen.

»Wir müssen sie festbinden«, sagte Jean.

»Nimm das Tau«, befahl Claude. »Fessle sie an den Mast.«

Sie wehrte sich, versuchte, auf dem schwankenden Schiffsdeck zu entkommen, versteckte sich in der Kajüte, kroch zitternd vor Angst unter die Bank. Jean näherte sich unbarmherzig, er grinste, schwenkte das dicke Tau, streckte einen sehnigen Arm nach ihr aus. Auf der hellen Haut war eine Tätowierung. Eine dunkelblaue Seeschlange wand sich um Jeans Arm, ihr breiter Kopf glotzte Margot mit runden Fischaugen an.

»Du entkommst mir nicht …«, sagte die Schlange. »Du gehörst mir.«

»Nur ruhig«, sagte jemand aus weiter Ferne. »Wir sind gleich da. Dann können Sie sich ausruhen …«

Wer war das? Sie kannte diese Stimme, doch sie konnte sich nicht besinnen, wem sie gehörte. Immerhin hatten die wenigen Sätze die Schlange verscheucht, und auch Jean war verschwunden, nur das Schwanken und Schlingern des Fischkutters blieb. Wie laut die Wellen rauschten! Sie dröhnten in ihren Ohren, außerdem stellte sich ein lautes Pfeifen ein, zuerst sehr hoch, dann sank der Ton tiefer, wurde unerträglich und bewirkte, dass ihr die Sinne schwanden.

»Rasch! Sie ist ohnmächtig. Wir müssen Dr. Rieux holen.«

»Wer ist sie?«

»Eine Deutsche …«

»Eine Deutsche? Bist du verrückt, Alan?«

»Sei still, Maman. Alan hat recht, wir müssen ihr helfen.«

»Weil sie eine Deutsche ist? Ist es schon so weit mit dir gekommen, Marie-Anne …!«

»Bring sie in mein Zimmer, Alan. Ich hole Dr. Rieux.«

»Ich will keine Deutsche in meinem Haus, Alan!«

»Sie ist fast ertrunken, Maman. Willst du dich versündigen?«

»Herr Jesus, hilf uns! Er will uns alle unglücklich machen …«

Sie glitt durch schimmernde Sternenwirbel, sah Milliarden von glitzernden Pünktchen an sich vorüberziehen. Es war angenehm, wenn auch sehr kühl und ein wenig unheimlich, weil man fürchten musste, mit einem der vorbeirasenden Himmelskörper zu kollidieren. Das würde wehtun …

»Halt still«, sagte eine weibliche Stimme auf Französisch. »Ich muss dir die nassen Kleider ausziehen. Du bekommst einen Pyjama und eine Strickjacke von mir. Und warme Socken …«

Sie wehrte sich nicht mehr, obgleich die junge Frau sie grob anfasste und jede Bewegung schmerzte. Es war sogar mühsam, die Augenlider zu heben, die dick und schwer geworden waren. Die junge Frau hatte ein breites Gesicht und schmale Augen, das Haar war blond und kurz, es stand wie ein Strahlenkranz um ihr Gesicht, wenn sie sich zu ihr herunterbeugte.

»Ich bin Marie-Anne. Alans Schwester. Du hast hier nichts zu befürchten, wir sind keine Deutschenhasser …«

In ihrem Kopf verwirrte sich alles. Waren die Franzosen Deutschenhasser? Aber welche Deutschen hassten sie denn? Diejenigen, zu denen sie und ihre Familie gehörten? Oder die anderen?

Die, vor denen sie hatten fliehen müssen? Die Deutschland für sich allein haben wollten?

»Trink! Das wärmt. Aber vorsichtig …«

Sie schluckte eine heiße Flüssigkeit, verbrannte sich Lippen und Zunge, hustete, trank weiter, bis sie ganz erschöpft war.

»Schlaf ein wenig. Der Doktor kommt bald …«

Sie fror immer noch, ihr ausgekühlter Körper wollte sich nicht erwärmen. Schlafen, nur schlafen. Nichts träumen, keine Wellen mehr, kein schwankendes Schiff, kein tosendes Meer. Ausruhen, loslassen, in die Dunkelheit abgleiten. Nur selten drängte sich ein Bild dazwischen: ein bekanntes Gesicht, ein Raum, der Garten ihres Elternhauses, die junge Trauerweide am Ufer des Teiches. Es waren schöne, zärtliche Bilder, sie erschreckten nicht, sie taten wohl, gaben ihr die Gewissheit, dass es einen Ort gab, an den sie gehörte, der ihr Sicherheit und Glück gegeben hatte. Auf der Terrasse hatte man die weiße Korbgarnitur unter dem Sonnendach aufgestellt; dort saß ihre Mutter, zierlich, das dunkle Haar kunstvoll aufgesteckt, trotz ihrer vierzig Jahre schlank wie ein junges Mädchen. Sie war in die Unterhaltung mit einem Bekannten vertieft, es war der rothaarige Rubin Meyer, ein Historiker, ein Freund ihres Vaters. Papa kroch auf allen vieren über die Wiese, auf seinem Rücken saß ihr kleiner Bruder Max, zappelte mit den dicken Beinchen und jubelte: »Mehr … mehr …!«

»Albert!«, rief ihre Mutter entsetzt. »Du ruinierst deine hellen Hosen. Die Grasflecke gehen nie wieder heraus …«

Sie hörte ihren Vater lachen. Er lachte gern und oft, nur wenn er seine Vorlesungen an der Universität hielt, war er ernst und würdig. Ihr Vater war Professor für Kunstgeschichte, er malte auch und schuf Skulpturen aus Marmor. Als sie Deutschland verließen, hatte er alle seine Bilder verbrannt und die Marmorstatuen mit einem Hammer zerschlagen. Mama hatte bitterlich geweint, doch er wollte nicht, dass seine Kunstwerke »denen«

in die Hände fielen. Den anderen Deutschen. Denen, die behaupteten, sie seien die richtigen Deutschen. Sie aber, ihr kleiner Bruder Max und ihre Eltern waren angeblich keine echten Deutschen. Sie waren Juden.

»Was ist mit ihr? Wieso kommt sie nicht zu sich?«

»Sie muss schon ein paar Minuten unter Wasser gewesen sein. Ein Wunder, dass sie überlebt hat.«

»Wird sie Schäden zurückbehalten?«

»Schwer zu sagen. Sie hat keine Wunden, auch nichts gebrochen. Dennoch können Behinderungen auftreten. Geistig, aber auch körperlicher Art. Man wird sehen …«

»Sollen wir sie ansprechen?«

»Wenn Sie wollen, versuchen Sie es … Ansonsten lassen Sie sie schlafen.«

»Gut. Vielen Dank, Dr. Rieux.«

»Und Sie wissen nicht, wer sie ist?«

»Nein.«

Ihr Schlaf wurde leichter. Hin und wieder tauchte sie aus der Dämmerung auf, spürte ein Kopfkissen, ein Federbett, drehte sich auf die andere Seite und kuschelte sich ein. Die Kälte wich nur langsam, sie kauerte sich zusammen wie ein Säugling, um weniger zu frieren, manchmal rieb sie die Hände gegeneinander, bewegte die Finger.

»Guten Morgen, Fräulein. Haben Sie gut geschlafen?«

Sie blinzelte in graugrünes Morgenlicht. Sah einen Nachttisch aus braunem Holz, darauf standen ein blauer Keramikbecher, zwei Flaschen, ein Wecker aus Metall. Auch lagen dort ein Fieberthermometer und eine Tube mit irgendeiner Creme. Die Wand dahinter war mit hellblauer Tapete beklebt. Weiter rechts gab es ein Fenster, das mit Gardinen verhängt war.

»Fräulein? Hallo? Sind Sie wach?«

Sie drehte den Kopf, um herauszufinden, woher die Stimme kam. Der Sprecher stand am Fußende ihres Bettes, ein groß gewachsener blonder Mann. Sie kannte ihn. Vor allem seine Stimme, aber auch die leuchtend blauen Augen.

»Ja …«

Es klang fürchterlich. War das wirklich ihre eigene Stimme? Sie räusperte sich und versuchte es noch einmal.

»Ich … ich bin … wach. Zumindest … einigermaßen.«

Er lächelte breit und schien darüber ausgesprochen froh zu sein. Sein Lächeln wärmte sie mehr als die Strickjacke und die wollenen Socken.

»Was für ein Glück. Wir haben uns schon Sorgen um Sie gemacht. Von jetzt an geht es aufwärts, das müssen Sie mir versprechen!«

»Ich will es versuchen«, sagte sie und lächelte zurück.

Einen Moment lang schwiegen sie, wussten nicht recht, was sie sagen sollten, spürten beide, dass dies ein glücklicher Augenblick war.

»Ich … ich besorge Ihnen erst mal ein Frühstück«, sagte er dann und lief davon.

Sie richtete sich vorsichtig im Bett auf und war selbst erstaunt, wie leicht es ihr fiel. Die Schmerzen, die sie bisher bei jeder Bewegung gequält hatten, waren vergangen. Ihr war nur ein wenig schwindelig, aber das war nicht schlimm. Was hatte sie denn nur für seltsame Kleider an? Einen Pyjama aus hellblauer Baumwolle – ob der etwa dem blonden Mann gehörte? Möglich, denn er war viel zu groß für sie. Die dunkelgrauen Wollsocken hingegen passten wie angegossen. Die Strickjacke mit den Perlmuttknöpfen war von einer Könnerin in kompliziertem Muster gearbeitet, hatte sogar eingestrickte Taschen. Trotzdem kratzte sie fürchterlich. Margot schwitzte auf einmal unter dem Federbett in diesen dicken Kleidern, sie öffnete die Jackenknöpfe, wollte die Strickjacke ausziehen, dann hielt sie inne. Der Brustbeutel aus Wachstuch – er war nicht mehr da. Mama hatte ihn extra für sie gekauft, wasserdicht, hatte man ihr versichert. Damit ihre

Papiere nicht nass wurden, falls die Überfahrt stürmisch würde. Nun – sie war tatsächlich stürmisch gewesen, und zu allem Überfluss hatte sie nun auch noch ihre persönlichen Dokumente eingebüßt.

»Mademoiselle? Wie schön, dass es Ihnen wieder besser geht. Das wird Ihnen schmecken!«

Ein Mädchen war an der Tür erschienen, ganz offensichtlich eine Angestellte, denn sie trug einen blauen Leinenrock und Holzschuhe. Sie hatte eine niedliche Stupsnase und einen herzförmigen Mund, die Zähne allerdings waren schrecklich unregelmäßig. Sie teilte Margot mit, dass ihr Name Swana sei.

»Ich habe eine Tarte gemacht, Mademoiselle, weil es jetzt so viele Äpfel gibt. Ich hoffe, Sie mögen Apfeltarte, sie ist noch warm, und ich habe ein Schälchen Sahne dazugestellt. Und dies hier ist Milchkaffee, davon gibt es noch mehr. Und dann ist hier frisches Brot und Butter, dazu gibt es Marmelade von Reineclauden …«

Sie stellte Margot das hölzerne Tablett auf den Bauch, machte einen hübschen Knicks und wünschte der fremden Mademoiselle »Guten Appetit«. Wenn Sie »Pipi« müsse – die Toilette sei gleich gegenüber, und um sich zu waschen, könne sie das Badezimmer benutzen. Die Tür mit dem goldfarbigen Schild. Dann lief sie mit klappernden Holzschuhen aus dem Zimmer eine Treppe hinunter. Unten schwatzte sie mit einer älteren Frau, doch sie benutzten eine Sprache, die Margot nicht verstehen konnte. War das Bretonisch? Hatte ihr nicht irgendjemand in Paris erzählt, die Bretonen seien ein rebellisches Pack, wollten sich von der République Française lösen und am liebsten wieder ihr eigenes Königreich errichten? Sie hätten sogar eine eigene Sprache bewahrt und gäben sie an ihre Kinder weiter, obgleich es ihnen verboten war. Der Duft der Apfeltarte ließ sie jetzt jedoch alles andere vergessen. Sie fühlte sich plötzlich völlig ausgehungert und fiel über die Speisen her. Sogar die Sahne, die sie normalerweise nicht mochte, leerte sie bis auf den letzten Tropfen, das Stück Apfeltarte verschwand, auch der Milchkaffee, sie verschmähte auch Brot, Butter und süße Marmelade nicht. Aufseufzend sank sie schließlich in die Kissen zurück, fühlte sich angenehm schwer und schlief auf der Stelle wieder ein. Als sie wieder zu sich kam, war das Tablett verschwunden. Der kleine Raum lag im weichen Licht einer Stehlampe, die man mit einem Seidentuch abgedeckt hatte. War es Nachmittag? Abend? Oder schon Nacht? Sie zog den Wecker auf ihrem Nachttisch zurate, musste jedoch feststellen, dass er nicht aufgezogen war. Vorsichtig stieg sie aus dem Bett, verschmähte die Holzpantinen, die jemand ihr bereitgestellt hatte, und lief auf Strümpfen zum Fenster, um die Gardine beiseitezuschieben. Ein ungewöhnlicher Anblick bot sich ihr: Trotz der späten Dämmerung konnte man weit über das Land blicken, sah dunkle Wälder und Wiesen in der Ferne, über denen weiße Nebel schwebten. Dann eine breite Hecke, wohl ein Schutz gegen den Wind, und so etwas wie einen Park. Was war das für ein seltsames Anwesen, in das man sie gebracht hatte? Es lag hoch auf einem felsigen Hügel, links vom Fenster war ein schmales Türmchen zu erkennen – eine Kirche? Dafür würde die Form des Fensters sprechen, das bis zum Fußboden reichte und oben in einen spitzen Bogen auslief. Aber in einer Kirche gab es weder Schlafzimmer noch Badezimmer. Also eine alte Villa? Oder gar ein Schloss?

Natürlich, dachte sie, ein Schloss. Sie haben ja auch Angestellte. Swana mit den Holzschuhen. Und dann die Frau, mit der Swana gesprochen hat. Vielleicht die Köchin? Sie schob die Gardine wieder zu und lief zur Tür. Wo war doch die Toilette gewesen? Aha, gleich gegenüber. Ein altmodisches Ding aus weißem Porzellan mit einem runden Holzdeckel, den man abnehmen und zur Seite legen musste, wenn man den Thron benutzte. Eine Wasserspülung war auch vorhanden – gleich neben der Toilette stand ein Eimer mit Wasser zum Nachgießen. Das Badezimmer allerdings war purer Luxus. Du liebe Güte – eine gewaltige Badewanne aus emailliertem Metall mit vier goldenen Löwenfüßen! Und goldfarbige Wasserhähne, auch am Waschbecken und am Bidet. Ein runder, hoher Badeofen, den man mit Holz von unten beheizen musste. Bodenkacheln im Schachbrettmuster und sogar Kacheln an den Wänden. Dies musste wirklich ein Schloss sein, auch wenn das Zimmer, in dem man sie untergebracht hatte, nicht gerade luxuriös eingerichtet war. Sie wusch sich Gesicht und Hände, zögerte ein wenig und benutzte dann einen der Kämme aus Schildpatt, die auf einer gläsernen Ablage über dem Waschbecken lagen. Ihr Haar war in einem fürchterlichen Zustand, der sich auch durch das Kämmen nicht wirklich verbesserte. Das Salzwasser hatte die Haare verklebt, sodass sie strähnig und glanzlos herunterhingen. Puh – wie gut, dass Mama sie jetzt nicht sehen konnte, sie war immer so stolz gewesen, dass Margot ihr seidenweiches Haar geerbt hatte.

Mama! O Himmel, sie musste ihrer Familie so schnell wie möglich Nachricht geben. Sonst glaubten sie am Ende noch, sie sei ertrunken. Oder von den Deutschen erwischt und in eines dieser Lager gesteckt worden. Sie zupfte unzufrieden an ihrem Haar herum, gab es schließlich auf, legte den Kamm wieder hin und lief ins Schlafzimmer.

An der Tür prallte sie zurück. Der blonde Mann stand im Zimmer, hatte wohl eben erst bemerkt, dass sie nicht da war, und schien nun ebenso erschrocken wie sie selbst.

»Verzeihung … Ich dachte … Es war sehr ungeschickt von mir …«, stotterte er.

Er gefiel ihr. Wie gut dem großen Burschen die Verlegenheit stand! Er war richtig rot geworden und wusste nicht recht, wohin er nun flüchten sollte, denn sie ging geradewegs auf ihn zu. Ungeschickt riss er fast die Stehlampe um, als er beiseitetrat, damit sie wieder in ihr Bett steigen konnte.

»Aber überhaupt nicht«, meinte sie lächelnd. »Ich habe mir nur das großartige Badezimmer angesehen. Was für eine Badewanne! Man muss sich darin wie eine Königin fühlen.«

Ihre fröhliche Art entspannte ihn, er lächelte und erklärte ihr, dass sein Großvater dieses Badezimmer vor über vierzig Jahren hatte einbauen lassen. Wenn sie baden wolle, würde Swana für sie den Ofen anheizen.

»Seinerzeit war es das Fortschrittlichste in seiner Art und wurde viel bewundert. Es wurde sogar fotografiert, und man berichtete in einer Zeitung darüber. Damals geriet mein Großvater in den Ruf eines heillosen Verschwenders.«

»Sind die Wasserhähne aus echtem Gold?«

»Aus Messing. Sie müssen täglich poliert werden, damit sie nicht anlaufen.«

Er stand unschlüssig am Fenster, sah zu, wie sie sich in ihre Kissen einkuschelte, und versuchte erfolglos, das herabgeglittene Seidentuch wieder über die Stehlampe zu hängen. Schließlich gab er es auf und warf es auf den einzigen Stuhl, den es im Zimmer gab. Dort erspähte Margot jetzt auch ihre Kleider, die man gewaschen und wohl auch gebügelt hatte.

»Ich lasse Sie dann wohl besser allein.«

»Aber nein! Bleiben Sie bitte hier!«

Er war schon fast aus der Tür gewesen, kehrte nun mit zögernden Schritten zurück, fast ängstlich, ihr zu nahe zu kommen. Waren alle Bretonen so prüde? Schließlich war sie bis zum Hals hinauf verhüllt.

»Ich möchte mich bei Ihnen bedanken, Monsieur«, sagte sie und strahlte ihn an. »Sie haben mir das Leben gerettet. Und mich sogar bei sich aufgenommen …«

Prompt wurde er wieder verlegen, behauptete, dies sei eine Selbstverständlichkeit. Hier an der Küste lebe man mit dem Meer auf Du und Du, jeder hier habe ein Boot und wisse, was es bedeute, vom Sturm überrascht zu werden.

»Wir sind hier also an der Küste? Aber ich konnte das Meer gar nicht sehen.«

»Sie befinden sich südwestlich von Dinard auf Schloss Kerbourgh, Fräulein. Wie Sie bereits feststellen konnten, ein ziemlich altes Gemäuer, allerdings nicht ganz so alt, wie man vermuten könnte ...«

Also wirklich ein Schloss, dachte sie. Ein Schloss in Frankreich. Wie schade, dass es nicht an der Loire steht, wo die Könige ihre Schlösser gebaut haben. Cousin Bernard hatte ihr begeistert davon erzählt, man hatte sogar eine Reise dorthin geplant. Das war gewesen, bevor die Deutschen in Frankreich einmarschiert waren ...

»Es wurde Mitte des letzten Jahrhunderts von einem wohlhabenden britischen Fabrikanten erbaut. Später hat es mein Urgroßvater erworben, der durch den Flachshandel zu Wohlstand kam. Aber ich langweile Sie ...«

»Überhaupt nicht«, sagte sie lächelnd. »Sind wir weit von der Küste entfernt?«

»Nur wenige Kilometer. Von dem Zimmer im großen Turm aus kann man das Meer sehen.«

Das beruhigte sie. Irgendwie würde es ihr gelingen, die Überfahrt ein zweites Mal zu wagen. Sie durfte nur nicht zu lange zögern, die Herbststürme waren tückisch, das hatte sie schon zu spüren bekommen. Hatte er ihre Gedanken erraten? Seine Miene drückte Besorgnis aus. Sie müsse sich Zeit nehmen, um in Ruhe wieder zu Kräften zu kommen. Der Arzt habe gesagt, dass sie einige Minuten unter der Wasseroberfläche gewesen sei, das sei nicht ganz ungefährlich.

»Ich sage das nicht etwa, um Ihnen Angst zu machen«, versicherte er ihr eifrig. »Aber Sie dürfen sich auf keinen Fall überfordern. Noch gestern haben wir gefürchtet, Sie könnten ernsthafte Schäden davongetragen haben ...«

Seine Besorgnis erinnerte sie an ihren Vater, und sie hätte ihn jetzt gern ausgelacht. Das tat sie jedoch nicht, schließlich war er ihr Retter, und sie musste höflich zu ihm sein. Und dann war er wirklich ein ganz rührender Bursche.

»Wie heißen Sie eigentlich?«, fragte sie unverblümt.

»Verzeihung, ich vergaß, mich vorzustellen …«

Als er bemerkte, dass sie die Situation lustig fand, musste auch er schmunzeln. Er habe bisher noch nie mit einer hübschen jungen Frau im Schlafzimmer geplaudert, ohne ihr wenigstens seinen Vornamen zu nennen. Da schau her, dachte sie. Er kann ja witzig sein. Wie viele junge Frauen er wohl schon in ihren Schlafzimmern aufgesucht hat? Sie hätte es gern gewusst.

»Mein Name ist Alan«, sagte er mit einer kleinen Verbeugung.

»Alan?«

»Einige bretonische Herrscher trugen diesen Namen. Deshalb haben meine Eltern ihn wohl ausgewählt. Mit Familiennamen de Morand.«

»Ah«, rief sie vergnügt. »Alan de Morand von der Bretagne. Es ist mir eine Ehre und ein Vergnügen! Ich meinerseits trage nur einen bürgerlichen Namen. Ich heiße Margot Löwenstein und stamme aus …«

»Ich weiß«, unterbrach er sie.

Sie schwieg beklommen. Er kannte ihren Namen? Wusste, woher sie kam? Das konnte nur bedeuten, dass er …

»Wir haben Ihre Papiere trocknen müssen, Margot«, erklärte er ernst. »Das Wachstuch hat leider nicht ganz dicht gehalten.«

Er beugte sich vor und zog die Schublade des Nachttisches auf. Dort lagen die Dokumente, die Papa ihr mitgegeben hatte, und sogar die Geldscheine, die sie den beiden Fischern noch schuldete. Ihre Geburtsurkunde, das Taufzeugnis, die Urkunde, die man ihr zu ihrer Konfirmation ausgestellt hatte. Ihre Großeltern waren vor langer Zeit zum christlichen Glauben konvertiert. Die Abschrift der Heiratsurkunde ihrer Eltern. Ihr Reisepass mit dem großen roten »J«, das man im vergangenen Jahr hineingestempelt hatte. »J« wie Jude.

Er deutete ihr Schweigen richtig, begriff auch den forschenden Blick, mit dem sie zu ihm aufsah.

»Sie sind hier in Sicherheit, Margot«, sagte er leise. »Niemand wird Ihnen etwas tun.«

Sie nickte. Als sie die Schublade zuschieben wollte, berührten sich ihre Finger. Es war nur kurz, denn er zog seine Hand rasch weg, doch sie hatten es beide gespürt. Einen elektrischen Schlag, wie ein kleiner Blitz.

Margot bemühte sich, das ständige Frösteln zu unterdrücken, doch es gelang ihr nicht. Dieser große Raum mit den hohen Fenstern an drei Seiten mochte im Sommer traumhaft sein – jetzt aber, da der Herbstwind Regenschauer gegen die Scheiben trieb, erschien ihr alles kalt und feucht. So unwirtlich wie das Wetter draußen, so wenig entgegenkommend empfand sie die Tischgesellschaft, zu der man sie eingeladen hatte.

Man saß an einem langen, polierten Holztisch in der Mitte des Raumes, die Stühle waren aus dunklem Holz und hatten steile Rückenlehnen. Es war klar, dass sie nicht dafür gemacht waren, bequem darauf zu sitzen. Nur die Hälfte der Stühle war besetzt, die übrigen sechs standen leer, und man sah an den dunkelblauen Samtkissen, dass sie schon lange nicht mehr benutzt worden waren.

Nie in ihrem Leben hatte Margot eine solch steife Tischordnung erlebt. Das Kopfende nahm Alans Vater ein, ein groß gewachsener, kräftiger Mann mit rosiger Gesichtshaut und blondem Backenbart. Zu seiner Rechten thronte seine Ehefrau, Alans Mutter: eine Frau um die fünfzig, schlank, dunkelblond und ausgesprochen wortkarg. Zur Linken des Patriarchen saß eine kleine, weißhaarige Frau, Tante Hortense genannt, die keinen einzigen Zahn mehr im Mund hatte und daher nur in

Milch getunkte Brotstückchen mümmelte. Sie tat es jedoch mit der Würde einer Herrscherin, und die arme Swana musste beständig herbeilaufen, um Tante Hortense den Wein zu reichen, die Milch nachzugießen oder das Brot zu schneiden. Neben der mümmelnden Tante hatte Marie-Anne, Alans Schwester, ihren Platz, die sich jedoch kein bisschen um die alte Frau kümmerte, sondern alles Swana überließ. Marie-Anne war groß und kräftig wie ihr Vater, sie trug das blonde Haar zu einem Bubikopf geschnitten und schminkte sich Augen und Mund. Zu Margot, die man ihr zur Seite gesetzt hatte, sprach sie kein einziges Wort. Wäre nicht Alan gewesen, der gegenüber saß und ihr hin und wieder aufmunternd oder auch mitfühlend zulächelte – Margot wäre aufgestanden und hinausgegangen. Später hätte sie sich auf starke Magenschmerzen herausgeredet, und das war noch nicht einmal gelogen: Jeder Bissen lag ihr wie Blei im Magen.

Es war nicht der Raum, auch nicht die dunklen Möbel oder die steife Sitzordnung – es war diese seltsam fremde, ablehnende Stimmung, die über allem lag. Man war höflich, sprach französisch, damit der Gast die Gespräche verstand. Aber gerade diese bemühte Höflichkeit machte ihr deutlich, wie lästig sie diesen Leute im Grunde fiel. Man hätte sich viel lieber auf Bretonisch unterhalten. Margot spürte nur allzu deutlich, was man dann über sie gesagt hätte. Eine Deutsche. Sitzt hier an unserem Tisch und isst unsere Lebensmittel. Wieso ist sie nicht in Deutschland geblieben? Liegt halbtot am Strand, sodass man als guter Christ gezwungen ist, ihr zu helfen. Sie zu pflegen. Zu füttern. Den Arzt zu zahlen. Und das, während unsere jungen Männer schon im Raum Saarbrücken bereitstehen, um die deutschen Soldaten im Falle eines Angriffs zurückzuschlagen.

»Sie stammen aus Frankfurt am Main?«, fragte Alans Vater.

»Ja. Mein Vater ist Professor für Kunstgeschichte.«

»Ein Professor? Schau einer an. Eine gebildete Familie.«

Sie wusste nicht, was sie antworten sollte, und bereute es, den

Beruf ihres Vaters preisgegeben zu haben. Alans Vater schien von Bildung wenig beleckt; soweit sie begriffen hatte, verbrachte er die meiste Zeit mit der Jagd. Ob das Vermögen des Urgroßvaters sie alle noch immer ernährte? Möglich.

»Meine Familie hält sich zurzeit in Paris auf.«

»In Paris? Aus welchem Grund?«

Sie kam sich vor wie bei dem Verhör, das sie alle vor ihrer Ausreise hatten über sich ergehen lassen müssen. Es war schrecklich gewesen, besonders für ihre Eltern.

»Meine Familie hat die Absicht, Deutschland zu verlassen.«

Blicke wanderten zwischen dem Ehepaar de Morand hin und her. Beziehungsreich. Misstrauisch.

»Und Sie haben Verwandte in England?«, forschte er weiter, während er geschickt ein winziges Klümpchen aus einem Schneckenhaus herausstocherte. Margot schauderte, sie hatte niemals Schnecken oder Muscheln essen wollen.

»Eine Tante, die Cousine meiner Mutter.«

»So, so…«

Damit ließ er es vorerst bewenden. Im Grunde war er nicht übel, er schien es nur gewohnt, das Wort zu führen und die Gäste auszufragen, wie es ihm gerade gefiel. Das war immerhin angenehmer als die beständig bohrenden Blicke seiner Frau, die Margot ganz offensichtlich als Gefahr für ihren Sohn Alan betrachtete. Natürlich war Frau Mama nicht entgangen, dass Alan ganz besonders um seinen jungen Gast besorgt war, ihr immer wieder Speisen anbot und sich bemühte, sie zu unterhalten. Was nicht einfach war, denn nach einem unausgesprochenen Gesetz hatte er hinter seinem Vater zurückzustehen. Wenn der Patriarch redete, mussten alle anderen schweigen.

»Sie mögen wohl keine Meerestiere, wie?«

»Ich bin sie nicht gewohnt, Monsieur de Morand.«

»Wie schade! Es ist das Beste, was die Gegend zu bieten hat. Frisch und köstlich, Mademoiselle. Die Früchte des Meeres …«

Sie hatte noch den Geschmack des salzigen Meerwassers im Mund, in dem sie fast ertrunken wäre. Schon deshalb verabscheute sie diese Muscheln und Krebse. Aber auch, weil sie all diese Tiere glitschig und eklig fand – wie konnte man nur so etwas essen?

»Sie will nun einmal nicht, Papa«, sagte Marie-Anne neben ihr, ohne sie anzusehen. »Vielleicht sind Meerestiere nicht koscher und sie darf sie nicht essen?«

Ihre Worte trafen Margot wie ein unerwarteter Schlag. Daher also wehte der Wind! Marie-Anne hatte ihr die nassen Kleider ausgezogen, und vermutlich war sie es auch gewesen, die ihr den Brustbeutel aus Wachstuch abnahm, in dem ihre Papiere waren. Was hatte Alan doch gesagt? Hier würde ihr nichts geschehen. Nein, man tat ihr nichts. Man traktierte sie nur mit boshaften Anspielungen. Aber was war das schon? Dergleichen hatte sie in Frankfurt ständig zu hören bekommen. Sie hatte ein dickes Fell. Ohne das konnte man nicht überleben.

»Deine Bemerkung war absolut unnötig!«, sagte Alan zu seiner Schwester.

Er hatte die Brauen gesenkt und sah zornig aus. Marie-Anne ignorierte ihn; lächelnd bediente sie sich an der Fischplatte und warf dann ihrer Mutter einen vielsagenden Blick zu. Hast du das gehört, Mama?, sagte dieser Blick. Jetzt verteidigt er diese Person schon gegen seine eigene Schwester.

Tante Hortense warf ihre Milchschale um und begann, mit hoher Kinderstimme nach Swana zu rufen. Was sie zu der Bediensteten sagte, konnte Margot nicht verstehen. Lag es an den fehlenden Zähnen oder daran, dass sie als Einzige am Tisch bretonisch redete? Nun – wenigstens Tante Hortense ließ sich von dem deutschen Gast nicht in ihren Gewohnheiten stören. Während Swana mit einem Tuch die Milchfluten eindämmte und dann frische Milch in die Schale goss, zeterte die alte Frau mit ihr herum, fuchtelte mit den Armen wie ein ungezogenes Kind und hätte um ein Haar das Weinglas des Patriarchen umgestoßen. Alans Vater schien die Marotten der alten Frau zu kennen, denn er fasste geistesgegenwärtig zu und rettete seinen Rotwein. Die Szene war der Familie jedoch sichtlich unangenehm, besonders Alans Mutter warf der alten Frau vorwurfsvolle Blicke zu und befahl Swana, neben ihr stehen zu bleiben, um sie zu »bedienen«.

Margot empfand eine boshafte Genugtuung. Geschah ihnen recht, diesen hochnäsigen, eingebildeten Bretonen. Wer im Glashaus sitzt, soll nicht mit Steinen werfen, so heißt es. Sollte die Alte dieses steife Abendessen nur ordentlich durcheinanderbringen, je mehr, desto besser. Als sie den Blick wieder geradeaus richtete, bemerkte sie, dass Alan sie mit heiterer Miene betrachtete. Hatte er ihre Häme bemerkt? Sie spürte, dass sie rot wurde, und ärgerte sich darüber.

»Haben Sie Geschwister?«, wollte er wissen.

»Einen Bruder, fünf Jahre jünger als ich. Er heißt Max.«

»Sie sollten Ihrer Familie Nachricht geben …«

»Das würde ich sehr gern …«

»Wir haben einen Telefonanschluss. Wenn Sie die Nummer wissen, können Sie gern telefonieren …«

Sie schenkte ihm ein glückliches Lächeln. Ja, das würde sie auf jeden Fall versuchen. Die Nummer habe sie im Kopf, allerdings brauche man von hier bis Paris wohl eine Voranmeldung.

»Wir helfen Ihnen gern«, sagte Alans Mutter in verbindlichem Ton. »Ihre Familie wird gewiss sehr froh sein, Sie gesund wiederzusehen.«

Es waren die ersten Worte, die Madame de Morand an sie richtete, und Margot verstand sehr gut, weshalb sie es tat. Sie hatte nicht etwa gesagt: Ihre Familie wird froh sein, Ihre Stimme zu hören. Nein, sie hatte gesagt: Ihre Familie wird froh sein, Sie wiederzusehen. Mit anderen Worten: Je rascher sie von hier abreiste und den Familienfrieden nicht länger störte, desto besser.

Beruht ganz auf Gegenseitigkeit, dachte Margot wütend. Laut aber sagte sie höflich: »Vielen Dank, Madame, das ist wirklich sehr großzügig von Ihnen. Meine Familie wird sich sicher erkenntlich zeigen.«

»Eine Selbstverständlichkeit, liebe junge Dame«, sagte Alans Vater. »Die Gastfreundschaft ist für uns ein hohes Gut, da sind wir altmodisch, davon gehen wir nicht ab. Sie werden vielleicht finden, dass wir Bretonen verschlossen sind, unzugänglich für Fremde, einige sagen auch, wir seien verdammte Sturköpfe. Aber der Gast ist uns heilig, und wen wir einmal ins Herz geschlossen haben, für den setzen wir Leib und Leben ein …«

Sein Gesicht hatte inzwischen einen kräftigeren Rotton angenommen, er hob das Glas und brachte einen bretonischen Trinkspruch aus, den Margot zwar nicht verstand, der jedoch von den Familienmitgliedern wiederholt wurde. Auch die Tante stimmte mit ein, und Margot kam zu dem Schluss, dass man wohl auf das Gedeihen und den Fortbestand der Bretagne trank. Sie fröstelte immer noch. Das Feuer in dem gemauerten Kamin flackerte nur mühsam vor sich hin und war nicht dazu angetan, den großen Raum zu erwärmen. Bestenfalls wärmte es Alans Vater den Rücken, dessen Stuhl dicht vor dem Kamin stand.

»Ich zeige Ihnen den Telefonapparat«, sagte Alan und erhob sich. Auch die anderen standen nun von ihren Plätzen auf, mit dem Toast auf die Bretagne schien das Abendessen abgeschlossen zu sein. Margot atmete auf, sie hatte befürchtet, noch einige Stunden im Kreise dieser schrecklichen Familie sitzen, Rotwein trinken und Schnecken essen zu müssen. Interessiert sah sie zu, wie Swana der alten Frau die Milchschüssel vor der Nase wegnahm und ihr zum Ausgleich ein letztes Glas Wein zu trinken gab. Unter der Wirkung des schweren Rotweins ließ sich die Tante willig aus dem Raum führen und zu Bett bringen.

»Wir müssen hinuntergehen«, sagte Alan. »Seien Sie vorsichtig auf der Treppe, die Stufen sind ungleichmäßig.«

Das sogenannte »Schloss« war ein fürchterlich verwinkelter und verbauter Kasten, so viel hatte sie am Vormittag auf einem vorsichtigen Erkundungsgang bereits festgestellt. Überall stieß man auf niedrige Rundbogentüren, die in runde Turmzimmer führten; Wendeltreppen schraubten sich empor, man fand sich unversehens auf einem schmalen Balkon wieder, oder die Treppe endete an einer vermauerten Pforte. Der Speiseraum war wohl das einzige größere Zimmer – für ein Schloss reichlich armselig. Die Familie de Morand hatte ihrer Meinung nach keinen Grund, hochnäsig auf sie herabzublicken, denn die Villa, die ihre Eltern in Kronberg gemietet hatten, war mindestens so groß wie dieses baufällige Dornröschenschloss. Nur war diese Fachwerkvilla sehr viel hübscher und komfortabler ausgestattet.

Irgendwann werden wir dorthin zurückkehren, dachte sie und spürte, wie ihr die Tränen in die Augen stiegen.

»Hier entlang, bitte. Dies ist Vaters Büro, dort befindet sich auch der Telefonapparat …«

Er glitt an ihr vorüber und ging nun durch einen engen Flur voraus, öffnete eine Tapetentür und musste sich bücken, um in den Raum einzutreten. Wahrhaftig – eine Tapetentür, sie hob sich nicht von der Wand ab und war mit der gleichen hellgrünen, schon ziemlich verblassten Tapete beklebt. Durch häufigen Gebrauch waren die Türkanten jedoch schon abgeschliffen, sodass die Tür auf keinen Fall übersehen werden konnte.

»Ich hoffe, Sie haben sich den Tag über nicht allzu sehr gelangweilt. Ich habe meine Mutter und meine Schwester nach Dinard gefahren, um dort Einkäufe zu erledigen.«

»Nein, gar nicht …«

Sie war in den Anblick des altmodisch verschnörkelten Telefonapparats versunken, der auf einem Mahagonischreibtisch stand. Der Schreibtisch war ganz sicher englischer Herkunft, ebenso der Stuhl dazu und ein niedriges Aktenregal. Überall lag dicker Staub – Monsieur de Morand schien nicht gerade häufig mit Verwaltungsangelegenheiten befasst.

»Ich hatte Ihnen ein Buch zukommen lassen …«

»Sie waren das?«, rief sie überrascht. »Ja, ich fand es auf dem Nachttisch und wunderte mich schon, wie es wohl dorthin gekommen ist. Oh, es ist bezaubernd, vielen Dank!«

Es waren die Briefe der Madame de Sévigné, die sie zwar in Auszügen bereits kannte, aber dennoch mit viel Begeisterung gelesen hatte. Die adelige Dame hatte im 17. Jahrhundert hier in der Nähe ein Schlösschen bewohnt, ihre Briefe an ihre Tochter waren berühmt; die meisten hatte sie allerdings in Paris verfasst.

»Es hat Ihnen gefallen?«, meinte er erfreut. »Wie schön. Ich war etwas im Zweifel, ob dieses altmodische Zeug Sie nicht langweilen würde …«

»Was?«, rief sie empört. »Wie kommen Sie denn nur auf diesen Gedanken? Die Briefe der Madame de Sévigné sind lebendig und witzig, sie sind zeitlos und zugleich ein Zeitdokument. Sie werden noch in hundert Jahren gelesen werden.«

Es schien ihn zu amüsieren, wie sie sich ereiferte. Er hörte ihr schmunzelnd zu und bemerkte dann, dass er ganz ihrer Ansicht war. Erfreut stellte sie fest, dass er weitaus gewitzter war, als es zunächst den Anschein gehabt hatte. In diesem großen, kräftigen Burschen steckte ein kluger Beobachter, der über eine gute Portion Humor verfügte. Es machte ihr auf einmal Spaß, ihn herauszufordern.

»Sie können also tatsächlich lesen, Alan?«

Seine Miene blieb unbeweglich, nur in seinen Augen blitzte etwas auf. Vergnügen. »Ich kann sogar schreiben, gnädiges Fräulein.«

»Und was können Sie noch, Monsieur de Morand?«, fragte sie mit gespielt strenger Miene.

Er ging auf das Spiel ein, zog die blonden Brauen in die Höhe und zählte an den Fingern ab. »Ganz passabel rechnen, auch turnen, singen nur schlecht, malen gar nicht. Außerdem reiten und jagen. Ein wenig Landwirtschaft und Gartenbau. Segeln und fischen … Wollen Sie noch mehr wissen?«

»Zur Kirche gehen?«

»Jeden Sonntag.«

»Im Wirtshaus sitzen?«

»Jeden Abend bis spät in die Nacht.«

»Da schau einer an!«

»So sind wir Bretonen nun einmal.«

»In das Schlafzimmer einer jungen Dame eindringen?«

»Vorgestern. Zum ersten und einzigen Mal.«

Sie lachte hell auf und behauptete, er sei ein schlechter Lügner, denn er habe ihr vorgestern Abend genau das Gegenteil erzählt.

»Es ist wohl wahr, dass ich hin und wieder lüge«, gab er grinsend zu. »Aber heute habe ich die Wahrheit gesagt.«

Er sah ihr dabei so fest in die Augen, dass ihr unbehaglich wurde. Himmel, wie leichtsinnig sie war! Auch wenn er ihr gefiel – sie kannte ihn doch kaum.

»Das war nicht sehr klug von Ihnen«, scherzte sie. »Nun weiß ich, dass ich vorsichtig sein muss und Ihnen nicht alles glauben darf.«

»Die Vorsicht sollte man nie außer Acht lassen, Margot«, sagte er ernst. »Ich denke aber, dass Sie mir vertrauen können.«

»Das … das denke ich auch, Alan.«

Einen Augenblick lang standen sie sich schweigend gegenüber, spürten etwas Unausgesprochenes, das sie umgab und zueinander hinzog, dann wandte sich Alan schnell zur Seite.

»Schauen wir mal, ob wir heute noch ein Ferngespräch zustande bekommen …«

Er hob den Hörer von der Gabel, betätigte die Tasten auf dem hübsch ziselierten silberfarbigen Sockel und sprach einige Sätze, die Margot wie üblich nicht verstehen konnte. Du liebe Zeit – sogar auf dem Postamt sprachen sie bretonisch. Das war ja fast so schlimm wie in Bayern, wo sie als Kind mit ihren Eltern einmal zu einer Urlaubsreise gewesen war. Nur, dass man die Bayern doch einigermaßen verstehen konnte, zumindest wenn man sich Mühe gab. Aber was Alan da redete, hatte kein bisschen Ähnlichkeit mit dem Französischen.

»Wir haben Glück«, sagte er dann. »Sie will es versuchen. Sagen Sie mir bitte die Nummer und den Stadtteil …«

Sie mussten warten, bis die Verbindung hergestellt war. Margot ließ sich überreden, auf dem Schreibtischstuhl Platz zu nehmen, Alan setzte sich kurzerhand auf den Tisch. Zwischen ihnen stand das Telefon wie ein stummer Wächter, der jederzeit durch lautes Klingeln Alarm geben konnte.

Sie erzählte von ihrem Kunststudium, den Plänen, es dem Vater gleichzutun und Dozentin an der Universität zu werden. Dass eine Gruppe Studenten ihren Vater im Frühjahr aus dem Hörsaal gejagt hatte, verschwieg sie. Auch dass sie die Kunsthochschule nur ein einziges Semester hatte besuchen können. Mama sei Pianistin, habe ihren Beruf jedoch der Familie zuliebe aufgegeben. Ihr kleiner Bruder sei fünfzehn und ginge auf ein Lycée in Paris.

Wusste oder ahnte er, was sie verschwieg? Er stellte zumindest keine Fragen, hörte ihr mit großem Ernst zu, bemerkte, dass er Menschen mit künstlerischer Begabung sehr bewundere. Er selbst sei eher ein Praktikus, kümmere sich um die Pferdezucht und sorge dafür, dass das Land mit Artischocken und Blumenkohl bepflanzt würde.

»Pferde züchten Sie? Wie wunderbar. Sind es Reitpferde?«

Er geriet ins Schwärmen, was sie ganz bezaubernd fand. Wie seine Augen leuchteten, wenn er von seinen »Postiers« erzählte. Leichte, hübsche Reitpferde, die man früher vor die Postkutschen spannte, wohl auch in steilen Lagen in der Landwirtschaft einsetzte. Zäh seien sie, aber nicht schwerblütig wie die Sommiers, sondern temperamentvoll und willig.

»Aus den kleinen Pferden, die die Kelten mitgebracht haben, sind sie hervorgegangen. Dann kamen die Kreuzzüge, und es mischte sich orientalisches Blut dazu. Schließlich noch ein wenig Norfolk und Hackney – fertig ist der Postier breton.«

Margot wurde langsam klar, dass er es war, der für die finanzielle Lebensgrundlage der Familie sorgte. Während sein großspuriger Vater auf die Jagd ging und Mama das Hauswesen versorgte, kümmerte sich Alan um Landwirtschaft und Pferdezucht. Was seine Schwester wohl zum Einkommen der Familie beitrug? So wie sie sich gab, war sie keine, die zu Hause saß und auf einen wohlhabenden Ehemann wartete. Aber vielleicht täuschte das ja. Fragen wollte sie lieber nicht; es hätte ihr nicht gefallen, mit Alan über Marie-Anne zu sprechen.

»Morgen zeige ich Ihnen die Pferde.«

Es klang, als wollte er ihr ein Weihnachtsgeschenk überreichen, und sie fand ihn auf einmal rührend. Dann machte er ihr die überraschende Eröffnung, dass sie mit seiner Lieblingsstute bereits Bekanntschaft geschlossen hatte.

»Morgane hat Sie von St-Malo bis hierher getragen …«

Er war mit der Stute ans Meer geritten. Als er sich entschloss, die junge Schiffbrüchige bei sich aufzunehmen, hatte er keine andere Wahl gehabt, als sie vor sich in den Sattel zu setzen.

»Vielen Dank! Deshalb habe ich ständig vom Schlingern und Schwanken des Fischkutters geträumt«, rief sie lachend.

Es war seltsam, dass sie jetzt schon wieder darüber lachen konnte. Noch gestern hatte sie das Grauen gepackt, wenn sie an das aufgewühlte, schwarze Meer zurückdachte.

»Morgane wird Ihnen gefallen. Ein Schimmel, makellos weiß und schön wie eine keltische Göttin …«

»Du liebe Güte, Alan! Sie sind ja ein Romantiker!«

»Aber nein. Nur wenn es um meine Pferde geht, dann kann mir schon mal das Herz überlaufen. Ansonsten bin ich ein langweiliger, verschlossener Bretone.«

Jetzt war er es, der sie herausforderte, ihr heiter zublinzelte und darauf wartete, dass sie parierte. Und natürlich konnte sie es nicht lassen …

»Ihr Herz ist wirklich nur dabei, wenn es um die Pferde geht?«

Flirtete sie? War der Blick, mit dem sie ihn jetzt ansah, eine Aufforderung? Ihr Gesichtsausdruck eine Verlockung? Alan wurde plötzlich sehr ernst, und sie bekam Angst vor dem, was sie möglicherweise angerichtet hatte.

»Nein, Margot«, sagte er leise. »Es gibt noch etwas anderes, das mein Herz erfüllt und mich zum Träumer macht. War es das, was Sie wissen wollten?«

Sie schwieg. Ihr dummes Herz raste, als hätte sie soeben einen Dauerlauf um das alte Schloss hinter sich gebracht. O Himmel – er würde ihr doch wohl nicht eine Liebeserklärung machen? Oder doch? Wie wunderbar das wäre. Und wie schrecklich …

In diesem Moment griff der stumme Wächter ein, begann zu vibrieren und gab einen altmodisch schrillen Klingelton von sich. Margot fuhr erschrocken zusammen. Alan blickte zornig auf den Apparat, der doch nur treu und brav seine Pflicht erfüllte.

»Hallo? St. Germain? Ja, das ist richtig. Bitte stellen Sie durch, Mademoiselle.«

Margot nahm den schweren Hörer mit ungeschickten Händen, hielt ihn zuerst falsch herum und kam sich schrecklich dumm vor.

»Tante Sybille? Bist du es? Ist Maman da?«

Nein, Maman war nicht da. Auch Papa nicht. Tante Sybille wollte wissen, wo Margot sich befand. Wie es ihr ging. Wieso sie nicht in England war. Tante Florence würde sich Sorgen machen … In der Bretagne? Du liebe Güte …

»Aber wo sind Maman und Papa? Und Max?«

Max war mit den Cousins Bernard und Lucas bei Freunden auf einer Geburtstagsfeier; sie würden wohl erst spät zurückkommen.

»Und deine Eltern sind gestern zurück nach Frankfurt gefahren.«

»Was sagst du da?« Sie glaubte zuerst, falsch verstanden zu haben. Nach Frankfurt ... Dorthin, wo man sie beleidigt und fast verprügelt hatte ...

»Nur für einen Tag, Margot. Dein Vater benötigt eine Unterschrift der Goethe-Universität, um sich hier in Paris um eine Professur zu bewerben. Sie müssen ihm bestätigen, dass er zehn Jahre lang Kunstgeschichte gelehrt hat ...«

»Aber wieso schicken sie ihm diese Bestätigung nicht zu?«

Man hatte ihm erklärt, er müsse persönlich erscheinen. Nicht, dass man ihn verdächtige, aber es gäbe Betrüger, die seinen guten Namen ausnutzen könnten, um sich Vorteile zu verschaffen. Margots Mutter wollte nicht, dass er allein reiste, sie bestand darauf, ihn zu begleiten.

»Morgen, spätestens übermorgen sind sie wieder hier, Margot. Mach dir keine Sorgen. Ich werde Max von dir grüßen. Und komm zu uns nach Paris. Es war eine dumme Idee, nach England zu reisen. Nun siehst du, was daraus geworden ist!«

»Ja, Sybille ... Ich melde mich morgen ... Gute Nacht ...«

Ihre Hand zitterte, als sie den Hörer auf die Gabel legte.

»Schlechte Nachrichten?«

»Ach nein ...«

Sie schwieg gedankenvoll. Es waren ihre Ängste, ihre Sorgen. Wie sollte ein Bretone verstehen, dass ein Deutscher Angst haben musste, in seine Heimat zu reisen?

»Vielen Dank für das Telefonat. Bis morgen.«

Er stand vom Schreibtisch auf und trat zur Seite, sonst hätten seine langen Beine ihr den Weg zur Tür versperrt. Wie groß er war! Sie reichte ihm nur bis an die Schulter.

»Bis morgen, Margot. Schlafen Sie gut.«

»Das wünsche ich Ihnen auch, Alan.«

Am Morgen weckte sie eine geschäftige Männerstimme, die gleichförmig und eilig Neuigkeiten verkündete, hin und wieder von unangenehmem Knacken und Rauschgeräuschen übertönt. In einem Nebenzimmer musste ein Radioapparat stehen. Sie drehte sich auf den Rücken und versuchte, den Sprecher zu verstehen. Es war ein englischer Sender, den man hier auf der anderen Seite des Kanals gut empfangen konnte. Leider war ihr Französisch weit besser als ihr Englisch, dennoch begriff sie, wovon die Rede war.

Die Deutschen hatten Warschau erobert, die Hauptstadt von Polen. Damit war Polen wohl in deutscher Hand. War das gut oder schlecht für sie und ihre Familie? Vielleicht war es ja gut? Hatten sie nicht immer davon geredet, die Deutschen seien ein »Volk ohne Raum«? Nun hatten sie ja Raum dazuerobert, die Deutschen. Die anderen Deutschen. Vielleicht gaben sie sich damit zufrieden, der dumme Krieg war in einigen Tagen vorüber, und bald würde alles wieder so sein wie früher.

Sie spürte selbst, dass dies eine unsinnige Hoffnung war, aber sie hielt mit dem Optimismus ihrer Jugend daran fest. In wenigen Tagen würde sie ihre Eltern und Max wiedersehen. Papa würde eine Anstellung an der Universität in Paris erhalten, dann konnten sie eine eigene Wohnung mieten und waren nicht mehr auf Tante Sybilles Großzügigkeit angewiesen. Man würde an den Abenden wieder zusammensitzen, miteinander essen, lachen, erzählen und Pläne für die Zukunft machen. Paris war nicht übel, sie konnte dort Kunst studieren. Und Mama würde wieder Klavierkonzerte geben. Ach, Tante Sybille hatte leider recht gehabt, es war eine dumme Idee gewesen, nach England überzusetzen. Erst jetzt, da sie von ihren Lieben getrennt war, spürte sie, wie sehr sie sie vermisste.

Der Sprecher im Radio schwatzte unentwegt weiter; soweit sie begriff, ging es um britische Belange: das Königshaus, die Versorgungslage, die britischen Streitkräfte. »Expeditionary Forces« – was war wohl darunter zu verstehen? Sie rekelte sich in dem angenehm weichen Bett und überlegte, wie spät es wohl sein mochte. Zu dumm, dass sie nicht auf die Idee gekommen war, den Wecker zu stellen und aufzuziehen. Gestern war sie – sehr spät am Vormittag – hinunter in die Küche gegangen, wo Swana mit einer grauhaarigen, knochigen Person, wohl der Köchin, am Tisch saß und Milchkaffee trank. Man hatte sie sogleich hinauf in den ungemütlichen Saal komplimentiert und ihr Kaffee, Brot und gesalzene Butter gebracht. Offensichtlich hatten alle anderen bereits gefrühstückt, denn sie saß dort mutterseelenallein an dem großen Tisch. Heute würde ihr das nicht passieren. Sie würde diesen Bretonen beweisen, dass eine Deutsche keine notorische Langschläferin war.

Auf dem Stuhl lagen frische Wäsche, Reithosen und ein heller Pullover. Wie von Zauberhand waren diese Kleider in ihr Zimmer geraten – Swana schien auf ihren Holzschuhen lautlos schweben zu können. Margot zögerte, die Sachen anzuziehen. Wahrscheinlich hatte Alan seine Schwester gebeten, dem Gast Reitkleidung auszuleihen, und Marie-Anne hatte eingewilligt, weil sie keinen Streit mit ihrem Bruder wollte. Margot tat einen tiefen, unwilligen Seufzer. Sie mochte Alan nicht vor den Kopf stoßen, er war ein sympathischer Mann. Mehr noch, er gefiel ihr. Aber das war jetzt nicht wichtig. Wichtig war, dass er sie nach St-Malo bringen konnte, wo sie in den Zug nach Paris steigen würde. Das würde er ganz sicher tun. Vor allem, wenn sie sich vorher brav seine hübschen Pferde ansah.

Die Reithosen passten – Marie-Anne war zwar ein Stück größer als sie, besaß jedoch die gleiche Taillenweite. Sie kämmte das Haar und band es zu einem Pferdeschwanz – man hatte ihr gestern freundlicherweise den Badeofen angeheizt, und sie hatte zuerst mit Vorbehalten, dann aber mit großem Vergnügen die Wanne mit den Löwenfüßen benutzt. In den geliehenen Sachen lief sie die Treppen hinunter, durchquerte die Turmzimmerchen und fand endlich den großen Raum, in dem die Mahlzeiten eingenommen wurden. An dem langen Tisch war für sechs Personen gedeckt, es roch angenehm nach Milchkaffee und frischem Brot, im Kamin flackerte ein munteres Feuerchen. Draußen vor den Fenstern allerdings waberten weißliche Nebel, die die Umgebung vollkommen verschluckten. Ein Schloss in den Wolken.

»Guten Morgen, Margot!«, rief ihr Alan entgegen. »Wie gut Ihnen diese Kleidung steht!«

Er saß als Einziger am Tisch und schien bester Stimmung zu sein. Sein Lächeln war so herzlich, dass es Margot leichtfiel, es zu erwidern. Es hätte ihr jedoch noch besser gefallen, wenn er nicht gleich auf die alberne Reiterkluft angespielt hätte.

»Etwas ungewohnt«, meinte sie verlegen und überflog rasch die angebotenen Speisen. Außer Milchkaffee, frischem Brot und Konfitüre gab es auch Schinken, Fisch und verschiedene Käsesorten. Dazu gesalzene Butter. Für ein französisches Frühstück war das geradezu fürstlich – aber man war ja auch in der Bretagne.

»Essen Sie nur ordentlich«, forderte er sie auf. »Es könnte sein, dass wir erst heute Abend wieder etwas zwischen die Zähne bekommen.«

Seine glückliche Stimmung löste in Margot eher Beklommenheit aus. Du liebe Güte – er schien einen größeren Ausflug zu planen. Wie brachte sie ihm nur bei, dass sie abreisen wollte, und zwar so schnell wie irgend möglich?

»Was haben Sie vor, Alan?«

»Wird noch nicht verraten«, tat er geheimnisvoll und schob ihr die Kaffeekanne über den Tisch zu.

Natürlich saß er an seinem angestammten Platz, den er vermutlich seit seiner Kindheit innehatte. Es wäre einem Alan de Morand niemals eingefallen, sich ans obere Ende des Tisches zu setzen, dorthin, wo einem der brennende Kamin den Rücken wärmte. Dieser Platz war seinem Vater vorbehalten, Alan würde dort erst nach dessen Dahinscheiden sitzen dürfen.

»Ich bin leider keine gute Reiterin«, tat sie vorsichtig kund. »In Frankfurt habe ich mit Mama und Max ein paar Reitstunden genommen, hin und wieder sind wir auch im Taunus geritten …«

Er sah zu, wie sie sich geräucherten Fisch und Käse auf den Teller lud, schob ihr den Brotkorb hinüber und meinte, er sei erfreut zu hören, dass sie überhaupt schon einmal auf dem Rücken eines Pferdes gesessen habe. Seine gute Laune war durch nichts zu trüben, er behauptete, sich auf diesen Tag ganz besonders zu freuen, und auch der lästige Nebel würde in weniger als einer Stunde verschwunden sein.

»Ich weiß, dass Sie gestern Abend keinen guten Eindruck von meiner Familie bekommen haben, Margot«, sagte er mit gedämpfter Stimme. »Meine Eltern sind sehr konservativ, Fremden gegenüber öffnen sie sich nicht leicht. Das dürfen Sie nicht persönlich nehmen.«

Margot strich salzige Butter auf ein Stückchen Brot und steckte es in den Mund. Kaute darauf herum und nickte freundlich. Was hätte es für einen Sinn gehabt zu sagen, was sie dachte?

»Ich verstehe«, log sie höflich. »Ich bin ja auch auf eine recht ungewöhnliche Art hier hereingeschneit. Noch dazu eine Deutsche …«

»Glauben Sie nicht, dass meine Eltern grundsätzlich etwas gegen die Deutschen hätten …«

»Natürlich nicht …«

Sie schwiegen ein Weilchen. Alan trank seinen Milchkaffee, während Margot zu Konfitüre und Honig überging. Die Nebelschwaden vor den Fenstern wurden durchsichtiger, gaben hie und da eine Wiese frei, eine Hecke, einen mit rötlichem Schotter bestreuten Weg. Ein Stückchen Himmelsblau.

»Mit meiner Schwester ist es etwas anderes«, sagte Alan leise.

»Sie ist ein herzensguter Mensch, ich liebe sie sehr. Aber leider …«

Er senkte den Blick auf den Brotkorb, und Margot begriff, dass es ihm schwerfiel, über Marie-Anne zu sprechen.

»… leider ist sie in Dinan in gewisse Kreise geraten, die ihr verrückte Ideen in den Kopf gesetzt haben. Wir alle sind bretonische Patrioten, aber nicht jeder von uns denkt wie die Leute von der PNB …«

»Die PNB? Was ist das?«

Sie biss sich auf die Zunge und ärgerte sich. Wozu fragte sie? Jetzt würde er ihr umständliche Erklärungen geben, und dabei wollte sie eigentlich gar nicht wissen, wer diese Leute waren. Vermutlich waren es ähnlich laute Schreihälse wie diejenigen, die in Deutschland an der Macht waren. Solche, die glaubten, dass nur die blonden, großen Menschen mit blauen Augen wertvoll waren, wer aber klein und dunkelhaarig war, der zählte zum Abschaum. Wie die Juden. Bei den Juden war es allerdings ganz gleich, ob sie blond oder dunkelhaarig waren, sie waren Juden, das genügte.

»Es sind Idioten«, sagte Alan zu ihrer Überraschung kurz angebunden. »Früher oder später wird Marie-Anne das begreifen, dessen bin ich mir sicher. Inzwischen aber müssen wir sie nehmen, wie sie ist. Ich bitte Sie, Margot, das zu verstehen.«

Sie wusste nicht, was sie darauf sagen sollte. Er hatte jetzt den Blick zu ihr gehoben, fixierte sie mit naiver Zuversicht, als könnte seine Erklärung die Bosheit seiner Schwester so einfach aus der Welt schaffen. Vor den Fenstern blies der Wind die letzten Nebel davon, der Himmel war unfassbar tief und blau, und das klare Morgenlicht erfüllte den Raum. Margot musste sich gegen den heftigen Wunsch wehren, ihn bei den Ohren zu packen und zu beuteln.

»Ihre Schwester ist ein erwachsener Mensch, Alan. Sie wird wissen, was sie tut.«

Er nickte, fuhr sich mit einer hastigen Bewegung durch das Haar. »Ich weiß. Es war mir nur wichtig, dies zwischen uns beiden klarzustellen. Damit es vom Tisch ist und uns nicht den Tag verdirbt.«

Er sprang auf und deutete vergnügt nach draußen. Ein prächtiges Herbstwetter, jetzt würde sie seine Heimat von einer ganz anderen Seite kennenlernen. Er warf sich eine Jacke über und ging voraus, sah sich nicht einmal nach ihr um, so sicher war er, dass sie ihm folgte. Die Wendeltreppe hinunter, links die Tapetentür zum Büro, rechts die Küche, der Flur war mit einem bunten Fliesenmuster ausgelegt und führte geradewegs zum Ausgang. Eine kleine Vorhalle, von einem gotischen Gewölbe überdacht, schützte den Eingang vor Wind und Wetter, die steinernen Stufen hinunter in den Park waren in der Mitte eingesunken und an den Rändern abgebröckelt, auch die gemauerte Einfassung hatte schon bessere Zeiten gesehen. Dafür bot sich der Park heute in den warmen Farben des Spätsommers. Sattgrüne Rasenflächen, in denen windgebeugte Koniferen in kleinen Hainen wuchsen, längliche Beete mit leuchtend roten Astern und gelb blühenden Stauden, auch runde, große Steinbrocken, die dicht beisammenlagen, als hätte ein Riesenkind hier seine Murmeln vergessen. Wie sie bereits bemerkt hatte, war der Park von einer Hecke umgeben, ursprünglich wohl Liguster, an vielen Stellen jedoch von anderen Pflanzen wie Weißdorn, Geißblatt oder Hasel durchwachsen, die man zu einer schützenden, grünen Wand zurechtgeschnitten hatte.

Sie gingen nebeneinander auf dem geschotterten Weg, der durch den Park zur Einfahrt führte, und Margot erfuhr, dass zu Zeiten seines Urgroßvaters hier ein französischer Garten angelegt worden war: Acht Rondelle mit abgezirkelten Blumenbeeten und kleinen Statuen hätten sich um einen runden Brunnen gruppiert, in dessen Mitte ein Neptun aus Marmor gestanden habe. Ein mächtiger alter Bursche sei das gewesen, er läge noch irgendwo im Keller herum, der Rest der Anlage sei schon von seinem Großvater in eine Rasenfläche umgewandelt worden.

»Man konnte die Gärtner nicht mehr bezahlen«, erklärte er. »Der Reichtum meines Urgroßvaters schwand dahin, als sich der Flachsanbau nicht mehr lohnte. Eine Weile hat er es mit Tabak versucht, scheint jedoch wenig Erfolg gehabt zu haben. Wahrscheinlich hat er sich schon mit diesem Schlösschen übernommen …«

Sie blieben stehen, und Margot hatte zum ersten Mal Gelegenheit, das seltsame Anwesen von außen zu betrachten. Was für ein verrückter Bau! Überall Türme und Türmchen, runde, achteckige, einige hatten Zinnen, andere waren mit spitzen Dächern versehen. Ein flacher Anbau bildete eine zinnenbewehrte große Terrasse, links zu Füßen des Schlosses dämmerte ein halb verfallenes Häuschen dahin, in dem man vermutlich Gartengeräte und allerlei Gerümpel lagerte. Der Erbauer dieses Ensembles musste ein rettungslos verträumter Romantiker gewesen sein – einem normal denkenden Menschen wäre es niemals eingefallen, ein derart sinnloses Bauwerk in die Welt zu setzen.

»Ist es nicht großartig?«, sagte Alan, der seinen Familiensitz liebevoll betrachtete. »Zugegeben – es müsste hie und da etwas repariert werden, aber von der Substanz her ist es solide. Grauer Granit – stammt von der Westküste.«

»Es ist … einzigartig«, meinte Margot vorsichtig.

Sie wollte ihn auf keinen Fall verletzen, deshalb fügte sie hinzu, dass die Morgensonne das Anwesen förmlich zum Leuchten brächte. Was er erfreut bestätigte.

Die Pferdeweiden befanden sich gleich im Anschluss an den Park. Auch sie waren von Hecken unterteilt, einige Wiesen hatte man abgesperrt, damit das Gras dort nachwachsen konnte. Es gab ein lang gestrecktes Stallgebäude, ebenfalls aus Granitsteinen erbaut, unweit davon ein Wohnhaus mit Strohdach. Dort lebte Swana mit ihrem Ehemann Loan, der sich gemeinsam mit den beiden älteren Söhnen um die Pferde kümmerte.

Die Pferde. Sie passten überhaupt nicht zu dem versponnenen Dornröschenschloss mit seinen zierlichen Türmchen und Spitzhauben. Alans Pferde, die Postiers, waren Kaltblüter, hatten gedrungene Leiber, kurze Hälse und kräftige Hufe. Sie schienen vor Körperkraft zu strotzen, sodass man sie sich gut als Postpferde oder Zugtiere vorstellen konnte. Die Reitpferde, die Margot aus Deutschland kannte, waren weitaus leichter und auch ein wenig größer gewesen. Edler, wie sie meinte. Englische Vollblüter. Keine solch dicken, gemütlichen Wiesenstampfer wie diese Burschen.

Immerhin schienen es freundliche Pferde zu sein, denn sie ließen sich bereitwillig von ihr liebkosen, rieben ihre Köpfe an ihrer Schulter, eine junge Schimmelstute knusperte sogar an ihrem zusammengebundenen Haar.

»Das ist Morgane«, meinte Alan schmunzelnd. »Sie erkennt Sie wieder.«

Das glaubte sie zwar nicht, aber sie widersprach auch nicht. Es war schön zu sehen, mit welcher Hingabe er sich seinen Zöglingen widmete, jedes einzelne Pferd mit Namen kannte und von den Tieren freudig begrüßt und beschnuppert wurde. Die Pferde lebten hier in einer großen Herde, blieben auch im Winter draußen, ihr dickes Fell schützte sie gegen Regen und Wind.

»Bei uns wird es niemals wirklich kalt. Das macht der Golfstrom. Nur der Wind kann eisig und boshaft werden, besonders in der Nacht.«

Angebaut an den Stall war ein niedriger Unterstand, in dem Margot eine großartige Entdeckung machte: ein Automobil. Keines der neuesten Modelle, das konnte sogar Margot feststellen, die wenig davon verstand. Aber es war weder verstaubt noch von Spinnweben zugedeckt – also wurde es benutzt.

»Ach das …«, meinte er nachlässig. »Meine Mutter bestand

darauf, ein Auto anzuschaffen, um damit nach Dinan auf den Markt zu fahren. Sie fand es einfacher als mit dem Pferdewagen. Womit sie nicht ganz unrecht hat …«

Er grinste und meinte, dass es mit der Pferdezucht immer schwieriger würde, weil heutzutage kaum noch Pferdefuhrwerke unterwegs seien. Und für den Reitsport seien seine Kaltblüter nur bedingt geeignet.

»Sie könnten mit diesem Auto auch nach St-Malo fahren?«

Er hatte Morgane in den Stall geführt, um sie zu satteln. Jetzt hielt er einen Moment inne, sah Margot prüfend an.

»Nach St-Malo?«

»Ja. Zum Bahnhof.«

Er zog den Sattelgurt fest und löste den hochgebundenen Steigbügel. Eine Weile schwieg er, sodass sie schon fürchtete, er verweigere die Antwort.

»Natürlich kann ich Sie fahren«, sagte er dann, ohne sie anzusehen. »Wann immer Sie wollen.«

»Danke, Alan!«

»Ist doch selbstverständlich.«

Ohne weitere Worte sattelte er einen Fuchswallach, den er selbst reiten wollte. Morgane, die weiße Fee, war für Margot vorgesehen. Er führte das Pferd vor den Stall und hielt es am Zügel, während Margot aufstieg. Es klappte besser, als sie befürchtet hatte, was aber auch daran lag, dass die hübsche Morgane nicht allzu hoch war.

»Geht doch!«, lobte er. »Wie fühlen Sie sich da oben?«

»Gut«, sagte sie und war selbst überrascht. »Sehr gut.«

»Dachte ich mir«, meinte er ernsthaft. »Morgane ist ein Zauberpferd, ein Abkömmling der keltischen Göttin Epona. Wenn Sie sich gut mit ihr stellen, wird sie es Ihnen reichlich lohnen.«

Sie lachte ihn aus, spürte aber bald, dass das Pferd unter ihr willig auf jede Hilfe einging. Morgane schien verlässlich und gutartig zu sein, vermutlich hatte Alan sie ihr deshalb als Reittier gegeben.

»Wohin?«

»Zum Fluss hinunter, dachte ich. Dann hinüber zum Strand.«

Es hörte sich nach einem längeren Ritt an – doch nun, da sie auf dieser freundlichen keltischen Gottheit saß, war es ihr plötzlich ganz recht. Dann würde sie eben erst morgen nach Paris fahren. Heute ritt sie auf Morgane zum Meer, und Alan begleitete sie. Alan, der auf dem gedrungenen, kräftigen Fuchs »Luc'hed« vorausritt, sich immer wieder zu ihr umdrehte, ihr dann aber fröhlich zugrinste und den Weg fortsetzte. Alan, der für sein Reittier fast zu groß schien und so selbstverständlich dahinritt, als wäre er auf dem Rücken eines Postiers geboren worden. »Luc'hed«, so hatte er ihr erklärt, bedeutete so viel wie »Blitz«, ein Name, der Margot für einen Kaltblüter reichlich phantasievoll erschien.

Man ritt an Hecken entlang, hinter denen Gärten und Felder verborgen waren, hie und da fiel der Blick auf ein niedriges Haus, meist aus heimischem Granit erbaut, oft noch mit Stroh gedeckt. In einem Dörfchen, dicht am breiten Mündungsarm der Rance gelegen, läuteten die Kirchenglocken. Der Platz vor der Dorfkirche war voller Menschen, die soeben aus der Messe kamen. Margot begriff, dass heute Sonntag war.

»Sie haben meinetwegen die Messe ausgelassen«, sagte sie mit heiterem Vorwurf.

»Ich werde deshalb in der Hölle braten«, gab er zurück. »Aber das ist es mir wert.«

Sie lachte. Der Wind zerrte an ihrem Haar, löste kleine Büschel aus dem Pferdeschwanz, die ihr die Stirn kitzelten. Das Wasser des Mündungsarmes schimmerte grünlich, kleine Boote waren darauf unterwegs, am Ufer spielten Kinder, Seevögel schaukelten auf dem Fluss, an ruhigen Plätzen saßen Angler auf Klappstühlen und hielten ihre Ruten. Wie schön dieses Land doch war. Wie friedlich das Leben dahinfloss. Frankfurt und Paris dagegen waren Orte voller Hektik, dort brodelte das Pflaster, die Menschen hasteten, drängten sich, jeder Tag brachte Neues hervor. Nicht immer war es Gutes.

Noch bevor sie Dinard erreichten, wandten sie sich wieder nach Westen, ritten zur Küste hinauf. Der Wind wurde kräftiger, und Margot spürte den Geruch des Salzwassers, den scharfen Atem des Meeres. Hin und wieder erblickte sie in der Ferne die grausilberne Fläche, matt und scheinbar harmlos lag sie in der Morgensonne, ruhte, wartete, ließ den Wind über sich dahingleiten. Eine seltsame Unruhe erfasste Margot, eine Ahnung von etwas Großem, nie Gekanntem, das sie begeistert herbeisehnte und zugleich fürchtete. Auch die Stute war davon angesteckt, sie schien sich unter ihr zu strecken, die Ohren zuckten, Margot hörte sie leise schnauben.

»Riechen Sie schon das Meer?«, rief Alan ihr überflüssigerweise zu. »Es ist hinter diesen Felsen, gleich dort drüben ist ein Pfad zum Strand hinunter …«

Die Pferde kannten den Pfad, gingen ihn, ohne dass man sie lenken musste, setzten ihre Hufe bedächtig zwischen die Steinbrocken und sogen den Wind mit weiten Nüstern ein. Eine Bucht öffnete sich dem Blick, zu beiden Seiten von felsigen Landzungen begrenzt, die den Strand wie mit schützenden Armen einschlossen. Hellblaue flache Wellen schwappten auf weißen Sand, hie und da lagen braune und rosige Granitbrocken, die das Meer zu allerlei magischen Wesen geformt hatte.

Die Stute hatte den Kopf gehoben, ihre weiße Mähne flatterte, ihr Körper spannte sich. Margot ließ ihr die Zügel, und das Tier lief hinunter zum Meer, begann auf dem feuchten Sand der Brandungszone zu galoppieren. Margot hörte Alans lauten Ruf, doch sie achtete nicht darauf. Morgane trug sie durchs Wasser, rechts und links spritzten die Wellen unter ihren Hufen empor, durchnässten Reithosen und Pullover, setzten schaumige Tröpfchen in ihr dunkles Haar. Ihre Muskeln folgten unwillkürlich dem Rhythmus des Pferdekörpers, vereinigten sich mit dem voranstürmenden Tier und verdoppelten die Kraft, die sie über Sand und Wasser fliegen ließ.

Es war wie ein Rausch. Das dumpfe Geräusch der Pferdehufe, das Zischen der Wellen, der Wind, der sie beutelte, an ihrer Kleidung riss, ihr in den Ohren dröhnte. Sie war stark! Sie war frei! Sie flog über Land und Meer, und niemand konnte sie aufhalten! War das ihre Stimme? War sie es, die diese langgezogenen, jubelnden Schreie ausstieß?

Die Stute hielt das rasende Tempo, bis der Sandstrand schmaler wurde und niedrige dunkle Felsen den Weg versperrten. Hier wurden ihre Sprünge kleiner, sie bog in den tiefen Sand ab, ging schnaubend und schäumend zu langsamem Schritt über. Margot war noch atemlos von dem wilden Ritt, sie beugte sich vor, streichelte Morganes glatten Hals.

»Donnerwetter!«, hörte sie Alans Stimme dicht hinter sich. »Ich hatte schon Angst um Sie.«

Er schloss zu ihr auf und betrachtete sie mit blitzenden Augen. Auch er war windzerzaust, Gischt und Sandkörnchen klebten an seinen Wangen, auf seinem Hemd hatten die aufspritzenden Wellen dunkle Wasserflecken hinterlassen.

»Angst?«, rief sie lachend. »Wieso denn? Haben Sie geglaubt, ich falle herunter?«

»Aber nein«, meinte er grinsend. »Ich befürchtete eher, Sie könnten sich mit Morgane in die Luft erheben und davonfliegen.«

»Was hätten Sie dann getan?«

Er grinste noch breiter und behauptete, in diesem Fall hätte er wohl ein ziemlich dummes Gesicht gemacht.

»Das hätte ich gern gesehen!«

»Beim nächsten Mal vielleicht.«

Die Felsen vor ihnen waren steil und der Durchgang so schmal, dass es sicherer war, abzusteigen und das Pferd zu führen. Alan ging mit Luc'hed voran, Margot folgte langsam, noch ein wenig außer Atem und von einer seltsamen Traurigkeit erfüllt. Auf dem Küstenweg, der sich hinter den Felsen entlangzog, blieben sie stehen, um wieder auf die Pferde zu steigen.

»Schade«, meinte sie leise. »Es war wundervoll. Ich … habe noch nie etwas so Schönes erlebt.«

Sie spürte, wie glücklich ihn dieses Geständnis machte. Er zögerte mit der Antwort, suchte nach Worten, wie er es meist tat, bevor er sprach.

»Das Meer hat viele Gesichter«, sagte er dann. »Sie haben es von seiner schlimmsten Seite kennengelernt, Margot. Und gerade deshalb wollte ich Ihnen heute zeigen, dass das Meer auch ganz anders sein kann …«

Er stockte und sah sie unsicher an. Margot lächelte und machte einen Versuch, sich das kitzelnde Haar aus dem Gesicht zu streichen.

»Es ist sanft und zärtlich«, sagte sie. »Es glitzert in der Sonne, streichelt den Sand, es blitzt wie Edelstein, es spielt mit kleinen, frechen Wellen, es lacht, es kost, es verführt dazu, hineinzulaufen …«

Er starrte sie an, fasziniert von diesem Wortschwall, der ihr mühelos und ohne weiteres Nachdenken über die Lippen kam.

»Genauso ist es«, bestätigte er. »Heute zumindest. Morgen kann es schon wieder ganz anders sein. Das Meer ist ein Teil von uns Bretonen. Ohne das Meer kann keiner von uns leben.«

Dazu fiel ihr nichts ein. Schweigend standen sie beieinander. Da war es wieder, dieses Gefühl, das sie zu ihm hinzog, ein gefährlicher Sog, ein feines Netz, das jemand um sie beide schlang. Nie hatte sie es so stark empfunden; sie musste etwas tun, um sich dagegen zu behaupten.

»Es … es ist ein schönes Land«, sagte sie hastig. »Wunderschön. Wiesen und Wälder, Flüsse, Felsen und dazu noch das Meer. Wirklich, es gefällt mir sehr …«

»Meinen Sie das im Ernst, Margot?«

»Natürlich!«, rief sie. »Haben Sie gedacht, ich mache Ihnen etwas vor? Weshalb sollte ich das wohl tun?«

Sie zitterte. Seine Augen, sein Gesicht, die warme, atmende Kraft seines Körpers – der Sog wollte sie verschlingen.

»Ich weiß nicht«, sagte er leise. »Vielleicht erwarte ich zu viel. Ich … ich wünsche mir sehr, dass Ihnen meine Heimat gefällt.«

Eine heftige Kopfbewegung seines Pferdes unterbrach ihn. Luc'hed war unruhig geworden, auch Morgane schüttelte die Mähne. Plötzlich sahen sie, dass sich von Osten her mehrere Fahrzeuge näherten: Lastwagen, die mit grauen Planen abgedeckt waren.

»Kommen Sie. Wir müssen die Straße frei machen.«

Sie stiegen auf, ritten ein Stück auf der Küstenstraße entlang und schafften es gerade noch, in einen Seitenweg einzubiegen, bevor der Konvoi sie eingeholt hatte. Es waren vier größere Laster, alle mit grauen Planen verhängt, voraus fuhr ein offener Militärwagen, in dem drei Männer in Zivilkleidung saßen. Sie winkten ihnen freundlich zu, und Margot hatte den Eindruck, dass diese drei Burschen viel lieber mit ihnen zum Strand geritten wären.

»Waren das Bretonen?«

Alan schnaubte verächtlich und lenkte sein Pferd in einen schmalen Durchlass zwischen den Hecken. Dahinter tat sich eine Landstraße auf, die nach Süden führte.

»Nein, das waren keine Bretonen«, erklärte er, als sie nebeneinander herritten. »Es sind Engländer. Truppen der British Expeditionary Force, die über die Manche hierhergeschleust werden.«

Sie begriff nicht. Was hatten britische Soldaten in Frankreich zu suchen?

»Das fragen wir uns auch«, knurrte er verbittert. »Aber sie glauben offensichtlich, dass wir allein nicht in der Lage sind, einen deutschen Angriff zurückzuschlagen …«

Einen deutschen Angriff. Unverhofft stürzte sie aus dem Zauber dieses Tages zurück in die Wirklichkeit. Es war Krieg. Jederzeit konnten deutsche Truppen in Frankreich einmarschieren. Sogar die Briten glaubten daran und schickten schon ihre Soldaten über den Kanal …

»Aber so weit wird es gar nicht kommen, Margot«, meinte er rasch, denn er sah ihr betretenes Gesicht. »Sie werden an der Maginot-Linie scheitern. Eine uneinnehmbare Festung neben der anderen, da ist kein Durchkommen …«

Ja, natürlich, davon hatte man in Paris auch gesprochen. Aber viele waren überzeugt, dass man die Deutschen nicht aufhalten könne. So wie Bernard und Lucas, ihre Cousins. Aber auch andere, die das nur hinter vorgehaltener Hand zu sagen wagten. Freunde ihrer Eltern waren nach Amerika ausgewandert, nach Israel, nach China. Sie glaubten, Hitler würde ganz Europa erobern und niemand könne ihn aufhalten.

Während sie zurückritten, bezog sich der Himmel, und ein feiner Nieselregen ging hernieder. Er durchtränkte im Nu ihre Kleidung und drang sogar durch die Socken in die Schuhe hinein. Alan fluchte auf Bretonisch, erklärte zerknirscht, er hätte daran denken müssen, Regenmäntel mitzunehmen, es sei ganz und gar unverzeihlich. Margot hörte sich seine Selbstvorwürfe geduldig an, dann meinte sie, er solle sich nicht so anstellen, das bisschen Wasser würde ihnen bestimmt nicht schaden.

»Vielleicht wachse ich ja noch ein Stück davon.«

Sie musste ihm erklären, dass man den Kindern in Deutschland erzählte, der Regen würde sie wachsen lassen. Worauf er fand, dass sie ruhig noch einen halben Kopf größer werden dürfe, er selbst hingegen sei mit seiner Körpergröße recht zufrieden.

»Ach, Sie finden mich zu klein?«

»Das habe ich nicht gesagt!«

»Aber gedacht!«

»Ich finde Sie genau richtig!«

Sie lachten und fuhren fort, einander aufzuziehen. Was ging sie der dumme Krieg an? Das Leben war aufregend und schön, es hatte ein Netz um sie beide gesponnen, einen Zauberbann auf sie gelegt, nur das war wichtig. Schloss Kerbourgh tauchte im Regendunst auf wie ein graues Märchenschloss, dunkle Riesengestalten trieben sich im Park herum, die Konturen der Türme zerflossen in den tief hängenden Wolken.

Vor dem Pferdestall stiegen sie ab, und Margot jammerte, sie könne jetzt vor Muskelkater kaum noch laufen.

»Dann muss ich Sie wohl tragen«, witzelte er.

»Ich bin viel zu schwer!«

Sie hatte nicht geglaubt, dass er es wirklich tun würde. Doch er hob sie auf und trug sie trotz ihrer Proteste bis zum Eingang des Parks. Im Schutz eines uralten Wacholders stellte er sie auf die Füße, und sie umarmten einander, hörten den Regen von den Ästen tropfen, das Wispern der kleinen Rinnsale, die sich in den Wiesen verloren. Es war Margots erster Kuss. Eine vorsichtige Berührung ihrer Lippen, die vom Regen feucht waren und noch ein wenig salzig schmeckten. Es kitzelte, und sie musste kichern.

Am folgenden Morgen rief sie erneut in Paris an. Sybille war noch kürzer angebunden als gewöhnlich. Nein, ihre Eltern seien noch nicht zurück. Und es gäbe auch keine Nachricht von ihnen.

»Ich muss nach Deutschland«, sagte sie zu Alan. »Meine Eltern stecken in Schwierigkeiten.«

März 2010

Die Schüler waren während der letzten Tage vor den Osterferien ganz besonders zappelig, und Katharina von Staden machte sich unbeliebt, weil sie in der Woche vor Ferienbeginn noch mehrere Tests schreiben ließ. Besonders in den Französischkursen erntete sie Proteste. So kurz vor den Ferien könne sich keiner mehr konzentrieren, es sei richtig »fies«, ihnen jetzt noch einen Test »reinzuwürgen«. Doch sie ließ sich nicht beirren. Es sei viel besser, den Test jetzt zu schreiben, da die Grammatik noch frisch in ihrem Köpfen sei, nach den Ferien hätten sie das meiste vergessen und die Vorbereitung sei doppelt aufwendig. Natürlich sahen das nur die wenigsten ein, das Gros der Schüler dachte nicht über die eigene Nasenspitze hinaus. Murrend fügte man sich in das Unvermeidliche, kratzte zusammen, was von Grammatik und Vokabeln noch im Gedächtnis war, und wer schlau genug gewesen war, sich einen Spicker anzufertigen, der war fein heraus. Als Katharina von Staden die Hefte einsammelte, hatte sie das unangenehme Gefühl, dass auch dieser Test mit viel Geschick korrigiert werden musste, damit sie nicht gezwungen war, ihn zu wiederholen. Das Fach Französisch fristete in der Gesamtschule leider ein Randdasein, die meisten waren froh, die ungeliebte, lernaufwendige Sprache so schnell wie möglich abwählen zu können, um die nötigen Punkte auf leichtere Weise zu ergattern. Nur sehr wenige blieben bei der Stange, erreichten die Fähigkeit, sich in der Sprache auszudrücken, Literatur zu lesen, über aktuelle Texte zu diskutieren. Immerhin gab es zwei Leistungskurse, die Katharina mit viel Engagement führte. Unterrichtsstunden, auf die sie sich mit Freude vorbereitete und die sie für vieles entschädigten.

Der Schulgong beendete den Unterricht und setzte alsbald einen stetig ansteigenden Lärmpegel in Gang, den die hohen Flure des alten Gebäudes noch verstärkten. Katharina von Staden hatte das Gefühl, sich durch ein aufgewühltes Meer zu kämpfen, um endlich im sicheren Hafen des Lehrerzimmers Zuflucht zu finden. Die aufgeregten Mädchen und Jungen, die draußen auf dem Pausenhof herumtobten, konnten sich wohl kaum vorstellen, dass Frau von Staden die Osterferien genauso sehnsüchtig herbeiwünschte wie ihre Schüler.

Als sie kurz nach drei endlich nach Hause kam, erwartete sie ausnahmsweise eine stille Wohnung. Patrik war unterwegs, vermutlich zu einem Besichtigungstermin in Steinbach, denn er kümmerte sich inzwischen um den Verkauf ihres Elternhauses. Sie war zuerst überrascht gewesen, hatte sie doch vorgehabt, einen Makler damit zu beauftragen.

»Das ist doch Unsinn, Schatz«, hatte er kopfschüttelnd gesagt. »Ein Makler nimmt eine Menge Geld für wenig Arbeit; wenn wir das Haus selbst annoncieren und verkaufen, können wir dieses Geld in die eigene Tasche stecken.«

»Aber man muss den Markt kennen …«

»Dazu brauchst du nur die Annoncen in der Zeitung anzusehen.«

»Das Haus präsentieren, den Preis aushandeln, einen Kaufvertrag aufsetzen, zum Notar gehen …«

»Wozu studiere ich Betriebswirtschaft?«

Das war einerseits richtig. Auf der anderen Seite hatte sie den bösen Verdacht, dass Patrik schon seit längerer Zeit keine einzige Vorlesung mehr besucht hatte. Es war für sie schwer zu kontrollieren, da sie täglich in der Schule war und oft erst spät am Nachmittag nach Hause kam. Dann fand sie ihn regelmäßig vor dem Computer, wo er seine Mitstreiter für den anstehenden Kampf stählte. Auf ihre Fragen, wie es mit seinem Studium ginge, hatte er nur kurz und wenig aufschlussreich geantwortet.

»Normal …«

»Meldest du dich im kommenden Semester zum Bachelor an?«

»Klar …«

Der Hausverkauf hatte jedoch einige Auswirkungen auf Patriks Lebensgewohnheiten. Zum einen vernachlässigte er den Haushalt jetzt noch mehr als früher, zum anderen war er tatsächlich sehr häufig unterwegs, um sich mit Kaufinteressenten zu treffen. Unnötig zu erwähnen, dass er den A3 ihres Vaters fuhr, die häufigen Fahrten in den Taunus erforderten schließlich einen verlässlichen Wagen. Auch war er der Meinung, dass ein gepflegtes Auto auf die potenziellen Käufer einen guten Eindruck machte. Katharina war zweimal mit ihm gemeinsam nach Steinbach gefahren, um sich mit Kaufinteressenten zu treffen, es hatte ihr jedoch nicht gutgetan. Patrik hatte inzwischen ein Entrümpelungsunternehmen beauftragt, das das Haus vollständig ausgeräumt hatte; sogar die Einbauküche ihrer Mutter war verschwunden. Das Haus wirkte fremd auf sie, entstellt, von allen Erinnerungen entblößt – sie wollte es nicht mehr sehen. Es war ohne Zweifel die beste Lösung, dass Patrik diese Angelegenheit für sie regelte, zumal es ihn von seiner Spielbesessenheit ablenkte.

War es eigentlich ein gutes oder ein schlechtes Zeichen für ihre Beziehung, dass sie es als sehr angenehm empfand, allein zu sein? Sie stellte ihre Schultasche im Schlafzimmer neben dem Arbeitstisch ab, fand im Kühlschrank noch zwei Scheiben Kochschinken, einen Rest Butter und eine halbe Salatgurke, außerdem eine angebrochene Flasche Cola. Mit zwei belegten Broten und einem Glas Cola machte sie sich im Wohnzimmer auf dem Sofa breit, zog die Schuhe aus und schaltete den Fernseher ein. Ein Luxus, den sie sich normalerweise nicht gönnen durfte, denn der Fernseher störte Patriks Spielaktivitäten.

War es eigentlich so schrecklich, solo zu sein? Sie hatte einige Kolleginnen, vor allem ältere, die aus unterschiedlichen Gründen allein lebten. Glücklich und zufrieden wirkte keine von ihnen. Diejenigen, die verheiratet waren, allerdings auch nicht. Sie trank das Glas leer und ging in die Küche, um sich einen Kaffee zu machen. Immerhin konnte sie den Gedanken einmal durchspielen. Sie müsste sich in der Frühe nicht mehr auf Zehenspitzen aus dem Schlafzimmer schleichen, um Patriks Morgenschlummer zu schonen. Sie würde nach der Schule einkaufen, ihre Mahlzeiten kochen, aufräumen, die Wohnung am Wochenende putzen. Das würde nicht viel anders sein als jetzt auch, denn Patrik tat so gut wie nichts im Haushalt. Sie könnte am Abend in ihrem Wohnzimmer sitzen und den Fernseher einschalten, wann immer es ihr beliebte. Außerdem könnte sie ihren Arbeitsplatz vom Schlafzimmer ins Wohnzimmer verlegen, das würde Heizkosten sparen …

Es wäre dann aber niemand da, mit dem sie reden konnte. Niemand, an dessen Seite sie die Nacht verbrachte. Allerdings schlief sie sowieso immer allein ein – Patrik spielte bis in die Morgenstunden. Aber sie war an ihn gewöhnt. Er war ein Teil von ihr. Sie würde ihn vermissen, sogar sein lautes Geschwätz am Computer würde ihr beim Einschlafen fehlen.

Wieso dachte sie über solche Dinge überhaupt nach? Gerade jetzt, wo Patrik sich so für ihre Belange einsetzte? Sie rührte Zucker in ihren Kaffee, trank einen Schluck und schaltete den Fernseher aus. Du liebe Güte, was man da am Nachmittag zu sehen bekam, war so seicht, dass sich die Zehennägel aufrollten. Früher, als Patrik noch nicht »World of Warcraft« spielte, hatte sie regelmäßig die Nachmittags- und Vorabendsendungen auf RTL und ähnlichen Sendern verfolgt. Nicht etwa aus eigenem Interesse – sie hatte wissen wollen, was in den Köpfen ihrer Schüler herumspukte. Viele von ihnen verbrachten den ganzen Tag und die halbe Nacht vor der Glotze, sie machten ihre Hausaufgaben vor dem Fernseher, brauchten die Flimmerkiste als Einschlafhilfe. Die Gründe waren unterschiedlich, das Ergebnis immer das gleiche. Die Kinder wurden von Jahr zu Jahr zappeliger, die Menge der Eindrücke in ihren Köpfen überforderte sie. Fast alle Kollegen waren der gleichen Meinung wie Katharina – ändern konnte man jedoch nichts an dieser Situation. Man musste sich damit arrangieren.

Sie seufzte tief und trank rasch den Kaffee aus, um die unangenehmen Gedanken loszuwerden. Sie liebte doch ihren Beruf, sie engagierte sich, sie kämpfte gegen Missstände. Es gab immer wieder Schüler, denen sie weiterhelfen konnte, für die sich der Einsatz lohnte. Es gab auch nette Kollegen. Einige. Leider zu wenige. Und dann war ihr Job sicher, denn sie war Beamtin – wo gab es das heutzutage noch? Sie bekam ein gutes Gehalt und hatte Aussicht auf eine anständige Pension. In knapp vierzig Jahren. So lange musste sie durchhalten …

Der Gedanke an vierzig Jahre Schuldienst war ernüchternd. Was war aus ihren Träumen geworden? Hatte sie nicht Malerin werden wollen? Früher hatte sie viel gemalt, neue Techniken ausprobiert, in Farben geschwelgt. Doch während der letzten Jahre war ihr der Schwung abhandengekommen. Seitdem sie an der Schule arbeitete, hatte sie höchstens vier oder fünf Bilder in Angriff genommen, jedoch keines davon fertig gemalt. Und jetzt, da sie mit den Werken einer solchen Meisterin konfrontiert war, fehlte ihr erst recht der Mut.

Es half nichts, sie musste aufstehen, hinüber ins Schlafzimmer gehen und die Kiste unter ihrem Schreibtisch hervorziehen. Patrik hatte behauptet, sie sei vollkommen verrückt. Anstatt dieses Zeug zu verkaufen, säße sie jeden Abend über den Mappen und starre die Bilder an, als würde sie hypnotisiert. Was denn daran so großartig sei?

Sie wusste es selbst nicht. Viele der Aquarelle waren mit leichter Hand gemalt, zart, in weichen Pastelltönen, wie zufällig aufs Papier geworfen, und doch saß alles am rechten Ort. Das Meer, durchsichtig wie Aquamarin, zärtliche kleine Wellen, die den weißen Sand streichelten. Man glaubte, das leise Rauschen zu vernehmen, das Knistern, wenn das Meerwasser im feuchten Sand versickert, auch die Schreie der Möwen, die in der Ferne über dem silbrigen Faden des Horizonts schwebten. Das Licht … Vielleicht war es ja das Licht, das sie so faszinierte? Es ließ Felslandschaften rosig erscheinen, warf unförmige Schatten auf grauen Stein. Es ließ im Dunkelblau des Meeres kleine, schaumige Wellenkämme aufblitzen.

»Einige von diesen Sachen sind nicht übel«, hatte Patrik bemerkt. »Man müsste die Mappen aber auseinanderschneiden, damit man die Bilder einzeln verkaufen kann.«

»Das kommt überhaupt nicht infrage!«

»Dann sei bitte so gut und nimm das Zeug von meinem Bett herunter. Am Ende sind noch Milben oder Spinnen drin, wäre ja kein Wunder, nachdem das Zeug jahrelang auf dem Dachboden herumgelegen hat …«

Sie sammelte ihre Schätze wieder ein und beschränkte sich auf ihr eigenes Bett. Auseinanderschneiden! Was war er doch für ein Banause! Wer immer dieser Aquarelle zu Mappen zusammengefügt hatte – es musste aus einem besonderen Grund geschehen sein. Vermutlich waren es Jahresalben, das bedeutete, diese Bilder waren innerhalb eines einzigen Jahres entstanden. Tatsächlich glaubte sie, in jeder Mappe Anzeichen für unterschiedliche Jahreszeiten zu entdecken, allerdings fehlte die Datierung. Es gab weder Datum noch Jahreszahl. Die für Deutschland so typischen Winterbilder gab es auch nicht. Kein Schnee, dafür jedoch graues Licht, Nebel, kahle Felder, Krähenschwärme. Auch kahle Bäume. Das Licht eines frühen Wintertages war dunstig, matt und blaugrün, weichte die Konturen auf. Eine Landzunge, ein Leuchtturm verschwammen mit dem Hintergrund. War diese dunkle Form ein Schiff? Ein Fischkutter vielleicht, von einem Schwarm Seevögel umgeben. Gierige Gesellen, die auf ihren Anteil am Tagesfang warteten …

»Lass uns einige Bilder fotografieren. Dann setze ich sie mal ins Netz, nur um zu sehen, wie das Interesse ist. Zurückziehen kann man sie immer noch.«

»Nein!«

»Herrgott noch mal! Wie du dich anstellst! Warum denn nicht? Willst du das Zeug hier bis zum Sankt Nimmerleinstag horten? Du, ich sag dir gleich …«

»Wir wissen noch nicht einmal, wer die Aquarelle gemalt hat.«

»Auch wieder wahr«, knurrte er und machte sich daran, die Initialen MvM zu googeln. Es kam jedoch nicht viel dabei heraus, und Katharina war froh darüber. Sie mochte ihm nichts von ihrem Verdacht sagen, doch sie war fest davon überzeugt, dass diese Aquarelle von einer Frau gemalt worden waren. Von der gleichen, deren Foto ihr Vater in seiner Todesstunde in Händen gehalten hatte. Es wäre unendlich peinlich gewesen, wenn sie tatsächlich eine bekannte Malerin gewesen wäre, denn dann hätte man das Geheimnis ihres Vaters möglicherweise entdeckt.

Immerhin stellte Katharina bei intensivem Betrachten fest, dass auch MvM nicht als Meisterin geboren worden war. Es gab Bilder, die weniger gelungen erschienen, gröber gearbeitet waren, sogar solche, die man als missraten betrachten konnte. Natürlich nur verglichen mit den anderen, die so unglaublich atmosphärisch, ja fast magisch waren. Vermutlich waren diese Bände die älteren, man konnte es auch am Papier erkennen und an der Bindung. Sie hatte festen Zwirn benutzt, um die Bilder zu einer Mappe zusammenzunähen. Die ersten Versuche waren fehlgeschlagen, man konnte noch die Einstiche der Nadel erkennen, an einigen Stellen war auch das Papier gerissen. Später hatte sie ein festes System entwickelt, das Papier an sechs Stellen durchstochen und die Fäden auf dem Rücken der Mappe über Kreuz geschlungen. Durch die Bindung ging zwar ein kleines Stück des Bildes verloren, doch der Band ließ sich aufblättern wie ein Buch, ohne dass eines der Blätter Risse bekam.

In einigen Bänden – das mussten die jüngsten sein – hatte sie Doppelseiten benutzt, man konnte die Bilder aufklappen, auch die Rückseite hatte sie bemalt. Nein – es wäre eine Sünde und eine Schande gewesen, an diesen Mappen die Schere anzusetzen.

»Es ist das Meer«, sagte sie zu Patrik. »Ich glaube, diese Aquarelle faszinieren mich deshalb so, weil die meisten das Meer darstellen. Sie sind so eindringlich, dass ich fast glaube, den Seewind zu spüren und das Meerwasser zu riechen.«

Er lachte sie aus. Salzwasser sei geruchlos. Sie habe wohl die Manie ihres Vaters geerbt, der ständig irgendwelche Schifflein bauen musste. Er tippte sich an die Stirn und wies dann auf eines der Bücherregale, die Katharina ins Schlafzimmer gequetscht hatte, um dort ihre Schulmaterialien unterzubringen. Oben auf dem Regal saß ihr alter Teddybär, daneben stand das Schiffsmodell, das ihr Vater vor vielen Jahren für sie gebaut hatte.

»Auf jeden Fall hätte man mit dem alten Kram gutes Geld machen können«, knurrte er. »Aber da du sowieso bald eine reiche Frau bist, hast du es ja nicht nötig …«

Die Abrechnung des Entrümpelungsunternehmens war Katharina nur zufällig in die Hände gefallen, da sie an Patrik adressiert gewesen war. Sie hatte nach ihrem roten Kugelschreiber gesucht, um eine Arbeit zu korrigieren, und da Patrik sich gern ihrer Kulis bediente, um irgendwelche Notizen zu machen, hatte sie in dem Chaos gewühlt, das seinen Computer umgab. Verblüfft zog sie das Schreiben von »Paul & Meyer« unter einem angebissenen Cheeseburger hervor und stellte fest, dass nach Abzug aller Unkosten noch ein Überschuss von 1200,– Euro ausbezahlt worden war. Möbel, Elektrogeräte, Geschirr, Teppiche, sogar die Einbauküche waren einzeln aufgeführt, auch den elektrischen Rasenmäher zum Aufsitzen und den Inhalt von Vaters wohlausgestatteter Werkstatt hatte man nicht vergessen. Das Geld war auf Patriks Konto überwiesen worden.

»Du liebe Zeit«, regte er sich auf, als sie verärgert nachfragte. »Schließlich habe ich die Burschen ausfindig gemacht, die Bedingungen ausgehandelt und sie engagiert. Zweimal bin ich dort gewesen, um nachzuschauen, ob alles seine Ordnung hat. Und überhaupt hätte es komisch ausgesehen, wenn ich den Vertrag unterschreibe, das Geld aber auf ein anderes Konto geht. Denkst du vielleicht, ich wollte dich bestehlen?«

»Du hättest mich informieren sollen, weiter nichts«, schimpfte sie. »Ich bin die Letzte, die dir dieses Geld missgönnt. Aber ich mag es nicht, wenn du hinter meinem Rücken agierst!«

»Ich hab's halt vergessen«, knurrte er. »Ein Haus für den Verkauf vorbereiten und die Verhandlungen führen – das ist schließlich eine Menge Arbeit.«

Sie lehnte sein Angebot ab, ihr das Geld zu überweisen. Sie vertraue ihm. Und außerdem habe er ja Unkosten, allein schon das Benzin für die Fahrten in den Taunus. Er akzeptierte ihre Entscheidung ohne weitere Einwände.

Am Gründonnerstag schleppte er sie zum Notar. Er hatte das Haus an ein junges Ehepaar verkauft. Zu einem Preis, der Katharina gerechtfertigt erschien. Die jungen Leute waren frisch verheiratet, beide berufstätig, die Eltern griffen ihnen finanziell unter die Arme, außerdem war ein Kredit von der Bank bewilligt. Katharina fand die beiden sympathisch. Es war ein schönes Gefühl, dass nun neues Leben in das Haus einziehen würde. In ein paar Jahren würden vielleicht wieder Kinder im Garten spielen, die alte Eiche, an der damals ihre Schaukel gehangen hatte, stand ja noch.

Sie unterschrieb den Vertrag, bestätigte ihr Einverständnis mit den Zahlungsmodalitäten und stieß endlich auf ein Dokument, das sie stutzig machte.

Die Maklergebühren betrugen – wie üblich – sieben Prozent der Kaufsumme. Sie waren von den Käufern an Patrik Sonnenweiler zu überweisen.

Katharina unterdrückte ihren Ärger, solange sie bei dem Notar saßen – erst als alle Formalitäten erledigt waren und man sich mit freundschaftlichem Händedruck voneinander verabschiedet hatte, stellte sie Patrik zur Rede.

»Sagtest du nicht, *wir* könnten das Geld, das wir für einen Makler ausgegeben hätten, in die eigene Tasche stecken?«

Sie standen vor dem Wagen, der einmal ihrem Vater gehört hatte, und Patrik spielte lässig mit dem Autoschlüssel.

»Das haben wir doch auch, mein Schatz. Was regst du dich auf? Ich werde dir die Hälfte davon überweisen.«

Dieses Mal hatte sie keine Lust, großzügig zu sein.

»Darum möchte ich auch gebeten haben!«

Das Altenheim »Abendsonne« war ein funktionaler Bau aus den Achtzigern, grauer Beton mit schwarzem Flachdach, große Glasfenster in Metallrahmen, Neonbeleuchtung. Vor dem fünfstöckigen, kastenförmigen Wohnblock lag der Eingangspavillon, vom Architekten phantasievoll mit viel Glas und Metall gestaltet. Hier befand sich nicht nur, von zwei Palmen in Hydrokultur eingerahmt, der Tresen der diensthabenden Pförtnerin, es gab auch ein Selbstbedienungscafé, einen Kiosk mit Zeitschriften und Süßigkeiten und einen Frisörsalon.

Katharina hatte sich über diese Angebote gefreut, denn sie versprachen immerhin ein wenig Abwechslung, vor allem der Frisör, den ihre Mutter früher gern und häufig besucht hatte. Inzwischen hatte sich jedoch herausgestellt, dass man ihre Mutter mit bestimmten Medikamenten behandeln musste, die Unternehmungen wie einen Frisörbesuch unmöglich machten.

»Wieso schläft sie die ganze Zeit?«, hatte sie gefragt.

Man erklärte ihr, dass Frau von Staden mehrfach versucht habe, das Heim zu verlassen. Sie habe eine Reisetasche mit allerlei Zeug gefüllt – Unterwäsche, Geschirr, eine Blumenvase, zwei Kleiderbügel, die Tischdecke –, dann sei sie die Treppe hinuntergelaufen und man habe sie erst in der Eingangshalle aufhalten können. Sie sei ausgesprochen uneinsichtig gewesen, habe mit der Reisetasche um sich geschlagen, und erst als man ihr sagte, ihr Mann würde sie in fünf Minuten hier abholen, beruhigte sie sich. Ein peinlicher Auftritt, zumal gerade eine Familie mit Kindern in die Halle eintrat, die den Geburtstag ihres Opas feiern wollte.

Sie hatten ihr rasch eine Beruhigungsspritze gegeben, damit sie sich ohne weiteren Widerstand zurück in ihr Zimmer führen ließ. Katharina hatte sich den Bericht der Heimleiterin schweigend angehört. Sie begriff durchaus, dass es nicht leicht war, eine verwirrte Person zu beaufsichtigen. Es wäre schlimm gewesen, wenn ihre Mutter aus dem Heim gelaufen und ziellos in der Stadt umhergeirrt wäre. Auf der anderen Seite schnitt es ihr ins Herz. Ihre Mutter hatte nach Hause gewollt. Aus dem fremden Zimmer zurück in die vertraute Umgebung. Wieder bei ihrem Ehemann sein, mit dem sie über dreißig Jahre zusammengelebt hatte. Ihr krankes Hirn hatte noch nicht begriffen, dass er tot war. Katharina hatte nie ein herzliches Verhältnis zu ihrer Mutter gehabt, aber sie tat ihr unendlich leid in ihrer zunehmenden Verwirrung und Hilflosigkeit.

»Du solltest nicht so oft dorthin laufen«, hatte Patrik gesagt. »Sie erkennt dich doch sowieso nicht mehr.«

Aber das stimmte so nicht. Gewiss, ihre Mutter brauchte stets ein Weilchen, um zu begreifen, dass es ihre Tochter Katharina war, die ihr die schönen Blumen und das Obst gebracht hatte. Es waren die Medikamente, die sie müde und langsam im Kopf machten, man musste Geduld mitbringen, ihr immer wieder erklären, wo sie sich befand und weshalb sie hier war. Mit der Zeit würde sie es schon verstehen und sich in ihre Situation fügen. Selbst wenn ihr Geist verwirrt war – Katharina fand es unwürdig, einen Menschen permanent mit Lügen abzuspeisen.

»Aber diese Besuche ziehen dich runter, Schatz. Du kommst

mit einer solchen Grabesmiene zurück, dass ich Angst vor dir bekomme …«

»Aber sie ist doch meine Mutter, Patrik. Ich muss mich um sie kümmern …«

»Ach was«, murrte er. »Es kann gut sein, dass du sie nur aufregst, wenn du so oft bei ihr herumsitzt.«

Patrik selbst hatte keine Verbindung mehr zu seiner Familie. Seine Eltern waren geschieden, die beiden Brüder nach Kanada ausgewandert. Was sie dort taten, wovon sie lebten, wusste Patrik nicht, man war seit Jahren zerstritten.

Katharina hatte diese Haltung nie verstehen können. Zerwürfnisse gab es in jeder Familie – aber sich für immer und ewig zu zerstreiten, die Eltern, die Brüder einfach aus seinem Leben zu streichen, das hatte es in ihrer Familie nicht gegeben. Zumindest besuchte man sich zu Familienfesten und bemühte sich, miteinander auszukommen.

»Es ist völlig blödsinnig, deiner Mutter erklären zu wollen, dass das Haus jetzt verkauft ist«, fand Patrik. »Vermutlich wird sie es gar nicht verstehen. Und wenn sie es doch begreift, wird sie ordentlich Zirkus machen. Hast du dir das gut überlegt?«

In diesem Punkt hatte er leider recht. Es war vollkommen überflüssig, wahrscheinlich sogar schädlich, was sie vorhatte. Und doch war sie der Meinung, ihrer Mutter die Information nicht vorenthalten zu dürfen.

»Da schlägt dein Großvater durch«, meinte Patrik kopfschüttelnd. »Der preußische Offizier von Staden. Wie hieß er doch mit Vornamen? Alfred? Arthur?«

»August«, gab sie unwillig zurück, wohl wissend, dass er sich jetzt über diesen altmodischen Vornamen lustig machen würde.

»August der Starke! Muss ein Mann nach deinem Herzen gewesen sein. Ehrlich. Pünktlich. Fleißig … Waren das nicht die preußischen Tugenden? Was habe ich vergessen? Richtig: Gehorsam gegenüber der Obrigkeit …«

»Ich finde das nicht lustig.«

»Du hast keinen Humor, mein Schatz.«

Bei Schnee- und Graupelschauern fuhr sie am Ostersamstag ins Haus »Abendsonne«. Man hatte die Eingangshalle mit einem Strauß frischer Zweige dekoriert, an dem bemalte Ostereier hingen. Einige der alten Leute saßen mit ihren Besuchern im Café, aßen Kuchen und tranken Kaffee; auch die Frisörin hatte Kundschaft. Per Aufzug gelangte man in das Wohngebäude, wo sich die Zimmer der Heimbewohner und die Aufenthaltsräume befanden. Sobald man den Aufzug verließ, schlug einem der typische Geruch des Altenheims entgegen, eine Mischung aus gebrauchter Wäsche, Urin, abgestandenen Lebensmitteln und Pfefferminztee. Meist kam von irgendwoher eine Pflegerin durch den langen Flur, die einen grauen Wagen vor sich herschob. Geschirr stand darauf, Schälchen mit Medikamenten, Obst, das nicht gegessen worden war.

»Frau von Staden? Die schlaft. Hat gehabt zweimal Kuchen und Kaffee. Gehen nur in Zimmer …«

Katharina bedankte sich bei der jungen Frau, die aus Polen stammte und Herzlichkeit ausstrahlte. Es gab nicht viele Pflegerinnen, die ihre Arbeit gern verrichteten, aber die junge Polin gehörte dazu. Sie schob jetzt ihren Wagen in die Küche hinein und ging zu den alten Leuten, die man zum Kaffeetrinken an Tische gesetzt hatte. Nur einige von ihnen konnten alleine essen. Die anderen warteten vor ihren Tellern, starrten in den Fernseher, wo eine Musiksendung lief, und ließen sich von der jungen Polin füttern.

Die Zimmer waren winzig klein: ein Bett, ein Schrank, ein kleiner runder Tisch und zwei Stühle, eine schmale Kommode mit Spiegel – damit war der Raum voll. Katharinas Mutter saß in ihrem Bett und war damit beschäftigt, eine Zeitung in kleine Streifen zu zerreißen. Sie machte es sehr gründlich, achtete darauf, dass die Streifen gleich breit waren, und legte sie nebeneinander auf die Bettdecke. Das war eine neue Leidenschaft von ihr, der sie stundenlang frönte und die sie immerhin davon abhielt, Unsinn zu treiben.

»Da sage jemand, dass ein alter Mensch nicht noch Neues lernen und Freude am Leben haben kann«, hatte die Heimleiterin gesagt. Katharina hatte diese Äußerung zuerst für einen unpassenden Scherz gehalten, dann aber begriff sie, dass sie ernst gemeint war.

»Mama? Ich bin es, Kati. Schau, ich habe dir Blumen mitgebracht. Gerbera – die magst du doch so gern …«

Ihre Mutter ließ sich nicht stören. Langsam und erstaunlich geschickt riss sie das Papier in Streifen, wandte kein Auge von ihrer Tätigkeit, um ja keinen Fehler zu machen. Ihr Gesicht sah eingefallen aus, in letzter Zeit waren die Backenknochen deutlicher hervorgetreten, und die Haut unter dem Kinn war schlaff und faltig geworden. Vater hatte sie auch während ihrer Krankheit alle sechs Wochen zum Frisör gebracht – jetzt war ihr Haar wirr, am Ansatz sah man das Grau. Katharina nahm eine Vase aus der Kommode und ging in das winzige Bad, um sie mit Wasser zu füllen. Sie stellte die Blumen auf den Tisch, damit ihre Mutter sie sehen konnte, dann setzte sie sich auf die Bettkante.

»Wie schön du das machst, Mama. Ganz gleichmäßig …«

»Geh weg!«

»Ich bin es, die Kati. Erkennst du mich? Deine Tochter. Katharina.«

»Geh weg. Du machst mir Unordnung!«

Die Papierstreifen auf ihrer Bettdecke waren ineinandergerutscht, nun musste sie sie neu ordnen.

»Entschuldige …«

»Setz dich auf den Stuhl!«

Katharina gehorchte und sah zu, wie ihre Mutter ein Papierchen penibel neben das andere legte. Wie alt war sie jetzt? Einundsechzig Jahre erst. Vor zwei Jahren hatte es angefangen, da hatten sie zunächst geglaubt, Mama sei in letzter Zeit doch etwas vergesslich. Monate später suchte sie einen Arzt auf, der gab ihr Medikamente, die jedoch nichts bewirkten. Danach veränderte sie sich in rasender Geschwindigkeit, wurde unleidlich, oft zornig, wusste die alltäglichsten Dinge nicht mehr und musste von ihrem Mann wie ein kleines Kind versorgt und betreut werden. Vater war ein paar Jahre älter als sie gewesen, alle hatten geglaubt, er habe klug gehandelt, als er sich eine jüngere Frau nahm, denn die könne ihn ja später einmal pflegen …

»Ich muss dir etwas erzählen, Mama …«

Sie hielt inne und versuchte herauszufinden, ob ihre Mutter überhaupt zuhörte. Es war schwer zu sagen, da sie Katharina nicht ansah.

»Hörst du mir zu, Mama?«

»Hörst du mir zu?«, wiederholte ihre Mutter. »Hör zu …«

Katharina beschloss, einfach zu reden. Wenn Mama es nicht verstand, konnte sie es nicht ändern. Dann hatte sie es ihr aber auch nicht verschwiegen.

»Wir haben das Haus verkauft, Mama. Es sind sehr nette, junge Leute. Sie werden sicher Kinder haben …«

Ihre Mutter reagierte nicht. Sie trennte das letzte Stück Zeitung in zwei schmale Streifen, eine Aufgabe, die ihre ganze Aufmerksamkeit in Anspruch nahm.

»Es ist zwar traurig, dass das Haus nicht mehr uns gehört«, fuhr Katharina fort. »Aber auf der anderen Seite …«

»Das Haus verkauft …«, sagte ihre Mutter und legte die beiden Zeitungsstreifen neben die anderen.

»Ja …«, bestätigte Katharina. »Es ist verkauft. An ein sehr nettes, junges Ehepaar.«

Hatte sie nun doch verstanden? Das wäre immerhin ein gutes Zeichen. Auch wenn sie in diesem Fall wohl einen gelinden Schock erleiden würde.

Ihre Mutter hob jetzt den Kopf und sah sie an. Sie musste blinzeln, um die Tochter zu erkennen. Vermutlich waren ihre Augen schlechter geworden. Sie würde mit ihr zum Augenarzt fahren müssen …

»Sie hat das Haus verkauft, die liederliche Person!«, sagte ihre Mutter mit lauter Stimme.

Verwirrt starrte Katharina ihre Mutter an. Sie hatte rote Flecken auf den Wangen bekommen, die Sache schien sie sehr aufzuregen. Wie hatte sie sie genannt? Liederliche Person?

»Es war nicht zu ändern, Mama. Ich habe es auch sehr bedauert. Aber für uns ist es nicht geeignet …«

»Sie hat das wunderschöne Haus einfach verkauft. Ohne jemanden zu fragen. Über unsere Köpfe hinweg …«

O weh, dachte Katharina. Jetzt glaubt sie, Papa sei noch am Leben und wir hätten ihnen das Haus weggenommen. Was habe ich da nur angerichtet? Ich habe es ganz falsch angefangen.

»Eine Villa ist das gewesen. Ein jahrhundertealter Familiensitz. Und sie hat es verschleudert, diese gewissenlose Person. Weißt du, wie man so eine nennt?«

Die Zeitungsfetzen auf der Bettdecke gerieten in Unordnung, weil ihre Mutter vor Aufregung die Beine bewegte. Voller Empörung starrte sie zu Katharina hinüber, die nun langsam auf die Idee kam, es könne sich um ein Missverständnis handeln. Als Villa konnte man das Haus in Steinbach beim besten Willen nicht bezeichnen und schon gar nicht als jahrhundertealten Familiensitz. Mama redete von einem völlig anderen Haus.

»Eine Hure nennt man so eine. Eine läufige Hündin …«

»Aber … aber Mama!«, stammelte Katharina schockiert. »Von wem redest du denn?«

»Eine Nutte!«

Nie hatte ihre Mutter solche Worte in den Mund genommen. Zumindest nicht in ihrem Beisein. Und wohl auch sonst nicht.

Jetzt fegte sie die mühevoll arrangierten Papierstreifen mit einer Hand von ihrem Bett, schob die Decke zurück und wollte aufstehen. Katharina sprang herbei, um ihr zu helfen, doch sie wurde rüde zurückgewiesen. Mama schlug sogar nach ihr.

»Weg! Weg mit euch. Geld hat sie ihrem Liebhaber gegeben, die Hexe … Hat ihn bezahlen müssen …«

»Von wem sprichst du?«

Ihre Mutter stemmte sich mit beiden Armen auf der Matratze ab und machte einen energischen Versuch aufzustehen. Sie war immer noch kräftig, stand tatsächlich auf den Füßen, dann jedoch schwankte sie, und wenn Katharina sie nicht schnell am Arm gefasst hätte, wäre sie rücklings auf das Bett gefallen und mit dem Kopf gegen die Wand geschlagen. War sie zu schnell aufgestanden, sodass ihr Kreislauf aussetzte? Oder lag es an der Aufregung? Aber worüber war sie denn so in Zorn geraten?

»Bleib ganz ruhig sitzen, Mama. Durchatmen. Schön tief Luft holen. Ist dir schwindelig?«

Katharina überlegte, ob sie nicht die junge Polin herbeirufen sollte. Ihre Mutter saß keuchend auf dem Bettrand, von Zeitungsfetzen umgeben. Der missglückte Versuch aufzustehen hatte ihren Zorn nicht zum Erliegen gebracht, sie redete immer noch leise vor sich hin.

»Einen Liebhaber hat sie gehabt, hast du das gewusst? In ihrem Alter! Eine Schande für die ganze Familie. Wälzt sich mit einem Kerl im Bett herum …«

»Das ist wirklich schlimm. Von wem redest du denn? Kenne ich sie?«, versuchte Katharina auf sie einzugehen.

»Eine Schande … Aber das darf man ja nicht laut sagen. Nichts darf man sagen. Weil er sonst böse wird. Richtig böse …«

Sie hob den Kopf und sah Katharina mit weit aufgerissenen Augen an. Erkannte sie ihre Tochter?

»Er ist sonst niemals böse gewesen, Kati. Nur dann. Drei Tage hat er nicht mehr mit mir gesprochen. Wegen ihr. Man durfte nichts sagen. Sie war ein Engel. Rein und gütig. Ein Engel …«

Sie begann zu kichern, verschluckte sich dabei und hustete. Als Katharina ihr auf den Rücken klopfte, schlug sie nach ihr.

»Lass … weg … Peter soll kommen. Mich zu Bett bringen. Peter … Wo ist Peter …«

Katharina wich zurück und sah zu, wie ihre Mutter das Bett verwüstete. Sie beutelte das Kopfkissen und zerrte an der Zudecke, zerfetzte die Zeitungsschnipsel und warf sie von sich. Wie mühselig das war. Gerade eben hatte sie sie mit ihrem Namen angeredet, hatte also einen lichten Moment gehabt. Jetzt rief sie wieder nach dem Vater, konnte oder wollte nicht begreifen, dass er nicht mehr lebte.

»Papa ist gestorben, Mama«, sagte sie langsam. »Papa ist tot. Er kann nicht kommen. Verstehst du?«

Ihre Mutter starrte sie mit leeren Augen an, dann warf sie eine Handvoll Papierfetzen nach ihr. »Nein!«, sagte sie mit harter Stimme.

Jemand klopfte an der Tür, öffnete dann, ohne eine Antwort abzuwarten. Die junge Polin hielt ein graues Tablett mit dem Abendessen in den Händen.

»Ist heute Leberwurst auf Brot, Frau von Staden«, rief sie laut und fröhlich. »Und Tomate. Was ist auf Deutsch ›Goldapfel‹. Hat mir gesagt Herr Breuer, Nachbar links. Dieses Mal Sie aber auch Gurke essen. Kleine Stück, ja?«

Die Angesprochene gab keine Antwort, aber sie hörte auf, ihr Bett zu zerrupfen, und beobachtete aufmerksam, wie die Betreuerin das Tablett auf den kleinen Tisch stellte. Zwei Scheiben Graubrot, eine mit Leberwurst, die andere mit Streichkäse. Eine geviertelte Tomate. Zwei Scheibchen Gurke. Ein Becher mit Tee. Eine kleine Schale mit verschiedenen Tabletten, die die Betreuerin auf die Kommode stellte.

»So schöne Blumen! Ich komme später wegen Medikamente … Guten Appetit!«

Sie stellte die Blumen ebenfalls auf die Kommode und schob

den kleinen Tisch vor das Bett. Katharinas Mutter griff nach dem Leberwurstbrot und verschlang es hungrig. Sie aß so hastig, als müsste sie Angst haben, jemand habe es auf ihr Abendessen abgesehen.

»Ich komme dann nach Ostern wieder, Mama.«

Katharina erhielt keine Antwort. Ihre Mutter hatte schon immer gern gegessen, erst in den letzten Jahren hatte sich ihre Neigung zu Sahnesoßen und Süßigkeiten auch äußerlich bemerkbar gemacht. Seit Beginn ihrer Demenz war das Essen zu ihrer Lieblingsbeschäftigung geworden. Es machte sie glücklich, Lebensmittel in sich hineinzustopfen, sie zu kauen, zu schlucken und das angenehme Empfinden der Sättigung zu spüren.

Katharina hatte an diesem Abend nur wenig Appetit. Schweigend saß sie im Wohnzimmer auf dem Sofa und nagte an einem Apfel, während Patrik sich lautstark mit seinen Mitspielern unterhielt. Er hatte sie kaum begrüßt, als sie aus dem Altenheim zurückkam und nur flüchtig gefragt: »Na, wie war's?«

Da er sich jedoch gleich wieder seinem Spiel zuwandte, hatte sie gar nicht erst den Versuch gemacht, ihm von den seltsam verstörenden Reden ihrer Mutter zu berichten.

Möglicherweise war ja alles nur eine Ausgeburt ihres kranken Hirns? Sie hatte irgendeinen Film im Fernsehen gesehen und vermischte ihn mit der Realität. Aber weshalb hatte sie sich so aufgeregt? Sprach das nicht dafür, dass diese seltsame Geschichte eine wahre Begebenheit war?

»Weil er sonst böse wird ...«

Konnte es sein, dass ihr Vater derjenige war, der ihr verboten hatte, über diese Person zu lästern? Es passte zu ihm. Vater hatte sich meist ihren Anordnungen gefügt, sie schalten und walten lassen, wie sie es für richtig hielt. Dass sie zu seiner inneren Welt keinen Zugang hatte, war ihr vermutlich nie bewusst gewesen. Es hatte jedoch einige wenige Fälle gegeben, in denen Vater seinen Willen deutlich machte. Ein solcher Fall war zum Beispiel der Wunsch seiner Tochter nach einem Studentenzimmer in der Frankfurter Innenstadt gewesen. Das hatte Mama auf keinen Fall erlauben wollen – das Mädchen konnte doch zu Hause wohnen und mit dem Zug fahren. Damals hatte Vater sich durchgesetzt, ihr die Studentenbude bezahlt und dazu monatlich eine kleine Summe überwiesen.

»Damit du lernst, mit dem Geld umzugehen«, hatte er gesagt. »Und mit der Freiheit.«

Wenn er Mama also tatsächlich verboten hatte, über diese Frau zu sprechen – wer war sie? Jemand, der für Vater sehr wichtig war. Jemand, den er liebte. Doch nicht etwa …?

Nein, das war zu verrückt. Es würde zwar den Zorn ihrer Mutter erklären. Aber – nein, so etwas hätte ihr Vater niemals getan. Oder doch? Sie verbot sich, weiter darüber nachzudenken, und stand auf, um die Küche aufzuräumen.

Die Ostertage waren kalt und verregnet. Kein Gedanke an einen Ausflug in den Taunus oder wenigstens einen Besuch im Palmengarten. Die beiden Mountainbikes, die sie vor Weihnachten auf einem Fahrradbazar günstig erstanden hatten, dämmerten im Keller vor sich hin. Man hätte sie sowieso erst instand setzen müssen; Katharina benötigte einen neuen Sattel, und an Patriks Rad war ein Schlauch defekt.

Am Ostersonntag standen sie spät auf. Während Patrik noch duschte und sich rasierte, deckte Katharina den Frühstückstisch. Sie hatte am Abend vorher noch Eier hart gekocht und gefärbt – eine alte Gewohnheit aus der Kindheit, die sie beibehalten hatte. Es wäre für sie ein Unding gewesen, gefärbte Eier zu kaufen.

»Im Sommer«, meinte Patrik, als sie am Tisch saßen und den ersten Schluck Kaffee tranken, »da fahren wir mal 'ne Woche am Rheinufer lang. Ist doch was für dich mit den vielen Burgen und

Schlössern. Aber nix mit Jugendherbergen oder so, wir sollten uns schon mal ein gutes Hotel gönnen …«

Er redete auch davon, am Donauufer entlangzuradeln, im Herbst vielleicht. Am Bodensee solle man auch gut Rad fahren können. Im kommenden Jahr sollten sie auf jeden Fall mal eine Radtour einplanen. Katharina kannte das schon – wenn er guter Laune war, brütete er tausend tolle Ideen aus, nur mit der Umsetzung haperte es. Bisher war die Organisation des gemeinsamen Urlaubs stets ihre Aufgabe gewesen.

»Die Frage ist, ob du länger als zwei Tage hintereinander ohne dein Spiel auskommen kannst …«, bemerkte sie sarkastisch.

»Was soll das denn nun wieder?« Beleidigt erklärte er, man könne mit ihr ja nicht reden, sie müsse immer alles ins Negative verkehren. Überhaupt habe er keine Lust, mit ihr Urlaubspläne zu machen, weil sie sowieso immer nur auf Billigtour gehen wolle. Bloß keinen Cent zu viel ausgeben. Letztes Jahr habe er sich im Odenwald Blasen an den Füßen gelaufen und die Unterkünfte seien unter aller Kanone gewesen. Jugendherberge wäre noch Luxus gegen diese Dorfgasthöfe mit Küchendunst und bierseliger Vereinstagung im Unterzimmer gratis. Und vorletztes Jahr in der Rhön …

»Wenn du jede Nacht in einem Fünfsternehotel schlafen willst, musst du dir das auch leisten können …«

Er ignorierte ihren Einwurf und redete sich in Rage. »Eine Pauschalreise in die Türkei wäre uns sogar noch billiger gekommen, als auf Schusters Rappen durch die Wälder zu rennen. All inclusive. Gutes Hotel, drei Mahlzeiten am Tag, Pool, klasse Sportanlagen, Ausflüge …«

»Ich mache keinen ›All-inclusive-Urlaub‹. Das ist stupide und kulturlos. Tennis spielen und in der Sonne liegen kann ich auch zu Hause! Und Teppiche, die mit Kinderarbeit hergestellt werden, kannst du auch hier kaufen.«

Es war dieses trübe Wetter, das sie beide so reizbar machte.

Dicke Regentropfen schlugen gegen die Fensterscheiben, man sah kaum die Häuser auf der gegenüberliegenden Straßenseite; wenn ein Auto vorbeifuhr, spritzte das Dreckwasser rechts und links auf das Trottoir.

»Natürlich, die Frau Oberlehrerin benötigt Kultur«, rief Patrik mit übertrieben ironischer Betonung. »Man fährt nicht in Urlaub, um zu relaxen, man muss sich bilden. Leute, die sich einfach nur erholen wollen, sind stupide und kulturlos! Weißt du, wie du mir vorkommst mit deinem Bildungstick?«

Katharina hätte ihn gern gefragt, wovon er sich eigentlich erholen müsse, da er den ganzen Tag nur mit seinem Spiel beschäftigt war. Doch sie verkniff sich diese Bemerkung. Stattdessen warf sie ihm vor, kurzsichtig und egoistisch zu sein. Ob er die Sendung im Fernsehen über die Lage des Tourismus in der Türkei nicht gesehen habe? Dass dort die einheimische Bevölkerung zunehmend aus dem Geschäft verdrängt werde und nur noch die Großen, die »All inclusive« anböten, das Geld der Urlauber abschöpften?

»Meine Güte«, stöhnte er. »Dann kannst du bald nirgendwo mehr Urlaub machen. Wir leben im Kapitalismus, mein Schatz. Wer clever ist und die anderen austrickst, der macht den Gewinn.«

»Und das findest du richtig?«, rief sie aufgebracht.

Patrik setzte ein überlegenes Lächeln auf, das ihren Zorn erst recht anfachte. Wie oft hatten sie schon über diese Dinge gestritten, sie wusste recht gut, was jetzt kommen würde. Und sie hasste ihn dafür.

»Es ist einfach ein Naturgesetz, mein Schatz. Der Stärkere setzt sich durch, der Schwächere geht unter. Es hat nicht viel Zweck, denjenigen, die zum Untergang bestimmt sind, noch unter die Arme zu greifen. Du hilfst niemandem damit. Im Gegenteil. Du verlängerst nur ihre Agonie. Und das nenne ich unmenschlich.«

Er schleuderte ihr den letzten Satz triumphierend entgegen,

stand aber gleich darauf vom Frühstückstisch auf, um hinüber ins Wohnzimmer zu gehen, wo der Computer schon vor sich hin summte. Katharina ließ ihn gewähren, heute fühlte sie sich einfach zu erschöpft, um sich auf eine sinnlose Diskussion einzulassen. Beklommen starrte sie auf die Reste des Osterfrühstücks, das sie vor einer halben Stunde mit so viel Aufwand vorbereitet hatte. Was für ein Mensch war er nur? Wusste er nicht, wie mühsam sie tagtäglich in der Schule dafür kämpfte, dass auch die Schwachen, diejenigen, die keinen guten Start gehabt hatten, eine Chance bekamen?

»Und überhaupt …«, rief er aus dem Wohnzimmer in die Küche hinüber. »Jetzt, wo du durch meine Hilfe bald so viel Geld auf dem Konto haben wirst, könnten wir uns mal einen richtig tollen Urlaub gönnen. Kreuzfahrt in die Karibik. Safari in Tansania. Mit dem Highland Express durch Schottland …«

»Vergiss es!«

Durch seine Hilfe! Er tat ja gerade so, als habe er ihr das Geld geschenkt. Die Wut kochte derart in ihr hoch, dass sie um ein Haar die Kaffeetassen gegen die Wand geknallt hätte. Aber nein, sie war keine, die mit Geschirr um sich warf. Sie warf auch keine Türen ins Schloss. Solches Verhalten hatte Mama früher immer als »unbeherrscht« bezeichnet: ein schlimmer Charakterfehler. Sie würde Patrik mit kühler Ruhe erklären, dass sie nicht die Absicht hatte, ihm vom Geld ihrer Eltern einen Luxusurlaub zu finanzieren. Das Geld würde sie brauchen, um Mamas Heimaufenthalt zu bezahlen, das war sie ihren Eltern schuldig, und dafür würde sie diese Summe beiseitelegen.

Sie räumte die Küche auf, und da Patrik das Wohnzimmer blockierte, verzog sie sich ins Schlafzimmer. Leise zog sie den alten Überseekoffer unter dem Schreibtisch hervor, öffnete den Deckel und überlegte, welche der Mappen sie einer genaueren Betrachtung unterziehen wollte. Sie hatte sich inzwischen einen Überblick verschafft und die Mappen nach einem von ihr erdachten System geordnet. Es waren insgesamt siebenundvierzig Bände. Einige bestanden nur aus wenigen Blättern, in anderen waren über hundert Bilder zusammengefasst. Da es keine Jahreszahlen gab, war sie hinsichtlich der Reihenfolge auf Vermutungen angewiesen, was jedoch einfacher war, als sie zunächst geglaubt hatte. Fünf der Mappen konnten mit ziemlicher Sicherheit als die ältesten eingeschätzt werden, was vor allem mit dem Papier zu tun hatte, aber auch mit der Maltechnik. Hier waren manche Bilder noch ungelenk, einige missraten, dazwischen aber immer wieder Aquarelle von großer Kraft, die bewiesen, dass eine zukünftige Meisterin am Werk gewesen war. Die restlichen Mappen ließen sich in drei weitere Epochen einteilen. Ein kleiner Teil erschien Katharina wie eine Wiederaufnahme: noch unsicher, oft wiederholten sich Motive, die in den ersten Bänden gemalt worden waren. Dann – ganz ohne Übergang – fand sich eine große Anzahl von dicken Bänden, die unübertreffliche, meisterhafte Bilder enthielten. Hier hatten sich reife Technik und künstlerische Kraft miteinander verbunden, dazu aber kam noch etwas anderes, das aus jedem dieser Bilder auf den Betrachter übersprang. Eine Hymne auf das Leben. Die restlichen acht Mappen waren eindeutig Alterswerke: stark im Ausdruck, voller Tiefe und Wärme. Was sie von den anderen unterschied, war der fehlende Schwung.

Katharina griff nach einer der Mappen aus der dritten Epoche, schaltete die Deckenbeleuchtung ein und setzte sich auf den Bettrand, um die Bilder gründlich durchzuschauen. Beharrlich war die Malerin gewesen, hatte einige Motive immer wieder gemalt. Tat sie das, weil sie von dem Motiv so angetan war? Oder gab es dafür einen anderen Grund? Da waren seltsame Felsformationen, ganz offensichtlich Granitgestein, das das Meer in jahrtausendelangem Ansturm zu weichen Formen gewaschen hatte. Katharina blätterte hin und her, zweifelte, überlegte, dann war sie sich sicher, dass es immer der gleiche Felsen war. Doch hier erschien er wie das Gesicht eines Gnoms, dort wie ein Hund, auf einem anderen Blatt sah man die Konturen eines Frauenkörpers. Die Malerin hatte ganz offensichtlich Spaß daran gehabt, immer neue Phantasiegestalten aus dem rötlichen Fels zu zaubern.

Und dann war da dieses merkwürdige Gebäude, das immer wieder auftauchte. Nicht nur in den frühen, sondern auch in den späteren Mappen fand sich dieses mickrige Dornröschenschloss, ein Miniatur-Neuschwanstein aus grauem Stein. Ein wenig verfallen, die Treppe bröckelte, auch die Dächer der Türmchen schienen reparaturbedürftig, und der gotische Bogen über dem Eingang machte den Eindruck, er könnte jeden Augenblick herunterfallen. Sie hatte es in allen möglichen Varianten gemalt; am besten gefielen Katharina die Nebelbilder, wenn die Konturen des Bauwerks in schwachem Grau aus dem milchigen Dunst tauchten und der Eindruck eines schwebenden Geisterschlösschens entstand.

Sie war sich sicher, dass es dieses Bauwerk wirklich gab oder zumindest gegeben hatte. Wo mochte es wohl stehen? Sie hatte sich schon mehrfach darüber Gedanken gemacht, denn die Aquarelle boten allerlei Anhaltspunkte. Granitfelsen, die das Meer geschliffen hatte. Inseln und vorspringende Landzungen, die ins Meer hineinragten. Dann wieder Wald, Felder, von Hecken begrenzt. Dolmen – hoch aufragende, von Menschen gesetzte Steine, deren Sinn bisher niemand ganz entschlüsselt hatte. Ein Steinkreis in einem verwilderten Waldgebiet, halb zugewuchert, magisch, wie ein verwunschener Zaubergarten.

Die Signalmelodie ihres Handys riss sie aus ihren Gedanken. Widerwillig legte sie die Mappe zur Seite und stand auf, um das Mobiltelefon vom Schreibtisch zu nehmen. Gestern Abend hatte sich Tante Gudrun gemeldet, um ihr frohe Ostertage zu wünschen und die neuesten Entwicklungen zu erfragen. Ach, das Haus sei schon verkauft? So schnell? Und die Möbel? Das kleine

Kommödchen aus dem Flur mit den drei Schubladen auch? Ach, wie schade, das hätte sie ja doch gern für Rolfie gehabt, er habe vorgestern beim Kaffeetrinken noch danach gefragt. Aber so gehe es bei den jungen Leuten, niemand mache sich Gedanken darüber, dass all diese Sachen einmal viel Geld gekostet hätten.

»Hallo?«

»Bist du beim Eiersuchen?«

Gott sei Dank, es war Gitti. Sie hatte schon befürchtet, jetzt auch noch Tante Alice wegen irgendwelcher Möbelstücke Rede und Antwort stehen zu müssen.

»Eiersuchen?«, lachte sie. »Ja, natürlich. Wir sitzen auf einer Bank im Grüneburgpark und lassen uns die Sonne auf den Bauch scheinen. Wenn du magst, kannst du uns Gesellschaft leisten.«

»Und was macht ihr wirklich? Ich meine – habt ihr Besuch oder sonst was Wichtiges vor?«

Gittis Stimme klang irgendwie gepresst, auch schien ihre Nase verstopft. Hatte sie am Ende geheult? Katharina schwankte zwischen Mitleid und Ablehnung. Sollte sie wieder einmal als Beichtmutter missbraucht werden? Doch das Mitleid siegte.

»Wir hängen einfach nur ab. Patrik sitzt am Computer, und ich blättere in alten Mappen.«

»Meinst du, ich könnte mal für ein Stündchen vorbeikommen? Wir könnten in die Konditorei auf der Eschersheimer gehen. Ich lad' dich ein, ja?«

Aha, dachte Katharina. Liebeskummer. Offensichtlich eine kurze Begegnung, Gitti hat noch gar nichts von einem neuen Mann in ihrem Leben erzählt.

»Komm einfach vorbei, wir schauen dann …«

»Du bist ein Schatz, Kati! Bin gleich da!«

Schade, sie hätte sich gern noch intensiver mit den Bildern beschäftigt. Inzwischen fand sie Patriks Vorschlag, die Aquarelle zu fotografieren, gar nicht mehr so abwegig. Natürlich nicht, um sie zum Verkauf anzubieten, sondern einfach, um sie zu archivieren.

Damit sie erhalten blieben, auch wenn die Originale beschädigt oder vernichtet würden. Was hoffentlich nicht geschehen würde, aber man konnte nie wissen.

Gitti klingelte zweimal kurz hintereinander an der Wohnungstür, womit sie vermutlich deutlich machen wollte, dass sie es sei und keine andere. Katharina beeilte sich zu öffnen, bevor Patrik auf die Idee kam, an die Tür zu gehen, denn er hätte sie vermutlich unfreundlich empfangen. Patrik mochte weder Gitti noch irgendeine andere ihrer Freundinnen.

Tatsächlich, sie hatte geweint. Schaute noch ganz verquollen aus, das arme Ding. Das kam dabei heraus, wenn man unentwegt auf der Jagd nach der großen Liebe war. Eine Serie großer Enttäuschungen – weiter nichts.

»Komm erst mal rein, Mädel!«

Sie fiel ihr gleich an der Wohnungstür um den Hals, heulte zum Glück aber nicht, sondern drückte sich nur fest an sie.

»Ach, Kati … Das Leben ist so was von Scheiße …«

Katharina mochte diese Ausdrucksweise überhaupt nicht. Da bemühten sie sich, ihren Schülern eine differenziertere Sprache anzubieten, und dann redete Gitti selbst wie eine Sechzehnjährige mit Migrationshintergrund. Aber jetzt war nicht der Moment, sie auf solche Entgleisungen hinzuweisen.

»Setz dich aufs Bett, ich mache uns einen Kaffee. Schieb das Bettzeug weg. Du weißt ja – ist ein wenig eng bei uns …«

Gitti nickte brav und tapste ins Schlafzimmer. Unter normalen Umständen hätte sie Katharina jetzt unter die Nase gerieben, dass man Gäste eigentlich im Wohnzimmer empfing und Patrik sein dämliches Spiel ruhig im Flur oder auf dem Klo spielen könne. Aber heute war sie nicht zu der üblichen Besserwisserei aufgelegt. Als Katharina mit zwei Tassen Kaffee und einer Schachtel Keksen zurückkam, fand sie Gitti wie ein Häuflein Unglück auf dem Bettrand hockend, den Kopf auf beide Hände gestützt.

»Hast du Zucker in den Kaffee getan?«

»Zwei Stück Würfelzucker. Keine Milch. Okay so?«

»Perfekt ... Danke ...«

Sie rührte um und trank ein Schlückchen. Dann seufzte sie und griff nach den Keksen. Sie habe heute noch gar nichts gegessen.

»Soll ich dir ein Brötchen mit Wurst schmieren?«

»Ach, lass nur ... Die Kekse sind ganz in Ordnung. Ich kann sowieso kaum was runterbringen ...«

Sie stopfte sich mit Butterkeksen voll, spülte sie mit Kaffee herunter und erzählte von einem gewissen Jonny, den sie letzte Woche per Zufall in ihrer Lieblingskneipe wiedergetroffen habe.

»Hab ich dir doch erzählt, Kati. Wir waren vor Jahren mal zusammen. Jonny spielt Klarinette in verschiedenen Gruppen, sogar klassisch. Ein richtig guter Musiker. Wir waren fast ein Jahr zusammen, dann hat er was mit einer Hornisse angefangen, und da hab ich ihn rausgeschmissen ...«

»Mit einer Hornisse?«

»Mit einer Tussi, die Horn spielt. Hornistin heißt das. Aber Hornisse passte besser auf die ...«

Der gute Jonny hatte die Hornisse längst hinter sich gelassen und deutliches Interesse gezeigt, die alte Freundschaft mit Gitti wieder aufleben zu lassen. Ein Wochenende verbrachten sie gemeinsam in ihrer Wohnung, wobei sie »aus dem Bett gar nicht mehr rauskamen«.

»Ich sage dir, Kati, der Typ ist unglaublich. Einfach unglaublich.«

Sie vermutete, dass der Ärmste monatelang auf dem Trockenen gesessen habe, erotisch gesehen natürlich. Und wohl auch sonst, denn er war völlig abgebrannt und erzählte, dass die Jobs rar würden und er schon darüber nachgedacht habe, seine geliebte Klarinette zu verkaufen.

»Es war alles so wundervoll, Kati ...«, schluchzte sie. »Ich hab' zuerst gar nicht gemerkt, dass er meinen ganzen Whiskey weggetrunken hat. Auch den Cognac, den Herbert mir noch geschenkt hat. Den Kirsch. Den Wacholderschnaps. Und am Schluss hat er sogar diesen ekelhaft süßen Johannisbeerlikör ausgesoffen. Weißt du, das Zeug, das Kollegin Hiltrud uns allen zu Weihnachten verehrt hat …«

Er hing an der Flasche, der gute Jonny. Brauchte täglich seine Ration, sonst bekam er Entzugserscheinungen. Und er wurde richtig ungemütlich, als sie sagte, damit sei jetzt Schluss. Und mit dem Sex war auch nichts mehr los.

»Heute früh hab ich ihm gesagt, er soll seinen Kram packen und woanders saufen …«

Sie fand, dass sie richtig gehandelt habe, aber trotzdem sei es ganz schrecklich, weil sie doch so an ihm hing, schon wegen der schönen alten Zeiten.

»Du hättest ihm nicht helfen können«, tröstete Katharina. »Aber vielleicht war dein Rausschmiss für ihn ja ein solcher Schock, dass er beschließt, etwas zu tun …«

»Glaubst du wirklich?«, fragte Gitti mit vager Hoffnung.

»Mitleid wäre zumindest ganz falsch gewesen. Durch Mitleid hättest du seine Sucht nur unterstützt. Erst wenn einer ganz unten angekommen ist, kann er wieder Fuß fassen …«

Sie fügte nicht hinzu »… wenn er stark genug ist«, weil sie Angst hatte, Gitti damit zu deprimieren. Es hörte sich nicht so an, als ob der arme Jonny zu den Starken dieser Welt gehörte. Vielmehr schien er ein Schlauberger, der immer wieder eine mitleidige Seele fand.

»Ist es nicht verrückt, dass immer mir solche Sachen passieren?«, seufzte Gitti und griff nach dem letzten Butterkeks. Kauend sinnierte sie darüber, dass sie selbst stets zwischen höchstem Liebesglück und tiefster Enttäuschung hin- und hergeworfen wurde, während Katharinas Liebesleben vollkommen ruhig verlief. Ob sie überhaupt Glücksmomente erlebe? Liebeskummer erleide? Ob ihr eine derart gleichförmige Beziehung nicht langweilig würde? Nein?

Katharina stellte fest, dass es Gitti nun, nachdem sie ihren Kummer ausgespuckt und Katharinas Bett ausgiebig mit Kekskrümeln bestreut hatte, langsam wieder besser ging. Sie konnte schon wieder lästern.

»Man stelle sich vor«, rief die Freundin aus. »Zwei Menschen unterschiedlichen Geschlechts im fortpflanzungsfähigen Alter hocken den ganzen Tag über in getrennten Zimmern, und jeder geht seiner Beschäftigung nach. Was für eine Art von Beziehung führt ihr beide eigentlich?«

Katharina dachte daran, dass sie und Patrik vorgestern Morgen immerhin miteinander geschlafen hatten, wenn auch nicht sehr ausgiebig. Aber das würde sie Gitti nicht auf die Nase binden.

»Eine ausgeglichene Beziehung, Gitti. Wir kennen einander schon eine ganze Weile, wir verstehen uns, gehen aufeinander ein und führen ein gemeinsames Leben. Liebe bedeutet doch nicht, dass man ständig miteinander im Bett liegt.«

»Natürlich nicht …«

Gitti machte einen Versuch, die Kekskrümel vom Betttuch zu wischen, dabei warf sie einen intensiven Blick über das sorgfältig geglättete Bettzeug auf Patriks Seite. Auf Katharinas Seite, wo sie sich niedergelassen hatten, hatte Gitti die Steppdecke zur Seite geschoben. Von der Mappe mit den Aquarellen war nur eine Ecke zu sehen.

»Was ist das denn? Ein alter Aktendeckel?«

»So was Ähnliches. Pass auf, du wirst staunen …«

Sie zog die Mappe unter der Steppdecke hervor und zeigte Gitti einige der Aquarelle. Sie war lange nicht so begeistert, wie Katharina gehofft hatte, aber immerhin fand sie die Bilder »sehr hübsch gemalt«.

»Wo ist das? In England?«

»Ich weiß es nicht …«

»Na, irgendwo da oben. Wales? Irland? Schottland vielleicht.«

Gitti blätterte in der Mappe herum und kam schließlich zu der Ansicht, dass es an der französischen Nordküste sein müsse. Dort sei sie nämlich im vergangenen Jahr gewesen. Mit Bernd. Der letzte Urlaub mit ihm. Schön sei es gewesen. Jede Nacht in einem anderen Hotel …

»Das ist in der Bretagne!«, rief sie und zeigte auf eines der Bilder. »Das ist ein Calvaire. So eine Kreuzigungsgruppe aus Stein. Die stehen dort vor den Kirchen. Aus Granit sind die. Kannst du dir vorstellen, wie hart das Zeug ist?«

Katharina beugte sich über das Aquarell. Es war eines der Bilder, die sie bisher überblättert hatte, weil sie mit diesen braunen, grob gearbeiteten Figuren nichts anfangen konnte.

»In der Bretagne? Bist du sicher?«

»Ganz sicher! Ich glaub, wir haben dieses Teil sogar gesehen. Oder ein anderes. Sehen ja alle gleich aus …«

Katharina wurde ganz aufgeregt. Sie nahm andere Mappen aus der Kiste, blätterte sie auf und zeigte Gitti einige Blätter, von denen sie glaubte, sie könnten aufschlussreich sein.

»Du liebe Güte – woher hast du denn all diese Bilder? Gefunden? Auf dem Dachboden? Das klingt ja richtig spannend … Das da, das kenne ich. Dieses Haus, das zwischen zwei Felsen eingeklemmt ist. Ein ganz berühmter Touristenort. Wie heißt es doch noch? Île du Château … Nein … Pointe du Château. Das sind Felsen, die ins Meer hineinragen. Früher waren es Inseln, heute sind dazwischen Schotter und Sand – was weiß ich. Auf einer steht dieses Haus, und alle Touristen müssen es unbedingt fotografieren. Also, ich wollte da ja nicht wohnen …«

Katharina hatte schon ihren Atlas aufgeklappt, doch eine Karte der Bretagne war darin nicht enthalten. Nur Nordfrankreich, aber der Maßstab war viel zu groß, ein Ort wie die »Pointe du Château« war darin nicht verzeichnet.

»Da musst du ins Netz, Kati. Pointe du Château eingeben, da bekommst du jede Menge … Halt – das kenne ich auch. Das ist St-Malo, unverkennbar. Diese rot-weiß gestreiften Badezelte am Strand. Da hat früher die High Society gebadet, weißt du. Und Villen stehen da … ein Traum! Na klar. Das ist St-Malo. Da sind diese drei Inseln, und auf der da ganz hinten, dieser viereckige Kasten, das ist eine Festung …«

»Und dieses Schlösschen? Kennst du das auch?«

Katharina zeigte ihr mehrere Versionen des merkwürdigen Anwesens, doch Gitti zuckte die Schultern. »Keine Ahnung. Aber die haben da jede Menge Schlösser, kaputte und auch solche, die restauriert wurden. Schauen wir doch mal …«

Sie reichte Katharina die Mappe, in der sie gerade geblättert hatte, und stand entschlossen von der Bettkante auf. Keine Spur mehr von Liebeskummer – Gitti war voller Energie und brannte darauf, ihrer Freundin einen Dienst zu erweisen.

»Was hast du vor, Gitti? So warte doch …«

Gitti wartete nicht. Sie war längst im Wohnzimmer, rüttelte den verblüfften Patrik an der Schulter und wünschte ihm »ein frohes Osterfest«. Ob sie mal kurz an den PC könne.

»Nee!«

»Geht ganz schnell. Ich will nur was suchen …«

»Nein, hab ich gesagt …«

»Geht ganz schnell …«

Katharina ahnte Schlimmes, doch eine boshafte Anwandlung hielt sie davon ab, allzu rasch ins Wohnzimmer zu eilen. Stattdessen wartete sie den Lauf der Dinge im Flur ab. Es ging viel schneller, als sie geglaubt hatte. Wer hätte gedacht, dass Patrik, sich so leicht aus seiner Burg vertreiben ließ?

»Was soll das? Bist du verrückt geworden? Kati!«

Er rief um Hilfe. Fast hätte sie nun Mitleid bekommen, aber gerade als sie sich entschlossen hatte, ihrem Liebsten Beistand zu leisten, stürmte er wutschnaubend an ihr vorbei.

»Die hat sie ja nicht mehr alle!«

Er riss seine Jacke vom Haken, nahm die Autoschlüssel aus der Kommodenschublade und verschwand. Die Wohnungstür schlug mit einem dumpfen Geräusch hinter ihm zu. O Gott, dachte Katharina erschrocken. Ich hätte das verhindern müssen. Jetzt baut er am Ende noch einen Verkehrsunfall in seinem Zorn.

»Kommst du, Kati? Ich hab's gleich. Das ist genial mit dieser Karte ... Satellit. Da siehst du jeden Stein und jede Mücke ...«

Sie saß auf Patriks Platz. Auf jenem Sessel, den Katharina ihm vor zwei Jahren zu Weihnachten geschenkt hatte und der exakt auf Patriks hin und wieder muckende Bandscheibe im Lendenbereich eingestellt war.

»Hast ... hast du schon etwas gefunden?«

Auf dem Bildschirm wogten Meeresuntiefen verschiedener Färbung hin und her. Dann eine Küste, Wälder, einzelne Häuschen, eine Kirche mit spitzem Turm, eine Stadt – oder war es eine Festung?

»Gleich. Das ist jetzt St-Malo. Da gegenüber liegt Dinard. Auch so ein Badeort ... Da gibt es ganz süße Gässchen mit lauschigen kleinen Geschäften ...«

Katharina starrte auf den Bildschirm. Ortschaften taten sich auf, zogen sich zusammen, wurden winzig klein, Wälder und Flüsse waren zu sehen, dann stürzte man wieder in die Tiefe, fuhr hinab auf ein Gebäude, ein Schloss mit dicken, runden Türmen. Es war nicht das gesuchte, sondern ein sehr viel größeres, wohl mittelalterliches Anwesen.

»Das Teil da auf deinen Bildern schaut eher aus wie eine altmodische Villa. Am Meer ist es nicht, oder?«

»Nein. Es steht in einem Garten. Oder Parkgelände. Von einer Hecke umgeben. Warte mal ...«

Sie lief hinüber ins Schlafzimmer, um einige Mappen zu holen, in denen das Schlösschen abgebildet war, während Gitti beharrlich Küste und Inland absuchte.

»Die Stecknadel im Heuhaufen, Kati«, seufzte sie schließlich. »Es kann praktisch überall in der Bretagne sein.«

»Natürlich …«

»Und es ist nicht besonders groß …«

»Aber markant …«

Sie suchte noch ein Weilchen, dann begann sie, ihren Urlaub mit Bernd zu schildern, die Hotels, in denen sie gewohnt hätten, die Restaurants, die Strände, die netten, kleinen Ortschaften …

»Es ist einfach traumhaft schön dort, Kati«, seufzte sie. »Das Meer, die Segelboote, diese bizarren Felsen … Ihr solltet mal hinfahren, du und Patrik. Das würde eure Beziehung auf Touren bringen. Todsicher!«

Jetzt fiel ihr ein, dass sie unbedingt nach Hause müsse, weil sie einen Anruf erwartete. Das habe sie ja vor lauter Frust total vergessen. Wer sie anrufen wollte? Das sei noch geheim, aber Kati würde die Erste sein, die es erfuhr.

»Du bist mir doch nicht böse, wenn ich so plötzlich fortlaufe? Es war riesig lieb von dir, dass du mich getröstet hast. Du bist überhaupt eine ganz Liebe …«

Es klang in Katharinas Ohren nicht gerade wie ein Kompliment. Eher wie: Du bist ein liebes, dummes Schäfchen, das man jederzeit als seelischen Mülleimer benutzen und dann zur Seite stellen kann. Die Umarmung an der Tür fiel hastig aus, Gitti winkte ihr zu, während sie die Treppe hinunterlief, drehte sich jedoch nicht um.

Als Patrik gegen Abend zurückkehrte, fand er Katharina an seinem PC, mehrere Mappen lagen aufgeschlagen zwischen seinen Sachen, auf dem Bildschirm schwebten Dörfer vorüber, vielfarbige Felder, Wälder, Flüsse.

»Es ist in der Bretagne«, erklärte sie. »Irgendwo an der Nordküste …«

Er glotzte verständnislos auf die Aquarelle, dann auf den Bildschirm, dann tippte er sich an die Stirn.

»Du hast ja wohl'n Rad ab.«

Sie lehnte sich erschöpft zurück und rieb sich die Schulter. Dass diese Bilder in der Bretagne gemalt worden seien, sei so gut wie sicher. Auch das Schlösschen müsse dort irgendwo sein.

»Na und?«

Sie stand auf, um ihm Platz zu machen, und sah zu, wie er sein Spiel wieder aufrief. Resigniert schlug sie die Mappen zu und legte sie aufeinander, um sie hinüberzutragen.

»Ist eine sehr schöne Landschaft. Meer, Badestrände, Felsen, hübsche Hotels und Restaurants. Gitti meint, wir sollten dort mal Urlaub machen …«

»Ausgerechnet die …«, knurrte er und hatte schon wieder die Kopfhörer auf.

Sie beschloss, wenigstens ein paar Brote zu belegen und mit hart gekochten Eiern, Paprikaschote und Tomaten zu garnieren. Morgen würde sie etwas Vernünftiges kochen, vielleicht war das Wetter dann auch besser, sodass man etwas unternehmen konnte. Als sie mit einem Teller voller Sandwiches ins Wohnzimmer zurückkehrte, hatte Patrik sich zwei Aquarellmappen aus dem Schlafzimmer geholt und aufgeschlagen neben seinen PC gelegt.

»Was machst du?«

Er griff hungrig nach einem Sandwich, kaute und nahm sich ein halbes Ei und ein Stück rote Paprika.

»Ich hab's«, sagte er mit vollem Mund.

Auf dem Bildschirm war eine verschwommene graue Form zu sehen. Rechtecke, helle und dunkle Kreise, Zackenlinien.

»Schau genau hin! Von oben erkennt man es schlecht.«

Das Schlösschen. Rechteckige Gebäudeteile. Die kleinen Kreise waren Türme. Die Zackenlinien mussten Dachzinnen sein. Ein Zaun umgab das Anwesen. Keine Spur von einem Park.

»Ist nicht weit von St-Malo«, meinte er. »Da gibt's richtig schöne Hotels. Gar nicht teuer jetzt in der Vorsaison.«

Verrückt. Sie waren beide total durch den Wind, benahmen sich wie alberne Teenager, gackerten, kicherten, lachten sich kaputt über die blödesten Witze. Die Sonne schob sich durch Quellwolken, ließ die nasse Autobahn glitzern, die Büsche rechts und links leuchteten in frühlingshaftem Lindgrün, einige waren mit weißen Blüten bedeckt. Schilder flogen vorüber, mahnten zu verantwortungsvollem Fahren. Sie lachten sich darüber scheckig. Die Geschwindigkeitsbegrenzung sei »pro Rad« zu verstehen, meinte Patrik.

»Schnurrt wie ein Kätzchen.«

»Meinst du mich?«

Er hatte den Motor gemeint, fand es aber lustig, dass sie sich nun an ihn kuschelte und zu schnurren begann. Sie verteilte Gummibärchen und Schokolinsen, er trank Cola dazu und rülpste laut. Sie kicherte albern. Bei der nächsten Tanke müsse sie mal Pipi, er könne dann ja einen Kaffee trinken.

»Man fragt sich wirklich, wie das geht. Ich trinke Kaffee ohne Ende, aber du musst bei jeder Tanke aufs Klo.«

»Wir sind halt eine verschworene Gemeinschaft.«

»Ich trinke für dich, du pinkelst für mich …«

Was war los mit ihnen? Ein spontaner Entschluss hatte sie aus dem Alltagstrott katapultiert und in die Anfänge ihrer Beziehung zurückgeworfen. Noch in der Nacht hatten sie die Koffer gepackt, die Route besprochen, waren übereingekommen, dass sie auf gut Glück losfahren wollten, zur Not auch im Auto übernachten würden, falls sich keine Unterkunft fände. Katharina hatte einige der Aquarelle mit der Digitalkamera abfotografiert, war dann aber mit der Qualität der Fotos unzufrieden gewesen und hatte zwei Mappen in Plastiktüten gesteckt und in ihren Koffer gelegt. Patrik packte den Laptop ein, den er an der Uni benutzte, und regte sich auf, dass seine Lieblingssocken in der Wäsche waren. Erst weit nach Mitternacht lagen sie in den Betten, wie betäubt von diesem plötzlichen Entschluss und noch unsicher, ob sie ihn tatsächlich wahr machen wollten.

Doch die Begeisterung hielt an. Am Morgen saßen sie sich am Küchentisch gegenüber, tranken Kaffee, aßen die letzten Toastscheiben auf und redeten wirres Zeug.

»Du bist schuld. Du hast dieses Haus gefunden. Und jetzt müssen wir auch hinfahren ...«

Er war außerordentlich stolz darauf, das Anwesen auf der Internetkarte entdeckt zu haben. Ein Glücksfall, der nur seinen scharfen Augen und seiner Fähigkeit, dreidimensional zu sehen, zu verdanken war. Dass dabei ein angenehmer Urlaub herausspringen würde, hatte er kaum zu hoffen gewagt. Aber kaum hatte Katharina das seltsame Gebäude gesehen, war sie wie im Rausch.

»Klar müssen wir hinfahren. Solch einen Klapperkasten muss man gesehen haben ...«

»Ach was, Klapperkasten. Es ist ein Traumschlösschen. Ein Ort, an dem eine verwunschene Prinzessin wohnt ...«

»Wohl eher ein Schlossgespenst. So ein eisgrauer Schatten mit einer verrosteten Kette am Fußgelenk. Vielleicht trägt er auch den Kopf unter dem Arm ...«

Sie lachten beide über seinen Witz. Nein, behauptete sie, es lebe dort kein hässlicher Schattengeist, sondern ein schöner junger Mann, ein Prinz, der darauf warte, aus seiner Einsamkeit befreit zu werden.

»Ein Prinz! Jetzt weiß ich endlich, weshalb du unbedingt zu diesem Rumpelkasten fahren willst.«

Sie blinzelte ihn an und behauptete, er habe ja keine Ahnung.

Was war los mit ihr? Sie war wie verwandelt, gab sich schelmisch, verführerisch, hatte verfluchte Lust, ihn noch rasch ins Schlafzimmer zu ziehen, bevor sie losfuhren, doch sie verkniff es sich. Am Ende verflog der ganze Zauber, wenn sie mit ihm geschlafen hatte.

Sie hatten es eilig, die Wohnung zu verlassen, schleppten Koffer und Taschen die Treppe hinunter, als wären sie auf der Flucht. Raus aus dem grauen Wohnblock, aus der schmutzigen, verregneten Stadt, aus den verkrusteten Gewohnheiten, aus ihrer Haut, in der sie sich schon lange nicht mehr wohlfühlten.

Es störte sie nicht, dass er den Wagen auf der Autobahn hochjagte. Hundertzwanzig, hundertfünfzig, hundertsiebzig, fast zweihundert Stundenkilometer. Er schimpfte auf die Geschwindigkeitsbegrenzungen: Die würden den Verkehr nur lähmen, Staus verursachen. Es seien sowieso immer nur die ängstlichen Fahrer, die Unfälle verursachten. Diese Armleuchter, die im Schneckentempo fuhren, aber immer die mittlere Spur blockierten. Bloß nicht nach rechts einordnen, da musste man ja wieder ausscheren, um einen Laster zu überholen. Aber auch nicht nach links, da fuhren die Raser, vor denen hatte man Angst, die sollten ruhig vorbeidüsen.

Er schimpfte lauthals auf Sonntagsfahrer, Anfänger, Idioten, Kriecher, Arschlöcher und andere Verkehrsteilnehmer, und das Wunder dieser Reise, der Zauber der Verwandlung hielt trotzdem an. Sie regte sich nicht über seine Entgleisungen auf, drohte nicht, bei nächster Gelegenheit auszusteigen, nannte ihn nicht einen »Proleten«. Sie lachte. Tat es ihm gleich. Erfand phantasievolle Beleidigungen und brachte ihn zum Grinsen. Ein Blindfahrer. Ein Panikdüser. Ein Schlafwagenlenker. Ein Seifenkistenschubser.

Sie brachte ihn dazu, eine Ausstellung in der Normandie anzuschauen. Er stöhnte. Oh, deine Manie, nur kein Museum auszulassen, keine Sehenswürdigkeit zu verpassen, vor allem keine Kirche. Doch er fügte sich. Später jammerte er ihr vor: Was gab es hier in Bayeux zu sehen? Ein meterlanges Stück alten Stoffs, von längst verblichenen Nonnen mit allerlei Figürchen bestickt und an etlichen Stellen eingerissen. Dazu ellenlange Erklärungen, mittelalterlich verkleidete Schaufensterpuppen und eine dämmrige Kammer, in der man Windgeräusche hörte und das Knattern von Segeln. Die Überfahrt von der Normandie zur englischen Küste. Auf Segelschiffen bei unruhiger See.

»Das ist ja großartig«, stöhnte sie. »Ich muss es noch einmal hören.«

Sie ließ das Programm im Dämmerlicht dreimal hintereinander laufen, war verrückt nach diesen Geräuschen und nach ihm, der hinter ihr stand und sie berührte. Es war eine ganz neue, spannende Art, Liebe zu machen; zwar war niemand außer ihnen im Raum, aber es konnte ja jederzeit ein Besucher eintreten.

Spät am Abend fanden sie ein Quartier über einem Bistro, das zu dem Wahnsinn dieser Reise ganz hervorragend passte. Königsblaue Tapete mit goldenen Lilien, blauer Teppichboden, hellblaues Bettzeug, goldfarbige Nachttischlämpchen. Eine kitschige Sinfonie in Blau und Gold, dazu ein antiker Schrank, hinter dem die Spinnweben hingen.

»Ist es nicht ein Traum!«, rief sie begeistert.

Es gefiel ihr, dass er zusah, wie sie sich auszog. Über sie lachte, als sie bescheuerte Pläne machte, das Schlafzimmer zu Hause mit der gleichen Tapete auszustatten. Nach Duschgel duftend mit feuchtem Haar schlüpfte sie ins Bett. Sie kicherte wie eine Achtzehnjährige, als er ihr das kurze Nachthemd runterzog. Das Bett war nicht allzu breit und die Matratze so durchgelegen, dass man unweigerlich in die Mitte rutschte. Wo sie den Rest der Nacht verbrachten. Du liebe Zeit, dreimal hintereinander, das war ihnen seit Jahren nicht mehr passiert. Das dritte Mal war zwar kläglich, aber er brachte es einigermaßen zu Ende und achtete darauf, dass auch sie etwas davon hatte. Dann fielen sie in einen bleiernen Schlaf.

Am Morgen wurden sie vom Verkehrslärm geweckt: Das Bistro lag an einer belebten Hauptstraße, Lastwagen donnerten am Fenster vorbei, man hupte, schimpfte auf Französisch, ein Radfahrer klingelte, irgendwo kläffte ein Hund.

Sie blinzelten einander an, unausgeschlafen und ärgerlich über die Ruhestörung. Voller Sorge, der Rausch könne vergangen sein und sie beide ernüchtert zurückgelassen haben. Sie streckte einen bloßen Arm unter der Decke hervor, fasste in sein Haar und zog seinen Kopf zu sich heran. Küsste ihn.

»Lass uns aufstehen. Es riecht nach Café au lait.«

Es roch eher nach Autoabgasen, die von der Straße ins Zimmer zogen, aber sie war davon überzeugt, den Duft des Milchkaffees riechen zu können. Ohne Nachthemd lief sie ins Bad, und er folgte ihr, hatte schon wieder Lust auf sie. Wie es schien, würden sie bis zum Ende dieser Reise verliebte, alberne Teenager bleiben. Es musste die Wirkung dieser Bilder sein. Katharina war berauscht wie von einer Droge, auch Patrik war infiziert.

»Hier soll es leckere Fischgerichte geben. Muscheln und Austern, ganz frisch. Und diese Crêpes mit Karamell oder Schoko«, schwärmte er.

Sie wusste, dass er in seinem Internet-Spiel jetzt den mühsam erkämpften Rang einbüßte, den Konkurrenten Tür und Tor öffnete und später von vorn beginnen müsste. Aber in einem guten Hotel musste es möglich sein, ins Netz zu gehen, wozu hatte er seinen Laptop mitgebracht? Nein, es würde ein wundervoller Urlaub werden. Unvergesslich. Der Honeymoon, den sie ein wenig vermisst hatte.

Sie bekamen Café au lait, Weißbrot und Marmelade, Butter erst, als sie nachfragten. In dem Bistro war es eng und laut, zwei Fernfahrer standen am Tresen, tranken Espresso und redeten laut mit dem Patron, in einer Ecke saßen zwei ältere Frauen bei Milchkaffee und irgendeinem Likör. Dicht vor den Fenstern gingen Passanten vorüber, ein alter Mann schob ein Fahrrad, auf dem Gepäckträger war ein Korb befestigt, in dem eine dicke, graue Katze hockte.

»Am Meer entlang, hier quer rüber … zum Mont Saint Michel …«

Sie hatte die Karte zurechtgefaltet und zeigte mit dem Finger, wie sie fahren mussten. Als ob es kein Navi gäbe.

»Nicht schon wieder eine Kirche!«, stöhnte er theatralisch.

Er hatte schon Chartres und Rouen über sich ergehen lassen. Die bunten Glasfenster. Der Platz, auf dem man eine gewisse Jeanne d'Arc als Hexe verbrannt hatte.

»Wir müssen die Klosterkirche auf dem Mont Saint Michel ja nicht besichtigen«, lenkte sie ein. »Aber hinfahren sollten wir auf jeden Fall.«

»Na schön …«

Es hatte in der Nacht geregnet; jetzt ließ die Morgensonne die Pfützen aufblitzen. Von den Dächern tropfte es noch, und wenn ein Lieferwagen vorüberfuhr, spritzte er die Passanten nass. Katharina tippte ihm auf die Schulter.

»Wir können. Ich habe schon bezahlt – ist alles geregelt.«

St-Lô und dann zur Küste rüber. Und auf keinen Fall die verdammte Autobahn, wo man jeden Kilometer mit Gold aufwiegen musste. War gar nicht so einfach, man hätte glauben können, alle Wege in Frankreich führten zur »Péage«. Auch dem Navi mussten sie diese Idee austreiben.

Zweimal fuhren sie Seitenwege zum Strand hinunter, stiegen aus und ließen sich vom Wind durchpusten. Rannten Hand in Hand am Meer entlang, holten sich nasse Füße und lachten laut in den Wind. Er packte sie um die Taille und presste sie an sich, musste erst ihr flatterndes Haar bändigen, dann küsste er sie. Unfassbar, sie spürte, dass er schon wieder steif war.

»Wir hätten längst einmal ans Meer fahren sollen«, sagte sie. »Ich könnte ewig hier stehen und den Wellen zuhören. Die Vögel. Der Wind. Wie eine große, ewige Sinfonie …«

Er fröstelte schon wieder, behauptete, seine Füße seien eiskalt, und außerdem habe er feuchte Hosen. Das Geräusch der Wellen, die sich schmatzend und zischend in den Sand warfen, verursache ihm einen kalten Schauder.

»Du musst in einem vorigen Leben ein Fisch gewesen sein«, witzelte er.

»Eine Nixe«, meinte sie amüsiert. »Oder ein Seevogel. Ich wäre gern eine Möwe, so eine geschmeidige Flugkünstlerin …«

»Und ich wär jetzt gern im warmen Auto mit trockenen Socken an den Füßen!«

Sie kletterten über flache schwarze Felsen zum Parkplatz hinüber, und sie wühlte trockene Socken und ein Paar Turnschuhe aus seinem Koffer, damit er nicht fror.

»Soll ich mal eine Weile fahren?«

»Nee!«

Es war klar, dass er den heiß geliebten Audi nicht aus den Händen gab. Im Grunde war es ihr ja recht, sollte er ruhig am Steuer sitzen, sie war nicht besonders erpicht darauf. Es gab ihr die Möglichkeit, die Landschaft zu betrachten und ihren Träumen nachzuhängen. Wie seltsam, dass sie jetzt von so vielen und verrückten Träumen heimgesucht wurde. Träume sind Schäume, hatte Mutter immer gesagt. Träume konnten auch schädlich sein: Wer zu viel träumte, der verpasste das Leben …

»Da ist er! Schau doch! O mein Gott – ist das nicht wie ein Wunder …«

Patrik fuhr bei ihrem Geschrei richtig zusammen. In der flachen, versandeten Bucht war ein dunkler Kegel zu erkennen.

»Der Berg des Erzengels Michael. Oben auf der Spitze des Kirchturms steht er und wacht über die Bucht. Ein uraltes Kloster, Grablege von Königen und Herzögen …«

Eine ganze Anlage von Gebäuden war auf einer kleinen Felseninsel mitten in der Bucht errichtet, der Kirchturm der Klosterkirche in der Mitte überragte alle anderen Bauten. Die Bucht war versandet, sodass man mit dem Auto auf den großen Parkplatz vor dem Eingang fahren konnte. Es war nicht allzu viel los so früh im Jahr, zwei holländische Reisebusse und einige Pkw aus Deutschland leisteten ihrem Audi Gesellschaft.

»Ach, wie schade! Auf den Fotos ist es immer vom Wasser umspült, eine richtige Insel ...«

»Warte nur, bis die Flut kommt«, witzelte er.

»Dann würden ja alle Autos im Wasser stehen.«

Er grinste nur schwach, denn die Vorstellung, der Audi könnte den salzigen Wellen ausgesetzt sein, verursachte ihm ganz sicher Bauchweh. Sie zog ihn durch enge mittelalterliche Gassen und Tore, beide froren erbärmlich und fanden den Ausblick auf die Bucht reichlich trostlos. Dafür waren die Preise für zwei Crêpes mit Schoko und zwei Becher Kaffee sehr exklusiv. Sie verkrochen sich in den Windschatten, drängten sich dicht an eine der dicken Mauern, die aus rötlichen Granitsteinen erbaut waren. Ein Gestein, das Ewigkeiten überdauerte. Keine Gewehrkugel, nicht einmal Kanonen konnten ihm etwas anhaben. Dynamit vielleicht. Die Fliegerbomben des Zweiten Weltkriegs hatten das Kloster verschont.

»Es gefällt dir nicht, wie?«, fragte Katharina beklommen.

»Doch. Ist ganz nett. Nur halt verflucht windig und kalt.«

Sie gab ihm die Hälfte von ihrer Crêpe, behauptete, schon satt zu sein, und lächelte ihn an. Sie habe so viel von diesem Ort gehört, man müsse ihn einfach gesehen haben. Er kaute ausgiebig und war ein wenig gerührt.

»Ist wirklich sehr nett. Vielleicht fahren wir auf der Rückfahrt noch mal vorbei. Dann könnten wir ... dann könnten wir ja auch die Kirche besichtigen.«

Das war ein gewaltiges Zugeständnis von seiner Seite, und sie lohnte es ihm mit einem strahlenden Augenaufschlag. Sie war immer noch in dieser glückseligen Stimmung, etwas weniger verrückt als gestern, aber dafür romantischer, gefühlvoller. Jetzt wischte sie ihm mit dem Zeigefinger einen Schokoflecken von der Backe und meinte, es sei bestimmt klug, gleich bis St-Malo durchzufahren und dort nach einem Hotel zu suchen.

»Klasse Idee!«

»Und heute Abend gehen wir richtig gut essen!«

»Wenn das den ganzen Urlaub über anhält«, meinte er grinsend, »dann glaube ich langsam an Wunder. Die wundersame Verwandlung der Frau Oberlehrerin in eine verliebte Meeresbraut.«

»Spinner!«

Im Auto kuschelte sie sich an ihn, suchte die letzten Schokoriegel aus ihrer Vorratstasche hervor, und während sie auf der Küstenstraße fuhren, tat sie etwas, was sie zuletzt als Studentin gemacht hatte. Er ließ es sich eine Weile gefallen, brummte wohlig vor sich hin, als sie jedoch mit dem Reißverschluss seiner Hose spielte, wurde es ihm zu viel.

»Sei vorsichtig, Schatz. Du könntest eine Katastrophe anrichten.«

»Ich wollte nur verhindern, dass du am Steuer einschläfst …«

Sie kicherte fröhlich und setzte sich wieder zurecht. St-Malo tauchte auf, eine Stadt wie eine Festung direkt am Meer. Von der Küstenstraße bot sich hie und da der Blick über die breite Flussmündung, man konnte Dinard sehen, auf den Hügeln die hübschen alten Villen, umgeben von grünendem Buschwerk.

Sie überließ ihm die Wahl des Hotels. Zuckte nur lächelnd die Schultern und meinte, für diesen kurzen Urlaub – nur acht Tage – sollten sie die Vorsaisonpreise nutzen und sich eine gemütliche Bleibe leisten. Schließlich könne man nicht immer auf gutes Wetter rechnen, und es mache wenig Spaß, an Regentagen in einem engen Zimmerchen hocken zu müssen. Patrik ließ sich nicht lumpen – er wählte das beste Haus am Platz, die »Belle Jardinière« mit Pool und Wellnessbereich, Restaurant, Sportanlage, Fitnessraum und selbstverständlich Internet in allen Räumen. Man würde ihm behilflich sein, sich einzuloggen. Schließlich sei das Netz international.

Das »Zimmer« bestand aus Wohnraum und Schlafraum, alles im Stil des 19. Jahrhunderts eingerichtet, antikes Mobiliar mit weißen Ledersitzen kombiniert, wallende Brokatvorhänge, eine Vitrine mit Kristallgefäßen und silbernen Gerätschaften, die allerdings abgeschlossen war. Das Badezimmer war recht klein, aber teuer mit Marmorwaschbecken und einer nagelneuen Duschkabine ausgestattet. Sie beschlossen, später auszupacken, zogen Hosen und Pullover aus und lachten über die französische Gewohnheit, die Überdecke fest unter die Matratze zu stecken.

»Ein Schäfchen, zwei Schäfchen, drei Schäf…«, murmelte Katharina und kicherte.

Beim dritten Schaf war sie weg. Fiel in einen tiefen Brunnen aus rötlichem Granit, sank mit rasender Geschwindigkeit in angenehme, warme Stille, löste sich auf und schwamm leicht wie ein Kork auf dem Strom des Vergessens. Manchmal glitten Bilder an ihr vorüber: die regenfeuchte Autobahn, die sich vor ihnen wand wie ein Wurm. Goldfarbige Lilien flatterten vor dem blauen Himmel, verwandelten sich in ordinäre weiße Möwen und hackten nach ihr. Blaugrüne Wogen eilten dem Strand zu, bäumten sich auf, warfen sich zischend über den Sand. Zwischen den Wellen eine Gestalt, blaugrün wie das Wasser, ein Meerwesen, ganz von Schuppen bedeckt, mit dem Gesicht eines Menschen. Wehendes braunes Haar, helle Augen, warme Lippen …

Sie erwachte vom Alarmton ihrer Armbanduhr, die sie auf drei Uhr gestellt hatte.

»Aufwachen!«, rief sie dem schnarchenden Patrik zu. »Wir können doch nicht den ganzen Urlaub verschlafen!«

Er knurrte, stützte sich ächzend auf und behauptete, eben erst eingeschlafen zu sein.

»Es ist frisch draußen«, sagte sie. »Du ziehst besser einen Wollpulli unter die Regenjacke.«

»Regenjacke?« Missgelaunt stand er auf, schob die Gardine zur Seite und starrte über den Balkon hinweg auf die diesige

Bucht. Meer und Himmel waren bleiern grau, verschwammen am Horizont ineinander. Die Stadt Dinard war eine dunkle Silhouette, schmale Türmchen stachen hervor, und wenn man sich Mühe gab, konnte man hie und da ein Haus erkennen.

»Du willst doch wohl keinen Strandspaziergang machen, oder? Bei diesem Dreckswetter.«

»O nein«, meinte sie und warf Jeans, Pullover und Regenjacke auf sein Bett. »Eine Autofahrt ins Inland.«

Er brauchte einige Sekunden, dann hatte das Räderwerk in seinem Hirn das Richtige ausgespuckt.

»Das ist doch Blödsinn! Warte bis morgen, bis die Sonne scheint. Wir versauen uns nur den Audi und holen uns nasse Füße …«

Aber sie blieb hart. Wenn er zu müde war, dann würde sie eben allein fahren. Es könne höchstens zwanzig Minuten entfernt sein, ein Katzensprung. Bei gutem Wetter hätte man mit dem Rad fahren oder zu Fuß gehen können.

Er fluchte vor sich hin, dass sie immer ihren Kopf durchsetzen müsse, gab dann aber auf. Katharina war atemlos, eine unerklärliche Aufregung hatte sich ihrer bemächtigt. Sie würde es sehen. Noch heute. Sie mussten auf die Autobahn, was ärgerlich war, denn es kostete Gebühren, doch man gelangte auf keinem anderen Weg über den breiten Mündungsarm der Rance nach Dinan. Dann führte sie das Navi mitten in einen Acker, aus dem sie rückwärts wieder herausfahren mussten. Er fluchte fürchterlich, weil der Audi voller Schlammspritzer war.

»Von wegen zwanzig Minuten!«, schimpfte Patrik. »Wir sind schon fast eine Stunde unterwegs. Wenn das so weitergeht, kannst du dir deine Prachtvilla im Dunklen betrachten.«

Es regnete ohne Unterlass. Ein feiner Nieselregen, sanft und mild, ein Regen, der in alle Ritzen und durch alle Stoffe drang, der sich durch die Lüftungschlitze in das Innere des Wagens schlich und die Schuhe befeuchtete.

»Da! Das ist Pleurtuit!«, rief sie aufgeregt und deutete mit dem Finger auf ein verschmiertes Ortsschild.

»Die heißen doch alle so«, knurrte er. »Pleslin, Plessix, Pleurtuit, Ploubalay, Plancoet …«

»Durch den Ort und die Ausfahrt nach St. Briac sur mer …«

Kein Mensch außer ihnen war unterwegs, die Bretonen wussten schon, warum sie bei diesem Mistwetter zu Hause blieben. Nur die braunen und weißen Pferde grasten in aller Seelenruhe auf den Wiesen, ihnen schien das Wetter nichts auszumachen. Der Weg spottete jeder Beschreibung, ein Schlagloch neben dem anderen, das Dreckwasser spritzte hoch auf, wenn sie wieder mal in einer Pfütze versanken. Der Wagen hatte inzwischen die perfekte Tarnfarbe angenommen, braungrau gestromt; die Radkappen, die Patrik vor Tagen so liebevoll blank gewienert hatte, waren längst erblindet.

»Da!«, rief sie aufgeregt.

Er folgte der Richtung, die ihr ausgestreckter Arm angab, und entdeckte tatsächlich ein einsames Gebäude. Es stand auf einem sanften Hügel abseits des Weges und war von einem Zaun umgeben, der an mehreren Stellen kaputt war.

»Na endlich!«

Er fuhr langsamer, prüfte einen steilen Seitenweg, der zu dem Anwesen hinüberführte, blieb aber lieber auf der Fahrstraße.

»Willst du etwa aussteigen?«

»Natürlich!«

Sie hatte die Beifahrertür geöffnet, schon bevor er den Wagen anhielt, sprang hinaus und lief in den Regen davon.

Das Anwesen wirkte aus der Nähe viel imposanter als auf den Bildern. Allerdings auch reichlich heruntergekommen, vor allem die Türmchen. Die Fenster schienen noch intakt zu sein, die Dächer weniger. Vorsichtig schob sie sich durch eine Lücke, die in dem verrosteten Gitterzaun klaffte, und spähte zum Eingang hinüber. Ein Vorbau mit gotischer Haube schützte die Eingangstür, jetzt allerdings rann das Regenwasser in dichten Fäden daran herab. Ein kleines, helles Viereck leuchtete im Dunkel des Eingangsbereichs.

Hinter ihr stolperte Patrik über herabgefallene Dachschindeln und zerbröckeltes Mauerwerk. Sie hörte ihn fluchen, weil er sich an einem vorstehenden Draht eine Triangel in seinen Anorak gerissen hatte.

»Na?«, meinte er spöttisch. »Bist du jetzt glücklich?«

Sie stand wie festgebannt und gab ihm keine Antwort.

»Was für ein bezauberndes Schlösschen«, witzelte er boshaft. »Wem es wohl gehört? Dornröschen oder Rapunzel?«

Sie hob den Arm und wies auf das rechteckige weiße Schild, das man an der Eingangstür befestigt hatte. *A vendre.*

»Es steht zum Verkauf.«

Dezember 1939

In Rennes hatte sie großes Glück mit dem Zugabteil gehabt, war sie doch in die unbefangene Fröhlichkeit einer jungen Familie hineingeraten. Es waren Bretonen aus Montfort, die Verwandte in Le Mans besuchen wollten und ihre drei Sprösslinge mit auf die Reise nahmen. Die beiden Töchter waren sechs und acht Jahre alt: dünne, blasse Mädchen mit großen braunen Augen und dunkelblondem Haar, das sie offen trugen. Margot spielte mit ihnen Scharade, erfand Ratespiele und erzählte Witze, über die auch die Eltern lachten. Schließlich nahm sie den kleinen Bruder auf den Schoß, einen blond gelockten Wonneproppen von knapp zwei Jahren, der bisher nichts anderes getan hatte, als seine arme Mama zur Verzweiflung zu bringen. Margot sang mit ihm »Frère Jacques«. Der kleine Quälgeist hörte ihr mit weit aufgerissenen Augen zu, ließ sich im Takt auf den Knien wiegen, und als sie bei »… sonnez les matines …« dazu überging, ihn zu kitzeln, quietschte er entzückt. Sie musste das Lied mehrfach von vorn beginnen, bis endlich der ältere Herr am Fenster seine Zeitung zusammenfaltete und verärgert bemerkte, zu seiner Zeit habe man die Kinder strenger erzogen.

»Pardon, Monsieur …«

Es war schon Nachmittag, als sie Le Mans erreichten. Traurig sagte sie den neuen Bekannten Adieu und fühlte sich plötzlich einsam und verlassen. Sie würde Paris erst am Abend erreichen und vorsichtshalber noch einmal bei Tante Sybille anrufen; es konnte ja sein, dass Papa und Mama inzwischen zurückgekommen waren. Obgleich sie sich nicht viel Hoffnung machte. Über eine Woche hatte sie gewartet, dreimal bei Tante Sybille angerufen, was ihr schwer genug gefallen war. Es gab keine Nachricht von ihren Eltern, was auch immer das bedeutete. Max war vollkommen verzweifelt, hatte sie gebeten, so schnell wie möglich nach Paris zu kommen: Sie müssten etwas unternehmen, irgendetwas, man konnte doch nicht dasitzen und nichts tun. Sie hatte es ihm versprochen. Auf keinen Fall durfte er erfahren, was sie vorhatte, es reichte schließlich, wenn sie selbst sich in Gefahr begab. Falls er also nachher an Sybilles Stelle das Gespräch annahm, würde sie ihm vorlügen, sie sei noch in der Bretagne. Wenn möglich, wollte sie gleich in den Nachtzug nach Frankfurt steigen. Wenn der überhaupt fuhr – schließlich war Krieg zwischen Deutschland und Frankreich, wovon bisher jedoch kaum etwas zu bemerken war. Die deutschen Truppen saßen in Polen, und – das hatte ihr Marie-Anne erzählt – die Russen hatten Finnland angegriffen. Alles das war weit im Osten und hörte sich nicht bedrohlich an. Ach was – die Züge würden schon fahren, das hatten sie bisher immer getan.

»Es ist nicht sehr klug, was du vorhast«, hatte Marie-Anne zu ihr gesagt. »Aber wenn du unbedingt willst – meinetwegen.«

Sie war an einem regnerischen Vormittag in Margots Zimmer erschienen, einen Stapel Bücher im Arm. Alan habe sie gebeten, Margot mit Literatur zu versorgen, leider sei das Wetter momentan kalt und stürmisch, für Ausflüge zu Pferd nicht geeignet. Ihr Bruder habe Sorge, sie könne sich langweilen.

Den letzten Satz sagte sie mit deutlich ironischem Unterton, dazu sah sie sich mit dem Blick der Besitzerin im Zimmer um. Es waren natürlich ihr Zimmer, ihre Möbel, ihr Bettzeug, daran war nicht zu rütteln. Margot hasste dieses Gefühl, nichts zu besitzen, für jedes Stück Brot dankbar sein zu müssen. Tagelang hatte sie Alan in den Ohren gelegen, sie doch bitte zur nächsten Bahnstation zu fahren.

»Du kannst deinen Eltern nicht helfen, Margot.«

»Woher willst du das denn wissen?«

»Jeder weiß das …«

Er hatte nicht ins Detail gehen wollen, aber natürlich hatte es sich sogar bis in die Bretagne herumgesprochen, dass deutsche Juden in Konzentrationslager gebracht wurden. Was dort mit ihnen geschah, wusste niemand so genau zu sagen, angeblich wurden sie wie Zuchthäusler zu primitiven Arbeiten gezwungen.

»Wir haben Freunde in Frankfurt«, erklärte sie selbstbewusst. »Sie haben uns bei der Ausreise geholfen und werden uns wieder helfen.«

Er schüttelte stur den Kopf. Sie solle hierbleiben, er bitte sie inständig darum. Während der letzten Tage waren sie vollkommen zerstritten, sprachen kein Wort mehr miteinander, und Margot hatte sich in ihr Zimmer zurückgezogen. Wie hatte sie sich nur in diesen Mann verlieben können? Sich von ihm küssen lassen? Er war stur wie ein Ochse, dieser Bretone. Man biss auf Granit, wenn man ihn um etwas bat. Oh, er war ein Tyrann, hielt sie in diesem kalten, grauen Gemäuer gefangen und nahm ihr die Möglichkeit, selbst über ihre Taten zu entscheiden. Sie würde zu Fuß zum nächstgelegenen Bahnhof laufen müssen. Und das bei diesem elenden Regenwetter.

Und dann war Marie-Anne aufgetaucht. Mit dem Bücherstapel, der selbstverständlich nur ein Vorwand war, und klugerweise genau zu dem Zeitpunkt, als Alan mit seiner Mutter nach Dinan gefahren war.

»Ich kann dich ebenso gut wie Alan zur Bahn bringen. St-Malo ist Unsinn, du musst nach Dol, dort hast du Verbindung nach Rennes. Dann über Le Mans nach Paris …«

Warum tat sie das? Hinter dem Rücken ihres Bruders und vermutlich auch ohne Wissen ihrer Eltern? Marie-Anne war für Margot schwer zu durchschauen, aber eines hatte sie begriffen: Marie-Anne scherte sich wenig um die Meinung ihrer Eltern, doch sie hing an ihrem Bruder Alan. Möglich, dass sie eifersüchtig auf Margot war und sie auf diese Art loswerden wollte.

»Du kannst einen Mantel und einen Hut von mir haben. Meine Schuhe passen dir leider nicht …«

»Warum tust du das, Marie-Anne? Du wirst dir damit eine Menge Ärger einhandeln.«

»Meine Sache.«

Früh am folgenden Morgen, bei tiefer Dunkelheit, liefen sie durch den Park zum Pferdestall hinüber, wo der Wagen stand. Marie-Anne hatte ihr sogar eine Reisetasche gepackt, darin befanden sich eine warme Strickjacke, Weißbrot mit Käse und Salami, eine Flasche Apfelmost, ein Buch mit Geschichten von Balzac, Wäsche zum Wechseln und ein paar gestrickte Baumwollstrümpfe. Margot konnte sich keinen Reim darauf machen, doch sie hatte beschlossen, keine Fragen mehr zu stellen. Alans Schwester steuerte den Wagen routiniert; vermutlich hatte sie sich diese Sicherheit erworben, wenn sie zu ihren seltsamen Bekannten nach Dinan fuhr und erst spät am Abend heimkehrte.

Sie sprachen nur wenig miteinander. Marie-Anne konzentrierte sich auf den Weg, der in der Dunkelheit nicht leicht zu finden war, Margot dachte mit gemischten Gefühlen an Alan. Sie hatte ihm in der Nacht einen langen Brief geschrieben und unten im Büro neben das Telefon gelegt – er stand meist früh auf, um die ungeliebten Büroarbeiten zu erledigen.

Ich würde es mein Leben lang bereuen, wenn ich jetzt feige wäre … Ich lasse mich nicht wie ein kleines Kind am Gängelband führen … Du kannst mich nicht daran hindern zu tun, was getan werden muss … Trotz allem danke ich dir für alles … bis wir uns wiedersehen … Deine Margot …

Es war eine Ansammlung gegensätzlicher Gefühle, ein Wirrwarr von Argumenten, die oft – das spürte sie selbst – an den Haaren herbeigezogen waren. Zorn und Kummer, Sehnsucht und wütendes Aufbegehren gaben sich ein Stelldichein – sollte er doch schauen, was er damit anfing. Als sie in Dol de Bretagne ankamen, war es immer noch dunkel; ein heftiger Wind pfiff durch die Straßen und trieb ein zerknittertes Zeitungsblatt vor sich her.

»Dort drüben ist der Bahnhof«, sagte Marie-Anne. »Hast du genug Geld? Ich könnte dir noch hundert Franc leihen …«

Margot lehnte ab. Bedankte sich für die Fahrt und versprach, sich erkenntlich zu zeigen. Wie und wann, das wisse sie noch nicht genau, aber sie würde es so bald wie möglich tun.

»Schon gut«, sagte Marie-Anne und zuckte die Schultern. »Es ist nicht deine Schuld. Pass gut auf dich auf und – nichts für ungut.«

Was genau sie damit meinte, erklärte sie nicht. Sie ließ Margot vor dem dunklen Bahnhofsgebäude aussteigen und fuhr ohne Abschied davon, kaum dass Margot die Wagentür zugeworfen hatte.

»Pass gut auf dich auf …«, hatte sie gesagt.

In Paris begannen die ersten Schwierigkeiten. Auf dem großen »Gare du Nord« wimmelte es von Menschen, die mit Koffern und Reisetaschen umherirrten und verzweifelt nach ihren Anschlusszügen fragten. Nichts war mehr wie vor zwei Jahren, als sie mit ihren Eltern hier angekommen war – der Krieg hatte alles verändert.

»Nach Metz? Was denken Sie, Mademoiselle? Wir haben Krieg. Jeden Tag kann es zu Kämpfen kommen …«

Nach Osten fuhren hauptsächlich Armeetransporte, brachten Soldaten und Kriegsmaterial zu den Festungen der Maginot-Linie. Ansonsten war der Verkehr eingeschränkt, die Grenze nach Deutschland geschlossen.

Margot war todmüde, außerdem wehte in den Bahnhofshallen ein eisiger Wind, der ihr durch Mark und Bein ging. Wie angenehm wäre es doch, ein Taxi zu nehmen und zu Sybille zu fahren. Sich dort an den warmen Ofen zu setzen, in ein kuscheliges Bett mit dicker Wolldecke und einer Wärmflasche an den Füßen zu kriechen. Sie schwankte, überlegte ernsthaft, ob es sich lohne, hier auf dem Bahnhof zu erfrieren, während ihre Eltern vielleicht längst zurück in Paris waren. Auf jeden Fall sollte sie anrufen – aber leider waren alle Telefonzellen besetzt. Sie musste sich in eine Warteschlange einreihen und bekam noch Ärger, weil ein beleibter Herr mit Pelz versuchte, vor ihr in die gerade frei gewordene Zelle zu schlüpfen.

»Ich bin als Nächste dran!«

Sie hatte den Metallknauf der Tür gefasst und war unter keinen Umständen bereit, ihn loszulassen.

»Lassen Sie das!«, fuhr der Fremde sie an. »Sie sehen doch, dass ich telefonieren will!«

»Ich auch!«

Sie hätte aufgeben müssen, denn er war kräftiger als sie, doch sie erhielt Schützenhilfe aus der Menge der Wartenden.

»Die Mademoiselle war vor Ihnen!«, rief eine ältere Frau. »Frechheit, sich einfach vorzudrängen!«

»Lassen Sie sofort das junge Mädchen telefonieren!«, brüllte ein kräftiger, junger Bursche mit einer dunkelblauen Schirmmütze.

Der beleibte Fremde stieß mehrere Flüche aus, und Margot nutzte sein Zögern, um in die Zelle zu schlüpfen und die Tür hinter sich zuzuziehen.

Sie war so aufgeregt, dass sie eine der Münzen auf den Boden fallen ließ und sich bücken musste, um sie zu suchen. Dann wählte sie die Nummer mit klopfendem Herzen und bemühte sich, die vielen Augen, die sie durch das Glasfenster beobachteten, zu ignorieren.

»Hallo?«

Sybille meldete sich niemals mit Namen, weshalb auch immer.

»Tante Sybille? Hier ist Margot ... Ich ... ich wollte fragen ...«

»Margot? Wo bist du?«

Sie überlegte nur einen winzigen Moment, dann sagte sie frech, sie sei in der Bretagne. Ob ihre Eltern zurückgekommen seien.

Sybille antwortete nicht gleich.

»Nein, Margot, sie sind nicht zurück. Mach keinen Unsinn, Mädchen. Denk daran, was deine Mutter sagen würde.«

»Wie geht es Max?«

»Er schläft. Soll ich ihn wecken?«

»Nein … nein, lass ihn schlafen. Grüß ihn von mir, ja? Sag ihm, dass ich ihn sehr liebhabe … Dass ich bald zu euch komme …«

»Margot, ich bitte dich …«

»Gute Nacht, Tante Sybille …«

Sie hängte rasch ein und wartete einen kleinen Augenblick, die Hand noch an den schwarzen Hörer geklammert, doch es fiel keine Münze aus dem Apparat heraus.

Das Restaurant war schrecklich teuer, also suchte sie sich ein Plätzchen auf einer der Bänke im Wartesaal und packte mit klammen Fingern den Rest ihres Proviants aus. Viel war nicht mehr da: ein Stück Weißbrot, etwas Salami und eine halbe Flasche Most. Neben ihr saß ein gut gekleideter Herr, die Beine ausgestreckt, den Hinterkopf gegen die Wand gelehnt, sodass ihm der dunkle Hut weit in die Stirn gerutscht war. Er schnarchte leise, hin und wieder hustete er. Auf der anderen Seite hatte sich eine mollige Frau im roten Tuchmantel und schwarzen Lederstiefelchen niedergelassen. Sie redete beständig auf einen älteren Mann ein, der ganz offensichtlich ihr Ehemann war. Ohne dass sie es wollte, erfuhr Margot, dass man schon gegen acht in Avignon aufgebrochen war und dass die Züge nach Norden schrecklich voll seien. Das läge daran, dass es Franzosen gäbe, die ihr Vaterland verrieten und aus Furcht vor den Deutschen nach Belgien oder Holland flüchteten.

Margot stopfte das letzte Stück Brot aufgeregt in sich hinein und spülte es mit einem Schluck Apfelmost herunter. Belgien war vom Krieg nicht betroffen, es war neutral. Also musste es möglich sein, von dort aus über die deutsche Grenze zu gelangen. Ein unglaublicher Umweg – aber besser, als hier in Paris bleiben zu müssen.

Sie lief wieder hinaus in die kalte, zugige Bahnhofshalle. Es war schon nach neun Uhr, und das Gedränge hatte inzwischen nachgelassen. Zwei Polizisten patrouillierten bei den Gleisen, vor ihren Mündern bildete sich weißer Atemhauch. Immer noch warteten Menschen vor den Telefonzellen, in der Kälte war das kein Spaß. Im Vorbeilaufen sah Margot eine junge Frau in einem der Telefonhäuschen; ein breiter Reisekoffer stand davor, auf dem zwei kleine Mädchen saßen. Sie trugen dicke Wollmäntel und gestrickte Mützen, ihre Gesichter waren übermüdet, die Kleinere hatte geweint.

»Pardon, Monsieur ... Eine Verbindung nach Belgien?«

Der dunkelblau gekleidete Bahnangestellte war urplötzlich vor ihr aufgetaucht, und sie packte die Gelegenheit beim Schopf. Auf die ausgehängten Fahrpläne war ohnehin kein Verlass mehr.

»Gleis 13, Mademoiselle. Der Schnellzug nach Liège. Fährt in zwei Minuten ... das schaffen Sie nicht mehr ...«

»Merci, Monsieur ...«

Er rief ihr etwas nach, was sie nicht verstehen konnte. Vermutlich wollte er ihr bedeuten, sie brauche nicht zu rennen, es sei sowieso zu spät. Doch sie erreichte Gleis 13 genau in dem Augenblick, als der Zugführer die Signalkelle hob und sein durchdringender Pfiff durch den Bahnhof gellte. Weißer und grauer Rauch vernebelte die Sicht, man vernahm das Zischen und Stampfen der Lokomotive, dann erblickte sie eine offen stehende Tür und sprang auf.

»Sie wissen, dass das verboten ist, Mademoiselle!«, fuhr der Zugführer sie an, der gleich nach ihr kam.

»Es tut mir leid, Monsieur ...«

»Ihre Fahrkarte ...«

»Ich muss nachlösen ... Es herrscht solch ein Durcheinander auf dem Bahnhof ... Ich hatte keine Zeit, eine Karte zu lösen ...«

Der Zugführer war einer jener kleinen, dunkelhaarigen Beamten, die ihre Arbeit zuverlässig verrichten und niemals eine Ausnahme machen. Vermutlich hatte er zu Hause eine untertänige kleine Frau und sieben brave Kinderlein, die am Sonntag wie die Orgelpfeifen zum Kirchgang bereitstanden.

»Das kostet aber eine Gebühr, Mademoiselle ...«

Er nahm ihr eine Menge Geld ab, und jetzt bedauerte sie, Marie-Annes Angebot ausgeschlagen zu haben. Schließlich musste sie von Liège hinüber nach Deutschland gelangen. Aber wenn sie das geschafft hatte, würde sie mit französischem Geld sowieso nicht weiterkommen. Sie musste von irgendwo unterwegs die Brinkmanns anrufen, ihre Freunde in Deutschland. Professor Brinkmann war ein Kollege ihres Vaters, ebenfalls Kunsthistoriker und Sammler mittelalterlicher Trinkgefäße ... Ja, das war eine gute Idee. Sobald sie in Belgien war, musste sie versuchen, dort anzurufen.

Sie stolperte durch den schmalen Fenstergang, musste immer wieder über Reisende steigen, die dort auf dem Boden oder auf ihren Koffern saßen, und sah bald ein, dass es in den geheizten Abteilen keinen freien Platz mehr gab. Vollkommen erschöpft hockte sie sich schließlich auf den Fußboden und packte Marie-Annes Strickjacke aus, um sie unter den Mantel zu ziehen. Die Jacke wärmte nur wenig, doch sie war so müde, dass sie die Kälte bald nicht mehr spürte. Nach Liège ... dann telefonieren ... dann nach Deutschland ... Aachen musste das sein. Dort würde sie auf die Brinkmanns warten ... Gertraude Brinkmann war eine gute Freundin ihrer Mutter, sie hatten Gartenfeste miteinander gefeiert ... Gertraude spielte Geige, und Mama hatte sie auf dem Klavier begleitet. Vielleicht waren ihre Eltern ja bei den Brinkmanns ... Das Rattern des Zuges überdeckte nach und nach den unruhigen Fluss ihrer Gedanken, der Schlaf gewann die Oberhand. Sie sah ihre Mutter im Garten Zweige vom blühenden Jasmin schneiden, hörte das Schnappen der Schere, das Knicken der dünnen Äste … Voller Sehnsucht lief sie auf die Mutter zu, warf sich in ihre Arme und schmiegte sich an sie. Sie schluchzte, und ihre Tränen versickerten in Mamas weißer Spitzenbluse.

»Ach, Mädchen …«, sagte Mama mit leichtem Tadel. »Wie erhitzt du bist. Was hast du nur wieder angestellt, du kleiner Wildfang …«

Hin und wieder fuhr sie aus dem Schlaf, weil der Zug ruckelnd und pfeifend bremste. Menschen stießen sie an, schleppten Koffer und Taschen an ihr vorbei zum Ausgang. In Reims wurde das Getümmel so groß, dass sie schlaftrunken aufstand und sich an die Wand presste, um den Ein- und Aussteigenden Platz zu machen. Trotz des Gewimmels erspähte sie einen freien Platz in einem Abteil, doch als sie sich endlich bis dorthin durchgekämpft hatte, war der Sitz längst wieder besetzt. Sie war zu müde, um sich darüber zu ärgern, und setzte sich wieder in den Gang, wo ihr bald andere Reisende Gesellschaft leisteten. Irgendwann rüttelte ein Schaffner sie an der Schulter, verlangte ihre Fahrkarte und sagte etwas zu ihr, was sie vor lauter Schläfrigkeit zuerst nicht verstand.

»Halten Sie Ihren Pass bereit, wir kommen gleich an die Grenze.«

Wie spät mochte es sein? War es schon gegen Morgen? Der Zug fuhr durch tiefe Finsternis, nur hie und da zitterte draußen ein Lichtschein, ein Signal, eine Stadt in der Ferne. Wenn die Strecke eine Kurve machte, sah man die Scheinwerfer der eigenen Lokomotive. Aber es war Mitte Dezember – erst gegen acht oder neun Uhr wurde es hell. Sie zog den Brustbeutel hervor und holte ihren Pass heraus. Den Reisepass mit dem dicken, roten »J« darauf. Als der Zug kurz darauf hielt und mehrere Zollbeamte durch die Wagen gingen, fragte niemand nach ihren Papieren, vermutlich, weil der Zug überfüllt war.

Bis Liège fand sie keinen Schlaf mehr, dämmerte vor sich hin, gewiegt vom Rhythmus des Zuges, und rieb sich hin und wieder die Beine. Sie waren eiskalt, ihre Füße spürte sie kaum noch. Konnten ihr im Zug die Füße erfrieren? So etwas passierte doch nur im eisigen Russland. Ihr Vater hatte Schreckliches aus dem Weltkrieg erzählt, an dem er als junger Mann teilgenommen hatte. Sie trat fest von einem Fuß auf den anderen, um ihre Beine wieder zu spüren, und presste die Reisetasche an sich. Die Bahnhofsuhr zeigte kurz nach vier Uhr in der Nacht. Todmüde stolperte sie auf den Bahnsteig, ein oft angestoßenes Hindernis für die Reisenden, die dem Ausgang oder anderen Gleisen zustrebten. Mit viel Glück fand sie eine Telefonzelle, musste jedoch feststellen, dass sie für einen Anruf belgische Münzen benötigte. Natürlich, das hätte sie sich denken können. Was tun? So spät in der Nacht war nicht einmal der Wartesaal geöffnet, nur an einigen Gleisen war Betrieb, da hie und da Züge verkehrten.

Wenn ich mich hier auf eine Bank setze, bin ich morgen früh erfroren, dachte sie und schlug den Mantelkragen gegen den kalten Wind hoch. Vielleicht fuhr ja einer dieser Züge nach Aachen? Es war nicht klug, nach Deutschland einzureisen, ohne mit den Brinkmanns gesprochen zu haben. Aber hier auf dem eiskalten, dunklen Bahnhof zu sitzen, wo sich dazu noch allerlei seltsame Gestalten herumtrieben, war auch nicht gut. Zögernd lief sie zu einem der Gleise, wo ein Zug mit beleuchteten Fenstern stand, fand einen Schaffner und erfuhr, dass dieser Zug nach Paris fuhr. Wohin sie denn wolle?

»Nach Aachen …«

Der Mann hatte einen eisgrauen Schnurrbart und kleine, hellblaue Augen. »So, so … Dann gehen Sie mal rüber auf Gleis drei. Der fährt zwar erst kurz vor sechs, aber wenn Sie Glück haben, können Sie schon mal einsteigen …«

»Danke …«

Es war nicht klug. Aber sie fror so erbärmlich, dass sie sogar in der Hölle Zuflucht gesucht hätte. Sie beschloss, das Schicksal entscheiden zu lassen. Wenn man sie in den Zug einsteigen ließ, dann würde sie es tun. Wenn nicht, dann würde sie durch die Stadt laufen und vielleicht eine Bäckerei finden, wo um diese Zeit gearbeitet wurde. Den Bäcker bitten, ihr Geld umzutauschen. Oder das Telefon benutzen zu dürfen.

Der Zug nach Aachen war ein Bimmelbähnchen, verglichen mit dem Schnellzug, mit dem sie gekommen war. Eine Lok mit Tender, zwei Personenwagen, dahinter noch zwei Güterwagen. Das war alles. Es sah harmlos aus, klein und gemütlich, der Wagen mit den beleuchteten Fenstern lockte sie an. Da drinnen musste es warm sein, ein Ort der Zuflucht in dieser Dunkelheit und in der grimmigen Kälte.

Pass gut auf dich auf, sagte eine innere Stimme. Sie zögerte, dann fasste sie den Griff der Zugtür und zerrte daran. Sie ließ sich öffnen.

Die Würfel sind gefallen, dachte sie und stieg ein.

Die Hauptsache war doch, erst einmal nach Deutschland hineinzukommen. Alles andere würde sich schon finden.

Es war weder warm noch gemütlich im Inneren des Personenwagens, nur das schwache, gelbliche Deckenlicht hatte ihr diese Illusion vorgegaukelt. Aber immerhin war man hier vor dem eisigen Wind geschützt, und es gab gepolsterte Sitzbänke. Welch ein Luxus nach stundenlanger Reise auf dem harten, kalten Fußboden! Margot ließ sich auf einem Fensterplatz nieder, lehnte den Kopf gegen die hölzerne Rückwand und schlief sofort ein. Dieses Mal war ihr Schlaf tief, ein Sturz in einen dunklen Brunnenschacht des Vergessens. Es war erlösend, dort hineinzutauchen und sich auszuruhen, alles abzuwerfen, was ängstigte und quälte …

»Guten Morgen …«

»Auch schon auf den Füßen?«

»Wie du siehst …«

Die Männerstimmen waren rau und morgenheiser. Blinzelnd erkannte Margot zwei dick eingemummelte Personen, offensichtlich Arbeiter, die mit dem Zug zu einem Grenzort oder nach Deutschland fuhren. Draußen war es immer noch dunkel, im Schein einer Bogenlampe sah man jedoch weißlichen Rauch – die Lokomotive war unter Dampf. Weitere Fahrgäste stiegen in den Wagen, auf ihren Jacken und Mützen lagen glitzernde Schneeflöckchen – es hatte zu schneien begonnen. Einige der Pendler streiften Margot mit neugierigem Blick. Vermutlich sah man hier jeden Morgen die gleichen Gesichter, da fiel eine Fremde natürlich auf. Als der Zug sich ruckelnd in Bewegung setzte, kümmerte sich jedoch niemand mehr um Margot. Fast alle Pendler versuchten, noch ein wenig zu schlafen, bevor der harte Arbeitstag begann.

Ein freundlicher Schaffner nahm ihr letztes französisches Geld und ermahnte sie, in Zukunft belgische Francs einzutauschen. Margot fühlte sich innerlich ausgehöhlt, so als ob ein Fieber sie befiele, zugleich zitterte sie vor Kälte, und in ihrem Kopf hämmerte es.

Ich darf auf keinen Fall krank werden, dachte sie erschrocken. Nicht, bevor ich die Brinkmanns erreicht habe. Sie müssen erfahren, was geschehen ist. Sie müssen uns helfen …

Stunden später hielt der Zug mit Zischen und Quietschen in Herbesthal, der belgischen Grenzstation. Zwei Beamte stiegen ein, grüßten die Arbeiter wie alte Bekannte, näherten sich der jungen Frau am Fenster.

Ihr Pass erzeugte heftige Irritation. Der belgische Grenzbeamte drehte das Papier in der Hand, betrachtete ihr Gesicht, sah wieder zurück auf den Pass.

»Sie wollen ernsthaft nach Deutschland einreisen?«

Sie nickte. Es war nicht nett von ihm, ihr solche Angst zu machen. Schließlich war es ihre Sache, wohin sie reiste.

»Nun, Sie müssen wissen, was Sie tun, Mademoiselle Löwenstein.«

Er sah sie mit mitleidigen Augen an und gab ihr den Pass zurück. Die nächste Station war schon fast in Aachen, dort befand sich die deutsche Grenze. Alles war ganz einfach. Der Beamte nahm ihren Pass, starrte ihr ins Gesicht und reichte ihr den Ausweis, ohne ein einziges Wort dazu zu sagen.

Sie hatte es geschafft. Das Beste daran war, dass auch die Gliederschmerzen und das Kopfweh verschwunden waren. Als sie in Aachen aus dem Zug stieg, begann es langsam hell zu werden, winzige Flöckchen segelten durch die kalte Luft, die zarte Schneedecke auf dem Bahnsteig war voller Fußspuren. Margot atmete tief durch. Jetzt galt es schlau zu sein, ein Königreich für eine gute Idee. Sie hatte keinen Pfennig deutsches Geld in der Tasche – wo würde sie telefonieren? Bekannte gab es nicht in Aachen, aber vielleicht konnte sie sich an ein Pfarramt wenden? Ja, das war ein guter Einfall.

»Fräulein Löwenstein?«

Sie hatte die beiden Männer für Bahnbeamte gehalten, die im morgendlichen Dämmerlicht irgendeiner Verrichtung nachgingen. Doch sie hatte sich getäuscht.

»Sie sind doch Margot Löwenstein, oder nicht? Ihren Pass, bitte!«

Es war vorbei, noch bevor es angefangen hatte. Der ruhige, geschäftsmäßige Ton, den dieser Mann anschlug, war nur eine Tarnung. Dahinter steckte kalte, unerbittliche Gewalt. Sie sah sich um, maß die Entfernung zur Treppe, über die sie in die Haupthalle des Bahnhofs entkommen könnte, doch sie begriff, dass sie keine Chance hatte. Vielleicht am Tag, wenn zahllose Menschen auf den Stufen unterwegs waren, jetzt aber war dort niemand zu sehen.

»Haben Sie nicht gehört? Ihren Pass.«

»Das tut mir leid, ich habe meine Papiere nicht bei mir …«

Es war ein lächerlicher Versuch, dem Unausweichlichen zu entgehen. Lächerlich wie diese ganze Unternehmung. Alle hatten sie gewarnt, aber sie hatte wieder einmal ihren Kopf durchsetzen müssen …

»Kommen Sie mit, wir klären das auf dem Amt.«

»Aber ich … ich muss zur Arbeit …«

»Jüdinnen haben bei uns keine Arbeit. Los jetzt!«

Sie war verloren. Wurde rechts und links bei den Handgelenken gepackt, man drehte ihr die Arme auf den Rücken, schob sie voran wie eine Gliederpuppe. Wenn es eine winzige Möglichkeit für sie gegeben hätte davonzulaufen, dann war sie jetzt vorüber. Der Griff, mit dem man sie festhielt, war eisenhart, nicht einmal ein kräftiger Mann hätte sich aus dieser Umklammerung befreien können.

Die Treppe zur Unterführung hinunter, den Gang entlang in Richtung Bahnhofshalle, wieder eine Treppe hinauf. Reisende kamen ihnen entgegen, die meisten sahen zur Seite, einige gafften sie an, Angst und Häme im Blick. In der Bahnhofshalle sah sie sich um, erblickte eine Gruppe Menschen, die sich offensichtlich zu einer gemeinsamen Fahrt sammelten. Sie hätte jetzt schreien können, hysterisch herumzappeln, die Männer verblüffen und sich aus ihrem Griff losreißen.

»Machen Sie keinen Unsinn, sonst müssen wir Ihnen wehtun!«

»Ich habe nichts verbrochen. Wohin bringen Sie mich?«

Die Halle war durchquert, noch bevor sie einen Entschluss gefasst hatte.

Eine schwarze Limousine wartete vor der Halle. Man stieß sie auf den Rücksitz, ein morgendlicher Fang, eine menschliche Beute, einer der beiden Jäger setzte sich neben sie, während der andere den Wagen lenkte.

Niemand sprach ein Wort, während sie durch die Stadt fuhren. Rastlos arbeiteten die Scheibenwischer gegen die heranfliegenden Schneeflocken, es roch nach feuchtem Stoff, nach Benzin und nach dem Atemdunst ihrer Bewacher. Woher kannten sie ihren Namen? Wieso hatten sie gewusst, dass sie heute früh in Aachen genau auf diesem Gleis ankommen würde?

Die Lösung war einfach: Der Grenzbeamte, der ihren Reisepass angestarrt hatte, musste in Aachen angerufen haben. Wie schnell sie gehandelt hatten. Ein paar Minuten später, und sie wäre in der Stadt untergetaucht, hätte vielleicht bei der Kirche Hilfe gefunden, ihre Freunde benachrichtigt, sie hätte ihren Eltern helfen können. Nun aber würde sie selbst um ihre Freiheit kämpfen müssen.

Sie hatte befürchtet, in irgendeinen dunklen Keller gesperrt oder – schlimmer noch – gleich weiter in ein Konzentrationslager gebracht zu werden. Doch stattdessen hielt der Wagen vor einer Polizeiwache.

»Aussteigen.«

Ihre Bewacher hatten Routine. Keine Sekunde lang, nicht einmal während der Autofahrt, hatte man den Griff um ihr Handgelenk gelockert. Es tat weh, als man ihr, bevor sie ausstieg, warnend die empfindlichen Gelenkknochen zusammenpresste. Für einen Moment wurde ihr schlecht, und sie fürchtete, das Bewusstsein zu verlieren oder sich übergeben zu müssen. Obgleich sie es dem Kerl gegönnt hätte, von oben bis unten besudelt zu werden.

Man führte sie durch einen hell beleuchteten Flur in ein kleines, fensterloses Zimmer, befahl ihr, sich auf den Stuhl zu setzen und zu warten. Die Tür schloss sich hinter den beiden Jägern – man hörte das scharfe, metallische Geräusch eines Riegels, der vorgeschoben wird. Sie war gefangen.

Eine Weile stand sie wie betäubt, konnte immer noch nicht fassen, dass all ihre Hoffnungen auf einen Schlag zerplatzt waren. Dann ging sie auf und ab. Vier Schritte hin, vier Schritte zurück, mehr Raum gab es nicht. Die Wände waren weiß getüncht und kahl, der Boden mit grauem Linoleum belegt. In der Mitte ein rechteckiger Tisch aus Holz, auf jeder Längsseite des Tisches ein Stuhl. Das Deckenlicht bestand aus einer gläsernen Wanne, hinter der mehrere Glühbirnen brannten. Es war unangenehm hell und leuchtete den kleinen Raum bis in die letzte Ecke aus.

Sie würde ihren Reisepass nicht verstecken können, man würde sie durchsuchen und ihre Papiere finden. Was dann? Sie würden fragen, was sie hier suchte. Man würde die Namen ihrer Freunde wissen wollen. Scheinheilig nach ihren Eltern fragen. Nach Max. Sie würden sie vielleicht schlagen. Hungern und dursten lassen. Sie quälen … Verdammt, hätte sie doch nicht zugehört, als ihre Cousins in Paris solche Geschichten erzählten.

Es geschah nichts. Man schien sie vergessen zu haben. Hin und wieder hörte sie Schritte im Flur, blieb mit klopfendem Herzen stehen, starrte auf die graue Metalltür. Doch die Schritte verharrten nicht in ihrer Nähe, sie zogen vorüber, wurden leiser, irgendwo schlug eine Tür. Man vernahm nur noch entfernte Stimmen, geschäftige Beamte, Bittsteller, eine Frauenstimme keifte, man habe kein Recht, sie hier festzuhalten. Jemand fragte, ob eine Semmel oder eine Mohnschnecke zum Frühstück gewünscht sei.

Sie frühstückten! Wie war es möglich, dass diese Leute fröhlich ihre Semmeln und Mohnschnecken verspeisten, während sie wie ein Tier in diesem Loch gefangen gehalten wurde? Sie war keine Verbrecherin. Hatte niemandem etwas zuleide getan. Sie wollte nichts weiter, als ihre Eltern wiedersehen. Außerdem war sie todmüde, hungrig, und auf die Toilette musste sie auch. Schließlich war sie so erschöpft, dass sie sich auf einen Stuhl setzen musste. Sie tat es ungern, weil sie keine Lust hatte, dem Befehl dieses Mannes zu gehorchen. Auf der anderen Seite lohnte es sich nicht, aus unsinnigem Stolz wichtige Kräfte zu vergeuden. Sie stützte die Arme auf den Tisch und legte den Kopf hinein. Ausruhen, sich sammeln, den Kopf klar halten, um richtig reagieren zu können. Nicht zurückdenken. Keine Trauer, keine Sehnsucht aufkommen lassen. Nicht an Papa und Mama denken. Auch nicht an Alan. Vor allem nicht an Alan …

Sie hatte die Beamtin nicht kommen hören, sie stand plötzlich neben ihr, wie aus dem Erdboden gewachsen.

»Fräulein Löwenstein?«

Die Frau war mittleren Alters und kräftig gebaut, trug Rock und eine Bluse mit Abzeichen, das rötliche Haar war am Hinterkopf aufgesteckt. Margot starrte sie an.

»Stehen Sie auf, ich muss Sie durchsuchen.«

»Weshalb? Wenn Sie meinen Pass wollen – den gebe ich Ihnen freiwillig.«

Sie zog den Brustbeutel mit ihren Papieren hervor und reichte ihn der Beamtin, die ihn nachlässig auf den Tisch legte.

»Strecken Sie die Arme zur Seite!«

Sie befingerte den Mantel, suchte in den Taschen und legte drei französische Centimes, ein besticktes Taschentuch und die Fahrkarte von Liège nach Aachen neben den Brustbeutel. Dann musste Margot den Mantel ausziehen.

»Weiter! Das Kleid. Stellen Sie sich nicht so an!«

Kleid und Schuhe, auch die Unterwäsche, Strumpfbandgürtel und Strümpfe. Völlig nackt stand sie vor der Beamtin, starrte auf deren längliche Nase und den grauen Ansatz ihrer gefärbten Haare, als sie sich bückte.

»Beine auseinander. Umdrehen …«

Margot biss die Zähne zusammen, als sie den harten Finger zwischen ihren Beinen spürte, die Frau tat es gründlich, spreizte ihr dann die Pobacken und prüfte den After.

»Anziehen!«

Noch halb betäubt von der unerwarteten Verletzung ihres

Schamgefühls, zog sie Strümpfe, Wäsche und Kleid wieder an. Als sie sich setzte, um in die Schuhe zu steigen, spürte sie, wie ihre Knie zitterten. Was hatte diese Frau eigentlich gesucht? Sprengstoff? Waffen? Geheime Staatsdokumente?

Die Beamtin würdigte sie keines weiteren Blickes, sammelte ihre Fundstücke ein und verließ den Raum. Draußen schob sie den Riegel vor. Ihre energischen Schritte verhallten im Flur.

Margot versuchte mühsam, sich wieder zu fassen. Es war nichts weiter als eine Routineangelegenheit gewesen, sie durfte sich dadurch nicht ins Bockshorn jagen lassen. Den Kopf oben behalten. Nicht zeigen, wie tief dieser Akt der Willkür sie verletzt hatte. Oh, es war so leicht, einem Menschen den Schneid abzukaufen.

Wieder ließ man sie warten. In einem Raum ohne Fenster, ohne Uhr stand die Zeit still. War eine Stunde verflossen oder zehn Minuten? Man vernahm kaum noch Stimmen und Geräusche – lag das daran, dass sie Mittagspause machten? Oder war es bereits Abend? Waren alle schon nach Hause gegangen und man ließ sie hier über Nacht auf einem Stuhl sitzen? Sie hielt es nicht mehr aus. Sprang auf und hämmerte gegen die Tür.

»Aufmachen! Ich muss auf die Toilette!«

Es dauerte eine Weile, dann näherten sich Schritte, der Riegel wurde zurückgeschoben, die imposante Figur der Beamtin erschien.

»Warum sagen Sie das nicht gleich?«

Sie ließ Margot durch den kalt erleuchteten Flur vor sich herlaufen, befahl ihr stillzustehen und öffnete die Tür zur Frauentoilette. Blieb neben ihr stehen, während sie ihre Notdurft verrichtete, führte sie wieder zurück.

»Wie spät ist es?«

Sie erhielt keine Antwort, vermutlich gehörte die Zeitlosigkeit zu den Maßnahmen, mit denen Verbrecher weichgeklopft wurden. Margot wappnete sich, befahl sich selbst, hartnäckig zu bleiben und durchzuhalten, was sie auch immer mit ihr tun würden. Die Hoffnung nicht aufgeben. Sich selbst nicht aufgeben.

Ein Mann trat in den Raum, mittelgroß, das dunkle Haar nach hinten gekämmt, kleine braune Augen unter buschigen Brauen. Er trug Zivilkleidung.

»Tut mir leid, dass Sie warten mussten. Wir haben viel zu tun.«

Seine Stimme war weich und zugleich kühl, sein Lächeln machte Margot Angst. So viel Höflichkeit konnte nur eine Falle sein. Was wollten sie von ihr?

Er hatte sich auf dem Stuhl ihr gegenüber niedergelassen, lehnte sich zurück und musterte sie gründlich. Der aufmerksame Blick eines Menschen, der sein Gegenüber einzuschätzen weiß.

»Sie sind also Margot Löwenstein, gebürtig in Frankfurt am Main, neunzehn Jahre alt, Jüdin. Dieser Pass ist seit einem Jahr abgelaufen. Wo haben Sie sich während der letzten Zeit aufgehalten, Fräulein Löwenstein?«

Sie zögerte. Wo war die Falle? Was durfte sie sagen, was nicht?

»In Paris.«

»Seit wann?«

Seine braunen Augen waren starr auf sie gerichtet, registrierten jede, auch die kleinste Regung ihrer Gesichtsmuskeln.

»Seit etwa zwei Jahren.«

»Allein?«

Da war sie, die Falle. Er wollte sie nach ihrer Familie ausfragen. Auf keinen Fall durfte sie erzählen, dass ihre Eltern in Deutschland waren.

»Mit meinen Eltern.«

»Wo befinden sich Ihre Eltern jetzt?«

»In Paris.«

Sah er ihr die Lüge an? Die braunen Augen bohrten sich in ihre Stirn, in ihr Hirn konnten sie nicht hineinschauen. Er lächelte und beugte sich vor, stützte die Arme auf dem Tisch auf.

Seine Zähne waren makellos weiß, es musste ein künstliches Gebiss sein.

»Es ist schon recht ungewöhnlich, dass eine Jüdin, die Deutschland verlassen hat, wieder zurückkehrt.«

Sie schwieg. Wenn er etwas wissen wollte, sollte er fragen. Durch provokative Äußerungen ließ sie sich nicht zum Reden verführen.

»Weshalb kamen Sie zurück?« Sein Ton war jetzt hart. Vermutlich kannte er eine ganze Menge Tricks, um seine Opfer mürbe zu machen.

»Ich wollte einen Freund wiedersehen.«

Nahm er ihr das ab? Seine Augen zogen sich für einen kleinen Moment zusammen, prüfend, misstrauisch.

»Sein Name?«

»Den möchte ich nicht preisgeben. Es ist eine sehr … private Angelegenheit, verstehen Sie?«

»Ein Volksdeutscher? Sie hatten eine Liebschaft mit einem Deutschen?«

Es klang drohend und zugleich beleidigend. Eine Jüdin hatte einen deutschen Volksgenossen verführt. Wenn sie jetzt ihren Vater rächen wollte, brauchte sie nur einen seiner Kollegen, die ihn beleidigt und verprügelt hatten, als ihren Liebhaber mit Namen nennen. Aber das brachte sie nicht fertig.

»Aber nein … Keine Liebschaft. Eine Schwärmerei. Ich wollte ihn wiedersehen, es war eine unbedachte Entscheidung. Aus dem Gefühl heraus, verstehen Sie?«

»Wenn ich Ihnen glauben soll, brauche ich seinen Namen …«

Sie schwieg hartnäckig. Sie wolle den Namen nicht nennen. Unter keinen Umständen.

Er lehnte sich wieder zurück und verkündete in aller Ruhe, dass man Mittel habe, die Wahrheit aus ihr herauszuholen.

»Ich kann Sie auch als französische Spionin erschießen lassen.«

Bluffte er? Das war doch vollkommen widersinnig. Weshalb sollte eine französische Spionin ausgerechnet mit einem jüdischen Pass nach Deutschland einreisen? Und doch: Wer würde ihn zur Rechenschaft ziehen, wenn er sie hier einfach niederschoss? Sie war rechtlos.

»Also?«

Sie öffnete den Mund, um einen erfundenen Namen zu nennen, doch im gleichen Moment erhob sich im Flur lautes Getöse. Ein hölzerner Gegenstand zerbarst, dann das Geräusch von Schlägen, angestrengtes Keuchen, Flüche.

»Hilfe!«, brüllte eine Männerstimme. »Steltner! Wo sind Sie?«

Ein schweres Gewicht prallte von außen gegen die Tür des Verhörzimmers, ließ sie erzittern. Der Mann, dessen Name offensichtlich Steltner war, sprang verärgert auf.

»Sitzen bleiben!«, befahl er ihr.

Er hatte Mühe, die Tür zu öffnen, da auf der anderen Seite zwei Männer miteinander rangen. Margot starrte fasziniert auf die Kämpfenden: Ein kräftiger Bursche in abgerissener Kleidung prügelte auf einen schmalen Polizeibeamten ein, der sich jedoch beherzt verteidigte. Blut floss aus der Nase des Polizisten, hatte sein Gesicht verschmiert und auch das Hemd besudelt.

Der Mann, der Steltner hieß, kam seinem Kollegen rasch zu Hilfe, packte den Gegner von hinten und versuchte, ihn in den Schwitzkasten zu nehmen. Es gelang nur unvollkommen, weil der Bursche zu groß für ihn war.

Margot wusste später nicht mehr, dass sie in diesem Augenblick geistesgegenwärtig ihren Mantel an sich raffte. Sie glitt hinaus auf den Flur, drückte sich an den ineinander verkeilten Männern vorbei und prallte dicht vor dem rettenden Ausgang auf die rothaarige Frau.

»Das hast du dir so gedacht!«

Margot hatte als kleines Mädchen mit den Söhnen der Nachbarschaft gespielt. Sie hatte gelernt, sich zu verteidigen. Die Frau krümmte sich zusammen, als sie einen festen Tritt gegen das rechte Knie erhielt. Margot stieß sie zur Seite, rannte die Stufen hinab auf die Straße. Ein grauer Nachmittag, Schnee wehte ihr entgegen, auf dem Fußweg hatte man geräumt, der schmale Pfad war jedoch längst wieder zugeschneit.

Hinter ihr war Getümmel, jemand brüllte, sie solle stehen bleiben. Margot rannte um ihr Leben, stieß mit einem Passanten zusammen, kam fast zu Fall, bog in eine Seitenstraße ein und rettete sich in einen Hauseingang. Keuchend stand sie da, rang nach Luft, zog sich den Mantel über. Man würde sie hier rasch finden. Sie musste fort, verschwinden, sich in Luft auflösen.

Es geschah innerhalb weniger Sekunden. Gegenüber dem Eingang parkte ein dunkler Wagen. Ein junger Mann in Uniform stieg ein und ließ den Motor an, sah aufmerksam nach links, um sich in den laufenden Verkehr einzuschleusen. Der Wagen rollte an, Margot zog die Beifahrertür auf der rechten Seite auf, kroch auf den Rücksitz und blieb dort bewegungslos liegen.

Nur ein paar Straßen weiter, dachte sie. Dann habe ich es geschafft.

Die Fahrt endete rascher, als sie gehofft hatte, was daran lag, dass sie es nicht geschafft hatte, die Wagentür zu schließen. Sie öffnete sich in einer Kurve, sodass Margot beinahe aus dem Auto gerutscht wäre. Kurz darauf hielt der Fahrer am Straßenrand und stieg aus. Er lief um den Wagen herum und fasste die offene Tür, wollte sie zuwerfen, dann starrte er verblüfft auf den blinden Passagier.

»Wer sind Sie? Was haben Sie in meinem Wagen verloren?«

Er hatte schmale Lippen und ein blondes Oberlippenbärtchen. Dem Uniformmantel nach ein Offizier der Wehrmacht. Nein, heute hatte sie wirklich kein Glück.

»Ich … ich hatte geglaubt, dies sei ein Taxi … Entschuldigen Sie bitte … Ich steige sofort aus …«

Wie er sie anstarrte! Er musste kurzsichtig sein, denn er zog die Augen zusammen, um besser sehen zu können. Sie setzte sich langsam auf und begriff, dass ihre Ausrede albern war. Niemand steigt in ein Taxi, um sich dort auf den Rücksitz zu legen …

»Halt«, sagte er. »Warten Sie …«

Sie rutschte an die äußerste Ecke der Sitzbank und betätigte den Türgriff, um rasch aus dem Wagen zu schlüpfen, doch die Tür klemmte, oder er hatte sie verriegelt.

»Margot … Sie sind doch Margot, die Tochter von Professor Löwenstein …«

Sie wusste nicht, was sie tun sollte. War es gut oder schlecht, dass dieser Offizier ihren Vater kannte? Er hatte ihn »Professor Löwenstein« genannt. Es klang respektvoll.

»Sie … Sie kennen meinen Vater?«

Ein lautes Hupen lenkte seine Aufmerksamkeit ab. Auf der gegenüberliegenden Straßenseite hatte ein Auto beinahe einen Fußgänger erfasst, der eilig über die Straße gelaufen war. War er ein Polizist? Margot duckte sich auf alle Fälle.

»Ich fahre aus der Stadt an einen Ort, wo wir in Ruhe reden können.«

Er schlug die Beifahrertür zu und setzte sich ans Steuer, während sie sich vorsichtig wieder auf den Sitz legte. Der Wagen bewegte sich durch die Stadt, sie sah Wohnhäuser und Bogenlampen, eine Kirche, ein Uhrtürmchen. Und wenn er mich jetzt zur Gestapo bringt?, dachte sie beklommen. Wieso vertraue ich ihm, nur weil er meinen Vater »Professor Löwenstein« genannt hat?

»Ich möchte lieber aussteigen«, sagte sie.

»Es geht hier nicht.«

»Aber … aber Sie werden Ärger bekommen, wenn mich jemand in Ihrem Wagen findet …«

»Das ist mir klar, Margot. Bleiben Sie liegen, ich halte gleich an.«

Der Wagen bog um eine scharfe Kurve, rutschte ein wenig und holperte langsam über einen Waldweg. Verschneite Fichten waren zu sehen, kahle Äste von Buchen und Eichen, auf denen sich Schneepolster gebildet hatten. Ein schwarzer Vogel flatterte auf. Das Auto hielt an, der Fahrer zog die Handbremse und drehte sich dann zu ihr herum.

»Sie können sich aufsetzen, Margot. Es ist niemand hier.«

Tatsächlich befanden sie sich abseits der Landstraße in einem einsamen Waldstück. Was hatte er vor? Sie betrachtete angestrengt sein schmales Gesicht, das blass und nicht sonderlich attraktiv war.

»Sie können sich nicht erinnern, wie?«, meinte er und lächelte. Er hatte das resignierte Lächeln eines Menschen, der weiß, dass er von Natur aus nicht zu den Gewinnern zählt.

»Nein … leider …«

»Ich habe in Frankfurt bei Ihrem Vater Kunstgeschichte studiert. Wir sahen uns vor vier oder fünf Jahren bei Ihnen zu Hause. Ihr Vater feierte seinen fünfzigsten Geburtstag …«

Das konnte stimmen. Damals hatten sie noch in einer heilen Welt gelebt, obgleich die anderen längst an der Macht gewesen waren. Ihre Eltern saßen in einem Wolkenkuckucksheim, gemeinsam mit den Freunden – Juden und auch welchen, die keine Juden waren. Man hatte Vaters Fünfzigsten im Gartenhaus gefeiert, mit einer Unzahl von Gästen. Auch eine Gruppe seiner Studenten war gekommen, sie hatten ihm ein Ständchen gebracht, eine vierstimmige Komposition, die einer von ihnen verbrochen hatte …

»Sie haben mit uns gefeiert?«

»Ich habe sogar das grauenhafte Ständchen für Ihren Vater dirigiert. Nein, es war keineswegs grauenhaft, wir haben nur schlecht gesungen. Sie waren damals noch ein halbes Kind, und Ihre Mutter verbot Ihnen, mehr als ein Glas von der Maibowle zu trinken …«

»Ja, ich erinnere mich«, gab sie zu. »Ich habe mich nicht daran gehalten. Am Abend wurde mir fürchterlich schlecht …«

Sie lächelte ebenfalls, ihre Augen trafen sich, und für einen Moment entstand so etwas wie Vertrautheit zwischen ihnen.

»Ich habe Ihren Vater sehr verehrt«, sagte er leise und wandte den Blick ab. »Er hat sich immer für seine Studenten eingesetzt, für manche war er wie ein Vater …«

Ja, dachte Margot, und Bitterkeit überkam sie. Zum Dank haben sie ihn verprügelt und aus der Universität gejagt. Aber ich bin ungerecht, das waren gewiss nicht die gleichen Studenten …

»Ich hatte gehofft, Ihre Familie hätte Deutschland rechtzeitig verlassen …«

Sie war kurz davor, ihm die Wahrheit anzuvertrauen, aber dann tat sie es doch nicht. Ja, sie seien vor zwei Jahren nach Frankreich ausgewandert, lebten jetzt in Paris bei Freunden. Sie selbst sei zurückgekommen, um einen Bekannten zu treffen. Leider habe man sie jedoch gleich am Bahnhof verhaftet, sie sei sehr unvorsichtig gewesen.

Er war ohne Arg und glaubte ihr. Regte sich auf, sie sei sträflich leichtsinnig gewesen.

Sie schwieg. Für einen Wehrmachtsoffizier redete er ziemlich offen, fand sie.

»Die Polizisten haben mich nur befragt …«

Er blickte zur Seite, atmete tief, sagte aber nichts. Stattdessen wollte er wissen, was sie nun tun wolle. Untertauchen? Das wäre der reine Selbstmord.

»Verstehen Sie denn nicht?«, sagte er eindringlich. »Sie müssen zurück nach Frankreich. So schnell wie möglich. Und auch dort sind Sie nicht sicher …«

»Aber ich habe gute Freunde in Deutschland …«

Er schüttelte den Kopf und schlug mit der Hand auf das Lenkrad. Was für ein Kind sie sei! Ein naives, dummes Kind, das in sein Unglück lief.

»Hören Sie zu. Ich bin heute den letzten Tag hier, morgen zieht mein Bataillon nach Osten …«

»Nach Polen?«, flüsterte sie.

»Wohin auch immer«, meinte er unbestimmt, und sie begriff, dass er ihr den Zielort nicht nennen durfte. Plötzlich tat er ihr leid. Er wurde in den Krieg geschickt und musste damit rechnen, für das Vaterland zu sterben. Dabei war er eigentlich ein netter Kerl, dieser deutsche Offizier, der einmal bei ihrem Vater Kunstgeschichte studiert hatte.

»Vertrauen Sie mir, Margot?«

Sie zögerte, versuchte, den Ausdruck seiner Augen zu ergründen, doch es war dämmrig geworden, sodass sie sein Gesicht nur noch undeutlich erkennen konnte.

»Ja«, sagte sie schließlich. »Ich vertraue Ihnen.«

»Dann legen Sie sich jetzt in den Kofferraum. Ich fahre Sie über die Grenze nach Belgien.«

Das Angebot kam überraschend. Wollte sie überhaupt? Sie hatte doch vorgehabt, ihre Eltern zu suchen. Aber so, wie es aussah, hatte sie alles falsch angefangen.

»Wenn man mich findet, bekommen Sie Schwierigkeiten …«

»Das weiß ich. Also: Ja oder Nein?«

»Aber …«

Was für eine verrückte Idee. Er wollte mit ihr bei Aachen Süd über die Grenze nach Belgien fahren, am Abend würde dort nur oberflächlich kontrolliert, bei diesem Schneetreiben vermutlich überhaupt nicht. Sie brauche keine Sorge zu haben.

»Also?«

Er musste sich seiner Sache ziemlich sicher sein, sonst würde er das Wagnis nicht eingehen. Fuhr er diese Strecke öfter? Kannte er daher die Gewohnheiten der Grenzbeamten?

»Ja«, sagte sie leise. »Aber wenn uns jemand erwischt, werde ich erzählen, ich hätte mich ohne Ihr Wissen im Kofferraum Ihres Wagens versteckt.«

»Es wird uns keiner erwischen.«

Er stieg aus und hielt ihr die Beifahrertür auf, eine Geste der Höflichkeit, die unter den gegebenen Umständen höchst unpassend und etwas lächerlich wirkte. Margot stand im Schneetreiben und sah zu, wie er den Kofferraum für sie mit einer Decke auspolsterte. Wie entschlossen er war, wie rasch und sicher er sich bewegte. Ein seltsamer Bursche.

»Es ist nicht sehr komfortabel, aber es wird ja nicht allzu lange dauern.«

Als sie hineinkletterte, hielt er ihren Arm, um ihr zu helfen, dann stellte er zufrieden fest, dass sie sich ohne Mühe wie eine Katze zusammenkauerte. Sie solle aufpassen, die Fahrt könne holprig werden, vor allem müsse sie auf ihren Kopf achtgeben. Erst jetzt fiel ihr auf, dass die Polizisten ihre Reisetasche konfisziert hatten. Das war schade, sie hätte sie als Kopfpolster benutzen können.

Er lächelte ihr aufmunternd zu, bevor er den Deckel des Kofferraums herunterklappte. Dann lag sie in völliger Dunkelheit. Sie hörte, wie der Motor angelassen wurde, spürte die Vibration, roch das Benzin. Nur ruhig bleiben. Es gab genügend Luft, sie würde nicht ersticken. Still liegen, sich nicht bewegen, damit sie nicht spürte, wie knapp der Platz war. Der Wagen fuhr an, bewegte sich über den unebenen Waldweg, rutschte manchmal weg, geriet in Schlaglöcher, holperte, rumpelte, schüttelte sie durch. Jetzt begriff sie, weshalb er gesagt hatte, sie solle auf ihren Kopf aufpassen. Der Deckel des Kofferraums war unangenehm hart, schließlich stemmte sie eine Hand dagegen, um sich vor plötzlichen Zusammenstößen zu schützen. Trotz der eisigen Kälte war sie bald schweißgebadet und bereute es zutiefst, sich auf diese verrückte Fahrt eingelassen zu haben. Zudem wurde ihr schlecht, was einerseits an ihrem völlig leeren Magen, aber auch an dem widerlichen Gestank von Benzin und Öl lag. Es würde nicht allzu lange dauern, hatte er gesagt. Großer Gott – was hatte er damit gemeint? Eine halbe Stunde? Eine Stunde? Wie sollte sie das aushalten? Sie würde ohnmächtig und außerdem erstickt sein, wenn er endlich anhielt und den Kofferraumdeckel öffnete.

Der Wagen fuhr langsamer, rollte aus. Sie spürte, wie ihr Herz hämmerte.

»Heil Hitler ... Ihre Papiere, Herr Leutnant.«

»Verflucht kalt heute, wie?«

»Das kann man wohl sagen.«

Man vernahm ein kurzes, abgehacktes Lachen, dann fuhren sie wieder an. Eine Weile bewegte sich der Wagen auf ebener Strecke, dann bremste er. Die belgische Zollstelle.

»Was zu verzollen?«

»Eine Packung Zigaretten ...«

»Witzbold ... Passen Sie auf der Strecke auf, weiter hinten sind Äste heruntergebrochen ...«

»Danke.«

»Gute Fahrt!«

Er hatte recht behalten. Sie waren durchgekommen, ohne dass jemand den Kofferraum hatte öffnen lassen! Plötzlich war die Übelkeit verschwunden, ein gewaltiges Triumphgefühl stieg in ihr auf, am liebsten hätte sie gejubelt. Hurra – sie hatten es geschafft, die anderen waren nicht allmächtig, man konnte sie austricksen, beschwindeln, sich herauswinden. Wie schade, dass sie ihm nicht von ihren Eltern erzählt hatte. Vielleicht hätte er ihr ja helfen können, sie zu finden. Sie zu retten ...

Als er endlich den Deckel des Kofferraums öffnete, hatte sich ihre Euphorie schon wieder gelegt. Im Halbdunkel erschien er ihr fremd in seinem Uniformmantel, sein Gesicht war bleich und angespannt.

»Wie geht's?«

»Ganz gut«, log sie.

Die Luft war frisch, aber es hatte aufgehört zu schneien. Sie atmete tief und begann vorsichtig, sich aus der verkrümmten Haltung zu lösen. Er sah sich wiederholt in alle Richtungen um, wartete aber geduldig, bis sie sich aufgerichtet hatte.

»Wieso kennen Sie sich so gut aus?«

Sie stand jetzt dicht vor ihm, bewegte Schultern und Hals und rieb sich den Nacken. Als sie bemerkte, dass er sie aufmerksam musterte, lächelte sie ihn an. Er lächelte zurück und klopfte dann ein wenig Staub von ihrem rechten Ärmel. Er tat es sehr vorsichtig, um ihr nicht wehzutun.

»Ich bin eine Weile sehr häufig über die Grenze gefahren. Aus privaten Gründen …«

»Ich verstehe …«

Hatte er eine belgische Geliebte? Nein, das passte nicht zu ihm. Eine Verlobte? War er mit einer Belgierin verheiratet? Sie hätte gern gefragt, aber sie ließ es besser sein. Schließlich ging es sie nichts an.

»Wir sind hier am Bahnhof von Verviers«, sagte er und wies auf ein kompaktes, dunkles Gebäude, das sich auf der anderen Straßenseite erhob. Mehrere beleuchtete Fenster, ein schwaches Licht über einem Eingang. Vermutlich befanden sie sich auf der Rückseite.

»Der Zug muss jeden Augenblick einfahren – ich konnte seine Lichter sehen. Sie können bis Liège fahren, von dort weiter nach Paris …«

Er öffnete den Mantel und grub die Hand in die Tasche seiner Uniformjacke.

»Ich habe noch etwas belgisches Geld – für eine Fahrkarte zweiter Klasse bis Liège müsste es reichen …«

»Aber Sie können mir doch nicht einfach …«

»Ich brauche es ja nicht mehr«, sagte er. »Morgen bin ich unterwegs nach Osten. Und was dann sein wird, weiß der Teufel.«

Es klang unerwartet hart, sodass sie nichts mehr einzuwenden wagte. Schweigend nahm sie die Scheine und Münzen, stopfte alles ohne hinzusehen in ihre Manteltasche und begriff erst dann, dass sie sich beeilen musste.

»Ich … ich weiß nicht, wie ich Ihnen danken soll, Herr … Herr Leutnant …«

Er ignorierte ihren fragenden Blick, schien offensichtlich nicht geneigt, ihr seinen Namen zu nennen.

»Laufen Sie, Margot. Und drehen Sie sich nicht um. Rufen Sie Ihre Eltern an, wenn Sie in Liège sind, die helfen Ihnen.«

»Ja … ja, natürlich …«

Verflixte Lügen. Jetzt war keine Zeit mehr, ihm die Wahrheit zu sagen. Sie stand immer noch auf der Stelle, gerührt von seinem traurigen Lächeln. Dann fiel sie ihm spontan um den Hals und küsste ihn auf beide Wangen. Schwesterlich, so wie sie Max geküsst hätte. Für einen Augenblick spürte sie seinen Arm um ihre Schultern, dann löste sie sich von ihm.

»Adieu!«

Sie lief, so wie er ihr geraten hatte. Als sie den Hintereingang erreicht hatte, war sie außer Atem. Sie drehte sich nicht um, stürmte den Gang entlang in die Bahnhofshalle und erwischte den Zug nach Liège im allerletzten Augenblick. Als sie langsam aus dem Bahnhof fuhren, stand sie im Gang und starrte aus dem Fenster. Es war dunkel, man sah die Lichter des Bahnhofskiosks, die Bogenlampen, die die Gleise beleuchteten. Dann einige helle Fenster, den dünnen Schein von Straßenlaternen – der Ort Verviers glitt an ihnen vorüber. Ein- oder zweimal konnte sie die Scheinwerfer eines Autos ausmachen.

»Margot! Was hast du nur angestellt? Meine Güte – Tante Sybille ist schrecklich wütend auf dich!«

Ihr kleiner Bruder kam ihr ungeheuer erwachsen vor, als er so empört und zugleich begeistert vor ihr stand. Lag das an seiner Stimme, die sich nun endgültig in eine männliche Tiefe begeben hatte? Oder war er tatsächlich ein Stück gewachsen?

»Ach, Max! Ich bin so froh, dass du hier bist!«

Sie fiel ihm um den Hals, was Max angesichts des französischen Zollbeamten sehr peinlich war. Margot hatte in Liège frech den Schnellzug nach Paris bestiegen, ohne Geld und vor allem ohne Papiere. Prompt hatten die französischen Beamten sie an der belgisch-französischen Grenze in Mons festgehalten, und erst nach langen Verhandlungen hatte man ihr erlaubt, in Paris anzurufen. Sybille zeigte sich erstaunlich gelassen – sie versprach, den Bruder der jungen Dame mit Pass und Geld für eine Fahrkarte nach Mons zu schicken. Selbstverständlich sei die Familie Löwenstein in Paris gemeldet, sie lebe dort seit zwei Jahren und besitze eine Aufenthaltsgenehmigung. Professor Löwenstein würde demnächst eine Dozentenstelle an der Sorbonne antreten.

Sie hatte zwei Tage und eine Nacht auf der Zollstation verbracht, auf einer harten Pritsche geschlafen und Angst gehabt, man könne auf die Idee kommen, sie nach Deutschland abzuschieben. Doch man gönnte sie dem Erbfeind nicht – nachdem Max seinen Pass gezeigt und ihre Strafe fürs Schwarzfahren bezahlt hatte, ließ man sie gnädig davonziehen. Nicht ohne ihr die Auflage zu erteilen, sich in Paris sofort bei den zuständigen Behörden zu melden.

»Du machst Sachen, Margot!«, stöhnte Max, als sie endlich das Gebäude verlassen durften.

»Halb so schlimm!«

Am Bahnhof lösten sie zwei Fahrkarten für den Schnellzug nach Paris – Sybille hatte Max mit einer guten Summe ausgestattet. Kein Wunder, dass sie wütend war. Und dazu kam, dass Margot sie am Telefon beschwindelt hatte.

Im Schnellzug suchten sie sich ein leeres Abteil und setzten sich einander gegenüber auf die Fensterplätze. Margot war aufgedreht, fragte Max nach den beiden Cousins aus: was sie unternommen hätten, wie es ihm in der Schule ginge, ob er nicht schrecklich unter Sybilles Tyrannei zu leiden habe. Erst nach einer Weile fiel ihr auf, dass seine Antworten sehr einsilbig waren. Es war nicht mehr wie früher, als sie beide enge Vertraute gewesen waren, die große Schwester und der kleine Bruder, ein braunlockiger Kindskopf mit Stupsnase und runden Augen. Er war jetzt sechzehn und schickte sich an, ein Mann zu werden.

»Meine Güte – ich glaube, deine Nase ist gewachsen, Max!«

Er betastete sein Gesicht und versuchte, sein Spiegelbild im Zugfenster zu erkennen.

»Kann sein …«, sagte er mit rauer, tiefer Stimme.

»Du bist richtig erwachsen geworden!«

Sie lehnte sich zurück, um ihn schweigend zu betrachten. Wie fremd er ihr war. Wie anders der Ausdruck seiner Augen. Alles Kindliche war aus seinem Gesicht verschwunden, seine Züge hatten etwas Unausgeglichenes bekommen, die Nase war zu groß, der Mund zu klein, die Augen blickten ernst, fast feindselig.

»Warum hast du mir nicht gesagt, was du tun willst?«, fragte er beleidigt.

Der Vorwurf war nicht unberechtigt. Sie hatte ihn schützen wollen, aber vermutlich war es genau das, was ihn so gegen sie aufbrachte.

»Es war eine Dummheit, Max. Gut, dass du nicht dabei gewesen bist.«

»Du hättest es mir wenigstens sagen können!«, beharrte er.

»Das nächste Mal bestimmt!«

»Es wird kein nächstes Mal geben. Tante Sybille und Onkel Marcel werden mit Bernard und Lucas nach England auswandern. Und wir werden mit ihnen gehen.«

»Wir?«, entfuhr es ihr.

Eine kurze Stille trat ein, und Margot spürte, wie ihr Herz einen Schlag aussetzte. Die Frage umfasste Unsagbares.

»Du und ich«, sagte Max, und seine Stimme war heiser. »Mama

und Papa sind noch in Deutschland. Sybille sagt, sie werden über Hamburg nach England fahren.«

Hatte Tante Sybille Nachricht von ihren Eltern? Oder hatte sie das erfunden, um Max nicht alle Hoffnung zu nehmen? Margot schwieg. Sie würde Tante Sybille fragen.

Auch Max vermied es, weiter über dieses Thema zu sprechen. Stattdessen erzählte er von seinen Einblicken in das Studentenleben in Paris, von Vorlesungen über Geschichte und Mathematik, wohin seine Cousins ihn mitgenommen hatten, und natürlich vom Quartier Latin. Er sei fest entschlossen, nach dem Krieg in Paris zu studieren.

»Dazu musst du aber erst einmal dein Abitur machen.«

Das sei kein Problem, er würde es in England ablegen. Papa habe immer gesagt, die Schulen in England seien ausgezeichnet. Insofern sei es eigentlich ein glücklicher Umstand, dass sie nach England ausreisten.

»Lucas und Bernard werden wohl zu Anfang Probleme haben, weil sie sehr schlecht Englisch sprechen. Vor allem Lucas: Er hat mir erzählt, er hasse diese aufgeblasenen Insulaner …«

Sie schwatzten ein wenig über allerlei Gerüchte, die sich in Paris ausbreiteten und die wenig hoffnungsvoll klangen. Die Franzosen hatten einen gewaltigen Respekt vor der deutschen Wehrmacht; viele meinten, wenn es den Deutschen gelänge, die Verteidigungslinien im Osten zu durchbrechen, sei Frankreich verloren.

»Momentan sind Hitlers Truppen noch in Polen beschäftigt, da müssen sie aufpassen, dass sich Stalin nicht die besten Stücke sichert. Er soll ein schlauer Fuchs sein, dieser Stalin. Deshalb hält er es ja auch mit Hitler …«

Margot hörte seinen Vorträgen zu und hatte zunehmend das Gefühl, den Boden unter den Füßen zu verlieren. Sie wollte das alles gar nicht wissen. Es ergab keinen Sinn, was da um sie herum geschah. Wozu musste ein Land ein anderes besiegen? Was hatten die Menschen davon? Waren sie dann glücklicher? Reicher? Lebten sie zufriedener?

Wir waren glücklich und zufrieden, als wir alle zusammen in Frankfurt wohnten, dachte sie. Aber damals wussten wir das nicht. Wir haben nicht geahnt, wie sehr wir uns nach dieser Zeit zurücksehnen würden.

In Reims stiegen ein älteres Ehepaar und zwei Nonnen zu ihnen ins Abteil. Max hörte auf, seine Ansichten über das Kriegsgeschehen zu verkünden, und beobachtete stattdessen fasziniert, wie die beiden frommen Schwestern ihre Thermosflaschen auspackten und sich duftenden Kaffee eingossen. Als die ältere der beiden seinen sehnsüchtigen Blick bemerkte, bot sie ihm lächelnd einen Becher an. Max akzeptierte, reichte die Hälfte an Margot weiter und erhielt sogar eine zweite Portion.

»Gott segne Sie«, meinte er mit dem unschuldigen Gesichtsausdruck eines hungrigen Knaben. »Wir haben heute leider kein Frühstück gehabt.«

Margot fasste es nicht. Ihr kleiner Bruder war ein gewiefter Bettler, der seine dunklen Augen und ein schüchternes Lächeln zielsicher einzusetzen wusste. Die frommen Schwestern zogen mit Käse belegte Baguettestücke aus ihren Taschen, dazu selbst gebackene Butterkekse und eine Tüte mit getrockneten Apfelringen. Margot nahm zwei Apfelstücke und einen Keks, bedankte sich herzlich und sah beklommen zu, wie Max mit vollen Backen Weißbrot mit Ziegenkäse kaute. Den Käse stellte das Kloster selbst her, eine Delikatesse, die sie bis in die Hauptstadt hinein lieferten. Vor allem jetzt würden die Läden in den großen Städten viele Lebensmittel einkaufen, das käme wohl durch den unseligen Krieg.

»Gott der Herr wird Frankreich beschützen«, sagte die jüngere Nonne. »Wir wissen es genau. Hitler und Stalin sind beide Ausgeburten des Teufels, daher wird der Herr sie vernichten. Vielleicht nicht gleich, denn es ist viel Sünde in der Welt, die

Strafe verdient, so werden wir eine Weile leiden müssen. Gottes Mühlen mahlen langsam, mahlen aber trefflich klein …«

Als sie gegen Abend in Paris ankamen, war Margot so müde, dass sie am liebsten im Zugabteil sitzen geblieben wäre. Halb im Schlaf stolperte sie hinter Max her, stieg in die überfüllte Metro nach St. Germain und lehnte sich gegen eine Haltestange, um nicht umzufallen. Das Abenteuer war zu Ende. Sie hatte große Hoffnungen gehegt und viel gewagt, aber nichts erreicht. Mit knapper Not war sie selbst dem Konzentrationslager entgangen. War es diese Erkenntnis, die sie so zum Sterben müde machte? Oder die Tatsache, dass sie sich jetzt gleich vor Sybille und Onkel Marcel würde verantworten müssen? Sie fühlte sich einsam und unglücklich, eine elternlose Waise, für die niemand eintrat. Mama und Papa waren weit fort – wer weiß, wann sie sie wiedersah.

In der Rue du Théâtre strömten die Menschen aus dem Cinéma Pathé, wo die Abendvorstellung gerade zu Ende war. Die Wohnung von Tante Sybille und Onkel Marcel lag unweit des Lichtspieltheaters im zweiten Stock eines imposanten Wohnhauses über einer Weinhandlung. Als sie vor zwei Jahren mit den Eltern hier angekommen waren, war es genauso dunkel gewesen, und sie hatten die Leuchtreklame des Kinos bewundert. Onkel Marcel war hinunter zu dem Weinhändler gelaufen und hatte den Besitzer aus dem Bett geklingelt, um zwei Flaschen Bordeaux zu kaufen. Wieso fiel ihr das gerade jetzt ein?

Max schaltete die Deckenbeleuchtung im Treppenhaus ein und grinste ihr ermutigend zu, bevor sie hinaufstiegen.

»Dir wird schon was einfallen, wie ich dich kenne«, äußerte er. »Und außerdem sind sie mit Packen beschäftigt.«

Margot sehnte sich unendlich nach ihrem Bett in dem kleinen Raum, der eigentlich das zweite Mädchenzimmer war. Da man jedoch nur noch eine Angestellte beschäftigte, erhielt Margot ein Zimmer für sich allein, während sich Max das Schlafzimmer mit Lucas teilte. Die Tür hinter sich schließen, unter die Bettdecke kriechen und endlich in Sicherheit schlafen dürfen …

Doch davon war keine Rede. Onkel Marcel öffnete ihnen die Wohnungstür, er war blass und trug eine alte Hausjacke, die Margot noch nie an ihm gesehen hatte. Im Flur standen mehrere Koffer, zwei große Holzkisten und etliche Gegenstände, die man in Gardinenstoffe eingewickelt und mit Stricken umwunden hatte.

»Da seid ihr ja endlich …« Mehr sagte er nicht, angesichts des Chaos in der Wohnung schien er nicht die Kraft zu finden, mit Vorwürfen über seine Nichte herzufallen. Plötzlich tat er Margot leid. Wie krank er aussah. Onkel Marcel besaß in Paris mehrere gut gehende Geschäfte für regionale Delikatessen – wie es schien, wollte man nun aber alles zurücklassen und nach England fliehen.

Tante Sybille hockte im Salon auf dem Fußboden und versuchte, einen seidenen Teppich zusammenzurollen. Sie sah von dieser Beschäftigung nur kurz auf, um Max und Margot zu fixieren, dann wickelte sie eine Schnur um die Teppichrolle und verknotete sie.

»Soll … soll das alles mit nach England?«, erkundigte sich Max.

»Natürlich nicht«, sagte Sybille und strich eine schwere dunkle Locke aus der Stirn. Sie hatte das gleiche schöne Haar wie Mama. »Wir stellen die Sachen unter, damit nichts wegkommt. Fass mal mit an, Max. Der Teppich soll in den Flur, morgen früh wird alles abgeholt …«

Margot stand unbeholfen im Weg, entsetzt über den Zustand des einst so schönen Salons. Tante Sybille würdigte sie keines Blickes.

»Im Mädchenzimmer steht ein Koffer«, sagte sie im Vorbeigehen. »Falls du ein paar Sachen mitnehmen willst.«

»Ja … danke …«

Margot lief stattdessen in die Küche, wo das Hausmädchen damit beschäftigt war, das gute Geschirr in Zeitungspapier einzuwickeln und in einem Karton zu verstauen. Es fand sich noch ein Rest vom Mittagessen, Kalbsragout mit Reis und Karottengemüse, dazu Weißbrot, Mortadella, Camembert und eine Salami. Sie teilte sich das Nachtessen mit Max, der gleich darauf ebenfalls in der Küche auftauchte und behauptete, sie habe gewaltiges Glück, weil Tante Sybille zu beschäftigt sei, um ihr Ärger zu machen. Lucas und Bernard seien bei Freunden, sie feierten ihren Abschied und würden erst spät in der Nacht heimkommen.

»Du wärst wohl gern dabei gewesen, wie?«

»Schon«, murmelte er bedauernd und schaufelte Kalbsragout mit Reis in sich hinein.

»Meine Schuld, wie?«

»Ach, woher. Ich werde es überleben, Schwesterherz. Die Hauptsache ist, dass du wieder bei uns bist.«

Er sprach mit bemüht ruppigem Tonfall und sah sie dabei nicht an. Doch sie wusste, dass es aus seinem Herzen kam, und es tat ihr wohl. Ach, Max, mein kleiner Bruder. Dir zuliebe sollte ich eigentlich mit nach England fahren. Obgleich …

Als das Hausmädchen mit der Arbeit fertig war und sich zurückgezogen hatte, gesellte sich Onkel Marcel zu ihnen. Er brachte eine Flasche Châteauneuf mit in die Küche und erklärte, der Wein sei zu schade, um ihn hierzulassen.

»Die Zeiten sind schlimm«, sagte er und schenkte ihnen ein. »Es ist nicht leicht, die richtige Entscheidung zu fällen …«

Er erzählte, dass er seine Geschäfte verkauft und einen großen Teil des Kapitals bereits auf eine englische Bank transferiert habe. Man habe sechs Plätze auf einem belgischen Passagierschiff gebucht und hoffe, dass die Fahrt ohne größere Schwierigkeiten verlaufen würde. In England habe er Geschäftspartner, mit denen er bereits in Kontakt sei. Margot trank den Wein in langsamen Schlucken, spürte, wie er ihren Körper erwärmte und ihr Hirn dumpf machte. Die übergroße Müdigkeit, die sie gerade noch geplagt hatte, verwandelte sich in eine angenehme Gelassenheit. Wie rasch Tante Sybille und Onkel Marcel doch ihre Meinung geändert hatten. Noch vor einigen Wochen hatten sie Margots Absicht, nach England zu flüchten, als völlig abwegig bezeichnet. Nun saßen sie selbst auf gepackten Koffern.

»Es ist nicht so einfach, über den Kanal zu kommen«, warf sie ein.

Onkel Marcel schürte das Feuer im Herd an, um die Küche warm zu halten, dann kehrte er zu seinem Weinglas zurück und trank den Châteauneuf du Pape mit der Bedachtsamkeit des Kenners.

»Das wissen wir«, sagte er. »Die Deutschen patrouillieren dort mit Schnellbooten, vor allem in der Nacht. Sie sind mit Torpedos ausgerüstet und zögern keineswegs zu schießen. Es geht ihnen darum, den Handel zwischen England und Frankreich zu unterbinden. Aber ein belgisches Passagierschiff werden sie nicht angreifen …«

Tante Sybille kam in die Küche, als Max schon zu Bett gegangen war. Margot hatte sie noch nie in solch vernachlässigtem Zustand gesehen: Ihre Strümpfe hatten Laufmaschen, das einst elegante Kleid war zerknittert und fleckig, zwei ihrer gepflegten rot lackierten Fingernägel waren abgebrochen. Sie steckte sich eine Zigarette an und lehnte sich erschöpft im Stuhl zurück. Morgen müssten die Jungen die beiden antiken Schränke im Esszimmer auseinanderbauen und verpacken. Und die Gemälde abhängen. Man müsse sie mit den Übergardinen umwickeln, damit niemand den Renoir und die beiden Niederländer erkannte. All die schönen Dinge, die man sich über so viele Jahre hinweg gekauft hatte, das Porzellan, das Silber, die Münzsammlung …

»Denk doch an die anderen, Sybille«, sagte Onkel Marcel.

»Viele haben nur das behalten können, was sie auf dem Leibe trugen. Und nicht wenige sind sogar …«

Er vollendete den Satz nicht, weil er einen eindeutigen Blick seiner Frau auffing. Man schwieg. Tante Sybille trank den Rotwein in langen Schlucken, Onkel Marcel hatte einen Moment lang die Hand vor die Augen gelegt, dann lehnte er sich zurück und sagte, er habe heute die Schiffskarten erhalten. Sie hätten Kabinen zweiter Klasse auf dem Außendeck gebucht, außerdem ein Kontingent im Frachtraum.

»Nach all deinen voreiligen und unsinnigen Unternehmungen kannst du dankbar sein, dass wir dich mitnehmen«, sagte Tante Sybille zu Margot.

Natürlich – die Standpauke. Darauf hatte sie schon die ganze Zeit gewartet. Der Wein schien Tante Sybille zu beflügeln, sie hielt Margot vor, rücksichtslos und undankbar zu sein und mit ihren eigenmächtigen Unternehmungen die ganze Familie zu gefährden.

»Von dem Geld, das du uns gekostet hast, will ich gar nicht erst reden …«

Sie sei – weiß Gott – nicht kleinlich, habe die Familie ihrer Schwester, die völlig mittellos bei ihr untergekommen sei, zwei Jahre lang großzügig unterstützt. Aus Liebe zu ihrer einzigen Schwester habe sie das getan, ohne Dank oder gar eine Gegenleistung dafür zu erwarten. Aber mit den Eskapaden ihrer Nichte könne sie sich nicht abfinden. Damit müsse jetzt Schluss sein. In England gälte es, eine neue Existenz, ein Geschäft aufzubauen, und sie erwarte von Margot, dass sie dabei mitwirke. Und zwar unentgeltlich, im selbstverständlichen Dienst an der Familie.

Margot ließ die Flut der Vorwürfe an sich abgleiten und schwieg. Es hatte wenig Sinn, mit Tante Sybille zu streiten, vor allem jetzt nicht, da sie sich von dem größten Teil ihres geliebten Besitzes trennen musste. O ja, sie hatte sie alle zwei Jahre lang untergebracht und gefüttert. Vollkommen »selbstlos« hatte sie das getan. So aufdringlich »selbstlos«, dass Margot es bei ihnen nicht mehr ausgehalten hatte. Und vielleicht hätte auch Papa auf diese irrwitzige Reise nach Deutschland verzichtet, wenn er nicht so sehr unter der betonten »Selbstlosigkeit« seiner Schwägerin gelitten hätte.

»Beruhige dich, ma chère«, sagte Onkel Marcel. »Wir werden in England einen neuen Anfang machen, und wenn das Schicksal uns wohlgesinnt ist, werden auch die Kinder deiner Schwester ihren Weg finden.«

Margot wurde klar, dass sie längst nicht mehr mit Mama und Papa rechneten. Man sprach nicht mehr von ihnen, sie waren abgeschrieben.

»Es ist ein Wunder, dass du diesen Irrsinn überlebt hast«, sagte Tante Sybille. »War dir eigentlich klar, in welche Gefahr du dich begeben hast?«

Margot hatte keine Lust auf weitere Vorhaltungen. Auch nicht auf solche, die möglicherweise berechtigt waren.

»Erinnert ihr euch an Vaters fünfzigsten Geburtstag?«

Onkel und Tante wechselten einen verständnislosen Blick. Die Frage passte nicht zum Thema, auch gefiel es ihnen nicht, an frühere, gute Zeiten erinnert zu werden.

»Natürlich«, sagte Onkel Marcel schließlich. »Eine schöne Feier. Wie kommst du darauf?«

»Es gab da einen Studentenchor, der ein Ständchen vorgetragen hat. Kein richtiger Chor – nur ein paar Studenten, die sich zusammengefunden hatten.«

»O ja«, meinte Tante Sybille und trank die Neige aus ihrem Glas. »Daran erinnere ich mich. Es klang grauenvoll.«

»Wisst Ihr vielleicht noch, wer der Dirigent war?«

Onkel Marcel runzelte die Stirn und fuhr sich durch das schüttere dunkle Haar. Tante Sybille zog leicht die Augenbrauen in die Höhe.

»Ein sehr netter junger Mann war das. Er hatte einen adeligen Namen. Von Strahlen. Nein. Von Stahlen. Auch nicht …«

»Von Staden hieß er«, rief Onkel Marcel. »August von Staden. Wieso fragst du, Margot?«

»Ach, nur so …«

April 2010

Katharina trank einen Schluck heißen Kamillentee und verzog das Gesicht. Sie hasste diesen faden Geschmack seit ihrer Kindheit. Es war Mutters Allheilmittel gegen jegliche Krankheit gewesen, gleich ob Masern, Erkältung, Magenverstimmung oder Angina. Kamillentee und Eukalyptus-Menthol-Hustenbonbons.

»Du machst Sachen, Schatz«, sagte Patrik vorwurfsvoll. »Läufst wie eine Verrückte im Regen herum und holst dir nasse Füße, nur um dieses dumme Schloss anzustarren. Jetzt haben wir die Bescherung.«

Katharina nickte, sie war zu niedergeschlagen, um eine Antwort zu geben, außerdem tat ihr der Hals beim Sprechen weh. Was war nur in sie gefahren? Noch nie in ihrem Leben hatte sie sich derart widersinnig verhalten. Dieser plötzliche Entschluss, in die Bretagne zu fahren, die atemlose Reise, die Verrücktheit, bei Sturm und Regen aufzubrechen, um dieses klapprige Schlösschen zu finden. Sie war einer krankhaften Euphorie anheimgefallen. Vermutlich eine angeborene Neigung zu Depressionen, die sich oft in solch euphorischen Zuständen bemerkbar machen, um danach in tiefste Verzweiflung abzustürzen. Vorboten einer Demenz. Sie war über ihre Mutter vorbelastet. Nach dem Urlaub musste sie unbedingt einen Arzt aufsuchen. Es gab gewiss Medikamente, um das Unausweichliche wenigstens ein paar Jahre aufzuschieben …

»Du musst nicht den ganzen Tag hier bei mir hocken, Patti«, krächzte sie. »Unternimm irgendwas. Das Wetter ist herrlich und das Meer …«

Ein Hustenanfall unterbrach ihren Satz, und sie entschloss

sich, doch eines dieser widerlichen Bonbons in den Mund zu stecken. »Na ja …«, meinte Patrik unentschlossen. »Ich könnte vielleicht eine Bootsfahrt machen. Fischkutter oder so. Oder ich schau mich mal im Segelclub um.«

»Tu das …«

»Wenn du was brauchst, rufst du den Zimmerservice. Was für ein Glück, dass wir uns wenigstens in einem anständigen Hotel eingemietet haben …«

Sie schob das Bonbon mit Todesverachtung in den Mund und ließ sich dann zurück in die Kissen sinken. Als ob es einen Unterschied machte, ob man in einem teuren oder in einem billigen Hotel krank war. Die Gliederschmerzen und das fiebrige Gefühl waren überall gleich. Aber sie nickte Zustimmung – Patrik hatte sich vorbildlich um sie gekümmert, hatte für ein Frühstück auf dem Zimmer gesorgt und war dann mit einem von ihr geschriebenen Zettel zur »Pharmacie« gelaufen, um Medikamente zu besorgen.

»Viel Spaß, Schatz!«

»Schau, dass du rasch gesund wirst, Kati!«

Als er die Tür hinter sich geschlossen hatte, fühlte sie sich etwas besser. Wenigstens Patrik sollte diesen Urlaub genießen, schließlich hatte sie ihn mit dieser Reise überrumpelt. Seufzend griff sie zu einer der Medikamentenschachteln, die er aus der Apotheke mitgebracht hatte, und studierte die Aufschrift. Schließlich drückte sie zwei der weißen Pillen aus der Folie und spülte sie mit etwas Tee herunter. Dann drehte sie sich auf die Seite, um zu schlafen.

Morgen muss ich wieder fit sein, dachte sie. Wenigstens ein kleiner Strandspaziergang. Das ist das Mindeste!

Es mussten Wunderpillen sein, denn die Gliederschmerzen und das Fieber verschwanden, sie fiel in Schlaf und träumte allerlei unsinniges Zeug. Sie sah den Mont Saint Michel inmitten eines stürmischen Meeres aufragen, der Erzengel stieg im triefenden Kettenpanzer aus den Fluten und stach auf ein Ungeheuer ein, das einem gewaltigen Krokodil ähnelte. Dann sah sie ihre Mutter auf einem roten Polstersessel; mit einem Staubwedel schlug sie durch die Luft. »Eine schlimme Person«, rief sie. »Eine unmoralische Person. Man muss sich ja schämen …« Der Staubwedel glitt ihr aus der Hand und flatterte wie eine große braune Henne umher, setzte sich dann gackernd auf den Rand einer Badewanne und tunkte den Schnabel ins Wasser.

»Sie hat Durst«, sagte eine Stimme, die ihr bekannt vorkam. »Lass sie ruhig trinken.«

Woher kannte sie nur diese Stimme? Sie gehörte einer älteren Frau, aber nicht ihrer Mutter.

»Ist sie nicht wunderschön?«, sagte die Stimme vergnügt. »So etwas wird heute gar nicht mehr hergestellt.«

Sie meinte die Badewanne, aus der die braune Henne trank. Eine große, schön geschwungene Wanne aus weißem, emailliertem Metall, die auf vier goldfarbigen Löwenfüßen stand. Sie war bis zum Rand mit Wasser gefüllt, und in ihrer Mitte schwamm das Segelschiff, das ihr Vater einst für sie gebaut hatte.

Sie erwachte davon, dass ein Gegenstand zu Boden fiel, und brauchte einen Moment, um sich darüber klar zu werden, wo sie war. Ach ja – im Hotel »La belle Jardinière« in St-Malo. Vorsichtig richtete sie sich zum Sitzen auf und stellte dabei fest, dass die Gliederschmerzen und auch das scheußliche Fiebergefühl verschwunden waren. Gute Pillen! Auf dem Teppich neben ihrem Bett erblickte sie die Fernbedienung des Fernsehapparats, die Patrik ihr noch vorsorglich neben das Kopfkissen gelegt hatte. Sie musste sie im Schlaf vom Bett gefegt haben.

Sie hob das Teil auf und wollte gerade den Fernseher einschalten, als die Erinnerung an den Traum wieder in ihr aufstieg. Du liebe Güte, was für irrwitzige Fiebervisionen waren das gewesen. Und doch, sie hatte diese Badewanne schon irgendwo gesehen. Mehrfach sogar.

Vorsichtig stand sie auf, spürte jedoch weder Schwindel noch Schüttelfrost und freute sich über die blitzartige Genesung. Zumindest für den Moment ging es ihr prächtig. Die Mappe mit Aquarellen, die sie eingepackt hatte, war noch im Koffer, sie musste auf einen Stuhl steigen, um ihn vom Schrank zu heben. Da war das Bild! Himmel, solch ein Glück. Sie hatte ausgerechnet eine der Mappen erwischt, in denen sich dieses Motiv befand. Begeistert legte sie ihren Schatz auf ihr Bett, kniete sich davor und begann zu blättern. Die Reihenfolge der abgehefteten Aquarelle war reichlich sprunghaft. Eine felsige Küste, ein Bauernhaus mit Strohdach, dann ein Interieur: Zimmer mit Bett, Stehlampe und Schrank, in der Mitte das offene Fenster, draußen eine lichtdurchflutete Landschaft. Danach wieder mehrere Bilder, die das Schlösschen zeigten, ein Raum mit vielen Fenstern, Licht und Schatten. Die Badewanne mit den Löwenfüßen.

Sie muss in diesem Schlösschen stehen, dachte sie. Auch die anderen Zimmer könnten sich dort befinden. Nachdenklich klappte sie die Mappe zu und legte sie unter ihr Kopfkissen. Nein, sie würde nicht rückfällig werden. Auf keinen Fall wollte sie ins Auto steigen, um noch einmal zu diesem Gebäude zu fahren. Auch wenn heute gutes Wetter war und sie sich nicht mehr krank fühlte. Und sie würde auch kein Notizbüchlein nebst Stift einstecken, um sich die Telefonnummer zu notieren, die auf dem Zettel an der Eingangstür gestanden hatte.

Immerhin – wenn ich nicht mehr krank bin, könnte ich mich eigentlich anziehen und ein wenig hinausgehen, überlegte sie. Frische Luft wird mir guttun.

Sie streifte Jeans und T-Shirt über, zog Turnschuhe an und hängte sich eine Jacke aus Segeltuch über die Schulter. In der Hotelhalle stand eine junge, blonde Frau am Tresen, die ihr zulächelte, als sie ihr den Zimmerschlüssel reichte.

»Geht es Ihnen besser, Mme von Staden?«

Sie war braun gebrannt und trug ein enges, ärmelloses T-Shirt, das ihre hübschen Formen gut zur Geltung brachte. Eine einheimische Schönheit – nur die vielen Sommersprossen auf Stirn und Nase irritierten ein wenig.

»Danke – die Medikamente haben geholfen. Ich mache einen kleinen Spaziergang.«

»Das ist eine gute Idee, Madame. Sollen wir für den Abend einen Tisch im Restaurant für Sie und Ihren Bekannten reservieren?«

»Ja bitte …«

Draußen zog sie die Jacke über, denn es wehte ein kräftiger Wind vom Meer herüber. Sie atmete tief ein und aus, schlug die Richtung zum Strand ein und schaute erst im letzten Moment hinüber zum Parkplatz. Da stand der Audi, ein Sonnenstrahl blitzte auf seiner Frontscheibe, als wollte er sie grüßen. Aha – Patrik war ausnahmsweise zu Fuß gegangen. Unschlüssig blieb sie stehen, spürte, wie der Wind an ihrem Pferdeschwanz zerrte, und ihre Finger ertasteten etwas in der Jackentasche. Die Ersatzschlüssel.

Und wenn ich's nie wieder tue … dachte sie, während sie den Motor anließ. Sie musste kichern, denn das war ein Lieblingsspruch ihres Vaters gewesen. Immer wenn sie miteinander Karten spielten und er ein Risiko einging, sagte er das. Beim Kartenspielen konnte Papa ganz schön wagemutig sein, und es störte ihn überhaupt nicht, wenn er verlor. Er lachte nur darüber und meinte, dass es doch »nur ein Spiel« sei. Sie selbst war als Kind eine schlechte Verliererin gewesen. Manchmal hatte sie sogar geheult.

Den Weg hatte sie sich gut eingeprägt. Über die Brücke, dann nach links in Richtung Dinan. Bei der Ortschaft Villou abbiegen und dem Feldweg folgen, der zwischen Feldern und Hecken verläuft. Bei diesem sonnigen Wetter sah man das Schlösschen schon aus einiger Entfernung, da es auf einem Hügel erbaut war. Das Gebäude wirkte heute vollkommen anders als gestern, als

Regen und grauer Dunst es wie ein düsteres Gespensterschloss hatten erscheinen lassen. Jetzt, im Licht der freundlichen Mittagssonne, erschien es wie ein Bauwerk aus einem Walt-Disney-Film: ein putziges, eigenwilliges Haus, das sich mit Zinnen und Türmchen schmückte und gern ein Märchenschloss sein wollte. Katharina spürte wieder die eigenartige Anziehung, die dieses Gebäude auf sie ausübte. Es war schon so gewesen, als sie es zur grauen Fläche verzerrt auf dem Bildschirm gesehen hatte. Gestern hatte sie in Regen und Sturm vor Aufregung gezittert, hatte kaum fassen können, dass sie tatsächlich vor diesem Gebäude stand, und zaghaft die Mauer neben der Eingangstür berührt. Die Steine bestanden aus hartem, grauem Granit, an dem der Regen hinunterlief. Keineswegs das Material, aus dem Träume gemacht sind. Und doch erschien ihr dieses Bauwerk auch heute wieder unwirklich, steingewordene Phantasie in einer Landschaft, die von Meer, Wind und Felsen beherrscht wurde.

Sie näherte sich dem Schlösschen heute von der Vorderseite und stellte fest, dass von dem Parkgelände, das auf den Aquarellen zu sehen war, nur ein kläglicher Rest übrig geblieben war. Zwischen wildem Gestrüpp war ein schmiedeeiserner Torflügel zu entdecken, dahinter schien eine Art Weg zu dem Gebäude hinaufzuführen. Hie und da ragten windschiefe Kiefern und Zypressen auf, die möglicherweise einst den Park geschmückt hatten.

Sie fuhr langsam, wollte dicht bei dem schiefen Torflügel den Wagen abstellen – da tauchte unvermittelt auf dem halb zugewachsenen Weg ein Reiter auf. Erschrocken trat sie auf die Bremse, konnte jedoch nicht verhindern, dass sie Pferd und Reiter den Weg abschnitt. Ein lauter, ärgerlicher Ausruf war zu hören, das Pferd stieg und brach zur Seite aus; einige Sekunden lang fürchtete sie, der Reiter würde stürzen, doch er meisterte die Situation und brachte das Tier wieder zur Ruhe.

Benommen vor Schreck saß sie hinter dem Steuer, wusste

nicht, ob sie stehen bleiben oder weiterfahren sollte. Dann ließ sie das Fenster herunter.

»Entschuldigen Sie bitte, Monsieur. Es tut mir sehr leid. Ich hoffe, es ist nichts passiert …«

Er hatte braunes, lockiges Haar und war ihr sehr jung erschienen, als er mit dem erschrockenen Pferd kämpfte. Jetzt, da er näher zu ihr heranritt, sah sie die kleinen Fältchen um Mund und Augen.

»Was haben Sie hier zu suchen, Madame?«, fuhr er sie unfreundlich an. »Hier gibt es keine touristischen Sehenswürdigkeiten. Das da ist Privatbesitz!«

Er wies auf ein schräg hängendes Schild, das an dem verrosteten Torflügel baumelte und das sie bisher vollkommen übersehen hatte.

Propriété privée

»Pardon. Ich wollte auch nicht hineinfahren, sondern nur hier parken …«

»Hier ist auch kein Parkplatz, Madame. Fahren Sie bitte weiter – dort drüben kommen Sie auf die Straße nach Dinard.«

Er warf ihr einen feindseligen Blick zu, dann trieb er sein Pferd an und wollte davonreiten. Katharina war zwar immer noch schuldbewusst, dennoch ärgerte es sie, derart abgekanzelt zu werden. Schließlich war sie keineswegs allein für diesen Beinahe-Zusammenprall verantwortlich.

»Wieso darf man hier nicht parken?«, rief sie ihm nach. »Wo ist ein Schild, das mir verbietet, hier anzuhalten und auszusteigen?«

Er ließ sein Pferd – eine kastanienbraune Stute – noch ein paar Schritte laufen, bevor er sie zügelte und sich im Sattel umwendete.

»Sie sind eine Deutsche, Madame?«

Der Satz bewegte sich zwischen Frage und Feststellung und klang ziemlich ironisch. Wie es schien, mochte er keine Deutschen. Immerhin sah er ungewöhnlich gut aus, dieser bretonische Deutschenhasser. Das Gesicht war ebenmäßig, unter den herabgezogenen dunklen Brauen leuchteten helle Augen, und das braune Haar hing ihm fast bis auf die Schultern herab. Ein Kelte, fuhr es ihr durch den Sinn.

»Erraten«, sagte sie und lächelte ihn an. »Anhand des Autokennzeichens unschwer zu erkennen.«

»Dazu brauche ich nicht Ihr Auto anzuschauen«, meinte er. »Es sind immer die Deutschen, die für alles Schilder und Vorschriften haben.«

Sie hätte ihm gern erklärt, dass es Regeln geben müsse, an die alle sich hielten, sonst könne keine Gemeinschaft funktionieren. Zugleich war ihr jedoch klar, dass er an solchen Belehrungen nicht interessiert war.

»Wie löst man die Probleme auf Bretonisch?«, fragte sie provokativ.

»Man schafft sie gar nicht erst.«

Er sagte es sozusagen »von oben herab«, da er inzwischen sein Pferd gewendet hatte und aus dem Sattel heraus zu ihr sprach.

»Welch glückliches Land«, meinte sie, nun ihrerseits ironisch. »Keine Sorgen, keine Probleme – keine Parkplätze!«

Er schien jetzt Spaß an ihrem Wortgefecht zu haben, denn sie entdeckte ein kleines Grinsen um seine Mundwinkel. Wie er wohl aussah, wenn er lachte?

»So ist es, Madame. Es sind die Touristen, die uns Sorgen und Probleme anschleppen. Und uns die Parkplätze wegnehmen.«

»Das tut mir wirklich leid für Sie, Monsieur.«

Jetzt schaute er halb spöttisch, halb amüsiert zu ihr herunter und setzte sich im Sattel zurecht.

»So ist das Leben, Madame. Kann ich erfahren, weshalb Sie an diesem unbedeutenden Flecken unbedingt ihr schönes deutsches Auto abstellen wollen?«

»Ich würde mir gern das Schloss näher ansehen.«

»Welches Schloss?«, fragte er und blickte sich suchend um, als habe sie von Chambord oder Chenonceau geredet.

»Ich meine das Schlösschen dort oben.«

Er folgte mit dem Blick ihrem Zeigefinger und tat, als begreife er endlich, wovon sie redete. Was für ein charmanter Mistkerl, er führte sie geradezu vor.

»Ach, Sie meinen Kerbourgh?«

»Heißt es so?«

»Allerdings.«

Was für ein netter Name. Kerbourgh. Sie lauschte in ihr Inneres hinein, doch dort war nichts. Sie hatte dieses Wort noch nie gehört.

»Dann möchte ich mir Kerbourgh aus der Nähe anschauen, Monsieur.«

»Sie sehen doch, dass es Privatbesitz ist!«

Er zeigte auf das schief hängende, von Buschwerk halb verdeckte Schild, und Katharina genoss es, ihm ein harmlos durchtriebenes Lächeln zu gönnen.

»Ach? Es gibt Schilder in der Bretagne?«

Er grinste sie belustigt an. Was für nette Grübchen er hatte, dieser Kelte. Und seine Augen hatten die Farbe eines Aquamarins. Katharina stellte fest, dass er ihr gefiel. Eine aufregende Mischung aus Abenteuer, Eigenwilligkeit und Humor.

»Richtig, Madame. Sie werden verblüfft sein – auch wir können lesen und schreiben …«

Sie entschloss sich, der Sache ein Ende zu machen. Schließlich war sie nicht hier, um sich herumzustreiten. Sie startete den Wagen und fuhr langsam an den Wegrand, zog die Handbremse und öffnete die Fahrertür. Er wartete, bis sie ausgestiegen war, ließ sein Pferd ein wenig tänzeln und entschloss sich dann, aus dem Sattel zu steigen.

»Weshalb wollen Sie diese Ruine ansehen?«

»Sie meinen Kerbourgh?«, fragte sie lächelnd zurück.

»Ja, Kerbourgh«, knurrte er. »Was interessiert Sie daran?«

»Es steht doch zum Verkauf – oder nicht?«

Sie achtete nicht mehr auf ihn, sondern ging an dem hängenden Torflügel vorbei auf das Grundstück. Viel war von dem ehemaligen Park nicht übrig, die Hecke war zu einem undurchdringlichen Gestrüpp verwildert, die Rasenflächen, die auf einem der Aquarelle zu sehen waren, dienten momentan zwei grauen Eseln und mehreren Ziegen als Weideplatz. Rechts ragte das grün bemooste Strohdach eines kleinen Häuschens aus dem Gebüsch, vermutlich ein ehemaliges Gartenhaus oder eine Remise. Es gab eine Treppe aus Granitsteinen, die den Hügel hinauf zum Eingang des Schlösschens führte. Leider waren die Steine schon an vielen Stellen in den Boden eingesunken und von Moos bewachsen.

»Wollen Sie Kerbourgh etwa kaufen?«

Er hatte sein Pferd angebunden und stieg brav hinter ihr her die Stufen hinauf. Sie spürte, wie ihr Herz klopfte – das Treppensteigen strengte sie mehr an als gewöhnlich, kein Wunder, sie war ja noch krank. Die Wunderpillen hatten Fieber und Gliederschmerzen vermutlich nur für eine Weile betäubt.

»Und wenn ich das wollte – was ginge es Sie an?«, keuchte sie und blieb stehen.

»Sehr viel«, gab er zurück. »Weil ich der Besitzer bin.«

Sie hatte es geahnt. Jetzt wurde ihr auch noch schwindelig, und sie musste sich rasch auf eine Stufe setzen. Der Kreislauf. Für einen Augenblick wurde ihr schwarz vor Augen, dann klärte sich ihr Blick langsam wieder.

»Was ist los mit Ihnen? Ist Ihnen schlecht geworden?«

Er hockte dicht vor ihr und starrte ihr erschrocken ins Gesicht. Sah richtig besorgt aus und fingerte dann in der Innentasche seiner weiten Jacke herum. Eine Flasche aus Plastik kam zum Vorschein, mit einer durchsichtigen Flüssigkeit gefüllt.

»Ich … habe mich gestern erkältet und Fieber bekommen«,

erklärte sie noch ein wenig mühsam. »Bin noch nicht ganz auf dem Damm …«

»Trinken Sie mal einen Schluck!«

Er schraubte den Deckel ab und hielt ihr die Flasche vor die Nase.

»Was ist das?«

»Gift. Wir beseitigen damit täglich unliebsame Touristen. Besonders deutsche, die unerlaubt parken …«

»Witzbold!«

Sie schnüffelte an der Flasche und wagte schließlich einen kleinen Schluck. Es war weder Cidre noch Schnaps, sondern einfach nur klares Wasser. Es tat gut, sie trank noch mehr und fühlte sich besser.

»Danke. Wann tritt die Wirkung ein?«

Er ließ die Flasche grinsend wieder in seiner Jacke verschwinden und behauptete, bis zum Abend habe sie noch eine Galgenfrist.

»Dann könnten Sie mir ja noch Kerbourgh zeigen, oder?«

Seine blauen Augen unter den dunklen Brauen hatten eine beängstigende Wirkung auf sie. Immer schon hatten ihr Männer mit dunklem Haar und blauen Augen gefallen.

»Sie sind verdammt beharrlich, Madame. Ich muss Ihnen aber leider mitteilen, dass Kerbourgh in keinem Fall an eine Deutsche verkauft wird.«

»Auch dann nicht, wenn sie schon heute Abend dahinscheidet?«

»In diesem Fall würden ihre deutschen Kinder das Anwesen erben.«

»Ich habe keine Kinder.«

»Dann Ihr deutscher Ehemann …«

»Ich bin nicht verheiratet …«

»Schau an«, sagte er und richtete sich auf. »In diesem Fall will ich eine Ausnahme machen.«

Er reichte ihr die Hand, um ihr beim Aufstehen zu helfen, und hielt sie noch einen Moment lang fest, als sie vor ihm stand. Vermutlich wollte er sicher sein, dass ihr nicht wieder schwindelig wurde.

»Haben … haben Sie denn einen Schlüssel«, fragte Katharina, der unter seinem aufmerksamen Blick ganz mulmig wurde.

»Den brauche ich nicht«, meinte er grimmig. »Bei uns gibt es keine Diebe, die Türen stehen offen. Nur die Touristen …«

»Ja, ja, ich weiß!«

»Lassen Sie mich ausreden, Madame.« Er stapfte die steinerne Treppe hinauf und sprach zu ihr über die Schulter hinweg. »Die Touristen haben einige von uns reich gemacht, andere aber sind arm geblieben. Das führt dazu, dass auch hierzulande hin und wieder geklaut wird.«

Weshalb er nur ständig gegen die Touristen hetzte? Ob er einer jener Bretonen war, die nicht vom Tourismus profitierten, und deshalb frustriert war? Möglich. Weshalb sonst verkaufte er dieses hübsche Haus?

Die Eingangstür war von einem halbrunden Vorbau mit gotischer Haube überdacht, der sie vor den schlimmsten Verwitterungsschäden bewahrt hatte. Es war eine schöne alte Holztür, im oberen Bereich mit vier kleinen Glaseinsätzen versehen.

»Mein Name ist Ewan Goadec«, sagte er unvermittelt.

»Katharina von Staden.«

»Von Staden …«, brummte er, während er in einer Nische zwischen zwei Steinen herumfingerte und schließlich einen altertümlichen Schlüssel herauszog. »Eine Adelige also. Dann verstehe ich, weshalb Sie ein Schloss benötigen.«

»Natürlich. Ein Schloss in Frankreich fehlt noch in meiner Kollektion.«

Er öffnete und erklärte ihr, dass es momentan kein elektrisches Licht in dem Gebäude gäbe, aus diesem Grund könne er ihr nicht alle Räume zeigen.

»Das macht nichts.«

Neugierig versuchte sie, im Halbdunkel der Diele etwas zu erkennen. Zwei geschnitzte Stühle standen dort, ein wackeliges Tischlein, das – wie die runden Abdrücke zeigten – als Blumenständer missbraucht worden war. Ein undefinierbares Ölgemälde im verblassten Goldrahmen.

»Hier sind die Wirtschaftsräume. Küche, daneben gleich die Vorratskammern, dies ist mal eine Waschküche gewesen, und dort ist die Kellertür. Falls Sie dort hinunterwollen, muss ich erst eine Fackel organisieren …«

»Nein, danke …«

Es sah alles ziemlich leer geräumt aus, vermutlich hatte er alles, was irgendwie von Wert war, längst verkauft. In der Küche gab es ein schönes altes Waschbecken, das in einen Granitblock hineingehauen war – vermutlich hatte das Gewicht dieses antiken Stückes ihn daran gehindert, es auch noch zu verscherbeln.

»Und das da?«, fragte sie, als sie sich wieder im Flur befanden. »Ist das eine Geheimtür?«

»Ihnen entgeht so leicht nichts, Frau Baronin«, witzelte er.

»Ich bin Lehrerin, da lernt man, die Augen überall zu haben.«

»Lehrerin …« Er schien enttäuscht. Hatte er tatsächlich geglaubt, sie sei eine reiche Adelige, die sich aus einer Laune heraus ein bretonisches Schloss kaufen wollte?

Hinter der Tapetentür befand sich ein kleiner Raum, der bis auf einen altmodischen Telefonapparat auf dem Fußboden völlig leer war. Der Anschluss sei stillgelegt, könne aber jederzeit wieder aktiviert werden.

»Falls man heute, in der Zeit von Handy und Smartphone, überhaupt noch einen Festanschluss haben möchte …«

Im ersten Stock gab es einen großen Raum mit Fenstern in drei Himmelsrichtungen und einem offenen Kamin aus braunen Granitsteinen. Der klägliche Rest eines bunten Kelims lag vor dem Kamin; das einzige Möbelstück, das im Raum verblieben war, war ein schwerer Schrank aus Eiche mit breiten Tellerborden. Drei bunte Teller standen auf den Regalbrettern, hässliche Erzeugnisse der modernen Andenkenindustrie, ansonsten lastete eine dicke Staubschicht auf dem alten Holz. Vermutlich war der Schrank zu schwer, um ihn abzutransportieren, daher hatte man ihn stehen gelassen. Katharina musste sich gegen die aufkommende Tristesse wehren. Das Gebäude hatte von außen so viel versprochen, das Innere jedoch war enttäuschend.

»Ein schöner Raum«, bemerkte sie höflich. »So hell.«

»Ja«, nickte er. »Es gab hier früher einen langen Tisch und zwölf Stühle. Die Familien im 19. Jahrhundert waren groß, und dann saßen auch Erzieher und Gouvernanten mit am Tisch. Man hat auch Feste hier gefeiert …«

Im Gegensatz zu ihr schien Ewan Goadec sich mehr und mehr in Begeisterung hineinzureden. Fast alle Fenster seien neu, außerdem habe er die Dächer neu decken lassen, bis auf die der beiden Seitentürmchen, die leider sehr baufällig seien. Aber das Gebäude sei jetzt vollkommen trocken, man könne sofort beginnen, die elektrischen Leitungen zu erneuern, einige Wasserrohre auszutauschen und möglicherweise eine Heizung einzubauen. Die Fußböden dürfe man auf keinen Fall herausreißen, aber man müsse das Parkett im großen Saal sorgfältig abschleifen und neu versiegeln. Er führte sie eine weitere Treppe hinauf und zeigte ihr die ehemaligen Schlafräume: kleine Zimmerchen, in denen hie und da noch ein wackeliges Bettgestell, ein Stuhl oder eine wurmstichige Kommode übrig geblieben war. Der Blick aus den Fenstern war allerdings großartig. Man blickte über Äcker und Wiesen bis hinüber zu einem Waldstück, Pferde und Kühe weideten von grünenden Hecken geschützt, auf den Äckern hatte man schwarze Folien ausgebreitet, um die Artischockenpflanzungen vor Unkraut zu bewahren.

»Wenn Sie das Meer sehen wollen, können wir auf den mittleren Turm steigen.«

Die beiden Seitentürmchen sollten besser nicht erklommen werden, der mittlere Turm aber sei sehr viel robuster. Er habe die Zinnen ausgebessert und einige Mauersteine im unteren Bereich ersetzt, erzählte er.

»Wer dieses Gebäude kauft, muss viel Geld hineinstecken«, gestand er. »Deshalb sollte es jemand sein, der sich wirklich für Kerbourgh begeistern kann.«

»Ich verstehe«, sagte sie. »Man muss sich verlieben – nur dann tut man so etwas.«

»Verlieben …«

Er grinste und meinte, sie habe den Nagel auf den Kopf getroffen. Dann öffnete er eine weitere Tür und zeigte einen gekachelten Raum. Ein altmodisches Badezimmer mit einem großen Waschbecken, in das ein goldfarbiger Wasserhahn ragte. Bodenkacheln in schwarz-weißem Schachbrettmuster, ein Bidet, an dem leider eine Ecke abgeschlagen war.

»Gibt es keine Badewanne?«

»Die gab es schon«, meinte er. »Sie war jedoch an mehreren Stellen durchgerostet, daher haben wir sie abtransportiert.«

Es war der gleiche Raum, sie erkannte die Kacheln wieder, auch den Wasserhahn.

»Lassen Sie mich raten. Es war eine Wanne aus weißem, emailliertem Metall mit goldfarbigen Löwenfüßen.«

Er starrte sie mit schmalen Augen an und meinte dann, sie werde ihm langsam unheimlich. »Entweder führen Sie mich an der Nase herum, Madame, oder Sie sind Hellseherin.«

Sie lachte fröhlich und meinte, sie habe bereits mehrere solche Badezimmer gesehen, sie seien im 19. Jahrhundert sehr in Mode gewesen. »Und damals hatte man solche Badewannen.«

Er glaubte ihr kein Wort, das sah sie ihm an, doch die Geschichte mit den Aquarellen hätte er ihr vermutlich noch viel weniger abgenommen.

»Steigen wir auf den Turm?«

Eigentlich hätte sie lieber abgelehnt, denn das windige Türmchen schaute wenig vertrauenerweckend aus. Doch in seinen hellen Augen glitzerte Spott. Er schien nur darauf zu warten, dass sie unter einem Vorwand kniff.

»Gern!«

Sie ließ ihm den Vortritt, folgte ihm die schmale Wendeltreppe hinauf, vorbei an Fensternischen, durch die der Wind ins Innere des Türmchens griff, an ihren Haaren riss und ihre Jacken flattern ließ. Oben gab es einen offenen Raum mit kreisrunder Grundfläche, um den sich eine niedrige, zinnenbewehrte Mauer schloss. Wer hier nicht fest auf beiden Füßen stand, der hatte gute Chancen, drei Stockwerke tief hinabzustürzen.

»Alles in Ordnung?«, fragte Ewan Goadec, als sie hinter ihm aus dem Treppenaufgang auftauchte.

»Alles wunderbar!«, log sie und versuchte, sich das flatternde Haar aus dem Gesicht zu streichen.

Er deutete mit der Hand nach Norden, und sie erkannte das blasse, bleifarbige Band des Meeres.

»Es ist Ebbe«, sagte er bedauernd. »Bei Flut sieht es silbrig, manchmal auch blaugrün aus.«

»Es ist auch so großartig«, gab sie zurück. »Man ahnt es, und man kann es sogar riechen.«

Ihre Antwort gefiel ihm. Er nickte und blickte mit zusammengekniffenen Augen zu dem grauen Streifen am Horizont hinüber. Täuschte sie sich, oder lag so etwas wie Trauer in diesem Blick? Fiel es ihm schwer, das Anwesen zu verkaufen?

»Gehen wir runter«, sagte er dann. »Sie zittern ja vor Kälte.«

Tatsächlich bibberte sie schon eine ganze Weile, hatte es jedoch nicht wahrhaben wollen. Auf der schmalen Turmtreppe hatte sie einige Mühe, das Gleichgewicht zu halten, denn die Stufen waren ungleichmäßig, und einen Handlauf gab es nicht. Verdammte Erkältung – jetzt hatte sie dicke Kopfschmerzen, und das Fiebergefühl stellte sich auch wieder ein. Unten an der

Haustür wartete er auf sie, um ihr den Vortritt zu lassen, dann schloss er ab und schob den Schlüssel ins Versteck zurück.

»Ich danke Ihnen vielmals, Monsieur Goadec.«

»Keine Ursache … War mir ein Vergnügen.«

Schweigend standen sie sich gegenüber, als wollten sie beide noch etwas sagen, wüssten aber nicht, wie. Der Wind heulte oben in den Turmfenstern, Möwen kreischten, unten bei der Hecke wieherte ungeduldig die Stute. Ewan machte eine abrupte Bewegung, wühlte in seinen Jackentaschen und fand endlich eine kleine, hellblaue Karte.

»Falls noch Fragen sind – Anruf genügt.«

»Na also!«, meinte Patrik zufrieden und köpfte sein Frühstücksei mit einer gut gezielten Bewegung. »Die Medikamente waren verflucht teuer – aber es hat sich gelohnt.«

»Scheint so …«, murmelte Katharina.

Angeekelt sah sie zu, wie er das flüssige Eigelb von seinem Messer ableckte, dann trank sie rasch einen Schluck Kaffee, um ihren schwankenden Kreislauf zu festigen. Wie kam es nur, dass Patrik ihr plötzlich körperlich so unangenehm war? Beim Abendessen gestern war ihr schlecht geworden, weil er eine Auster nach der anderen schlürfte und sie beständig die lebendigen, glibberigen Muscheltierchen vor sich sah. In der Nacht war sie heilfroh gewesen, dass er sie aus Angst vor einer Ansteckung in Ruhe ließ. Und jetzt störte sie sich an dem Eigelb, das er vom Messer leckte. Zugegeben, es war nicht die feine englische Art, zumal sie in dem hübsch eingerichteten Frühstücksraum nicht allein waren. Aber dieser körperliche Widerwille musste von den Medikamenten kommen. Eine Nebenwirkung, die gewiss auf dem Beipackzettel vermerkt war, aber sie hatte das Teil nicht gründlich durchgelesen. Es war ihr einfach zu mühsam gewesen, den langen französischen Text zu entziffern.

»Wenn es dir jetzt besser geht, kannst du ja mit zur Segelschule kommen«, schlug er vor. »Sie bieten Anfängerkurse an – ich habe mich gestern mal eingeschrieben.«

»Eine gute Idee!«, lobte sie.

In der Tat war sie beeindruckt, denn sie hatte schon befürchtet, Patrik würde diesen Urlaub im Hotelzimmer mit seinem Laptop verbringen. Er war zwar heute früh kurz ins Internet gegangen, hatte seine Mails gecheckt und ein paar Seiten angeschaut, dann jedoch war Schluss gewesen. Ein Anfängerkurs im Segeln. Na, hoffentlich warf er da nicht schon nach der zweiten Stunde die Flinte ins Korn. Oder wie sagte man? Ließ die Segel in den Wind schießen?

»Mal sehen, ob ich mitkomme …«, meinte sie und löffelte Erdbeermarmelade auf ihr Croissant. »Vielleicht gehe ich auch ein wenig shoppen, Ansichtskarten und Briefmarken besorgen, was Süßes und was zu knabbern für abends …«

»Dann bring Chips mit und was mit Erdnüssen. Und diese Waffeln mit Vanillecreme …«

Er hatte so viele Wünsche, dass sie das Notizbüchlein aus der Handtasche fischte, um sich eine Einkaufsliste zu machen. Dabei flatterte eine hellblaue Visitenkarte heraus, die sie hastig wieder versteckte.

»Was war denn das?«

Normalerweise kümmerte er sich nicht um die vielen Zettel und Kärtchen, die sie mit sich herumschleppte. Aber für manche Dinge hatte Patrik einen sechsten Sinn.

»Das? Och … ein Bekannter.«

»Zeig mal her.«

»Ist kein Zeiger dran. Sag jetzt, was ich einkaufen soll …«

Das hätte noch gefehlt. Sie hatte ihm gestern erzählt, dass ein ziemlich unfreundlicher Mensch ihr das Schlösschen von innen gezeigt habe, es sei jedoch nicht der Mühe wert gewesen, da es total verkommen sei.

»Das hätte ich dir gleich sagen können …«

»Ich wollte es halt genau wissen …«

»Jetzt weißt du es also. Puh – und ich hatte schon Angst, du willst diesen vergammelten Steinhaufen käuflich erwerben.«

»Das ist doch lächerlich!«

Ein wenig geniert sah sie zu, wie Patrik sich zwei Stücke Baguette mit Käse und Wurst belegte, das Ganze in Papierservietten einwickelte und dazu noch einen Apfel vom Buffet mitnahm.

»Segeln macht hungrig«, grinste er. »Wir sehen uns dann heute Nachmittag, mein Schatz. Drück mir die Daumen, dass ich nicht absaufe!«

Das Wetter war wechselhaft, zwar kam hin und wieder die Sonne durch, meist aber jagte der Wind graue Wolkenstreifen über den Himmel und ließ die schwarz-weiße Flagge vor dem Hotel wild flattern. Regnen würde es heute auf keinen Fall, sagte ihr der junge Mann, der an der Rezeption Dienst tat. Katharina bewaffnete sich mit Pullover und winddichter Jacke, nahm eine geräumige Badetasche über die Schulter, in der sie ihre Einkäufe verstauen wollte, und begab sich in die Altstadt. Ein Wirrwarr kleiner Sträßchen und Gassen nahm sie auf, zahllose Läden boten die üblichen touristischen Waren an: getrocknete Seesterne, Muscheln aus der Südsee, bunte Schifflein aus Holz, Postkarten, Anhänger, Silberschmuck, Kitsch und Krempel, so weit das Auge reichte. Hin und wieder blieb sie stehen, um an einer Häuserfront emporzuschauen. Nur wenige Meter über der belebten Straße hatten die Bewohner ihren Balkon, züchteten Geranien, hängten die Wäsche auf oder standen rauchend am Balkongitter, um auf das Gewimmel in der Gasse hinunterzuschauen. Sie bewunderte die Gelassenheit dieser Bretonen – sie selbst hätte es in solch einer Wohnung nicht lange ausgehalten. In einem »Bureau de Tabac« erwarb sie mehrere Ansichtskarten nebst Briefmarken, zwei Schokoriegel und eine kleine Flasche Wasser. Dann stand sie verträumt vor einem Regal mit Schiffsmodellen und dachte an die vielen Schifflein, die ihr Vater gebaut hatte und die Patrik bei eBay versteigert hatte. Nein, sie würde sich keines dieser hübschen Teile kaufen, auch keinen Fischkutter und schon gar kein Segelschiff. Stattdessen leistete sie sich ein Eis und schwatzte ein Weilchen mit dem Eisverkäufer. Ja, dieses Jahr habe gut angefangen, die Touristen kämen gern nach St-Malo, hier gäbe es nicht nur das Meer, sondern auch den Fluss, zwei ganz und gar unterschiedliche Landschaften. Seit über hundert Jahren sei St-Malo ein bekannter Badeort; ob sie schon die schönen alten Villen gesehen habe, die sich damals die reichen Leute hatten bauen lassen. Und dann habe St-Malo seine alte Stadtbefestigung über den Krieg gerettet, man könne darauf entlanglaufen und habe einen großartigen Fernblick. Die Deutschen? Nein, die Deutschen hätten die Bomben nicht geworfen. Das seien die Engländer gewesen, die Frankreich von den deutschen Besatzern befreien wollten. Dabei seien viele Franzosen umgekommen, auch seine Großeltern seien damals unter den Trümmern ihres Hauses begraben worden. Aber das seien alte Geschichten, heute sei alles anders, man lebe in Frieden miteinander und überhaupt sei man hier in St-Malo allen Fremden gegenüber stets aufgeschlossen gewesen.

Katharina hatte Mühe, dem redseligen Eisverkäufer zu entkommen. Nein, auf alte Geschichten aus dem Zweiten Weltkrieg hatte sie heute wenig Lust; schlimm genug, dass sie auf der Fahrt immer wieder auf Mahnmale der Gefallenen gestoßen waren. Einmal hatten sie inmitten der Felder auch einen ehemaligen deutschen Bunker gesehen, einen hässlichen grauen Betonklotz, halb in den Boden eingewühlt, zu solide, um der Verwitterung anheimzufallen.

Sie überlegte kurz, ob sie hinüber zum Fluss gehen sollte, um Patriks Segelversuche zu beobachten, doch es zog sie zum Meer, auch wenn gerade wieder Ebbe war. Kurz bevor sie den Strand erreichte, entdeckte sie ein Geschäft mit Künstlerbedarf und erwarb dort kurz entschlossen einen Aquarellkasten, Pinsel und einen Malblock.

Ich bin komplett verrückt, dachte sie. Ich habe doch gar keine Übung mehr, und außerdem ist es viel zu windig. Aber im Grunde waren es die großartigen Aquarelle der unbekannten Malerin, die ihr von vornherein den Mut nahmen. Trotzdem trug sie ihren Einkauf zum Strand, ließ sich vom Seewind durchpusten und blickte zu den Inseln hinüber, die wie dunkle Schemen im unruhigen grauen Wasser lagen. Wenn die Sonne sich durch die Wolken zwängte, blitzten die Wellen auf, und wie durch ein Wunder färbte sich das Meer blaugrün.

Als endlich keine Spaziergänger und Touristen mehr zu befürchten waren, hockte sie sich im Schutz eines Felsens auf den Boden, nahm den Block auf die Knie und machte die ersten Malversuche mit Aquarellfarben und Mineralwasser. Natürlich misslang das meiste, sie war unsicher, es war kalt und ihre Finger ungelenk, auch verhielten sich Farben und Papier nicht so, wie sie es sich erhofft hatte. Aber sie war beharrlich, begann immer wieder von Neuem, mühte sich, schimpfte vor sich hin und spürte doch zugleich eine lange nicht mehr gekannte Faszination. Das war es, was ihr so gefehlt hatte. Malen, die sichtbare Welt einfangen, auf Papier bannen, die Atmosphäre eines Augenblicks wiedergeben, das flüchtige Bild, das ihre Augen ihr zeigten, unvergänglich machen.

Sie saß mehrere Stunden am gleichen Fleck, sah die Flut sich langsam nähern, hörte die Schreie der Seevögel, das rhythmische Zischen und Schlagen der Brandung und wurde nicht müde, mit Pinsel und Farben zu arbeiten. Erst als sie spürte, dass sie am ganzen Körper steif vor Kälte war, packte sie ihre Schätze ein und schüttelte den Sand aus ihren Kleidern. Wie leichtsinnig, sich stundenlang der Kälte auszusetzen, dachte sie. Wenn ich heute Abend wieder Fieber habe, bin ich selbst schuld. Doch insgeheim war sie stolz auf sich, denn sie hatte eine längst verloren geglaubte Leidenschaft zu neuem Leben erweckt. Malen, das hatte sie immer gewollt. Wieso hatte sie so schnell aufgegeben? Weil Mama behauptet hatte, die Malerei sei höchstens ein Hobby, aber kein Beruf? Aber war das ein Grund gewesen, gleich ganz aufzustecken? Ach, es war von allem etwas: der anstrengende Schulalltag, die tägliche Routine, der Ärger, die kleine Wohnung, wo sie keine Ecke für sich allein hatte. Der graue Alltag hatte ihre Begeisterung für die Malerei aufgefressen, hatte ihr ins Ohr geflüstert: »Wozu gibst du dir solche Mühe, es will sowieso niemand deine Bilder sehen.« Sie hatte resigniert, sich nicht mehr gewehrt und ihre Begabung verkümmern lassen.

Langsam ging sie am Meer entlang zurück zur Stadt, stemmte sich gegen den Wind und machte vorsichtige Pläne für die Zukunft. Einen Aquarellkurs besuchen. Eine Sommerakademie in der Toskana. Am Wochenende in den Taunus fahren, um Landschaften zu malen. An den Nachmittagen durch die Stadt gehen, Skizzen machen, die sie später in Farbe übertrug …

Sie kaufte im Vorübergehen rasch noch zwei Tüten Erdnussflips, die übrigen Posten auf ihrer Liste mussten warten, sie würde sich morgen darum kümmern. Ihre Armbanduhr zeigte schon halb fünf, Patrik war sicher längst zurück und würde sich wundern, wo sie geblieben war. Sie lief eilig durch die Eingangshalle des Hotels, blickte mit flüchtigem Gruß zum Tresen hinüber, ohne genau hinzusehen, und war schon fast auf der Treppe, als sie wie angewurzelt stehen blieb.

»Bonjour, Madame von Staden …«

Sie drehte sich langsam um. Unbegreiflich. Die Welt war klein. Am Tresen stand Ewan Goadec und lächelte ihr spöttisch entgegen.

»Ich hatte gehofft, Sie würden sich an mich erinnern«, sagte er mit gespieltem Bedauern.

»Du meine Güte«, stammelte sie verlegen und ging zurück

zum Tresen, um ihn zu begrüßen. »Ich habe Sie tatsächlich nicht erkannt. Es liegt daran, dass ich nicht darauf gefasst war, Sie hier zu treffen.«

Er trug eine speckige Lederjacke, die halb offen stand, darunter ein kariertes Hemd – in der Funktion eines Hotelangestellten stand er hier jedenfalls nicht. Sonst hätte er sich wenigstens das Haar glatt gekämmt.

»Ich habe Ihren Namen auf der Gästeliste entdeckt und mich auf die Lauer gelegt, um Sie zu erschrecken«, erklärte er vergnügt.

»Richtig – Sie lieben es, Touristen zu vertreiben. Schlimmstenfalls auch zu beseitigen. Leider muss ich Ihnen mitteilen, dass Ihr Mordanschlag von gestern wirkungslos geblieben ist.«

Zum ersten Mal hörte sie ihn lachen. Es war ein lautes, tiefes Gelächter, hemmungslos und mitreißend. Im Nu stimmte sie ein, und für einen kurzen Augenblick verspürte sie nichts anderes als vollkommenes Wohlbehagen. Was für ein liebenswerter Bursche, sie hätte stundenlang mit ihm hier stehen können.

»Das war kluge Absicht, Madame. Meine Verlobte hätte mir nie verziehen, wenn ich ihr Hotel um einen Gast gebracht hätte.«

Nun war das Rätsel also gelöst. Katharina verspürte unsinnigerweise eine leise Enttäuschung, doch sie lächelte tapfer darüber hinweg. Ewan Goadec war mit der hübschen jungen Bretonin verlobt, die gestern hier am Tresen gestanden und heute früh das Buffet überwacht hatte. Nun – sie passte großartig zu ihm, ein wirklich nettes Paar.

»Dann helfen Sie hier wohl ein wenig aus …«, sagte sie verlegen.

»Ich? Hier im Hotel? Sehe ich so aus?«

»Eigentlich nicht …«, gab sie zu und ließ den Blick über seine rustikale Lederjacke gleiten.

Er beugte sich vor und stützte die Ellbogen auf die blank polierte Holzplatte des Tresens. Diesen verschmitzten Blick voller

Vorfreude auf einen Lausbubenstreich kannte sie recht gut von ihren Schülern.

»Ich habe auf Sie gewartet, Madame von Staden. Weil ich Ihnen etwas zeigen wollte.«

Er ging voraus und öffnete die Tür zum Restaurant, wo gerade die Tische für den Abend eingedeckt wurden. Katharina folgte nur widerwillig, zumal sie den beiden jungen Leuten bei ihrer Arbeit im Weg waren. Was sollte das nun wieder? Dieser Mann war zwar ungewöhnlich sympathisch, aber immer für eine Überraschung gut.

»Da draußen – sehen Sie?«

Er stand am Fenster und deutete auf die kleine Grünanlage, hinter der sich der hoteleigene Parkplatz verbarg. Eine quadratische Rasenfläche, von einer Taxushecke umgeben, in der Mitte ein kleiner gepflasterter Platz, auf dem …

»O nein!«, schrie sie entsetzt auf.

»O ja!«

»Das ist ja …«

Sie hatte »grauenvoll« sagen wollen, doch sie besann sich. Schließlich war er mit dem Hotel verlobt, und sie wollte weder ihn noch seine Verlobte beleidigen.

»Das ist sehr … speziell.«

Er schien mit der Wirkung seiner Überraschung außerordentlich zufrieden. Tja, über Geschmack könne man eben nicht streiten, aber auf diese Weise habe das Teil doch noch eine sinnvolle Verwendung gefunden.

Katharina starrte auf die ehemals fürstliche Badewanne, die nun als überdimensionaler Blumentopf auf rötlich verrosteten Löwenfüßen den Vorgarten des Hotels zierte. Frühblüher befanden sich darin, gelbe Narzissen und rote Tulpen, dazwischen ein paar blaue Hyazinthen.

»Ich finde es auch scheußlich«, sagte er dann.

»Und weshalb haben Sie das zugelassen?«

Er klang vorwurfsvoller, als sie es hatte sagen wollen, und sie erschrak, denn er war sichtlich betroffen.

»Jeder kann mit seinem Eigentum tun und lassen, was er will«, sagte er verdrossen. »Die Le Bars haben die Sachen von mir gekauft – und basta!«

»Verstehe ...«, sagte sie leise und trat vom Fenster zurück. »Verzeihen Sie mir – es geht mich ja auch nichts an.«

Schweigend verließen sie das Restaurant, aus der daneben liegenden Küche zog der Duft von gebratenen Zwiebeln, Kräutern und Äpfeln in ihre Nasen, und Katharina bemerkte, dass sie fürchterlich hungrig war.

»Ab wann ist das Restaurant geöffnet?«

Er blieb stehen, als müsse er überlegen, seine Augen blitzten verhalten. »Ab fünf. Allerdings würde ich Sie und Ihren Bekannten gern zum Essen einladen. Das geht leider nicht vor sieben Uhr, vorher ist Armelle nicht abkömmlich. Werden Sie bis dahin verhungert sein?«

Ein Abendessen zu viert. Zwei glückliche Paare an einem Esstisch, vereint bei Lammbraten und Apfeltarte. Wieso fand sie die Idee so unpassend?

»Das ist eine ganz reizende Idee«, log sie höflich. »Wir freuen uns sehr. Nein, verhungern werden wir nicht, ich habe zwei Schokoriegel und Erdnussflips eingekauft, damit werden wir uns über Wasser halten.«

»Bäh!«, machte er und verzog den Mund. »Verderben Sie sich mit dem Zeug aber nicht den Appetit!«

Sie fand Patrik am Laptop, wo er offensichtlich nachholte, was er während der vergangenen Tage versäumt hatte. Auf die Frage, wie der Segelkurs gelaufen sei, gab er nur eine vage Antwort.

»... ist doch ganz schön anstrengend ...«

»Aber du wirst durchhalten, oder?«

»Ja, Frau Oberlehrerin ...«

Eine Einladung zu einem Essen zu viert fand er eher lästig;

er hatte vorgehabt, nur rasch einen Happen zu sich zu nehmen und dann wieder hinaufzugehen. Und außerdem würde sicher französisch gesprochen, da käme er sich wie ein Depp vor, weil er kaum etwas verstand.

»Ach, komm schon, Patti. Ich übersetze dir alles …«

»Also gut. Aber pass bloß auf, die wollen dich bestimmt überreden, diesen maroden Kasten zu kaufen.«

Als sie gegen sieben Uhr hinunter ins Restaurant gingen, führte sie eine junge Angestellte in einen Nebenraum. Ein kleines Zimmer mit hohen Fenstern, zwischen denen ein antiker Schrank aus poliertem Kirschbaumholz stand, ein besonders schönes Stück, das vermutlich aus England stammte. An dem runden Esstisch in der Mitte des Raumes hatte Ewan bereits Platz genommen; jetzt erhob er sich, um die Gäste zu begrüßen.

»Ich freue mich, Sie kennenzulernen«, sagte er zu Patrik.

»Ganz meinerseits«, gab Patrik auf Deutsch zurück.

Die beiden jungen Männer maßen sich mit einem langen Blick, dann bat Ewan seine Gäste, sich zu setzen. Armelle würde sofort bei ihnen sein.

»Was haben Sie denn da Seltsames mitgebracht?«, fragte er Katharina.

»Eine Überraschung. Wollen wir sie vor oder nach dem Essen anschauen?«

»Natürlich vorher«, sagte er und starrte neugierig auf die vergilbte Mappe, die sie vorsichtig auf einen freien Stuhl legte. »Allerdings nur, wenn der Inhalt uns nicht den Appetit verdirbt.«

»Das glaube ich kaum.«

Armelle Le Bars erschien im roten, figurbetonten Kleid, das blonde Haar trug sie heute offen, und wenn sie es zurückstrich, sah man zwei goldene Ohrhänger mit kleinen Rubinen. Patrik begrüßte sie mit einigem Aufwand, radebrechte auf Französisch und erreichte, dass sie ihm ein amüsiertes Lächeln schenkte.

»Was ist das?«

Katharina öffnete die Mappe und erntete erstaunte und entzückte Ausrufe. Wer das gemalt habe. Das sei ja Kerbourgh. Und dies die Pointe du Décollé. Das könnte St. Jouan sein. Und die Villen in Dinard.

»Es muss vor langer Zeit gemalt worden sein«, sagte Armelle. »Schau, Ewan, dort ist der Park von Kerbourgh, wie er früher einmal gewesen ist.«

Sie schrie leise auf, als sie die Bilder aus dem Inneren des Schlösschens sah. Das Badezimmer! Nein, wie schön es einmal gewesen sei! Und dieser Schrank – den könne man jetzt in der Eingangshalle des Hotels sehen. Die kleine Kommode und den bezaubernden italienischen Spiegel habe sie in ihrer privaten Wohnung. »Darf ich das meinen Eltern zeigen? Sie werden begeistert sein. Mein Gott, Madame, das ist ein Schatz, den Sie da besitzen …«

Sie konnte kaum glauben, dass Katharina nicht nur diese eine, sondern eine ganze Kiste voll mit solchen Mappen besaß. Und dass sie keine Ahnung hatte, wer diese wundervollen Bilder gemalt hatte. Auf dem Dachboden ihres Elternhauses? Dann musste es ein Verwandter gewesen sein. Ein Freund der Familie. Oder der Nachlass eines Kunstsammlers.

»MdM«, murmelte Ewan und wechselte einen Blick mit Armelle.

»Das könnte jemand aus der Familie der früheren Besitzer sein. Sie hießen de Morand. Welchen Vornamen trug doch der junge Mann, von dem du das Schlösschen gekauft hast, Ewan?«

Ewan schüttelte den Kopf. »Nein, der hieß Yoann. Sein Vater hieß Conan de Morand und dessen Bruder Dustin de Morand.« Die beiden seien wie Katz und Hund gewesen, hätten einander gehasst und sich das Leben schwer gemacht. Schließlich sei Dustin de Morand nach Amerika gegangen, und man habe nie mehr von ihm gehört. Sein Bruder Conan habe bis zu seinem

Tod auf Kerbourgh gelebt, sei jedoch verarmt gewesen und habe nichts an dem Gebäude instand setzen können. Nach seinem Tod habe der Sohn und Erbe Yoann de Morand den Familiensitz Kerbourgh verkauft.

»Yoann soll in Paris ein Hotel besitzen«, warf Armelle ein.

»Was man so Hotel nennt«, knurrte Ewan. »Ein Etablissement besonderer Art.«

Armelle zog die Augenbrauen in die Höhe und fragte, woher er so gut informiert sei, worauf Ewan geheimnisvoll grinste. Er sei natürlich dort gewesen und habe die Einrichtung getestet.

»Was soll ich mit diesem Menschen machen?«, rief Armelle lachend. »Er ist unzuverlässig, kauft aus purer Nostalgie ein kaputtes Schlösschen, er riecht ständig nach Pferd, vertreibt mir die Gäste und widersetzt sich meinen Plänen …«

Katharina musste den Ausruf für Patrik übersetzen, was Ewan mit leichtem Stirnrunzeln zur Kenntnis nahm.

»Wir werden im Herbst heiraten«, verkündete Armelle, wobei sie Ewan zärtlich ansah.

»Du nimmst mich also trotz all meiner Laster?«

»Gerade *wegen* deiner Laster will ich dich haben!«

Man hatte ihnen inzwischen einen leichten Weißwein eingeschenkt, und Armelle hob ihr Glas, um auf die Gäste und ihre großartige Überraschung anzustoßen. Was für ein schöner Abend! Sie liebe Geheimnisse. Ob die Aquarelle zu kaufen seien. Nein? Auch nicht ein einziges? Sie würde es rahmen lassen und ihm einen Ehrenplatz in ihrer Wohnung geben.

»Leider«, sagte Katharina mit bedauerndem Lächeln. »Ich kann mich nicht von diesen Bildern trennen.«

»Das kann ich gut verstehen«, stand ihr Ewan bei.

»Natürlich«, meinte Armelle mit leichter Ironie. »Du kannst dich ja auch nicht von Kerbourgh trennen. Sonst hättest du es schon längst verkauft.«

»Gewiss, mein Liebling.«

Er richtete diese Worte an Armelle, sah dabei jedoch Katharina an. Es war ein nachdenklicher Blick, so als entdecke er gerade etwas, was er schon lange vermisst hatte.

Eine rundliche Angestellte mit straff zurückgebundenem Haar und roten Wangen servierte ihnen die Vorspeise auf einer großen Platte.

»Austern«, rief Patrik begeistert. »Das Beste an der Bretagne sind die frischen Austern!«

In der Nacht quälten Katharina Albträume. Grau gekleidete Männer liefen aus einem Gebäude heraus, trugen Koffer und Kisten auf ihren Schultern, stapften wortlos über Schutt und zerbrochene Dachziegel, einer nach dem anderen, eine nicht enden wollende Reihe. Schweißgebadet wachte sie auf, trank einen Schluck Wasser, redete sich ein, dass sie einfach zu viel gegessen und getrunken hatte, und nahm sich vor, in den folgenden Tagen keinen Alkohol zu sich zu nehmen. Doch als sie wieder einschlief, sah sie Kerbourgh vor sich: grau und verfallen, der Wind rüttelte an den Türmchen, und eines der Fenster des großen Saals schlug hin und her. Sie verspürte eine große Traurigkeit. Nein, es durfte nicht sein, dass dieses Schlösschen eine Beute von Sturm und Regen wurde. Es war alt, und man hatte es ausgeräumt, man hatte ihm so vieles angetan, jetzt aber war sie hier, um es zu beschützen.

»Du willst doch wohl nicht diesen alten Klapperkasten kaufen«, sagte jemand, und sie antwortete: »Nein, natürlich nicht.« Sie hatte doch gar kein Geld. Das Geld, das sie geerbt hatte, würde sie für ihre Mutter brauchen.

»Es geht nicht«, murmelte sie. »Ich kann nicht …«

»Dann sind wir alle beide verloren!«, rief Ewan.

Sie standen wieder auf dem Turm, um sich herum die zinnenbewehrte Mauer, der Wind zerrte an ihrer Kleidung. Unten brauste das Meer, dunkel, gewaltig, Schaumkronen wuchsen auf den wütend heranrollenden Wellen. Sie schlugen gegen die steinernen Stufen, brachen sich an den Granitblöcken und staubten in heller Gischt empor. Gleich würden sie die Eingangstür erreichen, die kleinen Fenster darin zerschlagen und ins Haus eindringen.

»Ich dachte, das Meer kommt nicht mehr bis zum Mont Saint Michel …«

»Nur bei Sturm, wenn die Meeresungeheuer aus der Tiefe auftauchen. Dann eilt der Erzengel mit seiner Lanze herbei, um mit den Ungeheuern zu kämpfen …«, sagte Ewan.

Katharina zitterte vor Kälte und Angst, sie hörte sich keuchen und versuchte verzweifelt, sich gegen den Sturm zu behaupten, der sie hinunter ins Meer fegen wollte.

»Sie kommen«, rief eine Stimme, die sie zu kennen glaubte. »Ich kann sie sehen. O mein Gott, sie kommen …«

Im tosenden Wasser bewegte sich ein Zug graubrauner Reptilien auf Kerbourgh zu. Sie schienen auf den Wellen zu laufen, glitten ruhig und stetig dahin, als rollten sie auf Rädern. Die Meeresungeheuer glichen kompakten Krokodilen, ihre dicken, krallenbewehrten Füße standen rechtwinklig vom Körper ab und bewegten sich unablässig vor und zurück.

»Hab keine Angst«, sagte die Stimme ihres Vaters. »Sie werden uns nichts tun.«

In diesem Augenblick zerbarst der Turm unter dem Ansturm der Elemente; Steine, Mörtel und dichter Staub flogen umher, und sie spürte mit wildem Entsetzen, wie sie in die Tiefe stürzte.

»Kati!«, rief Patriks Stimme. »Bist du verrückt geworden? Hör auf zu schreien!«

Benommen tauchte sie aus ihrem Albtraum auf und blinzelte in Patriks blasses Gesicht. Das Haar hing ihm wirr in die Stirn, Wangen und Kinn zierte der dunkle, kratzige Morgenbart.

»Ich … ich habe geträumt …«, stammelte sie.

»Das muss ja ein scheußlicher Traum gewesen sein«, meinte

er grinsend und ließ ihre Schultern los. »Wollte dich jemand ermorden?«

»So ähnlich …«

Sie griff nach der Wasserflasche und trank einen Schluck, dann sank sie zurück in die Kissen. Immer noch war ihr eiskalt, sie fröstelte und zog die Decke hoch, zugleich aber rebellierte ihr Magen, ihr war schlecht, und Kopfschmerzen hatte sie auch.

»Ich fürchte, ich habe das Abendessen nicht vertragen …«

Er war schon ins Bad gelaufen, und sie konnte hören, dass er sich die Zähne putzte. Müde schloss sie die Augen. Als Patrik frisch geduscht ins Zimmer lief und zu ihr ins Bett schlüpfen wollte, machte sie eine abwehrende Bewegung.

»Ich glaube, die Grippe ist zurück …«

»Ach, du Jammer.«

Er verzog den Mund und meinte resigniert, sie solle sich besser mal richtig auskurieren. Diese Superpillen hätten sie zwar schnell wieder auf die Beine gebracht, aber die Wirkung sei halt nicht von Dauer.

»Bleib heute mal im Bett«, verordnete er. »Ich bestelle das Frühstück aufs Zimmer, und dann schläfst du 'ne Runde.«

Sie sah ein, dass er recht hatte. Wäre sie gestern im Bett geblieben, dann ginge es ihr jetzt schon besser, so aber hatte sie sich unter der Wirkung der Medikamente überanstrengt, und die Grippe war mit doppelter Kraft zurückgekehrt.

»Kein Frühstück für mich. Nur eine Kanne Kamillentee, bitte.«

»Na, so was«, murmelte er, den Hörer des Haustelefons schon am Ohr. »Das Essen gestern war doch köstlich. Besonders die Austern, aber auch der Fisch, das zarte Lämmchen und der Nachtisch …«

»Bitte, sprich nicht davon.«

Er benahm sich rücksichtsvoll, verzog sich mit dem üppigen Frühstückstablett ins Nebenzimmer und überließ sie ihrem Kamillentee. Später hörte sie, dass er wieder in sein Spiel vertieft war, und ausnahmsweise war sie froh darüber. Unter der Wirkung des faden Tees beruhigte sich ihr Magen langsam, dafür hatte sie jetzt heftige Fieberschübe, glühte vor Hitze, und in ihrem Kopf hämmerten mehrere Spechte um die Wette. Sie gönnte sich eine Kopfschmerztablette und schlief daraufhin ein. Irgendwann spürte sie Patriks Hand auf ihrer Stirn und vernahm seine Stimme wie aus weiter Ferne.

»Ich geh dann mal zum Segelkurs. Boah – du brennst wie ein Öfchen, Kati. Wenn das morgen so weitergeht, müssen wir doch zum Arzt gehen …«

»Ach, Unsinn …«

Sie wollte auf keinen Fall im Urlaub krank sein. Einen Tag konnte man noch verschmerzen, aber morgen würde es doch hoffentlich wieder aufwärtsgehen. Dazu war es hier viel zu schön, sie hatte noch so viele Pläne, wollte am Meer entlangwandern, den Fluss erkunden und Carnac sehen, die berühmten Steinreihen, die seit Jahrtausenden dort standen, ohne dass irgendjemand erklären konnte, welchen Sinn die Anlage hatte. Und sie wollte malen. Am Meer sitzen, das Rauschen der Wellen und das Geschrei der Möwen in den Ohren, die rötlichen Felsen vor Augen, die Wolken, den zarten blaugrauen Dunst über dem Meer, die dunklen Formen der Inseln weit draußen am Horizont …

Doch vorerst brannte das Fieber in ihrem Körper und fraß ihre Kraft. Still lag sie in den Kissen, ihr Herz schlug rasch, ihr Atem eilte, ihr Kopf dröhnte. Wieso hatte sie das Gefühl, dass in ihrem Inneren etwas zerbrochen war? Es musste die Krankheit sein, die ihr solch seltsame Gedanken eingab. Sie versuchte, an etwas anderes zu denken. Wie schön war doch der gestrige Abend gewesen, dieses heitere Zusammensein mit Armelle und Ewan, ihre Gespräche über antike Möbel, moderne Gemälde, über Armelles Eltern, die das Hotel vor Jahren gekauft und vergrößert hatten, über ihre Pläne, das kleine Schwimmbecken im Wellnessbereich um ein Außenbecken zu erweitern. Armelle war eine unternehmungslustige junge Frau, und soweit Katharina begriffen hatte, konnte sie rechnen. Die Gäste wurden immer anspruchsvoller, man fragte nach Sauna und Kinderbetreuung, nach Sportanlagen, hauseigenem Segelboot und Kegelbahn. Eine Liegewiese hinter dem Hotel reichte da nicht mehr …

Ja, Armelle war eine gute Geschäftsfrau, dazu war sie bildschön, und sie hatte eine liebenswerte Art, mit Menschen umzugehen. Ewan hatte eine gute Wahl getroffen, die beiden würden ganz sicher glücklich miteinander werden. Sie musste einen Schluck Kamillentee nehmen, da ihr Magen schon wieder Ärger machte, dann ließ sie sich schwer atmend zurück in die Kissen fallen und döste vor sich hin.

Am Nachmittag bekämpfte sie das Fieber mit einer weiteren Tablette, die Nacht war ruhig, und am folgenden Morgen glaubte sie schon, wieder gesund zu sein. Doch gleich nach dem Frühstück meldete sich das boshafte Fieber zurück, Halsschmerzen stellten sich ein, der Kopf war dick und benommen. Patrik bestand auf einem Arztbesuch, und sie gab schließlich nach, schleppte sich hinunter in die Eingangshalle und erkundigte sich bei dem jungen Mann am Tresen nach einem praktischen Arzt.

»Docteur Humbert – gleich gegenüber auf der anderen Straßenseite.«

Zwei Stunden saß sie unter hustenden und niesenden Patienten im Wartezimmer, hielt sich mit Mühe auf dem unbequemen Stuhl und fühlte sich todsterbenselend. Patrik harrte brav neben ihr aus, schleppte Zeitschriften herbei, versorgte sie mit Mineralwasser und schimpfte auf die Sprechstundenhilfe, die beständig mit lauter Stimme telefonierte.

Docteur Humbert erwies sich als schwarzlockiger junger Mann mit Goldbrille und flinken braunen Augen. Er sah seiner Patientin in den Hals, hörte sie ab und maß den Blutdruck, dann erklärte er, sie habe eine fiebrige Erkältung und müsse sich schonen. Medikamente seien nicht nötig, falls das Fieber allerdings in drei Tagen immer noch vorhanden sei, solle sie noch einmal vorbeikommen. Dann schüttelte er ihr die Hand, sprach sein Bedauern darüber aus, dass sie ausgerechnet im Urlaub von einer Erkältung heimgesucht würde, und wünschte ihr noch einen angenehmen Aufenthalt in St-Malo.

»Eine glänzende Idee, zum Arzt zu gehen«, meinte Katharina, als sie ächzend die Treppe zu ihrem Hotelzimmer erstieg. Auf dem Tisch stand ein bunter Frühlingsstrauß, daneben ein Kärtchen. »Mit den besten Wünschen für eine schnelle Genesung. Armelle und Ewan.«

»Ich will jetzt nur noch schlafen …«

Dieses Mal blieb sie konsequent, verbrachte drei Tage auf dem Zimmer, schlief die meiste Zeit, saß hin und wieder dick eingemummelt am offenen Fenster, las Zeitungen, die Patrik ihr brachte, und hörte zu, wie er mit seinen Mitspielern per Skype plauderte. Als das Fieber nachließ, packte sie ihre Aquarellfarben aus und begann zu malen.

»Pass nur auf, dass du den Teppichboden nicht verkleckerst«, warnte Patrik, der sie stirnrunzelnd beobachtete. »Sonst müssen wir am Ende noch die Reinigung bezahlen.«

Sie malte, was ihr vor Augen kam. Das Fenster mit den wehenden zartweißen Vorhängen, dahinter eine junge Buche in frischem Grün, eine Rasenfläche, eine Häuserfront. Ihren Koffer, daneben eine Zeitung, Patriks Turnschuhe. Den schon leicht verwelkten Blumenstrauß. Die Austernschalen, die Patrik gestern beim Abendessen mitgenommen hatte. Schließlich auch Patrik selbst, wie er vornübergebeugt mit Kopfhörern und Mikrofon vor seinem Laptop saß, ganz der Faszination des Spiels hingegeben.

»Ich sehe aus wie ein Affe mit spitzer Nase«, maulte er, als sie ihm das Bild zeigte.

»Dafür kann ich nichts!«

Samstag war Abreisetag, sie würden am Nachmittag fahren, irgendwo übernachten und am Sonntag die restlichen Kilometer herunterdreschen. Montag begann wieder die Schule, bis dahin hätte Katharina eigentlich noch zwei Stapel Hefte korrigieren müssen. Sie würde es im Laufe der Woche nachholen; das bedeutete Nachtarbeit, denn sie hatte Unterricht vorzubereiten, mehrere Elterngespräche zu führen und allerlei Verwaltungskram zu erledigen.

Wenigstens an diesem letzten Vormittag in der Bretagne wollte sie noch etwas unternehmen, und da Patrik sich beharrlich weigerte, mit ihr nach Kerbourgh zu fahren, packte sie ihre Malsachen ein, um sich damit am Strand niederzulassen. Es war windig und kühl, ein graugrüner Dunst lag über dem Meer, nur wenige Touristen waren am Strand unterwegs. Die Flut näherte sich bedächtig, sie nässte knisternd den Sand, noch bevor die Wellen kamen und sich zischend über den Strand ergossen.

Katharina lief eine Weile neben der Brandung her, bis sie schließlich Schuhe und Strümpfe auszog und das Gefühl genoss, den Sand und die kitzelnden Wellen an den nackten Füßen zu spüren. Wie sehr würde ihr dies alles fehlen! Schon morgen Abend wäre sie wieder in ihrer Frankfurter Wohnung mitten in der Großstadt, stopfte T-Shirts und Jeans in die Waschmaschine, während Patrik in der Küche zwei Fertigpizzen in den Ofen schob. Spätestens Montag hätte das alte Leben sie wieder eingefangen: Unterricht, Pausenaufsicht, Konferenzen, Hefte korrigieren, ein wenig lesen, früh schlafen gehen. Am Wochenende malen. Das durfte sie sich nicht nehmen lassen, wie müde sie auch war und wie viel Arbeit für die Schule auch zu erledigen war. Zwölf lange Wochen bis zu den Sommerferien Anfang Juli. Wie sollte sie nur …

»Hallo? Drehen Sie sich niemals um?«

Sie fuhr zusammen, denn sie kannte diese Stimme, auch diesen heiteren, leicht ironischen Tonfall, den er so gern anschlug.

»Na, so was!«, rief sie und musste die Kapuze festhalten, die der Wind ihr vom Kopf reißen wollte. »Laufen Sie schon lange hinter mir her?«

Er hatte die Hosen bis über die Knie aufgekrempelt, seine Waden waren sehnig und beneidenswert braun gebrannt. Statt der Lederjacke trug er heute ein kurzärmeliges Hemd, der kühle Morgenwind schien ihm wenig auszumachen.

»So etwa eine halbe Stunde«, gestand er und blieb bei ihr stehen. »Zuerst waren Sie nur ein Pünktchen in der Ferne, dann bekamen Sie Konturen …«

»Ach, wirklich?«

Er grinste frech und fuhr unbeirrt fort. »… und irgendwann kam ich auf die Idee, dass die Person im weißen Anorak mit dieser eindrucksvollen bunten Tasche über der Schulter womöglich eine deutsche Touristin sein könnte …«

»Gute Nase, Monsieur Goadec!«

Er stand immer noch neben ihr und schien ein wenig verlegen. Wollte er ihr vorschlagen, ein Stück gemeinsam zu laufen?

»Klären Sie mich auf, Frau von Staden. Was befindet sich in dieser Tasche? Ich musste die ganze Zeit darüber nachgrübeln und kam auf die irrwitzigsten Ideen …«

»Zum Beispiel?«

Er zuckte die Schultern. »Ein Klappstuhl, mit Salami belegte Baguettes, ein Gummiboot zum Aufblasen …«

»Du liebe Güte!«, lachte sie und zog den Reißverschluss der Tasche auf. »Ein Malblock, eine Flasche Wasser, Pinsel, ein Malkasten und ein altes T-Shirt, um die Pinsel auszutupfen …«

Er schaute in die Tasche hinein und schmunzelte zufrieden. »Darf ich sehen, was Sie gemalt haben?«

»Nein!«

»Wie schade. Man sagte mir, es sei sehr gelungen. Besonders das Bild, auf dem ihr Freund zu sehen ist …«

»Woher wissen Sie das?«, fragte sie empört.

»Von einem Zimmermädchen, das mir begeistert davon erzählte.«

»Unglaublich!«

Sie zog den Reißverschluss mit einer raschen Bewegung zu und setzte sich wieder in Bewegung. Es war zu kühl, um lange auf einer Stelle stehen zu bleiben.

»Böse?«, fragte er und lief neben ihr her.

»Natürlich nicht. Aber es ist indiskret.«

»Sorry, ich will's nie wieder tun! Ich fand es nur faszinierend, dass auch Sie malen. Inzwischen habe ich über die geheimnisvolle Aquarellmappe nachgedacht, und ich bin ziemlich sicher, dass dieser Maler – oder die Malerin – ein Mitglied der Familie de Morand gewesen ist …«

Darüber hatte Katharina auch nachgedacht. Es lag nahe, denn in fast allen Mappen fanden sich Motive, die ganz offensichtlich aus dieser Gegend stammten. Falls ihre Vermutung richtig war, dann musste die unbekannte Geliebte ihres Vaters hier in der Bretagne zu Hause gewesen sein. Eine de Morand … Wollte sie es wirklich so genau wissen? Sie war sich nicht sicher.

»Ich kenne die Geschichte der de Morands ziemlich gut«, fuhr er unbeirrt fort. »Meine Großeltern waren Angestellte der Familie, auch mein Vater hat für sie gearbeitet. Er hat unser Wohnhaus schon vor vielen Jahren von den de Morands gekauft. Sie waren wohl im vorletzten Jahrhundert einmal sehr wohlhabend, dann aber verlor sich der Wohlstand von Generation zu Generation. Ich glaube, dass mein Vater finanziell besser gestellt war als seine Arbeitgeber.«

Katharina hörte gespannt zu. Daher also rührte seine Begeisterung für dieses Schlösschen. Er hatte es von Kind an vor Augen gehabt und vermutlich immer davon geträumt, es eines Tages zu besitzen.

»In welcher Funktion hat Ihr Vater denn für die de Morands gearbeitet?«

»Sagte ich das nicht? Er hat sich um die Pferdezucht gekümmert, genau wie ich es jetzt tue. Allerdings auf eigene Rechnung.«

»Und bringt das viel Geld ein?«

Die Frage war ernst gemeint, dennoch sah er sie prüfend von der Seite an und schien zu fürchten, sie wolle sich über ihn lustig machen.

»Nein«, sagte er schließlich grimmig. »Es kostet jede Menge Zeit, Kraft und Liebe. Aber wer einmal drinsteckt, der kann es nicht mehr lassen. So ist das, Madame. Ich bin einer, der mit großer Hingabe auf verlorenem Posten kämpft.«

Sie wusste nichts darauf zu antworten und ging schweigend weiter. Spürte, wie der Sog den Sand unter ihren Füßen wegzog und die nächste Welle heranrollte. Das Meer erschien ihr jetzt erstaunlich warm.

»Ich bewundere Sie sehr, Ewan«, sagte sie schließlich mit großer Ernsthaftigkeit und blieb stehen. Plötzlich wurde ihr bewusst, dass sie ihn beim Vornamen genannt hatte. Wie peinlich. »Ich darf Sie doch so nennen, oder?«

»Wenn ich Kathérine zu Ihnen sagen darf …«

»Sehr gern …«

Der Wind wühlte in seinem Haar, und sein Gesicht erschien ihr düster, die Augen zusammengekniffen, der Mund schmal.

»Sie bewundern mich also?«, sagte er mit leichtem Spott. »Ich wüsste nicht, was es da zu bewundern gäbe. Ich bin ein Spinner, über dessen Haupt die Pleitegeier kreisen. Habe die Ersparnisse meiner Eltern in ein marodes Schloss gesteckt und plage mich täglich mit einem Haufen Pferde ab, die mir im Winter die Haare vom Kopf fressen. Und ich wehre mich immer noch dagegen, sie dem Schlachter zu verkaufen …«

»O nein …«

»Es wäre ein gutes Geschäft«, sagte er und steckte beide Hände in die Hosentaschen. »Aber ich bin für gute Geschäfte nun einmal nicht gemacht.«

Katharina schwieg. Es war schwer, etwas dazu zu sagen, da sie keine Ahnung von der Pferdezucht hatte. Sie starrte zum Horizont hinüber, wo jetzt zwei größere Schiffe zu sehen waren, Öltanker vielleicht oder auch Handelsschiffe. Sie glitten langsam vorüber und erschienen seltsam unwirklich, wie aus Papier ausgeschnitten.

»Und Ihre Verlobte?«, meinte sie schließlich, als auch er beharrlich schwieg. »Sie ist doch recht geschäftstüchtig. Weiß sie keinen Rat?«

»Gewiss«, knurrte er. »Wenn ich auf Armelles klugen Rat hören würde, könnte ich bereits Millionär sein.«

Es klang verbittert, und Katharina wurde klar, dass Armelles Geschäftssinn und Ewans Träume nicht zusammenpassten. Sie hatte ihm das gesamte Inventar von Kerbourgh abgekauft – das hatte er ganz sicher nicht leichten Herzens weggegeben. Möglich, dass er mit dem Erlös die Dächer hatte decken lassen.

»Armelle hat großartige Pläne mit Kerbourgh«, erklärte er in spöttischem Tonfall. »Ein Hotel der Superklasse mit Restaurant und Konferenzsaal. Dazu Tennisplätze dort, wo jetzt meine Pferde weiden. Ein Golfplatz dort, wo jetzt meine Artischocken wachsen. Ein überdachtes Schwimmbad und eine Reithalle. Ich dürfte großzügigerweise als Reitlehrer Dienst tun …«

»Aber das alles würde doch Unsummen verschlingen!«

Er lachte ein hartes, kurzes Lachen, das gleich wieder verging.

»Sie hätte schon einige Geldgeber bei der Hand. Armelle würde solch ein Projekt stemmen, sie ist eine ungemein tatkräftige Person. Wenn Sie jemanden bewundern wollen, Kathérine, dann sollten Sie Armelle Ihre Bewunderung schenken.«

In gewisser Weise hatte er recht. Es gehörte Mut dazu, ein solches Projekt zu planen und tatsächlich in Angriff zu nehmen. Und doch imponierte ihr Ewan sehr viel mehr. Er hatte den Mut, an einem Traum festzuhalten, koste es, was es wolle. Ein verzweifelter Mut, ein irrwitziger Mut – aber es war genau jener Mut, der ihr selbst so sehr fehlte. Ihr, der gewissenhaften, fleißigen Frau Lehrerin, die ihre Träume kampflos dem Alltag geopfert hatte. Wieso war sie so feige? Vielleicht lag es in der Familie? Hatte nicht auch ihr Vater Modellschiffchen gebaut, anstatt seinen Traum zu verwirklichen und zur See zu fahren?

»Möglich, dass man aus Kerbourgh ein Nobelhotel machen könnte«, meinte sie zögernd. »Aber es wäre schade. Es würde den Charme des Hauses zerstören.«

»Hmm …«, brummte er.

Er ging vornübergebeugt, stemmte sich gegen den Wind, die Hände in den Hosentaschen vergraben, den Kopf gesenkt. Katharina hatte jetzt Mühe, mit ihm Schritt zu halten, besonders die große Tasche war hinderlich, weil sie dem Wind eine gute Angriffsfläche bot.

»Ich meine …«, fuhr sie fort und musste ihre Gedanken ordnen. »Man würde das Gebäude von innen und außen erneuern, Heizung, Wasserleitungen, Fußböden, neue Tapeten, neue Möbel, eine supermoderne Küche, Fernsehen, Internet … Es wäre nichts mehr von dem übrig, was dieses Haus ausmacht. Nur eine Fassade. Eine leblose Hülle. So wie ein Mensch, der gegangen ist, und nur seine Kleider bleiben zurück …«

Ewan hob kurz den Kopf, um sie anzusehen, dann stapfte er wieder voran. Die Wellen nässten jetzt schon seine aufgekrempelten Hosenränder, doch er schien es nicht wahrzunehmen.

»Vielleicht klingt das albern«, fuhr sie fort. »Aber ich glaube daran, dass die Atmosphäre eines Hauses etwas mit den Menschen zu tun hat, die darin leben. Und auch mit jenen, die früher einmal dort gelebt haben. Mit all den Schicksalen, die sich in diesen Mauern vollzogen haben, mit Glück und Schmerz, mit Kindergeschrei und dem Stöhnen der Sterbenden, mit sorgenvollen und freudigen Momenten, mit Hass, Streit und Liebe …«

Er ging noch ein paar Schritte, dann blieb er stehen und starrte sie an. Es war schwer, den Ausdruck seines Gesichts zu deuten, er wirkte verzerrt, aber das konnte auch vom scharfen Wind kommen.

»Sie finden das wohl ziemlich sentimental, wie?«, fragte sie beklommen.

Plötzlich hatte sie wieder das bohrende, hohle Gefühl, das stets einem Fieberanfall vorausging. Sie hätte die Schuhe nicht ausziehen dürfen, wie leichtsinnig von ihr!

»Sie haben nicht vor, Kerbourgh zu kaufen, Kathérine?«

Die Frage klang seltsam. Wie eine Bitte, von der man genau weiß, dass sie unerfüllbar ist. Sie spürte, wie die Hitze in ihr aufstieg: Das Fieber war zurück, und zugleich überkam sie die Lust, etwas Verrücktes zu wagen. Etwas Irrwitziges, was ein vernünftiger Mensch wie sie höchstens im Fieberwahn tut.

»Ich … habe darüber nachgedacht.«

»Und?«

In dem Blick, mit dem er sie jetzt musterte, lag mehr Resignation als Hoffnung. Sie ärgerte sich darüber. Wieso traute er ihr nicht zu, ein Wagnis einzugehen? Seine Armelle war eine mutige Geschäftsfrau, die man bewundern musste. Sie aber, die brave Kathérine, die deutsche Touristin, sie redete nur gefühlsduseliges Zeug, ließ aber keine Taten folgen.

»Es käme auf den Preis an.«

Er nahm langsam die Hände aus den Taschen. Seine Miene war ungläubig, voller Misstrauen. Und doch glomm jetzt ein Fünkchen in seinen Augen.

»Ich will nicht viel Geld dafür haben. Gerade so, dass ich meine Schulden los bin. Zumindest einen Teil …«

Wohin ließ sie sich treiben? War das wirklich sie selbst, Katharina von Staden, die jetzt lächelnd fragte, wie es käme, dass er nun doch an eine Deutsche verkaufen wolle.

»Ich verkaufe dieses Haus nur an jemanden, der es versteht.

Der es nicht zerstört, sondern es lässt, wie es ist. Ich gebe auch ein Pferd, das mir sehr am Herzen liegt, nur an jemanden, der es gut behandelt …«

Der Vergleich war ein wenig seltsam, deshalb grinste er unsicher und meinte, er könne solche Gefühlsdinge nicht so gut ausdrücken wie sie. Katharina spürte, dass sie rot wurde.

»Es wäre nicht leicht, aber doch zu machen«, sagte sie. Ihr Herz raste, das musste von dem dummen Fieber kommen. »Man würde zunächst die wichtigsten Reparaturen durchführen und sich mit dem Rest Zeit lassen.«

Natürlich. Das wäre alles gar kein Problem. Zumal er selbst ein guter Handwerker sei, der mit anpacken könne. Nur für die Elektroinstallation und die Wasserrohre würde man Fachleute holen müssen, aber da habe er gute Verbindungen …

»Sie würden mithelfen? Auch wenn Ihnen Kerbourgh gar nicht mehr gehört?«

»Natürlich würde ich mit anfassen«, rief er aufgeregt. »Ich hänge an diesem Schlösschen. Und außerdem wohne ich nur einen Katzensprung davon entfernt, ich kann mich um die Arbeiten kümmern, wenn Sie nicht da sind …«

Das Haus, das sein Vater von den de Morands gekauft hatte, lag westlich von Kerbourgh inmitten der Pferdeweiden und Artischockenfelder. Er wohne dort mit seiner Mutter, einer Tante und seiner verheirateten Schwester, die habe zwei kleine Buben. »Solange Kerbourgh noch nicht bewohnbar ist, können Sie gern ein Zimmer bei uns beziehen, Kathérine.«

Sie lachte. Was für ein Traum! Inmitten der Wiesen in einem bretonischen Bauernhaus leben, umgeben von heiteren Menschen, gemeinsam mit ihnen am langen Tisch vor dem Kamin sitzen und essen, Geschichten erzählen, mit den Kindern spielen. Ewan lachen hören, den Blick seiner hellen Augen spüren …

Gleich darauf schrie sie erschrocken auf, denn eine kräftig heranrollende Welle hatte sie beide erwischt. Ewan fasste ihre

Hand und zog sie hinüber zu einem zerklüfteten Felsblock, der ihnen vor Wind und Wellen ein wenig Schutz bot.

»Die Flut ist da«, meinte er. »Es wird ein stürmischer Tag. Sehen Sie dort hinten die Wolken?«

Sie lehnte mit dem Rücken gegen den Fels, hielt die Tasche mit einem Arm fest an sich gepresst und glühte in einem Fieberanfall. Seltsamerweise war es ein angenehmes Gefühl, dieses Feuer, das in ihrem Körper brannte und ihr Herz rascher schlagen ließ.

»Diese dünnen Schleierwolken, dort am Horizont?«

»Genau. Das sind Sturmwolken. Keine gute Zeit, um zum Fischen hinauszufahren.«

Himmel und Meer waren jetzt grau, undeutlich hoben sich die flachen Inseln ab, ein einziges kleines Fischerboot kämpfte mit den Wellen …

»He!«, rief jemand. »Kati! Verdammt, ich hab dich schon überall gesucht!«

Patrik war mit dem Wagen die Uferstraße abgefahren. Hin und wieder habe er angehalten, um zum Strand hinunterzugehen und nach ihr Ausschau zu halten, erzählte er atemlos.

»Bei diesem Wetter barfuß zu laufen – du bist wirklich unverbesserlich!«

Er hatte die Koffer schon im Auto, sie müssten nur noch einmal zum Hotel zurück, um die Rechnung zu begleichen.

»War nett, Sie zu treffen!«, sagte er zu Ewan und schüttelte ihm ausgiebig die Hand.

Katharina war wie gelähmt. Weshalb erklärte sie Patrik nicht, dass sie vorhatte, Kerbourgh zu kaufen? Ach, es war nicht der rechte Moment. Nicht jetzt – später, wenn sie im Auto saßen. Besser noch, wenn sie in einer Raststätte Pause machten und einen Kaffee tranken. Oder lieber erst zu Hause …

»Wir bleiben in Kontakt!«, rief sie Ewan zu, während sie Patrik den Uferweg hinauf zum Auto folgte.

»Natürlich. Gute Fahrt!«

Als sie einstieg, sah sie noch einmal zum Meer hinüber. Ewan hatte den Schutz der Felsen verlassen. Er lief entlang der Brandung in westlicher Richtung. Zurück nach St-Malo.

»Was macht die Erkältung?«, fragte Patrik besorgt, während sie sich Socken und Turnschuhe anzog.

»Bestens!«

Tatsächlich war das Fieber verschwunden.

Paris, Dezember 1939

Drüben im Laden pries die Frau des Weinhändlers lauthals die Vorzüge eines Rotweins aus dem Rhônetal an, ein Hauch von Pfirsichblüte im Bouquet, samtig und zugleich fruchtig, nicht zu schwer, zu Rindfleisch sehr empfehlenswert …

Margot presste den Hörer des Telefons an ihr Ohr und schützte die Sprechmuschel mit der Hand vor dem lästigen Nebengeräusch.

»Nach England … Zu Bekannten …«

Die Verbindung nach Kerbourgh war schlecht, sie konnte Alan kaum verstehen. Dazu noch das laute Geschwätz der Weinhändlerin. Aber sie hatte keine Wahl gehabt, oben in der Wohnung war das Telefon schon abgestellt, sie würde dem Weinhändler das Gespräch bezahlen müssen.

»Nach England«, meinte Alan nach einer Pause. »Dahin wolltest du ja sowieso …«

Was er weiter sagte, konnte sie nicht verstehen, weil es im Hörer knirschte und knisterte. Die Weinhändlerin kam ins Büro gelaufen, suchte einen Rechnungsblock und warf Margot einen warnenden Blick zu. Ein Ferngespräch war teuer.

»Hallo?«, rief Margot in den Hörer hinein.

»Ich bin noch da.«

»Da war eine Störung.«

»Wann fahrt ihr?«

»Nach Weihnachten. Wir müssen zuerst einen Pass für mich besorgen.«

»Wird das möglich sein?«

»Ich weiß nicht. Onkel Marcel will es versuchen …«

Jetzt erschien der Weinhändler im Büro, fingerte im Aktenregal herum und zog irgendein Papier heraus. Er war klein und sah von hinten ganz dünn aus, den spitzen Bauch bemerkte man erst, wenn man ihn von der Seite betrachtete. Auch seine Nase war spitz, nur die Lippen waren voll und bläulich.

»Freust du dich auf England?«, wollte Alan wissen.

»Nein.«

»Weshalb rufst du mich an?«

Sie musste dem Weinhändler ausweichen, der jetzt eine Schublade des Schreibtisches aufzog und eine Schachtel mit Heftklammern herausnahm.

»Ich wollte dir Adieu sagen … Es tut mir leid, dass wir uns nicht mehr wiedersehen …«

»Es tut mir auch leid, Margot.«

Sie hätte dem spitzbäuchigen Weinhändler am liebsten einen Tritt in seinen dürren Hintern gegeben. Jetzt zerrte er an der zweiten Schublade, ruckelte daran, weil sie klemmte, und schnaufte dabei. Er hatte Asthma, wahrscheinlich vom vielen Weintrinken.

»Du bist sicher wütend auf mich, Alan …«

Er antwortete nicht gleich, überlegte zuerst, wie es seine Art war.

»Sind Sie jetzt endlich fertig?«, knurrte sie der Weinhändler an. »Das ist ein Ferngespräch. Wenn Monsieur Kohnweiler nicht solch ein guter Kunde wäre, hätte ich Ihnen nicht erlaubt, mein Telefon zu benutzen …«

»Nein, Margot«, sagte Alans Stimme im Hörer. »Ich bin nicht wütend. Ich hatte nur Angst um dich. Ich bin sehr froh, dass es dir gut geht …«

Es knackte schon wieder in der Leitung, wahrscheinlich war in der Schnur irgendwo ein Knick. Verdammt – weshalb war sie nicht auf die Post gelaufen? Es war Onkel Marcels glorreiche Idee gewesen, das Telefon des Weinhändlers zu benutzen.

»Ich wollte dir danken, Alan«, sagte sie ins Telefon, bemüht, den neugierig lauschenden Weinhändler zu ignorieren. »Für alles, was du für mich getan hast. Und … ich würde dich gern wiedersehen … Später, wenn der dumme Krieg vorbei ist …«

Sie lauschte in den Hörer, doch außer Rauschen und Knistern war nichts zu vernehmen. Stand die Verbindung überhaupt noch?

»Es ist leider so, dass ich kein Geld für eine Reise in die Bretagne habe …«

»Jetzt ist aber Schluss«, sagte der Weinhändler und knallte die Schublade zu. »Zu meiner Zeit hat man das Telefon nur zu wichtigen Anlässen benutzt, aber heute machen die jungen Leute schon ihre Liebesangelegenheiten per Telefon aus. Wenn ich das gewusst hätte …«

Er nahm ihr zwanzig Franc für das Gespräch ab und behauptete noch, dabei würde er draufzahlen. Tante Sybille hatte schon gestern Abend gesagt, jetzt würde man die Menschen erst richtig kennenlernen. Früher war der Weinhändler immer devot gewesen, hatte Bücklinge gemacht und den Kohnweilers einen angenehmen Tag gewünscht. Seitdem bekannt geworden war, dass sie alles verkauft hatten und nach England wollten, tat er auf der Straße, als kenne er sie nicht mehr.

»Die Ratten verlassen das sinkende Schiff«, hatte er neulich zu einer Kundin gesagt und mit dem Zeigefinger nach oben gedeutet, wo die Kohnweilers wohnten. Sein Pech, dass die Kundin eine gute Freundin von Tante Sybille war und es ihr brühwarm erzählt hatte. Es war die gleiche Freundin, in deren Wohnung die Kohnweilers einen Teil ihrer wertvollen Gemälde unterstellen würden.

Margot fühlte sich niedergeschlagen, als sie die Treppen hinaufstieg. Sie hatte Onkel Marcel ganz vorsichtig und unter Aufbietung all ihres weiblichen Charmes um Reisegeld gebeten. Aber er hatte abgelehnt. Sie wusste genau, dass er ihr den

Wunsch gern erfüllt hätte, aber seitdem er die Läden verkauft hatte, war es ihm nicht mehr möglich, kleinere Summen an der Kontrolle seiner Ehefrau vorbeizuschmuggeln. Und Tante Sybille würde ihr ganz sicher keine Alleingänge mehr ermöglichen. Zumal sie schon als billige Arbeitskraft in dem neuen Geschäft in England eingeplant war.

Oben in der Wohnung schleppten Max und Lucas zusammengerollte Teppiche aus dem Salon in den Flur. Nachher würde ein Händler vorbeikommen, der an einigen der Möbel und Teppiche Interesse hatte. Es war ärgerlich, dass man sich nicht schon Anfang Dezember entschieden hatte, dann hätte man für die Sachen noch bessere Preise erzielt. Nun aber, so kurz vor den Feiertagen, waren viele Händler in ihren Läden nicht abkömmlich. Man solle sich nach Weihnachten wieder melden, hieß es überall.

Margot hatte kaum den Flur betreten, da wurde sie von Tante Sybille schon zum Silberputzen abkommandiert. Rasch, rasch – das silberne Teeservice musste blitzen und blinken, wenn der Händler kam. Und auch die Zuckerzange, die Sahnelöffelchen, die Serviettenringe …

»Aber das sind unsere …«

Tante Sybille sah unwillig von dem aufgeklappten Koffer hoch, in dem sie Bestecke, Tischwäsche und Kristallvasen verstaute, die mit auf die Reise nach England gehen sollten.

»Eure sind das? Nun ja – es ist ja nichts Besonderes. Wenn du willst, dann behalte dir einen davon.«

Margot starrte auf die so vertrauten silbernen Ringe, in die Mama die Initialen jedes Familienmitglieds hatte eingravieren lassen, damit sie nicht verwechselt werden konnten. Bei jeder Mahlzeit hatten sie neben den Tellern gelegen, hielten die frisch gestärkten, weißen Servietten aus Leinen. Sie war sechs Jahre alt gewesen, als Papa ihr einen eigenen Ring anfertigen ließ, und Max …

»Ich möchte meinen Ring behalten. Und für Max den von Papa!«, sagte sie und zog böse die Brauen zusammen. In Wirklichkeit war sie den Tränen schrecklich nahe, aber das brauchte Tante Sybille nicht zu wissen. Diese gemeine Person, die nun auch noch das wenige verkaufte, das ihre Eltern bei der Flucht aus Deutschland gerettet hatten.

»Wovon sollen wir eure Schiffskarten bezahlen? Von allen anderen Unkosten abgesehen …«

In der Nacht lag sie schlaflos in der engen, fensterlosen Kammer und hatte das Gefühl, ersticken zu müssen. Nichts konnte sie tun, sie war machtlos, musste froh sein, dass man sie mit nach England nahm. Dass Onkel Marcel ihr Papiere besorgen würde. Dass sie wenigstens diesen kleinen Koffer mit ihren Habseligkeiten mitnehmen durfte: Kleidung, Schuhe, Wäsche, einige Bücher, ihr Teddybär, ein Malkasten, zwei silberne Serviettenringe. Sie dachte an Alan, der nun ganz sicher zornig auf sie war, auch wenn er behauptet hatte, es nicht zu sein.

Warum rufst du mich an?

Die Frage war doch der beste Beweis dafür, dass er nichts mehr von ihr wissen wollte. Alan de Morand hatte sie schon vergessen, ihr Anruf war ihm lästig gewesen. Schließlich gab es genug junge Bretoninnen, er war auf ein Mädchen, das er für treulos und widerspenstig hielt, nicht angewiesen.

Ich freue mich, dass es dir gut geht.

Mit anderen Worten: Schön, dass du von dir hören lässt, aber jetzt lass mich in Ruhe. So hatte es in ihren Ohren geklungen. Oder irrte sie sich? Hatte er nicht gesagt, er habe Angst um sie gehabt? Nun – auf jeden Fall hatte er sie nicht gebeten zurückzukommen. Mit keinem einzigen Wort hatte er das getan.

Denk nicht mehr an ihn, befahl sie sich selbst. Er tut es auch nicht. Es ist vorbei. Wir sehen uns niemals wieder …

Sie stopfte sich einen Zipfel der Bettdecke in den Mund, wie sie es als Kind getan hatte, wenn Mama nicht hören sollte, dass sie weinte. Wie dumm, um einen Mann zu weinen, der nichts mehr von ihr wissen wollte …

Der folgende Tag war Heiligabend. Noch im vergangenen Jahr hatten sie alle zusammen im Speisezimmer gesessen, Heringssalat mit hart gekochten Eiern und Weißbrot gegessen und allerlei Zukunftspläne geschmiedet. Man hatte Geschenke vorbereitet und Kerzen angezündet. Wie zuversichtlich waren ihre Eltern gewesen. Papa würde eine Stelle an der Universität erhalten, Mama wollte Klavierstunden geben, in Konzerten auftreten … Das alles war Vergangenheit. Ihre Eltern waren nicht mehr da, niemand wusste, was mit ihnen geschehen war. Niemand wollte es wissen.

»Wir müssen trotz allem mit Zuversicht und Mut nach vorn sehen«, sagte Onkel Marcel, als sie am Abend in der Küche beieinander saßen. Auch in diesem Jahr gab es Heringssalat mit harten Eiern und Weißbrot, dazu Rotwein. Auf Geschenke hatte man verzichtet, es war nicht sinnvoll, unnötigen Ballast mit auf die Reise zu nehmen. Lucas war untröstlich, er hatte sich in eine Studentin verliebt, die er nun verlassen musste. Bernard trauerte um seine Freunde.

»Die Deutschen haben doch jetzt Polen, und die Russen holen sich das Baltikum und Finnland«, meinte Lucas. »Vielleicht geben sie sich ja damit zufrieden.«

»Die Russen kriegen Finnland aber nicht«, sagte Bernard. »Weil die Finnen tapfere Soldaten sind. Und weil sie von uns und den Engländern Nachschub erhalten. Einer meiner Freunde will sich freiwillig melden, um in Finnland zu kämpfen.«

Man diskutierte eine Weile darüber, ob die Deutschen vielleicht den Russen zu Hilfe kommen würden, und besonders Onkel Marcel war der Ansicht, dass die Russen alle notorische Säufer und schlechte Soldaten seien.

»Am besten wäre es, wenn Hitler und Stalin sich gegenseitig den Garaus machten«, fand Max.

»Bisher scheint es recht ruhig zu bleiben an der deutsch-französischen Grenze«, bemerkte Onkel Marcel. »Ein wenig Geplänkel, aber die französischen Truppen haben die Deutschen bisher immer zurückgeschlagen.«

»Wahrscheinlich fahren wir für nichts und wieder nichts nach England«, knurrte Lucas, der an sein Mädchen dachte.

»Das glaube ich nicht!«, sagte Tante Sybille mit Nachdruck.

Sie gingen spät zu Bett und hatten alle zu viel Rotwein getrunken. Am ersten Feiertag waren die Kohnweilers bei Freunden eingeladen, und Margot musste Onkel und Tante begleiten, während Lucas, Bernard und Max ihrer eigenen Wege gingen. Am zweiten Feiertag hatte sich eine alte Freundin von Tante Sybille mit Ehemann und zwei Schwestern zu Besuch angesagt. Es würde sie nicht stören, in der Küche zu sitzen, man kenne sich schon so lange, und nun, da man vielleicht für immer voneinander scheiden müsse, käme es auf solche Äußerlichkeiten nicht an. Tante Sybille war gerührt, und da das Hausmädchen bereits entlassen war, stellte sie sich selbst in die Küche, um ein Abendessen zuzubereiten. Margot half ihr dabei, schälte Karotten und Kartoffeln, schnitt Zwiebeln und öffnete Dosen mit eingemachtem Hühnchen. Max, Lucas und Bernard spielten im ungeheizten Salon auf dem Fußboden Karten, Onkel Marcel saß neben dem Küchenherd und studierte ein Buch über London.

»Da sind sie schon«, rief die Tante nervös, als es an der Tür läutete. »Was wollen sie denn so früh? Ich habe doch gesagt, um sieben. Aber so ist Leah Finkelstein – sie kann nicht zuhören. Was stehst du herum, Margot? Mach die Tür auf.«

Margot unterbrach das Zwiebelschneiden und lief zum Waschtisch, um sich wenigstens etwas Wasser über die Hände laufen zu lassen. Schlimm genug, dass ihre Augen so dick verquollen waren.

Vor der Wohnungstür stand nicht die siebzigjährige Leah

Finkelstein mit Ehemann und zwei Schwestern, sondern ein hochgewachsener blonder Mann im dunklen, leicht verstaubten Anzug.

»Frohe Weihnachten«, sagte Alan und stockte dann.

Margot schniefte und rieb sich die Augen. Das musste ein Traum sein, eine Ausgeburt ihrer Phantasie, die vermutlich gleich verschwinden würde.

»Ich … ich hab Zwiebeln geschnitten …«

»Da bin ich aber froh …«, sagte er.

»Wie?«, schniefte sie.

»Weil ich schon dachte, dass du meinetwegen die ganze Zeit geweint hast.«

»Deinetwegen? Weshalb hätte ich denn … deinetwegen … weinen sollen …«

Dann fing sie tatsächlich an zu schluchzen, und da er plötzlich dicht vor ihr stand, klammerte sie sich an ihm fest. Fühlte sich von kräftigen Armen fest umschlossen, ein Jackenaufschlag, der ein klein wenig nach Mottenkugeln roch, kratzte ihre Wange.

»Margot«, flüsterte er ihr ins Ohr. »Ich wollte dich sehen … Ich hab's ohne dich nicht ausgehalten …«

Hinter ihnen öffnete jemand die Küchentür, der Geruch von frisch angebratenen Zwiebeln hüllte sie ein.

»Wer sind Sie denn?«, rief Onkel Marcel aufgeregt. »Was erlauben Sie sich? Noch ist das meine Wohnung!«

Margot löste sich aus der Umarmung und stellte sich schützend vor Alan. Eine zornige Katze, bereit zum Sprung. »Das ist Alan de Morand«, sagte sie feindselig. »Der Mann, der mir in der Bretagne das Leben gerettet hat.«

»Ach …«, machte Onkel Marcel und wich einen Schritt zurück. Ein Held war er nicht, schon gar nicht zornigen Frauen gegenüber. »Nun … trotzdem muss er dich ja nicht gleich abknutschen. So etwas mag in der Bretagne Sitte sein, aber nicht hier in Paris.«

Margot spürte, dass Alan so etwas wie eine formelle Verbeugung machte. »Pardon, Monsieur Kohnweiler«, sagte er. »Ich habe mich vergessen und entschuldige mich dafür. Ich versichere Ihnen, dass wir Bretonen in solchen Dingen sehr streng sind.«

Unfassbar, dachte Margot. Dieser Feigling. Weshalb sagt er nicht zu Onkel Marcel, er solle sich nicht so anstellen? Stattdessen macht er einen Diener und entschuldigt sich.

Tante Sybille hatte mittlerweile ihre Zwiebelpfanne zur Seite geschoben, sie erschien mit Kopftuch und Küchenschürze an der Tür und besah sich den Ankömmling.

»Treten Sie doch näher, junger Mann. Ich bin Madame Sybille Kohnweiler – wir haben miteinander telefoniert.«

»Ihr habt … telefoniert?«, staunte Margot.

Es stellte sich heraus, dass Alan noch am gleichen Tag, als Margot heimlich Kerbourgh verließ, in Paris angerufen hatte. Tante Sybille und Onkel Marcel hatten daraufhin geglaubt, Margot sei unterwegs zu ihnen, was sich später jedoch als Irrtum herausstellte.

»Wieso hat mir das niemand gesagt?«

Weder Onkel noch Tante gingen auf ihre Frage ein. Stattdessen führte man Alan in die Küche, entschuldigte sich vielmals für diesen ungewöhnlichen Ort und die Unordnung und bat ihn, auf einem Küchenstuhl Platz zu nehmen. Man erwarte Gäste und freue sich sehr, ihn dazuzählen zu dürfen.

»Ich wollte Sie keinesfalls belästigen«, sagte Alan, der ziemlich steif und verlegen auf seinem Stuhl saß. »Es ging mir nur darum, vor Ihrer Abreise noch einmal mit Margot zu sprechen. Pardon, mit Mademoiselle Margot Löwenstein …«

»Bitte sehr«, rief Tante Sybille, die am Herd stand und mit einem Bratenwender hantierte. Sie fügte das Fleisch hinzu und ließ es mit den Zwiebeln anbraten. Lautes Zischen, Rauch und der Duft von frisch angebratenem Rindfleisch erfüllten die Küche. »Sprechen Sie, junger Mann.«

Alan sah Margot fragend an, die seinen Blick unfreundlich erwiderte. So auf keinen Fall, sagten ihre Augen. Onkel Marcel ließ sich neben Alan am Küchentisch nieder und nahm die Gelegenheit wahr, einen weiteren Châteauneuf zu öffnen, schon weil der Rotwein atmen musste, damit man ihn trinken konnte. Alan ermannte sich.

»Wenn es Ihnen recht ist – ich würde gern mit Mademoiselle Margot allein sprechen.«

»Nein, das ist uns nicht recht«, gab Onkel Marcel zurück. »Wir haben in Abwesenheit ihrer Eltern die Verantwortung für Margot. Wie Ihnen wohl bekannt, ist das Mädchen noch nicht volljährig.«

»Meine Absichten sind ganz und gar ehrenwert, Monsieur Kohnweiler!« Alan hatte jetzt mit voller Stimme gesprochen, Empörung schwang in seinen Worten, und Onkel Marcel drehte sich Beistand suchend nach seiner Frau um. Margot starrte Alan mit großen Augen an. Was meinte er damit?

»Ich komme, um Sie um die Hand Ihrer Nichte zu ersuchen, Monsieur Kohnweiler!«, sagte Alan und fügte rasch in Margots Richtung hinzu: »Falls du nichts dagegen hast.«

Tante Sybille rührte weiter in der Pfanne, Onkel Marcel drehte hilflos den Flaschenkorken in seiner Hand. Margot spürte, wie ihr Herz raste.

»Du willst … mich …«, stammelte sie und begegnete Alans blauen Augen. Sie leuchteten wie das tiefe Meer, wenn die Sonne darauf lag.

In diesem Augenblick läutete es erneut an der Wohnungstür, und gleich darauf füllte sich die Küche mit den Finkelsteins. Leah und ihre beiden Schwestern fielen Tante Sybille um den Hals und weinten, während Oskar Finkelstein Onkel Marcel umhalste.

»Komm!« Margot packte Alan bei der Hand und zerrte ihn aus der Küche, wo man ihr Verschwinden in der allgemeinen

Rührung nicht bemerkte. Sie schob ihn in das leere Speisezimmer und stellte sich mit verschränkten Armen vor ihn hin.

»Du willst mich also heiraten?«

»Genau das will ich, Margot.«

»Und wieso fragst du mich nicht vorher?«

»Ich hatte noch keine Gelegenheit …«

»Und jetzt?«

Er schwieg. Besah sie von oben bis unten, versuchte einzuschätzen, ob ihre Körperhaltung empörte Ablehnung oder aufgeregte Erwartung bedeutete. Dann fuhr er sich mit der Hand übers Gesicht.

»Versteh mich bitte recht, Margot. Ich bin mit dem Auto gefahren. Zweimal ist mir das Benzin ausgegangen. Einmal musste ich eine Werkstatt aufsuchen, weil der Motor wegen der Kälte streikte. Und das an Weihnachten. Ich … ich habe kaum geschlafen …«

»Und jetzt?« Sie wiederholte ihre Worte eine Nuance sanfter, doch zu ihrem Ärger ging er immer noch nicht darauf ein.

»Ich hatte doch gehört, dass du kein Reisegeld hast. Da dachte ich, es kann nicht sein, dass solch eine Lappalie uns für immer auseinanderbringt. Ich habe mich ins Auto gesetzt und bin wie ein Verrückter gefahren. Ich hatte Angst, ihr könntet schon abgereist sein, dann wäre alles umsonst gewesen …«

»Und jetzt?«, schmeichelte sie.

Er starrte sie an und begriff endlich. Wurde ein wenig rot, weil er so viel überflüssiges Zeug geredet hatte, was eigentlich gar nicht seine Art war. Und doch …

»Jetzt frage ich dich, ob du meine Frau werden willst.«

Sie strahlte ihn an, er konnte die Antwort auf ihrem Gesicht ablesen. Dennoch war ihre Spottlust noch nicht befriedigt.

»Und was tust du, wenn ich Nein sage?«

»Ich werfe mich in die Seine …«

»Die ist zugefroren …«

»Eben deshalb. Bekomme ich jetzt eine Antwort?«

»Ich will es mir überlegen.«

»Ich brauche die Antwort sofort. Sonst setze ich mich ins Auto und fahre zurück in die Bretagne.«

»Ohne mich?«

»Ganz allein!«

»Dann komme ich lieber mit«, rief sie und warf sich in seine Arme.

Sie hatte sich jede Nacht und manchmal auch am Tag voller Sehnsucht vorgestellt, wie es gewesen war, als er sie küsste. Und nun war es doch wieder ganz anders. Zu Anfang schüchtern und sehr zärtlich, dann auf einmal so heftig, dass es fast wehtat. Er atmete hastig und flüsterte immer wieder ihren Namen, sein Mund war heiß, und sie spürte seine Zunge. Es war schrecklich schön, erweckte ein Kribbeln in ihrem Leib und machte, dass sich in ihrem Kopf alles drehte. Weder sie noch Alan hörten, dass hinter ihnen die Tür geöffnet wurde.

»Ach, hier seid ihr«, sagte Tante Sybille kurz angebunden. »Das Essen ist fertig.«

Hand in Hand erschienen sie in der Küche, wurden den Finkelsteins als »Verlobte« präsentiert, und Max sah seine Schwester böse an. Das habe er schon längst gewusst, äußerte er. Deshalb sei sie wohl so lange in der Bretagne geblieben, anstatt zu ihnen zurück nach Paris zu fahren. Sein feindseliger Blick tat Margot weh – er war eifersüchtig und betrachtete sie als Verräterin.

»Ein Bretone«, bemerkte Leah Finkelstein, der der Wein rote Flecke auf die Wangen gezaubert hatte. »Und solch ein gut aussehender junger Mann. Da möchte man zwanzig Jahre jünger sein …«

»Fünfzig Jahre, liebe Leah«, sagte ihre Schwester kichernd. »Mindestens, wenn nicht noch mehr …«

Alle lachten herzlich über diesen Scherz, am meisten Leah Finkelstein selbst. Nur Alan errötete und fasste unter dem Tisch nach Margots Hand. Später, als die Besucher fort waren, sprach man zu viert über Alans Antrag, und Tante Sybille erklärte, wenn Margot sich diesen jungen Mann in den Kopf gesetzt habe, dann sei es müßig, ihn ihr ausreden zu wollen. Zumal er einen ganz passablen Eindruck mache.

»Meine arme Schwester hat mich gebeten, auf Margot zu achten«, sagte Tante Sybille mit einer gewissen Theatralik. »Nun lege ich diese schwierige Aufgabe vertrauensvoll in Ihre Hände, junger Mann.«

Onkel Marcel überlegte schon, wie er die Schiffskarte mit Gewinn weiterverkaufen konnte, außerdem war er froh, dass es nicht mehr seine Sache war, für Margot neue Papiere zu beschaffen. Alan verlangte von ihm nur eine Heiratserlaubnis, stellvertretend für Margots Eltern – alles andere würde er schon regeln.

Die frisch Verlobten verließen Paris am folgenden Vormittag bei eisiger Kälte und Schneegestöber. Alan hatte in einem Hotel übernachten müssen – man sah auf Anstand im Hause Kohnweiler. Margot hatte überhaupt nicht geschlafen, sie hatte die halbe Nacht mit Max gestritten, ihm sogar vorgeschlagen, mit in die Bretagne zu kommen, doch er wollte nur eines: Sie sollte sich von Alan trennen und mit nach England reisen. Schließlich war er wütend und enttäuscht zu Bett gegangen, und Margot war in der Küche geblieben. Lange hatte sie geweint; am Morgen fand Tante Sybille sie am Küchentisch schlafend, den Kopf auf den verschränkten Armen.

Das Auto schlingerte auf dem glatten Kopfsteinpflaster, Kinder liefen auf dem Gehweg und bewarfen sich mit Schneebällen, vor einigen Geschäften hatten sich Schlangen gebildet. Seit Kriegsbeginn war es zu Hamsterkäufen gekommen, viele Menschen legten sich Lebensmittelvorräte an, denn man fürchtete, Paris könne von den Deutschen belagert werden.

»Du bist müde, wie?«, fragte Alan lächelnd.

»Nur ein bisschen«, murmelte sie und kuschelte sich an ihn,

während er angestrengt auf die Straße starrte, um bei dem Schneegestöber keine Abfahrt zu verpassen. Es war höllisch kalt, sie hatten Mäntel und Stiefel an, dazu noch Wolldecken umgelegt, denn der Wagen hatte keine Heizung. Dennoch schlief Margot sofort ein, warm und sicher an Alans Schulter geborgen.

Als er nach einigen Stunden an einer Tankstelle hielt, erwachte sie. Ohne das vertraute Motorengeräusch erschien es ihr merkwürdig still; watteweich fielen Schneeflocken vom grauen Himmel, setzten sich auf die Autoscheiben und klebten daran fest. Schnee bedeckte die Landschaft, machte ihre Konturen weich, ein paar kleine Häuser duckten sich unter der weißen Last, während ihren Schornsteinen dünne Rauchfäden entstiegen. Plötzlich fühlte sie sich schrecklich einsam, und sie war froh, als sie Alan erblickte, der mit großen Schritten auf den Wagen zustapfte.

»Gut geschlafen? Wir haben schon eine ordentliche Strecke hinter uns. Wenn das so weitergeht ...«

Ein paar Schneeflocken wehten zu ihr herein, während er einstieg. Er küsste sie flüchtig, drückte sie kurz an sich und ließ dann den Motor an.

»Wann zeigst du mir, wie man Auto fährt?«

»Später ...«

»Warum nicht jetzt?«

»Zu gefährlich. Bei Schnee macht der Wagen gern, was er will.«

»Ooch!«, murrte sie und tat enttäuscht.

Sie schwatzten miteinander, machten Witze und lachten laut darüber, Margot erzählte von Onkel und Tante, von ihrer Kindheit in Frankfurt, von heiteren Schulerlebnissen. Alan prahlte mit Lausbubenstreichen, schilderte Fahrten bei Sturm mit dem Fischkutter, kam immer wieder auf seine geliebten Pferde zurück. Beide vermieden es, über Dinge zu sprechen, die sie bedrückten oder die ihrer gemeinsamen Zukunft im Wege standen.

Alan schwieg sich über Marie-Anne aus, sagte auch kein Wort darüber, wie seine Eltern zu der Blitzhochzeit standen. Margot sprach nicht über das, was in Aachen geschehen war, auch nicht über ihren Bruder und das Schicksal ihrer Eltern. Halb erfroren fanden sie in der Nähe von Le Mans eine kleine Auberge und nahmen dort unter den Namen »M. Alan de Morand und Ehefrau Margot« ein Doppelzimmer für eine Nacht. Der Besitzer glaubte ihnen kein Wort, zumal Margot ihren Pass nicht vorzeigte. Er warf Alan einen langen, verständnisinnigen Blick zu und bemerkte, dass er ihnen ein Zimmer nach hinten hinaus geben würde, wo sie ungestört wären. Sie waren beide so müde, dass ihnen schon beim Abendessen die Augen zufallen wollten, später wickelten sie sich in Decken ein und schliefen wie erschöpfte Kinder in dem uralten, wackeligen Doppelbett. Die Matratze war in der Mitte so durchgelegen, dass sie sich am Morgen eng aneinandergeschmiegt wiederfanden.

»So werden wir von nun an immer aufwachen«, sagte Alan lächelnd und strich ihr das wirre Haar aus dem Gesicht. Weiter berührte er sie nicht, küsste sie nur flüchtig, bevor sie wieder ins Auto stiegen, und während er über vereiste Landstraßen gen Westen fuhr, nahm er hin und wieder ihre Hand.

Die folgenden Tage erschienen ihr später wie eine Aufeinanderfolge irrwitziger Ereignisse, die gleich einem Unwetter über sie hinwegfegten. Die Ankunft auf Kerbourgh am späten Nachmittag, das Schweigen von Alans Eltern, die offene Feindseligkeit seiner Schwester. Der laute, wütende Streit der Geschwister, der damit endete, dass sich Marie-Anne ins Auto setzte und in die Nacht davonbrauste.

Wenige Tage darauf die Hochzeit, die kriegsbedingt ohne Aufgebot möglich war. Der Gang zum Standesamt in Dinard mit Alans Eltern und dem Ehepaar Goadec, den Angestellten der de Morands, die man gebeten hatte, als Trauzeugen zu fungieren. Der Pass auf den Namen »Margot de Morand«, den Alan ihr mit verschmitztem Stolz überreichte. Kein Wort von ihrer Herkunft, nichts verriet, dass sie jüdisch war, ihren Geburtsnamen hatte man in »Pierrelion« verändert, als Geburtsort stand dort »Nantes«. Der Bürgermeister von Dinard war ein Verwandter von Madame de Morand.

Es gab keine Hochzeitsfeier und auch keine Gäste. Die Familie nahm das Mittagessen im großen Speisezimmer ein, Swana, die eben noch Trauzeugin gewesen war, bediente bei Tisch, ihr Mann Loan war längst wieder draußen bei den Pferden. Marie-Annes Platz war leer wie schon seit drei Tagen; es lag nahe, dass sie in Dinan bei Freunden übernachtete.

Die Hochzeitsnacht, die sie mit so viel Aufregung und Angst herbeigesehnt hatte, war vollkommen anders, als sie es sich vorgestellt hatte. Alan fiel nicht mit wilden Küssen über sie her, wie sie gehofft hatte, sondern er saß neben ihr auf dem Bett und unterhielt sich mit ihr, strich nur hin und wieder zart über ihren Rücken, streichelte ihr offenes Haar, schob einen Träger des Hemdchens zur Seite, um ihre Schulter zu küssen. Erst als sie ihn herausforderte, ihn frech ins Ohr kniff, an seinen Haaren zog und lachend davonlief, kam er in Bewegung. Was für ein Spiel. Sie entwischte ihm immer wieder, kroch unter den Tisch, umkreiste das Bett, ließ sich endlich von ihm in eine Ecke des Zimmers drängen und erwartete dort zitternd das Ungewitter. Es war berauschend und auch schmerzhaft, es war nie gespürte Lust und zugleich das Erschrecken über die eigenen dunklen Sehnsüchte. Alans Körper war ihr so nah wie nie zuvor, ein Teil von ihr selbst, zugleich aber auch von erregender Fremdheit. Sie schliefen nackt unter Wolldecken und Federbett, während draußen der Nachtwind an den Fenstern rüttelte, und noch vor Morgengrauen umschlangen sie einander aufs Neue. Später weckte Alan sie mit der Nachricht, er habe ein Bad für sie eingelassen, doch sie erklärte, sie sei viel zu müde, er solle selbst baden. Sie wartete ein Weilchen, dann lief sie hinüber ins Badezimmer und stieg zu ihm in die Wanne.

»Es macht Spaß, verheiratet zu sein!«, fand sie kichernd und bespritzte ihn mit Seifenwasser.

»Kindskopf«, sagte er und küsste sie.

In Handtücher einwickelt, verließen sie das überschwemmte Badezimmer, kleideten sich an und gingen hinunter in den Speiseraum. Es war schon später Vormittag, doch man hatte ihre Frühstücksgedecke noch stehen lassen. Neben Alans Teller lag ein Brief.

»Mach ihn nicht auf«, bat sie.

Doch er hörte nicht auf sie und riss den Umschlag auf. Warf nur einen kurzen Blick über das Schreiben und legte es dann langsam auf den Tisch.

Ordre d'appel sous les drapeaux

Der Einberufungsbefehl.

*

Mai 1940

Meine geliebte Margot,
es vergeht kein Tag, an dem ich nicht an Dich denke und mir sehnlichst wünsche, zu Dir zurückkehren zu dürfen. Doch es ist müßig, auf Urlaub auch nur zu hoffen: Die Lage ist angespannt, jeden Augenblick kann der Feind eine Offensive starten. Wir stehen hier, um Frankreich zu verteidigen, und wir werden unsere Aufgabe erfüllen bis zum letzten Blutstropfen.

Einstweilen ist noch alles ruhig, das Leben in der Festung geht seinen normalen Gang, erhöhte Aufmerksamkeit ist angeordnet. Wir verbringen unsere Zeit mit Wachdienst, Ausrüstung in Ordnung halten, auf Patrouille gehen, Essen und Schlafen. Geburtstagsfeiern oder Ähnliches sind gestrichen, in der knappen Freizeit sitzen wir zusammen und reden, man erfährt

so manches über die Kameraden, das uns einander näherbringt.
In den Nächten liege ich oft wach und stelle mir vor, Du wärest bei mir, meine süße Frau. Dann sehe ich Dein Gesicht vor mir, Deine dunklen Augen, die aus dem Morgenland stammen und das freche, kleine Lächeln in Deinen Mundwinkeln. Meine Hände und Lippen kennen noch jede, auch die allerkleinste Stelle Deiner Haut, und ich hüte diese Erinnerung, rufe sie mir mit Leidenschaft immer wieder ins Gedächtnis, weil sie alles ist, was ich von Dir habe.
Ich bitte Dich herzlich, meine Schwester mit Nachsicht zu behandeln, auch wenn sie Dir wenig Freundschaft entgegenbringt. In Zeiten wie diesen muss die Familie zusammenhalten, persönliche Empfindlichkeiten sollten jetzt zurückstehen, wir brauchen einander, und Frankreich braucht uns alle, jeden von uns. Wenn ich wieder bei Euch bin, will ich mit Marie-Anne sprechen, und ich bin sicher, dass wir gemeinsam eine Versöhnung herbeiführen können.
Mit Deinen Bildern hast Du mir eine riesengroße Freude bereitet, meine Liebste. Wie gut Du Kerbourgh getroffen hast. Auch das Meer und die Felsen bei Dinard habe ich sofort erkannt. Es ist aufregend, dass ich nun diese neue Seite Deines Wesens kennenlernen darf. Du bist eine Künstlerin, Margot, und ich bin unendlich stolz auf Dich. Nur bitte ich Dich herzlich, nicht allzu weit hinauszureiten, vor allem nicht allein. Du weißt, dass sich englische Soldaten in der Bretagne befinden, denen nicht zu trauen ist.
Nun ruft mich die Glocke wieder zum Dienst, und ich muss dieses Schreiben beenden. Grüße Papa und Maman, umarme sie an meiner statt, und sage auch Marie-Anne, dass ich sie liebe und an sie denke.
Vor allem aber sei Du mir gegrüßt und geküsst, meine allerliebste, süßeste Gespielin, meine wundervolle, kleine Malerin,

meine geliebte Ehefrau. Mein Herz ist bei Dir, jetzt und für alle Zeit.

Bis wir uns wiedersehen

Alan

Der Wind zerrte an dem Feldpostbrief, während Margot ihn wieder und wieder las. Sie hatte sich an Alans Bitte nicht gehalten, war wieder auf Morgane gestiegen und zum Meer geritten, sie konnte nicht anders. Hier am einsamen Strand beim Rauschen und Schlagen der Brandung und den schrillen Rufen der Möwen konnte sie ihren Gefühlen freien Lauf lassen, sie konnte schluchzen und schreien, Steine aufheben und sie voller Zorn in die heranstürzenden Wogen werfen, sie konnte sich im Sand zusammenkauern, die angezogenen Knie mit den Armen umschließen und weinen wie ein hilfloses Kind. Hier packte sie ihren Farbkasten aus und malte das Meer, auch den vielfarbigen Sand, Muscheln und Seetang, die Dünen, die silbrig im Mittagslicht glänzten. Hier las sie Alans Briefe, die sie immer bei sich trug, aus Sorge, Marie-Anne, die in all den Monaten nur zwei oder drei Briefe von Alan erhalten hatte, könnte heimlich in ihrer Post herumschnüffeln.

Sie haderte mit dem Schicksal, verwünschte den elenden Krieg, den die Deutschen, die anderen Deutschen, die Hitlerianer, angezettelt hatten. Drei Tage hatte ihre Ehe gedauert, drei Tage voller Zärtlichkeit, die umso tiefer war, als sie von dem bevorstehenden Abschied wusste. Drei Nächte, in denen sie sich kaum Schlaf gönnten, in denen sie sich liebten, miteinander flüsterten, einander festhielten, um nur ja keinen Augenblick der kostbaren Frist zu vergeuden. Die Zeit aber hatte kein Mitleid, sie zerrann ihnen zwischen den Händen, Minuten wurden zu Stunden, die Stunden zu Tagen und Nächten. Nie in ihrem ganzen Leben würde sie die letzte gemeinsame Nacht vergessen, als sie sich aneinanderklammerten und sie verzweifelt die Tränen zurückhielt. Ach, sie wollte doch gefasst bleiben, ihm den Abschied nicht zu schwer machen. Doch beim ersten Vogelruf, als Alan sie leise und zärtlich küsste, überkam sie beide der Jammer, und sie vermischten ihre Tränen. An der Eingangstür unter der gotischen Haube nahmen sie hastig voneinander Abschied, dann lief Margot hinauf in ihr Zimmer und überließ Alan seinen Eltern und Marie-Anne, die ihn mit dem Wagen nach Dinard brachte. Margot widerstand der Versuchung, auf den Turm zu steigen, um den beiden nachzusehen. Stur blieb sie auf dem Bett sitzen, starrte auf sein Kopfkissen, das noch eingedrückt und feucht von ihrer beider Tränen war, und in ihrem Kopf war eine dumpfe, beklemmende Leere.

Die ersten Tage ohne Alan waren grauenhaft. Januarstürme fegten über das Land, rissen an Türmen und Dachschindeln und beutelten die alten Bäume im Park. Sie fror entsetzlich, bekam die Kälte nicht aus ihrem Körper und erschien mit einer Wolldecke um die Schultern bei Tisch. Auf ihre vorsichtige Frage, ob sie vielleicht etwas näher beim brennenden Kamin sitzen könne, wurde ihr gesagt, sie habe sich nach der Tischordnung zu richten. Der Hausherr saß am Kopfende des Tisches, den Rücken zum warmen Kamin, rechts neben ihm seine Ehefrau, links Tante Hortense, die gegen die Kälte unempfindlich zu sein schien, denn sie trug über ihrer schwarzen Bluse niemals eine Strickjacke oder ein Schultertuch. Margot, die neben Marie-Anne saß, war somit am weitesten von allen von der Wärmequelle entfernt.

Es war Marie-Anne, die Margot – ohne es zu beabsichtigen – vor der übergroßen Kälte und Traurigkeit rettete. Sie war einen Tag nach der Hochzeit wieder auf Kerbourgh erschienen und hatte seitdem kein einziges Wort mit Margot gesprochen. Wenn sie einander auf der Treppe oder im Flur begegneten, hob Marie-Anne den Kopf ein wenig an und reckte das Kinn vor, wobei ihr Mund schmal wurde und einen verächtlichen Ausdruck annahm. Saßen sie – wie die Tischordnung es vorsah – nebeneinander am

Esstisch, dann reichte sie Margot niemals die Speisen zu, sondern überließ es Swana, dies zu tun. Da die arme Swana jedoch nicht nur die Speisen auftragen, sondern auch die mümmelnde Tante füttern musste, war Margot meist gezwungen, sich die Schüsseln selbst heranzuziehen. Es dauerte drei oder vier Tage, dann hatte Margot genug davon, sich von Alans Schwester wie Luft behandeln zu lassen, und sie begann sich zu wehren. Kaum hatte sie den Kampf aufgenommen, da kehrten auch ihre Lebensgeister zurück, und sie fror nicht mehr. Es machte ihr Spaß, Marie-Anne vor ihren Eltern laut anzusprechen und sie zu bitten, ihr den Brotkorb zu reichen. Was Marie-Anne gezwungenermaßen tun musste, wenn auch mit Todesverachtung. Einen unerwarteten Sieg errang Margot an jenem Tag, als sich Marie-Anne ohne Vorankündigung auf Alans Platz setzte. Eine unglaubliche Provokation, die Alans Vater nicht gestatten konnte. Mit boshaftem Vergnügen hörte Margot dem nun folgenden Wortwechsel zu, der damit endete, dass Pierrik de Morand sich zornrot von seinem Stuhl erhob und drohend auf seine Tochter zuging. Kurz bevor die väterliche Züchtigung Marie-Anne erreichte – hätte er ihr tatsächlich eine Ohrfeige gegeben? – gelang es Sophie de Morand, das Schlimmste zu verhindern. Marie-Anne räumte freiwillig den voreilig eingenommenen Platz und blieb für den Rest des Tages allen Mahlzeiten fern.

Am folgenden Morgen ließ Sophie de Morand die Pferde anspannen und forderte Margot auf, mit ihr nach Dinan auf den Markt zu fahren.

»Du brauchst warme Kleidung, meine Liebe«, sagte sie. »Wie man hört, soll es demnächst Bezugsscheine für alle möglichen Waren geben, da wollen wir vorher noch rasch ein paar schöne Stoffe für dich einkaufen.«

Auf dieser Fahrt lernte Margot Alans Mutter kennen, und sie begriff, dass diese Frau, die ihr stets so abweisend erschienen war, in Wahrheit ein warmherziger Mensch war. Sophie de Morand war nach außen hin karg, es fehlte ihr die Liebenswürdigkeit, jene verbindliche Art, auf Menschen zuzugehen, die allen Frauen in Margots Familie eigen gewesen war. Sie glich der felsigen Küste der Bretagne, die störrisch Wind und Wellen trotzte, um das blühende Land im Inneren vor den salzigen Meeresfluten zu schützen. Jetzt aber, da sie Margot in den Schoß ihrer Familie aufgenommen hatte und sah, wie unglücklich die junge Ehefrau ihres Sohnes war, hatte sie beschlossen, ihr beizustehen.

»Marie-Anne ist wie ihr Vater«, sagte sie, während Loan sie auf der Landstraße gen Dinan kutschierte. »Sie ist klug, aber sehr eigensinnig und stolz. Es ist schade, dass ihr beide euch nicht besser versteht, denn Marie-Anne kann eine treue und aufrechte Freundin sein.«

»Das ist schon möglich«, meinte Margot ohne rechte Überzeugung. »Es wäre mir auch lieber, mit ihr in Frieden zu leben, aber sie hasst mich. Weil ich jüdisch bin.«

Sie wollte hinzufügen, dass sie Marie-Anne diesen Hass niemals verzeihen könne, doch sie schwieg, um Alans Mutter nicht zu verletzen. Stattdessen zog sie die Wolldecke enger um sich und stopfte sie an den Seiten fest. Die alte Kutsche besaß zwar ein Dach, das gegen den eisigen Regen schützte, dennoch pfiff der Wind durch alle Ritzen.

»Für mich ist es wichtig, dass du meinem Sohn eine gute Ehefrau bist. Ich denke, ihr beiden passt zueinander. Du gibst Alan deine Lebhaftigkeit, deinen heiteren Lebensmut, und er schenkt dir seine Ruhe, seine gemessene Tatkraft.«

Sie lächelte ihr zu, und Margot staunte über so viel mütterliche Weisheit. Nicht im Traum wäre es ihr eingefallen, über solche Dinge nachzudenken. Sie liebte Alan, das war alles. Und weil sie ihn liebte, würde sie ihm auch eine gute Ehefrau sein. Ganz einfach.

»Du sollst wissen, dass auch Alans Vater dieser Ansicht ist«, fuhr Sophie de Morand fort. »Du bist in unserem Haus willkommen, Margot. Ganz gleich, was geschehen wird – du gehörst zu uns.«

Sie sprach nicht aus, an welches schlimme Geschehen sie dachte, doch beide wussten es. Weshalb darüber reden? In allen Familien fehlten die jungen Männer, ihre Plätze bei Tisch blieben leer, ihre Ehefrauen schliefen allein. Niemand nahm sich das Recht heraus, laut darüber zu klagen, denn dies war ein Schicksal, das alle miteinander verband. Der Krieg machte keinen Unterschied zwischen Arm und Reich, Adel und Bauer, Soldat und Offizier. Es hatte bereits Todesnachrichten gegeben: Gefallen fürs Vaterland, Held der großen Nation. Die Bretagne hatte schließlich auch zwischen 1914 und 1918 unzählige junge Männer verloren, nahezu jeder zweite war nicht mehr heimgekehrt.

»*... bis wir uns wiedersehen. Alan*«

Margot faltete den Brief und legte ihn sorgfältig zu den anderen in den kleinen Zigarrenkasten, den Alans Vater ihr gegeben hatte. Zigarren waren inzwischen eine Luxusware, die sich Pierrik de Morand nur noch selten leistete. Er hatte die Not zur Tugend gemacht und behauptete scherzhaft, dass der Krieg doch sein Gutes habe, denn er helfe ihm, sich das leidige Rauchen abzugewöhnen. Margot war froh darüber, da sie in letzter Zeit immer wieder unter Übelkeit litt. Sie schrieb es der ungewohnt fetten Kost zu, der vielen Butter in den Speisen, den Fischgerichten, die ihr fremd waren, auch den Austern, die sie nur aus Höflichkeit hin und wieder zu sich nahm. Vor allem aber schlug ihr die Anspannung, unter der sie alle standen, auf den Magen, dieser Zustand zwischen Angst und Hoffnung, dieser Krieg, der keiner war, denn die Deutschen schienen nicht zu wissen, was sie wollten. Mal hieß es, sie bereiteten eine Offensive vor, dann wieder kam die Nachricht, alles sei abgeblasen, der kalte Winter habe Hitler einen gewaltigen Strich durch die Rechnung gemacht, vor Frühlingsbeginn würde wohl kein deutscher Soldat gen Frankreich marschieren. Nun aber war es schon Mai, und noch immer schien Hitler unentschlossen. Eine französische Offensive an der Maginot-Linie war von den Deutschen zurückgeschlagen worden, und seitdem herrschte im Grenzgebiet eine lauernde Ruhe.

Margot richtete sich auf einem niedrigen Felsen ein, ihrem Lieblingsplatz, weil sie hier vor Wind geschützt ihre Malsachen ausbreiten konnte. Sie würde sich heute an den frechen Möwen versuchen, die am Strand nach Muscheln pickten. Manchmal saß eine dicht vor ihr auf einem Fels, unbeweglich, wie zu Stein erstarrt, zeigte ihr den leicht gebogenen Schnabel der Räuberin, das schöne, blütenweiße Federkleid, die schwarz gerandeten Flügel. Dann, urplötzlich und aus einem Grund, den nur eine Möwe begriff, stieß sie sich von ihrem Felsen ab und schwang sich in die Luft. Wobei sie fast immer einen weißen Klecks hinterließ.

Margot hatte schon in Frankfurt gern mit Wasserfarben gemalt, die Begabung für die Malerei hatte sie von ihrem Vater geerbt, während Max eher Mama nachschlug und schon mit vier Jahren den ersten Klavierunterricht erhalten hatte. Auf Kerbourgh hatte Margot zunächst Bleistiftzeichnungen angefertigt, die sie den Briefen an Alan beilegte. Sie wollte ihm auf diese Weise ein kleines Stück seiner Heimat mitgeben, denn sie wusste, wie eng er mit der Bretagne verbunden war. Als er ihre Zeichnungen in der Post an seine Eltern erwähnte, fuhr Pierrik de Morand in höchsteigener Person mit dem Wagen nach Dinard und kehrte mit einem Aquarellmalkasten samt Zubehör zurück.

»Damit du ihm auch die Farben der Bretagne hinübersenden kannst.«

Das war im April gewesen, als der Frühling das Land mit den ersten bunten Blüten schmückte. Nie hätte sie geglaubt, dass die Wiesen und Wälder hinter der rauen Küste eine solch vielfältige Farbenpracht entwickeln würden. Da leuchteten weiße Margeriten und gelbe Narzissen in den Wiesen, Veilchen verbargen sich zwischen jungen Grasbüscheln, und in den Bauerngärten sprossen duftende Hyazinthen und bunte Stiefmütterchen. Margot verbrachte ganze Tage mit Malen, fing immer wieder von vorn an, schnitt manche Bilder zurecht, um wenigstens einen Teil davon noch zu retten, und oft glaubte sie, gar nicht genug Farben zu haben, um diesen prächtigen Frühling aufs Papier zu bannen. Wer konnte das fröhliche Treiben einfangen, das in den dichten Hecken herrschte? Dort hatten die Vögel Nest an Nest gebaut, von Geißblatt, Brombeerranken und wilden Erdbeeren verborgen piepste und raschelte, flatterte und knisterte das neu erschaffene Leben, als gäbe es in dieser Welt weder Krieg noch Not.

Margot drückte den Pinsel an einem Lappen aus, tauchte die Spitze leicht in die Farbe und zeichnete die zarten rötlichen Füße der Möwe. Hart waren sie und mit den Krallen eines Raubvogels besetzt, griffen tief in den weichen Sand oder auch in den Körper eines Beutetieres, jetzt jedoch schienen sie locker auf dem harten Granit zu liegen, lässig, die langen Zehen leicht gespreizt. Zufrieden steckte Margot den Pinsel in das Wassergefäß und hielt den Zeichenblock ein wenig weiter von sich ab, um kritisch auf ihr Werk zu sehen. Ja, dieses Mal war es gelungen. Sie hatte diesen seltsamen Ausdruck zwischen Unschuld und Grausamkeit in den Augen der Möwe eingefangen, der sie schon immer fasziniert hatte. Im Hintergrund hatte sie einige dieser brillanten Flugkünstler als weiße Schemen über dem Meer schweben lassen, was weniger geglückt war. Zu klobig waren die Vogelkörper geraten, eher dicke Tauben als Möwen, was hauptsächlich daran lag, dass die Flügel zu kurz geraten waren. Sie seufzte und überlegte, ob sie vielleicht mit dem Papiermesser nachhelfen sollte, wenn das Bild getrocknet war. Nur ein wenig kratzen, bis das weiße Papier zum Vorschein kam, und die Flügel so verlängern. Alan würde diesen Trick sicher gar nicht bemerken – Papa hätte es natürlich auf den ersten Blick gesehen …

Sie ließ den Zeichenblock auf die angezogenen Knie sinken und lehnte den Rücken gegen den sonnenwarmen Fels. Lächelnd spürte sie, wie sich das Kind in ihrem Bauch bewegte, und sie legte die Hand auf die Stelle, als könnte sie es berühren, das Köpfchen streicheln, den winzigen Fuß kitzeln. Seit April wusste sie sicher, dass sie schwanger war, eine Erkenntnis, die sie zuerst erschreckt, bald aber auf seltsame Weise verändert hatte. Sie war gelassener geworden, ertrug Marie-Annes Feindseligkeit mit gleichgültiger Miene, sie konnte einen ganzen Abend lang mit Alans Eltern zusammensitzen und Konversation betreiben, sie brachte es sogar fertig, sich ein Weilchen mit der armen, verwirrten Tante Hortense zu beschäftigen, ihr die knochigen, verkrümmten Hände zu streicheln und zu spüren, dass sie diese Berührung genoss. Nur noch hin und wieder, vor allem dann, wenn ein Feldpostbrief von Alan eintraf, stürzte die Verzweiflung über sie her, und sie floh aus Kerbourgh, um am Meer mit ihrer Sehnsucht nach ihm allein zu sein. In ihrem nächsten Brief würde sie ihm von ihrer Schwangerschaft berichten, sie hatte es bisher immer hinausgeschoben und auch seine Eltern gebeten, die Nachricht noch zurückzuhalten, denn sie hatte gehofft, Alan könne für einige Tage auf Urlaub nach Hause kommen. Dann hätte sie ihm die wundervolle Neuigkeit selbst erzählen können, seine Verblüffung und Freude gesehen und ihm …

Morgane, die nicht weit von ihr an einem Büschel Heidekraut knabberte, hob ruckartig den Kopf und schnaubte.

»Margot!«

Sie erschrak, denn es war Marie-Anne, die ihren Namen gerufen hatte. Marie-Anne, die niemals freiwillig das Wort an sie richtete.

»Meine Güte, ich habe dich überall gesucht!«

Ihre Schwägerin stapfte durch den Sand, stieg über Geröll, und allein ihr Schritt zeigte schon, wie ärgerlich sie war. Der

Rock ihres Sommerkostüms war eng und kurz, er behinderte sie beim Gehen, ihr kurzes, blondes Haar wehte im Wind.

Margot raffte mit einer instinktiven Bewegung das Pappkästchen mit Alans Briefen an sich und ließ es in der Tasche ihrer weiten Jacke verschwinden.

»Was willst du?«

Sie hatte die Frage eigentlich in freundlichem oder wenigstens gleichmütigem Ton stellen wollen, doch es klang eher gereizt. Marie-Anne blieb stehen, warf einen kurzen Blick über die ausgebreiteten Malsachen und zog dann den linken Schuh aus, um den Sand herauszuschütten.

»Pack deine Sachen zusammen, und steig zu mir in den Wagen. Sofort.«

Margot rührte sich um keinen Zentimeter. Wie kam diese Person dazu, ihr Befehle zu erteilen? Was hatte sie überhaupt hier zu suchen? »Ich denke nicht daran.«

Marie-Anne hüpfte auf einem Bein, sie hatte Mühe, das Gleichgewicht zu halten und den Schuh wieder überzustreifen. Ganz offensichtlich war sie nicht freiwillig hier, denn sie fluchte leise vor sich hin. Ein langer bretonischer Fluch, den Margot nicht verstand.

»Mach jetzt kein Theater. Mama und Papa haben mich geschickt. Die Deutschen sind einmarschiert, es wird möglicherweise auch hier zu Kämpfen kommen.«

Margot blieb für einen Moment das Herz stehen. Da war er, der Krieg. Er war schon im Land, ohne dass sie davon gewusst hatte. Und Alan? Hatte er nicht kämpfen wollen bis zum letzten Blutstropfen?

»Wo sind sie durchgebrochen?«

Marie-Anne lachte hart und kurz. Sie machte einen Versuch, das flatternde Haar aus dem Gesicht zu streichen, gab es jedoch gleich wieder auf. »Diese Teufel sind über Belgien und die Ardennen gekommen. Still und heimlich haben sie alle unsere

Grenzbefestigungen umgangen. Es heißt, sie marschieren jetzt nach Süden, um Paris einzunehmen. Andere sagen, dass sie nach Westen ziehen. Wenn das stimmt, werden sie bald hier sein.«

Es schwang ein Hauch von Bewunderung in ihren Worten mit, und Margot hasste ihre Schwägerin dafür. Was für ein Mensch war sie nur? Wie konnte Alan von ihr verlangen, sich mit dieser Frau zu versöhnen?

»Ich verstehe«, sagte sie kurz angebunden. »Sag deinen Eltern, dass ich unterwegs bin. Ich reite auf Morgane zurück.«

Marie-Anne schnaufte verdrießlich und bemerkte, dass Margot in ihrem Zustand überhaupt nicht reiten sollte. Aber das sei ihre Angelegenheit. Sie habe ihr die Fahrt mit dem Wagen angeboten, mehr könne sie nicht tun.

Margot wartete, bis ihre Schwägerin hinter den Felsen verschwunden war und den Motor des Wagens anließ. Erst dann stand sie auf, legte ihre Sachen in die Tasche und führte Morgane über das Geröll hinauf zum Uferweg.

In ihrem Kopf war ein fürchterliches Durcheinander. Da war eine unsinnige Erleichterung. Das nervenzerfetzende Warten hatte ein Ende, der Krieg hatte das Land erreicht, es würde zu einer Entscheidung kommen. Doch es sah nicht gut aus. Die Deutschen waren nach Frankreich eingedrungen, sie marschierten schon gen Paris. Aber sie hatten die Grenzfestungen umgangen – also hatte Alan auch nicht kämpfen müssen. War das nun gut oder schlecht? Es war gut, weil er heil und unverletzt blieb. Aber es war auch schimpflich, kampflos besiegt zu werden.

Tante Sybille und Onkel Marcel fielen ihr ein. Wie klug sie gewesen waren, nach England zu fliehen. Dort waren sie vorerst in Sicherheit. Aber wenn die Deutschen tatsächlich Paris einnahmen, was würde dann mit Leah Finkelstein und ihren beiden Schwestern geschehen?

*

Der Krieg näherte sich wie ein bedrohlicher Schatten, ein dunkles Inferno, das unaufhaltsam heranglitt, um sie zu verschlingen. Draußen lockte die üppig blühende Natur, doch Margot blieb die meiste Zeit im Haus, lag auf dem Bett, saß im Speisezimmer und starrte aus den Fenstern. Konnte man einen geliebten Menschen in der Ferne mit der Kraft seiner Gedanken erreichen? *Alan, Liebster – wo bist du? Geht es dir gut?*

Dreimal am Tag versammelte sich die Familie um den Radioapparat, der inzwischen im großen Speisezimmer aufgestellt worden war, und man hörte die Nachrichten. Dünkirchen war gefallen, zweitausend deutsche Panzer rollten gen Westen, die belgischen und englischen Soldaten, die Frankreich hatten verteidigen sollen, flohen über den Kanal nach England. Aber immer noch redete der französische Nachrichtensprecher von »entsetzlichen Verlusten«, die die Deutschen hätten hinnehmen müssen. Drei Tage später waren sie in Rouen, mit zwanzig frischen Divisionen. Wer wollte sie aufhalten?

Hin und wieder ging sie hinunter in den Park, um ein wenig zu malen, doch die Freude, die sie sonst bei dieser Tätigkeit spürte, blieb jetzt aus. Es gab keine Nachricht von Alan, kein Brief erreichte Kerbourgh, und ob ihre Briefe ihren Ehemann erreichten, war ungewiss. Für wen also sollte sie malen? Der englische Sender hatte vermeldet, dass sich viele französische Grenzfestungen freiwillig ergeben hätten. Die Verteidiger seien in deutsche Kriegsgefangenschaft geführt worden – man konnte also hoffen, dass Alan noch am Leben war. Sie ertappte sich bei dem Gedanken, dass es vielleicht besser wäre, wenn Frankreich recht bald kapitulierte. Dann war der Krieg vorbei, und man würde die Gefangenen nach und nach in die Heimat entlassen. Lange konnte es nicht mehr dauern, die Deutschen standen schon kurz vor Paris.

Manchmal ging sie hinüber zu den Pferdeweiden, um Morgane einen Leckerbissen zu bringen: trockenes Brot, die ersten kleinen Karotten, die sie vom Gemüsefeld stibitzte, oder ein Stückchen Würfelzucker. Die schöne Morgane war Alans Hochzeitsgeschenk gewesen, eine Gabe, mit der er ihr all seine Liebe bewies und die sie beide aneinanderband. Alans Eltern sahen es nicht gern, dass Margot sich weit vom Haus entfernte, denn es waren immer wieder deutsche Kampfflieger am Himmel zu sehen. Wie es schien, unterstützten sie das Vorrücken der Bodentruppen und unternahmen Aufklärungsflüge. Obgleich sie viel zu hoch flogen, um gefährlich zu werden, versetzte allein das Geräusch Margot in Unruhe. Kerbourgh war ein markanter Bau, das Schlösschen mit den spitzen Türmen fiel gewiss auch aus der Luft deutlich ins Auge. Aber weshalb hätten die Deutschen wohl ein einsames graues Schlösschen bombardieren sollen?

Marie-Anne kümmerte sich wenig um die dringenden Bitten ihrer Eltern, zu Hause zu bleiben. Sie fuhr fast täglich mit dem Wagen nach Dinan hinunter und kehrte erst spät in der Nacht von ihren Treffen zurück. Margot hatte Alans Vater nach diesen Leuten gefragt, jedoch nur ungenaue Antworten erhalten. Es seien Hitzköpfe, die der Sache der Bretonen wenig Gewinn bringen würden. Leute, die für eine gute Sache kämpften, aber den falschen Weg einschlügen, Extremisten, Spinner, selbst ernannte Heilige. Er hatte noch weitere Ausdrücke gebraucht, die den Kern der Sache jedoch ebenso wenig erhellten. Margot wurde klar, dass er über die fatale Ideologie der PNB mit ihr nicht sprechen wollte, vermutlich, um sie zu schonen. Aber sie war recht froh darüber, dass weder Alan noch seine Eltern etwas mit diesen Leuten zu tun haben wollten.

Die französische Hauptstadt fiel am 14. Juni, drei Tage später hörte man Pétains Greisenstimme im Radio. Der sinnlose Kampf müsse aufhören, man werde einen Waffenstillstand aushandeln.

»Welche Schande …«, murmelte Alans Vater.

»Bravo!«, jubelte Marie-Anne.

Margot und Alans Mutter nahmen die Nachricht schweigend zur Kenntnis.

Wenige Tage später geschah etwas Schreckliches. Früh am Morgen wurde Margot von einem überlauten Sausen geweckt, ein dröhnendes, pfeifendes Geräusch, das unheilverheißend über das Schloss hinwegfegte. Dann ein Aufschlag, dumpf, wie wenn ein Stein in einen frisch gepflügten Acker geworfen wird. Margot fuhr im Bett auf und legte instinktiv die Hand auf den Bauch. Sie war so heftig erschrocken, dass das Kind sich bewegt hatte. Nebenan, wo Marie-Anne ihr Zimmer hatte, wurde ein Fenster aufgerissen, aus dem Schlafraum der Eltern drangen erschrockene Stimmen.

»Jesus Christus – dort drüben liegt er.«

»Wo? Wo denn?«

»Auf der Jacobswiese. O mein Gott – die armen Pferde sind verrückt vor Angst. Wenn sie nur nicht durch die Hecke brechen …«

»Jetzt sehe ich ihn auch. Er brennt am Heck …«

»Wir müssen etwas tun, Pierrik …«

Margot war zum Fenster gelaufen und hatte die Gardine beiseitegeschoben. Doch sie konnte nichts weiter Auffälliges sehen, nur den Park unter ihr und weiter draußen die Weiden und Artischockenfelder. Wahrscheinlich war das seltsame Flugwesen auf der anderen Seite des Schlosses abgestürzt. Im Flur schlug eine Tür, jemand rannte die Treppe hinunter, gleich darauf war die aufgeregte Stimme von Pierrik de Morand zu hören.

»Marie-Anne! So warte doch. Marie-Anne!«

Sie hörte nicht, wie üblich. Als Margot auf den Flur hinaustrat, war Alans Vater schon seiner Tochter gefolgt, Sophie de Morand aber stand noch im langen Nachtgewand an der Schlafzimmertür.

»Beruhige dich, und geh zurück ins Bett, Margot«, sagte sie.

»Es ist nichts weiter geschehen. Ein feindliches Flugzeug wurde in Brand geschossen, es ist auf unserer Wiese gelandet.«

Margot war alles andere als beruhigt. Eine deutsche Maschine war dicht bei Kerbourgh notgelandet. Die Besatzung würde aus dem Flugzeug klettern und einen Unterschlupf suchen. Wahrscheinlich waren sie bewaffnet.

»Wir müssen die Eingangstür verbarrikadieren«, sagte sie aufgeregt. »Sie werden vielleicht versuchen, ins Haus einzudringen ...«

Sophie de Morand schüttelte den Kopf und fasste sie bei den Schultern, um sie sanft zurück ins Schlafzimmer zu schieben.

»Mach dir keine Sorgen, Margot. Ich nehme an, sie sind gar nicht mehr in der Lage zu flüchten.«

»Du meinst, sie sind ... tot?«

»Das wäre wohl das Beste«, sagte die Bretonin ohne Bedauern.

Margot setzte sich gehorsam auf das Ehebett, während Sophie de Morand hinüberging, um sich anzukleiden. Dann, fast ohne sich dessen bewusst zu werden, streifte auch Margot das Nachthemd ab und zog ihre Kleider an. Sie waren tot und würden in dem abgestürzten Flugzeug verbrennen. Wie grauenvoll. Wenn sie nun aber gar nicht tot, sondern nur bewusstlos waren?

Auf einmal waren die Feinde, vor denen sie sich eben noch gefürchtet hatte, hilflose junge Männer, die den Tod vor Augen hatten. War der Tod nicht für alle gleich schrecklich? Freund oder Feind – musste man nicht versuchen zu helfen?

Sie eilte die Treppe hinunter, trat aus der Eingangstür, und jetzt konnte sie den stechenden Brandgeruch riechen. Drüben, nicht weit von dem kleinen Haus der Goadec stieg schwarzer Rauch in den hellen Morgenhimmel. Sie begann zu laufen, vernahm hinter sich die Rufe ihrer Schwiegermutter, sie solle doch um Gottes willen hierbleiben, doch sie kümmerte sich nicht darum. Keuchend rannte sie durch den Park, benutzte einen Durchschlupf durch die Hecke, weil das eiserne Tor geschlossen war, lief an der Pferdeweide entlang zum Haus der Goadec. Dort stand Swana mit dem jüngsten Sohn, dem dreijährigen Tomaz, der wie am Spieß brüllte und sich dabei die Ohren zuhielt.

»Sie sind drüben, Madame«, rief Swana und zeigte mit dem Finger in die Richtung der Rauchsäule. »Sie versuchen, die Türen zu öffnen. Gott helfe ihnen. Wenn das Feuer den Tank erreicht, geht alles in die Luft …«

In diesem Moment drehte der Wind und trieb ihnen den Rauch entgegen, sodass sie beide husten mussten. Swana winkte ihr, sie solle mit ins Haus kommen, und brachte sich mit dem Kind in Sicherheit. Margot musste sich gegen die Stallwand lehnen, ihr war plötzlich entsetzlich übel. Für einige Minuten verharrte sie, versuchte, zu Atem zu kommen, die scheußliche Übelkeit zu überwinden. Dann ging sie weiter, nahm den Durchlass durch eine dichte Hecke und erblickte endlich das verunglückte Flugzeug. Es war grau und viel kleiner, als sie vermutet hatte. Eine der beiden Tragflächen war beim Sturz abgerissen, sodass der Rumpf schräg lag und die drei Fensterchen nach oben zeigten. Wenn der Wind den Rauch beiseitewehte, konnte man sehen, dass hinter den Fenstern Bewegung war. Die Männer versuchten verzweifelt, sich aus dem brennenden Flugzeug zu retten, doch durch den Aufprall hatte sich offensichtlich die Tür verklemmt. Loan, Swanas Mann, und seine beiden Söhne waren mit langen Bohnenstangen bewaffnet, sie stießen damit in die Fenster, um sie einzuschlagen, damit die Insassen herauskriechen konnten. Auch Marie-Anne hatte eine Stange genommen, sie wollte offenbar die Tür von außen entriegeln, doch ihre Versuche waren erfolglos, zumal ihr Vater sie immer wieder packte und von dem brennenden Flugzeug zurückzerrte …

Margot starrte auf die Szene. Wieso rannte niemand hinüber zu dem Flieger und riss einfach die Tür auf? Man konnte die armen Kerle doch nicht einfach sterben lassen! Für einen Augenblick sah sie ein blasses, verzerrtes Gesicht hinter einer der

Scheiben, dann ertönte ein gewaltiges Krachen – Flugzeug und Helfer verschwanden in einer Wolke aus Feuer und Rauch.

Margot rührte sich nicht, stand wie unbeteiligt bei der Hecke und sah den Flammen zu, die nun wild und gierig emporloderten, alles vernichtend, was ihnen zur Nahrung dienen konnte. Es musste ein Traum sein, einer dieser schlimmen Albträume, die sie manchmal in der Nacht heimsuchten. Es war nicht möglich, dass diese jungen Männer, die eben noch um ihr Leben gekämpft hatten, nun in dem Flammeninferno zu Asche wurden. Sie sah Loan, der sich ins Gras geworfen hatte und sich nun langsam aufrichtete, nach seinen Söhnen ausschaute und sie dicht neben sich fand. Beide waren unverletzt, der ältere hielt die Stange noch fest und warf sie erst jetzt von sich, um aus der Gefahrenzone zu kriechen. Auf der anderen Seite hielt Pierrik de Morand seine Tochter mit beiden Armen umklammert; sie hatte den Kopf an seine Schulter gelegt, und es sah aus, als weinte sie. Weit hinten, am anderen Ende der Weide, hatten sich die verschreckten Pferde versammelt, hielten sich eng beieinander und sahen mit großen, glänzenden Augen auf das Feuer.

»Der Herr sei ihrer armen Seelen gnädig«, sagte Sophie de Morand, die Margot gefolgt war. »Auch wenn diese deutschen Teufel wohl besser in der Hölle aufgehoben wären.«

Am Nachmittag des gleichen Tages fuhren mehrere Konvois in St-Malo ein, besetzten die Festung und nahmen in verschiedenen Gebäuden Quartier. Die letzten französischen und englischen Kämpfer flohen in der Nacht auf Fischkuttern über die Manche – wie man im Radio hörte, sammelte ein Offizier namens De Gaulle in England Freiwillige, um von dort aus die französische Heimat zu befreien. Einige Tage später näherten sich zwei Militärfahrzeuge Kerbourgh, hielten vor dem geschlossenen Parktor, und die Insassen schienen zunächst unschlüssig, was zu tun war.

»Da sind sie«, sagte Pierrik de Morand, der seit Kriegsbeginn in regelmäßigen Abständen auf den Turm stieg und mit einem uralten, vom Vater geerbten Fernrohr die Umgebung absuchte. »Wie gut, dass Loan und ich das Silber und den Schmuck vergraben haben.«

»Vielleicht fahren sie weiter, wenn sie merken, dass das Tor verschlossen ist«, meinte Margot hoffnungsvoll.

»Das glaubst du doch wohl selber n…« Marie-Anne unterbrach ihren Satz, denn es waren Schüsse zu hören. Zwei Soldaten waren aus dem vorderen der beiden Fahrzeuge gestiegen, hatten ihre Gewehre auf das Schloss des schmiedeeisernen Tores gerichtet und es zerschmettert. Sie verpassten den Torflügeln noch einige Fußtritte, bis diese aufsprangen und sich zur Seite schieben ließen. Man sah die beiden lachen, sie warfen sich Scherzworte zu, bevor sie wieder in den Wagen stiegen und die Fahrzeuge sich in Bewegung setzten. In gemessenem Tempo durchfuhren sie die Allee, man konnte die Gewehrspitzen sehen, die rechts und links aus den Fenstern ragten. Der Park wäre der ideale Ort für einen Hinterhalt gewesen.

Swana hatte Angst, die Tür zu öffnen, sie verkroch sich in der Küche und jammerte, man würde sie jetzt gewiss alle der Reihe nach erschießen. Margot versuchte, sie zu beruhigen, während Sophie de Morand hinauflief, um Tante Hortense in ihrem Zimmer einzuschließen. Die alte Frau war unberechenbar und hätte sich möglicherweise in Gefahr gebracht. Pierrik de Morand holte tief Luft und reckte das Kinn, dann schritt er zur Eingangstür seines Hauses. Er hatte nicht vor zu warten, bis man sich auch hier mit Gewalt Einlass verschaffte. Er war der Herr dieses Hauses und trat den Eindringlingen mutig entgegen.

»Ich grüße Sie, meine Herren. Schloss Kerbourgh steht allen wohlmeinenden Menschen gastfrei offen.«

Sie gaben sich zuvorkommend, grüßten in aller Freundlichkeit, und einer der beiden Offiziere, ein blonder junger Mensch mit schmalen Augen und Oberlippenbärtchen, stellte sich als Leutnant Obermayer vor. Er sprach ein sehr hart klingendes Französisch und war bemüht, keinen grammatischen Fehler zu machen. Sein Kamerad hier sei Dr. Troost, seines Zeichens Stabsarzt im Rang eines Majors. Hinter ihnen standen vier Mannschaftsleute, die beiden Fahrer waren in den Fahrzeugen sitzen geblieben.

»Wir benötigen eine Aufstellung aller Personen, die hier im Hause wohnen, außerdem das Personal und weitere Personen, die sich gelegentlich hier aufhalten. Wenn Sie uns dann Ihre Pässe vorlegen wollen …«

»Mit welchem Recht?«, fragte Pierrik de Morand in einer Anwandlung von Widerstandsgeist.

Die Mienen der beiden Offiziere wurden ernst. Leutnant Obermayer trat einen Schritt zurück und deutete nach oben.

»Mit dem Recht des Siegers, mein Herr. Oder wollten Sie uns mit dieser weißen Flagge nur täuschen?«

»Mit welcher weißen Flagge?«

Entgeistert starrte Pierrik de Morand den Sprecher an, dann entschloss er sich, unter der gotischen Haube des Eingangsbereichs herauszutreten und einige Stufen hinabzusteigen. Jetzt sah auch er das weiße Betttuch, das aus Marie-Annes Fenster hing und sich im Wind bauschte.

»Meine Tochter …«, murmelte er fassungslos. »Marie-Anne …«

Seine offensichtliche Verblüffung erregte große Heiterkeit bei den beiden Offizieren, auch die Mannschaftsleute erlaubten sich ein Grinsen. Die Deutschen waren freundliche Leute und zeigten Humor.

»Ein kluges Mädchen, Ihre Tochter, Herr Morand. Sie sollten auf sie hören.«

Pierrik de Morand war sehr bleich geworden, er bewegte die Lippen, doch man vernahm seine Stimme nicht. Hilflos wanderte sein Blick zwischen dem weißen Laken und den lachenden Gesichtern der Deutschen hin und her.

»Dann wollen wir mal«, meinte der Leutnant mit einem auffordernden Kopfnicken. »Die Aufstellung, dazu die Pässe, und außerdem würden wir uns gern das Gebäude von innen ansehen.«

Margot, die die Szene von einem Flurfenster aus beobachtet hatte, verspürte tiefes Mitleid mit Alans Vater. Seine eigene Tochter hatte ihm die Entscheidung aus den Händen genommen und ihn dem Gelächter der Eroberer preisgegeben. Vielleicht hatte sie den Vater damit schützen wollen, aber Margot konnte sich nicht denken, dass Pierre de Morand ernsthaft Widerstand geleistet hätte. Ein kleines Wortgeplänkel – mehr wäre nicht gewesen, aber es hätte sein Selbstbewusstsein aufrechterhalten.

So stand er hilflos auf der Treppe, während die Besatzer an ihm vorbei ins Haus eindrangen, die Küchentür aufstießen, wo Swana einen gepressten Schrei hören ließ, und gleich darauf die Tapetentür zum Büro öffneten. Noch bevor sie Margot am Flurfenster entdeckten, vernahm man Marie-Annes Stimme.

»Ich grüße Sie, meine Herren …«

Sie war die Treppe hinuntergelaufen, aber auf der vorletzten Stufe stehen geblieben und wirkte dadurch sehr groß. Die beiden Offiziere hatten angefangen, im Büro herumzuschnüffeln, ließen jetzt aber davon ab und wandten sich der blonden jungen Frau zu. Zu Margots allergrößter Verblüffung hatte Marie-Anne deutsch gesprochen.

Man betrachtete sie mit sichtlichem Wohlgefallen: Nicht nur die Offiziere, auch die Mannschaftsleute schienen von Marie-Annes Haltung beeindruckt. Eine Französin, die sich bemühte, deutsch zu sprechen. Das war ihnen bisher noch nicht begegnet.

»Freundlichsten Dank, gnädige Frau«, sagte Leutnant Obermayer und nahm sogar die Mütze ab, um besonders galant zu erscheinen. Auch der Stabsarzt Dr. Troost, der bereits in den Jahren war und außer einem Doppelkinn auch ein ansehnliches

Bäuchlein mit sich herumtrug, begrüßte die hübsche blonde Bretonin mit einer perfekten Verbeugung.

»Sie sind ohne Zweifel die junge Dame, die für die weiße Fahne oben verantwortlich ist. Das war sehr klug von Ihnen und hat Ihre Familie vor unnötigem Blutvergießen bewahrt.«

»Genau das war auch meine Absicht«, meinte Marie-Anne mit herzlichem Lächeln. »Darf ich Sie hinauf in den Saal bitten, meine Herren? Wir können uns dort zwangloser unterhalten. Wenn Sie gestatten, lasse ich Ihnen eine kleine Erfrischung bringen, solange wir die Pässe zusammensuchen und die gewünschte Aufstellung verfassen.«

Diese lange Rede hielt sie in einer höchst seltsam klingenden Mischung aus Deutsch, Bretonisch und Französisch. Die Männer sahen einander fragend an. Dr. Troost bemerkte leise, dass man trotz allem vorsichtig sein müsse, vor allem bei Lebensmitteln und Getränken, aber auch in geschlossenen Räumen.

»Ach was!«, murmelte der Leutnant. »Meinem Gefühl nach ist sie in Ordnung.«

»Weil der Sitz Ihrer Gefühle momentan nicht im Kopf, sondern anderswo ist«, knurrte der Arzt. »Aber meinetwegen. Die Mannschaften bleiben am Eingang und auf der Treppe postiert.«

Erst jetzt bemerkte man die Anwesenheit einer weiteren jungen Frau, was zu Stirnrunzeln Anlass gab. Man war also heimlich beobachtet worden.

»Meine Schwägerin, Margot de Morand«, stellte Marie-Anne vor. »Außerdem leben hier meine Mutter und eine ältere Verwandte. Mein Bruder Alan ist Soldat – wir haben seit Wochen keine Nachricht von ihm …«

Marie-Anne hatte das Zepter übernommen, hatte sich zur Hausherrin gemacht und führte ihre deutschen »Gäste« hinauf in das große Speisezimmer. Margot und Pierrik de Morand folgten, während sich zwei der Soldaten am Eingang aufstellten und die anderen beiden die Treppe bewachten.

»Ein wunderbarer Raum, gnädiges Fräulein«, hörte man die Stimme des Leutnants. »Herrschaftlich, ach was: fürstlich. Und dieser Ausblick! Man kann von hier aus die gesamte Umgebung überschauen. Ein schönes Land, die Bretagne …«

»Nehmen Sie doch bitte Platz, meine Herren. Papa, sei so lieb, und biete unseren Gästen etwas zu trinken an. Entschuldigen Sie mich für einen Moment, ich gebe nur rasch unserem Hausmädchen ein paar Anweisungen. Die Ärmste ist ganz furchtbar erschrocken …«

Stühle wurden gerückt, der Stabsarzt, Major Troost, bemerkte, man möge doch keine Umstände machen, sie hätten nicht vor, länger zu verweilen als unbedingt nötig.

Marie-Anne eilte die Treppe hinunter und flüsterte Margot im Vorbeigehen zu: »Es ist besser, wenn du kein Deutsch redest.«

Margot nahm den Satz schweigend zur Kenntnis. Nun war eingetreten, wovor sie sich die ganze Zeit über gefürchtet hatte – sie war vollkommen in Marie-Annes Hand. Ein falsches Wort, eine Meinungsverschiedenheit – und ihre Schwägerin konnte sie mit Leichtigkeit ans Messer liefern. Gewiss – vorerst würde sie Alan und ihren Eltern zuliebe schweigen. Nach außen hin. Aber man konnte einen solchen Hinweis auch anonym geben oder um Diskretion bitten. Denunzieren nannte man so etwas, und Margot war fast sicher, dass Marie-Anne sich ihrer früher oder später auf diese Weise entledigen würde.

Sie spürte, wie sich ein Arm um ihre Schultern legte. Es war Sophie de Morand, die die verlangten Pässe herbeigeholt hatte und nun in den großen Speiseraum treten wollte.

»Nur Mut, meine Kleine«, sagte sie leise zu Margot. »Wir sind bei dir, vergiss das nicht.«

»Danke, Maman«, flüsterte Margot zurück.

Sophie de Morand hatte ihr schon vor Wochen angeboten, sie »Maman« zu nennen, doch bisher hatte Margot das nicht fertiggebracht. Jetzt aber kam das Wort wie von selbst über ihre Lippen.

»Hol deinen Pass, Margot. Damit wir sie so bald wie möglich loswerden, diese Schurken.«

»Ja …«

Ach, die dumme Angst! Wie klein sie einen Menschen machen konnte. Wie schändlich feige und charakterlos. Wo war ihr Mut geblieben? War sie noch die Gleiche, die Hals über Kopf nach Deutschland gefahren war, um nach ihren Eltern zu forschen? Nein, inzwischen war sie eine andere geworden. Da war Alan, ihr Geliebter und Ehemann. Da war sein Kind in ihrem Bauch. Diese beiden besaßen ihre ganze Liebe, für sie musste sie leben. Ihretwegen fürchtete sie Verschleppung und Tod.

Gehorsam legte sie dem deutschen Leutnant ihren Pass vor die Nase und ließ sich von ihm begaffen, erwiderte sein Lächeln, das ihr anzüglich vorkam.

»Wie ich sehe, gibt es in diesem Schlösschen jede Menge schöner Damen. Sie sind ein glücklicher Mann, Herr Morand!«

Pierrik de Morand verzog keine Miene. Wenn die Besatzer auch seinen Wein tranken, so hatte er doch wenig Lust, auf ihre abgeschmackten Scherze einzugehen.

Der Leutnant zeigte sich mit den vorgewiesenen Pässen zufrieden, erkundigte sich nach den Angestellten und wollte wissen, ob es französische Truppen in der Nähe gäbe. Darauf erklärte Marie-Anne, dass Zivilpersonen über militärische Dinge nicht informiert seien.

»Natürlich«, sagte Leutnant Obermayer, der keine andere Antwort erwartet hatte. »Wir suchen nach einem deutschen Flieger, der hier in der Nähe abgestürzt ist. Ist Ihnen davon etwas bekannt?«

Er sah Margot an, als habe er die Frage allein an sie gestellt, und sie überlegte fieberhaft, ob es klug war, ihnen das schreckliche Geschehen zu schildern.

»Allerdings«, antwortete Marie-Anne an ihrer Stelle. »Wir haben den Absturz sogar gesehen und waren an Ort und Stelle, um den im Flieger eingeschlossenen Männern zu helfen. Leider ohne Erfolg …«

Die beiden deutschen Offiziere wechselten einen Blick, sie schienen misstrauisch.

»Die Besatzung befand sich noch im Flugzeug?«, fragte Dr. Troost ungläubig. »Wie seltsam. Wir sind so gut wie sicher, dass sie sich alle vier mit dem Fallschirm retten konnten.«

Es war offensichtlich, dass sie der Ansicht waren, man habe die Besatzung des Fliegers verschwinden lassen. Gefangen genommen, irgendwo eingesperrt, vielleicht sogar gefoltert und ermordet.

»Wie viele Männer in der Maschine waren, kann ich nicht sagen«, übernahm Marie-Anne wieder das Wort. »Auf jeden Fall mehr als einer. Die Tür hatte sich verkeilt. Unser Angestellter Loan und seine beiden Söhne haben versucht, die Fenster einzuschlagen, damit die Männer sich retten könnten. Aber die Maschine brannte zu diesem Zeitpunkt schon, sodass wir nicht wagten, allzu nah heranzugehen …«

»Das Flugzeug ist explodiert?«

»Leider. Es war für uns alle schrecklich. Wir hätten gern geholfen …«

Leutnant Obermayer warf dem Stabsarzt einen fragenden Blick zu, der verzog das Gesicht und murmelte leise etwas, das wie »Verdammt« oder »Verflucht« klang.

»Der Flieger ist also ausgebrannt?«

»Völlig …«

»Wir würden die Stelle gern sehen. Schicken Sie uns Ihren Angestellten – wie war sein Name? – Léon. Wir haben ein paar Fragen an ihn. Ist in der Umgebung etwas gefunden worden?«

»Was sollte man gefunden haben?«, fragte Marie-Anne, die trotz allem ihre zuvorkommende Haltung bewahrte.

Der Leutnant machte eine vage Armbewegung, es könne ja sein, dass während des Absturzes etwas aus dem Flieger herausgeschleudert worden sei. Instrumente, Gerätschaften, Papiere …

Niemand wusste etwas von irgendwelchen Funden, es sei auch unwahrscheinlich, denn der Flieger sei bis auf eine abgerissene Tragfläche unbeschädigt gewesen. Die beiden Offiziere gaben sich mit dieser Erklärung anscheinend zufrieden und sprachen dem Imbiss zu, den Swana in aller Eile und mit zitternden Fingern zubereitet hatte. Brot, Käse, eingelegte Artischocken, kalte Fleischpastete und eingesalzene rohe Sardinen. Dazu tranken sie reichlich Cidre, den sie für eine Art Apfelmost hielten. Marie-Anne brachte es fertig, mit den Herren anzustoßen und ein Gespräch über die Bretagne zu führen, ein Land, das dem Leutnant Obermayer aus Rosenheim und Dr. Troost aus Hamburg bisher unbekannt gewesen war.

»St-Malo – ja, davon hat man gehört. Ein Badeort, nicht wahr? Dinard? Nie vernommen. Auch ein Badeort? So, so …«

Margot schwieg sich aus, und auch Alans Eltern beteiligten sich nicht an dem Gespräch. Alles erschien seltsam unwirklich. Diese beiden Offiziere traten wie zwei Biedermänner auf, freundlich, wissbegierig, den Damen gegenüber zuvorkommend, sie versuchten sogar, galant zu sein. Ihre Begeisterung für die Bretagne war echt. Nur war es die Begeisterung eines Menschen, der im Begriff ist, einen gerade erworbenen Besitz in Augenschein zu nehmen.

»Paris hat also verboten, dass hierzulande in den Schulen bretonisch gesprochen wird?«, rief der Leutnant kopfschüttelnd. Das sei ja so, als würde Berlin den Schülern in Rosenheim verbieten, bayerisch zu reden. Berauscht vom Cidre, erklärte er sich als Bayer mit den Bretonen solidarisch und kündigte an, dass unter einer deutschen Regierung solche Zustände sofort abgeschafft würden.

Der Stabsarzt, der mehrere Gläser Cidre getrunken hatte,

ohne dass sie irgendeine Wirkung zeigten, drängte nun zum Aufbruch. Man danke herzlich für die Gastfreundschaft und die angenehmen Gespräche, leider müsse man dennoch auf einer Durchsuchung aller Räume bestehen.

»Bitte sehr, meine Herren«, sagte Marie-Anne mit hoheitsvoller Geste. »Sehen Sie sich um – wir haben nichts zu verbergen.«

Sie durchwühlten das Schloss vom Dachboden bis hinunter in den Keller, öffneten die leeren Überseekoffer, erschreckten die arme Tante Hortense, schauten unter alle Betten, in alle Schränke und klopften die Kellerwände nach Hohlräumen ab. Obgleich sie nichts fanden, verabschiedeten sie sich mit größter Höflichkeit, entschuldigten sich für die Unordnung, die sie hinterließen, und erklärten, sie hätte leider Befehle.

»Wenn die Gelegenheit sich ergibt, würde ich gern das Gespräch über die Bretagne vertiefen«, erklärte der Leutnant. »Dies ist ein sehr angenehmer Ort, den ich gern einigen meiner Kameraden zeigen möchte …«

»Es wird mir ein Vergnügen sein«, gab Marie-Anne zurück.

Die beiden Militärfahrzeuge hatten Mühe, auf der schmalen Allee zu wenden, sie zerquetschten mit den Hinterrädern die Stiefmütterchen in den Beeten und knickten einen blühenden Rosenbusch. Als sie das Anwesen endlich durch das immer noch offen stehende Gittertor verlassen hatten, blieb auf Kerbourgh beklommenes Schweigen zurück. Margot, die erwartet hatte, dass Alans Vater zornig über Marie-Anne herfallen würde, sah sich getäuscht. Pierrik de Morand zog sich ohne ein Wort ins Schlafzimmer zurück, während Sophie de Morand Swana zu sich rief, um mit ihr gemeinsam nach Tante Hortense zu sehen. Marie-Anne folgte ihnen, und Margot hörte, wie sie auf ihre Mutter einredete.

»Es war das Klügste, was wir tun konnten, Maman. Ich habe es für euch getan. Für uns alle. Glaubst du etwa, mir ist es leichtgefallen, diesem Boche um den Bart zu gehen?«

Es hörte sich wie eine verzweifelte Rechtfertigung an, auf die sie jedoch keine Antwort erhielt. Nach einer Weile hörte Margot sie wütend die Treppe hinunterlaufen, dann wurde die Haustür aufgerissen und ins Schloss geworfen. Vermutlich würde Marie-Anne zu ihren Freunden nach Dinan fahren.

Margot fühlte sich wie betäubt und zugleich unendlich erschöpft. Müde und am ganzen Körper zitternd legte sie sich auf ihr Bett und versuchte, ihre Gedanken zu ordnen. Der Waffenstillstand war verkündet, die Deutschen hielten Frankreichs Norden besetzt, der alte Marschall Pétain würde sich als williger Vasall der neuen Herren zeigen. Welches Opfer würde sich Hitler als Nächstes aussuchen? Russland? England? Spanien? Er würde nicht ruhen, bis ihm ganz Europa gehörte, und überall würde er die Juden verfolgen und in Lager sperren lassen. Sie spürte, wie das Kind sich in ihrem Bauch bewegte, und versuchte, sich zu beruhigen. Es war doch alles glimpflich abgelaufen. Niemand hatte an ihrem Pass etwas auszusetzen gehabt. Sie konnte ihr normales Leben auf Kerbourgh fortsetzen – essen, schlafen, malen, das Kind in ihrem Schoß wachsen lassen. Auf Nachricht von Alan warten. Frankreich war erobert, es würde keine Kämpfe mehr geben. Der Krieg war für sie vorbei.

Es gelang ihr tatsächlich, die aufkommende Panik niederzukämpfen. Die Müdigkeit nahm überhand, sie schloss die Augen und sank in die erlösende Dämmerung des Schlafes. Bilder zogen an ihrem inneren Auge vorüber, zärtliche und schreckliche Schatten griffen nach ihr, hoben sie empor und stießen sie wieder hinab in den Strom des Unbewussten. Worte blitzten auf und vergingen wieder, fügten sich zusammen, wurden zu einem Satz. Immer wieder der gleiche Satz, bis sie endlich seine Bedeutung verstand.

… Dies ist ein sehr angenehmer Ort, den ich gern einigen meiner Kameraden zeigen würde …

Mit einem Schlag war sie hellwach. Sie würden zurückkommen, natürlich. Kerbourgh hatte dem deutschen Leutnant gefallen. Kerbourgh und Marie-Anne. Sie würden ihn ganz sicher bald wiedersehen.

Sie setzte sich im Bett auf und strich sich das schweißfeuchte Haar aus dem Gesicht. Draußen war es schon dunkel – sie musste den Rest des Nachmittags und den Abend verschlafen haben. Sie tastete nach dem Schalter der Nachttischlampe, um auf dem Wecker die Zeit abzulesen, da vernahm sie plötzlich ein Geräusch am Fenster. Erschrocken hielt sie inne und lauschte. Jemand hatte einen kleinen, harten Gegenstand gegen das Fensterglas geworfen. Kein Licht machen, dachte sie. Ruhe bewahren. Vielleicht war es ja doch ein Zweig, den der Wind losgerissen hat …

»Margot!«, rief jemand unten mit halblauter Stimme.

Sie erstarrte, brauchte eine Weile, um sich zu besinnen, dann warf sie die Bettdecke zurück und lief zum Fenster. Riss die Gardine zur Seite und versuchte, in der Dunkelheit etwas zu erkennen.

»Margot! Soll ich bis morgen früh hier stehen?«

Sie schluchzte auf, zerrte wie eine Verrückte an dem Fensterflügel, der sich verklemmt hatte. Gab es schließlich auf und rannte barfuß die Treppe hinunter. Die Eingangstür war von innen verschlossen, wie es zur Nacht üblich war, und sie musste erst den Schlüssel im Büro holen. Vor Aufregung fand sie kaum das Schlüsselloch, riss dann die schwere Tür auf. Da stand er. Heil und gesund.

»Alan! O mein Gott! Alan!«

Sie lag in seinen Armen, lachte, weinte, streichelte seine bärtigen Wangen. Ließ sich von ihm die Treppe empor in ihr Schlafzimmer tragen und begriff erst nach einer Weile, was er ihr zwischen seinen Küssen zuflüsterte.

Er war aus der Kriegsgefangenschaft geflohen.

Frankfurt, Juni 2010

»Und sonst?«, fragte Gitti mit harmloser Miene.

Katharina strich einen Rechtschreibfehler und zwei falsch gesetzte Accents mit rotem Kuli an. Ein ganzer und zwei halbe Fehler. Weiter unten noch ein dummer Grammatikfehler, das war ärgerlich, Jasmin hatte die Regel grundsätzlich verstanden. Wie schade, sie würde ihr wieder keine fünfzehn Punkte geben können. Und dabei wäre es gerade in Jasmins Fall …

»Lass mich wissen, wenn dir mein Geschwätz lästig ist«, fiel Gitti in ihre Gedanken hinein. »Dann setze ich mich brav in die Kaffeeecke, oder ich tue etwas für die Allgemeinheit und gieße mal die völlig vertrockneten Topfpflanzen.«

Katharina hob den Kopf und sah die Kollegin stirnrunzelnd an. Gitti war heute ganz in Rosa gekleidet: Hose, T-Shirt, Strickjacke, ja, sogar die Sandalen hatten roséfarbene Lederriemchen. Es stand ihr zu der blonden Lockenfrisur gar nicht schlecht, nur fand Katharina, dass dieses Outfit nicht an den Arbeitsplatz Schule gehörte.

»Nein, nein«, sagte sie rasch und klappte Jasmins Heft zu. »Setz dich nur zu mir. Ist der Kaffee für mich?«

Gitti strahlte sie an und erklärte, den Kaffee extra für sie geholt zu haben. Leider habe sie die Kaffeesahne vergessen, dafür aber zwei Tütchen Zucker mitgebracht.

»Danke dir …«

Katharina rührte Zucker in die schwarze Brühe und ärgerte sich wieder einmal darüber, dass die beiden Becher aus Steingut nur oberflächlich gespült worden waren. Überall noch Flecken und Fingerabdrücke. Es war immer das Gleiche – niemand fühlte sich für das Lehrerzimmer verantwortlich, die Pflanzen an den Fenstern wurden nicht gegossen, auf den Tischen lag allerlei Zeug herum, das niemandem gehörte, aber auch nicht weggeräumt wurde, und wenn die Kaffeemaschine mal wieder entkalkt werden musste, entspann sich ein langwieriger Streit darüber, wer diese Aufgabe erledigen sollte. Wieso störte sie das in letzter Zeit ganz besonders?

»Na, erzähl schon, Kati!«

»Was soll ich denn erzählen? Ich sagte doch, dass alles im grünen Bereich ist.«

»Tatsächlich? Und der Trend hält an?«

Gitti trank einen langen Schluck und sah Katharina dabei über den Rand des Bechers hinweg mit wachsamen Augen an. Vermutlich hoffte sie auf eine Beziehungskrise zwischen Katharina und ihrem Freund, denn sie selbst war wieder einmal solo. Der heiße Flirt hatte sich leider als kalter Kaffee entpuppt.

»Ich kann nicht klagen«, meinte Katharina lächelnd. »Seit unserem Bretagne-Urlaub ist Patrik wie verwandelt. Unter uns gesagt: Ich glaube, er ist endlich erwachsen geworden.«

Beide kicherten. Am anderen Ende des Raums blickte Friedhelm Künzel, ein älterer Kollege, von seinem Buch auf und runzelte die Stirn.

»Finden Sie nicht auch, dass manche Männer erst mit Mitte dreißig erwachsen werden?«, rief Gitti zu ihm hinüber.

Er räusperte sich umständlich und meinte schließlich, er habe den Eindruck, dass viele junge Männer in der heutigen Zeit überhaupt nicht mehr erwachsen würden.

»Da könnten Sie allerdings recht haben …«

»In früheren Zeiten haben junge Leute Verantwortung übernehmen müssen«, fuhr er eifrig fort. »Mit achtzehn hat Alexander der Große ein Weltreich erobert …«

»Mit dreißig war er ja auch schon tot«, fiel Gitti dazwischen.

»Mein Großvater musste mit neunzehn Jahren in den Ersten

Weltkrieg ziehen, mein Vater wurde anno dreiundvierzig nach Russland geschickt, da war er achtzehn. Heute sitzen die feinen Knäblein vor dem Fernseher und lassen sich von Mami Schokolade und Cola bringen …«

»Sie meinen, unserer Jugend fehlt ein Dritter Weltkrieg?«, provozierte Gitti grinsend.

»Ach was!«

Kollege Künzel winkte ärgerlich ab und widmete sich wieder seiner Lektüre. Er war nicht gewillt, sich mit Kollegin Gebauer auseinanderzusetzen, nicht in dieser oberflächlichen Art und Weise.

»Und er kocht tatsächlich jeden Tag?«, fragte Gitti mit gedämpfter Stimme. »Gerichte, die man essen kann?«

Katharina nickte und fügte hinzu, dass Patrik sich im Internet über gesunde Lebensmittel und passende Rezepte informiere. Keine Fertigpizza mehr, sondern frisches Gemüse, Salat, Kurzgebratenes und viel Reis. Neulich habe er sogar einen Wok angeschafft …

»Ein Saulus wurde zum Paulus«, witzelte Gitti. »Demnächst wird er deine Schuhe putzen und deine Hemdchen bügeln. Ach – by the way – er hat nicht zufällig in anderer Hinsicht nachgelassen? Ich meine, es könnte ja sein, dass diese neuen Angewohnheiten eine ganz bestimmte Ursache haben …«

Katharina rollte die Augen und fand, dass Gittis Phantasie reichlich einseitig war.

»Er ist nicht schwul, falls du das meinst.«

Gitti lächelte unbeirrt und versicherte ihr, dass viele Männer diese Veranlagung erst spät in sich entdeckten. Viele seien jahrelang verheiratet gewesen und hätten Kinder in die Welt gesetzt. Sie hätte vor Jahren einmal eine Beziehung mit einem Mann gehabt, der eigentlich schwul gewesen sei, es aber noch mal mit einer Frau versuchen wollte …

Katharina blickte hilfesuchend zu der Wanduhr über dem

Eingang des Lehrerzimmers, die in ihrer Schlichtheit Ähnlichkeit mit einer Bahnhofsuhr hatte. Noch zehn Minuten – die würde sie schon noch herumbringen. Gittis Gerede war heute mal wieder ganz besonders lästig.

»Und wie geht's bei dir?«, fuhr sie zwischen Gittis erotische Schilderung. »Sitzt du etwa am Abend allein vor dem Fernseher?«

»Ich? Wo denkst du hin, Schätzchen? Nein, nein, das hebe ich mir fürs Altersheim auf. Ich ziehe mit einer Freundin durch die Kneipen und schaue mir knackige Männerpopos an …«

Bei den letzten Worten sah sie zu Friedhelm Künzel hinüber, der jedoch den Blick nicht von seinem Buch hob. Nur seine Ohren schienen plötzlich auffällig gut durchblutet, sie leuchteten förmlich.

»Kannst ja mal mitkommen«, schlug sie Katharina vor. »Oder lässt dich dein Liebster am Abend nicht mehr auf die Straße?«

»Bei Gelegenheit … Ich hab viel zu tun …«

Gitti zuckte die Schultern und meinte, das ginge ihnen allen so. Als der Schulgong ihre Worte übertönte, atmete Katharina auf. Was war nur los mit ihr? Sie kannte Gitti doch seit fast zwei Jahren und wusste, was von ihr zu erwarten war. Dennoch hätte sie ihr liebend gern gesagt, sie solle sie mit ihrem Gequassel in Ruhe lassen und sich zum Teufel scheren.

Wenige Sekunden nachdem der Gongschlag verhallt war, hörte man erstes, noch leises Stimmengewirr, Türen wurden geschlagen, der Geräuschpegel stieg an und wurde zum alltäglichen Schullärm: einer Mischung aus Schreien, Kreischen, Fußtritten, Gepolter, Gelächter und dem Quietschen unzähliger Schuhsohlen auf dem Bodenbelag des Flures. Die Tür des Lehrerzimmers wurde von außen geöffnet, Kollegen strebten herein, schlüsselklirrend, einige hatten es eilig, als wären sie auf der Flucht.

»Wo willst du denn hin?«

»Ich habe Pausenaufsicht«, erklärte Katharina. »Bis später …«

»Na, dann viel Spaß!«

Niemand liebte diese Aufgabe, weil man im Ernstfall auf verlorenem Posten stand. Es gab Tage, da verhielten sich die Schüler ruhig und vernünftig, Streitereien ließen sich durch verbales Eingreifen entschärfen, niemand kam auf die Idee, mit kleinen Gummibällen herumzuwerfen, harten Dingern, die wie Geschosse wirkten. Höchstens ein paar aus der Siebten, die man aus der Raucherecke verscheuchen musste, oder ein Tollpatsch, der über seine eigenen Füße gestolpert war. An anderen Tagen jedoch war die Hölle los. Warum? Darüber hatte Katharina oft nachgegrübelt. Lag es am Wetter? Am Fernsehprogramm des Vorabends? Gab es irgendwelche unerforschten Strahlungen aus dem All oder aus dem Erdinneren, die Aggression hervorriefen? Sonnenwinde? Kometen, die an unserem blauen Planeten vorbeirasten und die Atmosphäre in Unordnung brachten? Sie hatte einmal eine Forschungsarbeit eines Meteorologen gelesen, der nachwies, dass vor und während des Zweiten Weltkrieges eine außergewöhnliche klimatische Situation herrschte, die den Kriegsverlauf entscheidend beeinflusste.

Wie auch immer – heute war solch ein Tag. Sie hatte es schon in der ersten Stunde bemerkt, als sie in der neunten Klasse Deutsch unterrichtete. Eigentlich war diese Neun eine nette Klasse – keine Überflieger, eher ein wenig unterbelichtet, aber liebe Kinder. Heute jedoch hatten sie nur Blödsinn im Kopf, und sie hatte mehrere Strafarbeiten vergeben müssen.

Im Flur wurde sie von einigen Mädchen bedrängt, alberne Dreizehnjährige aus der Acht, zwei Türkinnen und eine Albanerin. Sie versuchten mit allerlei Tricks herauszufinden, wie die Deutscharbeit ausgefallen war, hatten jedoch wenig Erfolg, da Frau von Staden in keine der ausgeworfenen Schlingen tappte. An der Glastür zum Pausenhof liefen die drei enttäuscht davon, und Katharina blinzelte in das Gewimmel der Schüler, die aus mehreren Ausgängen auf den staubigen, von der Junisonne erhitzten Pausenhof hinausstrebten. Der Hof war nach drei Seiten hin von Gebäuden begrenzt, an der Straßenseite schützten ein Drahtzaun und eine hohe Ligusterhecke die Schüler vor dem dichten Verkehr und Straßenlärm. Wo war eigentlich Kollege Bräunling, der gemeinsam mit ihr Aufsicht hatte? Vermutlich hatte er sich wieder einmal in der Turnhalle verspätet und erschien nur für die letzten fünf Minuten. Sie spazierte langsam, scheinbar ungerührt von dem Geschrei und Getobe, in Schlangenlinien quer über den Hof, ermahnte hie und da, rief einzelne Schüler beim Namen. Laut Gesetz war es ihr nicht erlaubt, einen Schüler anzufassen oder ihn gar festzuhalten. Sie konnte nur die Namen aufschreiben und die Vorfälle dem Klassenlehrer beziehungsweise dem Direktor melden.

Ein Gummigeschoss zischte dicht an ihr vorüber, sie drehte sich blitzschnell um, konnte aber – wie üblich – nicht mehr ausmachen, wer der Werfer gewesen war. Ihre Ermahnung traf unschuldige Mienen, Schulterzucken und das Übliche: »Ich hab nix gemacht … ehrlich!«

Gleich darauf wurde es ernst, sie hörte es an den aufgeregten Rufen, noch bevor sie die dichte Traube von Schülern in der Mitte des Pausenhofs entdeckte. Es musste eine Prügelei im Gange sein. Wenn sie Pech hatte, war es sogar der Ausbruch offener Feindseligkeiten zwischen zwei der miteinander verfeindeten ethnischen Gruppen.

»Frau von Staden«, rief ein Mädchen in heller Aufregung. »Schnell kommen. Masum schlägt mein' Bruder tot …«

Es war Jasmin, die fünfzehnjährige Türkin, ein begabtes Mädchen, das Katharina besonders am Herzen lag. Jasmin hatte zwei Brüder, die leider wenig Wert auf Schulbildung legten und schon mehrere Klassen wiederholt hatten. Masum hingegen war Kurde und erst seit einigen Wochen in dieser Schule. Zwischen Türken und Kurden schwelte ein jahrhundertealter Hass, den auch die Kinder untereinander austrugen.

Katharina wusste, dass es gefährlich für eine weibliche Lehrkraft war, in einen offenen Konflikt zwischen zwei Schülern einzugreifen. Sie blickte sich verzweifelt nach Kollege Bräunling um – vergeblich. Schließlich eilte sie auf das Gedrängel zu, schob die Schüler auseinander, um sich einen Durchgang zu verschaffen, und geriet sofort in Schwierigkeiten, da die dichte Traube von Schülern mit den Bewegungen der Kämpfer hin- und herwogte. Da war Masum, er blutete aus der Nase, der andere schien Sami zu sein, der ältere von Jasmins Brüdern. Beide Kämpfer hielten einander umklammert, jeder versuchte, den anderen zu Boden zu werfen.

»Masum! Sofort aufhören! Auseinander!«

Es war hoffnungslos, ihre Stimme wurde von dem vielstimmigen Gebrüll der Schüler zugedeckt, die die Kämpfer anfeuerten. Es war nicht einfach, einen festen Stand zu behalten, Schüler wurden gegen sie gedrückt, schoben sie zur Seite, andere drängelten von hinten nach, um zu sehen, was los war. Sie sah Jasmin, die hinter ihrem Bruder stand und ihn sinnloserweise an der Jacke zog; sie weinte und schrie irgendetwas, das niemand in dem allgemeinen Lärm verstehen konnte.

Wo waren die Kollegen? Man musste doch vom Lehrerzimmer aus sehen, was hier los war! Wieso half ihr denn niemand? Katharina hielt es nicht mehr aus, sie fasste Masums Arm, packte ihn, so fest sie es vermochte, und zerrte ihn zur Seite. Er stieß nach ihr, spuckte Blut und erhielt im gleichen Moment einen kräftigen Schlag seines Gegners mitten ins Gesicht.

»Sami – verdammt noch mal. Hör auf! Auf der Stelle!«

Masum taumelte zurück, prallte mit dem Rücken gegen zwei Klassenkameraden, die laut auf ihn einbrüllten. Er hielt sich die Hand vors Gesicht, der Schlag musste sehr schmerzhaft gewesen sein.

»Schluss jetzt!«, schrie Katharina von Staden. »Alle beide!«

Masum achtete gar nicht auf sie. Mit einem wütenden Schrei

sprang er auf Sami zu und trat mit dem rechten Fuß gegen dessen Brust. Ein kurzer, blitzartiger Angriff, erlernt bei irgendeiner Kampfsportart und perfekt ausgeführt. Sami, der sich bereits seines Sieges erfreute, traf es vollkommen unerwartet, er stürzte rücklings zu Boden und riss dabei seine Schwester mit.

Plötzlich war Kollege Bräunling da, brüllte herum, der Schulhof sei kein Wrestling-Ring, sie würden alle beide vor den Direktor kommen, er habe die Nase voll von solchen Idioten. Wieso sie nicht in ihrer Heimat geblieben seien, da könnten sie aufeinander eindreschen, aber hier in Deutschland hätten sie sich gefälligst zu benehmen …

Er hatte trotz allem nicht den Mut, einen der beiden Jugendlichen anzufassen, wartete stattdessen, bis weitere Kollegen herbeigelaufen kamen. Masum stand vornübergebeugt und versuchte, das Blut, das aus seiner Nase lief, mit dem Jackenärmel aufzufangen, während Sami am Boden neben seiner Schwester saß und nach Luft rang. Jasmin war unglücklich mit dem Hinterkopf auf das Pflaster aufgeschlagen; jetzt lag sie reglos mit geschlossenen Augen am Boden.

»Kati – was ist los? O Gott!« Gitti drängte sich durch die Schüler und kniete neben Katharina nieder, die Jasmin vorsichtig in Seitenlage brachte und immer wieder ihren Namen rief. Keine Reaktion.

»Notarzt«, sagte Katharina. »Hast du dein Handy?«

Gitti verneinte, gleich darauf boten ihr mehrere Schüler ihre Mobiltelefone an, einer hatte sogar schon die Notrufnummer gewählt. Aus den faszinierten Zuschauern waren plötzlich mitfühlende, hilfsbereite Jugendliche geworden. Auch Kollege Bräunling fasste sich jetzt ein Herz und führte gemeinsam mit zwei Lehrerinnen den immer noch keuchenden Sami über den Hof zum Krankenzimmer, während Friedhelm Künzel, ohne ein einziges Wort zu verlieren, den Arm um Masum legte und ihn mit sich fortzog. Man vernahm die energische Stimme einer älteren Kollegin, die große Pause sei beendet, alle Schüler hätten sich jetzt zurück in die Klassenzimmer zu begeben.

»Hier gibt es nichts zu gaffen! Bewegt euch! Nein, sie ist nicht tot, Britta. Sie ist nur unglücklich gefallen. Los, los – der Unterricht hat schon angefangen …«

Was auch immer man gegen Gitti vorbringen konnte, sie hatte ihre guten Seiten. Sie tröstete Kati, erklärte, sie könne überhaupt nichts für diesen unglückseligen Unfall, jeder Kollege wisse, dass man in einen bereits eskalierten Konflikt nur sehr schwer eingreifen könne.

»Bleib in aller Ruhe hier – ich kümmere mich um deine Schüler. Du gibst doch jetzt in der Acht Kunst, da bin ich gleich nebenan mit den Kleinen. Mach ich einfach die Türen auf und gut ist …«

Katharina nickte. Sie wäre sowieso nicht von Jasmins Seite gewichen. Das Mädchen atmete normal, der Puls ging sehr schnell, und man konnte sehen, dass sich ihre Augäpfel unter den Lidern bewegten. Ausgerechnet Jasmin. Wenn das Schicksal schon beschlossen hatte, solch ein Unglück geschehen zu lassen – wieso wählte es gerade dieses Mädchen aus? Jasmin war auf einem guten Weg gewesen, sie konnte es bis zum Abitur bringen, wenn man sie unterstützte. Zu Hause hatte sie keine Hilfe, da herrschte noch die Ansicht, dass eine Frau keine höhere Schulbildung brauchte, sie sollte ihrem Mann gehorchen, den Haushalt machen und Kinder kriegen … Katharina strich ihr das schwere, dunkle Haar zurück und legte die Hand auf ihre Schläfe. Aus ihrem Hinterkopf sickerte helles Blut. Ein Schädelbruch? O Gott – wenn sie nur wieder gesund wurde!

Es dauerte eine gefühlte Ewigkeit, bis zwei Sanitäter und ein Arzt mit einer Trage über den Hof auf die Unglücksstelle zutrabten. Der Schulleiter, Herr Krüger, lief hinter ihnen her, beobachtete aufmerksam, wie der Arzt das Mädchen untersuchte, die Reflexe prüfte, den Puls, die Atmung. Dann legte man Jasmin

mit fachmännischem Griff auf die Trage und brachte sie
das Hauptgebäude zum Krankenwagen, der vor dem Schule
gang stand.

»Ich möchte Jasmin gern ins Krankenhaus begleiten«, sagte Katharina.

Ihr Vorgesetzter schüttelte verneinend den Kopf. Das Mädchen sei ja nun in guten Händen, er würde es übernehmen, die Eltern zu verständigen, und außerdem würde Jasmin von ihrem Bruder und einem weiteren Schüler begleitet. Die beiden seien bei der Auseinandersetzung ebenfalls verletzt worden.

»Sie hatten Pausenaufsicht, Frau von Staden?«

Fragend zog er die dünnen, rötlichen Augenbrauen hoch und nickte dann zufrieden, als Katharina die Frage bejahte. Was für ein blödes Theater, dachte sie. Er braucht doch nur auf den Aufsichtsplan zu schauen.

»Dann hoffen wir mal das Beste«, äußerte er und warf einen angewiderten Blick auf die Blutflecken, die auf dem Asphalt zurückgeblieben waren. »Wo ist der Hausmeister? Er soll diese Schweinerei mit ein paar Eimern Wasser beseitigen. Möglichst noch vor der zweiten großen Pause.«

Katharina klopfte sich den Staub von der Hose, zog das dunkelblaue T-Shirt glatt und war froh, dass man die beiden Flecken auf der dunklen Hose nicht bemerkte. Er hat recht, dachte sie. Es ist schließlich nicht die erste Prügelei, und es wird leider auch nicht die letzte sein. Weshalb rege ich mich so auf? Schulalltag, nichts weiter. Eine Pädagogin braucht gute Nerven, wer allzu sensibel reagiert, ist für diesen Job nicht geeignet. Als sie die Treppe in den zweiten Stock hinaufstieg, bemühte sie sich, nicht durchs Fenster auf den leeren Pausenhof zu schauen. Oben im Flur tat sie es dennoch. Herr Menze, der Hausmeister, schleppte einen Gartenschlauch herbei, der normalerweise dazu diente, den Rasen vor dem Haupteingang zu wässern. Die Blutflecke leuchteten hellrot in der Sonne. Sie wandte sich ab und begab unstraum. Während sie ihre Schüler Collagen sschnitten kleben ließ, schwankte sie innerlich und Resignation. Wieso hatte sie nicht ener- estanden, Jasmin begleiten zu dürfen? Wieso ublich gehorsam? So angepasst? So erbärmlich feige?

Nach der siebten Stunde war eine Zeugniskonferenz angesetzt, die Schulleiter Krüger mit einer kurzen Ansprache bezüglich des heutigen Vorfalls in der großen Pause einleitete. Es sei außerordentlich bedauerlich, dass es an seiner Schule zu einer solchen Gewalteskalation gekommen sei. Um solche Exzesse in Zukunft zu vermeiden, müssten energische Maßnahmen ergriffen werden. Vor allem lege er den Kolleginnen und Kollegen diesbezügliche Fortbildungen ans Herz, die allerdings während der Ferien zu absolvieren seien. Gewaltausbrüche könnten durch rechtzeitiges, energisches Eingreifen verhindert werden. Im Übrigen habe man Glück gehabt. Er habe im Marienkrankenhaus angerufen und zu seiner Erleichterung erfahren, dass die beiden Jungen inzwischen entlassen worden seien. Das Mädchen sei bei Bewusstsein und ebenfalls auf dem Weg der Besserung.

Die Konferenz zog sich wie üblich über den gesamten Nachmittag. Ein umständliches und häufig überflüssiges Geschwafel um Noten und Punkte, man stritt über Schüler, deren Versetzung auf der Kippe stand, die Referendare boxten einige Versager durch und waren riesig stolz auf ihre Erfolge. Die erfahrenen Lehrer wussten, dass man den Schülern keinen Gefallen damit tat, doch die meisten waren zu lethargisch, um zu protestieren. Die Sonne brannte auf die lange Fensterfront, trotz Jalousien und vorgezogener Vorhänge herrschte eine mörderische Hitze im Lehrerzimmer. Als sich die Konferenz gegen halb sechs ihrem Ende entgegenneigte, bröckelte die Präsenz ab, mehrere Kollegen, deren Klassen bereits abgehandelt waren, packten ihre Sachen und verschwanden. Katharina und Gitti, die beide Kunst unterrichteten, hatten das Pech, bis zum bitteren Ende ausharren zu müssen.

»Halb sieben«, sagte Gitti mit Blick auf ihre Armbanduhr, als sie zum Parkplatz gingen. »Aber wir Lehrer haben ja nix zu tun. Nur den halben Tag arbeiten und dann noch die vielen Ferien. Weißt du, wenn mir einer so kommt, dem hau ich so was von aufs Maul …«

»Hör bitte auf, Gitti!«

»Sorry. Meine Güte – sind wir heute ein wenig empfindsam?«

Katharina stieg wortlos in ihren Wagen und ließ den Motor an. Es war vermutlich zu spät, um noch im Marienkrankenhaus vorbeizufahren; sie tat es trotzdem und erfuhr, dass Jasmin auf der Intensivstation liege. Momentan dürfe sie keine Besuche empfangen. Auskünfte über ihren Zustand würden an Außenstehende nicht erteilt.

Sie hätte sich ja denken können, dass Schulleiter Krüger seinen Bericht geschönt hatte. Intensivstation hörte sich jedenfalls nicht nach »auf dem Weg der Besserung« an. Katharina nahm sich vor, morgen nach dem Unterricht in die Klinik zu fahren, vielleicht konnte sie Jasmin sehen.

Als sie auf den Parkplatz vor ihrer Wohnung fuhr, wollte sie nur noch ins Bett. Sich unter der kühlen Decke ausstrecken, die richtige Schlafposition finden und einfach nur wegdämmern, versinken, diesen grauenhaften Tag vergessen. Doch als sie die Tür aufschloss, schlug ihr der intensive Duft von gebratenem Fleisch mit Rosmarin und anderen Gewürzen entgegen. Ach je – Patrik hatte gekocht und wartete vermutlich schon eine ganze Weile auf sie. Eigentlich ja sehr lieb von ihm, nur hatte sie heute überhaupt keinen Appetit.

»Da bist du ja, Schatz! Wie müde du aussiehst. Magst du noch rasch duschen, bevor wir essen?«

»Also, eigentlich …«

Er nahm ihr die schwere Tasche ab und gab ihr einen Kuss auf die Wange. Sie habe gewiss einen anstrengenden Tag gehabt, deshalb habe er gedacht, sie beide machten es sich jetzt so richtig gemütlich.

»Also, eigentlich wollte ich …«

Nein, das konnte sie ihm nicht antun. Er hatte aufwändig für sie beide gekocht, eine Gemüseplatte geschnippelt, Kalbssteaks gebraten, neue Kartöffelchen in Butter geschwenkt, außerdem gab es Nachtisch. Bevor sie im Bad verschwand, zeigte ihr ein kurzer Blick in die Küche, dass er den Tisch dort festlich gedeckt hatte; sogar Kerzen hatte er aufgestellt und Servietten gefaltet. Unter der Dusche grübelte sie, welches wichtige Datum sie wohl vergessen haben könnte. Seinen Geburtstag? Nein, der war im September. Ihr eigener Geburtstag konnte es auch nicht sein. Was also dann? Hatte er einen Job gefunden? Das wäre freilich ein Grund zum Feiern. Er hatte sich bei mehreren Firmen beworben, allerdings würde er erst im Herbst sein Examen ablegen. Und hoffentlich auch bestehen …

Angesichts solcher Möglichkeiten beschloss sie, nicht im Bademantel am Esstisch zu erscheinen, wie sie es vorgehabt hatte, sondern ein Kleid anzuziehen. Die hochhackigen Schuhe ersparte sie sich allerdings, sie ging barfuß.

»So gefällst du mir schon viel besser! Setz dich, Schatz. Es geht sofort los.«

Er hantierte mit Suppenkelle und Tassen, kredenzte ihr eine Rinderbrühe mit Einlage, auf die er frische Petersilie streute. Es schmeckte ein wenig fad, aber sie erklärte natürlich lächelnd, sie habe selten eine so gute Brühe gegessen. Er nahm das Kompliment gelassen auf. Kein Wunder, seitdem er den Kochlöffel schwang, hatte sie selbst verkochtes Gemüse und verbranntes Fleisch mit Lob bedacht. Es war ja großartig, dass er sich plötzlich für die Küchenarbeit interessierte, auch wenn sie hinterher mit dem Aufräumen meist allein stand.

»Möchtest du Weißwein oder Rosé? Ich kann dir einen leichten Mosel anbieten oder einen französischen Rosé …«

Ein Schlückchen Wein war keine schlechte Idee. Sie wählte den Rosé, was er mit einem Grinsen zur Kenntnis nahm. Das habe er erwartet, bei ihrer Neigung zu allem Französischen. Mehr sagte er nicht dazu, stattdessen entkorkte er die Flasche und schenkte ein.

»Auf uns!«, sagte er feierlich und hob das Glas.

Der Wein funkelte im Licht der Küchenlampe, und als sie miteinander anstießen, erzeugten die Gläser ein helles Klingen.

»Auf den wundervollen Küchenmeister!«

»Ach was!«, murrte er und tat bescheiden.

Dann sprang er auf, weil er vergessen hatte, die Kerzen anzuzünden, fand ein Feuerzeug und fummelte eine Weile herum, bis die Flämmchen brannten, und schaltete dann das Deckenlicht aus. Nur das Licht der Abzugshaube über dem Herd brannte noch und störte die romantische Dämmerung.

»Ich möchte dir heute etwas ganz Besonderes sagen, mein Schatz!«

Aha, dachte sie. Also doch. Meine Güte, vielleicht hat Gitti ja wirklich recht. Mit Mitte dreißig kommen sie langsam in die Puschen. Er ist zwar über die Mitte hinaus, aber besser spät als nie …

»Da bin ich gespannt.«

Er setzte sich ihr gegenüber, stützte beide Ellbogen auf und legte die Hände übereinander. Sie wartete. Du liebe Güte, er machte es wirklich spannend. Hoffentlich verbrutzelten inzwischen nicht die Kalbssteaks in der Pfanne …

»Meine liebe Kati«, sagte er und strich sich lächelnd das Haar zurück. »Heute beginnt für uns ein neuer Lebensabschnitt.«

»Ach ja? Wie kommst du denn darauf?«

Sie hatte ihn mit ihrer Gegenfrage aus dem Konzept gebracht. Er räusperte sich und wurde unwillig.

»Jetzt hör einfach mal zu – deinen Senf kannst du später dazutun.«

»Pardon …«

Er nahm sein Glas, stellte fest, dass es schon leer war, und goss nach, schaute dann zu Katharinas Glas hinüber, doch das war noch zur Hälfte voll, und stellte die Flasche beiseite.

»Also – ich sagte, dass heute für uns beide ein neuer Lebensabschnitt beginnt. Weil ich … weil ich nämlich …«

»Lass mich raten …«, fiel sie ein. »Du hast einen Job. Habe ich recht?«

»Einen Job?«

Nein, das war es nicht. Sie sah es an seinem irritierten Blick und biss sich vor Ärger über ihre vorwitzige Frage auf die Zunge. Es musste der Wein sein. Der Wein und die unterdrückte Müdigkeit.

»Klar hab ich einen Job«, meinte er. »So gut wie. Aber was ich eigentlich sagen will, ist: Wir sollten jetzt endlich heiraten!«

Entgeistert sah sie ihn an. Hatte er tatsächlich »heiraten« gesagt? Er wollte mit ihr zum Standesamt?

»Was ist los?«, fragte er ärgerlich. »Das hast du doch immer gewollt, oder nicht?«

Tatsächlich hatte sie in den ersten Jahren ihrer Beziehung an Heirat gedacht. Schon weil ihre Mutter das offensichtlich erwartet hatte. Und weil sie damals sehr verliebt gewesen war.

»Ja … das stimmt schon. Allerdings hast du damals gesagt, es sei dir mit dem Heiraten nicht so eilig …«

»Schnee von gestern«, meinte er und machte eine wegwerfende Handbewegung. »Jetzt ist genau der richtige Augenblick, mein Schatz. Wir machen einen hübschen Ehevertrag, und du bekommst Verheiratetenzulage …«

»Großartig …«, sagte sie ohne viel Begeisterung.

»Oder willst du, dass ich dir zu Füßen falle und auf Knien um deine Hand anhalte?«

»Lass doch die Witze …«

»Also? Was hältst du von meinem Vorschlag?«

Sein erwartungsvoller Blick tat ihr regelrecht weh. Du lieber Himmel, er hatte sich solche Mühe gemacht. Ein Essen gekocht, den Tisch gedeckt, Kerzen und Servietten aufgestellt. Er war nun einmal kein Romantiker, dafür konnte er doch nichts. Aber er war ihr seit Jahren so vertraut, sie konnte sich ein Leben ohne Patrik nicht vorstellen.

Auch wenn sie vor einigen Monaten geglaubt hatte, sich verliebt zu haben. Es war nichts als ein Fiebertraum gewesen.

»Was ich davon halte?«, murmelte sie. »Nun – das ist vielleicht gar keine dumme Idee.«

»Na also!«, sagte er zufrieden. »Verdammt – jetzt sind uns doch die Steaks angebrannt.«

Am folgenden Morgen weckten sie tobende Kopfschmerzen. Ein Blick auf die Uhr zeigte, dass es kurz vor sechs war, sie hätte noch eine halbe Stunde schlafen können, so aber quälte sie sich aus dem Bett und lief ins Bad, um im Medizinschränkchen nach einer Kopfschmerztablette zu suchen. In der Küche stank es nach Essensresten und angebranntem Fett – sie war gestern zu müde gewesen, um die Küche aufzuräumen, und Patrik hatte sich gleich nach dem Verlobungsmenu vor den Fernseher zurückgezogen.

Angeekelt stellte sie die abgegessenen Teller zusammen und nahm sich einen Zwieback aus einer angefangenen Packung – es war besser, eine Kleinigkeit zu essen, bevor man die Tablette einnahm, um den Magen nicht zu schädigen. Während sie das trockene Zeug kaute und sich gleichzeitig ein Glas Mineralwasser eingoss, hörte sie den Klingelton ihres Handys. Sie kümmerte sich nicht darum, schluckte ihre Pille und spülte sie mit einem halben Glas Wasser hinunter. Hoffentlich wirkte das Zeug rasch, die Kopfschmerzen waren heftig. Ob es an dem Rosé lag, den sie gestern Abend getrunken hatten? Wie kam Patrik nur auf die Idee, heiraten zu wollen? Acht Jahre hatten sie ohne Trauschein miteinander gelebt, und ausgerechnet jetzt wollte er Hochzeit feiern. Was störte sie daran? Alles. Sie wollte ihn nicht heiraten. Weil sie ihn nicht mehr liebte. Das war es. Aber sie hatte es nicht fertiggebracht, ihm die Wahrheit zu sagen.

Sie trank noch einen Schluck Wasser und spürte, wie der Kopfschmerz dumpfer und schwächer wurde, die Tablette tat ihre Wirkung. Einen Moment überlegte sie, ob sie ihr Handy suchen sollte, um nachzusehen, wer da in aller Frühe angerufen hatte, dann aber begab sie sich erst einmal unter die Dusche, föhnte sich das Haar, schminkte sich und zog sich an. Es ging ihr blendend, kein Gedanke mehr an Kopfschmerzen. Sie beschloss, im Stehcafé um die Ecke, das in aller Frühe schon aufmachte, ihr Frühstück einzunehmen und dann zur Schule zu fahren.

»Einen Cappuccino und ein Buttercroissant, bitte.«

Die ersten Sonnenstrahlen fielen auf die Glasfront des Cafés, warfen orangefarbene Blitze über den grauen Fußboden und die weißen Stehtische. Zwei junge Handwerker tranken einen schnellen Morgenkaffee, standen mit aufgestützten Ellbogen und schwatzten leise miteinander.

Katharina kaute genüsslich das Croissant, dann kramte sie das Handy aus der Schultasche und schaute nach, ob der frühe Anrufer eine Nachricht hinterlassen hatte.

»Guten Morgen, Madame von Staden. Bitte verzeihen Sie, dass ich so früh anrufe – vermutlich habe ich Sie aus dem Schlaf gerissen. Ich melde mich später wieder …«

Sie stand wie erstarrt, das Handy in einer Hand, in der anderen das angebissene Croissant. Seine Stimme. Ewan Goadec. Hatte sie das geträumt? Sie tippte auf einige Tasten, hätte die Nachricht um ein Haar gelöscht, dann hörte sie noch einmal die Stimme, die aus einer anderen Welt zu kommen schien. *»Guten Morgen, Madame von Staden …«*

Später anrufen? Vermutlich gerade dann, wenn sie im Unterricht war. Besser, sie rief gleich zurück. Sie nahm einen Schluck Cappuccino und bemühte sich, das heftige Herzklopfen zu ignorieren.

Klingelton … Klingelton … Klingelton … Dies ist die Mailbox von … Ewan Goadec. Ihr Anruf kann zurzeit leider nicht entgegengenommen werden. Sie haben aber die Möglichkeit, eine Nachricht zu hinterlassen …

Ja, sie wollte ihm eine Nachricht hinterlassen. Er solle bitte nicht zurückrufen, sie würde sich selbst melden. Und vielen Dank für den Anruf. Bis dann. Bis bald. Sie würde sich melden.

Als sie das Gespräch beendete, hatte sie das Gefühl, gleich davonfliegen zu müssen. Hatte sie soeben schrecklichen Unsinn auf den Anrufbeantworter geschwatzt? Ach, egal. Ewan hatte angerufen, weshalb auch immer. Es gab ihn noch auf dieser Welt. Es gab noch die rötlichen Felsen in den Sandbuchten, das tiefblaue Meer, das Geschrei der Möwen. Den Wind, der durch die grünen Hecken und Wiesen fuhr. Kerbourgh, das graue Schlösschen. Ihren Malblock und den Farbkasten, der in einem Regalfach im Schlafzimmer vor sich hin dämmerte.

Sie hatte das alles so schnell wie möglich vergessen wollen. Es war ein Fiebertraum gewesen, Symptom einer Krankheit, die sie inzwischen für ausgeheilt hielt. Man verliebte sich nicht in einen Mann, der mit einer anderen verlobt war. Daran änderte auch dieser Anruf nichts. Vermutlich wollte er sie fragen, ob sie sich entschieden habe, Kerbourgh zu kaufen.

Sie atmete tief durch und steckte das Handy zurück in ihre Tasche. Es war höchste Zeit, zur Schule zu fahren. Hastig aß sie den Rest ihres Croissants, trank den Cappuccino aus und lief zu ihrem Auto. Sie würde ihn nach der Schule anrufen. Oder besser am späten Nachmittag. Schließlich durfte er auf keinen Fall den Eindruck erhalten, sie habe es eilig damit.

Trotzdem erfüllte sie eine unerklärliche Fröhlichkeit, die auch während der ersten beiden Unterrichtsstunden nicht verging. Sie spürte, dass ihre gute Stimmung auf die Kinder übersprang, die Achtklässler waren aufmerksam, kapierten, was sie ihnen erklärte, eine grammatische Übung wurde zum spannenden Wettspiel. Genau im passenden Moment beendete der Schulgong die Stunde, fast so wie damals, als sie noch Referendarin war und den Unterricht minutiös vorausplante.

Während der großen Pause schwatzte sie mit einigen Kollegen im Lehrerzimmer und erfuhr, dass Schulleiter Krüger heute früh ein längeres Gespräch mit Kollege Bräunling geführt hatte. Bräunling sei ziemlich geknickt aus dem Zimmer des Direktors gekommen und sofort in der Turnhalle verschwunden. Vermutlich sei es um den gestrigen Vorfall gegangen, man habe Krüger hinterbracht, dass Kollege Bräunling zu spät zur Pausenaufsicht angetreten sei.

»Meiner Meinung nach hat der Krüger überreagiert. Er ist momentan nicht belastbar«, sagte Frau Mehling, die Englisch und Sport unterrichtete und stets bereit war, den Kollegen Bräunling zu verteidigen. Es gab gewisse Gerüchte über die beiden, aber nur hinter vorgehaltener Hand.

»Ach ja«, bestätigte Gitti mit ernsthafter Miene. »Wie man hört, hat Herr Krüger private Probleme …«

Katharina wandte sich ab, sie hasste solchen Tratsch und mochte nicht daran teilhaben. Stattdessen verzog sie sich an ihren Tisch und sah auf die Uhr. Noch sieben Minuten Pause. Sie hätte anrufen können. Nur ganz kurz nachfragen, um was es ging. Seine Stimme hören. Kein langes Gespräch führen, weil sie ja gleich wieder zum Unterricht musste …

»Weißt du, was dem Krüger passiert ist?«, fragte Gitti, die sich mit Kaffeetasse und einem Stapel Heften neben ihr niederließ. Es klang hämisch, und Katharina verspürte trotz allem eine boshafte Neugier in sich aufkeimen. Kein schöner Zug, wirklich nicht …

»Seine Olle ist ihm davongelaufen. Kurz vor der Silberhochzeit hat sie noch rechtzeitig die Biege gemacht und sich mit einem anderen zusammengetan …«

»Großer Gott … Da kann er einem ja leidtun.«

Gitti zog die Augenbrauen hoch und machte »Pffff«, was heißen sollte, dass sich ihr Mitleid sehr in Grenzen hielt. Es sei schon ein Wunder, wie die Ärmste es knapp fünfundzwanzig Jahre mit diesem Typen ausgehalten habe. Ob Kati nicht seine total hässlichen Ohren bemerkt habe. Geradezu widerlich – er habe Ohren wie dieser nackte Frosch aus »Herr der Ringe«, wie hieß er doch gleich? Gollum.

»Und rate, mit wem sie sich zusammengetan hat. Mit dem Nachbarn. Einem Klebstofffabrikanten. Was sagst du nun?«

Katharina zuckte die Schultern und meinte, dass solche Dinge doch täglich und überall passierten. Nur noch drei Minuten Pause, jetzt lohnte es sich nicht mehr anzurufen. Vielleicht war es ja gut, dass sie der Versuchung entronnen war.

»Der wird dir sicher auch noch die Hölle heiß machen, der Krüger«, meinte Gitti verheißungsvoll. »Der muss seinen Frust abreagieren, da kommt ihr ihm gerade recht, du und der Bräunling.«

Nach drei weiteren Schulstunden war Katharina für heute fertig. Sie fuhr mit dem Wagen ein Stück in Richtung Südfriedhof, bog dann in eine Seitenstraße ein und fand auf Anhieb einen schattigen Parkplatz unter einer Platane.

Klingelton … Klingelton … Knack …

»Hallo? Madame von Staden? Ich freue mich …«

Ihr Herz schlug bis zum Hals, sie würde vermutlich gleich einen Infarkt erleiden.

»Hallo … Ich war sehr überrascht, von Ihnen zu hören …«

»Ich hoffe, es war keine unangenehme Überraschung. Ich habe viel über Sie nachgedacht, Madame von Staden.«

»Über mich?«

Sie hörte ihn lachen und hoffte inständig, dass er das laute Klopfen ihres Herzens nicht vernehmen konnte.

»Ja – über Sie. Vor allem aber über diese geheimnisvollen Bilder und die Signatur MdM. Und ich habe eine Spur gefunden.«

Natürlich hatte er nicht über sie nachgedacht. Weshalb hätte er das wohl tun sollen?

»Eine Spur? Das klingt spannend.«

»Ist es auch. Wenn ich nicht ganz und gar falsch liege, dann handelt es sich bei der Malerin um eine gewisse Margot de Morand. Sie war die Frau eines gewissen Alan de Morand.«

»Margot de Morand …«, wiederholte Katharina, und für einen Moment bildete sie sich ein, diesen Namen schon irgendwo gehört zu haben.

»Ja, Margot de Morand. Ich weiß es von meiner Mutter, die hat sie zwar nicht mehr gekannt, aber mein Onkel, der leider nicht mehr lebt, hat von ihr gesprochen. Vor allem wusste sie noch, dass Margot de Morand gemalt hat – es ist also tatsächlich eine heiße Spur …«

»Das muss ja schon ziemlich lange her sein. Was ist aus ihr geworden?«

»Einen Augenblick … Pardon … Ja, Madame, wir haben noch zwei Doppelzimmer frei … Möchten Sie sie sehen?«

Katharina begriff, dass er am Tresen im Hotel »La Belle Jardinière« stand. In dem Hotel, das seiner Verlobten und ihren Eltern gehörte. Er half ein wenig am Empfang aus.

»Sind Sie noch da, Kathérine? Pardon, ich wollte sagen: Madame von Staden …«

»Sagen Sie ruhig Kathérine. Ich glaube, wir hatten uns darauf geeinigt.«

»Wie schön, dass Sie sich daran erinnern. Ich würde Ihnen gern Genaueres mitteilen, aber das ist per Handy zu umständlich. Geben Sie mir Ihre E-Mail-Adresse?«

»Natürlich. Gern. Ich bin sehr gespannt …«

»Erwarten Sie keine Wunder. Es ist ein Anfang, und ich hoffe, dass Sie den Faden ein Stück weiterspinnen können …«

»Ich will es versuchen.«

»Auf Wiedersehen, Kathérine …«

»Auf Wiedersehen … Ewan …«

Es war ihr nicht leichtgefallen, ihn beim Vornamen zu nennen, denn sie fühlte sich dazu nicht berechtigt. Was natürlich blanker Unsinn war, denn er hatte ganz sicher viele Freunde und Bekannte, die ihn »Ewan« nannten. Es hatte nichts, aber auch gar nichts Intimes an sich.

Sie steckte das Handy in die Schultasche und startete den Wagen, um zum Marienkrankenhaus zu fahren. Dort erfuhr sie, dass man die Patientin Jasmin Öskan inzwischen ins Katharinenkrankenhaus verlegt hatte. Weshalb, das sagte man ihr nicht.

Ausgerechnet ins Katharinenkrankenhaus, dachte sie. Dorthin, wo Papa gestorben ist. Aber immerhin scheint sie transportfähig zu sein, dann muss es ihr wohl besser gehen.

Sie brauchte länger als gedacht, weil auf der Ginnheimer Landstraße ein Auffahrunfall passiert war und der Verkehr sich staute. An der Unfallstelle stritten die Fahrer der beiden Wagen lauthals miteinander; eine ältere Frau saß auf dem Bordstein, den Kopf in die Hände gestützt, neben ihr hockte ein kleiner Junge und streichelte ihr Knie. Katharina fuhr langsam vorbei und ärgerte sich über die vielen Passanten, die stehen geblieben waren, um die beiden demolierten Fahrzeuge zu begaffen. Hinter ihr ertönte jetzt ein Martinshorn, ein Polizeifahrzeug bahnte sich den Weg zur Unfallstelle.

Sie versuchte, die unguten Erinnerungen beiseitezuschieben, als sie vor der Klinik einparkte. Die weiß gekleidete Nonne an der Pforte war freundlich, lächelte sie sogar an, was ihr merkwürdig vorkam. Sie fragte nach Jasmin Öskan. »Ich bin ihre Lehrerin. Sie hatte einen Unfall in der Schule. Ich möchte wissen, wie es ihr geht …«

»Erster Stock gleich links. Zimmer zweiunddreißig.«

»Vielen Dank …«

Während sie die Treppe hinaufstieg, fiel ihr ein, dass sie nicht einmal einen Blumenstrauß besorgt hatte. Wie ärgerlich, das hatte sie über dem Telefonat vergessen. Sie klopfte an die Tür, da jedoch niemand reagierte, drückte sie die Klinke herunter und schob die Tür langsam auf.

Es standen zwei Betten im Zimmer, das eine war leer, in dem anderen, gleich neben dem Fenster, lag Jasmin. Sie trug einen weißen Verband um den Kopf, schien aber schmerzfrei, denn sie redete mit ihrer Mutter, die auf einem Stuhl neben dem Bett Platz genommen hatte. Katharina hatte Jasmins Mutter einmal bei einem Schulfest zu sehen bekommen: eine traditionell gekleidete, kleine Frau, die sanft und zugleich abweisend wirkte. Hinter Jasmins Mutter standen Sami und Hamit, Jasmins Brüder, die das Gespräch mit düsteren Mienen verfolgten. Katharina begriff, dass sie in einem ziemlich unpassenden Moment kam.

»Guten Tag«, sagte sie, lächelte in die Runde und trat ins Zimmer.

Außer Jasmin erwiderte niemand ihr Lächeln. Katharina näherte sich dem Krankenbett und gab dem Mädchen die Hand. Jasmin hatte kleine, kräftige Hände mit blassen Fingernägeln. Einmal, als sie aus einem Urlaub zurückkam, waren ihre Hände mit verschlungenen Mustern aus Henna geschmückt gewesen.

»Du hast uns einen ziemlichen Schrecken eingejagt, Jasmin. Wie geht es dir? Was sagt der Arzt?«

Sie spürte deutlich, wie sehr sich das Mädchen über ihre Anteilnahme freute, dennoch war das Lächeln jetzt künstlich, sie konnte in Gegenwart ihrer Mutter und der Brüder nicht so offen sein, wie sie es in der Schule manchmal ihrer Lehrerin gegenüber war.

»Viel besser. Nur eine Platzwunde, sagt der Doktor. Noch ein bisschen Schwindel, wenn ich aufstehe. Aber sonst alles gut …«

Sie wurde von ihrer Mutter unterbrochen, die ihr hastig einige Sätze sagte und dann zu Katharina aufsah. »Mein Vater hat gewollt, dass ich hierher ins Katharinenkrankenhaus komme«, übersetzte Jasmin. »Weil hier nur Schwestern sind und keine Krankenpfleger.«

Katharina nickte. Wenn er sonst keine Probleme hatte … »Und wie geht es dir, Sami?«, wandte sie sich an den Bruder.

Die Frage war ihm sichtlich unangenehm, denn er grinste verlegen und behauptete, vollkommen in Ordnung zu sein. Das breite Pflaster an der Wange und die verbundene rechte Hand sprachen jedoch eine andere Sprache.

»Das war keine gute Sache«, sagte sie mit Nachdruck. »Du und Masum, ihr werdet euch beide dafür verantworten müssen.«

»Ich geh nicht mehr in die Schule …«

Er erhielt einen Rippenstoß von seinem älteren Bruder und krümmte sich für einen Moment zusammen.

»Du gehst«, sagte Hamit. »Wir beide gehen. Unser Schwester ist fast tot. Wir beide gehen …«

Katharina starrte ihn an. Er war achtzehn, ein hochgewachsener, drahtiger junger Mann, schmales Gesicht, entschlossener Blick. Er war der Ältere, er gab den Ton an. Seine rechte Augenbraue war von einer Narbe zerrissen.

»Moment«, sagte Katharina energisch. »Für Jasmins Sturz kann Masum nichts. Er hat Sami vor die Brust getreten – das ist schlimm genug. Aber dass Sami seine Schwester mit zu Boden reißen würde, das konnte Masum nicht ahnen. Und das hat er auch ganz sicher nicht beabsichtigt.«

Die beiden schwiegen und sahen an Katharina vorbei. Eine Frau, was hatte die schon zu sagen.

»Ich stand daneben und habe es genau gesehen!«, setzte Katharina nach. »Und auch die anderen Schüler können das bezeugen. Masum kann nichts für Jasmins Sturz.«

Die Gesichter der beiden jungen Männer blieben düster und

verschlossen. Masum war ein Kurde, und er war keiner von der friedlichen Sorte. Das war nicht zu leugnen.

»Frau von Staden hat recht«, wagte Jasmin vorsichtig einzuwerfen. »Masum wollte Sami treffen, nicht mich. Es war Unfall.«

Hamit sagte etwas auf Türkisch, das ihr nicht gefiel, denn sie widersprach. Die Mutter mischte sich ein, und soweit Katharina es beurteilen konnte, gab sie Jasmin recht. Hamit schwieg, seinem Gesichtsausdruck war jedoch zu entnehmen, dass er zu der ganzen Angelegenheit seine eigene Meinung hatte. Es würde also wieder Ärger geben. Wenn sie das dem Schulleiter mitteilte, würde er Sami vermutlich von der Schule weisen. Was war damit gewonnen? Sie würden sich irgendwo in einem Park oder in einem Hinterhof prügeln. Man konnte nichts, aber auch gar nichts dagegen unternehmen. Man konnte nur versuchen, wenigstens Jasmin auf einen guten Weg zu bringen.

»Wie lange wirst du noch hierbleiben, Jasmin?«

Sie wusste es nicht. Einen Tag? Vielleicht auch zwei oder drei Tage? Länger bestimmt nicht.

»Lass dir nur Zeit, damit du wieder ganz gesund wirst. Es sind ja bald Sommerferien.«

Sie hätte Jasmin gern angeboten, ihr in den Ferien eine oder zwei Nachhilfestunden zu geben, doch sie hob sich dieses Vorhaben für später auf, wenn sie mit ihr allein sprechen konnte. So wünschte sie ihr weiterhin gute Genesung, sagte Frau Öskan, wie sehr sie diesen Unfall bedauere, und nickte den Brüdern zum Abschied zu.

Sie durchquerte den Eingangsraum der Klinik mit raschen Schritten und war schon an der Glastür, als jemand ihren Namen rief. »Frau von Staden?«

Überrascht wandte sie sich zu der weiß gekleideten Nonne an der Pforte um. Sie lächelte Katharina an, freundlich, untertänig und ein wenig schuldbewusst. Seltsam.

»Ja?«

Sie ging die wenigen Schritte zurück und blieb erwartungsvoll vor der Pförtnerloge stehen. Eine Nachricht vielleicht? Ein Anruf aus der Schule?

»Ich wollte Ihnen etwas sagen …« Die indische Schwester hatte braune Augen, in denen kleine goldene Fünkchen schwammen. Ihre Lippen waren schmal, die Wangen eingefallen. Sie hatte mit leiser Stimme gesprochen, es schien also eine Mitteilung zu sein, die nicht jeder hören sollte.

»Ja, bitte …«

»Ich habe lange schlechtes Gewissen gehabt, aber jetzt, Gott hat mir geschickt Sie, Frau von Staden, und ich muss die Wahrheit sagen. Bildchen in Hand von Ihrem Vater, Sie erinnern? Kleines Bild.«

Was schwafelte diese Nonne da? Meinte sie das Foto, das ihr Vater auf dem Totenbett in seinen Händen gehalten hatte? O mein Gott – sie wollte daran eigentlich nicht erinnert werden.

»Sie meinen die Fotografie?«

Die Schwester nickte eifrig und schien sehr erleichtert, dass sie verstanden hatte. Ja, ja – ein kleines Foto sei es gewesen. Ihr Vater habe es in den Händen gehalten.

»Es war meine Schuld, Frau von Staden«, flüsterte sie. »Ich habe nicht gekämpft. Sie hat genommen das Bild. Aus seiner Hand genommen und in Tasche gesteckt …«

»Was? Wer hat das getan?«

Der Beschreibung nach musste es Tante Alice gewesen sein. Das war ja hochinteressant. Tante Alice hatte sich des Fotos bemächtigt, auf dem möglicherweise Vaters große Liebe zu sehen war. Hatte sie geglaubt, damit die Familienehre zu retten?

»Ich mache Ihnen keinen Vorwurf«, sagte Katharina zu der indischen Schwester. »Sie hätten es nicht verhindern können.«

Die Schwester hielt die Hände mit aufeinandergelegten Innenflächen vor der Brust und machte eine Geste, als wollte sie sich vor ihr verbeugen. Die Sache musste ihr schwer auf der Seele gelegen haben.

»Verzeihung, Frau von Staden …«

Katharina fasste sie impulsiv bei den Schultern.

»Es ist gut«, sagte sie lachend. »Es ist ja alles gut!«

Ein paar Tränen rollten über das weiße Habit, sie murmelte etwas, was Katharina nicht genau verstehen konnte. Sie solle bei ihrem Vater für sie bitten? Oder bei Gottvater für sie beten?

Während sie die Ginnheimer Landstraße hinunterfuhr, stieg der Zorn über Tante Alice in ihr gewaltig hoch. Sie selbst hatte nicht gewagt, diese Fotografie auch nur anzusehen. Eine kleine Ecke hatte sie umgeknickt, ganz vorsichtig, um nichts am Totenlager ihres Vaters zu verändern. Und da erdreistete sich diese Frau, dem toten Bruder dieses Bild aus der Hand zu nehmen und es in ihrer Handtasche verschwinden zu lassen! Was für eine Pietätlosigkeit. Echt Tante Alice, die schreckte vor nichts zurück.

Als sie vor ihrer Wohnung aus dem Auto stieg, war sie fest entschlossen, Tante Alice zur Rede zu stellen. Allerdings konnte sie das frühestens morgen nach der Schule per Handy tun, auf keinen Fall von der Wohnung aus. Patrik brauchte dieses Gespräch nicht mitzuhören, er lästerte auch so schon genug über ihre Familie. Sie fand ihn vor dem Computer in sein Spiel vertieft, aber immerhin hatte er die Küche aufgeräumt und den Müll hinuntergetragen.

»Hi, Schatz! Du bist aber spät dran. Ich hab zwei Schnitzel besorgt, die kannst du für uns in die Pfanne hauen …«

»Ich dachte, du kochst so gern …«, bemerkte sie.

Er lehnte sich auf dem Bürostuhl zurück, um sie genauer ins Auge zu fassen, dann erklärte er, dass es eine Frage der Arbeitsteilung sei. Er habe eine ganze Stunde gebraucht, um die Küche in Ordnung zu bringen – jetzt sei sie an der Reihe.

»Na schön …« Sie trug die Schultasche ins Schlafzimmer und ließ sich erschöpft auf ihr Bett fallen. Wieso war sie so müde?

Früher hatte ihr ein Schultag von sechs oder gar sieben Stunden nichts ausgemacht – heute fühlte sie sich schon nach der vierten Stunde ausgelaugt. Nun ja – in knapp drei Jahren wurde sie dreißig. Dann hatte sie noch fünfunddreißig Jahre bis zur Pensionierung vor sich. Sie würde also noch achtunddreißig Jahre lang täglich zur Schule fahren, Unterricht halten, in endlosen Konferenzen sitzen, Pausenaufsicht führen, Klassenfahrten durchführen, Schulfeste organisieren. An den Nachmittagen und Abenden über Unterrichtsvorbereitungen und Korrekturen sitzen. Damit hatte sie auch während der Ferien zu tun.

Plötzlich erschien ihr dieses Leben wie ein Gefängnis. Sie trug einen grauen Kittel und lief mit den Insassen auf dem Hof im Kreis, gehorchte den Befehlen der Aufseher: Schneller. Langsamer. Stehen bleiben. Weitergehen. Stopp. Um sie herum waren hohe Mauern, mit eisernen Spitzen und Glassplittern gespickt. Kein Entkommen. Achtunddreißig Jahre lang im Kreis gehen, die Hände auf den Schultern desjenigen, der vor ihr ging, auf ihren eigenen Schultern lasteten die Pranken ihres Hintermannes. Erst mit fünfundsechzig würde sie aus diesem Kreislauf entlassen, dann wäre sie eine steinalte Frau, ihr Leben läge hinter ihr.

Sie setzte sich auf und schüttelte den Kopf über sich selbst. Was war los mit ihr? Sie hatte einen gut bezahlten Job, nette Kollegen, und außerdem war sie als Beamtin unkündbar. Darüber konnte man in der heutigen Zeit sehr froh sein. Die Bankenkrise, die vor drei Jahren aus Amerika herübergeschwappt war, hatte gezeigt, wie schnell man alles verlieren und auf der Straße sitzen konnte. Mit Immobilien hatte es angefangen …

Plötzlich kam ihr Kerbourgh in den Sinn. Wie gefährlich nahe war sie doch dem Entschluss gewesen, das Schlösschen zu kaufen. Großer Gott – sie hätte dabei vermutlich das gesamte Erbe ihres Vaters eingebüßt, das doch gar nicht für sie, sondern für ihre arme Mutter bestimmt war. Wie blauäugig musste man sein, um solch ein marodes Gebäude zu kaufen, das Kosten ohne Ende verursachte?

Ewan Goadec hatte es getan. Aus einem Gefühl heraus hatte er all sein Geld in dieses Anwesen gesteckt und gehofft, er könnte es erhalten. Was für ein Träumer er doch war ... Eine Welle warmer Sympathie brandete in ihr auf.

Ob er ihr inzwischen eine E-Mail geschrieben hatte? Sie setzte sich an ihren Arbeitsplatz, fuhr den Laptop hoch und ärgerte sich über ihre Ungeduld. Der Laptop war schon einige Jahre alt, er hatte einst Patrik gehört und war dann in ihren Besitz übergegangen, weil er sich ein neues Gerät zugelegt hatte. Wieso hatte sie es so eilig? Der Oldie brauchte nun einmal seine Zeit.

Da war die Mail. Sie zögerte einen Moment, sie zu öffnen, als könnte darin ein Zauber verborgen sein, der sie verwirren, vielleicht sogar zu unsinnigen Dingen verleiten könnte. Dann tat sie es doch.

Liebe Kathérine,
es war schön, Ihre Stimme am Telefon zu hören. Wie kommt es nur, dass ich von Anfang an das Gefühl hatte, Sie schon sehr lange zu kennen? Vielleicht suche ich nur deshalb die Spuren der Vergangenheit, um dieses Rätsel zu lösen.

Nun – wie auch immer. Hier sind die Ergebnisse meiner Nachforschungen. Sie sind ziemlich lückenhaft, wie Sie sehen werden, mehr Vermutungen als Beweise, aber immerhin ein Anfang.

Margot de Morand stammte aus Montfort, einer kleinen Ortschaft in der Normandie. Sie war neunzehn Jahre alt, als sie Alan de Morand heiratete, ihr Mädchenname war Margot Pierrelion. Das alles habe ich in Dinard erfahren, dort gibt es ein Stadtarchiv, und die zuständige Dame war bereit, mir Auskunft zu erteilen. Weiterhin ist sicher, dass diese Heirat im Januar 1940 stattfand. Kinder scheinen aus dieser Ehe nicht

hervorgegangen zu sein, es ist nichts darüber zu finden. Allerdings sind die städtischen Akten lückenhaft, weil Dinard während des Zweiten Weltkriegs heftigen Bombenangriffen ausgesetzt war. Es sind viele Menschen gestorben, und ein großer Teil der Gebäude wurde vernichtet.
Die Bomben wurden von den Engländern geworfen, die gemeinsam mit französischen Widerstandskämpfern gegen die deutschen Besatzer kämpften. Es gibt heute noch etliche deutsche Bunker in unserer Gegend, diese Dinger sind unglaublich haltbar. Man hat von hier aus den Ärmelkanal überwacht, außerdem starteten hier die Flugzeuge, die England bombardierten.
Ich weiß also, dass Margot de Morand im Jahr 1940 auf Kerbourgh gelebt und auch gemalt hat. Dass sie malte, hat mir meine Mutter erzählt, mit der ich ein langes Gespräch geführt habe. Sie weiß es von meinem Onkel Malo, dem älteren Bruder meines Vaters, der leider ebenfalls schon verstorben ist. Er hat Margot de Morand als halbwüchsiger Knabe noch gekannt und erzählte, sie hin und wieder mit ihrem Malblock und dem Farbkasten im Park gesehen zu haben. Sie sei schön gewesen, aber auch seltsam. Weshalb, das sagte er nicht, aber es scheint ein Geheimnis um sie gegeben zu haben. Meine Mutter hat weder von meinem Vater noch von Onkel Malo erfahren, was aus Margot de Morand wurde. Nach Kriegsende war sie verschwunden, und so ist leider anzunehmen, dass sie gestorben ist. Auch von ihrem Ehemann, Alan de Morand, ist amtlicherseits nichts bekannt.
Es ist nicht ganz einfach, solche Dinge herauszubekommen, denn selbst in der heutigen Generation spricht niemand gern über die Zeit des Zweiten Weltkriegs. In der Schule erzählte man uns von den französischen Widerstandskämpfern, von Helden und Märtyrern, mutigen Menschen, die ohne Zweifel zu bewundern sind. Tatsache ist aber wohl, dass sich die meis-

ten Franzosen in ihr Schicksal fügten und versuchten, sich mit den deutschen Besatzern zu arrangieren. Warum auch nicht? Vielleicht hätte ich das damals genauso gemacht.

Aber ich schweife ab. Es gibt noch eine aufregende Neuigkeit, die ich am Telefon nicht erwähnt habe. Ein Bild. Ein Aquarell, das im Besitz meiner Mutter ist und das – so hat sie mir versichert – jene geheimnisvolle Margot de Morand gemalt hat. Es war ein Geschenk an meine Großmutter, die es seinerzeit rahmen ließ und im Wohnzimmer aufhängte. Meine Mutter hat es später von der Wand genommen, weil der Rahmen schadhaft wurde, so geriet es in Vergessenheit. Nein, Kerbourgh ist nicht darauf zu sehen. Aber trotzdem ist es ein wundervolles Bild; ich habe es neu rahmen lassen und wieder an seinen alten Platz gehängt.

Um sich davon zu überzeugen, dass mein Aquarell von der gleichen Malerin geschaffen wurde, die auch all die Bilder in Ihren Mappen gemalt hat, müssten Sie allerdings in die Bretagne reisen. Ich wollte das Bild fotografieren, um es Ihnen zu schicken, aber meine Mutter verbot es mir. Man fotografiert ein Bild nicht, sagte sie, damit stiehlt man ihm seine Seele.

Besuchen Sie uns, Kathérine, wann immer es Ihnen möglich ist. Haben Sie bitte keine Scheu – ich weiß längst, dass Sie Kerbourgh nicht kaufen werden, und ich kann diese Entscheidung gut verstehen. Unser Gästezimmer steht zu Ihrer Verfügung, aber natürlich kann ich Ihnen auch ein Zimmer im Hotel reservieren lassen.

Ich glaube, wir sollten diese Spur gemeinsam weiterverfolgen, sie erscheint mir vielversprechend.

In Erwartung Ihrer Antwort,

Ewan

Katharina scrollte die lange Mail herauf und herunter, las noch einmal durch, was er über Margot de Morand herausgefunden hatte, und lehnte sich dann ratlos im Stuhl zurück. Das passte alles überhaupt nicht zusammen. Wenn diese Frau im Jahr 1940 mit neunzehn Jahren geheiratet hatte, dann musste sie 1921 geboren sein. Die geheimnisvolle Geliebte ihres Vaters war sie auf keinen Fall gewesen, dazu war sie viel zu alt. Wenn die Aquarelle tatsächlich von ihr stammten – und es sprach wohl einiges dafür –, dann blieb es ein Rätsel, wie sie auf den Dachboden ihres Elternhauses gelangt waren.

Wie hatte diese Margot de Morand es überhaupt geschafft, in ihrem kurzen Leben eine solche Menge an Bildern zu produzieren? Verschiedene Phasen der Reife zu durchlaufen? Wenn sie gegen Kriegsende gestorben war, konnte sie höchstens vierundzwanzig Jahre alt geworden sein. O Gott – so jung hatte sie sterben müssen! Wie sie wohl ums Leben gekommen war? Eine Krankheit? Oder – was wahrscheinlicher war – durch Kriegseinwirkung? Erschossen? Im Bombenhagel verbrannt? Von einem einstürzenden Gebäude verschüttet? Aber müsste es dann nicht irgendwo einen Grabstein geben? Margot de Morand, geborene Margot Pierrelion. Was für ein seltsamer Name …

Die Schlafzimmertür knarrte leise, Patrik streckte den Kopf durch den Türspalt und blinzelte sie missmutig an.

»Brauchst du noch lange? Wegen der Schnitzel, mein ich nur. Wenn du die panieren willst, müsstest du jetzt mal anfangen.«

Sie klickte die Mail weg und meinte, er könne ja schon mal Wasser für den Reis aufsetzen, sie käme gleich. »Wieso drängelst du so? Wir haben erst kurz nach fünf …«

Er grinste schief und deutete mit dem Zeigefinger auf ihren Laptop. »Hat dich die Mail von deinem schönen Bretonen so aus der Fassung gebracht?«

Sie starrte ihn an und schlagartig wurde ihr klar, dass er ihre Mails las. Kein Problem für ihn, er kannte alle ihre Passwörter, hatte ihr den E-Mail-Account ja selbst eingerichtet. Es verschlug ihr die Sprache, zumal er keinerlei Schuldbewusstsein zeigte.

»Wir könnten auch Gurkensalat machen«, sagte er. »Im Kühlschrank ist noch 'ne Gurke, glaub ich.«

Damit zog er den Kopf zurück und schloss die Schlafzimmertür.

»Tante Alice? Hier ist Katharina. Wie geht es dir?«

Katharina hatte den Fahrersitz ein Stück nach hinten geschoben, um beim Telefonieren bequemer zu sitzen. Ausgerechnet jetzt tauchte auf dem Lehrerparkplatz eine Gruppe Referendare auf. Vermutlich hatte es gerade einen Unterrichtsversuch gegeben, denn die angehenden Lehrer blieben dicht vor Katharinas Wagen stehen und redeten aufgeregt miteinander.

»Katharina?«, vernahm sie Tante Alices Stimme aus dem Handy. Die Tante hatte einige Sekunden benötigt, um ihre Überraschung zu überwinden. »Du meine Güte – Kind! Dass du dich mal bei uns meldest …«

Katharina wartete schweigend, was noch kommen würde. Die Referendare diskutierten immer noch heftig, eine junge Frau stieg in ein weißes Cabrio, warf die Schultasche nachlässig neben sich auf den Beifahrersitz und winkte den anderen zum Abschied. Von ihrem Referendargehalt wird sie die Karre wohl nicht gekauft haben, dachte Katharina.

»Wie es uns geht?«, hörte sie die Tante seufzen. »Nun – ich möchte nicht klagen. Du weißt ja, dass Onkel Max mit dem Blutdruck zu tun hat. Leider ist er nicht bereit, seine Essgewohnheiten umzustellen, wie der Arzt ihm geraten hat, sonst käme er ohne die teuren Medikamente aus. Und ich werde mich wohl leider einer Operation unterziehen müssen. Gallenblase – ein Leiden, das in der Familie liegt, du wirst eines Tages auch davon betroffen sein …«

»Ich habe eine Frage«, unterbrach Katharina, die keine Lust auf lange Krankenberichte hatte.

»Ach ja?«

»Es geht um die Fotografie, die Vater in seinen Händen hielt, als er starb. Man sagte mir, du hättest sie im Krankenhaus an dich genommen.«

Schweigen auf der anderen Seite. Katharina musste für einige Sekunden die Luft anhalten, weil die Referendarin ihr weißes Cabrio millimeterdicht an ihrer rückwärtigen Stoßstange vorbeisteuerte.

»Ich weiß von keiner Fotografie«, sagte Tante Alice. »Wer hat so etwas behauptet?«

»Eine Krankenschwester will es gesehen haben …«

»Das ist ja … das ist eine ungeheuerliche Frechheit! Was erdreistet sich diese … diese *Nonne* …«

Katharina war sicher, dass sie log. Wie ärgerlich, wenn sie rundweg leugnete, würde sie auch nicht fragen können, wer auf dem Foto zu sehen gewesen war.

»Ja, ich war auch sehr verwundert«, versuchte sie es auf diplomatischem Weg. »Weshalb hättest du so etwas wohl tun sollen? Vater muss sehr an diesem Foto gehangen haben, er hielt es in den Händen, als er starb. Diese junge Frau auf dem Bild …«

Die Gruppe Referendare löste sich auf – endlich. Autotüren schlugen zu, Motoren wurden angelassen. Tante Alice' empörte Reden übertönten alle anderen Geräusche. »Was für ein Bild denn? Kind – ich war in keinem Krankenhaus, ich habe meinen armen Bruder erst in der Friedhofskapelle gesehen, als er schon im Sarg gelegen hat. Da hatte er die Hände über der Brust gefaltet, von einem Foto keine Spur. Gott verzeih es mir, aber dem verleumderischen Geschwätz einer indischen Nonne solltest du wirklich keinen Glauben schenken.«

Daran hatte Katharina nicht gedacht. Tatsächlich waren die Tanten erst zur Beerdigung angereist.

»Natürlich – wie konnte ich das vergessen. War dann vielleicht Tante Gudrun bei Vater in der Klinik?«

»Gudrun? Nicht, dass ich wüsste. Frag sie um Gottes willen

nicht nach solchen Sachen, sie regt sich sonst wieder so schrecklich auf. Also, Katharina, ich bin doch recht ärgerlich, wie leichtgläubig du so einer Person auf den Leim gehst und dein eigen Fleisch und Blut beschuldigst …«

»Aber, liebe Tante, gerade deshalb rufe ich ja an. Ich wollte sicher sein, dass an dieser dummen Geschichte kein Körnchen Wahrheit ist …«

Der Schulgong ertönte, gleich würde es hier auf dem Parkplatz wieder lebendig werden, die sechste Stunde war zu Ende.

»Kein Körnchen!«, wiederholte Tante Alice mit Nachdruck. »Aber auch nicht der Hauch eines Körnchens. Ich will es dir nicht nachtragen, mein Kind, obgleich ich mich schon sehr über dich wundere. Aber – wie sagte mein armer Bruder Peter immer – Schwamm drüber, vergessen wir es, und fangen wir neu an. Die boshafte Verleumdung dieser Nonne soll unsere Familie nicht auseinanderbringen …«

»Da bin ich aber froh …«

In Wirklichkeit war Katharina tief enttäuscht. Tante Alice war gar nicht im Krankenhaus gewesen, also konnte sie das Foto nicht genommen haben. Aber wer war es dann gewesen? Katharina war sicher, dass die Nonne die Wahrheit gesagt hatte.

Tante Alice nahm die Gelegenheit wahr, sich nach dem Grab ihres Bruders zu erkundigen. Ob Katharina Stiefmütterchen habe pflanzen lassen. Fleißige Lieschen seien auch sehr dankbar. Wegen der Kosten würde sie sich noch melden. Wie es sonst so ginge? Sei die arme Elli körperlich wenigstens stabil? Das freue sie zu hören.

»Bis ein andermal …«

»Auf Wiederhören, Tante Alice …«

Seufzend schaltete Katharina das Handy aus und starrte auf die Grünfläche neben dem Parkplatz, wo mehrere Koniferen vor sich hin kümmerten. Verflixt – sie war so sicher gewesen. Zumal Tante Alice zu Anfang des Gesprächs den Eindruck gemacht hatte, regelrecht ertappt worden zu sein. Katharina war immer noch der Ansicht, dass die Tante zumindest nicht die ganze Wahrheit gesagt hatte. Aber das kleine Foto hatte sie wohl wirklich nicht genommen …

Oder doch? Wenn sie nicht im Krankenhaus gewesen war – woher wusste sie dann, dass im Katharinenkrankenhaus indische Nonnen arbeiteten? Das konnte man eigentlich nur wissen, wenn man mit der Klinik näher vertraut war.

Wie auch immer – Tante Alice war nicht bereit, ihr Auskunft über die kleine Fotografie zu geben. Das hätte sie sich denken können. Vermutlich war das Bildchen längst zerrissen und vernichtet. Es war ja im Grunde gut so. Schade war nur, dass Vaters Wunsch nicht erfüllt worden war. Aber was war schon ein Foto? Nur ein Abbild. Jene Person, an die Vater in der Stunde seines Todes gedacht hatte, würde ganz sicher bei ihm sein. Ihre Seelen würden sich in der anderen Welt miteinander verbinden.

»Hi, Kati – was treibst du denn hier? Du hattest doch schon zur fünften aus …«

Kollegin Gitti war, flankiert von zwei Kollegen, auf dem Weg zu ihrem Auto, und ihre scharfen Augen hatten Katharina in ihrem Wagen entdeckt.

»Ich hatte ein Rendezvous«, sagte Katharina und ließ die Scheibe an der Fahrerseite herunter. Gitti zog die Stirn in Falten und starrte sie für zwei Sekunden prüfend an, dann grinste sie.

»Mit dem Hausmeister?«

»Nein, mit meiner Tante Alice. Per Handy.«

»Ach Gott! War es aufregend?«

»Das könnte man schon sagen …«

Gitti war ausnahmsweise nicht neugierig, alte Tanten interessierten sie eher wenig. Stattdessen klagte sie, sich heute irgendwie einsam zu fühlen – was Kati denn für das Wochenende so plane? Klassenarbeiten korrigieren? Du liebe Güte. »Was hältst du von einem Abendbummel? Ein Plausch unter Freundinnen, ein paar kleine Drinks und vielleicht auch ein oder zwei nette Typen …«

Katharina lehnte dankend ab, sie kannte Gittis »Abendbummel«, die durch verschiedene Bars führten und im volltrunkenen Zustand endeten, zur Genüge. Sie hatte sich zweimal dazu breitschlagen lassen, war aber vorzeitig – so gegen drei Uhr in der Nacht – mit einem Taxi heimgefahren und hatte am folgenden Morgen brüllende Kopfschmerzen gehabt.

»Ruf mich an, wenn du es dir noch anders überlegst. Das Leben ist kurz, meine Süße. Klassenarbeiten kannst du korrigieren, wenn du pensioniert bist …«

Auf dem Weg zu ihrer Wohnung hatte Katharina Mühe, sich auf den Verkehr zu konzentrieren, denn in ihrem Kopf kreuzten sich verschiedene Gedankengänge. Sollte sie ihr Glück noch einmal bei Tante Gudrun versuchen? Sie würde sich vielleicht verplaudern, wenn sie von der Beobachtung der Nonne erfuhr. Auf der anderen Seite mochte Katharina ihre beiden Tanten nicht gegeneinander ausspielen, das war hinterhältig und würde schließlich auf sie selbst zurückfallen. Schluss mit dieser Geschichte, wer auch immer auf diesem Foto abgebildet gewesen war – sie würde es nicht erfahren. Und letztlich ging es sie auch nichts an.

Viel wichtiger war es, sich um das Geheimnis der Bilder zu kümmern. Wie hatte Ewan doch geschrieben? Den Faden weiterspinnen. Bei der Erinnerung an die Mail und das Telefonat verflog auch der letzte Ärger, seine Stimme war wieder in ihrem Ohr, die Sätze, die er gesprochen hatte, seine Begeisterung über den Erfolg seiner Nachforschungen. Eine vielversprechende Spur – ja, das war es wirklich.

Weshalb hatten diese wundervollen Bilder so lange in einer Holzkiste auf dem Dachboden gelegen? Weshalb hatte Vater nicht wenigstens einige davon gerahmt und in seinem Zimmer aufgehängt? So wie es seinerzeit Ewans Großmutter getan hatte? Vielleicht hatten sie ihm nicht gefallen? Nein, das konnte sich Katharina nicht vorstellen. Er hatte das Meer immer geliebt, nicht umsonst hatte er die vielen Schifflein gebastelt. Er wäre wohl auch gern in den Ferien an die Nordsee gefahren, aber Mutter hatte eine Leidenschaft für die Berge, deshalb fuhren sie immer ins Allgäu oder in den Bayerischen Wald. Mutter! Ja, das konnte der Grund gewesen sein. Vielleicht hatte er die Aquarelle in der Kiste aufbewahrt, weil sie Mutter nicht gefielen. Aber wieso dann gleich auf dem Dachboden? Dort, wo man Dinge abstellte, die man nicht mehr benötigte. Große Wertschätzung hatte Vater diesen schönen Bildern nicht entgegengebracht. Aber immerhin hatte er sie aufbewahrt. Und wie es seine Art war, hatte er mit niemandem darüber gesprochen.

Wirklich nicht? Zumindest Mutter musste gewusst haben, was oben auf ihrem Dachboden lagerte. Ob sie mit einer der Mappen ins Haus »Abendsonne« gehen sollte, um Mutter die Bilder zu zeigen? Möglicherweise hatte sie einen lichten Moment und verriet ihr, was es damit auf sich hatte. Es konnte allerdings auch passieren, dass sie wütend wurde, was in letzter Zeit trotz der Medikamente häufig der Fall war. Neulich hatte sie sogar einen Pfleger mit dem Essbesteck bedroht, weil er ihr Pfefferminztee zu trinken gab. Mutter hatte schon immer eine starke Abneigung gegen diesen Tee gehabt, aber das wusste der junge Mann natürlich nicht.

Und wenn sie die Tanten fragte? Der Gedanke gefiel ihr wenig, auf der anderen Seite wollte sie jede, auch nur die kleinste Chance wahrnehmen, ein Stück weiterzukommen. Vielleicht hatten die Tanten ja den Namen »Margot de Morand« einmal gehört und konnten das Rätsel lösen? Es war ja möglich, dass Vater die Bildmappen gekauft hatte. Oder jemand hatte sie ihm geschenkt. Oder er hatte sie geerbt. Obgleich Mutter immer behauptet hatte, sie hätten niemals etwas geerbt, sondern sich alles, was sie besäßen, selbst erarbeitet.

Falls Vater diese Aquarelle geerbt hatte, wussten die Tanten ganz sicher darüber Bescheid.

Die Wohnung war von weißlichem Dunst erfüllt, der aufregende, exotische Düfte transportierte. Katharina hustete, dann versuchte sie, die Ingredienzien des gerade entstehenden Menus zu erraten. Da brutzelte Hühnerfleisch in Maisöl, dazu roch es nach Zwiebel, Curry, Kardamom, Muskat, Kurkuma, Nelken – Patrik schien das gesamte Gewürzregal über dem armen Hühnchen ausgeschüttet zu haben. Dabei waren auch Kokos und irgendetwas Süßliches, Ahornsirup vielleicht oder eine fernöstliche Soße aus dem Glas.

»Hallo, Schatz!«, rief er und schob die Küchentür ein Stück auf. »Essen ist gleich fertig. Kannst schon Tisch decken …«

In der vernebelten Küche sah er aus wie ein fremdartiger Zauberer, eine dunkle, nach vorn gebeugte Gestalt, das Haar wirr in der Stirn hängend, ein Küchentuch um die Lenden gebunden, in der Hand einen langen Stab.

»Komme sofort …«

Sie stellte die Schultasche im Schlafzimmer neben ihrem Arbeitsplatz ab und fand das Bett mit bunten Prospekten übersät. Aha! Daher wehte der exotische Wind. Barbados. Tahiti. Sansibar. Madagaskar. Hawaii. War er jetzt komplett übergeschnappt?

In der Küche war die Sicht wieder einigermaßen klar, denn er hatte das Fenster geöffnet. Sie räumte den kleinen Tisch leer, wischte ihn sauber, stellte zwei Teller darauf, Bestecke, Gläser. Wie lästig war das, zu zweit in dieser winzigen Küche arbeiten zu müssen. Ständig musste man einander ausweichen, warten, aufpassen, dass der andere nicht gegen die gerade geöffnete Schranktür oder die Schublade stieß.

»Du bist offensichtlich reif für die Insel …«

Er löschte das Fleisch in der Pfanne mit einer hellen Flüssigkeit ab – vermutlich Kokosmilch. Es zischte gehörig, Dampf stieg auf.

»Das ist Huhn à la costa africana. Hab ich im Internet gefunden. Stell mal den Reistopf rüber …«

Es schmeckte gewöhnungsbedürftig, süßlich und scharf zugleich, die verschiedenen Gewürze wurden von zu viel Muskat überdeckt. Katharina aß tapfer ihre Portion, nahm immer wieder Reis nach, um den Geschmack zu ertragen, und behauptete lächelnd, es sei ein sehr interessantes Gericht. Patrik kostete nur ein wenig und erklärte dann, schon vom Kochen satt zu sein.

»Weißt du, ich hab mir gedacht, wir gönnen uns eine richtig schöne Hochzeitsreise. Drei bis vier Wochen auf See, Inseln, Sonne, Palmen an weißen Stränden, fremde Kulturen – das ist doch was für dich, oder?«

Eine Hochzeitsreise! Großer Gott, sie hatte geglaubt, das Problem löse sich von selbst, wenn sie nicht davon sprach.

»Aber Patti«, meinte sie kopfschüttelnd. »So eine Reise kostet Tausende.«

Er hatte sich schon genau informiert, Preise und Angebote im Internet verglichen und behauptete, für schlappe fünftausend Euro plus Anreise seien drei Wochen Karibik zu haben. Mit allem, was dazugehörte: Luxusliner mit Kino und Theater, Außenkabine, all inclusive, auch die meisten Landausflüge.

»Ich bin keine Freundin von solchen schwimmenden Städten, Patrik. Und Animation brauche ich auf dem Meer gar nicht …«

»Dann nehmen wir ein kleineres Schiff …«

Sie trank einen Schluck Wein und schwieg sich aus. Wie sollte sie ihm nur beibringen, dass sie gar nicht heiraten wollte? Und wenn schon eine gemeinsame Reise, dann auf keinen Fall in die Karibik. In die Bretagne wollte sie fahren, aber das konnte sie ihm schlecht sagen. Zumindest nicht jetzt.

»Mit einem kleineren Schiff kostet es auch eine schöne Stange Geld …«

»Was willst du denn mit all dem Geld machen, das du von deinem Vater geerbt hast?«, fragte er ärgerlich.

»Auf keinen Fall wollte ich es für eine Luxusreise zum Fenster hinauswerfen! Wie du weißt, ist es für meine Mutter bestimmt.«

Er rückte mit dem Stuhl ein wenig zurück, sodass die Lehne gegen den Kühlschrank stieß, und kreuzte die Arme vor der Brust.

»Du willst die ganze Kohle einfach auf der Bank liegen lassen? Ist das dein Ernst?«

Seine provokative Geste störte sie, ansonsten hatte er natürlich nicht unrecht. Die Bankenkrise hatte gezeigt, dass es nicht klug war, allzu viel Geld auf Bankkonten liegen zu lassen. Aber welches Anlagesystem war sicher? Sie verstand nichts von Aktien und sonstigen Wertpapieren und befürchtete, das Geld zu verlieren, anstatt es zu vermehren.

»Ich hatte darüber nachgedacht, vielleicht eine Immobilie zu kaufen …«

Er schob die Lippen vor und schien mit einem Gedanken beschäftigt, den er jedoch für sich behielt.

»Gar nicht so dumm«, lobte er. »Allerdings sind die Preise in Frankfurt astronomisch. Unter einer halben Million kriegst du nicht mal eine Gartenhütte. So ein kleines Haus oder eine Eigentumswohnung – das wär schon was.«

Sie war sich nicht sicher, ob er genau darüber im Bilde war, was sie von ihrem Vater geerbt hatte. Außer dem Haus waren auch Papiere und Bargeld vorhanden gewesen, die allerdings zum Teil ihrer Mutter gehörten. Da sie von ihrer Mutter jedoch eine Vollmacht besaß, konnte sie auch über diese Vermögenswerte verfügen. Natürlich nur, um sie im Sinne ihrer Mutter zu verwalten. Alles in allem hätte sie durchaus ein Häuschen in einem ruhigen Frankfurter Stadtteil finanzieren können. Aber das war illusorisch, denn dann wäre nichts mehr für ihre Mutter übrig.

»Zu teuer«, wehrte sie ab. »Höchstens eine Eigentumswohnung irgendwo am Stadtrand …«

Er schnaubte unzufrieden und beugte sich vor, um die abgegessenen Teller aufeinanderzustellen. Erst jetzt fiel ihr auf, dass der Herd fürchterlich verkleckert war, die Küche sah aus wie ein Schlachtfeld.

»So, so«, meinte er. »Eine Eigentumswohnung am Stadtrand. In einer dieser Satellitensiedlungen, wo ein hässlicher Kasten neben dem anderen steht und man durchs Fenster beim Nachbarn fernsehen kann? Hast du dir das so vorgestellt, ja?«

Es klang in Katharinas Ohren ziemlich aggressiv. Tatsächlich klirrte es heftig, als er jetzt die Teller ins Waschbecken stellte und den Wasserhahn aufdrehte.

»Es ist immer noch meine Angelegenheit, was ich mit dem Geld mache!«, stellte sie fest.

Er drehte sich zu ihr um und trocknete sich die Hände an einem Küchentuch ab. Erschrocken sah sie, dass sein Gesicht blass vor Wut war, seine Kiefermuskeln zuckten.

»Natürlich, mein Schatz«, sagte er mit böser Ironie. »Du kannst jederzeit in die Bretagne fahren und dein Geld dort in einem nutzlosen Haufen Steine anlegen.«

»Warum sollte ich denn so etwas tun?«, rief sie aufgebracht.

Er lachte höhnisch auf. Ob sie denn nicht gemerkt habe, was hinter den ach so freundlichen Bemühungen ihres bretonischen Freundes stünde? Nachforschungen betrieb er. Sein Haus zu ihrer Verfügung. Eine vielversprechende Spur … »Wie naiv bist du eigentlich?«, fuhr er sie an.

Katharina wäre gern aufgestanden und aus der Küche gegangen, doch dann hätte er ihr den Weg frei machen müssen. Patrik stand jedoch stur vor dem Herd und blockierte den Durchgang.

»Ziemlich naiv, da hast du recht«, gab sie zurück. »So naiv, dass ich bisher nicht einmal darauf gekommen bin, dass du heimlich meine Mailbox ausspionierst.«

Er achtete nicht auf ihre Beschuldigung. Dieser Bursche sei

mit allen Wassern gewaschen, das könne jeder sehen. *Haben Sie keine Scheu. Ich weiß, dass Sie Kerbourgh nicht kaufen wollen …* Bauernfängerei sei das, weiter nichts.

»Hör bitte auf, Patrik«, drohte sie. »Hör auf, oder wir kriegen ernsthaft Streit!«

Er stöhnte auf, griff sich an den Kopf und machte dann eine flehende Geste in ihre Richtung.

»Wie kannst du nur auf so etwas hereinfallen, Kati? Alles, was er unternimmt, all der Charme, den er versprüht – all das dient nur einem einzigen Zweck: Er will dir seine Schlossruine andrehen.«

»Das ist nicht wahr!«, rief sie aufgeregt. »Du bist nur eifersüchtig, das ist der Grund.«

Sie war von ihrem Stuhl aufgefahren und stand dicht vor ihm, verlangte mit zornigen Augen, dass er sie vorbeiließ. Doch er verharrte auf seinem Platz, als sei er dort festgewachsen.

»Eifersüchtig?«, fragte er mit seltsamer Betonung. »Hätte ich dazu einen Grund?«

Sie spürte zum ersten Mal, dass er seine körperliche Überlegenheit gegen sie einsetzte. Er fasste sie nicht an, aber er ließ sie auch nicht aus der Küche. Als sie versuchte, sich an ihm vorbeizuschieben, hob er ein Knie an und versperrte ihr damit den Weg.

»Du benimmst dich unfassbar lächerlich, Patrik!«, sagte sie, um Fassung bemüht, während die Panik in ihr aufstieg. »Ewan wird in wenigen Wochen heiraten.«

»Schön für ihn …«

Er machte einen Versuch, sie bei den Schultern zu fassen, doch sie schüttelte ihn ab. Der kleine Küchentisch kippte um, als sie sich mit Gewalt den Weg hinausbahnte, Geschirr zerschellte hinter ihr, der Vorlegelöffel erzeugte einen metallischen Klang, als er zu Boden fiel.

Sie verschanzte sich im Schlafzimmer, lehnte sich mit dem

Rücken gegen die Tür und brauchte eine Weile, um zu Atem zu kommen. Als sie seine Schritte im Flur hörte, drehte sie den Schlüssel um. Was war los mit ihr? Hatte sie etwa Angst vor ihm? Wie lächerlich, sie kannten sich seit acht Jahren, Patrik konnte keiner Fliege etwas zuleide tun. Und doch …

Er hatte die Umdrehung des Schlüssels im Türschloss gehört und war ins Wohnzimmer gegangen, um den Fernseher einzuschalten. Katharina atmete erleichtert auf. Langsam löste sie sich von der Tür, kniete neben dem Bett nieder und sammelte die Prospekte ein. Sie fand seinen zerknüllten Schlafanzug, umwickelte damit die Urlaubsbroschüren, schloss die Tür auf und warf alles in den Flur. Sein Kopfkissen folgte, seine Steppdecke, zwei Bücher, in denen er seit Monaten las, ohne recht voranzukommen. Nach dieser Heldentat schloss sie die Tür wieder, ohne den Schlüssel herumzudrehen, und ließ sich erschöpft auf ihrem Bett nieder.

Ein tiefes Loch tat sich vor ihr auf. Was tat sie? Wo lebte sie? Bisher hatte sie sich für einen realistisch denkenden Menschen gehalten – aber das war eine Täuschung gewesen. Sie war eine verblendete Traumtänzerin. Ein dummes, blindes Huhn, das am Gängelband im Kreis gelaufen war. Sie begann zu schluchzen und presste sich die Hand auf den Mund. Das fehlte noch, dass er drüben hörte, wie sie heulte. Sie hatte all die Jahre geglaubt, einen treuen, liebevollen Menschen an ihrer Seite zu haben. Jemanden, auf den sie sich verlassen konnte. Und wenn sie hin und wieder enttäuscht worden war, hatte sie den Fehler bei sich selbst gesucht.

Heute war es anders. Warum, das wusste sie nicht, aber es hatte damit zu tun, dass ihr Patrik seit einiger Zeit auch körperlich nicht mehr sympathisch war. Es war kalt und leer um sie; der Mensch, der mit ihr in dieser Wohnung lebte, war nicht der Mann, den sie geliebt hatte. Er hatte fremde Züge angenommen, er gierte nach ihrer Erbschaft, spionierte sie aus, wollte ihr vorschreiben, was sie mit ihrem Geld tun sollte. Jetzt begriff sie auch, weshalb er auf einmal von Heirat sprach. Und wie lächerlich doch seine Eifersucht war! Er hatte tatsächlich Angst, sie könnte Kerbourgh kaufen.

Das würde sie selbstverständlich nicht tun, so sehr das graue Schlösschen ihr gefiel. Nicht nur das Schlösschen, auch die Landschaft weckte eine unbestimmte Sehnsucht in ihr. Die weiten Buchten, wo das Meer gegen Granitfelsen schlug, die Wiesen und Hecken, der Fluss, der sich sanft ins Landesinnere schlängelte. Auch die Menschen, die in ihrer einfachen Art so freundlich und entgegenkommend waren. Ewan …

Ja, natürlich, Ewan Goadec. Auch er gefiel ihr. Warum auch nicht? Er war ein netter Mann, ein Träumer gewiss, aber offen und ehrlich. Er hatte sich viel Mühe gemacht, um den Namen der Malerin herauszufinden, sie musste ihm dankbar sein. Und er hatte sie sogar in sein Elternhaus eingeladen.

Sie spürte, dass sie nicht ehrlich zu sich selbst war. Falls sie diese Einladung tatsächlich annehmen sollte, dann tat sie es nicht wegen des Bildes. Vielleicht nicht einmal wegen der geheimnisvollen Margot de Morand. Sie würde in die Bretagne reisen, weil sie Ewan Goadec wiedersehen wollte. Weil sie sich in diesen Mann verliebt hatte. Schlimmer noch – weil sie insgeheim hoffte, dass es ihm genauso ging.

Sie wischte sich mit einem Zipfel der Bettdecke das Gesicht trocken und strich sich die nassen Haarsträhnen hinter die Ohren. Heute war das Ende aller Träume. Heute würde sie reinen Tisch machen. Man machte eine Dummheit nicht durch eine zweite wett. Sie würde nicht in die Bretagne fahren. Stattdessen würde sie erste Schritte einleiten, um sich von Patrik zu trennen. O Gott – wie trennte man sich von einem Menschen, mit dem man acht Jahre lang zusammengelebt hatte?

Zum ersten Mal in ihrem Leben hatte sie das Gefühl, mit einer Freundin sprechen zu müssen. Mit einer erfahrenen, mütterlichen Freundin, die zuhören und klugen Rat geben konnte.

Leider war Gitti in allen Punkten genau das Gegenteil. Aber sie war die einzige Freundin, die zur Hand war.

Drüben lief ein Krimi im Fernseher, eine Frau kreischte in höchster Angst, eine Männerstimme forderte, sie solle endlich die Wahrheit gestehen, sonst würde er ihr das Licht ausblasen. Es war banal und zugleich beängstigend nah – hatte er den Ton lauter gestellt?

Gitti nahm das Gespräch erst beim zweiten Anruf an. Sie schien überrascht, freute sich aber doch und erklärte, dass vor zehn Uhr nirgendwo etwas los sei. In den Bars ginge es erst nach Mitternacht rund, aber man könne ja erst mal schön gemütlich essen gehen. Was sie von Sachsenhausen hielte. Sie kenne da eine nette Kneipe, »Zum grünen Bock«.

»*Ebbelwoi* und *Handkäs mit Musik*«, meinte Katharina, der sich allein bei dem Gedanken daran der Magen herumdrehte. »Also, ehrlich gesagt – nicht gerade mein Fall!«

»Da kriegste auch lecker *Frankforter Werschtsche* oder *Grien Sooß*.«

Katharina willigte ein. Frankfurter Würstchen mit Brot würde sie nach dem grausig verwürzten Hühnchen vielleicht gerade noch herunterbekommen. Sie zog sich um, nahm vorsichtshalber eine Jacke mit und verließ die Wohnung. Unfassbar – sie fuhr mit ihrem kleinen Corsa durch die Gegend, während sich Patrik den Audi ihres Vaters unter den Nagel gerissen hatte. Damit würde nun aber bald Schluss sein … hoffentlich … wenn sie es schaffte … vielleicht …

Sie musste eine Weile nach einem Parkplatz suchen, aber dann hatte sie Glück und fand eine Parklücke in einer Seitenstraße des Deutschherrenufers, nur ein paar Schritte vom »Grünen Bock« entfernt. Es war eine der größeren Wirtschaften, die ihre Tische und Stühle auf künstlichem Rasen fast über die gesamte Breite der Gasse stellten. Ein ehemals weißes Regendach überspannte die Sitzgruppen, niedrige weiße Zäune mit grünen Blumenkästen trennten sie von den vorbeigehenden Passanten ab, und über allem wachte das Maskottchen der Gastwirtschaft: der mächtige, grün angestrichene Bock aus Holz. Er konkurrierte mit zwei sitzenden Löwen, die den Eingang des Etablissements nebenan dekorierten.

Gitti erschien im bayerischen Dirndl mit zünftigem Ausschnitt, das Haar hatte sie zu zwei neckischen Zöpfchen gebunden, die seitlich von ihrem Kopf abstanden.

»Ich hab noch zwei Bekannte eingeladen«, meinte sie, als sie sich niedergelassen hatten. »Richtig nette Jungs, die ich letztes Wochenende beim Joggen kennengelernt habe.«

Katharina starrte auf das goldfarbige Herz mit dem roten Stein in der Mitte, das an einem Kettchen an Gittis Hals hing. Na wunderbar – sie hatte zwei Typen eingeladen. Damit fiel das Gespräch unter Freundinnen also aus. Und dabei hatte sie ihr am Telefon gesagt, sie brauche ihren Rat in einer schwierigen Angelegenheit!

»Seit wann gehst du zum Joggen?«

Gitti lachte und winkte der schwarzhaarigen Kellnerin, die ebenfalls ein Trachtenkleid trug, von Angesicht aber eine Chinesin war. »Ich doch nicht. Meine Wenigkeit saß ganz brav auf einer Parkbank unten am Main, als die beiden vorbeirannten. Und genau vor meiner Bank hat sich der arme Pierre einen Nagel eingetreten. Stell dir vor – durch die Sohle bis in die Ferse hinein. Er blutete wie ein Schwein, und ich musste ihn mit dem Auto zu einem Doktor fahren …«

»Was darf ich Ihnen bringen?«, fragte die Chinesin in astreinem Deutsch.

Gitti bestellte einen *Bembel Ebbelwoi* und vier Gläser dazu, mit dem Essen wollte man warten, es kämen noch zwei Gäste.

»Du wolltest mir doch was erzählen, oder nicht?«, fiel Gitti jetzt wieder ein. »Dann schieß mal los, solange unsere Prinzen noch nicht hier sind. Was Ernstes? Ehrlich? Lass hören!«

Katharina setzte zu einer vorsichtigen Schilderung an, wurde jedoch von der geschäftigen Chinesin unterbrochen, die den gut gefüllten *Bembel* auf den Tisch stellte und dabei eine gelbliche Pfütze kleckerte. Es schien sie nicht weiter zu beunruhigen, sie stellte die Gläser auf, schenkte Gitti und Katharina ein und versprach, gleich mit einem Tuch vorbeizukommen.

»Na dann, Prost Eppler!«, rief Gitti fröhlich und hob das gefüllte Glas.

»Prost!«

Katharina hasste das saure Zeug, das ihrer Meinung nach nur als *Gespritzter* oder im Winter als heißer Eppler mit Zucker und Gewürzen genießbar war. Jetzt aber war sie tatsächlich durstig, was ohne Zweifel an dem verwürzten Hühnchen in ihrem Magen lag, und sie nahm einige tiefe Züge.

»Immer wieder lecker«, behauptete Gitti und stellte das Glas ab. »Besonders, wenn's heiß ist. Aber jetzt erzählt mal. Hat Krüger dir doch noch 'ne Standpauke gehalten? Das kannst du doch kalt an dir ablaufen lassen – wir sind Beamte auf Lebenszeit. Der kann uns gar nichts …«

Katharina nahm einen weiteren tiefen Zug und erwiderte dann, Gitti haben vollkommen recht. Inzwischen war ihr klar, dass es keinen Sinn hatte. Nicht hier in dieser Wirtschaft, wo man dicht gedrängt saß und die Nachbarn alles mithörten. Und schon gar nicht jetzt, da Gitti in Erwartung ihrer beiden Jogger kaum Aufmerksamkeit für sie hatte.

»Mein Güte – wo bleiben sie nur? Ich hab dem Pierre doch gesagt, gegen acht im ›Grünen Bock‹, und jetzt ist es schon halb neun …«

»Nur keine Panik«, meinte Katharina und lehnte sich ein wenig zurück, um den Platz zu überblicken. »Sie werden einen Parkplatz suchen …«

Der saure Eppler enthielt mehr Alkohol, als ihr bewusst gewesen war; schon von einem dreiviertel Glas begannen Stühle,

Personen und auch der grüne Bock leicht zu schwanken. Trotzdem trank sie das Glas leer – der Abend war sowieso gelaufen, da konnte sie sich auch einen kleinen Rausch genehmigen.

»Ich glaube, ich nehme tatsächlich einen Handkäs mit Musik«, schwatzte Gitti, die sich die Speisekarte vorgenommen hatte. »Oder meinst du, es ist taktisch unklug, Zwiebeln zu essen? Ach was – ich werde dem Pierre auch einen Handkäs verpassen. Ach ja – der Pierre, der interessiert mich besonders. Der andere heißt Robert, der ist mehr so ein Witzbold, der passt eher zu dir. Wirst schon sehen, der Typ hat's echt drauf …«

Katharina langte nach dem grauen Krug und wollte gerade nachschenken, da sprang Gitti plötzlich von ihrem Stuhl auf und winkte heftig.

»Da sind sie. Gleich hinter dem steinernen Löwen. Das ist Pierre. Sieht der nicht gut aus? Pierre! Pierre! Wir sind hier. Bei dem Bock und nicht bei den Löwen …«

Katharina entdeckte zwei junge Männer, die direkt auf sie zukamen. Einer von ihnen lachte und klopfte dem Löwen auf das Hinterteil, als er daran vorbeilief. Das war offensichtlich Pierre. Wieso drehten sich auf einmal die Worte in ihrem Kopf? Pierre … Peter … Löwe … Stein … Lion …

Sie hatte eindeutig zu viel Eppler getrunken. Pierre. Pierrelion. Wie kam sie auf dieses Wort? Ach ja – das war der Geburtsname der Margot de Morand gewesen.

»Na, ihr zwei beiden?«, hörte sie Gittis Stimme wie aus weiter Ferne. »Wir haben ja schon gedacht, ihr findet uns nicht. Seid ihr etwa gejoggt?«

Pierrelion. Steinerner Löwe. Steinlöwe. Löwenstein.

Sie glaubte, einen lauten, tiefen Gongschlag zu vernehmen. Löwenstein. Der Serviettenring ihres Vaters, den die Tanten seltsamerweise nicht hatten mitnehmen wollen. Darin war ein Monogramm eingraviert. ML. Sie hatte ihren Vater einmal gefragt, was das für Buchstaben seien. Er hatte damals nicht gleich geantwortet, sondern gewartet, bis Mutter das Zimmer verließ, um irgendetwas aus der Küche zu holen.

»Es sind die Initialen meiner Mutter. Margot Löwenstein war ihr Mädchenname.«

War sie verrückt? Im Eppler-Vollrausch? Oder hatte sie soeben eine wirklich vielversprechende Spur gefunden?

Bretagne, August 1940

Sie sahen so harmlos aus. Junge Burschen, die meisten blond, gut gebaut, sehnig. Einige waren nackt, andere hatten kurze Hosen anbehalten, die Oberkörper waren frei. Man sah, wie blass und empfindlich ihre Haut noch war, manche hatten sich hier am Strand in St-Malo aber auch schon eine ordentliche Sonnenbräune eingehandelt.

Wie eine Horde Sommerfrischler, dachte Margot. Alberne Kinder, schutzlos in ihrer Nacktheit, springen in den Wellen herum, lachen, sitzen und rauchen. Max könnte einer von ihnen sein. Oder auch Lucas und Bernard. Das also sind Hitlers Soldaten, die Frankreich erobert haben.

Sie hatte sich weitab der Brandungszone unter einem Felsen niedergelassen, ein wenig schwerfällig schon, denn das Kind wölbte ihren Bauch immer weiter vor und verursachte ihr Beschwerden im Rücken. Dafür konnte sie den Zeichenblock jetzt im Sitzen recht gut auf Bauch und Knien abstützen. Alans Mutter hatte sich von Loan mit dem Auto nach St-Malo fahren lassen, um Fisch, Kaffee und Gewürze einzukaufen, und sie hatte Margots Bitten, sie doch mitzunehmen und während der Einkäufe am Strand abzusetzen, nicht widerstehen können. Loan hatte diese Aufgabe nur zögerlich übernommen. Er war bisher um Kriegs- und Arbeitsdienst herumgekommen, da er seit einem Unfall vor Jahren ein steifes Knie hatte. Aber wie man hörte, brauchten die Deutschen französische Arbeiter für ihre Bunkeranlagen und Fliegerhorste, und Loan hatte wenig Lust, für die Besatzer zu arbeiten.

Margot schloss für einen Moment die Augen und lehnte den

Kopf gegen den sonnengewärmten Fels. Sie liebte dieses Gefühl, durch die Berührung ihres Körpers an der Kraft dieses Felsblockes teilzuhaben, sein Gewicht in ihrem Rücken zu spüren, die Stärke des Granitgesteins, das den Angriffen der Wellen unbeirrt standhielt. Meer und Fels formten dieses wundervolle Land seit Jahrhunderten – was bedeutete ihnen schon das Geplänkel der Menschen. Völker kamen, Völker gingen, zogen heran und wieder fort, wie Ebbe und Flut …

»Pardong … Mademoiselle … Bongjour …«

Erschrocken blickte sie auf. Drei junge Deutsche standen vor ihr, sittsam mit Hemd und kurzen Hosen bekleidet, die Gesichter von der Sonne gerötet. Unternehmungslust und Verlegenheit wechselten in ihren Mienen.

Sie lächelte ihnen entgegen. Wie alt mochten sie sein? Nicht viel älter als sie selbst vermutlich.

»Bonjour, Messieurs …«

Sie freuten sich über den Gegengruß, dann druckten sie herum, weil keiner von ihnen mehr als fünf Worte französisch sprach.

»Sie … vous … zeichnen … malen … make picture …«

Aha, sie interessierten sich für ihre Bilder. Besser gesagt, sie versuchten, über die Bilder mit ihr anzubandeln. Margot amüsierte sich.

»Sie möchten meine Bilder sehen?«, fragte sie auf Französisch und drehte den Block herum. »Sehen Sie, das sind die Inseln dort drüben. Die Festung. Ein Schiff …«

Die jungen Herren bestaunten das unfertige Bild, nickten einander zu und schienen der Ansicht, eine große Künstlerin vor sich zu haben. Margot bekam jetzt Spaß an der Sache, sie blätterte zurück, zeigte ein paar ältere Bilder und hatte ein diebisches Vergnügen daran, die Kommentare zu hören. Natürlich hatten die armen Kerle keine Ahnung, dass sie Deutsch konnte.

»So was hängt bei meiner Tante überm Sofa …«

»Mir gefällt's. Vielleicht verkauft sie uns ein Bild …«
»Frag sie doch …«
»Was heißt denn ›verkaufen‹ auf Französisch?«
»Woher soll ich das wissen?«
»Ich denk', du hast ein Wörterbuch mitgenommen?«
»Hab ich im Quartier gelassen …«
»Volltrottel!«

Margot lächelte unbeirrt und tat, als verstünde sie kein Wort. Es waren einfache Burschen, Bauernsöhne oder Arbeiterkinder, von Bildung nur wenig beleckt. Sie hatten etwas liebenswert Unbedarftes, diese Eroberer. Nach dem Waffenstillstand waren die Deutschen nicht mehr als Feinde, sondern als Besatzer anzusehen. Sie hielten den Norden Frankreichs und die Hauptstadt Paris besetzt, die offizielle französische Regierung saß in Vichy und war eine Marionette der Deutschen.

»Vous … Mademoiselle … verkaufen uns ein Bild?«

Blaue Kinderaugen blickten sie hoffnungsvoll an, er wühlte in der Hosentasche und zog eine deutsche Mark heraus. Hielt sie ihr auf der flachen Hand entgegen und deutete auf den Zeichenblock.

Wären sie sich an anderer Stelle und zu anderer Zeit begegnet – sie hätte ihm ein Bild geschenkt. So aber starrte sie mit hochgezogenen Brauen auf das Markstück und schüttelte dann den Kopf. Nein – für eine hässliche deutsche Mark würde sie keines ihrer Bilder hergeben.

»Die versteht dich nicht …«
»Aber hübsch ist sie … Lad sie zu einem Kaffee ein.«
»Ja, wie denn? Wenn sie kein Deutsch versteht!«
»Verdammt … Wenn sie mag, wird sie schon verstehen.«
»Mademoiselle … ein Café? In der Bar? Wir … amis. Freunde …«

Sie machte eine verneinende Geste und wandte sich wieder ihrem Zeichenblock zu. Sie versuchten es noch einmal, schwatzten allerlei lustiges Kauderwelsch, spielten Scharade, um ihr zu zeigen, dass es sich nur um eine harmlose Tasse Kaffee in einer Strandbar handelte. Schließlich gaben sie es schulterzuckend auf, liefen enttäuscht zu ihren Kameraden, von denen sie mit Gelächter empfangen wurden. Einer, der scharfe Augen hatte, machte eine halbkreisförmige Bewegung über seinem Bauch und erntete verdutzte, leicht betretene Gesichter. Wegen des weiten Kleides hatten sie Margots Schwangerschaft nicht bemerkt, jetzt war es ihnen peinlich.

Nein, sie waren keine gefährlichen Tiere, diese deutschen Soldaten. Und doch hatten sie auf dem Vormarsch Dörfer und Städte niedergebrannt, Dünkirchen lag in Ruinen, Männer, Frauen und Kinder waren im Kugelhagel gestorben, ihre Körper von Panzergeschossen zerrissen. Waren das die gleichen grünen Jünglinge gewesen, die hier im Meer herumhüpften und schüchterne Annäherungsversuche an eine hübsche Französin wagten?

»Madame! Wir sind so weit!«

Sie wandte den Kopf und winkte Loan zu, packte ihre Malsachen zusammen und stopfte alles in ihren Stoffbeutel. Loan stapfte über den weichen Sand zu ihr hinüber. Sie runzelte die Stirn, als er ihr den Beutel abnahm, um ihn für sie zu tragen.

»Das kann ich wirklich selbst, Loan. Ich bin nicht krank oder gebrechlich. Hast du um deine Frau auch ein solches Theater gemacht, als sie schwanger war?«

Er grinste, sagte jedoch kein Wort dazu. Auch er fand die allgemeine Sorge um Margot übertrieben, doch er hatte nicht das Recht, dazu eine Meinung zu äußern. Oben im Wagen wartete schon Sophie de Morand, auf dem Rücksitz zwischen Körben und Kisten eingezwängt, damit Margot auf dem bequemeren Beifahrersitz Platz nehmen konnte.

»Ist alles in Ordnung, Margot?«, fragte sie besorgt. »Es war gewiss keine gute Idee, sich hier an den Strand zu setzen. Das sind doch Deutsche, oder nicht? Sie haben dich hoffentlich nicht belästigt …«

»Überhaupt nicht … Möchtest du nicht doch lieber vorn sitzen, Mama?«

»Auf keinen Fall«, sagte sie energisch. »Ich muss diesen Korb mit Austern im Auge behalten, damit er nicht aus dem Wagen fällt. Es ist unfassbar, wie die Preise gestiegen sind, seitdem diese Boches hier sind …«

»Seien Sie vorsichtig, Madame«, warnte Loan, der Margot die Wagentür aufhielt. »Ich habe einen Anschlag gesehen, da stand, dass jeder, der die Deutschen *Boches* nennt, erschossen wird. Außerdem ist es bei Todesstrafe verboten, Flugblätter vom Boden aufzuheben …«

»Was für ein lächerliches Schmierentheater«, meinte Madame de Morand abfällig. »Was sollen wir wohl mit den englischen Flugblättern Schlimmes anfangen? Sie haben uns im Stich gelassen, die Engländer, sind wie die Hasen zurück auf ihre Insel gelaufen, und jetzt werfen sie Papierchen ab …«

Sie war ungerecht, fand Margot. Weshalb hätten sich die englischen Soldaten einer gewaltigen deutschen Übermacht entgegenstellen sollen, da doch die Franzosen so wenig Kampfgeist zeigten? Kaum fünf Wochen hatte Hitler gebraucht, um die Grande Nation in die Knie zu zwingen.

»Stellt euch nur vor – sie haben das Lazarett in Concarneau beschlagnahmt«, erzählte Sophie de Morand empört. »Alle französischen Verwundeten mussten das Lazarett innerhalb eines Tages verlassen, um Platz für die deutschen zu machen …«

Margot stützte sich mit dem Arm gegen das Armaturenbrett, um das unangenehme Ruckeln des Wagens auszugleichen. Das Kind in ihrem Bauch bewegte sich jetzt häufig, es war manchmal so lebhaft, dass sie glaubte, es vollführe Purzelbäume in ihrem Leib. Beim Autofahren hatte sie meist Rückenschmerzen; weshalb, das wusste sie nicht, vielleicht legte sich das Ungeborene auf einen Nerv und klemmte ihn ab. Heute war es besonders schlimm, doch sie beklagte sich nicht, denn das hätte dazu geführt, dass ihre Schwiegermutter sie nicht mehr mitgenommen hätte.

Als sie vor dem Stallgebäude hielten, liefen ihnen schon Malo und Dustin, die älteren Söhne der Goadec entgegen, um die Einkäufe zum Schloss zu tragen. Margot stieg langsam und vorsichtig aus, ihr Rücken schmerzte so heftig, dass sie Angst hatte, eine falsche Bewegung könne ihre Wirbelsäule ausrenken.

»Deckt den Wagen mit Heu ab«, befahl Sophie de Morand. »Damit ihn die verdammten Boches nicht sehen, am Ende nehmen sie ihn uns noch weg. Ah – da bist du ja, Alan. Trägst du bitte diese Kiste mit Austern?«

Margot hatte nicht bemerkt, dass Alan sich im Stall mit den Sätteln zu schaffen machte, jetzt biss sie sich ärgerlich auf die Lippen, denn er hatte sie beim Aussteigen natürlich beobachtet. Seinem düsteren Blick nach zu urteilen, war er zornig auf sie. Er hatte sie oft genug gebeten, keine Ausflüge mit dem Wagen zu unternehmen, denn sie bezahlte sie regelmäßig mit Rückenschmerzen, einmal hatte sie sogar eine Blutung gehabt. Aber so sehr Margot ihren Mann liebte – sie mochte sich keine Vorschriften machen lassen.

Er schwieg, wollte vor den anderen nicht mit ihr streiten, und Margot verbiss sich alle Schmerzen, um scheinbar leichtfüßig und heiter zum Schloss hinüberzugehen. Länger als gewöhnlich hielt sie sich bei Swana in der Küche auf, sah zu, wie diese den frischen Fisch wusch und ausnahm, und stieg erst die Treppe zum großen Speisezimmer hinauf, als dort oben das Radio eingeschaltet wurde. Pierrik de Morand war dazu übergegangen, nur noch den englischen Sender zu hören, was nicht einfach war, da der Empfang schwankte und durch Knistern und Rauschen gestört wurde. Alans Vater hatte jedoch eine große Virtuosität im Hin- und Herdrehen des Senderknopfes entwickelt, um die

Störungen rasch aufzufangen. Marie-Anne nahm seit einigen Tagen nicht mehr an der Familienrunde um das Radio teil, sie hörte oben in ihrem Zimmer den französischen Sender, der in deutscher Hand war und von Hitlers grandiosen Kriegserfolgen sprach.

»Setz dich, Margot …« Sophie de Morand schob ihr ein Kissen in den Rücken; ihr war Alans Zorn nicht entgangen, und sie fühlte sich ein wenig schuldig, da sie Margots Bitten nachgegeben hatte. Alan stand beim Kamin, die Hände auf dem Rücken verschränkt. Als Margot zu ihm hinübersah, senkte er den Blick zu Boden. Du meine Güte – er war wirklich wütend auf sie. Wie albern. War er vielleicht ihr Kindermädchen?

»Achtung …«

Man vernahm die kurze Tonfolge, die die englische Nachrichtensendung einleitete. Nun galt es, die Ohren zu spitzen und die englischen Sprachkenntnisse zusammenzuraffen. Margot verstand meist nur einen Teil, vieles war auch nur für Briten verständlich, heute aber dominierte eine Nachricht alles andere: Die Deutschen hatten begonnen, England zu bombardieren.

»Sie fliegen von der bretonischen Küste aus«, sagte Pierrik de Morand. »Von unserer Küste aus starten sie, um Bomben auf England zu werfen.«

»Wieso lassen wir das zu?«, stöhnte Sophie de Morand.

»Was sollen wir denn tun?«, gab ihr Mann dumpf zurück. »Der Kampf ist vorüber. Wir haben uns besiegen lassen, und die Engländer, die für uns kämpfen wollten, sind geflohen. Jetzt spüren sie am eigenen Leib, wie es ist, von Hitler attackiert zu werden.«

»Man muss ihnen Einhalt gebieten«, flüsterte Sophie de Morand. »Warum helfen uns die Amerikaner nicht?«

Pierrik de Morand schaltete das Radio aus und gab ein kurzes, spöttisches Lachen von sich.

»Die Amerikaner? Die regen sich erst dann, wenn eine Bombe

auf New York gefallen ist. Bis dahin schauen sie uns aus sicherer Entfernung zu …«

Margot schwieg beklommen. Sie warfen Bomben auf England. Städte brannten, Häuser stürzten ein, Menschen starben in Feuer und Schutt. Und Tante Sybille hatte geglaubt, dort mit ihrer Familie in Sicherheit zu sein. O Gott – wenn nur Max nichts geschah! Sie hatte seit ihrer Heirat nichts mehr von ihnen gehört, was aber sicher dem Krieg zuzuschreiben war, der die Postverbindung störte. Und Tante Florence … ach, sie würde in ihren Kartoffelkeller gehen, der war tief unter der Erde, keine Bombe konnte sie dort treffen.

Als Swana das Mittagessen auftrug, stand Margot auf und entschuldigte sich. Sie könne jetzt nichts essen und wolle sich lieber ein wenig hinlegen. Nur eine kleine Unpässlichkeit, nichts weiter. Kein Grund, sich Sorgen zu machen.

Sie hatte das Gefühl, ihre Glieder seien mit Blei ausgegossen, als sie die Treppe hinauf ins Schlafzimmer ging. Es war die Schwangerschaft, die sie so müde machte, das Kind, das in ihrem Bauch herumtobte und ihr Schmerzen bereitete. In was für eine verrückte Welt würde sie dieses kleine Wesen gebären? Jene netten, schüchternen Knaben, die sie heute am Strand angeredet hatten, stiegen am Nachmittag in ihre Flieger, um Tod und Verderben über England zu bringen. Vollkommen erschöpft ließ sie sich auf dem Bett nieder, streckte sich aus und schloss die Augen. Nicht weinen, dachte sie. Weinen hilft niemandem und macht hässlich. Das hatte Mama immer gesagt … Mama, die jetzt so unendlich weit von ihr entfernt war. In Deutschland. In England. Auf einem anderen Stern …

Wie lange hatte sie gelegen und vor sich hin gedöst? Ein leises Geräusch an der Tür weckte sie auf – es war Alan, der mit einem Tablett in den Händen zu ihr eintrat.

»Bist du wach?«

Er stellte das Tablett auf einen Stuhl und sah zu ihr hinüber.

Es roch nach Fisch, ein Geruch, der ihr heute unerträglich war. Sie drehte den Kopf zur Seite.

»Danke. Aber ich kann nichts essen. Bring es bitte hinaus.«

Gehorsam trug er die Speisen aus dem Zimmer, kehrte jedoch gleich zurück, um Schuhe und Hemd auszuziehen und sich zu einer kurzen Mittagsruhe neben ihr auszustrecken. Seit er aus der Gefangenschaft zurückgekommen war, hatten sie diese Gewohnheit angenommen. Eine Stunde des Tages, die nur ihnen gehörte, in der sie aneinandergeschmiegt lagen, redeten und scherzten, sich hin und wieder auch liebten, bei hellem Tageslicht, einander in die Augen sehend. Alan hatte ihr von der Übergabe der Festung erzählt, die sein Kommandant schon nach drei Tagen Belagerung verloren gab. Sie hatte auch erfahren, wie man die französischen Gefangenen in Lastwagen pferchte, um sie nach Deutschland zu bringen, wo sie in Fabriken oder auf dem Land zur Arbeit eingesetzt wurden. Alan war gemeinsam mit zwei Kameraden vom Laster gesprungen, als sie durch ein zerstörtes Dorf fuhren. Sie hatten sich in den Ruinen der Kirche versteckt, aber die deutschen Soldaten hatten nicht einmal bemerkt, dass ihnen drei Gefangene entkommen waren. Die gelungene Flucht gab ihm einen kleinen Teil des verlorenen Stolzes zurück, er hatte Grund, über die dummen deutschen Landser zu lachen, während er in Wirklichkeit unendlich darunter litt, so schmählich und kampflos besiegt worden zu sein. Er sprach niemals in Gegenwart seiner Eltern oder seiner Schwester darüber, nur Margot vertraute er sich in der Zweisamkeit der Mittagsstunde an, und sie war glücklich darüber. Sie selbst allerdings hielt ihren Kummer vor ihm verschlossen. Nicht, weil sie kein Vertrauen zu ihm gehabt hätte, sondern weil sie es selbst nicht ertragen konnte, davon zu sprechen.

Heute lagen sie wortlos nebeneinander, Alan auf dem Rücken, die Hände hinter dem Nacken verschränkt, Margot auf der Seite, den Blick zum Fenster gerichtet. Das Schweigen lastete auf ihnen, sie hörten den Atem des anderen, sehnten sich danach, einander zu berühren, doch ein streitbarer Geist hielt sie davor zurück.

»Weshalb bringst du dich und unser Kind in Gefahr?«, fragte Alan schließlich, als er die Stille nicht mehr aushielt.

Margot drehte sich auf den Rücken; es tat weh, doch sie zeigte es nicht.

»Weshalb glaubst du, für mich denken und entscheiden zu müssen?« Es klang abweisend. Alan wusste, dass er sie auf diese Weise nur störrischer machen würde, aber sein Ärger musste heraus, er wäre sonst geplatzt.

»Vergiss bitte nicht, Margot, dass du nicht mehr allein bist. Du trägst ein Kind. Unser Kind.«

»Solange es in meinem Bauch ist, bin ich dafür verantwortlich. Ich allein! Schließlich muss ich es auch allein auf die Welt bringen, oder nicht?«

Wie sie es hasste, wegen ihrer Schwangerschaft bevormundet zu werden! Reichte es nicht, dass sie sich so müde und hilflos fühlte? Musste man ihr auch noch ständig Vorschriften machen? Ach, wenn doch Mama hier wäre! Sie hätte sie verstanden.

Alan hatte ihre Antwort mit einem kurzen Schweigen quittiert. Sie konnte am Zucken seiner Wangen erkennen, dass er betroffen war. »Ich habe nicht vor, dich zu bevormunden oder dich gar einzusperren«, sagte er leise, aber mit zornigem Unterton. »Aber ich weiß, dass du zu unüberlegten Handlungen neigst, und daher appelliere ich an deine Vernunft.«

»Ach – ich neige zu unüberlegten Handlungen?«, fuhr sie dazwischen. »Sag doch gleich, dass ich naiv bin. Ich stürze mich ohne Rücksicht auf Verluste mitten in die Gefahr …«

»Bitte, Margot …«

»Wieso hast du mich geheiratet? Damit du mich maßregeln kannst? Hast du so eine gesucht, ja?«

Noch während sie diese Vorwürfe aussprach, spürte sie, wie

unsinnig sie waren. Aber in ihr tobte eine ungeheure Verzweiflung, die auf irgendeine Weise herausmusste.

Alan hatte sich abrupt aufgesetzt, die Muskeln an seinem bloßen Oberkörper spannten sich. Mit einer fahrigen Bewegung fuhr er sich durch das gesträubte Haar, eine Geste des Zorns und der Hilflosigkeit. »Was redest du da? Du scheinst ja vollkommen verrückt zu sein. Ja, es gibt Momente, da möchte ich dich vor dir selber schützen …«

»Das wird ja immer besser!«, fauchte sie. »Willst du mir jetzt vielleicht auch noch die Reise nach Aachen vorhalten? Ich warte schon lange darauf …«

»Verdammt!«, rief er laut und schlug mit der geballten Faust auf die Matratze. »Weshalb bist du so dickköpfig? Ich will nur, dass dir und dem Kind nichts passiert, ich sorge mich um euch beide. Und deshalb will ich nicht, dass du mit dem Auto fährst. Noch dazu nach St-Malo, wo überall deutsche Soldaten herumlaufen.«

»Du willst, du willst, du willst …«, äffte sie ihn nach. »Hätte ich gewusst, dass du vorhast, dich zum Tyrannen zu entwickeln, dann …«

»Dann?«

Sie schwieg, versuchte, sich endlich in den Griff zu bekommen, um nicht noch mehr Dinge zu sagen, die ihr später leidtun würden. Alan stöhnte und stand vom Bett auf, zog sich mit hastigen, wütenden Bewegungen das Hemd über, fuhr in die Schuhe. Er drehte sich zu ihr um, schien etwas sagen zu wollen, tat es dann aber doch nicht, sondern verließ das Zimmer. Die Tür schloss sich mit einem hässlichen scharrenden Geräusch hinter ihm. Margot hörte, wie er die Treppe hinunterging, sich mit eiligen Schritten immer weiter von ihr entfernte, und plötzlich überkam sie eine große Sehnsucht nach ihm. Sie erhob sich, suchte nach ihren Schuhen, schlüpfte hinein und lief zur Tür.

»Alan? Alan!«

Niemand antwortete, er war schon ins Erdgeschoss gelaufen. Dort würde er sich in seinem Büro verschanzen. Vielleicht lief er auch zu den Pferden, die seine große Leidenschaft waren und um die er sich in letzter Zeit besonders viel kümmerte. Ach, sie wusste doch, was der eigentliche Grund für seine Sorge war. Er konnte nicht wie die anderen hinüber nach St-Malo oder Dinard fahren, er musste vorsichtig sein, sich unauffällig verhalten, damit die Besatzer nicht auf ihn aufmerksam wurden. Er war ein entflohener Kriegsgefangener, auch wenn er jetzt Zivilkleidung trug und wie ein Bauer mit Loan und seinen Söhnen die Heuernte einbrachte.

»Na? Die Siesta schon beendet?«, sagte eine spöttische Stimme hinter ihr.

»Was geht dich das an?«, gab Margot böse zurück.

Marie-Anne lachte höhnisch auf und lief beneidenswert leichtfüßig die Treppe hinunter. Sie trug ein kurzes Kleid und klapperte mit ihren Absätzen.

»Papa! Maman! Es kommen zwei Militärfahrzeuge zum Schloss. Bitte überlasst das Reden mir, ja? Es ist besser so!«

Ein ungutes Gefühl beschlich Margot. Da waren sie also wieder, die deutschen Herren, und sie hatte schon gehofft, Leutnant Obermayer und Stabsarzt Dr. Troost hätten Kerbourgh inzwischen vergessen. Wenn sie nur Alan nicht zu Gesicht bekamen! Diese Teufel waren imstande, ihn zum Arbeitsdienst an ihren Fliegerhorsten abzukommandieren. Er würde sich doch hoffentlich in seinem Büro versteckt halten.

Langsam ging sie hinter Marie-Anne her in den ersten Stock, öffnete die Tür zum großen Speiseraum und sah aus dem Fenster. Soweit sie es aus der Entfernung erkennen konnte, waren das weder Leutnant Obermayer noch Stabsarzt Dr. Troost, sondern ein unbekannter Offizier und mehrere Soldaten, verteilt auf zwei Fahrzeuge. Sie hielten vor dem Pferdestall und riefen irgendetwas in das Stallgebäude hinein, worauf jedoch keine Reaktion erfolgte. Als der Offizier schon aussteigen wollte, erschien Malo, der ältere der Goadec-Söhne. Er war ungefähr zehn, lang aufgeschossen und wirkte ein wenig linkisch. Was er sagte, verursachte bei den Deutschen fragende Blicke und Kopfschütteln, vermutlich redete er bretonisch, wie die meisten Leute hier in den Dörfern. Was taten sie jetzt? Einer der beiden Wagen blieb vor dem Pferdestall stehen, der andere bewegte sich zum Eingang des Parks, um hinauf zum Schlösschen zu fahren.

»Geh in den Keller, Alan«, hörte sie Pierrik de Morand. »Sicher ist sicher.«

»Mach dir keine Gedanken, Vater …«

Natürlich wollte er sich nicht im Keller verstecken, dieser Dickschädel. Margot stieg langsam die Treppe zum Erdgeschoss hinunter, voller Sorge, die Deutschen könnten Alan entdecken und mitnehmen.

»Guten Tag … Wir bedauern sehr, Ihnen Unannehmlichkeiten zu bereiten …«

Die Stimme klang ein wenig schnarrend, aber der Offizier sprach ein astreines Französisch. Vielleicht war er im Zivilberuf Lehrer und unterrichtete Sprachen.

»Wir nehmen es nicht persönlich, Herr Offizier. Seien Sie willkommen und treten Sie ein …«

Angesichts der Nachrichten, die sie heute Mittag im Radio gehört hatten, erschien Margot die übertriebene Freundlichkeit absurd, mit der Marie-Anne die Besatzer ins Schloss einlud. Aber diese verdrehte Person fieberte ja dem Tag entgegen, da ganz Europa den Deutschen gehörte.

»Ganz herzlichen Dank, gnädiges Fräulein, aber wir sind in Eile. Leider haben wir den Auftrag, einen Teil Ihrer Pferde für die Wehrmacht zu requirieren. Zehn oder fünfzehn Tiere würden für den Anfang genügen.«

Margot blieb das Herz stehen. Sie wollten die Pferde mitnehmen, die Postiers, an denen Alans Herz so sehr hing. O Gott – er kannte diese Tiere seit ihrer Geburt, hatte sie aufgezogen und zugeritten, sie kamen herbeigelaufen, wenn sie nur seine Stimme hörten …

»Sie wissen, dass im Herbst Feldarbeiten anfallen, zu denen wir die Pferde benötigen«, sagte Pierrik de Morand. »Wenn wir die Felder nicht bestellen, werden wir auch nicht ernten können …«

»Das ist uns vollkommen bewusst, Monsieur. Aus diesem Grund nehmen wir auch nur einen Teil Ihrer Pferde, und wir werden sie selbstverständlich bezahlen. Sie brauchen sich nicht zu bemühen, wir suchen uns die Tiere selbst aus.«

Wie es schien, ging er davon, ohne auf eine Antwort zu warten, denn als Margot jetzt die letzten Stufen hinunterstieg und in den Eingangsflur trat, war der deutsche Offizier verschwunden. Alans Eltern standen in der Türöffnung und versuchten verzweifelt, Alan davon abzuhalten, zum Stall hinüberzulaufen.

»Nimm Vernunft an, Alan! Wir können es nicht verhindern.«

»Mach es nicht noch schlimmer, Junge! Du wirst nichts ausrichten, dafür werden sie dich mitnehmen.«

Auch Marie-Anne hatte sich an ihren Bruder geklammert und beschwor ihn, keine Dummheiten zu machen. Seine Pferde würden einer großen Sache dienen, das müsse ihm genug sein.

Margot spürte jetzt weder Müdigkeit noch Rückenschmerzen. Sie lief durch die Waschküche hinaus in den Garten, über die kleine Wiese, wo die Wäsche aufgehängt und getrocknet wurde. Sie keuchte vor Anstrengung, als sie die Gartenpforte öffnete und in den Park eintrat. Wie weit ihr der Weg zum Pferdestall jetzt erschien! Vor ihrer Schwangerschaft war sie leichtfüßig in wenigen Minuten zum großen Parktor gelaufen.

Die Deutschen liefen auf den Wiesen herum, um sich die Pferde anzusehen; ganz offensichtlich hatten sie einige Leute dabei, die etwas von den Tieren verstanden. Sie trieben einige junge Wallache zusammen, dazu ein paar Stuten. Die Fohlen, die ihren Müttern folgen wollten, jagten sie davon. Margot musste sich am Torgitter festhalten, um wieder zu Atem zu kommen. Ihr war so schwindelig, dass sie das Treiben der Männer auf der Pferdekoppel wie durch einen Nebel sah. Doch selbst mit getrübtem Blick konnte sie erkennen, dass unter den ausgewählten Opfern ein Schimmel war. Morgane, ihre keltische Göttin. Ihr Liebling. Alans Hochzeitsgeschenk.

»Madame«, rief Loan, der beim Weidegatter stand und die deutschen Soldaten beobachtete. »Sie sollten hier nicht herumlaufen. Wir kümmern uns schon, haben Sie keine Sorge!«

Sie kümmerten sich! Was wollte Loan schon gegen diesen gemeinen Diebstahl unternehmen? Er musste selbst auf der Hut sein, damit man ihn nicht mitnahm.

Unschlüssig stand sie da, sah zu, wie die Männer immer mehr Tiere zusammentrieben, im Stall Halfter und Stricke besorgten und die Pferde aneinanderbanden. Zwei der Landser hatten Sättel mitgebracht, ganz offensichtlich wollten sie reiten, um die Tiere besser beieinanderzuhalten.

»Nein! Nicht dieses Pferd! Nicht den Schimmel!«

Der Deutsche, der Morgane gerade den Sattel auflegte, drehte sich überrascht zu ihr um. Es war der Offizier, ein rothaariger, blasser Mensch im Rang eines Feldwebels.

»Wie meinten Sie?«, fragte er, als habe er nicht recht verstanden.

Sie stürzte auf ihn zu, außer sich vor Wut, zerrte den Sattel von Morganes Rücken herunter, sodass er neben dem Pferd auf den Boden fiel. Morgane schnaubte aufgeregt und tat einen Sprung, der sowohl Margot als auch den deutschen Feldwebel nötigte zurückzuweichen.

»Wollen Sie das bitte unterlassen, Madame. Die Pferde sind für die deutsche Wehrmacht ausgewählt«, sagte er ärgerlich.

»Im Leben nicht!«, fuhr sie ihn an. »Dieses Pferd ist das Hochzeitsgeschenk meines Mannes. Ich kratze Ihnen die Augen aus, wenn Sie es auch nur anrühren!«

Ihre Drohung verunsicherte ihn, er hatte ganz offensichtlich wenig Lust, sich mit einer wütenden Frau zu streiten, die noch dazu schwanger war. Er rief einem seiner Soldaten auf Deutsch zu, er solle den Sattel aufheben, und wollte sich wieder an Margot wenden, doch die stand neben der weißen Stute und hielt ihren Hals mit beiden Armen umklammert.

»Nehmen Sie die anderen, wenn es denn sein muss. Aber nicht Morgane!«

»Es tut mir unendlich leid, Madame. Aber dieses Pferd ist kräftig und jung, wir brauchen es ...«

»Sie brauchen es, damit es in irgendeinem Feldzug jämmerlich krepiert ...«

Morgane war die Situation unheimlich, sie befreite sich mit einem heftigen Ruck aus Margots Umklammerung und wich einige Schritte zurück. Einer der Soldaten hatte jetzt die Möglichkeit, ihr ein Halfter anzulegen – er tat es ruhig und mit geübter Hand.

»Lassen Sie mir dieses Pferd!«, rief Margot verzweifelt. »Verdammt – nehmen Sie das Auto dafür!«

Der Feldwebel zog die Augenbrauen hoch. Man hatte einige Privatwagen konfisziert, aber nicht immer waren solche Fahrzeuge für den Gebrauch der Wehrmacht geeignet.

»Ein Auto?«

»Dort. Unter dem Heu!«

Die Schwiegereltern würden sie dafür vermutlich verstoßen, aber das war ihr jetzt gleich. Morgane war mehr wert als eine ganze Armee dieser seelenlosen Knatterkisten!

»Wegräumen!«, befahl der Feldwebel.

Loan und seine Söhne brachten sich vorsichtig in Sicherheit, zwei Landser rissen die Heubündel auseinander, die grünen Kotflügel leuchteten, das Nummernschild, die blank geputzten

Felgen ... Man inspizierte das Fahrzeug, der Feldwebel nickte erfreut. Schickte einen seiner Männer zum Schloss hinauf, um den Schlüssel zu »erbitten«.

»Na schön, Madame. Wir sind keine Unmenschen. Behalten Sie Ihr Hochzeitsgeschenk. Ihr Ehemann ist doch nicht etwa gefallen? Nein? In Gefangenschaft? Nun – dann wird er gewiss bald zu Ihnen zurückkehren ...«

Sie beschränkte sich darauf, zu nicken oder den Kopf zu schütteln, und hoffte, dass er keine weiteren Fragen stellen würde. Tatsächlich war bald darauf der Autoschlüssel herbeigeschafft, der Feldwebel selbst setzte sich hinter das Steuerrad und bemerkte, dies sei zwar ein französisches Fabrikat, aber dafür sei es gar nicht so übel.

Morgane zerrte am Halfter, als die Pferde davongetrieben wurden. Sie wollte ihren Kameraden folgen, doch Margot hielt sie zurück. Fünfzehn der besten Pferde und dazu das Auto – die Ausbeute des Herrn Feldwebel war ansehnlich, er würde sich vermutlich bei seinem Vorgesetzten ein Lob einhandeln.

Sie brachte Morgane zurück auf die Weide und streichelte ihr sanft die weichen Nüstern. »Es ist alles gut, meine Schöne. Du bleibst bei mir. Für immer bleiben wir beisammen, das verspreche ich dir ...«

Alan kam ihr entgegengelaufen, als sie durch den Park zum Schlösschen zurückging. Sein Gesicht leuchtete.

»Margot!«, rief er und riss sie in seine Arme. »Du meine wundervolle, mutige Frau. Ach, ich liebe dich, du verrückte Person. Ich liebe dich für deinen Leichtsinn und deine Unbesonnenheit, ich liebe dich, weil du tust, was der Augenblick dir eingibt.«

Er küsste sie mit Leidenschaft, flüsterte ihr zu, dass sie ihm vergeben solle, nie, niemals wieder wolle er mit ihr streiten. Als er bemerkte, dass sie schluchzte, hielt er sie schweigend fest an seiner Brust, bis sie sich beruhigt hatte. Danach gingen sie langsam Hand in Hand zum Schloss hinüber.

»Das verzeihe ich dir nie!«, fauchte Marie-Anne, als sie ins Haus traten. »Wie konntest du unser Auto ausliefern?«

»Was regst du dich auf, Schwester?«, meinte Alan lächelnd. »Freu dich doch, der Wagen dient jetzt einer großen Sache.«

Oktober 1940

Ein milder Herbst deute auf einen kalten Winter, hatte Loan behauptet. Falls er damit recht hatte, dann würde dieser Winter alle Rekorde schlagen. Die Luft war weich, schmeichelte der Haut mit lauer Zärtlichkeit, und wenn sich die Morgennebel aufgelöst hatten, ließen die schrägen Strahlen der Oktobersonne das Laub in Rot, Dunkelgrün und Goldgelb leuchten.

»Die Louis d'or wachsen bei uns in den Hecken«, pflegte Swana zu scherzen. »Wir brauchen sie nur abzupflücken.«

Alan war meist mit Loan und den Söhnen zur Obsternte unterwegs, sie hatten einige Helfer eingestellt und brachten jeden Tag große Mengen an Äpfeln und Birnen mit, oft auch Kartoffeln, die im Keller eingelagert wurden. Margot fühlte sich inzwischen unförmig wie eine Tonne, jeder noch so kurze Weg fiel ihr schwer, auch ihre Beine waren angeschwollen. An schönen Tagen stellte Swana für sie Tisch und Gartenstühle im Park auf, damit sie dort malen konnte, dann gesellte sich Sophie de Morand mit ihrem Nähkörbchen zu ihr, und es entspann sich eine Unterhaltung. Es war eine leise, intime Stimmung zwischen den beiden Frauen in solchen Stunden, und zu Margots eigener Überraschung sprach sie hier Dinge aus, die sie nicht einmal Alan hatte erzählen können. Ihre Sehnsucht nach ihren Eltern und ihrem Bruder, ihre verzweifelte Hoffnung, all ihre Lieben nach Ende dieses »dummen Krieges« wiederzusehen. Sophie de Morand hörte ihr schweigend zu, stellte nur hin und wieder eine Frage und nähte an einem winzigen Säuglingshemdchen. Sie hatte gemeinsam mit Swana die schöne geschnitzte Truhe aus dem Eheschlafzimmer getragen, ein Familienerbe, das das Wappen der de Morand trug – ein mit Eichenlaub umranktes »M«. Sie war vor Jahren für ihre Schwiegermutter angefertigt worden und hatte deren Brautschatz enthalten – kostbares Leinen, feine Stickereien und die Ausstattung für das erste Kind. Pierrik de Morand hatte als Säugling in den nach Bergamotte duftenden Tüchern gelegen, die nun immer noch sorgfältig gefaltet und mit bunten Bändern umwunden am Boden der Truhe lagen. Auch das gestickte Taufkleid war noch vorhanden, ein kostbares Familienerbstück. All diese Schätze mitsamt der Truhe sollten nun Margot gehören.

»Alan war damals schon zu groß für das Taufkleid«, berichtete Sophie lächelnd. »Er war ein schwieriges Kind, jede Nacht hat er gebrüllt, manchmal musste ich ihn stundenlang auf dem Arm herumtragen.«

Sie lächelte bei der Erinnerung und bemerkte, dass Alan sich wohl in seiner Kindheit ausgetobt habe, denn später sei er stets vernünftig gewesen.

»Und Marie-Anne?«

Sophie de Morand gab keine Antwort, sondern schaute besorgt zum Himmel hinauf. Ein leises Brummen und Surren war zu vernehmen, über das dunkelblaue Firmament kroch eine Formation schwarzer Flieger, schmal wie ziehende Kraniche, schöne, todbringende Wunder menschlicher Technik. Hin und wieder blitzte eine Tragfläche oder eine Glasscheibe silbern in der Sonne auf, dann zuckte Sophie de Morand zusammen und sie sah hinüber zum Eingang des Schlosskellers, der – angeblich zum Lüften – offen stand. Es waren englische Flugzeuge, die hinunter in den Süden der Bretagne flogen, um ihre Bomben über Lorient oder Brest abzuwerfen. Die Briten schlugen inzwischen zurück, sie erwiderten das Bombardement der Deutschen, versuchten, deren Flugzeuge und U-Boote an der Atlantikküste zu treffen. Manchmal wurden sie von der deutschen Flak beschossen, doch nur selten gelang es, einen der britischen Bombenträger vom Himmel zu holen. Wenn es geschah, dann quoll schwarzer Rauch aus der Maschine, sie geriet ins Trudeln und stürzte vom Himmel. Manchmal fielen abgeschossene Flieger ins Meer, oft aber auch auf die frisch gepflügten Felder, in Waldstücke oder Scheunen, die dann in Flammen aufgingen.

Heute zogen die britischen Flugzeuge unbehelligt vorüber, und die beiden Frauen nahmen erleichtert ihre Beschäftigung wieder auf. Margot tupfte gelbe und rote Pünktchen, die auf dem feuchten Papier zu zarten Flächen verliefen, Sophie de Morand verzierte den Halsausschnitt des weißen Babyhemdchens mit winzigen hellblauen Kreuzstichen.

Wie absurd das ist, dachte Margot. Unten in Lorient fallen Bomben auf die Menschen, England brennt, und auf den Meeren werden Kriegsschiffe mit Torpedos versenkt. Wir aber sitzen hier im Park auf weißen Stühlen und bereiten die Geburt eines neuen Erdenbürgers vor. Schwebt dieser Park mitsamt dem grauen Schlösschen in den Wolken? Wurde uns eine barmherzige Tarnkappe übergestülpt, die uns vor Krieg und Verderben bewahrt?

Auf dem Fahrweg war eine Kinderschar zu sehen, die mit Geschrei hinter einem Ball herlief. In dem kleinen Haus der Goadecs war es inzwischen eng geworden, denn vor einigen Tagen war Anne, Swanas Schwester, mit ihren drei kleinen Mädchen aus Quimper gekommen und dort eingezogen. Annes Ehemann war in deutscher Kriegsgefangenschaft, und sie hatte aus Angst vor den Bombenabwürfen beschlossen, zu ihrer Schwester zu ziehen. Die drei Mädchen waren zwischen vier und sieben Jahren alt, braunhaarig und zierlich, aber keineswegs schüchtern. Innerhalb eines einziges Tages hatten sie die Herrschaft über Swanas Söhne übernommen, kommandierten ihre Cousins herum, hatten allerlei Aufträge und Wünsche an sie, und nur Malo, der meist mit dem Vater unterwegs war, gelang es, sich der weiblichen Übermacht zu entziehen. Auch jetzt hatten sie den Ball schnell an sich gebracht. Der kleine Tomasz lief von der einen zur anderen, um das Spielzeug zu ergattern, hatte jedoch keinen Erfolg, weil die Mädchen sich den Ball gegenseitig zuwarfen. Schließlich tat er das Einzige, was in dieser Lage helfen konnte – er begann lauthals zu brüllen.

»Ihr müsst ihm den Ball auch einmal geben!«, rief Sophie de Morand hinüber.

Die Mädchen steckten die Köpfe zusammen und flüsterten miteinander. Schließlich wagte es die Älteste, Madame de Morand zu antworten. Sie tat es sehr vorsichtig und mit schüchternem Augenaufschlag, vermutlich hatte ihre Mutter ihnen gesagt, dass sie sich den Schlossbewohnern gegenüber höflich benehmen mussten.

»Aber … aber er muss ›bitte‹ sagen, Madame.«

»Dann erklärt ihm das.«

Der jüngste Goadec war keineswegs bereit, sich den Ball zu erbitten, stattdessen versuchte er, ihn der Cousine aus der Hand zu reißen. Da ihm das nicht gelang, brüllte er weiter und stampfte jetzt sogar mit den nackten Füßen auf den Wiesenboden. Das Mädchen tat einen ärgerlichen Seufzer, dann warf sie das Streitobjekt von sich.

»Dann hol ihn dir doch, du dummer kleiner Junge!«, sagte sie verächtlich.

Margot musste lächeln, denn sie fühlte sich an längst vergangene Kinderzeiten erinnert. Auch Max hatte auf diese Weise seine Wünsche durchgesetzt. Die drei Mädchen hatten jetzt das Interesse am Ballspiel verloren, sie wagten sich schüchtern zu Margot hinüber, um ihr voller Bewunderung beim Malen zuzuschauen. Ob das schwer sei? Ob sie auch mal malen dürften? Ob sie ihnen noch andere Bilder zeigen würde?

»Du bekommst ein Baby, nicht wahr?«, fragte die Älteste, die sich mit solchen Dingen offensichtlich schon auskannte.

»Woher weißt du das?«

Sie wurde etwas verlegen, weil ihre Schwester zu kichern begann. »Weil dein Bauch so dick ist …«

»Ach was«, meinte Margot erheitert. »Die Babys kommen doch nicht aus dem Bauch. Sie wachsen in den Kohlköpfen …«

Sie erntete Kopfschütteln und überlegenes Grinsen. Nein, das habe Mama zwar auch immer gesagt, das könne aber nicht stimmen. Weil nämlich Viviane, die Jüngste, im Januar geboren sei, und da gäbe es im Garten keine Kohlköpfe.

»Oder …«, grübelte die Kleine und legte den Kopf schräg. »Oder es ist so, dass nur die Jungen aus den Kohlköpfen kommen. Die Mädchen kommen aus dem Bauch der Mama.«

»Das wäre möglich«, versetzte Sophie de Morand amüsiert. »Deshalb haben die Jungen auch meist bunte Raupen im …«

Sie unterbrach sich, weil Malo in diesem Augenblick zwischen den Bäumen auftauchte, kurz stehen blieb und dann zu ihnen hinüberrannte. Eine Wolke zog vor die Sonne, deckte sie mit Nebel zu und ließ die warmen Herbstfarben ringsum verblassen.

»Mesdames … es ist … ich soll Ihnen sagen …«

Er stand atemlos vor ihnen, schien vor Aufregung fast zu platzen, kam jedoch nicht mit der Sprache heraus.

»Was ist los, Malo? So sprich doch …«, forderte ihn Sophie de Morand auf.

Er biss sich auf die Lippen und schüttelte den Kopf. Nein, er müsse es Madame allein sagen.

»Geht hinüber zum Haus!«, befahl Sophie den Kindern.

Margot spürte, wie ihr Bauch plötzlich steinhart wurde. Das geschah in letzter Zeit häufig, zu Anfang war sie darüber erschrocken, doch inzwischen wusste sie, dass sich die Starre bald wieder löste. Sie sah den drei Mädchen nach, die den kleinen Tomasz bei den Händen genommen hatten und langsam mit ihm davongingen. Hin und wieder blickte sich die Älteste um und warf Malo einen vorwurfsvollen Blick zu, der den Jungen jedoch wenig beeindruckte.

»Jetzt rede endlich!«

»Papa lässt fragen, ob Sie zwei Gäste im Schloss unterbringen können …«

»Gäste?«, fragte Sophie de Morand verständnislos.

»Ja, Madame. Sie sind drüben in der Hütte. Ich habe sie heute früh entdeckt, weil ich dort Axt und Spaten holen musste. Sie haben mich gebeten, niemandem zu verraten, dass sie hier sind. Aber ich habe es natürlich Papa gesagt, und der ist zu ihnen hinübergelaufen …«

Margot und Sophie de Morand sahen sich entsetzt an, beide ahnten, um was es ging.

»Engländer?«, fragte Sophie de Morand leise.

»Ja, Madame. Einer von ihnen ist verletzt. Er hat Fieber und wird vielleicht sterben …«

Sophie de Morand raffte ihre Näharbeit zusammen und erhob sich sehr beherrscht. Sie lächelte Malo beruhigend zu.

»Es ist gut, Junge. Sag deinem Vater, dass wir uns um die Gäste kümmern werden.«

Er nickte erleichtert und wollte schon davonlaufen, doch Sophie de Morand hielt ihn zurück.

»Und Malo – sprich mit niemandem darüber.«

Er nickte hastig und rannte davon, als sei die gesamte deutsche Wehrmacht hinter ihm her. Margot tauchte mit zitternder Hand ihren Pinsel ins Wasserglas. »Es sind gewiss Piloten«, sagte sie. »Die deutsche Flak hat mehrmals in der Nacht geschossen. Sie werden sich aus dem Wrack des Fliegers gerettet und einen Unterschlupf gesucht haben …«

»Möglich«, gab Sophie de Morand zurück. »Bleib bitte hier, Margot, und mach dir keine Gedanken. Pierrik und ich werden die Angelegenheit regeln.«

»Aber …«

Doch Sophie de Morand stieg bereits die Stufen zum Eingang hinauf. Sie schien keineswegs gewillt, mit Margot über die notwendigen Maßnahmen zu sprechen. Was würden sie tun? Diese beiden Männer vor den Deutschen verstecken? Hatte man nicht erzählt, dass die deutschen Besatzer in solchen Fällen sogar die Todesstrafe verhängten? Ein kühler Herbstwind fuhr durch den Park und ließ Margot frösteln. Die Idylle war zerstört, sie lebten nicht über den Wolken, und Tarnkappen gab es nur im Märchen. Es war Krieg, und sie steckten mittendrin.

Als sie mit ihren Malsachen in die Diele trat, fand sie Swana und ihre Schwester Anne am Treppenaufgang, die Gesichter ängstlich nach oben gerichtet. Laute, zornige Stimmen drangen aus dem Speisezimmer; da war wohl ein Familienstreit ausgebrochen.

»Die Gartenmöbel müssen untergestellt werden«, sagte Margot zu den beiden Frauen, die mit schlechtem Gewissen davoneilten. Dann stieg sie langsam die Treppe hinauf, um genau das zu tun, was sie Swana und Anne nicht gestattet hatte. Sie wollte lauschen.

»Solange ich Herr in meinem Haus bin, werde ich niemanden, der an meinem Herd Schutz sucht, dem Feind ausliefern!«

Das war Pierrik de Morand. Wie entschieden er jetzt auftrat, ganz der französische Adelige, der seine Burg mit Schwert und Schild verteidigte.

»Wenn du das tust, Vater, setzt du unser aller Leben aufs Spiel«, rief Marie-Anne leidenschaftlich. »Und dazu zerstörst du alles, was ich mühsam aufbaue. Verstehst du denn nicht? Wir haben einen bretonischen Nationalrat gegründet. Die Deutschen befürworten unsere Bewegung, sie werden die Regierung Pétain zwingen, den Bretonen die Freiheit zu geben. Die Bretagne wird ein eigenständiger Staat werden …«

»Das träumst du doch nur, Marie-Anne«, rief Sophie de Morand dazwischen.

»Das ist kein Traum, Mutter. Noch nie zuvor waren wir unserem Ziel so nah. Unsere deutschen Freunde …«

»Einem Hitler reicht ein de Morand niemals die Hand«, sagte Pierrik de Morand mit Nachdruck. »Glaubst du wirklich, dieser Teufel wird eine freie Bretagne zulassen? Bist du blind und taub für das, was um uns herum geschieht? Hitler will ganz Europa unter seine Herrschaft zwingen, und da glaubst du, er würde ausgerechnet den Bretonen einen eigenen Staat gönnen?«

»Einen Staat im gleichen Geist, Vater …«

Margots Beine zitterten, sie musste sich auf die Treppe setzen. Jetzt endlich begriff sie, was Marie-Anne dazu trieb, die Freundschaft der deutschen Besatzer zu suchen. Eine freie Bretagne im Geist Hitlers. Es schauderte sie. Wenn das wahr wurde, dann würde man in Kürze auch hier Juden deportieren.

»Sie haben Dünkirchen in Schutt und Asche gelegt«, rief drinnen Pierrik de Morand voller Zorn. »Frauen und Kinder haben sie getötet, unsere jungen Männer müssen in Deutschland Fronarbeit leisten … Wer immer die Deutschen bekämpft, dem stehe ich zur Seite und gewähre ihm meinen Schutz …«

»Ich rate dir dringend, die beiden Engländer auszuliefern, Vater …«

»Behalte deine Ratschläge für dich!«

»Was kann ihnen denn schon Schlimmes geschehen«, versuchte Marie-Anne ihn zu überreden. »Sie kommen in Gefangenschaft – mehr nicht. Die Deutschen behandeln ihre Gefangenen gut, das ist bekannt. Man wird den Verletzten in ein Lazarett bringen, wo er versorgt wird. Das ist für ihn auf jeden Fall besser, als wenn er sich ohne medizinische Hilfe mit seiner Wunde herumquält, ja, es kann sogar sein Leben retten …«

»Da hat sie sogar recht, Pierrik«, warf Sophie de Morand ein.

»Ich werde diese Männer nur dann ausliefern, wenn sie selbst es von mir verlangen!«

»Niemand braucht dein Heldentum, Vater«, sagte Marie-Anne spöttisch. »Das Einzige, das du damit erreichst, ist, uns alle ins Unglück zu stürzen.«

»Geh doch zu deinen deutschen Freunden!«, brüllte Pierrik de Morand. »Geh! Verrate dein Land und deine Familie! Ich schäme ich, eine solche Tochter zu haben!«

»Spiel dich nicht so auf, Papa!«

»Es ist genug«, sagte Sophie de Morand. »Schweigt alle beide. Ich ertrage es nicht länger.«

Die Tür des Speiseraums wurde aufgerissen, bevor Margot Zeit gehabt hätte, sich zu erheben. Marie-Anne stürmte mit rotem Gesicht und zerzaustem Haar die Treppe hinunter und wäre um ein Haar über Margot gefallen.

»Was treibst du dich hier herum?«, fuhr sie Margot wutentbrannt an. »Weißt du nicht, dass die Juden in der Bretagne jetzt auf eine Liste gesetzt werden? Einen Stern müsstest du tragen, wenn es mit rechten Dingen zuginge!«

Margot stand mühsam von der Treppe auf, doch ihr fehlte die Kraft, auf diese Bosheit eine Antwort zu geben. Sprach Marie-Anne die Wahrheit? Eine solche Maßnahme war zu erwarten gewesen.

Marie-Anne drängte sich an ihr vorbei und rief zornig nach Swana. Sie solle hinüber zum Stall laufen und Malo Bescheid geben, in zehn Minuten müsse der Fuchs gesattelt sein, sie wolle nach Dinan reiten.

»Ja, Mademoiselle …«

Swana band ihre Schürze ab und öffnete die Tür – dort aber prallte sie zurück. Unbemerkt von allen Bewohnern waren zwei Wagen vor dem Gebäude vorgefahren, die Motoren liefen noch, während einer der Insassen bereits die Beifahrertür geöffnet hatte.

»Seien Sie gegrüßt, Mademoiselle de Morand! Da staunen Sie, wie? Wir haben eine Überraschung für Sie!«

Margot erkannte die Stimme sofort – es war Leutnant Obermayer. War die Welt denn heute ganz und gar aus den Fugen? Ausgerechnet jetzt mussten die Deutschen hier auftauchen, als hätten sie gerochen, dass es etwas zu entdecken gab.

»Leutnant – ich freue mich, Sie wiederzusehen«, rief Marie-Anne, die sich schnell gefasst hatte. »Willkommen auf Kerbourgh, meine Herren!«

Margot musste die Schwägerin trotz allem für ihre Schauspielkunst bewundern, denn sie war ganz sicher nicht erfreut über diesen unerwarteten Besuch. Oben wurde die Tür des Speisezimmers geöffnet, Sophie de Morand kam eilig die Treppe hinunter und flüsterte Margot im Vorübergehen warnend zu: »Kein Wort!«

Damit verschwand sie in der Küche. Wollte sie ungesehen durch den Garten zum Pferdestall laufen, um mit Loan zu reden? Und was war mit Alan? O Gott – er wusste sicher längst Bescheid über die Engländer. Was würde er tun? Sie ausliefern? Ganz sicher nicht.

Inzwischen waren die Insassen der beiden Autos ausgestiegen, und Margot hörte ihre schweren Stiefel auf den Granitstufen. Sie schwatzten gut gelaunt miteinander, während sie die Treppe hinaufgingen, und Margot konnte einige Fetzen der deutschen Unterhaltung verstehen.

»… absonderliches Bauwerk, wie? … Dornröschen am Meer …«

»… wohl eher Neuschwanstein in Miniatur …«

»… die Blonde ist nicht übel … Aber keine von denen, die leicht zu haben sind …«

»… käme auf eine Probe an …«

»Reiß dich am Riemen, Schneider. Am Wochenende fahren wir nach Quimper, da gibt's süße, kleine Französinnen. Nur für Offiziere …«

»Ohne mich. Hab keine Lust, mir den Tripper zu holen …«

Man unterbrach sich, um Mademoiselle de Morand mit ausgesuchter Höflichkeit zu begrüßen. Leutnant Obermayer behauptete, schon bei seinem ersten Besuch vor einigen Wochen von diesem Haus und seinen Bewohnern bezaubert gewesen zu sein. Dabei machte er eine schneidige Verbeugung in Marie-Annes und Margots Richtung. Er habe daher die Gelegenheit wahrgenommen, zweien seiner Kameraden diesen Ort zu zeigen.

Auch Margot musste sich nun im Theaterspiel bewähren, denn der Leutnant küsste ihr die Hand zur Begrüßung, während seine drei Begleiter sich um Marie-Anne scharten. Einer davon war Dr. Troost, die anderen beiden wurden als Obersturmführer Schneider und Sturmbannführer Heilinger vorgestellt, und Margot begriff, dass sie zu der berüchtigten Waffen-SS gehörten. Viel wusste sie nicht über diese Leute, es war jedoch bekannt, dass sie auf den Führer eingeschworen waren und mit besonderer Grausamkeit vorgingen. Auch für die Verhaftung und Deportation der Juden war die SS zuständig.

»Madame de Morand – ich bin entzückt, eine so charmante junge Frau kennenzulernen …«

Der Sturmbannführer trug einen blonden Schnauzer, er hatte kleine, blaugraue Augen und eine Nase, die einer Kartoffel glich – eigentlich sah er eher unbeholfen als gefährlich aus. Sein Französisch war mittelmäßig und hatte einen österreichischen Akzent. Obersturmführer Schneider besaß ebenmäßige Gesichtszüge und einen schön geschwungenen Mund; sein Lächeln war einnehmend und nur ein ganz klein wenig ironisch.

»Gehen wir hinauf, meine Herren … Mein Vater wird sich über Ihren Besuch freuen …«

Oh, wie boshaft Marie-Anne lügen konnte! Margot ging hinter den Gästen die Treppe hinauf, folgte der Gesellschaft ins große Speisezimmer und beobachtete mit Unbehagen, wie Pierrik de Morand seine deutschen Gäste willkommen hieß. Es klang hölzern, aber keineswegs unfreundlich – was sollte er auch tun? Sie hinauswerfen? Damit hätte er nur Verdacht erregt. So heftig man in der Familie eben noch gestritten hatte – jetzt waren sie Komplizen. Auch Marie-Anne, die die Engländer nur allzu gern ausgeliefert hätte, würde zu ihrer Familie stehen.

Man ließ sich am langen Tisch nieder, es wurden Gläser ausgeteilt und eine Flasche Rotwein als Begrüßungstrunk geöffnet. Trinksprüche machten die Runde, auf den Hausherrn, auf die charmanten Damen, auf die Bretagne, und Sturmbannführer Heilinger versäumte es nicht, einen Toast auf den Führer und sein großes Werk auszurufen.

Ein Wunder, dass sie so lange damit gewartet hatten. Margot und ihr Schwiegervater nippten an ihren halb gefüllten Gläsern, während Marie-Anne den prüfenden Blick des Obersturmführers Schneider mit begeistertem Lächeln erwiderte. Gefiel er ihr? Margot hatte sich schon oft gefragt, ob Marie-Anne sich je in ihrem Leben verliebt hatte. Alan hatte einmal gesagt, seine Schwester habe sich dem Wunsch ihrer Eltern nach einer Verheiratung energisch widersetzt und bestehe darauf, über ihre »Freundschaften« frei zu entscheiden. Hatte sie Liebhaber? Oder war sie eine stolze Diana, der bisher noch kein Mann gefallen hatte?

»Sie haben wahrscheinlich gedacht, dass wir ganz besonders gemeine Kerle sind, weil wir in Ihrem hübschen, von uns konfiszierten Auto vorgefahren sind ...«

Leutnant Obermayer hatte viel Spaß, die Gesichtszüge seiner Gastgeber bei dieser Rede zu beobachten. Diese deutschen Offiziere hatten einen merkwürdigen Sinn für Humor. Sie war ja selbst eine Deutsche – aber sie fand diese Art von Scherzen reichlich abgeschmackt.

»Stellen Sie sich vor, Mademoiselle: Wir bringen Ihnen Ihr Juwel zurück. Jawohl, Sie dürfen es behalten, es steht unbeschränkt zu Ihrer Verfügung. Überraschung geglückt?«

Er machte ein Gesicht wie St. Nikolaus, der Äpfel und Nüsse aus seinem Sack zieht und noch ein paar Mandelkekse obendrauf legt. Waren sie nicht großmütig? Oh, er hatte wie ein Berserker um dieses Auto gekämpft, denn die deutsche Wehrmacht war mit Kraftfahrzeugen nicht ausreichend ausgestattet. Aber er habe durchsetzen können, dass die charmante Mademoiselle de Morand ihr Auto zurückbekam.

»Tatsächlich ist es leider allzu gefräßig, Mademoiselle«, ergriff Dr. Troost das Wort. Zum Ärger des Leutnants erklärte er nun, dass dieses Auto viel zu viel Treibstoff verbrauche und daher für die Wehrmacht untauglich sei.

Obermayer musste das Hohngelächter seiner Kameraden hinnehmen, Dr. Troost war der ranghöhere Offizier und durfte sich solche Scherze erlauben. Auch Obersturmführer Schneider amüsierte sich, und Margot musste zugeben, dass er ein sympathisches Lachen hatte. Er hielt sich mit dem Rotwein weise zurück, sprach nur wenig und verlegte sich vor allem auf das Beobachten seiner Umgebung.

»Sie haben eine wirklich schöne Aussicht, Monsieur de Morand«, bemerkte er in einem etwas holprigen Französisch. »Fenster in drei Himmelsrichtungen – das findet man selten!«

»Ja, wir lieben diesen Raum sehr …«, antwortete Marie-Anne für ihren Vater, der schweigsam blieb.

In Wirklichkeit verwünschten alle drei de Morands die großartige Aussicht, denn man konnte von hier aus sowohl den Fahrweg als auch den Pferdestall und leider auch die niedrige Hütte aus Granitgestein sehen, in der sich die beiden Piloten verborgen hielten. Ein Pferdefuhrwerk rumpelte über den schmalen Wiesenweg zur Hütte hinüber – war das Alan, der die Zügel führte? Was hatte er vor? Wusste er nicht, dass man ihn von hier aus beobachten konnte? Margot wandte rasch den Blick ab, um die deutschen Gäste nicht auf das Geschehen aufmerksam zu machen, aber ihr Herz schlug unruhig. Auch Marie-Anne hatte das Fuhrwerk gesehen, ihre Augenbrauen zuckten für den Bruchteil einer Sekunde, dann erzählte sie den Gästen von einer nächtlichen Reifenpanne und zog damit alle Aufmerksamkeit auf sich. Gleich darauf erschien die Hausherrin, Sophie de Morand, begrüßte ihre Gäste und entschuldigte sich für ihr spätes Erscheinen.

»Leider ist unsere Tante Hortense nicht wohl, ich musste den Arzt bestellen …«

Die Tante war tatsächlich in letzter Zeit meist im Bett geblieben, aber Margot war klar, dass der Arzt nicht für sie bestellt worden war. Welch kluger Schachzug – wenn der Doktor später vorfuhr, würde sich keiner der Offiziere darüber wundern. Besser wäre allerdings, wenn die Herren sich entschließen könnten, Kerbourgh zu verlassen. Danach sah es leider nicht aus – ganz im Gegenteil, sie schienen sich hier ausgesprochen wohlzufühlen, und man war genötigt, zwei weitere Flaschen zu öffnen.

»Warum haben Sie denn nichts gesagt, Madame? Ich hätte doch auch nach Ihrer Tante sehen können!«, meldete sich Dr. Troost menschenfreundlich.

Margot erschrak, aber Sophie de Morand dankte ihm herzlich für das Angebot und erklärte mit ruhigem Lächeln, dass die Tante Dr. Bonhomme seit Jahren gewohnt sei.

»Sie würde einen fremden Arzt gar nicht in ihr Zimmer lassen, Herr Major. Meine Tante ist leider mit dem Alter merkwürdig geworden …«

Margot wagte es für einen kurzen Moment, zur Hütte hinüberzusehen. Das Fuhrwerk stand jetzt hinter dem kleinen Gebäude, und Alan und Loan beluden den Wagen mit Säcken und Gerätschaften, was sonst geschah, konnte man schlecht erkennen, weil das Häuschen einen Teil des Fuhrwerks verdeckte. Ohne Zweifel wollten sie die beiden Piloten hinüber ins Schloss bringen – und das vor den Augen der deutschen Offiziere! Margot verspürte plötzlich panische Angst. Wie konnte sich Alan solch einer Gefahr aussetzen? O mein Gott – sie wollte ihn nicht verlieren!

»Dr. Bonhomme? Aus Dinard?«, fragte Sturmbannführer Heilinger und wischte sich einen Tropfen Rotwein aus dem Schnauzer.

»Genau der, Herr Offizier …«

Sophie de Morand begriff erst, als ein zorniger Blick ihrer Tochter sie traf.

»Sie sollten sich einen anderen Arzt suchen, Madame«, versetzte Leutnant Obermayer. »Bonhomme ist Jude.«

Marie-Anne rettete die Situation, indem sie mit gekonnter Mimik die Überraschte spielte. Dr. Bonhomme sei Jude? Davon habe ja niemand etwas geahnt. Er sei seit Jahren der Hausarzt der Familie, ein guter Arzt übrigens, aus medizinischer Sicht sei nichts gegen ihn zu sagen. Aber ein Jude!

»Sehen Sie, liebe Mademoiselle de Morand«, mischte sich Obersturmführer Schneider ein. »Aus diesem Grund stellen wir eine Liste aller Juden in der Region zusammen. Es wird nicht mehr lange dauern, dann ist auch die Bretagne judenfrei.«

»Das wäre zu begrüßen, Herr Obersturmführer«, erwiderte Marie-Anne und hob ihr Glas. »Trinken wir darauf!«

Margot brachte es fertig, ihr Glas zu heben, ohne dass ihre Hände dabei zitterten, sie trank jedoch keinen Tropfen. Sophie de Morand stand hastig von ihrem Stuhl auf, sie wollte für einen kleinen Imbiss sorgen, Pierrik de Morand ließ als Einziger sein Glas stehen. Niemand bemerkte seine stumme Verweigerung, auch Obersturmführer Schneider nicht, dessen Aufmerksamkeit von Marie-Anne gefesselt war. Aus dem Augenwinkel sah Margot, dass das Fuhrwerk den Wiesenweg bewältigt hatte und nun am Haus der Goadec vorbei zum Stall hinüberzog. Alan kutschierte, Loan hockte hinter ihm auf dem Wagen zwischen Apfelkörben und einem Stapel leerer Säcke. Darunter mussten sie die beiden Engländer versteckt haben.

»Was für ein reiches Land«, meinte Dr. Troost nachdenklich. »Milch und Butter im Überfluss. Dazu Fisch aus Meer und Flüssen und Feldfrüchte …«

»Ja, wir sind momentan bei der Apfelernte …«

»Was halten Sie von einem Handel, Monsieur de Morand? Wir kaufen Ihnen einige Körbe Äpfel ab …«

Margot spürte, wie sich ihr Bauch wieder verhärtete, dieses Mal so heftig, dass sie Mühe hatte, Luft zu holen. Während der Leutnant mit Pierrik de Morand den Preis für die Äpfel aushandelte und Marie-Anne den beiden SS-Offizieren von dem neu gegründeten »Nationalrat« der Bretagne berichtete, kämpfte Margot mit einem ziehenden, bisher unbekannten Schmerz.

Nein, dachte sie verzweifelt. Nicht jetzt. Nicht heute.

Sophie de Morand kehrte mit Swana zurück, die ein großes Tablett mit allerlei Leckereien trug. Man deckte den Tisch, verteilte Teller und Bestecke, bot den Gästen kaltes Huhn und Sardinen mit Meersalz an, eingelegte Pilze, einen Rest Kohlkopf mit Hasenfleisch, Apfelkuchen vom Vortag. Margot beteiligte sich an der Arbeit, nahm die Teller aus dem Schrank und lugte bei der Gelegenheit aus dem Fenster. Das Fuhrwerk zockelte seelenruhig den Fahrweg entlang durch den Park. Wie wollten sie die Männer ins Haus befördern? Doch nicht durch den Haupteingang? Eher durch den Garten. Aber wie wollten sie mit dem Fuhrwerk dorthin gelangen?

»Oh – da kommt Dr. Bonhomme«, sagte Sophie de Morand. »Entschuldigen Sie mich, meine Herren. Auch wenn er ein Jude ist – meine arme Tante ist nun einmal an ihn gewöhnt …«

»Aber bitte, Madame. Wir sind doch keine Unmenschen …«

Eine riesige eiserne Kralle schien sich um Margots Leib zu schließen und ihn zusammenzupressen. Sie konnte sich gerade noch hinsetzen, beugte sich stöhnend nach vorn und umfasste ihren Bauch mit den Armen.

»Margot! Was ist los?«, rief Marie-Anne erschrocken.

Margot kämpfte mit dem höllischen Schmerz und brauchte einen Moment, um wieder sprechen zu können.

»Ich … ich weiß nicht … es geht … sicher vorüber …«

»Wir müssen sie nach oben bringen«, sagte Marie-Anne. »Papa, fass mit an …«

Margot wehrte sich, sie könne alleine gehen. Niemand brauche sich aufzuregen, sie wolle sich nur ein wenig ausruhen. Dann packte sie die nächste Wehe, der ziehende Schmerz stieg ins Unerträgliche und nahm ihr den Atem.

»Zeigen Sie mir den Weg, Mademoiselle. Was für ein Glück, dass der Arzt gerade gekommen ist …«

Der Obersturmführer hatte sie beherzt auf seine Arme genommen und trug sie die Treppe hinauf ins Eheschlafzimmer, legte sie sacht auf dem Bett ab und verhandelte dann irgendetwas mit Marie-Anne. Margot sah und hörte nichts mehr, sie war vollkommen mit den höllischen Schmerzen beschäftigt, die ihren Rücken durchfuhren.

Nicht jetzt … nicht heute …

Sie quälte sich, schöpfte Atem, wenn der Schmerz nachließ, stemmte sich mit zusammengebissenen Zähnen gegen jede neue Wehe, die sie überlaufen wollte.

»Margot … mein Liebling … sei stark, es ist bald vorüber …«

Alan war bei ihr! War denn alles vorüber? Waren sie in Sicherheit? Sie umklammerte seine Hände, wollte wissen, was geschehen war.

»Es ist alles gut, meine Süße. Sie sind fort. Du hast sie verscheucht. Die feinen Herren wollten keinesfalls bei einer Geburt stören …«

Sie stöhnte auf, und als sie wieder zu Atem kam, warf sie ihm vor, leichtfertig sein Leben aufs Spiel gesetzt zu haben. Er lachte sie aus, betupfte ihre schweißnasse Stirn mit einem feuchten Tuch, behauptete, ein Husarenstück abgeliefert zu haben. Vor ihren Augen hätte er die beiden Männer durch den Garten in die Waschküche getragen, über der Schulter, nur mit ein paar leeren Säcken verhüllt.

»Wie konntest du nur!«, stöhnte sie entsetzt.

Aber er begriff ihre Angst nicht, war viel zu stolz auf seine Heldentat, machte sich nicht klar, dass er sein Leben und auch das von Loan dabei aufs Spiel gesetzt hatte.

Später kam Dr. Bonhomme zu ihr. Er gab ihr Tropfen in Wasser aufgelöst, die sie müde und gleichgültig machten. Wenn sie zwischen den Wehen erschöpft die Augen schloss, sah sie das lächelnde Gesicht von Obersturmführer Schneider vor sich. Wie tatkräftig er sie auf seine Arme genommen und die Treppe hinaufgetragen hatte. Was hätte er wohl getan, wenn man ihm gesagt hätte, dass sie eine Jüdin war?

Es war jetzt gleich, denn sie würde ja ohnehin sterben. Die Schmerzen brandeten über sie hinweg, zerrissen ihren Körper, saugten alle Kraft aus ihr heraus. Sie sah den schwarz geflügelten Todesengel, der sich über sie neigte. Sein Lächeln war schön und kalt, es erweckte ihre Sehnsucht, und sie wünschte sich, ihm folgen zu dürfen.

Kurz vor Morgengrauen gelang es Dr. Bonhomme, das Kind mit der Geburtszange zu holen. Ein Mädchen, winzig klein. Blutverschmiert. Es lebte nur eine Stunde, dann kehrte es in die barmherzige Dunkelheit zurück, aus der es gekommen war.

Juli 1941

Kein Lüftchen regte sich, grau lag das Meer, eine glatte Fläche von flüssigem Blei. Darüber blasser Dunst, zum Himmel hin dunkler werdend, undeutlich die Konturen der Inseln, verschwommene Silhouetten, vielleicht auch Schiffe, Felsen, große Fischwesen. Da draußen im Meer legten deutsche und englische Boote Wasserminen, ließen die tödlichen Metallkörper auf langen Gleitschienen sacht in die Fluten sinken. Magneten sorgten dafür, dass bei der Berührung mit Metall der Zünder ausgelöst wurde. Hin und wieder hörte man eine Explosion, vor allem in der Nacht. Was sich dann draußen auf See abspielte, wussten nur wenige zu berichten. Manchmal trug die Flut Teile zerborstener Schiffe an den Strand, auch tote Seeleute, von den Minen grässlich zugerichtet. Sie wurden von den Deutschen auf einem neu angelegten Friedhof beerdigt, das Strandgut überließ man nach genauer Durchsicht den Bretonen.

Margot malte seit Monaten wie eine Besessene. Jedes Stück Papier, sogar alte Tapeten, benutzte sie für ihre Aquarelle, die sie zu dicken Mappen zusammenband. Alan hatte ihr einen großen Vorrat an Farben gekauft, denn man wusste nicht, wie lange sie noch erhältlich waren. Kaffee, Schokolade, Kleiderstoffe oder Schuhe waren Mangelware. In Paris hungerten die Menschen – immer wieder kamen Städter in die Bretagne gereist, um Butter, Fleisch und Mehl zu hamstern.

Margot malte, was immer sie sah, vor allem aber das Meer. Kaum von der Geburt genesen, bat sie, an den Strand gefahren zu werden, sie wollte das Meer sehen, seine Weite und Kraft spüren, in der Leben und Tod sich vereinigten. In Decken gehüllt, hockte sie am winterlichen Strand, suchte beharrlich nach der einzig richtigen Farbmischung. Jeden Tag war es eine andere, jede Stunde, jede Minute konnte das Licht wechseln, dann musste sie nachbessern, beimischen, oft auch neu beginnen. Nie war sie zufrieden, und doch half diese Besessenheit ihr über Kummer und Verzweiflung hinweg.

Das kleine Wesen, das sich dieser Welt verweigert hatte, trug den Namen Viviane und lag auf dem Friedhof des nahe gelegenen Dorfes. Es war an ihr vorübergestrichen, ohne dass sie es hatte kennenlernen dürfen, wie eine Welle, die das Meer an den Strand wirft und die sacht wieder zurückflutet.

»Wir haben unsere Liebe, Margot«, sagte Alan. »Sie ist stärker als alles Unglück, das uns widerfahren könnte. Sie ist ewig und unzerstörbar.«

Sie wollte nur allzu gern daran glauben. Er war zärtlicher denn je, lag in den Nächten dicht bei ihr, als wollte er sie mit seinem Körper schützen, streichelte sie, liebte sie, jedoch ohne in sie einzudringen. Sie wollte nicht mehr schwanger werden, solange dieser unselige Krieg tobte, und er respektierte ihren Wunsch. Deutschland hatte der Sowjetunion den Krieg erklärt: Die einstigen Bündnispartner, die gemeinsam Polen überfallen und sich die Beute geteilt hatten, waren nun Kriegsgegner. Jeden Tag kamen neue Siegesmeldungen über den französischen Rundfunk, der ein Vasall des deutschen Senders war. Vom »Russischen Zusammenbruch« war die Rede, Riga fiel, Minsk lief zu den deutschen Truppen über, Leningrad war bedroht. Hitlers Soldaten standen kaum zweihundert Kilometer vor Moskau, Smolensk war gefallen, Stalin floh aus der Hauptstadt, um nicht in die Hände seines vormaligen »Bruders« zu fallen.

»Das ist der einzig richtige Weg«, hatte Marie-Anne gejubelt. »Der Kommunismus ist ein Übel, das an der Wurzel gepackt und ausgemerzt werden muss.«

»In Russlands Weiten hat sich schon die Grande Armée totgelaufen«, erinnerte Pierrik de Morand. »Willst du behaupten, Hitler sei ein besserer Feldherr als Napoléon Bonaparte?«

Marie-Anne machte eine wegwerfende Handbewegung und behauptete, das könne man nicht vergleichen. Heute gäbe es Kraftfahrzeuge und Panzergeschütze, außerdem Flugzeuge und moderne Gewehre – die Eroberung der Sowjetunion würde kaum zwei Monate dauern. Moskau sei fast schon in deutscher Hand.

»Auch Napoléon hat Moskau erobert – hat es ihm genutzt?«

Doch Marie-Anne zuckte nur die Schultern und bat den Vater, solch defätistischen Ansichten auf keinen Fall zu äußern, wenn Obersturmführer Schneider sie besuchte. Er kam häufig vorbei, meist allein, hin und wieder in Begleitung von Sturmbannführer Heilinger. Leutnant Obermayer und Dr. Troost waren inzwischen versetzt worden, sie hatten das Glück, bei der Eroberung der Sowjetunion mitwirken zu dürfen, zunächst jedoch nur beim Nachschub und nicht an der Front.

»Dein Sturmführer ist vernünftiger, als du es bist«, behauptete Pierrik de Morand. »Man kann sich mit ihm recht gut unterhalten.«

Tatsächlich hatte sich herausgestellt, dass Schneider, der mit Vornamen Harald hieß, ein sehr umgänglicher Gesprächspartner war, der auch gegenteilige Ansichten gelten ließ. Für den Franzosen Napoléon Bonaparte empfand er sogar Bewunderung: Er sei ein genialer Feldherr gewesen, nur mit Alexander dem Großen oder Cäsar vergleichbar. Auch der Führer Adolf Hitler zähle zu diesen Ausnahmestrategen.

Oft begleitete Marie-Anne den Sturmbannführer auf seinen Fahrten; angeblich traf man sich in Dinan mit Freunden, um die Bande zwischen Deutschen und Bretonen zu festigen.

»Glaubst du das?«

Alan zuckte die Schultern auf die Frage seiner Mutter. Marie-Anne ließ sich nicht so leicht in die Karten schauen, doch es deutete einiges darauf hin, dass ihre Beziehung zu Harald Schneider nicht nur politischer Natur war. War sie verliebt? Wenn ja, dann zeigte sie es nicht. Und Schneider? Sah er in ihr eine erotische Eroberung? Eine willkommene Abwechslung? Oder hatte er gar ernste Absichten?

»Dieser Mann ist unberechenbar«, warnte Margot. »Gerade weil er sich so leutselig gibt, müssen wir vorsichtig sein. Er sagt nicht, was er denkt, Vater.«

»Sie hat recht«, pflichtete Alan ihr bei. »Es könnte gut sein, dass er uns ausspioniert.«

»Das ist Unsinn«, befand Sophie de Morand. »Es ist Schneiders Einfluss zu verdanken, dass Alan noch nicht zum Arbeitsdienst eingezogen wurde. Weshalb sollte er das tun, wenn er uns im Verdacht hat?«

»Gerade deshalb, Maman. Um uns in Sicherheit zu wiegen.«

»Gott wird uns schützen«, sagte Sophie de Morand leise.

Sie tanzten allesamt auf einem Fass voller Dynamit, das jederzeit durch eine unbedachte Bewegung in die Luft gehen konnte. Während Marie-Annes Verbindung zur SS immer enger wurde, betätigten sich ihre Eltern und ihr Bruder im Widerstand gegen die deutschen Besatzer. Mit den beiden englischen Piloten hatte es angefangen, man hatte sie versteckt und ärztlich versorgt, dann hatte Alan sie mit einigen Freunden auf Umwegen an die Küste gefahren, wo man sie mit einem Fischerboot über die Manche nach England brachte. Es war eine heimliche Aktion, der weitere folgten. Gefährdete Personen – Kommunisten, Juden, entflohene Kriegsgefangene – wurden nach England geschleust, auch junge Franzosen, die dem Arbeitsdienst für die Deutschen entgehen wollten. Viele von ihnen hatten vor, sich de Gaulle anzuschließen, der neulich über den britischen Sender gesprochen hatte. Eine Schlacht habe Frankreich verloren, aber nicht den Krieg. Kerbourgh war zur Auffangstation all dieser Menschen geworden, man versteckte sie in den Kellerräumen oder auf dem Dachboden, bis sich die Gelegenheit zur Überfahrt bot.

Margot war sich nicht sicher, ob sie diese Aktionen gut oder schlecht fand. Er war großartig, dass sich nun endlich Widerstand gegen die Besatzung regte. Auf der anderen Seite fürchtete sie um Alans Leben. Die Deutschen, die zuerst recht arglos gewesen waren, hatten einige schlimme Erfahrungen hinnehmen müssen. Vier junge Matrosen waren bei Nacht ins Hafenbecken gestoßen worden, man fand ihre Leichen im Wasser, doch wer die Täter waren, blieb unbekannt. Auch war es zu nächtlichen Überfällen auf Wehrmachtsangehörige gekommen, allerdings meist durch eifersüchtige Ehemänner oder betrogene Liebhaber junger Französinnen.

»Sie sind misstrauisch geworden, Alan. Und wachsamer.«

Er war jetzt im Sommer oft über Nacht fort, kehrte erst am späten Vormittag nach Kerbourgh zurück, und Margot verging jedes Mal vor Angst, dass die Deutschen ihn und seine Freunde verhaftet haben könnten.

»Wir sind vorsichtig, Margot. Du brauchst dir keine Sorgen zu machen, Liebste.«

Sie wusste, dass sie weder ihn noch seine Eltern an ihrem Tun hindern konnte, und sie wollte es auch nicht. Die heimliche Tätigkeit gab ihnen ihre Selbstachtung zurück, man nahm die demütigende Besatzung nicht einfach hin, man wehrte sich, indem man Verfolgten das Leben rettete. Wer hätte das besser verstehen können als gerade sie, Margot, geborene Löwenstein, in deren Pass jetzt »geborene Pierrelion« stand.

Nach einigem Zögern hatte sie Alan gebeten, bei den Aktionen mithelfen zu dürfen, doch er hatte abgelehnt. Es sei nicht ihre Sache. Er legte beide Hände auf ihre Wangen und sah sie eindringlich an. »Wenn irgendetwas passieren sollte – was ich nicht glaube –, dann werde ich schwören, dass du nichts davon gewusst hast …«

»Aber ich …«

»Du wusstest nichts, Margot. Wir haben es vor dir geheim gehalten. Hast du das verstanden?«

Sie seufzte tief und nickte. Was dachte er eigentlich? Glaubte er, die Deutschen seien naive Dummköpfe?

»Ich will, dass du lebst, Margot«, sagte er zärtlich. »Auch wenn mir etwas geschehen sollte – du sollst weiterleben. Versprich es mir, meine Liebste …«

Sie versprach es ohne innere Überzeugung, nur um ihn froh zu machen. Dann schmiegte sie sich an ihn, spürte seinen großen, warmen Körper, der so voller Kraft und Verlangen war und ihr zugleich unendlich verletzlich erschien. Ach, wie glücklich hätten sie miteinander sein können, wäre die Welt um sie herum nicht aus den Fugen geraten.

Einige Wochen später wurde in Paris ein deutscher Armeeangehöriger von der Résistance ermordet, und der »Militärbefehlshaber in Frankreich« von Brauchitsch kündigte die Erschießung von fünfundzwanzig Geiseln an. Kein Pardon für Partisanen, in Zukunft würde die Quote noch höher steigen, ein deutscher Offizier sei mehr als fünfundzwanzig Franzosen wert.

»Es wird ihnen nichts nützen«, sagte Alan zähneknirschend, als sie gemeinsam das Abendessen einnahmen. »Im Gegenteil, sie machen sich bei der Bevölkerung verhasst.«

Ausnahmsweise war heute auch Marie-Anne zugegen, die die Abende ansonsten auswärts verbrachte, meist in Dinan bei ihren Kampfgefährten, oft aber auch in St-Malo, wo Bekannte sie mit Harald Schneider in einem Café gesehen hatten.

»Ich finde die Erschießung Unschuldiger auch schlimm«, sagte sie. »Aber ich kann verstehen, dass sich die deutschen Armeeangehörigen gegen solch widerwärtige Mordanschläge zur Wehr setzen müssen.«

»Fünfundzwanzig Unschuldige für einen Einzigen?«, ereiferte sich Alan. »Studenten waren darunter, junge Menschen, deren

Leben gerade begonnen hatte. Und die nicht begreifen konnten, weshalb sie sterben mussten.«

Marie-Anne stocherte nervös in ihrem Pfannkuchen herum – es war deutlich, dass diese Nachricht nicht in das schöne Bild passte, das sie sich von den deutschen Herrenmenschen zurechtgelegt hatte.

»Weshalb haben sich die Mörder nicht gestellt? Damit hätten sie das Leben der Geiseln retten können. Aber die mutigen Kämpfer der Résistance lassen gern andere sterben, um die eigene Haut zu retten. Pfui! Solche Leute können mich wenig beeindrucken!«

Sophie de Morand legte ihre Hand auf Alans Arm, doch er war zu erregt, um die beruhigende Geste zu verstehen.

»Eine Bretonin, die sich einem deutschen SS-Mann anbiedert und zu ihm ins Bett steigt, beeindruckt mich auch nicht!«

»Alan!«, rief sein Vater zornig.

Es war selten, dass der sonst so ruhige Alan in Rage geriet, heute aber hatte die schlimme Kunde aus Paris ihm die Beherrschung geraubt. Margot machte keinen Versuch, ihn zu besänftigen, sie konnte seinen hilflosen Zorn nur allzu gut verstehen. Wie leicht konnten auch er und seine Helfer vor die Entscheidung gestellt werden, ob sie lieber sich selbst oder andere opfern wollten.

Marie-Anne hatte bei Alans Vorwurf nicht einmal mit der Wimper gezuckt, sie verbarg ihre Betroffenheit hinter einem spöttischen Lächeln. »Mein armer Alan – ihr werdet in naher Zukunft leider wenig Gelegenheit haben, im Dienst des Vaterlandes allerlei Gesindel nach England zu schleusen. Was ich im Übrigen für eine vernünftige Sache halte, denn wir brauchen in Frankreich weder Kommunisten noch Juden.«

»Wovon sprichst du, Marie-Anne?«, fragte Pierrik de Morand stirnrunzelnd.

Sie legte Messer und Gabel neben den halb abgegessenen Teller und nahm einen Schluck Wein, bevor sie mit triumphierendem Lächeln die Neuigkeit zum Besten gab. »Wir werden eine Einquartierung bekommen, Vater. Ein Major und ein Feldwebel, die im Russlandfeldzug verwundet wurden, sollen sich hier in der schönen Bretagne erholen, um wieder zu Kräften zu kommen.«

Schweigen folgte auf ihre Ankündigung. Alans Kiefermuskeln zuckten, er hätte gern eine Bemerkung gemacht, ließ es jedoch bleiben. Selbst wenn Marie-Anne bei dieser Sache ihre Finger im Spiel gehabt hatte, so würde sie es jetzt doch nicht zugeben. Eine Einquartierung! Sie hatten geglaubt, von solchen Maßnahmen verschont zu bleiben, da Kerbourgh ein gutes Stück von der Küste entfernt lag.

Mit zwei deutschen Offizieren im Haus würde es schwierig sein, gefährdete Personen zu verstecken.

»Na schön«, sagte Sophie de Morand schließlich. »Wir können es nicht ändern. Es wird ja wohl nur für einige Wochen sein.«

»Natürlich. Die Sowjetunion ist so gut wie besiegt. Es wird kaum weitere Verwundete geben.«

Sie erschienen bereits am folgenden Vormittag auf Kerbourgh, und bei ihrem Anblick schwand die Hoffnung dahin, die Tätigkeit für den Widerstand fortsetzen zu können. Man hatte überlegt, dass die beiden Männer möglicherweise krank und bettlägerig seien, doch danach sah es keineswegs aus, denn sie kamen hoch zu Ross.

»Das sind unsere Pferde«, murmelte Alan, der neben Margot auf dem mittleren Turm stand. »Das sind Gwendolyn und Brigid. Verdammt – wie die Knochen ihnen rausstehen. Man hat sie schlecht gefüttert!«

»Aber sie kommen zu uns zurück, Alan. Wir können sie wieder aufpäppeln. Ach, was wird sich Morgane freuen, Gwendolyn ist doch ihre Tochter.«

Er lächelte über ihre Begeisterung, wohl wissend, dass die

Freude nicht lange dauern konnte. Die beiden Reiter waren in Wehrmachtsuniform, sie kamen mit leichtem Gepäck, jeder hatte einen Kleidersack hinter dem Sattel aufgeschnallt, vom Karabiner mit Seitengewehr war nichts zu sehen. Einer der beiden war stämmig, hatte hellblondes, krauses Haar und trug braune Lederhandschuhe, der andere war schmal, fast hager und saß sehr gerade im Sattel. Sein rechtes Auge war von einer schwarzen Binde verhüllt.

»Armer Kerl«, murmelte Alan. »Es ist kein Spaß, sein Augenlicht zu verlieren. Was wohl mit dem anderen ist?«

Margot verspürte weniger Mitleid mit den beiden Deutschen. Was immer der Krieg ihnen angetan hatte – sie waren Offiziere der Wehrmacht und unter Hitlers Befehl auf Eroberung ausgezogen. Vermutlich waren sie für ihre Tapferkeit mit einem Orden oder einer Beförderung belohnt worden, und als Zugabe hatte der Führer ihnen einen Ferienaufenthalt in der Bretagne spendiert. Der Familie de Morand fiel die Aufgabe zu, die lädierten Offiziere des Führers für kommende Eroberungen zu stählen.

Man hatte zwei Zimmer im Erdgeschoss für die »Gäste« vorbereitet. Sie gingen nach hinten zum Gemüsegarten hinaus und hatten bisher als Wirtschaftsräume gedient, jetzt waren sie mit Bett, Kleiderschrank, Tisch und Stuhl ausgestattet, es hatten sich auch zwei kaum beschädigte Teppiche und ein paar ausgediente Gardinen gefunden, die den Gästezimmern den letzten Schliff gaben. Das musste genügen, schließlich konnte man nicht verlangen, dass eines der Familienmitglieder sein Zimmer räumte. Schlimm genug, dass man die beiden Herren verköstigen musste und sie den lieben langen Tag auf Kerbourgh herumlungern würden.

»Sie steigen ab – dann wollen wir mal«, meinte Alan seufzend und legte den Arm um Margot. »Machen wir gute Miene zum bösen Spiel, die beiden können schließlich nichts dafür.«

Sie stiegen die Turmtreppe hinab und traten in den großen

Speiseraum, wo die beiden Deutschen vom Hausherrn und seiner Gattin begrüßt wurden.

»Darf ich vorstellen«, sagte Pierrik de Morand. »Meine Schwiegertochter Margot und mein Sohn Alan. Major von Staden und Feldwebel Huntzinger.«

Nein, dachte Margot. Das kann nicht sein. Das wäre ein zu großer Zufall. Es muss ein Verwandter von ihm sein. Eine Namensgleichheit. Ein Irrtum …

»Es ist mir eine große Ehre, Madame …«

Der Major mit der schwarzen Augenbinde hatte französisch gesprochen, er verbeugte sich galant und schlug dabei nach preußischer Manier die Hacken zusammen. Es gab keinen Zweifel – er war es. Der ehemalige Leutnant von Staden hatte sich offensichtlich im Kampf ausgezeichnet und war zum Major befördert worden. Die ausgestandenen Strapazen und der Lazarettaufenthalt hatten ihre Spuren hinterlassen, er war noch schmaler als damals in Aachen, und die schwarze Binde ließ sein Gesicht krankhaft blass erscheinen.

»Seien Sie willkommen auf Kerbourgh, Monsieur le Commandant«, sagte sie und versuchte, ihrer Stimme einen festen Klang zu geben, während sie innerlich zitterte. Würde er sie erkennen? Sie auf ihr gemeinsames Erlebnis in Aachen ansprechen?

Er sah sie aufmerksam an, seine Lippen zuckten, und er griff an seine Augenbinde, um sie zurechtzuschieben.

»Sehr erfreut, Sie kennenzulernen«, sagte er. »Sehr erfreut, Madame. Sehr erfreut … Ich danke herzlich für die freundliche Begrüßung …«

Es klang sehr ungeschickt, was gewiss nicht an seinen mangelnden Französischkenntnissen lag, denn sie erinnerte sich, dass er gute Verbindungen nach Belgien gehabt hatte. Viel wahrscheinlicher war, dass er sich an sie erinnerte, aber nicht sicher war, woher er sie kannte.

»Setzen wir uns, meine Herren«, sagte Pierrik de Morand und

machte eine einladende Armbewegung zum Tisch hin. »Es ist Sitte in meinem Haus, die Gäste mit einem Glas Wein zu begrüßen …«

Der Feldwebel mit dem blonden Kraushaar schien kein einziges Wort zu verstehen, auf von Stadens Wink hin ließ er sich jedoch auf einem der Stühle nieder und grinste seine Gastgeber freundlich an. Als Swana ihm das Glas gefüllt hatte, zog er den linken Lederhandschuh aus, indem er die Zähne zu Hilfe nahm.

»Ich bitte das merkwürdige Benehmen meines Kameraden zu entschuldigen«, sagte von Staden zu Pierrik und Sophie de Morand. »Er hat den rechten Unterarm verloren, aber die Wunde ist gut verheilt, und er lernt, mithilfe einer Prothese zurechtzukommen.«

Er lächelte ein wenig steif und fügte hinzu, dass der Krieg von allen Opfer fordere, ging auf seine eigene Verwundung jedoch nicht ein. Margot vermied es, ihn anzusehen, doch sie hatte bemerkt, dass sich über seine Stirn und die rechte Wange mehrere rote Narben zogen. Er musste eine schlimme Kopfverletzung erlitten haben, die ihn vermutlich das rechte Auge gekostet hatte.

»Auf unsere Gäste!«, sagte Pierrik de Morand und hob das Glas. Das Licht fiel von Südosten her in den Raum und ließ den roten Wein leuchten.

»Auf unsere Gastgeber«, erwiderte von Staden höflich. »Und auf das, was wir lieben!«

Er sah zu Margot und ihrer Schwiegermutter hinüber und neigte ein wenig den Kopf, um anzudeuten, dass er mit seinem Trinkspruch die Damen des Hauses hatte ehren wollen. Sophie de Morand lächelte verbindlich, während Margot vor Herzklopfen verging. Hatte er sie erkannt? Wenn ja, dann wusste er es geschickt zu verbergen.

»Prosit!«, sagte Feldwebel Huntzinger und schüttete den Inhalt seines Glases in sich hinein. »Ein leckeres Tröpfchen. Können Sie das übersetzen, von Staden?«

Man dehnte die Begrüßung nicht allzu lange aus. Die beiden Offiziere waren in aller Frühe losgeritten und wollten sich zunächst ein wenig ausruhen, später würde man zu Pferd oder zu Fuß die Umgebung erkunden. Alan schlug vor, dass Malo und Dustin, die beiden älteren Söhne seines Angestellten, als Fremdenführer fungieren könnten, es gäbe keltische Denkmäler aus uralter Zeit zu besichtigen, Dolmen und Steinkreise, auch die berühmten Cairn, die Grabhügel der Kelten.

»Je weiter wir sie von Kerbourgh wegschicken, desto besser«, sagte er später zu Margot, als sie miteinander allein waren.

»Du wirst doch nicht etwa weiterhin hier Leute verstecken?«

»Nur wenn es sich nicht vermeiden lässt …«

»Sei um Gottes willen vorsichtig, Alan«, flehte sie. »Dieser von Staden kennt mich. Es ist der Mann, der mich in Aachen über die Grenze gebracht hat.«

Alan stutzte, dann schlug er sich mit der flachen Hand gegen die Stirn und behauptete, schon die ganze Zeit nachgegrübelt zu haben, weshalb ihm der Name so bekannt vorkam. Natürlich. Von Staden. Sie hatte ihm doch von ihm erzählt.

»Dann haben wir von ihm nichts zu befürchten, Margot. Schließlich hat er dir damals das Leben gerettet. Wir sollten ihm danken.«

»Ich bin nicht sicher, ob er mich überhaupt schon erkannt hat …«, murmelte sie. »Wir sollten einfach vorsichtig sein.«

Gewiss, er hatte sie gerettet, aus welchem Grund auch immer. Dennoch war es kein gutes Gefühl, ihn wiederzusehen. Er kannte ihren Mädchennamen, ihren Vater, ihre Familie. Er wusste, dass sie Jüdin war. Ein einziges Wort von ihm konnte ihr Untergang sein. Aber weshalb sollte er sie verraten? Was hätte er davon?

Weshalb sollte er mich schützen?, dachte sie.

Falls von Staden sie erkannt hatte, so ließ er sich nichts anmerken. In den folgenden Wochen erwiesen sich die beiden deutschen Offiziere als ruhige und angenehme Mitbewohner. Swana gab ihre anfängliche Feindseligkeit bald auf, denn die Gäste verzehrten alles, was sie ihnen vor die Nase stellte, und vergaßen niemals, sich für ihre Mühe zu bedanken. Auch Anne, die sich um die Wäsche der beiden kümmerte, fand diese deutschen Besatzer weit weniger schrecklich, als sie befürchtet hatte.

»Was für eine Verrücktheit ist dieser Krieg, Madame«, sagte sie zu Margot. »Eine Granate hat den armen Commandant ganz schrecklich zugerichtet. Der ganze Rücken war zerrissen, auch im Gesicht hat er Narben, und ob das rechte Auge wieder gesund wird, steht in den Sternen. Ich darf gar nicht an meinen armen Sebastian denken. Wenn sie den nur nicht nach Russland schicken!«

Margot beruhigte sie. Die französischen Kriegsgefangenen würden in Deutschland eingesetzt, sie arbeiteten in Fabriken oder in der Landwirtschaft. Nach Russland würden nur die deutschen Soldaten ziehen.

Sie hatte schon mehrfach überlegt, von Staden irgendwo abzupassen, um allein mit ihm zu sprechen, denn sie hielt die Ungewissheit nicht mehr aus. Doch er schien ihr auszuweichen, und Margot mochte nicht so weit gehen, ihn in seinem Zimmer aufzusuchen. Von Staden kümmerte sich rührend um seinen Kameraden, der von starken Schmerzen im rechten Arm geplagt wurde, obgleich man ihm diesen Arm in einem Feldlazarett in der Nähe von Riga amputiert hatte. Von Staden ging mit ihm im Park spazieren, erledigte seine Post, bemühte sich, ihm einige Worte Französisch beizubringen, und einmal bat er Alan, am Abend mit ihnen Karten zu spielen. Er malte eine Zielscheibe auf ein Stück Papier, klemmte es an eine der windzerzausten Kiefern im Park und lieh Huntzinger seine Mauser, um damit Schießübungen zu machen. Der Feldwebel besaß keine eigene

Pistole, aber es schien ihm großen Spaß zu bereiten, seine linke Hand im Führen dieser Waffe zu üben.

Hin und wieder lud Sophie de Morand die beiden Deutschen zu einem gemeinsamen Abendessen ein. Dann zeigte Swana ihre Kochkünste, bereitete »Poisson à la brétonne«, Muschelsuppe oder Butterkuchen zu, und von Staden berichtete vom Gutshof seiner Eltern in der Nähe von Oldenburg, wo man geräucherte Würste, Schinken und Kohlgerichte zubereitete. Sein Vater züchtete die berühmten »Oldenburger«, eine kräftige, langbeinige Pferderasse, die als Kutsch- und Reitpferde eingesetzt wurden. Für eine Weile vergaß man den Krieg und begann über Pferdezucht zu fachsimpeln, stellte fest, dass man gemeinsame Bekannte hatte, und als von Staden gar berichtete, er habe Kunstgeschichte studiert, bat Sophie de Morand Margot, ihm doch ihre wunderschönen Aquarelle zu zeigen.

»Sie ist eine große Begabung, Monsieur le Commandant!«

Es blieb Margot nichts anderes übrig, als den Wunsch ihrer Schwiegermutter zu erfüllen. Sie trug die drei Mappen mit ihren Bildern hinunter in den großen Speiseraum und fand die Situation mehr als seltsam. Von Staden besah sich jedes einzelne Bild und sparte nicht mit Lob. Auch Feldwebel Huntzinger, der auf von Stadens Übersetzung angewiesen war und streckenweise recht verständnislos dabeisaß, ließ sie wissen, dass er diese Bilder ganz vortrefflich fand.

»Ich habe mich auch einmal im Aquarellmalen versucht«, meinte von Staden lächelnd. »Das war, als ich noch Student war. Der Professor, bei dem ich Seminare belegte, war ein Künstler, den ich sehr bewundert habe. Mein eigenes Talent ist leider unzureichend.«

Margot spürte, wie ihr Herz hämmerte, und sie schwieg, um sich nicht zu verraten. Er hatte von ihrem Vater gesprochen – wusste er also, wer sie war? Aber nein, es war sicher nur ein Zufall.

»Wie schön, dass die Kunst Menschen aller Nationen miteinander verbindet!«, sagte von Staden.

»Die Kunst und die Liebe zu den Pferden«, pflichtete Alan ihm bei.

»Und der rote Wein aus der Bourgogne«, meinte Sophie de Morand, und sie hob ihr Glas, um mit den Gästen anzustoßen.

Margot wusste nicht, was sie von dieser Verbrüderung halten sollte, und ein rascher Blickwechsel mit ihrem Schwiegervater zeigte ihr, dass auch er die Situation als skurril empfand. Heute früh hatte der französische Rundfunk verkündet, Russland sei so gut wie »beseitigt«. Es folgten unglaubliche Zahlen: Zweieinhalb Millionen Gefangene seien gemacht worden, vierzehntausend Flugzeuge und achtzehntausend Panzer vernichtet. Hitler riss die Herrschaft über Europa an sich – und sie saßen mit zweien seiner Offiziere bei Wein und bretonischem Apfelkuchen.

»Er ist ein großartiger Kerl«, sagte Alan, als sie spät am Abend zu Bett gingen. »Von ihm droht keine Gefahr. Und der andere versteht kein Wort Französisch.«

»Das ist kein Grund, leichtsinnig zu werden, Alan.«

Er zog sie grinsend an sich und machte Anstalten, ihr Nachthemd aufzuknöpfen.

»Was ist los mit dir, mein Schatz?«, murmelte er. »Bist du nicht immer die Mutigere von uns beiden gewesen?«

»Nicht, wenn es um dich geht, Liebster!«

Zwei Tage später nahm er seine Tätigkeit wieder auf, blieb ganze Nächte fort und schlich sich bei Morgengrauen erschöpft und mit verdreckten Kleidern durch den Kellereingang zurück ins Haus. Margot hielt den Atem an, wenn die beiden Deutschen hinüber zu den Pferden gingen, um einen Ausritt zu unternehmen, denn wer sich mit den Tieren auskannte, sah auf den ersten Blick, dass einige von ihnen in der Nacht unterwegs gewesen waren. Doch es geschah nichts – die einquartierten Offiziere verhielten sich unverändert freundlich, man grüßte einander, plauderte ein wenig und wünschte sich einen angenehmen Tag. Wenn Marie-Anne sich auf Kerbourgh blicken ließ – was immer seltener der Fall war – kam es hin und wieder zu kurzen Gesprächen, sie schien jedoch nicht allzu viel von den beiden deutschen Offizieren zu halten.

»Der eine ist ein Dummkopf, und dem anderen fehlt das richtige Bewusstsein«, lautete ihr Urteil.

Zweimal erschien sie mit Sturmbannführer Schneider, und man verbrachte den Abend gemeinsam im großen Speiseraum, wobei sich jedoch herausstellte, dass die drei Deutschen einander mit Misstrauen begegneten. Von Staden trank an diesen Abenden nur Wasser, und seine sonstige Erzählfreude versiegte. Auf Schneiders Versuche, ihn in ein Gespräch über den Russlandfeldzug zu ziehen, ging er kaum ein. Er habe leider nur den Anfang des großen Unternehmens erlebt, schon kurz vor Riga habe eine explodierende Granate seinem Vormarsch ein Ende bereitet.

»Bedauerlich«, meinte der Sturmbannführer. »Was ist mit Ihrem Auge?«

»Die Sehkraft ist geschädigt, man muss abwarten.«

Margot atmete auf, als sich Schneider und Marie-Anne endlich verabschiedeten, denn ausgerechnet an diesem Abend war Alan unterwegs. Sophie de Morand hatte erzählt, ihr Sohn läge mit einer schlimmen Erkältung zu Bett und ließe sich entschuldigen, was für Sturmbannführer Schneider durchaus glaubhaft war. Weniger jedoch für von Staden und Huntzinger, die Alan noch am Nachmittag gut gelaunt und vollkommen gesund im Flur angetroffen hatten. Der Major hatte jedoch nichts dazu bemerkt. Nun aber, da Schneider und Marie-Anne bereits unten im Wagen saßen und Swana sich anschickte, im Speiseraum den Tisch abzuräumen, meinte von Staden lächelnd zu Margot, er wünsche ihrem Mann rasche Genesung. Eine Erkältung sei lästig, besonders zu dieser Jahreszeit.

»Vielen Dank, Monsieur le Commandant.«

Wieso war dieser Mensch nur so schwer zu durchschauen? Manchmal hatte sie das Gefühl, dass er sehr viel mehr wusste, als es den Anschein hatte, und dann wieder gab er sich vollkommen harmlos. Er spielt Katz und Maus mit uns, dachte sie und wünschte, Alan wäre schon zurück.

Zu allem Unglück war Vollmond. Wenn sich die Wolken teilten, war die Umgebung des Schlösschens in milden Umrissen zu erkennen. Margot tröstete sich damit, dass Alan erst in einigen Stunden kommen würde, dann schliefen die Deutschen hoffentlich. Und außerdem hatte von Staden Probleme mit seinen Augen. Das tat ihr zwar leid für ihn, es war jedoch ein Glücksfall für den unvorsichtigen Alan. Lange blieb sie wach, starrte an die Zimmerdecke, stand auf und sah aus dem Fenster, blickte dann zu der kleinen Pendeluhr und überlegte, ob jemand den Minutenzeiger mit Klebstoff am Zifferblatt befestigt hatte. Schließlich übermannte sie die Müdigkeit, sie kauerte sich zusammen, umschlang ihr Kopfkissen und fiel in einen unruhigen Schlaf.

Ein Schuss weckte sie. Sie fuhr hoch, schweißgebadet vor Entsetzen und für einen Augenblick wie gelähmt. Ein zweiter Schuss peitschte durch die Nacht, sie stürzte zum Fenster, doch draußen war der Himmel wolkenverhangen, nichts war zu erkennen. Sie schießen auf Alan, dachte sie. Sie haben ihn gesehen und machen Jagd auf ihn.

Im Nachthemd rannte sie die Treppe hinunter, außer sich vor Angst, bereit, sich auf den Schützen zu werfen, um ihm die Pistole zu entwinden, und wenn es sie das Leben kosten sollte.

»Margot!«, hörte sie Sophie de Morands warnende Stimme. Dann prallte sie auf einen Körper, spürte, wie er zurückwich und sie dann mit kräftigen Armen festhielt.

»Ich habe nicht geschossen«, flüsterte von Staden. »Gehen Sie hinauf, rasch!«

Sie hörte nicht auf ihn, versuchte sich zu befreien, zappelte, kratzte ihn mit den Fingernägeln, spuckte ihn sogar an.

»Feldwebel!«, brüllte er, sich mühsam ihrer Angriffe erwehrend. »Hören Sie auf, in der Gegend herumzuballern.«

»Aber da war jemand auf der Treppe, Herr Major.«

»Geben Sie mir meine Pistole!«

Eine Tür wurde geöffnet, der schwache Lichtschein einer Nachttischlampe fiel in den Flur, und Margot ließ ihr Opfer los. Feldwebel Huntzinger stand in Hemd und Unterhosen im Flur, man sah den verletzten Arm, der nur noch ein Stumpf war. In der gesunden linken Hand hielt er von Stadens Mauser.

»Aber ich bin sicher, dass da einer rumläuft, Herr Major.«

Erst jetzt entdeckte er Margot, die neben von Staden stand und im Nachthemd einen ziemlich seltsamen Anblick bot.

»Schon gut«, sagte von Staden. »Es ist Herr von Morand. Er hat ein verdächtiges Geräusch gehört und wollte nachsehen, was los ist. Sie hätten um ein Haar unseren Gastgeber erschossen.«

»Verflucht. Das tut mir leid, Herr Major. Madame – Pardon!«

Er machte eine ungeschickte Verbeugung in Margots Richtung und verschwand in seinem Zimmer. Vermutlich war es ihm unangenehm, dass sie seinen Armstumpf gesehen hatte.

Oben regte es sich, Pierrik und Sophie de Morand waren aus ihrem Zimmer gelaufen und kamen mit einem Nachtlicht die Treppe hinunter. Nur für einen kurzen Augenblick war Margot mit von Staden allein.

»Verzeihen Sie mir«, sagte sie. »Ich … ich hatte Angst …«

»Ich weiß, Fräulein Löwenstein … Aber es ist alles gut. Ich werde Sie nicht verraten.«

Ein Schauer überlief sie – er hatte die ganze Zeit über gewusst, wer sie war. Es gab keine weiteren Worte zwischen ihnen, denn er wandte sich jetzt von ihr ab, um Sophie de Morand zuzurufen: »Keine Sorge, Madame. Der Feldwebel ist ein schlechter Schütze, er hat ganz sicher niemanden getroffen.«

Alan, der sich im Pferdestall versteckt hatte, wagte sich erst am späten Vormittag zurück. Wie von Staden bereits vermutet hatte, war er unverletzt.

Eine Woche später endete der Genesungsurlaub der beiden deutschen Offiziere, und sie verließen Kerbourgh, um am Kampf um den Endsieg über die bolschewistische Gefahr teilzuhaben.

September 1943

Margot überlegte oft, wie es wohl wäre, ein ganz normales Leben zu führen. Ohne die deutschen Besatzer. Ohne die englischen Bomben, die die Küstenstädte in Schutt und Asche legten. Ohne die ständige Angst, Alan könne am Morgen nicht heimkehren. Wie es wohl wäre, wenn er sich nur noch um seine Landwirtschaft und die Pferde kümmerte, wenn sich über der Bretagne ein friedlich blauer Himmel wölbte und fröhliches Kindergeschrei Kerbourgh erfüllte. Wäre ihre Liebe dann ebenso leidenschaftlich? Würde er dann immer noch wie ein Verzweifelter über sie herfallen, sie mit Zärtlichkeiten überhäufen, ihr zuflüstern, sie sei alles für ihn, ohne sie habe sein Leben keinen Sinn? Würden sie sich nach der Liebe aneinanderklammern und weinen, wie sie es jetzt häufig taten?

Eines Tages würden sie es wissen. Der Krieg konnte nicht ewig dauern, es gab inzwischen sogar Leute, die meinten, der Spuk wäre bald vorüber. Anfang des Jahres war im französischen Rundfunk zum ersten Mal die Rede von russischen Gegenangriffen, die von der Wehrmacht selbstverständlich zurückgeschlagen worden seien. Doch es musste eine böse Niederlage bei Stalingrad gegeben haben, es hieß, Feldmarschall von Paulus sei verwundet. Der englische Soldatensender Calais meldete sogar, von Paulus sei in Kriegsgefangenschaft geraten.

»Was habe ich gesagt?«, triumphierte Pierrik de Morand. »Die Russen mögen schlechte Soldaten sein, aber ihr Land ist dennoch nicht zu besiegen. Der russische Winter wird die deutsche Wehrmacht vernichten, sie werden jämmerlich erfrieren, so wie es einst der Grande Armée ergangen ist.«

»Arme Kerle«, sagte Sophie de Morand mitleidig.

»Spar dir dein Mitleid, Mutter«, meinte Alan stirnrunzelnd. »Sie sitzen hier in ihren Bunkern, bauen ihre U-Boote, während Tausende von Franzosen ihretwegen im Bombenhagel der Engländer sterben.«

Es hatte Stimmen gegeben, die die Engländer verfluchten und ernsthaft bedauerten, dass es Hitler nicht gelungen war, die Britischen Inseln zu erobern. Dann würde das großdeutsche Reich auch England umfassen und man könne endlich in Frieden leben. Auch Marie-Anne hatte diese Meinung vertreten; sie hasste Winston Churchill, verspottete ihn wegen seiner Leibesfülle und der ewigen Zigarren und prophezeite, er würde sich ganz sicher innerhalb des kommenden Jahres totgesoffen haben. Obersturmführer Schneider war schon im vergangenen Jahr nach Osten versetzt worden, es gab jedoch einen regelmäßigen Briefwechsel zwischen ihm und Marie-Anne. Im April war sie Hals über Kopf nach Berlin gereist, um sich dort mit ihm zu treffen. Als sie zwei Wochen später zurückkehrte, redete sie voller Begeisterung von der großartigen Hauptstadt der Deutschen, die von Flüssen und Seen durchzogen sei. Sie war Gast in der Villa von Schneiders Eltern in Charlottenburg gewesen und erzählte von Ausflügen nach Potsdam, von Sanssouci, dem Ort, an dem sich deutscher und französischer Geist miteinander verbanden.

»Niemand, der bei klarem Verstand ist, wird glauben, dass die Amerikaner der deutschen Wehrmacht ernsthaften Schaden zufügen können«, behauptete sie lachend. »Man hat ja gesehen, wie die armen Kerle abgesoffen sind.«

Amerika hatte Deutschland schon Ende des vorletzten Jahres den Krieg erklärt, bisher hatte es jedoch keinen einzigen erfolgreichen Angriff im Westen gegeben. Gerade vor einigen Tagen war eine Landung der alliierten Truppen in Ouessant kläglich gescheitert. Die stürmischen Wellen der Nordsee hatten dem Unternehmen ein rasches Ende bereitet.

Marie-Annes zuversichtliche Stimmung veränderte sich an dem Tag, als man Tante Hortense beerdigte. Die alte Frau hatte fast ein ganzes Jahr nicht mehr ihr Bett verlassen, man hatte sie gepflegt, ihre Launen, so gut es ging, ertragen, sie gefüttert und schließlich wie ein Kind gewindelt. Anfang September erlöste der Tod sie von dieser Welt, mit der sie niemals zu ihrer Zufriedenheit zurechtgekommen war. Man bat den Priester des nahe gelegenen Dörfchens, die Totenmesse zu halten, und so wurde Hortense de Morand im Pferdegespann zur Kirche gefahren, während über ihnen die britischen Flugzeuge ihre Bombenlast nach Lorient und St. Nazaire trugen. Die kleine Dorfkirche war brechend voll, denn auch die Leute aus dem Dorf waren gekommen, um sich von der »alten Mademoiselle Hortense« zu verabschieden, und trotz des Nieselregens blieb niemand zurück, als die sechs Sargträger sie zu ihrer letzten Ruhestätte brachten.

»Sie wird uns fehlen«, sagte Marie-Anne beklommen, als man durchnässt und frierend vom Wagen stieg und die Treppe zum Schlösschen hinaufging. »Sie war bei uns, solange ich lebe – es ist ein seltsames Gefühl, dass ihr Zimmer nun leer ist.«

Margot, die die alte Frau ja kaum mehr richtig kennengelernt hatte, war von Marie-Annes Worten beeindruckt. Sie schien doch ein weiches Herz zu haben, das sie allerdings gut zu verbergen wusste. In den folgenden Tagen blieb Marie-Anne auf Kerbourgh, beteiligte sich an den Erntearbeiten und gesellte sich an den Abenden zu den anderen im großen Speisezimmer. Man sprach wenig über den Krieg, sondern erzählte alte Familiengeschichten, an denen Marie-Anne plötzlich viel Gefallen fand. Es wurden längst verblasste Fotografien herbeigeholt, und Marie-Anne nötigte ihre Eltern, die Namen der Personen auf die Rückseite der Bilder zu schreiben.

»Damit unsere Kinder später auch wissen, wer auf dem Foto zu sehen ist«, erklärte sie lächelnd.

»Ach, du hast vor, Kinder in die Welt zu setzen?«, erkundigte sich Alan.

»Irgendwann wird es so weit sein, Alan.«

»Dann lass dir sagen, dass die Kinder des Obersturmführers Schneider ganz sicher nicht auf Kerbourgh aufwachsen werden«, gab er zurück. »Nicht, solange ich hier lebe.«

Sophie de Morand mischte sich ein, um keinen Streit aufkommen zu lassen. Niemand wisse, was die Zukunft bringen werde, deshalb bitte sie Alan, sich zurückzuhalten.

Er schwieg verstimmt, während Marie-Anne sich in die Familienchronik der de Morand vertiefte, die sie aus einem Bücherschrank gezogen hatte. Margot beobachtete sie dabei und fand, dass sie ungeschminkt sehr viel sanfter und verletzlicher aussah. Sie empfand dennoch keine besondere Sympathie für ihre Schwägerin, auch wenn sich diese plötzlich von einer neuen Seite zeigte. Hatte Marie-Anne nicht damals gesagt, es sei gut, dass ihr Kind gestorben sei, denn es sei ein Bastard gewesen? Margot hatte diesen Ausspruch nicht selbst gehört, es war Anne gewesen, die Swana davon in der Küche berichtete, und Margot hatte es zufällig mitbekommen. Sie hatte es Alan verschwiegen, doch sie selbst hatte bittere Tränen vergossen. Nein, so schnell würde sie sich mit Marie-Anne gewiss nicht anfreunden.

»Sie scheint sich tatsächlich von diesen Leuten in Dinan getrennt zu haben«, bemerkte Alan später. »Wenn es so ist, dann würde es mich freuen. Ich sagte dir ja, dass Marie-Anne im Grunde ein großartiger Mensch ist. Sie hat sich nur von diesen Leuten den Kopf vollschwatzen lassen.«

Margot widersprach nicht, auch weil sie wusste, dass Alan seine Schwester im Grunde seines Herzens liebte und sich nichts mehr wünschte, als dass sie wieder in den Schoß der Familie zurückkehrte.

»Sie erhält nach wie vor Post von Obersturmführer Schneider«, bemerkte sie.

»Schon«, gab er zu. »Aber sie schreibt ihm nur noch selten.«

Einige Tage später tat Marie-Anne etwas Unfassbares: Nach dem gemeinsamen Abendessen bat sie Alan, bei den Aktionen der Résistance mithelfen zu dürfen. Sie sei inzwischen zu der Überzeugung gekommen, dass die Bretonen sich gegen die deutschen Besatzer zur Wehr setzen müssten, und sie wolle sich für diese Aufgabe zur Verfügung stellen.

»Du bist wohl nicht gescheit!«, regte er sich auf. »Glaubst du, meine Freunde würden eine wie dich akzeptieren? Man kann sein Mäntelchen nicht so einfach nach dem Wind ausrichten, Schwester. Vertrauen muss man sich verdienen.«

»Genau das habe ich vor!«

»Dann schreib zuerst an deinen SS-Offizier, dass es aus zwischen euch ist. Er soll aufhören, dich mit seinen Briefen zu belästigen.«

»Das habe ich längst getan.«

»Und?«

»Er braucht ein Weilchen, um es einzusehen.«

»Und wir brauchen eine gute Weile, um dir glauben zu können.«

»Ich verstehe …«

»Darf man fragen, was deinen plötzlichen Sinneswechsel bewirkt hat?«, wollte Margot wissen.

»Nein.«

Margot sah, wie Alans Blick warnend auf Marie-Anne ruhte. Es lag eine Botschaft darin, eine Warnung. Nicht vor ihr! Im ersten Augenblick empfand Margot eine heftige Wut über diese schweigende Übereinkunft der Geschwister, die ohne Zweifel gegen sie, Alans Ehefrau, gerichtet war. Dann begriff sie, dass auch Alans Eltern mit im Bunde waren. Auch sie senkten betreten den Blick, schienen das Geheimnis zu ahnen und fest entschlossen, es vor Margot zu verbergen.

Wenn das so ist, dachte sie wütend, dann will ich es auch nicht wissen. Aber die Neugier blieb. Am Tag von Tante Hortenses Beerdigung hatte Marie-Anne Post von Harald Schneider erhalten. War das das Geheimnis? Hatte er ihr den Laufpass gegeben, ihr kurz und bündig erklärt, er liebe eine andere? Schließlich war es für einen deutschen SS-Offizier wenig angebracht, sich mit einer Französin einzulassen. Auch wenn sie eine blonde, blauäugige Bretonin war.

Aber deshalb hätte sie doch nicht mit ihren Freunden in Dinan brechen müssen. Nein, es musste etwas anderes dahinterstecken. Hatte es damit zu tun, dass sich das Kriegsglück der Deutschen gewendet hatte? Im Osten verloren sie immer mehr an Boden, niemand glaubte mehr an die beständigen Siegesmeldungen im Rundfunk. Stattdessen erstarkte überall der Widerstand. Die deutschen Besatzer hatten begonnen, junge Franzosen zu mustern, um sie als Soldaten nach Russland zu schicken. Vor zwei Jahren hatten sich viele freiwillig zum Dienst in der Wehrmacht gemeldet, jetzt tauchten die jungen Männer unter und schlossen sich der Résistance an. Anschläge wurden in den U-Bootwerften verübt, man schnitt Telefonleitungen durch, es gab nächtliche Überfälle auf deutsche Landser, zwei junge deutsche Nachrichtenhelferinnen hatte man ermordet. Die Deutschen reagierten mit brutaler Härte: Wenn man der Täter habhaft werden konnte, wurden sie ohne Gerichtsurteil an die Wand gestellt und erschossen. In einem Fall hatten die Besatzer gedroht, aus mehreren Dörfern der Umgebung je zwei Männer abzuholen, um sie als Geiseln zu erschießen.

»Sie sind hilflos«, stellte Alan fest. »Bisher haben sie geglaubt, hier in der Bretagne einen angenehmen Urlaub zu verbringen. Und jetzt machen wir ihnen klar, dass sie hier nichts zu suchen haben.«

Er hatte Margot versprochen, sich niemals an einem Mordanschlag zu beteiligen, sondern nur bei Sabotageakten mitzuwirken. Seitdem man sie mit Einquartierungen verschonte, war

Kerbourgh mehr denn je zu einem Zentrum des Widerstandes geworden. Hier sammelten sich junge Männer, die von Alan und seinen Freunden bei Nacht und Nebel über die Manche nach England gebracht wurden, wo sie sich de Gaulle anschlossen. Hier lagerte man Waffen und Munition, die von englischen Flugzeugen abgeworfen wurden, Flugblätter wurden angeliefert und an gute Freunde verteilt, auch gab es Zusammenkünfte, zu denen weder Margot noch Marie-Anne zugelassen wurden.

An solchen Abenden zogen sich die beiden Frauen in den zweiten Stock zurück, um die Zeit mit Lesen oder Radiohören zu verbringen. Margot hatte sich daran gewöhnt, nicht direkt in die Aktionen einbezogen zu sein. Sie hatte ihren Anteil an der Bewegung, indem sie die Flüchtlinge mit Proviant versorgte oder gemeinsam mit Sophie de Morand in die Umgebung fuhr, um Flugblätter weiterzureichen. Marie-Anne allerdings, die nach wie vor von der Widerstandsbewegung ausgeschlossen war, verbrachte solche Abende in zorniger Ungeduld. Es lag ihr nicht, untätig herumzusitzen, sie brannte darauf, den bretonischen Widerstandskämpfern zu beweisen, dass mit ihr zu rechnen war. Doch Alan hatte sie wissen lassen, dass man Sorge hatte, sie könne eine Spionin der Deutschen sein. Gewiss, er habe versichert, dass er für seine Schwester die Hand ins Feuer lege, dennoch müsse sie sich gedulden.

Margot war wenig begeistert, als Marie-Anne an einem solchen Abend an ihrer Zimmertür klopfte.

»Was willst du?«, fragte sie unfreundlich und ließ das Buch sinken, in dem sie gelesen hatte.

»Mit dir reden.«

»Ich wüsste nicht, worüber.«

»Entscheide dich: ja oder nein!«

Sie hatte eine unmögliche Art, mit Menschen umzugehen, und Margot hätte nur allzu gern Nein gesagt. Doch die Neugier siegte. »Komm herein!«

Marie-Anne war im Morgenmantel, ein elegantes Kleidungsstück aus glänzender beigefarbener Seide, das bis zu den Knöcheln reichte und in der Taille von einem schmalen Band gehalten wurde. Ihr kurzes Haar war ungewaschen und strähnig, sie hatte dunkle Augenringe, vermutlich schlief sie schlecht. An der Tür stehend, warf sie einen raschen Blick über die Einrichtung – sie war bisher noch niemals im Eheschlafzimmer ihres Bruders gewesen –, dann nahm sie einen der weiß gestrichenen Stühle bei der Lehne und zog ihn hinüber zum Fenster. Es war beiden Frauen nur recht, dass zwischen ihnen ein Abstand von mehreren Metern lag.

»Du liest Chateaubriand?«, bemerkte sie mit Blick auf das Buch.

»Warum nicht?«, gab Margot zurück, die überzeugt war, dass hinter der Frage eine spöttische Absicht steckte.

Marie-Anne zuckte die Schultern. Der gute Chateaubriand sei zwar recht konservativ gewesen, aber immerhin ein Bretone, und daher sei man stolz auf ihn.

»Was willst du von mir? Du bist doch nicht gekommen, um über Literatur zu plaudern, oder?«

Marie-Anne schlug die Beine übereinander und zog den seidenen Morgenmantel zurecht.

»Ich komme, um einige Dinge zwischen uns beiden klarzustellen«, sagte sie. »Zuerst sollst du wissen, dass ich nichts gegen dich persönlich habe. Im Gegenteil, es gibt vieles, was mir an dir gefällt.«

Was sollte das werden? Eine solche Anbiederung sah Marie-Anne eigentlich gar nicht ähnlich.

»Ach ja? Leider kann ich dir ein solches Kompliment nicht zurückgeben. Es gibt kaum etwas, was mir an dir gefällt, Marie-Anne!«

Sie dachte an die herzlose Bemerkung über ihr totes Kind und hätte gern noch etwas hinzugefügt, doch sie ließ es sein.

Marie-Anne lächelte. Sie lächelte oft, wenn sie in Wirklichkeit betroffen war.

»Auch das gefällt mir an dir, Margot: deine Ehrlichkeit. Doch genug der Komplimente. Leider bist du eine Jüdin, und meine Überzeugung ist es, dass die Juden das Unglück der arischen Völker sind …«

Helle Wut schoss in Margot auf. Marie-Anne hatte diese infame Beleidigung ganz ruhig ausgesprochen, so als sei niemand im Zimmer davon betroffen.

»Und meine Überzeugung ist es, dass Leute wie du das Unglück der gesamten Menschheit sind …«

»Es steht dir frei, dieser Ansicht zu sein«, meinte Marie-Anne schulterzuckend. »An deiner Stelle würde ich vermutlich auch so denken. Es sind übrigens nicht Leute wie du und deine Eltern, die uns gefährlich werden, sondern jene Juden, die das Großkapital in Händen halten und uns alle in Abhängigkeit bringen.« Margot wollte fragen, wo die jüdischen Großkapitalisten in der Bretagne zu finden seien, da sie bisher nur kleine Geschäftsleute oder Ärzte kennengelernt hatte, doch Marie-Anne ließ sie nicht zu Wort kommen. »Ich bin nicht hier, um mit dir über diese Dinge zu diskutieren, Margot. Ich bin gekommen, um etwas klarzustellen, denn ich will nicht, dass du etwas Unrechtes von mir denkst. Ja, ich wünsche mir eine judenfreie Bretagne. Meinetwegen einen jüdischen Staat irgendwo im Nahen Osten oder in Amerika. Auf Madagaskar, wenn du willst. Aber nicht das, was die Deutschen vorhaben. Damit will ich nichts zu tun haben. Und deshalb habe ich einen Schlussstrich gezogen.«

Margot starrte sie an und konnte nicht begreifen, wovon sie eigentlich redete. Die Deutschen deportierten Juden. Sperrten sie in Lager, wo sie arbeiten mussten und schlecht versorgt wurden. Man wusste, dass dort viele Menschen starben.

»Ich weiß es erst, seitdem Harald es mir geschrieben hat«, fuhr Marie-Anne leise fort. »Sie haben in Russland Hunderte von Juden erschossen. Auf Befehl hin haben sie Männer, Frauen, Kinder zusammengetrieben und liquidiert. In Massengräber geworfen und zugeschüttet.«

Sie sah Margot mit zusammengekniffenen Augen an, und plötzlich begriff Margot, was in ihr vorging. Sie hatte diesen Mann geliebt. Hatte er selbst die Erschießungen geleitet? Diese Tötungen als eine Heldentat im Sinne des Führers dargestellt? Harald Schneider, der kluge Gesprächspartner mit dem sympathischen Lachen? War er einfach nur ein brutaler Mörder?

»Die Deutschen haben beschlossen, alle Juden, derer sie habhaft werden können, zu liquidieren«, sagte Marie-Anne. »Seitdem ich das erfahren habe, sind sie meine Feinde.«

Sie atmete tief durch, als hätte sie einen Kraftakt hinter sich gebracht. Dann stand sie auf und stellte den Stuhl an seinen Platz zurück.

»Ich wollte, dass du das weißt. Gute Nacht.«

Margot konnte nichts erwidern. Wie gelähmt starrte sie auf Marie-Annes Rücken, sah zu, wie sie die Tür öffnete und hinausging, ohne sich noch einmal umzuwenden. Sie schloss die Tür mit einem kleinen, energischen Ruck, der notwendig war, weil sich das Holz verzogen hatte.

Deshalb hatten sie alle geschwiegen. Man hatte sie schonen wollen. O Gott, sie hatte ja geahnt, dass sie ihre Eltern niemals wiedersehen würde, aber insgeheim, ganz tief in ihrem Herzen, war doch immer noch die Hoffnung gewesen, dass es nicht so sein müsse. Jetzt aber gab es keinen Zweifel mehr. Man hatte sie ermordet, genau wie die arme Leah Finkelstein, ihren Mann und ihre Schwestern. Den freundlichen Doktor Bonhomme und seine Frau, die sie ebenfalls abgeholt hatten …

Als Alan spät in der Nacht ins Schlafzimmer kam, fand er Margot in Tränen aufgelöst. Außer sich vor Zorn lief er hinüber zu Marie-Anne, riss sie aus dem Schlaf und zankte mit ihr herum.

»Wie konntest du ihr das antun?«

»Wieso behandelt ihr sie wie ein Kind? Früher oder später hätte sie es ja doch erfahren!«

Er knallte ihre Zimmertür zu und kehrte wutschnaubend zurück ins Eheschlafzimmer, wo Margot ihn mit schlechtem Gewissen empfing. »Sie hat recht, Alan. Bitte hör auf, mit ihr zu streiten.«

»Nein, sie hat nicht recht«, knurrte er und setzte sich auf die Bettkante, um Schuhe und Strümpfe auszuziehen. »Es ist Unsinn, jetzt noch Angst und Grauen zu verbreiten. Die Deutschen sind am Ende, in Russland erleiden sie eine Niederlage nach der anderen. Und weißt du auch, warum?«

Die Amerikaner unterstützten den Kampf der Russen, indem sie ihnen Waffen, Ausrüstung und Lastwagen schickten. Per Schiff wurden all diese Kriegsgüter nach Russland verfrachtet, und die deutsche Kriegsmarine schaffte es nicht, die Lieferungen zu unterbinden.

»Noch ein paar Wochen, mein Schatz, dann werden wir vereint mit Briten und Amerikanern das deutsche Joch abschütteln. Ja, wir werden kämpfen, Margot. Ich weiß, dass du dich um mich sorgen wirst, aber ich kann nicht anders.«

»Ich verstehe dich nur allzu gut, Alan«, sagte sie und biss sich auf die Lippen. »Und, verdammt, ich wünschte, ich wäre ein Mann und hätte ein Gewehr!«

In dieser Nacht glichen sie eher Kämpfern als Liebenden, krallten sich aneinander, zerrten sich an den Haaren, küssten sich, als wollten sie ersticken. Es war Margot, die alle Zurückhaltung aufgab, ihn mit der ganzen Kraft ihres geschmeidigen Körpers verführte, und Alan ergab sich ihrem Verlangen. Sie liebten einander mehrmals bis zur Erschöpfung, als könnte ihre Vereinigung Unheil und Tod aufheben.

Doch das Unheil hatte sie längst auf seiner Liste. Es wartete geduldig einige Wochen, ließ boshaft stille Hoffnung erblühen, gönnte ihnen ein friedvolles Weihnachtsfest und schlug erst zu, als sich Mitte Januar eine zarte Schneedecke über die Landschaft breitete. Eines Morgens knatterte ein deutscher Wagen den Feldweg an der Pferdeweide entlang, und Loan, der Heu vom Zwischenboden herabgabelte, rief Alan zu, der Obersturmführer sei soeben in den Park eingebogen. Alan hatte Morgane gesattelt, um mit Margot einen Ausritt zu unternehmen, solange die seltene weiße Pracht noch vorhielt. Jetzt stieg er auf und ritt dem Wagen nach.

Auf Kerbourgh hatte sich Margot zum Reiten umgekleidet und hohe Stiefel angezogen. Sie ging Swana und Anne noch ein wenig zur Hand, die den Frühstückstisch abdeckten, und sah dabei immer wieder aus dem Fenster, ob Alan schon mit den Pferden unterwegs zum Haus war.

»Ein Wagen«, sagte Anne und zeigte zum Fenster. »Ein deutscher Wagen, Madame.«

Es war seltsam, dass dieses Bild sich für den Rest ihres Lebens in ihr Hirn eingrub, denn im Grunde sah es ganz harmlos aus. Eine dunkle Limousine bewegte sich durch den verschneiten Park zum Haus, gefolgt von einem Reiter auf einem Schimmel. Morgane, die Schöne. Ihre starke, zärtliche Morgane. Harald Schneider hielt direkt unter der Treppe, stieg aus dem Wagen, und man hörte den dumpfen Schlag, als er die Autotür zuwarf. Die Sonne kam in diesem Moment durch den grauen Wolkendunst und ließ die Eiskristalle auf den Parkwiesen glitzern. Weißlicher Atemhauch dampfte aus Morganes Nüstern, auch die beiden Männer hatten Atemnebel vor den Gesichtern.

»Unfassbar!«, murmelte Marie-Anne, die herbeigelaufen war und jetzt neben Margot am Fenster stand. War es Staunen, Entsetzen oder Freude? Margot hatte den Eindruck, dass Marie-Anne selbst nicht recht wusste, was sie von diesem Besuch halten sollte. Als jedoch Pierrik und Sophie de Morand in den

Raum traten, wandte sich Marie-Anne zu ihnen um und forderte energisch: »Ich will allein mit ihm reden!«

Man respektierte ihren Wunsch, allerdings unter Vorbehalten. Unten im Keller waren drei junge Burschen versteckt, die der Musterung entgehen wollten, außerdem ein Stapel frisch gedruckter Flugblätter. Die Waffen waren hinter den hölzernen Weinregalen gut verborgen, man musste schon den Grundriss des Kellers kennen, um das Versteck zu finden.

»Sei vorsichtig, Marie-Anne.«

»Selbstverständlich, Maman.«

Sie zogen sich zurück, überließen Marie-Anne den großen Speiseraum, wo noch ein schwaches Feuer im Kamin brannte. Hinter einem Schrank verborgen, sahen Margot und ihre Schwiegereltern den Obersturmführer hastig die Treppe hinaufeilen. Er erschien ihnen fremd, seine Züge gealtert und hart, doch das mochte an dem hochgeschlagenen Kragen seines langen, gefütterten Ledermantels liegen. Marie-Anne empfing ihn an der Tür – ob sie lächelte oder ernst blieb, war vom Hintergrund des Flurs aus nicht zu sehen.

»Ich bin hier, um Klarheit zu erlangen!«

»Komm herein!«

Die Tür schloss sich, und man vernahm nur noch ihre gedämpften Stimmen. Swana kam die Treppe hinauf und fragte, ob sie einen Imbiss richten solle, doch Sophie de Morand schickte sie zurück. Gleich darauf erschien Alan, voller Unruhe, Gesicht und Hände von der morgendlichen Kälte gerötet. Als er seine Eltern und Margot im Flur fand, schüttelte er den Kopf.

»Was ist los? Sind wir schon nicht mehr Herren im eigenen Haus?«

»Sie wollte mit ihm allein sprechen, Alan.«

Alan verzog unzufrieden das Gesicht und wollte etwas sagen, da drang Marie-Annes Stimme in den Flur.

»Nein, nein und nochmals nein!«

»Und was ist mit deinem Versprechen?«

»Es gilt nicht mehr!«

Wie kalt sie das sagte. Wie gut sie ihre Gefühle zu verbergen wusste. Margot sah die Befriedigung in Alans Gesicht, er war in diesem Moment stolz auf seine Schwester. Gleich darauf hörte man ihren Schrei.

»Das wagst du nicht! Lass mich los! Ich habe gesagt, dass alles vorbei ist …«

Margot reagierte zu spät, es gelang ihr nicht mehr, Alans Arm zu fassen, aber sie hätte ihn auch nicht festhalten können. Wütend riss er die Tür auf, stürzte sich auf den Mann, der seine Schwester bei den Schultern hielt und zornig schüttelte. Margot sah, wie Alan zum Schlag ausholte, für einen Augenblick war das wutverzerrte Gesicht des Obersturmführers im Bild, dann wurde es von ihren Schwiegereltern verdeckt, die entsetzt in das Speisezimmer eilten.

»Alan! Um Gottes willen … Alan …«

Das nun folgende Getümmel war unbeschreiblich. Der Obersturmführer war zu Boden gegangen, stand jedoch rasch wieder auf den Füßen und versetzte Alan einen heftigen Faustschlag ins Gesicht. Alan war unfähig, sich zu wehren, da seine Eltern sich mit größter Verzweiflung an ihn klammerten und ihn beschworen, sich ruhig zu verhalten. Dafür warf sich Marie-Anne wütend auf Schneider, krallte sich an ihm fest und schlug auf ihn ein. Er blutete aus dem Mund, vermutlich hatte er sich bei Alans Schlag auf die Zunge gebissen.

»Iff wollte euf daf Leben retten«, zischte er auf Deutsch, und nur Margot verstand die verzerrten Worte. »Jeff fahrt ihr sur Hölle!«

Er schüttelte Marie-Anne von sich ab wie eine lästige Spinne, raffte seine Mütze an sich, die er auf dem Tisch abgelegt hatte, und ging aus dem Zimmer. Man hörte den harten Ton seiner Stiefel auf der Treppe.

»Dreckskerl, elender!«, brüllte Alan und riss sich von seinen Eltern los, um Schneider zu folgen. Doch Marie-Anne stellte sich ihm in den Weg, versperrte mit ausgebreiteten Armen die Tür.

»Bist du vollkommen verrückt geworden?«

»Soll ich zusehen, wie dieser deutsche Mistkerl meine Schwester …«

»Ich habe dich nicht zu Hilfe gerufen!«

Marie-Anne fuhr sich mit der Hand durch das zerzauste Haar und ordnete ihr Kleid. Für einen Moment schloss sie die Augen und tat einige tiefe Atemzüge, dann hatte sie die gewohnte Entschlossenheit wiedergefunden.

»Er wird uns Ärger machen, das ist dir doch wohl klar. Es ist also besser, wenn du sofort untertauchst, Alan.«

Er wich zurück und starrte sie an. In diesem Moment wurde allen klar, dass nichts mehr so war wie zuvor. Eine Grenze war überschritten worden, die schützende Hülle aus Freundlichkeit und scheinbarer Akzeptanz, die ihre heimliche Tätigkeit verborgen hatte, war durchlässig geworden.

»Ich?«, fragte Alan seine Schwester. »Und was ist mit dir?«

Marie-Anne schüttelte den Kopf. Sie würde in jedem Fall hierbleiben. Wichtig sei nur, dass Alan verschwand und dass er die drei unten im Keller mitnahm. Außerdem Margot.

»Mich?«, fragte Margot beklommen. »Glaubst du, sie werden mich als Geisel nehmen?«

Marie-Annes Blick glitt über sie hinweg und irrte durch den Flur, dann sah sie zu Boden.

»Er weiß, dass du Jüdin bist«, sagte sie leise. »Jemand auf dem Passamt in Dinard hat den Mund nicht halten können. Mir zuliebe hatte er bisher nichts unternommen …«

Die Nachricht ließ alle vor Entsetzen verstummen. Margot spürte, wie sich Alans Arm um sie legte, doch die schützende Geste konnte die Panik nicht besiegen, die in ihr aufstieg.

»Wieso hast du uns das verschwiegen?«, fragte Sophie de Morand ihre Tochter vorwurfsvoll.

»Es hätte nichts geändert …«

Alan wollte zornig widersprechen, doch Pierrik de Morand drängte zur Eile. Man müsse das Nötigste zusammenpacken, Loan solle den Wagen anspannen und zur Tarnung einige Ballen Heu aufladen. Mit dem Pferdefuhrwerk könne man über schmale Wiesenwege und durch den Wald fahren, was mit dem Auto weitaus schwieriger war. In Corseul fänden sie Freunde, wo sie auch die Pferde unterstellen könnten, dann in der Nacht hinüber nach Plancoet und zur Küste hinauf …

»Es ist zu stürmisch, um die Überfahrt zu wagen«, gab Sophie de Morand zu bedenken.

»Es muss sein«, sagte Marie-Anne.

»Und was ist mit euch?«, wollte Alan wissen.

Pierrik de Morand würde Kerbourgh nicht verlassen, und Sophie de Morand blieb an seiner Seite, um sein Schicksal zu teilen. Auch Marie-Anne war nicht zur Flucht zu bewegen.

»Ich habe bestellt – ich zahle die Zeche«, sagte sie auf ihre kühle Art und wandte sich ab.

»Das letzte Wort ist nicht gesprochen!«, rief ihr Alan nach.

Man suchte in aller Eile ein paar Sachen zusammen, packte Rucksäcke mit warmer Kleidung und Lebensmitteln. Margot kam sich vor wie in einem bösen Traum. Sie würde Kerbourgh verlassen, dieses Haus, das ihr zur Heimat geworden war. Sie würde Alans Eltern verlassen, die sie inzwischen fast so sehr liebte wie ihre eigenen. Mit Grauen dachte sie an ihre gescheiterte Überfahrt, dann rief sie sich ins Gedächtnis, dass sie in England ihren Bruder Max wiedersehen würde …

Doch das Unheil hatte eben erst mit seiner Arbeit begonnen, und es war nicht bereit, sie schon jetzt aus seinen Krallen zu lassen. Sie vernahm hastiges Flüstern im Flur und einen halb erstickten Ausruf ihrer Schwiegermutter.

»Erstochen? Gott im Himmel. Und wo ist der dritte?«

»Verschwunden. Es muss ein Spion gewesen sein.«

»Wann ist es geschehen, Pierrik?«

»Wahrscheinlich schon in der Nacht …«

»Dann sind wir längst verraten!«

Margot ließ den halb gepackten Rucksack stehen, im Flur lief sie Alan in die Arme. Er wollte sie festhalten, doch sie riss sich los und eilte an ihm vorbei die Treppe hinunter.

Dort war ihre kopflose Flucht zu Ende. Harte Schläge erschütterten die Eingangstür.

»Aufmachen!«

Swana kam, um die Tür zu öffnen. Als in rascher Folge mehrere Gewehrschüsse abgefeuert wurden, stieß sie einen Schrei aus und rettete sich in die Waschküche. Margot stand unbeweglich. Was nun geschah, lief vor ihr ab wie ein Film, es schien nicht zu ihr zu gehören, und erst viel später empfand sie das Grauen dieser Minuten in seinem vollen Ausmaß.

Die schwere Eingangstür flog auf, Soldaten drangen in den Flur ein, füllten ihn ganz aus, stießen die Küchentür auf, die Tür zum Büro, stiegen in den Keller hinunter.

»Flugblätter und Waffen, Herr Sturmbannführer!«

Margot lehnte sich gegen die Wand und sah zu, wie die Soldaten die Treppe hinaufstürmten. Es gab kein Entkommen. Alans Eltern wurden wie Verbrecher abgeführt, Marie-Anne ging mit unbeweglicher Miene zwischen den Soldaten, nur Alan hatte sich gewehrt, er blutete aus Mund und Nase.

»Sie hat nichts gewusst«, rief er, als er Margot erblickte. »Sie ist unschuldig! Ich schwöre es bei allen Heiligen …«

»In den Keller.«

Wer war dieser Sturmbannführer? Sie hatte ihn nie zuvor gesehen. Er war groß und hager, seine vorstehenden, graublauen Augen hatten etwas Grausames. Jetzt sah er sie an und verzog angewidert das Gesicht.

»Die nicht. Die geht mit den anderen ins Lager.«

Man stieß Alan die Kellertreppe hinunter, Marie-Anne folgte ihm, aufrecht wie eine Jeanne d'Arc ging sie vor den Soldaten her. Sophie und Pierrik de Morand hielten einander an den Händen.

Margot machte eine unwillkürliche Bewegung, um ihnen zu folgen, doch ein Soldat verstellte ihr den Weg, das Gewehr mit beiden Händen vor der Brust. Er war sehr jung und schien bemüht, auf keinen Fall einen Fehler zu machen. Aus dem Keller drang die schneidende Befehlsstimme des Sturmbannführers.

»Die Hände binden … An die Wand … Feuer!«

Das Haus erzitterte unter den Schüssen. Swana stürzte aus der Küche, stieß den Soldaten zur Seite und warf sich schluchzend in Margots Arme. Margot streichelte ihr den Rücken, ohne zu wissen, was sie tat. Ihr Hirn weigerte sich zu begreifen.

Frankfurt, Anfang Juli 2010

»Was für ein hübsches Kind. Kann sie schon laufen?«

»Natürlich. Aber sie wird die Tischdecke herunterziehen.«

»Das macht nichts. Stell sie auf den Boden. Ich will sehen, wie sie läuft …«

Alles um sie herum ist riesengroß und weit entfernt. Papas Beine bieten ein wenig Halt, daran kann man sich festklammern. Drüben in einem Sessel sitzt eine weißhaarige Frau mit faltigem Gesicht und runden, dunklen Augen. Sie streckt ihr die Arme entgegen und lacht. Ruft ihren Namen. Katharina! Sie bekommt Angst, dreht sich um und umfasst Papas rechtes Bein.

»Sie fremdelt! Lasst ihr sie nicht mit anderen Kindern spielen?«

»Dafür ist sie noch zu klein …«

Sie spürt, dass Papa mit ihr unzufrieden ist. Sie soll zu dieser alten Frau gehen und sich von ihr anfassen lassen. Sie mag keine alten Leute. Sie mag auch nicht angefasst werden. Geküsst schon gar nicht. Küssen ist eklig.

»Sie sieht Elli nicht sehr ähnlich«, sagt die alte Frau.

»Das Haar und die Augen hat sie wohl von dir«, meint Papa.

Sie begreift, dass man von ihr redet. Es gefällt ihr nicht. Ihre Haare und ihre Augen gehören ihr und nicht dieser Frau. Sie zerrt an Papas Hosenbein, will, dass er sie hochnimmt. Doch er tut es nicht.

»Sie erinnert mich an meine Mutter«, sagt die alte Frau. »O mein Gott – wie lange ist das her …«

Sie will, dass Papa sie auf den Arm nimmt! Sie will, und sie will, und sie will. Sie fängt an zu schreien, trampelt mit den Füßen …

»Schau an, ein kleiner Trotzkopf. Das gefällt mir!«

Der Traum wurde durchlässig, das kleine Zimmer, die Möbel, die tief herabhängende Tischdecke verblassten, die Personen wurden zu Schatten und machten Anstalten, sich aufzulösen. Für einen Moment sah sie das Gesicht ihres Vaters, ein junger Mann mit dunklem, kurz geschnittenem Haar, dann erblickte sie sich selbst, dreijährig, in einem rosafarbenen Kleid und Lederschuhen mit weißen Schnürsenkeln, die sie gehasst hatte. Gleich darauf verschwand die Szene vollkommen, und auch die Erinnerung daran begann rasend schnell zu verblassen.

Sie schlug die Augen auf und sah auf die Nachttischuhr. Viertel vor sieben – wie üblich. Durch die Vorhangschlitze blitzte schon die Morgensonne. Das Bett neben ihr war unberührt, denn Patrik schlief seit dem Streit im Wohnzimmer. Es war ein seltsames Gefühl, allein in dem Doppelbett zu liegen: Einerseits fühlte sie sich erlöst, auf der anderen Seite drängten sich ihr Schuldgefühle auf. Man schickte einen Mann nicht fort, mit dem man acht Jahre lang das Bett geteilt hatte. Nach acht Jahren »wilder Ehe« hatte man schleunigst zu heiraten, hätte Mutter gesagt. Gott, wie altmodisch man sie doch erzogen hatte! Wann würde sie sich endlich von Mutters Spießbürgertum befreien?

Im Badezimmer besah sie ihr Gesicht im Spiegel. Dunkle Augen, dunkelblondes glattes Haar. Das Gesicht herzförmig. Dreieckig. Die Augen ein ganz klein wenig schräg. Der Mund klein, volle Lippen, ein richtiger Kindermund. Regelmäßige Zähne, unten in der Mitte eine schmale Zahnlücke. Da hatte sie als Kind immer den Kuli hineingeklemmt, bis der Zahnarzt ihr sagte, sie solle das lassen. Tatsächlich – sie sah ihrer Mutter kaum ähnlich. Eher ihrem Vater.

»Dummes Kind!«, sagte sie zu ihrem Spiegelbild. »Sie war deine Großmutter. Und du wolltest ihr nicht mal die Hand geben.«

Katharina hatte nur eine schwache Erinnerung an diesen Besuch gehabt, im Traum war jedoch alles so lebendig gewesen, als hätte jemand die Zeit zurückgedreht. Wie seltsam, dass sie in letzter Zeit solch intensive Träume hatte! Konnte man einem Traum glauben? Gewiss nicht. Wahrscheinlich war in Wirklichkeit von ganz anderen Dingen geredet worden – aber wer wollte das jetzt noch wissen? Vater konnte es ihr nicht mehr sagen. Fast war sie jetzt zornig auf ihn. Weshalb hatte er ihr so vieles verheimlicht? Sie wusste nicht einmal, wann ihre Großmutter gestorben war. Auch nicht, wo sie gelebt hatte. Sie wusste so gut wie gar nichts über Margot, geborene Löwenstein. Man sprach nicht von ihr. Man pflegte keinerlei Kontakt. Die Großeltern, das waren Mutters Eltern, die waren hin und wieder zu Besuch gekommen, dann wurde vorher das Haus gründlich geputzt und Klein-Katharina musste ihnen etwas auf dem Klavier vorspielen. Sie starben beide kurz nacheinander in dem Jahr, als Katharina Abitur machte.

Vater hat mich also zu ihr gebracht, dachte sie, während sie sich die Zähne putzte. Und weshalb nur dieses eine Mal? Weil er Angst vor Mutter hatte. Deshalb hat er mir das Monogramm auf dem Serviettenring auch erst erklärt, als Mutter in die Küche gegangen war. Oh, was für ein Feigling!

Aber weshalb wurde Margot von Staden totgeschwiegen?

Sie drehte das Haar am Hinterkopf zusammen und stülpte sich die Duschhaube über, damit sie nicht auch noch das lange Haar föhnen musste. Das Prickeln des Wassers auf der Haut vertrieb die düsteren Gedanken, sie schloss die Augen und glaubte plötzlich, das Rauschen der Brandung zu hören. Eine hohe, stahlblaue Welle bäumte sich auf, griff nach ihr mit gekrümmten Fingern aus weißlichem Schaum, und sie tauchte hinein, glitt wie eine Najade in das durchsichtige Wasserreich, in dem sie zu Hause war …

Ich finde es heraus, dachte sie, während sie sich abtrocknete und nun doch ihr Haar föhnen musste. Ich will es, ich muss es tun. Und ich weiß, dass sie bei mir ist.

Später, in der unaufgeräumten Küche, sank ihre Hochstimmung um einige Grade. Patrik hatte gestern Abend offensichtlich noch einen Imbiss zu sich genommen, es aber nicht für nötig gehalten, das Geschirr zu spülen. Auch die Reste der Fertigpizza hatte er auf dem Tisch stehen lassen, dazu ein halbes Glas Cola, in dem sich zwei Fliegen ertränkt hatten.

Sie würde heute Abend Klartext mit ihm reden müssen. Vor zwei Tagen hatte sie ihm erklärt, dass eine Trennung für sie beide die beste Lösung sei. Er hatte es schweigend zur Kenntnis genommen, dann war er im Wohnzimmer verschwunden, und sie hörte, wie er mit seinen Spielkameraden über Skype schwatzte. Ganz offensichtlich wollte er die Sache aussitzen, nach dem Motto: Sie wird sich schon wieder einkriegen.

Angesichts der verdreckten Küche beschloss sie, ein rasches Frühstück im Café einzunehmen und nach der Schule mit Gitti essen zu gehen. Es stand nicht allzu viel an heute, da es morgen Ferien geben würde. Zwei Stunden Kunst in der Elf, dann eine Stunde Französisch in der Neun – die würde sie mit einem Spiel beglücken, bei dem sie gleich ein paar neue Vokabeln lernten. Danach die Klassenkonferenz. Eine Art Tribunal über die beiden Übeltäter Masum und Sami, bei dem die Mitschüler, alle unterrichtenden Lehrer und der Direktor anwesend waren. Es lief nach festen Regeln ab, auch die Mitschüler kamen zu Wort, was für die beiden Angeklagten viel mehr Gewicht haben würde als das, was Lehrer und Direktor sagten. Die Klassenkonferenz konnte verschiedene Strafen verhängen, vom Pausendienst mit Hofreinigen bis – das war allerdings noch nie geschehen – zum Schulverweis.

Das Problem heute würde nur sein, dass einen Tag vor den Ferien niemand mehr Lust hatte, sich ernsthaft mit dieser Problematik auseinanderzusetzen. Also würde die Konferenz auf ein laues Hofkehren und eine Ermahnung hinauslaufen.

Kaum dass sie das Lehrerzimmer betreten hatte, schoss Schulleiter Krüger auf sie zu. Er war aufgeregt, unter den Achseln seines kurzärmeligen Hemdes zeichneten sich dunkle Schweißflecke ab.

»Haben Sie gehört? Die Polizei hat sie erwischt. Vermutlich werden sie abgeschoben, dann hätten wir eine Sorge weniger.«

»Wer?«, stotterte sie.

»Die beiden Öskan-Brüder haben sich den Kurden vorgeknöpft. Gestern Abend in der Nordweststadt. Zum Glück sind sie einer Polizeistreife genau in die Arme gelaufen ...«

Das war allerdings eine böse Nachricht. Hätte sie es verhindern können? Sie hatte sich bemüht, aber der Hass war stärker gewesen. Sinnloser, generationenalter Hass.

»Was ist mit Masum?«

Direktor Krüger zuckte die Schultern, das Schicksal des jungen Kurden lag ihm nicht sehr am Herzen, solange es sich nicht auf dem Schulgelände unter seiner Aufsicht vollzog.

»Soweit man hört, haben sie ihn übel zugerichtet.«

»Und Jasmin?«

»Jasmin? Ach, die kleine Schwester Öskan. Keine Ahnung. Herr Künzel, war Jasmin Öskan heute im Unterricht?«

Friedhelm Künzel näherte sich mit einem gefüllten Kaffeebecher, auf dem »Bester Lehrer der Welt« stand. Ein Weihnachtsgeschenk der siebten Klasse im vergangenen Jahr.

»Jasmin? Leider nicht. Gestern hat sie noch den Test mitgeschrieben. Gar nicht übel, ich habe schon mal hineingesehen. Mittelalter, Karl der Große und die Entwicklung der Klöster, Alkuin, die Sachsenkriege ...«

»Schon gut, schon gut ... Sie fehlt also heute ...«

»Zumindest in den ersten beiden Stunden ...«

»Die Klassenkonferenz können wir also vergessen«, bemerkte Katharina. »Wenn Sami und Hamit nicht da sind ...«

»Richtig. Da müssen wir noch die Kollegen Bräunling und Mahler informieren. Weiß Frau Gebauer schon Bescheid?«

»Ich sage es ihr.«

Schulleiter Krüger ließ sie stehen und widmete sich organisatorischen Dingen, während Friedhelm Künzel neben ihr am Tisch Platz nahm. Er schlürfte den heißen Kaffee und zog dann ein kariertes Stofftaschentuch heraus, um sich den Schweiß von der Stirn zu wischen.

»Jugendstrafe«, sagte er. »Abschieben können sie die beiden nicht. Die sind hier geboren, haben einen deutschen Pass …«

»Und Masum?«

»Den schon. Der kam erst vor einem Jahr. Familienzusammenführung.«

Katharina nickte. Ihr Handy summte, und sie wühlte eine Weile in ihrer Tasche herum, bis sie es endlich fand. Es war ihr unangenehm, denn sie spürte Künzels ironischen Blick. Er besaß kein Handy, wollte auch keines haben, Friedhelm Künzel verweigerte sich der Überkommunikation.

»Friedel Mayer – Sie haben gestern bei uns angerufen.«

Der Entrümpelungsdienst, der das Haus ihrer Eltern geräumt hatte. Sie hatte es nicht fertiggebracht, Patrik nach dem Serviettenring zu fragen, sondern lieber »Paul & Mayer« kontaktiert, allerdings nur den Anrufbeantworter erwischt.

»Richtig«, sagte sie und ging ein paar Schritte zum Fenster hinüber, wo der Lärmpegel etwas geringer war. »Ich habe eine Frage …«

Natürlich konnte er sich nicht mehr an den silbernen Serviettenring erinnern. Aber er schien das Problem zu kennen, es geschah immer wieder mal, dass der Auftraggeber im Nachhinein ein geliebtes Erbstück zurückhaben wollte.

»Wir hatten auch schon mal ein Sofa, in das die Oma zehntausend Ocken eingenäht hatte …«

Gegenstände aus Silber oder Gold, auch andere Wertsachen würden sie normalerweise erst einmal dem Eigentümer zeigen. Wenn der kein Interesse habe, verkauften sie die Sachen an einen

Laden in Wiesbaden. Johann Walter in der Mauergasse. Ein Geschäft, das Schmuck, Gemälde, Porzellan und Antiquitäten führe.

»Ich danke Ihnen vielmals, Herr Mayer …«

»Da nich für …«

Sie würde es versuchen. Ach, wie dumm sie gewesen war. Vaters Serviettenring hatte vor ihrer Nase gelegen, die Tanten hatten ihn achtlos auf den Tisch geworfen. Achtlos? Nein, es war eher Abscheu gewesen. Weder Tante Alice noch Tante Gudrun hatte diesen hübschen, oval geformten Ring haben wollen. Wie seltsam. Margot von Staden, die geborene Löwenstein, war doch ihre Mutter gewesen!

Seit vorgestern versuchte sie, die Tanten telefonisch zu erreichen, jedoch ohne Erfolg. Vielleicht war es besser so. Man konnte eine solche Angelegenheit nur schwer am Telefon besprechen. Sie hatten seit Jahren darüber geschwiegen, weshalb sollten sie der Nichte bei einem kurzen Anruf ihr Herz ausschütten? Nein, es wäre viel klüger, die beiden aufzusuchen und dann bei Kaffee und Kuchen, zwischen Einbauschrankwand und Brokatgardinen die Katze aus dem Sack zu lassen.

Eines war jetzt allerdings klar: Das kleine Foto, das Vater auf dem Totenbett in Händen gehalten hatte, zeigte ihn mit seiner Mutter. Natürlich, das hätte sie sich gleich denken können, denn das Bildchen hatte ein uraltes Format, das es heute gar nicht mehr gab. Katharina musste ihrem toten Vater insgeheim Abbitte leisten. Wie hatte sie nur glauben können, ihr Vater habe eine Geliebte gehabt? Es war seine Mutter als junge Frau, die er im Tod festgehalten hatte.

Rätsel über Rätsel. Wenn er sie so geliebt hatte, wieso hatte er zugelassen, dass man sie ausgrenzte? Keinen Kontakt mit ihr pflegte? Sogar das Enkelkind musste er ihr heimlich zeigen.

Löwenstein war ein jüdischer Familienname, gewiss. War das der Grund? Du lieber Himmel – die Zeiten, da man den Ariernachweis hatte erbringen müssen, waren doch Gott sei Dank vorbei!

Aber die Aquarelle auf dem Dachboden – das passte haarscharf ins Bild. Wenn ihre Großmutter diese wundervollen Bilder gemalt hatte, dann hatte Vater sie zwar aufbewahrt, weil er seine Mutter liebte. Aber er hatte nicht gewagt, sie jemandem zu zeigen oder gar eines davon an die Wand zu hängen.

Doch ein Feigling, sie konnte ihm diesen Vorwurf nicht ersparen. Er hatte sich in sich selbst zurückgezogen und nach außen hin brav getan, was seine Ehefrau verlangte. Was er wirklich dachte, hatte er nur selten preisgegeben.

Großer Gott, dachte sie. Was für eine verschrobene Familie!

»Ich werde heute Nachmittag nach Masum sehen«, riss Friedhelm Künzel sie aus ihren Überlegungen. »Auf ein paar Minuten Ferienzeit kommt es jetzt auch nicht mehr an.«

Der Schulgong beendete die große Pause, an der Tür war Gitti aufgetaucht, die erst zur dritten Stunde Unterricht hatte. Katharina sah das ironische Funkeln in den Augen ihres Kollegen Künzel. Er war ein seltsamer Bursche, aber zugleich ein guter, anständiger Mensch.

»Ist Masum im Krankenhaus?«

»Nein, er ist zu Hause. Hab angerufen …«

»Das finde ich großartig von Ihnen, Herr Künzel.«

»Genau das wollte ich hören, Frau Kollegin!«

Sie lachten beide, und die Befangenheit, die sich häufig zwischen ihnen einstellte, löste sich auf. Katharina griff rasch ihre Sachen, um Gitti noch an der Tür abzufangen.

»Klassenkonferenz fällt aus. Hast du Lust, nachher in Wiesbaden essen zu gehen?«

»Ach, Schätzchen«, rief Gitti pathetisch. »Liebend gern. Aber nicht heute. Bin verabredet.«

»Immer noch der Jogger aus dem Park? Der mit dem Nagel im Fuß?«

Gitti schulterte ihre Tasche und machte gleichzeitig eine wegwerfende Handbewegung. »Der doch nicht! Gott, war das ein Jammerlappen. Mal hat er's im Rücken, dann an der Hüfte, dann hat er sich einen Pilz eingefangen … Der andere, sein Freund, na, ich kann dir sagen, der hat's drauf … Bis die Tage, Schätzchen. Ruf mich an, ja?«

»Natürlich …«

Es war sowieso eine verrückte Idee gewesen, gemeinsam mit Gitti nach Wiesbaden zu fahren. Aber sie hatte das heftige Bedürfnis, mit jemandem zu reden. Nicht über ihre Großmutter – diese Geschichte war viel zu intim. Aber über Patrik hätte sie mit Gitti gern ein Gespräch geführt. Schließlich war Gitti Meisterin in der Kunst, einem Mann den Laufpass zu geben. Zumindest hatte sie das mal von sich behauptet …

Was für ein Durcheinander mein Leben auf einmal ist, dachte sie. Ich hatte mich so sicher gefühlt. Mein Freund, meine Eltern, mein Beruf – darauf gründete sich mein Dasein. Jetzt ist Vater tot, Mutter nicht mehr zurechnungsfähig, und ich werde mich von Patrik trennen. Alles, was mir bleibt, ist mein Job. Und vielleicht meine Wohnung. Falls Patrik bereit ist auszuziehen.

Als sie später ins Auto stieg und in Richtung A66 davonfuhr, fühlte sie sich trotz dieser Gedanken – oder vielleicht auch deswegen – seltsam frei und glücklich. Sie war auf der Jagd nach einem Gegenstand, der ihrer Großmutter gehört hatte. Das war ungemein aufregend. Ihre Großmutter, die eine begnadete Malerin gewesen war und über deren Leben ein dunkles Geheimnis lag. Margot Löwenstein. Margot von Staden. Margot de Morand.

Fast hätte sie sich falsch eingeordnet und wäre die A3 in Richtung Köln gefahren. Margot de Morand. Die schöne junge Frau, die einst auf Kerbourgh gelebt hatte. Kerbourgh sollte sie wohl besser vergessen. Kerbourgh und einen gewissen Ewan

Goadec. Vergessen und aus ihrem Hirn verbannen. Was leider sehr schwer war, denn allein, wenn sie an seinen Namen dachte, zuckte ein ganzes Bündel elektrischer Blitze durch sie hindurch. Ewan, verdammt. Er würde bald heiraten. Er und seine Verlobte liebten einander und würden glücklich werden. Ewan und Armelle – Armelle und Ewan.

Wiesbaden war ein nettes Städtchen, eine Kurstadt, gemächlich, ruhig, ein wenig spießig. Viele protzige Häuser im wilhelminischen Baustil: ein bisschen Jugendstil, ein wenig Barock und ein paar Schnörkel dazu. Ein Kurhaus, ein Theater und oben auf den Hügeln die goldene Kuppel der russischen Kapelle. Früher hatte ihre Mutter hier gern Einkäufe erledigt, sie liebte die hektische Zeil in Frankfurt nicht, zog es vor, in der Kirchgasse in Wiesbaden bummeln zu gehen. Inzwischen waren viele alteingesessene Geschäfte aber ins Rhein-Main-Zentrum abgewandert, nur in den kleinen Gässchen der Wiesbadener Altstadt fand man noch einige »gediegene« Läden.

Sie stellte den Wagen in einer Tiefgarage ab und fand den Laden in der Mauergasse auf Anhieb. Er war gar nicht zu übersehen, denn es standen mehrere Tische auf der Gasse, voll beladen mit Geschirr, silbernen Kannen, Löffeln und jeder Menge Schmuck. Modeschmuck natürlich – die echten Sachen befanden sich im Laden hinter Glas. Die ganz teuren Schmuckgegenstände sogar im Safe.

Serviettenringe gab es etliche, sie lagen zwischen ziselierten Vorlegelöffeln, Messerbänkchen, silbernen Salzgefäßen und allerlei Krimskrams, der früher an keiner Tafel der besseren Gesellschaft fehlen durfte. Fast alle diese hübschen Kleinigkeiten waren schwarz angelaufen, was bewies, dass sich der Ladeninhaber Herr Walter nicht die Zeit nahm, seine Waren zu pflegen. In blank geputztem Zustand hätte vieles wohl einen höheren Preis erzielt.

Silberputzen, dachte sie, während sie die Serviettenringe musterte. Ihre Mutter hatte es noch betrieben, vermutlich würden auch die Tanten ihre silbernen Bestecke wienern. Sie versuchte, sich an die Form des Serviettenringes zu erinnern. Er war oval gewesen, in der Mitte, dort, wo das Monogramm eingearbeitet war, ein wenig breiter. Die Ränder mit einem Muster verziert, das wie kleine Perlen aussah. Natürlich war ein solches Modell nicht unter den angebotenen Ringen. Es wäre ja auch ein seltener Glücksfall gewesen.

»Ach, es gibt so viele, schöne Dinge, nicht wahr?«, sagte jemand neben ihr. »Ich könnte alles kaufen, was hier auf dem Tisch steht. Ich liebe diese Sachen!«

»Jasmin!«

Sie war es wirklich. Trug das lange Haar zu einem Pferdeschwanz gebunden, ein weißes T-Shirt, Jeans, hellblaue Stoffsandalen. Hatte sie sich geschminkt? Ein ganz klein wenig brauner Lidschatten. Zarter Lidstrich mit Kajal. Sie sah älter aus, als sie war.

»Sie staunen, ja?«, sagte sie und war ein wenig verlegen. »Ich wohne hier mit meiner Mama.«

Katharina glaubte ihr nicht. Noch vor einigen Wochen hatte sie in Frankfurt gewohnt, jetzt auf einmal in Wiesbaden. Mit ihrer Mama! Was war denn passiert?

»Wirklich, Frau von Staden!«, rief Jasmin. »Ich muss viel arbeiten in den Ferien. Weil Mama und ich jetzt allein sind.«

»Allein? Und dein Vater? Deine Brüder …«

»Die sind nicht mehr bei uns.«

In den Augen des jungen Mädchens lag Trauer, aber auch Trotz. Der Vater war zu einer anderen Frau gezogen, die Wohnung in Frankfurt war aufgelöst, und die Brüder gingen ihrer Wege. Sie hatte für sich und ihre Mama eine kleine Wohnung in der Walramstraße gefunden, nur ein Zimmer mit Küche und Bad. Mama suchte eine Putzstelle, Jasmin verdiente als Aushilfe Geld.

»Drüben im Bastelgeschäft. Ich habe eigentlich keine Zeit zu schwatzen, weil ich das Fenster putzen muss …«

»Aber nach den Ferien gehst du wieder zur Schule«, sagte Katharina energisch. »Das musst du mir versprechen, Jasmin!«

Jetzt endlich lächelte das Mädchen. Wie hübsch sie war. Von der Verletzung am Kopf war nichts zurückgeblieben, über die geschorene Stelle hatte sie geschickt das lange Haar drapiert.

»Auf jeden Fall«, sagte sie ernst. »Ich mache Abitur und studiere. Dann werde ich eine Richterin.«

Wie sie wohl auf diesen Berufswunsch gekommen war? Katharina nickte zufrieden und dachte sich ihr Teil. Ein mutiges Mädchen. Vielleicht würde sie es ja schaffen. Zumindest tat es ihr gut, für ihre Mutter verantwortlich zu sein. Sie überlegte, ob sie ihr ihre Handynummer geben sollte. Falls sie Fragen hatte oder einen Rat brauchte. Ja, das sollte sie tun …

»Sie mögen diese Ringe?«, unterbrach Jasmin ihre Überlegungen. »Wozu braucht man sie?«

»Das sind Serviettenringe. Man hatte früher bei Tisch Servietten aus weißem Stoff, die wurden gefaltet und in solche Ringe gesteckt. Manchmal waren auf dem Ring auch Buchstaben eingearbeitet …«

»So wie dort? Oh, er ist ganz schwarz angelaufen. Aber da sind Buchstaben, sehen Sie?«

Was hatte dieses Mädchen für scharfe Augen! Zwischen allerlei Milchkännchen, Tellerchen und Pillendöschen hatte sie einen weiteren Serviettenring entdeckt. Oval, in der Mitte ein wenig breiter, ein schwarz angelaufenes Perlenmuster an den Rändern.

»Das ist er!«, stammelte Katharina. »Jasmin – du bist ein Glückskind! Das ist der Ring, den ich gesucht habe. O mein Gott, wie bin ich froh!«

Sie drehte den Ring ein wenig, um das Monogramm besser sehen zu können. ML. Margot Löwenstein.

»Da ist noch einer, Frau von Staden. Schauen Sie, er sieht genauso aus wie der andere. Und da sind auch Buchstaben …«

»Was?«

Ungläubig besah Katharina das Fundstück. Tatsächlich, dieser Ring glich dem ihres Vaters wie ein Ei dem anderen. Auch die verschnörkelte Gravur musste vom gleichen Künstler gearbeitet worden sein. AL. Auch ein Löwenstein? Aber wenn dieser Serviettenring aus dem Haushalt ihrer Eltern stammte – wieso hatte sie ihn niemals zu Gesicht bekommen?

»Jetzt sind Sie glücklich«, sagte Jasmin und strahlte sie an. »Ich habe das gemacht. Mit meinen Augen. Oh, ich bin stolz …«

Sie fasste Katharinas Handgelenke und drückte sie fest, dann lief sie eilig hinüber zu ihrem Putzeimer und begann, das Schaufenster des Bastelladens zu wischen.

»Das ist gutes Sterling-Silber«, behauptete Herr Walter, der Besitzer des Antiquitätenladens. »Zwei sehr schön gearbeitete Stücke.«

Er zog ein Gerät aus der Schublade, das Katharina wie ein Fernrohr im Miniformat erschien, und klemmte es vor das rechte Auge.

»Sterling-Silber – wie ich schon sagte«, murmelte er, während er die Innenseite eines der Ringe besah. »Da ist noch was. Ein Zeichen. Vermutlich eine Einzelanfertigung. 1926, wenn ich mich nicht irre …«

»Und der andere?«

Johann Walter beugte sich über den zweiten Ring, seine rosige Glatze begann bei der intensiven Bemühung zu glänzen. Es war stickig in dem vollgestopften Laden.

»Das gleiche Zeichen. Wohl der Graveur. Ein S und ein F. 1920. Warten Sie mal, das kriege ich raus …«

Er nahm das Minifernrohr von seinem Auge, blinzelte mehrfach, und man sah, dass das Gerät einen roten, halbkreisförmigen Abdruck hinterlassen hatte. Hinter einem Stapel braunlederner

Folianten mit Goldschnitt hatte er seinen Laptop stehen, und Katharina war verblüfft, wie rasch seine Finger über die Tasten flogen.

»Da ist er. Samuel Feuerstein. Hat in Frankfurt gearbeitet und viele schöne Sachen aus Silber gemacht. Gewiss nicht billig. Konnten sich nur wohlhabende Leute leisten. 1920 war eine arme Zeit, gleich nach dem Ersten Weltkrieg …«

Samuel Feuerstein, dachte sie. Aus Frankfurt. Sicher auch ein jüdischer Name.

»Weiß man, was aus ihm geworden ist?«

Herr Walter schloss die Internetseite mit einer harten Bewegung seines Zeigefingers.

»Ja«, sagte er und sah sie mit einem seltsam durchdringenden Blick an. »Asche! Buchenwald. Wann, ist nicht bekannt.«

Sie senkte den Blick und schwieg. Ein Gefühl von Hilflosigkeit überkam sie. In Buchenwald war sie einmal auf Klassenfahrt gewesen, hatte die Reste der Baracken gesehen, einen der Öfen. Margot Löwenstein. Wie war sie dem Inferno entkommen?

»Ich nehme beide Ringe. Machen Sie mir einen Preis …«

Er wollte fünfzig Euro für beide, und sie handelte ihn auf vierzig herunter. Sie hatte kein schlechtes Gewissen dabei, schließlich handelte es sich um ihren Familienbesitz, und nur durch widrige Umstände war es möglich geworden, dass sich Herr Johann Walter daran bereicherte.

Sie würde die Tanten nach dem zweiten Ring fragen. Falls er ebenfalls aus der Familie stammte, mussten sie wissen, wem er gehört hatte. Du meine Güte – sie würde gleich einmal versuchen, Tante Alice zu erreichen.

Sie setzte sich an einen freien Tisch vor ihrem Lieblingscafé, bestellte ein Stück Käse-Sahne und ein Kännchen Kaffee und wählte die Nummer der Tante auf ihrem Handy.

Geh dran, Tantchen. Komm schon. Ich brauche dich. Zum ersten Mal in meinem Leben brauche ich dich …

»Munzinger«, tönte es aus dem Gerät.

Das war Onkel Max. Immerhin. Wieso ging er ans Telefon? Das tat sonst immer Tante Alice …

»Grüß dich, Onkel Max. Hier ist Katharina. Wie geht es euch?«

Er räusperte sich dreimal – hatte er geschlafen? Siesta gehalten?

»Katharina? Ach – hier ist Land unter, Mädchen. Alice ist in der Klinik und wird morgen operiert. Die Gallenblase …«

»Ach, du liebe Güte …«

Sie war ehrlich entsetzt. Ausgerechnet jetzt musste das passieren. Die Galle – kein Wunder bei Tante Alice' streitbarem Charakter. Aber so etwas war doch heute eine Routineangelegenheit.

»In ein paar Tagen ist sie wieder fit, Onkel Max …«

Er jammerte trotzdem herum, weil er jetzt jeden Tag zu ihr in die Klinik fahren müsse, durch ganz Dortmund mit dem Bus zockeln und dazu noch all das Zeug schleppen, das sie haben wollte. Schwager Wilhelm, der Glückliche, ließe sich währenddessen die Sonne auf den Bauch scheinen, er sei mit Gudrun und Sohn Rolfie auf Malle. Wie lange? Bis Mitte Juli auf jeden Fall.

»Dann wünsche ich alles Gute, Onkel Max. Ich melde mich später wieder.«

»Wird schon«, sagte er verdrießlich. »Unkraut vergeht nicht.«

Es war zum Verzweifeln, sie kam einfach nicht vom Fleck. Liebevoll besah sie noch einmal ihre beiden Schätze, die Serviettenringe, die Herr Walter in eine Tüte aus weißem Papier gesteckt hatte. Sie wünschte sich in ein Märchen von Hans Christian Andersen, wo Zinnsoldaten, Tannenbäume, Kaffeetassen und gewiss auch Serviettenringe wie lebendige Menschen reden konnten. Ohne viel Appetit aß sie ihre Torte, kippte den Kaffee in sich hinein und wehrte sich gegen einen Gedanken, der sich immer wieder aufdrängte.

Sechs Wochen Sommerferien lagen vor ihr. Die Tanten würde

sie vorerst nicht befragen können. Weshalb also nicht das Bild anschauen? Mit Madame Goadec darüber reden?

Ganz unverbindlich. Sie würde sich im Hotel »La belle Jardinière« einmieten. Ein wenig mit dem Fahrrad herumfahren. Am Meer liegen. Ihre Malsachen mitnehmen.

Ja, sie würde wieder malen. Ihre Großmutter wäre begeistert.

Katharina,
da du der Meinung bist, dass wir uns trennen sollten, habe ich mich entschlossen, allein in Urlaub zu fahren. Auf diese Weise bist du mich für vier Wochen los und kannst dich neu sortieren. Falls du dann immer noch auf einer Trennung bestehen solltest, können wir in aller Ruhe darüber reden. Ich denke allerdings, dass diese plötzliche Freiheitsliebe einen bestimmten Grund hat, über den du mal nachdenken solltest.
Mehr schreibe ich dazu jetzt nicht, hat sowieso keinen Zweck, weil du selbst dahinterkommen musst.
Mach dir schöne Ferien, und pass gut auf dich auf.
Patti

Das hatte sie nicht erwartet! Der Zettel war ungeschickt aus einem College-Block herausgerissen und an der Seite ausgefranst, die wenigen Sätze mit Kugelschreiber geschrieben, ziemlich krakelig und irgendwie unwillig. Patrik schrieb nicht gern mit der Hand, er benutzte fast immer den Computer.

So, so, in Urlaub war er gefahren. Sie warf das Blatt auf den mit schmutzigem Geschirr bedeckten Küchentisch und gab dem Stuhl einen ärgerlichen Fußtritt. Nun, er hatte ja Geld, sie selbst hatte dafür gesorgt, dass er sich jetzt eine Kreuzfahrt oder einen Badeurlaub am Meer leisten konnte. Vier Wochen! Eine Frechheit! Und dann noch die alberne Anspielung, sie solle über ihre plötzliche »Freiheitsliebe« nachdenken. Denk erst mal über dich selber nach, Junge!

Sie lief durch die Wohnung und stellte fest, dass er nur einige Kleider, seine Bankunterlagen und den Laptop mitgenommen hatte. Was für ein Chaos in Küche und Wohnzimmer! Sie würde Stunden brauchen, um wenigstens das Gröbste in Ordnung zu bringen. Das Schlimmste an der Sache aber war, dass er in vier Wochen wieder hier einziehen würde: Den Wohnungsschlüssel hatte er natürlich auch mitgenommen. Was hätte Gitti in solch einem Fall gemacht? Ganz einfach, das Türschloss auswechseln lassen, seinen Krempel in Koffer gepackt und vor die Tür gestellt.

Katharina tat einen tiefen Seufzer und ließ sich auf das Sofa fallen. Nein, so etwas brachte sie nicht fertig. Ein Gespräch stand ihm zu, nach acht Jahren gemeinsamen Lebens konnte er das verlangen.

Morgen würde sie Nägel mit Köpfen machen und im Hotel »La belle Jardinière« anrufen. Vielleicht gab es ja gar kein Zimmer mehr. Dann würde man sie vermutlich an ein anderes Hotel verweisen. Das wäre sowieso viel besser …

Sie begann mechanisch, die Küche aufzuräumen, dann das Wohnzimmer, das Bad, das Schlafzimmer. Saugte Staub, wischte Küche und Bad feucht auf, stellte Patriks Rasierzeug und die Utensilien, die er nicht mitgenommen hatte, ganz hinten in den Schrank, holte einen Karton, warf alles hinein, was auf seinem Schreibtisch herumlag, und schob es unter den Tisch. Dann suchte sie in der Küche nach einem Silberputztuch, das sie vor Jahren einmal gekauft hatte, und polierte die beiden Serviettenringe blank. Wie schön sie waren! Was für eine harmonische Form. Sie legte die Ringe auf den Tisch im Wohnzimmer und starrte sie an, spürte, wie das Tageslicht nachließ, die späte Dämmerung einsetzte. Auf einmal fühlte sie sich einsam. Wie lächerlich, sie hatte ihn doch selbst fortgeschickt. Und nun fehlte ihr auf einmal das vertraute Geräusch seiner Stimme, die glucksenden, zischenden, schmatzenden Laute des Computerspiels. Acht Jahre lang waren sie unzertrennlich gewesen, kein Tag und keine Nacht ohne Patti an ihrer Seite. Und nun war sie allein.

Ihr Handy summte. Patrik, war ihr erster Gedanke. O nein! Aber es konnte auch Gitti sein. Tante Gudrun aus Malle. Onkel Max, der ihr etwas vorjammern wollte …

Eine Nummer aus Frankreich. Sie hatte schon mehrfach angerufen, jetzt schickte sie eine SMS. Ihre Finger zitterten so, dass sie zweimal danebengriff und die Nachricht um ein Haar gelöscht hätte.

Ein Foto. Kerbourgh, das graue Dornröschenschloss. Darunter ein kurzer Text: *Ab Frankfurt 8.57 An St-Malo 18.06 Zwei Mal umsteigen. Zimmer mit Blick aufs Meer reserviert. Wir freuen uns. Ewan.*

Sie starrte auf die Zeilen und hatte Mühe, das Durcheinander in ihrem Inneren zu bewältigen. Es musste Gedankenübertragung gewesen sein. O mein Gott – er wollte unbedingt, dass sie zu ihm in die Bretagne kam. Er hatte sie nicht vergessen, er dachte an sie, so wie sie an ihn …

Reiß dich zusammen!

»Wir« freuen uns, hatte er geschrieben. Das bedeutete: Armelle und Ewan freuten sich. Natürlich. Armelle hatte ja auch ein Zimmer im Hotel reserviert. Aber dieses »wir« konnte doch auch Ewan und seine Mutter bedeuten. Ewan und seine Familie.

Nein! Es bedeutete Ewan Goadec und Armelle Le Bars. Punkt. Basta. Kein weiterer Kommentar.

Sie würde trotzdem fahren. Neun Stunden Bahnfahrt waren genügend Zeit, um mit sich selbst ins Reine zu kommen. Schließlich ging es um Margot de Morand, die vermutlich ihre Großmutter gewesen war. Das Bild würde der letzte Beweis sein: Wenn es den anderen Aquarellen glich und die gleiche Signatur trug, dann gab es keinen Zweifel mehr.

Sie bestieg schon am übernächsten Tag den Zug, doch anstatt

mit sich selbst ins Reine zu kommen, litt sie fast die gesamte Reise über an schlechtem Gewissen. Sie hatte ihre Mutter im »Haus Abendsonne« besucht, war sogar auf die grandiose Idee gekommen, den Serviettenring mitzunehmen, um das gestörte Erinnerungsvermögen ihrer Mutter damit anzuregen. Doch Elli von Staden lag steif wie eine Tote in ihrem Bett, die Arme neben dem Körper, die Füße übereinandergelegt. Sie erkannte ihre Tochter nicht, schien nicht einmal zu bemerken, dass sie ins Zimmer getreten war.

»Was ist mit ihr?«, fragte Katharina die Angestellte.

»Sie ist ein bisschen apathisch. Macht wohl die Hitze.«

Katharina ließ sich damit nicht abspeisen. Ob ihre Mutter Medikamente bekäme.

»Nur was fürs Herz. Und zur Beruhigung. Wir wollen doch nicht, dass sie wieder wegläuft, oder?«

Elli von Stadens Gesicht war rosig und glänzte vom Schweiß, die Wangen schienen Katharina jedoch eingefallen und die Nase ungewohnt spitz. Ihre Augen waren offen, die Pupillen irrten hin und her, ohne etwas zu erfassen.

»Gestern hat sie noch gesessen und Kaffee getrunken.«

»Und was sagt der Arzt?«

»Der kommt nachher vorbei und schaut sie sich an.«

Katharina hatte die Diagnose nicht abgewartet, sondern nur ihre Handynummer hinterlassen. Was auch immer mit Mutter geschehen war, sie würde es nicht ändern können. Konnte man von ihr verlangen, dass sie an ihrem Bett saß?

Erst als der Zug Rennes passiert hatte und sich der Küste näherte, verspürte sie so etwas wie Vorfreude. Das Meer, das wundervolle, zärtliche, tosende, gewaltige, liebkosende Ungeheuer. Die mittelalterlichen Festungsmauern der kleinen Stadt. Der breite Sandstrand. Die hübschen gestreiften Zelte, die man dort statt der Strandkörbe aufstellte … Und der Geruch. Nach Tang und nach Salz, nach Sonnencreme und trockenem Sand, nach

Pommes Frites und gebratenem Fisch, nach Wellen und Wind, nach blühendem Ginster …

In St-Malo quollen die Urlauber aus den Waggons, Franzosen, Belgier, Deutsche, Holländer … Dickbäuchige Männer in Shorts, die ihre weißen, blaugeäderten Beine zeigten, mollige Frauen in viel zu engen T-Shirts, ein junger Mann, der seit Paris pausenlos per Handy mit verschiedenen Freundinnen telefoniert hatte. Fahrbare Koffer rasselten und rumpelten über den Bahnsteig, Geschrei, laute Rufe, Hundegebell – alles von der Ansage des Lautsprechers übertönt, der verkündete, dass man hier in St-Malo sei.

Er war da. Stand da, die Hände in den Taschen seiner Jeans, ein Fels in der Touristenbrandung, und hielt Ausschau nach ihr. Obgleich sie an die Möglichkeit gedacht hatte, dass er sie abholen würde, war sie jetzt wie unter Strom. O Gott, wie sollte sie das aushalten? Sie brachte es ja kaum fertig, die Zeitung, die sie sich in Paris gekauft hatte, in ihre Handtasche zu stecken, so fahrig waren ihre Finger. Ruhe! Sich zusammennehmen. Auf keinen Fall Unsinn reden.

»Ich hatte schon Sorge, du wärst auf der Reise verschollen!«

Er war auf sie losgesteuert, kaum dass sie Anstalten machte, ihren Koffer aus dem Zug zu heben, bemächtigte sich jetzt ungefragt des braunen Ungetüms und grinste dabei belustigt.

»Ich freu mich riesig, Kathérine! Mein Gott, was haben Sie in dem Koffer? Wackersteine? Seien Sie gegrüßt. Auf Französisch natürlich.«

Er stellte den Koffer ab und nahm sie in die Arme, küsste sie auf beide Wangen. Sie erstarrte bei dieser unerwarteten Berührung, und um ihre Verlegenheit zu verbergen, begann sie hektisch über alles Mögliche zu reden. Ja, die Reise sei schrecklich lang, einen ganzen Tag. Aber es gäbe auch viel zu sehen. Und dann die Leute im Zug …

»Da war einer, der hat nacheinander mit drei verschiedenen

Frauen telefoniert, mit Mausi, Schatzi und Bärli. Und wir haben alles mitgehört …«

»Ganz umsonst?«, lachte er und belud sich mit ihrem Gepäck. »Was für ein Service bei der SNCF!«

»Na, vielen Dank«, tat sie empört. »Ich hätte gern darauf verzichtet!«

Ein kurzer, belustigter Blick aus hellen Augen traf sie, und sie spürte, wie ihr Herzschlag außer Kontrolle geriet.

»Das Hotel ›La belle Jardinière‹ kann Ihnen leider nur einen Gepäckservice bieten!«, sagte er grinsend.

»Den nehme ich sehr gern in Anspruch!«

»Das kann ich verstehen!«

Er hatte den Wagen, einen roten Renault, auf dem Bahnhofsparkplatz stehen und wuchtete ihr Gepäck mit gespielter Kraftanstrengung in den Kofferraum. Meine Güte, ob sie ihren gesamten Hausstand mitgebracht habe?

»Es tut mir leid«, sagte sie betreten. »Die Regenjacke und die Gummistiefel hätte ich auch zu Hause lassen können.«

Er lachte sie aus, legte dabei freundschaftlich den Arm um ihre Schultern, und sie spürte sein weiches Haar, das der Wind für einen Moment gegen ihre Wange blies. Sie müsse lernen, sein dummes Gerede nicht ernst zu nehmen. Er sei ein Spaßvogel, ein Spötter, ein Clown, ein windiger Schwätzer, ob sie das noch nicht gemerkt habe?

»Doch«, sagte sie. »Aber wer der Mann ist, der sich hinter all diesen Masken versteckt – das habe ich noch nicht herausgefunden.«

Er wurde mit einem Schlag ernst. Schweigend hielt er ihr die Beifahrertür auf, setzte sich ans Steuer, ließ den Motor an. Katharina starrte vor sich hin. O Gott, wieso redete sie solchen Unsinn? Kaum bemerkte sie die Straßen, durch die sie langsam fuhren, die hübschen Geschäfte, nicht einmal das Meer, das hie und da zwischen den Häusern hindurchblitzte.

»Wollen Sie das wirklich wissen?«, fragte er nach einer Weile. Er sprach so leise, dass sie es kaum verstand.

»Ja, das will ich …«

Er warf mit einer ungeduldigen Bewegung das lockige Haar zurück und hupte eine Gruppe Fußgänger an, die auf der Straße stehen geblieben war. Touristen!

»Dann viel Glück«, sagte er ironisch, ohne sie anzusehen. »Ich weiß es nämlich selber nicht.«

Sie biss sich auf die Lippen – jetzt hatte sie ihre Abfuhr erhalten. Geschah ihr nur recht. Warum schaffte sie nicht, ihre Gedanken und Gefühle zu kontrollieren? Als er den Wagen vor dem Hotel abstellte und ihr die Tür aufhielt, grinste er schon wieder, bemerkte, sie müsse nicht glauben, diesen Service täglich zu bekommen, sie verwöhnten ihre Gäste nur zu Anfang und kurz vor der Abreise, ein alter Trick der Hotellerie.

Er trug ihr Gepäck in die Halle, ließ sich einen Schlüssel geben und schleuste sie durch die vom Strand heimkehrenden Gäste zum Aufzug. Die Türen schlossen sich, für einen kurzen Augenblick standen sie dicht nebeneinander in der Kabine, schwiegen.

»Es ist das schönste Zimmer im ganzen Hotel!«, erklärte er dann mit großer Geste. »Sie können über die Mündung hinweg bis Dinard sehen.«

Er hatte recht. Sie lief zum Fenster, riss die Gardinen zur Seite, öffnete die Fensterflügel und konnte nicht fassen, dass dieses wundervolle lebendige Bild für einige Tage ihr allein gehören sollte. In allen Blautönen glitzernde Wellen, weiße Boote wie Papierschiffchen, taubenblau darüber der Himmel, drüben auf der anderen Seite helle Häuser mit grauen Dächern, grüner Bewuchs, die mächtigen Mauern der wieder aufgebauten Festung.

»O mein Gott!«, seufzte sie und drehte sich zu ihm um. »Es ist wie ein Traum!«

Er lächelte sie an, glücklich über ihre Begeisterung, hob dann mit einer raschen Bewegung ihren Koffer auf einen Stuhl und erklärte, sie jetzt ein Weilchen allein zu lassen, damit sie sich einrichten könne.

»Um sieben? Wir könnten miteinander essen. Ich reserviere einen Tisch.«

Natürlich gemeinsam mit seiner Verlobten, dachte sie. Nein, sie war jetzt nicht in der Stimmung, die attraktive Armelle mit den langen blonden Haaren und der hübschen Figur zu ertragen. Sie würde sich neben ihr dürr und hässlich vorkommen. Nicht heute schon. Dazu war noch genug Zeit.

»Ich habe eigentlich noch gar keinen Appetit …«

»Im Zug gegessen?«

»Ja. Eine Schachtel Kekse und zwei Äpfel …«

Er verdrehte die Augen und meinte, sie müsse tot umfallen vor Hunger. Ob sie vielleicht Lust habe, gleich hinüber nach Kerbourgh zu fahren und bei seiner Familie zu Abend zu essen. Das sei natürlich nicht mit der Hotelküche zu vergleichen, aber sie könne sich dann das Bild ansehen.

»Wenn das möglich wäre … Ich möchte Sie nicht überfallen.«

»Eine mehr oder weniger am Tisch macht keinen Unterschied!«

»Ich bin in zehn Minuten fertig!«

»Nur keine Hast. Ich warte unten in der Halle.«

Kaum hatte er die Tür hinter sich geschlossen, riss sie sich die verschwitzten Kleider herunter, duschte, band das nasse Haar mit einem Gummi zusammen, suchte die weiße Leinenhose und das passende Shirt aus dem Koffer, zog die Sachen an, schlüpfte in die Sandalen.

Als sie in der Halle aus dem Aufzug trat, schwatzte er mit einer rothaarigen Touristin, die ein Baby im Arm hielt. Ungläubig starrte er Katharina an.

»Sie waren ja wirklich in zehn Minuten fertig …«

»Ich bin eine Deutsche«, erwiderte sie heiter.

»Richtig. Das hatte ich fast vergessen.«

»Ist das etwa als Kompliment gemeint?«

»Nehmen Sie es, wie Sie wollen«, meinte er und ließ den Blick über sie wandern. »Auf jeden Fall sehen Sie gut aus. Viel zu schick für unsere bescheidene Hütte.«

Im Auto erfuhr sie, dass ihre Flucht ganz überflüssig gewesen war, Armelle sei zurzeit sehr beschäftigt, sie hätte ohnehin nicht mit ihnen im Restaurant essen können. Im Hotel seien neue Computer installiert worden, ein kompliziertes System, das eigentlich die Arbeit erleichtern sollte, bisher jedoch nur für Chaos gesorgt habe. Vor allem deshalb, weil Armelles Eltern damit nicht umgehen konnten.

Sie fuhren in südwestlicher Richtung und überquerten die Rance, die Sonne ließ die Wasserfläche unter der Brücke aufblitzen, man sah grüne Ufer und niedrige Steinhäuser, Ruderboote zogen über den breiten, dunkelgrünen Fluss. Hie und da eine weiße Villa, von einer Mauer geschützt, im Garten ein Bootshaus mit Zugang zum Fluss.

»Ich habe Neuigkeiten über Margot de Morand«, sagte Ewan.

»Ich auch.«

»Lassen Sie hören.«

»Sie zuerst«, verlangte sie.

Er lachte fröhlich und behauptete, seine Neuigkeiten könne man nicht erzählen, man müsse sie sehen. »Also?«

»Sie war vermutlich meine Großmutter.«

Er schwieg einen Moment vor Verblüffung. Dann fand er es phantastisch, damit sei sie ja eine de Morand und habe bretonisches Blut in ihren Adern.

»Das wohl leider nicht, sie war eine geborene Löwenstein …«

Sie erklärte ihm, was sie herausgefunden hatte, und er wiegte den Kopf. Nun ja, das passte schon. Pierrelion. Löwenstein. Aber weshalb hatte man ihren Namen ins Französische übersetzt?

»Vielleicht, um zu verbergen, dass sie Jüdin war?«

»Möglich«, murmelte er. »Das ist ein Thema, das Sie bei mir

zu Hause besser nicht berühren. Niemand redet gern davon, was damals passiert ist.«

Er sah sie mit einem Blick an, der um Verständnis bat, und sie beeilte sich zu nicken.

Sie erzählte von den Tanten, die sie im Moment leider nicht ausfragen könne, von dem Serviettenring, von ihrer Erinnerung an den einzigen Besuch bei ihrer Großmutter. Er hörte aufmerksam zu, nickte, stellte kurze Fragen, und wenn er sie von der Seite ansah, lag in seinen Augen Mitgefühl.

»Es treibt Sie ganz schön um, wie?«, sagte er leise.

Sie nickte und war nahe daran, ihm von der Trennung zu erzählen, doch sie tat es nicht. Er hatte kein einziges Mal nach Patrik gefragt, es war wohl besser, das Thema gar nicht zu berühren.

Kerbourgh tauchte in der Ferne auf, von der Abendsonne beleuchtet, schien es auf seinem Hügel wie eine glänzende Märchenburg. Erst als sie näher kamen, sah man, dass vor dem Anwesen Baumaterial aufgeschichtet war: Ziegelsteine, Säcke mit Zement, ein Betonmischer, Wannen und allerlei Werkzeug.

»Wird Kerbourgh nun doch renoviert?«, erkundigte sie sich, als sie an dem Anwesen vorüberfuhren.

Mit schlechtem Gewissen erinnerte sie sich, dass sie nahe daran gewesen war, das Anwesen zu kaufen. Sie hatte es natürlich doch nicht getan, aber es war nicht gut gewesen, Ewans Hoffnung zu wecken.

»Nur ein paar oberflächliche Reparaturen. Keine wirkliche Sanierung, leider.«

Sie fragte nicht weiter. Hatte er einen Käufer gefunden? Oder steckte er sein letztes Geld in diese Arbeiten, damit die Herbststürme das neu gedeckte Dach nicht herabfegten? Ach, es war bezaubernd, dieses graue, verwinkelte Schlösschen. Wie schade, dass sie nicht den Mut hatte, eine Wahnsinnstat zu begehen und es zu kaufen.

Sie kamen an der Abbiegung vorbei, wo sie sich im Frühjahr

das erste Mal begegnet waren, Ewan hoch zu Ross und sie im Audi ihres Vaters. Schon wieder so eine verrückte Touristin, habe er damals gedacht.

»Und Sie haben bestimmt geglaubt, ich sei ein bretonischer Sturkopf und Touristenfresser, wie?«

»Ja, genau das habe ich angenommen«, sagte sie heiter.

»Vielleicht hatten Sie ja recht …«, murmelte er.

Sie lachte fröhlich auf und war erstaunt, dass er nur halbherzig einstimmte. Zweifelte er so sehr an sich selbst? Das passte gar nicht zu ihm.

Zu beiden Seiten des Feldwegs breitete sich Grasland aus, braune und rötliche Pferde weideten in kleinen Gruppen, nette, gedrungene Tiere, die sich mit eifrigem Kopfschütteln der Mücken erwehren mussten. Dann ein Gebäude aus Holz, das als Heuschober genutzt wurde und – wie Ewan erklärte – früher ein Stall mit Remise gewesen war. Von hier aus konnte man den oberen Teil des Goadec'schen Hauses sehen.

»Früher war es eines der typischen bretonischen Bauernhäuser«, erklärte er. »Aus Granitsteinen gebaut, niedrig, links der Kamin mit dem langen Tisch davor, hinten die Küche, rechts eine Kammer. Geschlafen wurde oben, unter dem Dach. Wir haben es aufgestockt, und jetzt ist genug Platz für eine große Familie.«

Ein paar windzerzauste Bäume umstanden das Haus, zwei rechtwinklig angesetzte Nebengebäude bildeten zusammen mit dem Haupthaus einen Hof, auf dem eine Schar gesprenkelter Hühner umherlief. Das Auto störte sie nur wenig, Ewan hatte alle Mühe, einzuparken, ohne eines der gemächlich einherwackelnden Hühnchen zu überfahren.

»Erwarte bitte nichts Besonderes«, sagte er, als sie aus dem Wagen stieg. »Es geht einfach bei uns zu.«

Du liebe Güte – was dachte er denn, wer sie war? Eine Prinzessin?

Die hölzerne Eingangstür war liebevoll restauriert, nur an wenigen Stellen sah man noch hellblaue Farbreste. Es gab keinen Flur, gleich links stand der lange Tisch mit einer Bank an jeder Seite, dahinter der offene Kamin. Die Familie hatte die Abendmahlzeit längst beendet, da sich jedoch Ewan mit einem deutschen Gast angekündigt hatte, saß man noch beisammen, aß ein wenig Käse mit Brot und trank dazu Cidre.

»Nos vat deoc'h …«, rief Ewan ihnen zu.

Er redete bretonisch mit seiner Familie. Natürlich, was auch sonst. Katharina stand etwas beklommen neben ihm und fürchtete schon, bei diesem Besuch kein Wort zu verstehen, doch sie täuschte sich.

»Guten Abend, Madame von Staden. Setzen Sie sich zu uns. Trinken Sie einen Cidre?«

»Gern … vielen Dank …«

Ewan schob sie auf die Bank, nötigte sie aufzurutschen, damit er sich neben sie setzen konnte, eine junge Frau mit kurzen, braunen Locken goss ihnen kühlen Cidre ein, eine ältere Frau schob ihnen die Käseplatte zu. Zwei braun gebrannte blonde Buben starrten sie neugierig an. Man sprach jetzt französisch, nur selten rutschte ein bretonischer Ausdruck dazwischen.

»Aus Frankfurt kommen Sie? Ist das am Rhein?«

»Ach, Servan – du Dummkopf. Das ist doch nicht …«

»Sei still, Enora. Ich war nämlich mal am Rhein … Das ist eine schöne Gegend. Deutschland ist überhaupt ein schönes Land …«

Der rothaarige Servan war Ewans Schwager. Momentan arbeitete er bei den Le Bars im Hotel, da er jedoch nicht allzu viel verdiente, war er froh, mit seiner Frau Enora und den beiden Buben bei der Schwiegermutter wohnen zu können. Enora sah Ewan kaum ähnlich, sie war füllig und hatte ein rundes, gutmütiges Gesicht.

»Es gibt noch gefüllten Pfannkuchen für euch beide. Also stopft euch nicht allzu sehr mit Käse voll …«

Es wurde viel gelacht, man trank sich zu, freute sich, dass es dem Gast schmeckte, und goss Cidre nach. Ewan bemühte sich redlich, die Familienmitglieder vorzustellen, während er gleichzeitig seinem Pfannkuchen zu Leibe rückte. Die Dame mit der grünen Bluse sei seine Tante Marie, die gute Seele der Familie, daneben sitze seine Mutter, die sei das Familienoberhaupt.

»Hör auf, so viel zu schwatzen, und iss deinen Pfannkuchen«, sagte seine Schwester. »Wir haben alle selbst einen Mund zum Reden.«

War es die Wirkung des Cidre oder die unbefangene Heiterkeit dieser Familie? Katharina, das Einzelkind, dem man beigebracht hatte, bei Tisch gerade zu sitzen und »Bitte« und »Danke« zu sagen, fühlte sich in der fröhlichen Gesellschaft unerwartet wohl. Sie lachte über Servans Witze, lobte die Pfannkuchen, spielte mit dem älteren Buben »Knobeln« und erzählte von ihrer Heimatstadt Frankfurt, das am Main läge und nicht am Rhein. Der »Vater Rhein« sei jedoch ganz in der Nähe, und natürlich kenne sie den Rheingau. Aber die Bretagne, das sei etwas ganz anderes, sie sei seit dem Frühjahr in dieses Land verliebt und wisse genau, dass sie immer wiederkehren müsse.

Nach einer Weile brachte Enora die Buben hinauf in ihre Betten, und auch Servan verabschiedete sich. Er müsse morgen früh raus, weil er den Rasen vor dem Hotel mähen und sich um den Pool kümmern müsse. Tante Marie verschwand unauffällig mit dem abgegessenen Geschirr in der Küche.

»Sie möchten das Bild sehen, das mir mein Mann hinterlassen hat, nicht wahr?«, fragte Ewans Mutter. »Dann kommen Sie mal mit, Kathérine.«

Madame Goadec musste etwa so alt wie ihre Mutter sein, sie wirkte aber jünger. Ewans Mutter war rundlich und flink in ihren Bewegungen, am Tisch hatte sie die Augen überall gehabt und Anweisungen gegeben. Im Vorbeigehen legte sie Ewan die Hand auf die Schulter und bemerkte lächelnd, sie habe einen

Schlossherrn zum Sohn, was Madame Kathérine dazu sagen würde.

»Kerbourgh ist ein wundervoller Ort …«, meinte Katharina.

»Wundervoll und magisch.« Madame Goadec öffnete die Tür zu ihrer Wohnstube und schaltete die Deckenbeleuchtung ein. Das Bild hing in einem schmalen Metallrahmen über dem Sofa und zog sofort den Blick auf sich. Unverkennbar Kerbourgh, seine graue Silhouette vor düsterem Himmel, eine einsame Festung, von schwarzen Wolkenfetzen umweht. Sie schienen das schmale Gebäude zu bedrängen, boshaft und gefährlich wie ein Rudel Wölfe oder eine Horde wilder Bestien. Das Absonderlichste jedoch war das aufgewühlte, wilde Meer, das das Gebäude von allen Seiten umgab. Kerbourgh war eine Insel inmitten schaumgekrönter, grauer Wogen, sie schlugen gegen die Mauern, brandeten gegen die Stufen der Eingangstür, bäumten sich dort auf und zerstoben zu weißgrauer Gischt.

Katharina stand wie angewurzelt. Es gab nur wenige Bilder in den Mappen, die Angst oder Schrecken ausdrückten – dieses hier war das Stärkste.

»Es … es ist ganz sicher von ihr«, sagte sie leise. »Hat sie es signiert?«

»Leider nicht«, antwortete Ewans Mutter. »Aber mein verstorbener Mann wusste, dass Madame de Morand es seiner Mutter geschenkt hat. Es muss irgendwann im Krieg gewesen sein, denn später war sie nicht mehr hier.«

»Hat er niemals erzählt, wo sie geblieben ist?«

Ewans Mutter schüttelte bedauernd den Kopf. Es seien schlimme Dinge auf Kerbourgh geschehen, aber was genau, habe sie nicht erfahren können. Die einen sagten, die Deutschen hätten alle de Morands erschossen, weil sie zur Résistance gehört hätten. Andere behaupteten, die de Morands seien Kollaborateure gewesen und hätten es mit den Deutschen gehalten.

»Aber auch nach dem Krieg müssen sich böse Geschichten

dort abgespielt haben«, fuhr sie fort. »Als ich und Tamaz geheiratet haben, das war im Jahr 1974, da herrschten auf Kerbourgh die Brüder Dustin und Conan de Morand. Sie waren beide jung und hassten einander bis aufs Blut. Ihre Mutter lebte damals noch, sie starb einige Jahre später, von dem Vater weiß ich so gut wie nichts. Aber es heißt, er habe Frau und Söhne wegen einer jungen Geliebten verlassen.«

»Das ist ja schrecklich«, sagte Katharina beklommen. »Dann war die Familie vollkommen zerrüttet, und so ging auch der Besitz verloren.«

»So war es wohl«, sagte Ewans Mutter und strich die Tischdecke auf dem altmodischen Wohnzimmertisch glatt. »Schade um das alte Herrenhaus und auch um die Familie, denn man sagt, sie seien in früheren Zeiten hoch angesehen gewesen.«

»Nun … wenigstens über Margot de Morand kann ich gute Nachrichten überbringen. Wenn meine Vermutungen richtig sind, dann hat sie den Krieg überlebt und später einen Deutschen geheiratet. August von Staden – meinen Großvater.«

Mit großen Augen sah Madame Goadec sie an, dann schlug sie die Hände zusammen und rief, wieso sie das erst jetzt erzähle. Sie sei also die Enkelin – Mon Dieu, wie schön! Was für eine Überraschung! So etwas müsse gefeiert werden.

»Morgen, Maman!«, mischte sich jetzt Ewan ein. »Kathérine ist müde von der Reise. Ich werde sie jetzt zum Hotel fahren.«

»Ja, aber morgen ganz bestimmt!«, rief seine Mutter. »Kommen Sie morgen wieder, Kathérine. Dann müssen Sie von Ihrer Großmutter erzählen. Ach, wie schön zu wissen, dass sie nicht umgekommen ist wie all die anderen …«

Man verabschiedete sich mit einer Umarmung und wünschte einander nos vat, bonne nuit, eine gute Nacht.

Als sie über den dunklen Hof zum Auto gingen, fasste Ewan Katharinas Hand, damit sie nicht etwa über ein schlafendes Huhn oder die umherstreunenden Katzen stolperte.

»Sie mögen dich«, sagte er, während sie langsam den Feldweg entlangfuhren. Er musste vorsichtig sein, immer wieder erfasste das Scheinwerferlicht aufgeschreckte Hasen, einmal sogar zwei Rehe, die in der Nacht aus dem nahe gelegenen Wäldchen in die Wiesen kamen.

»Ich mag deine Familie auch«, gab Katharina zurück. »Ich habe mich selten so wohl gefühlt wie …« Sie stockte, denn erst jetzt wurde ihr bewusst, dass sie sich duzten.

»Es stört dich doch nicht?«

»Nein«, meinte sie lächelnd. »Es ist in Ordnung.«

Er schwieg eine Weile. Sie mussten längst an Kerbourgh vorbeigefahren sein, das in der Dunkelheit nicht zu sehen war. Katharina hatte die Augen geschlossen: Was für ein Tag! In ihrem Kopf kreisten unzählige Bilder, Geräusche, Satzfetzen und mischten sich zu einem anregenden Durcheinander.

»Müde?«

»Nein. Aber vollkommen glücklich. Daran ist der Cidre schuld.«

Sie hörte ihn leise lachen. Dann war es wieder still.

Als in der Ferne die hell beleuchtete Brücke zu sehen war, hielt er den Wagen an und wandte ihr sein Gesicht zu. Seine hellen Augen glitzerten in der Dämmerung.

»Hör zu, Kathérine«, sagte er mit heiserer Stimme. »Es kann sein, dass ich mich in dich verliebt habe. Ich sage das nur, damit du Bescheid weißt.«

Sie glaubte, nicht recht gehört zu haben. Was hatte er da gesagt?

»Du … du glaubst …«

»Mach dir keine Sorgen«, schnitt er ihr das Wort ab. »Ich denke mal, es geht vorüber.«

Damit ließ er den Motor an, und sie überquerten die Brücke nach St-Malo ohne ein weiteres Wort.

Sie schlief unruhig in der Nacht, wachte immer wieder auf und verspürte ein berauschendes Glücksgefühl, seufzte dann tief und vergrub das Gesicht in den Kissen. »Es geht vorüber«, hatte er gesagt. Wie eine Erkältung. Oder die Masern. Ein Anfall von Liebesbazillen, die sich für eine Weile im Körper ausbreiteten, dann aber von den körpereigenen Abwehrstoffen zur Strecke gebracht wurden.

Wieso sagte er ihr so etwas überhaupt? Wenn er nicht dazu stehen wollte, hätte er diese großartige Mitteilung gern für sich behalten können. Oder war es ein Test gewesen? Wollte er herausfinden, wie sie auf ein solches Geständnis reagieren würde? Nun – sie hatte überhaupt nicht reagiert. Falls er gehofft hatte, auch von ihr ein solches Geständnis zu hören, dann hatte sie ihn enttäuscht. Vielleicht wäre es gut gewesen, wenigstens so etwas wie »Mir geht es ähnlich wie dir« zu sagen. Oder: »Mich hat es leider auch erwischt, aber ich weiß ja, dass es keinen Zweck hat.« Ach nein, das klang alles schrecklich dumm und führte zu gar nichts. Es war gut, dass sie geschwiegen hatte.

Er hatte sich in sie verliebt!

Ewan hatte sich in sie verliebt!

Ewan Goadec liebte sie …

Wenn sie anständig wäre, müsste sie jetzt sofort abreisen. Ihm keinen Anlass zu irgendwelchen Torheiten geben, die er später bereuen könnte. Mutter würde sagen: »Sich vornehm zurückziehen.« Aber das ging ja nun gar nicht – schließlich war sie erst gestern hier angekommen.

Gegen neun Uhr weckte sie ein brummendes, schleifendes Geräusch, das ohne Zweifel von einem Rasenmäher herrührte – Servan war bei der Arbeit. Seufzend kroch sie aus dem Bett und versuchte, sich unter der Dusche zu regenerieren. Umsonst – im Badezimmerspiegel sah sie ein blasses, übernächtigtes Wesen mit zerzaustem Haar und zarten Ringen unter den Augen.

Unten im Frühstücksraum saß noch eine Familie aus Stuttgart: Vater, Mutter, zwei erwachsene Töchter und ein weißer Spitz. Alle waren braun gebrannt und wohlgenährt, sie kämen jedes Jahr hierher, wegen des gesunden Klimas und weil es dem Mopsi am Hundestrand so gut gefiele. Katharina sagte ein paar freundliche Worte, bediente sich am Buffet und suchte sich dann einen Platz am Fenster, um ungestört nachdenken zu können. Was würde er tun? Hatte er ihr nicht irgendetwas zeigen wollen, was mit Margot de Morand zu tun hatte? In diesem Fall musste er kommen, um sie abzuholen. Wenn er nun aber nicht kam? Nun, in diesem Fall würde sie ans Meer gehen, um zu malen. Deshalb war sie ja schließlich hier …

»Guten Morgen, Kathérine! Ich freue mich sehr, dass Sie zu uns zurückgekommen sind. Gefällt Ihnen das Zimmer? Ewan hat es mit Zähnen und Klauen verteidigt, damit Sie es bekommen …«

Armelle lachte und begrüßte Katharina wie eine alte Freundin. Sie setzte sich zu ihr an den Tisch und fing sofort an, über den zweifelhaften Segen der Computertechnik zu klagen. Sie habe so viel Geld an diesen Fachmann bezahlt, und nun stelle sich das System als kompliziert und fehleranfällig heraus.

Katharina hörte ihr zu und kam sich grundschlecht vor. Hatte sie wirklich mit dem Gedanken gespielt, dieser netten jungen Frau den Verlobten abspenstig zu machen? Wie boshaft das war. Und lächerlich dazu. Ausgerechnet sie, die langweilige »Frau Studienrätin«, hatte geglaubt, zu dieser bildhübschen Bretonin in Konkurrenz treten zu können. Wie lebhaft ihre kleinen Hände jeden Satz mit Gesten begleiteten. Und wie gut ihr dieses rote Leinenkleid stand, das ihre schlanke Taille betonte. Passend dazu trug sie eine schmale Kette aus roten Korallen und Ohrstecker aus dem gleichen Material.

»Sind Sie mit Ihren Nachforschungen nach der Malerin weitergekommen? Ewan sagte mir, es handele sich vermutlich um eine gewisse Margot de Morand …«

»Ja. Es sieht ganz so aus, als wäre sie meine Großmutter …«

Armelle zeigte sich begeistert. Eine wirkliche Künstlerin sei diese Frau gewesen. Ob Kathérine auch male? Sie habe das Talent ihrer Großmutter doch sicher geerbt …

»Ich versuche es hin und wieder …«

»Wissen Sie – ich hätte da eine Idee!«

Sie stützte beide Arme auf den Tisch und legte das Kinn in die Hände. In dieser Position sah sie Katharina mit erwartungsvoll blitzenden Augen an.

»Was halten Sie davon, einen Teil der Bilder auf einer Ausstellung zu zeigen?«

Katharina war nicht begeistert. Das sei nicht so einfach, weil die Bilder ja in Mappen zusammengebunden seien, man müsste sie auseinanderschneiden, was aber nicht der Intention der Malerin entspräche.

Armelle hörte ihr ruhig zu, winkte eine junge Angestellte herbei, die das Frühstücksbuffet abräumte, und orderte zwei Tassen Kaffee. Dann legte sie Katharina dar, dass man die Aquarelle ja auch fotografieren könne, so müsse man die Mappen nicht zerschneiden.

»Ich denke da an einige wenige Bilder. Solche, die Kerbourgh und seine Umgebung zeigen. Ich würde alle Kosten übernehmen und Ihnen die Fotografien später aushändigen.«

Katharina musste daran denken, was Ewans Mutter gesagt hatte. *Wenn man ein Gemälde fotografiert, dann verliert es seine Seele …*

»Ich sage Ihnen auch, was ich vorhabe, Kathérine«, fuhr Armelle beharrlich fort. »Sie wissen ja, dass Ewan und ich im Herbst heiraten wollen. Ach, wir haben lange hin- und herüberlegt, wie und wo wir unsere Hochzeit feiern sollen. Und ich habe schließlich nachgegeben – was soll's. Ich liebe ihn nun einmal, soll er die Hochzeit bekommen, die er sich erträumt …«

Eine Reiterhochzeit würde es werden. Nicht mehr als siebzig

bis achtzig Personen. Die ganze Hochzeitsgesellschaft sollte mit Pferd und Wagen zur Dorfkirche von Kerlouet fahren, wo die Trauzeremonie stattfinden würde. Danach sollte sich ein langer Zug nach Kerbourgh formieren, denn die eigentliche Hochzeitsfeier fände in Ewans Schlösschen statt.

»Wir sind dabei, ein paar notwendige Reparaturen durchführen zu lassen. Der schöne große Raum im ersten Stock wird neu verputzt und gestrichen, der Fußboden abgeschliffen und versiegelt. Auch die Küche unten muss notdürftig instand gesetzt werden, damit der Hotelservice dort das Geschirr und die Speisen abstellen kann. Und die Toiletten natürlich …«

In den renovierten Saal wollte sie dann einige Aquarelle hängen. Einmal, damit die Wände nicht so kahl aussähen, und dann hatten diese Aquarelle doch einen engen Bezug zu Kerbourgh. Vermutlich seien die meisten dort entstanden, oder etwa nicht?

Katharina schüttete Zucker in ihren Espresso und rührte lange darin herum. Was für ein Ansinnen! Die Bilder ihrer Großmutter sollten Armelles Hochzeitsfeier verschönen. Wieso regte sie sich darüber auf? Es ging sie nichts an.

Armelle liebte Ewan – wer konnte ihr verdenken, dass sie den schönsten Tag ihres Lebens, ihre Hochzeit, so festlich wie möglich begehen wollte. Und Ewan liebte Armelle … Er liebte Armelle ganz sicher, wenn auch mit kleinen »Aussetzern«. Solche, die vorübergingen …

»Ich muss darüber nachdenken, Armelle«, sagte sie.

»Ja, denken Sie nach. Sie und Ihr Freund – wie hieß er doch? Patrice – sind natürlich ganz herzlich eingeladen. Das versteht sich von selbst …«

»Oh, vielen Dank, ich freue mich sehr …«

Katharinas hilfloser Blick blieb an einer Gestalt hängen, die jetzt am Eingang des Frühstücksraumes sichtbar wurde. Ewan! Er trug wieder das karierte Hemd und eine ausgeleierte Jeans, die er bis zu den Knien aufgekrempelt hatte, das schulterlange

Haar war mit einem Gummi im Nacken zusammengebunden. Trotz dieser nachlässigen Aufmachung wurde er von der Stuttgarter Familie herzlich begrüßt, besonders die beiden halbwüchsigen Töchter himmelten ihn geradezu an und fragten, ob sie nächste Woche wieder Reitstunden erhielten. Was er antwortete, konnte Katharina nicht hören, weil der Spitz zu kläffen begann und von Frauchen beruhigt werden musste.

»Da bist du ja«, sagte Armelle, als er zu ihnen hinüberging. »Wir haben große Pläne für den Herbst.«

Sie streckte den Arm nach ihm aus, und er fasste ihre Hand, strich sacht an ihrem Arm entlang bis zur Schulter hinauf – eine zärtliche Willkommensgeste.

»Für den Herbst?«

»Für unsere Hochzeit, Chéri …«

Er hörte sich Armelles Pläne an und betrachtete zugleich Katharina mit prüfenden Augen. Ob sie schlecht geschlafen habe? Sie sei etwas blass um die Nase.

»In einem unbekannten Bett schlafe ich die erste Nacht immer schlecht«, erklärte sie. »Es ist die Umstellung. Später schlafe ich wie ein Murmeltier …«

»Ich wollte dir etwas zeigen. Hast du Zeit?«

»Ich bin im Urlaub …«

Es war ihr peinlich, in Armelles Gegenwart von ihm geduzt zu werden, und seine kurz angebundene Erklärung dieses Umstands war noch ein Stück peinlicher.

»Ach ja – wir haben uns gestern alle so gut miteinander verstanden, da habe ich Katharina das Du angeboten.«

Armelles Lächeln war etwas gezwungen. Ja, die Familie Goadec, das seien wirklich sehr liebenswerte, einfache Menschen.

»Da werden wir die ausstehende Verschwisterung heute Abend nachholen, nicht wahr, Kathérine?«, meinte sie lächelnd.

»Sehr gern, Armelle …«

Während Katharina an Ewans Seite durch die Halle und dann

hinaus zum Parkplatz ging, kam sie sich vor wie eine gemeine Lügnerin. Nein, sie würde dieses Spiel nicht mitspielen. Wenn Ewan glaubte, seine Armelle betrügen zu müssen, dann sollte er sich dafür eine andere suchen. So, wie sie ihn einschätzte, hatte er ganz sicher keine Probleme, die Passende zu finden.

Als sie im Wagen saßen, fiel ihr Ärger wieder in sich zusammen. Er sah sie mit einem seltsamen Blick von der Seite an. Ironie lag darin, aber auch schlechtes Gewissen, Unsicherheit, die Bitte um Verzeihung.

»Ich habe gestern Abend allerlei Blödsinn geredet, Kathérine. Es wäre gut, wenn du das löschen könntest.«

Gerade war sie noch moralisch entrüstet gewesen – jetzt spürte sie tiefe Enttäuschung. Löschen. Weg damit. Nie gewesen.

»Ich werde es von der Festplatte nehmen …«

»Braves Mädchen …«, sagte er und grinste.

Sein Grinsen ärgerte sie. Für wie dämlich hielt er sie eigentlich? Erst dubiose Liebesgeständnisse machen und dann so tun, als sei nichts gewesen.

»Ich hatte es sowieso nicht ernst genommen, Ewan. Wir hatten beide ein wenig zu viel Cidre, nicht wahr?«

Er nickte und schien ehrlich erleichtert. War das dumme Grinsen eben nur ein Schutz gewesen? Wusste er selbst nicht, was er tat und redete?

»Meine Mutter lässt fragen, wann du wiederkommst«, schwatzte er, während sie über die Rance fuhren. Die Flusslandschaft unter ihnen, die gestern noch ein solch malerisches Bild geboten hatte, lag heute in grauen Dunst gehüllt. Das Wetter war umgeschlagen, rasch dahinziehende Wolken verdeckten den Himmel, und der Wind trug winzige Regentröpfchen mit sich. Ewan schaltete die Scheibenwischer ein.

»Du hast einen mächtigen Stein im Brett bei meiner Familie«, fuhr er fort, als sie nichts antwortete. »Sogar die Buben haben gesagt, du sollst bald wiederkommen. Meine Mutter hat mich sogar gefragt … Na ja, was Mütter so fragen. Sie kommt mit Armelle nicht besonders gut aus … Mit Armelles Eltern schon gar nicht …«

Katharina hüllte sich weiterhin in Schweigen. Was für ein Spiel war das? War er tatsächlich nur ein harmloser Schwätzer? Oder hatte das System?

Jetzt erklärte er, dass er sie zu dem Dorf Kerlouet fahren würde, danach wolle er kurz nach den Renovierungsarbeiten auf Kerbourgh schauen. Wenn sie wolle, könne sie währenddessen einen Kaffee bei seiner Mutter nehmen …

»Ich würde lieber mit nach Kerbourgh kommen«, sagte sie. »Es wäre eine Gelegenheit, mich drinnen noch einmal umzuschauen …«

»Ganz wie du willst …«

Nein, sie hatte nicht vor, sich bei seiner Mutter als potenzielle neue Schwiegertochter einzuschmeicheln. Falls Madame Goadecs Frage in diese Richtung gegangen war, musste sie sie enttäuschen.

Das Dörfchen Kerlouet erschien ihr nahezu ausgestorben, was an dem trüben Wetter liegen mochte. Niedrige Häuser, einige davon aus heimischem Granit, Höfe mit verfallenen Remisen, feuchter Asphalt auf dem Platz vor der Kirche, ein Gedenkstein für die Gefallenen des Ersten Weltkriegs. Das Gotteshaus war von einer Mauer umgeben und schien viel zu groß für die winzige Ortschaft. Ein spitzer Kirchturm, kunstvoll durchbrochen, aus grauem Stein gebaut, das Kirchenschiff hoch, mit grauen Schindeln gedeckt, gotische Fensterbögen.

»Hier?«

Er nickte und stellte den Motor ab. Wühlte auf dem Rücksitz herum und reichte ihr eine Lederjacke, die solle sie besser umhängen, damit sie nicht nass würde. Der Nieselregen dringe im Nu durch jeden Stoff. Sie zögerte, aber da sie nur Jeans und ein leichtes Shirt trug, nahm sie das Angebot an.

Sie gingen durch das Tor in den ummauerten Teil des Kirchhofs, wo sich die Grabstätten der Menschen aus dem Dorf befanden. Fast alle waren neu. Rechteckige Grabeinfassungen aus Marmor, schwarze, weiße, graue, dicht nebeneinandergelegt, mit einer flachen Steinplatte bedeckt, auf Hochglanz poliert, die Namen in goldener Schrift. Katharina las im Vorübergehen die Namen: Hervé, Morvan, Brelivet …

»Dort drüben …«

Auf der Rückseite der Kirche gab es einige ältere Steine, Familiengräber, die noch heute genutzt wurden. Darunter auch ein rötlicher Granitstein, kaum bearbeitet, nur an einer Seite abgeflacht, um die Namen der Verstorbenen eingravieren zu können: das Grab der Familie de Morand.

»Es kümmert sich niemand darum«, meinte Ewan. »Der letzte Erbe, dieser Yoann de Morand, schon gar nicht.«

»Seltsam …«, murmelte Katharina.

Es gab einige Namen aus dem 18. Jahrhundert, dann etliche, die im 19. Jahrhundert geboren und gestorben waren. Dann klaffte eine Lücke.

»Da ist nur diese Hortense de Morand, geboren 1860, gestorben 1943.«

Ganz unten stand der Name Conan de Morand, das war einer der beiden feindlichen Brüder, der Vater des jungen Mannes, von dem Ewan Kerbourgh gekauft hatte. Er war im Jahr 2007 gestorben und nur siebenundfünfzig Jahre alt geworden.

»Aber da fehlen doch Familienmitglieder«, überlegte Katharina kopfschüttelnd. »Wo ist Alan de Morand? War er nicht mit Margot verheiratet? Und auch seine Eltern fehlen. Oder war er etwa ein Sohn dieser Hortense de Morand?«

»Keine Ahnung«, meinte Ewan. »Aber schau einmal weiter unten. Die kleine Schrift.«

Sie musste in das mit Efeu und Ginster überwucherte Beet treten und die Pflanzen zurückschieben.

»*Viviane de Morand*«, entzifferte sie mühsam. Dann musste sie den Finger zu Hilfe nehmen, denn die Feuchtigkeit hatte das Gold der Schrift gelöscht. »*Unser geliebtes Kind. Geboren am 8. Oktober 1940, gestorben am gleichen Tag. Alan und Margot de Morand.*«

Sie hatten ein Kind gehabt! Eine kleine Tochter, die als Säugling gestorben war. Viviane. Sie hatte nicht einmal einen Tag gelebt. Es musste schrecklich sein, ein so kleines Wesen sterben zu sehen.

»Es ist so lange her«, sagte Ewan leise. »Aber es berührt uns noch heute, nicht wahr?«

Sie nickte, erhob sich aus der gebückten Stellung, trat ein paar Schritte zurück und zog die Lederjacke enger um die Schultern. Sie spürte, dass er den Arm um sie legte, und hätte sich gern an ihn gelehnt. Als ihr das bewusst wurde, erschrak sie vor sich selbst.

»Lass uns gehen, Ewan. Mir ist kalt.«

Sie entzog sich ihm und ging zurück zum Auto, hielt die Jacke vorn zusammen, damit der Wind nicht darunterfuhr. Sie roch nach ihm, diese Jacke, besonders am Kragen hing der Duft seines Haares und seiner Haut, außerdem irgendein Rasierwasser, das Ambra enthielt. Im Auto warf sie den Regenschutz hastig auf den Rücksitz und erklärte, ihr sei nun wieder warm.

»Na, wunderbar«, meinte er und besah grinsend ihre Arme, auf denen sich eine Gänsehaut abzeichnete. »Dann fahren wir jetzt hinüber nach Kerbourgh und stöbern in altem Plunder herum.«

»Ich stöbere …«, verbesserte sie ihn. »Du kümmerst dich darum, dass der Festsaal für deine Hochzeit instand gesetzt wird.«

O Gott, dachte sie. Was rede ich da? Aber da war es schon gesagt, die Provokation ausgesprochen, die Zündschnur gelegt.

»Der Festsaal für meine Hochzeit und der Ausstellungsraum für die Aquarelle deiner Großmutter!«

Natürlich zahlte er mit gleicher Münze zurück.

»Armelle sagt, dass der Fußboden abgeschliffen wird. Es soll also getanzt werden«, spottete sie.

Er überholte zwei Touristen, die mit voll gepackten Fahrrädern vor ihnen herzockelten. Einer der beiden zeigte ihnen den Mittelfinger.

»Natürlich wird getanzt bei unserer Hochzeit«, sagte er mit gespielter Heiterkeit. »Wir Bretonen haben unsere eigenen Tänze. Du wirst staunen.«

»Ich hörte davon …«, meinte sie spitz. »Es soll ziemlich wild dabei zugehen.«

Er lachte auf, unecht und kein bisschen belustigt.

»Ich werde mir die Freiheit nehmen, dir einige unserer Tänze beizubringen, ma chère amie …«

Kerbourgh tauchte links von ihnen auf, ein zierliches Märchenschloss in magischem Grau vor einem bläulichen Himmel. Die Wolken lösten sich auf, die Sonne bekam ihre Chance.

»Du wirst an diesem Tag mit deiner Braut tanzen, mon très cher ami …«

»Oh, ich werde meine süße Armelle für eine kurze Weile deinem sympathischen Freund überlassen …«

»Der wird nicht dabei sein«, tappte sie in die Falle.

»Ach?« Er trat unvermittelt auf die Bremse, und der Wagen rutschte ein Stück auf dem sandigen Weg, ehe er zum Stehen kam. »Und weshalb wird der liebe Patrice nicht zu meiner Hochzeit erscheinen?«, wollte er wissen. »Armelle hat doch ganz sicher euch beide eingeladen.«

»Das geht dich nichts an!«

»Pardon!«

Einen Moment lang saßen sie schweigend nebeneinander, jeder hoffte, dass der andere noch etwas sagen würde, dann zog Ewan mit einer hastigen Bewegung den Schlüssel ab und stieg aus. Katharina folgte ihm erst, als er die Steintreppe hinaufgesprungen und unter dem Vorbau verschwunden war. Dort hörte sie ihn auf Bretonisch mit den Arbeitern reden, was in ihren Ohren fremd und ruppig klang, obgleich zwischendurch immer wieder gelacht wurde. Gab er ihnen Anweisungen? Oder tauschten sie nur die neuesten Klatschgeschichten aus? Egal – sie würde sich derweil gründlich umschauen.

Die hölzernen Stufen knackten und knarrten unter ihren Füßen, doch die Männer unten in den Wirtschaftsräumen ließen sich nicht stören. Behutsam öffnete sie die schöne alte Tür aus Eichenholz und fuhr dann entsetzt zurück. Der große Saal war eine einzige Baustelle; man hatte Fußboden und Fenster mit durchsichtiger Folie abgeklebt, an einigen Stellen war die Tapete schon abgerissen, an anderen Wänden hing sie noch fest, und man konnte deutlich die Umrisse eines Möbelstücks erkennen, das dort einmal gestanden hatte. Nein, hier lohnte es sich wohl nicht, herumzustöbern. Sie stieg über Eimer und Tapetenrollen hinweg, schaute in zwei weitere Zimmer hinein, die wohl einmal als Wohnräume gedient hatten, denn beide waren mit einem offenen Kamin ausgestattet. Es gab einen kaputten Schrank zu bestaunen, der wohl aus den fünfziger Jahren stammte, und ein durchgesessenes Sofa ohne Füße. Ansonsten befand sich in diesem Stockwerk eine gekachelte Toilette, die wohl zur gleichen Zeit eingebaut worden war. Man hatte dafür ein Stück des Flures abgetrennt. Katharina lauschte nach unten: Die Gespräche waren immer noch im Gang, also stieg sie noch eine Etage höher, um sich die ehemaligen Schlafzimmer anzuschauen. Eine Weile durchsuchte sie eine alte Kommode, plagte sich mit den verquollenen Schubladen, die sich nur schwer öffnen ließen, die Ausbeute war jedoch wenig aufschlussreich. Ein kleines Messer mit Hirschhorngriff, einige ungültige Münzen, zwei Schulhefte mit der Aufschrift »Yoann de Morand. Französisch« und »Yoann de Morand. Mathematik«. Beide waren voller Fehler und roter Anmerkungen des Lehrers, Yoann de Morand schien kein eifriger Schüler gewesen zu sein.

Sie legte die Sachen zurück und sah sich weiter im Zimmer um. Wie in vielen Räumen gab es auch hier eine halbrunde Ausbuchtung in der Mauer, die auf ein Türmchen hinwies. Diese war ausnahmsweise mit einer Tür ausgestattet. Ohne viel Hoffnung drückte sie die Klinke herunter und stellte zu ihrer Verblüffung fest, dass die Tür sich öffnen ließ. Eine steinerne Wendeltreppe verband mehrere Stockwerke miteinander, vermutlich war es der Hauptturm, von dessen zinnenbewehrter Spitze aus man – so hatte Ewan ihr erklärt – das Meer sehen konnte. Sie stieg vorsichtig hinauf und kam sich plötzlich vor wie Dornröschen, die das Schloss ihrer Eltern durchforstet und schließlich in der Kammer der bösen Spinnerin landet. Die oberste Tür, die zur Turmspitze führte, war leider verschlossen. Dafür ließ sich die Pforte weiter unten öffnen. Ein Dachboden. Nicht so schmutzig, wie man hätte meinen können, aber das Dach war ja auch neu gedeckt und mit verglasten Dachluken versehen worden. Ein paar alte Kisten standen herum, leere Krüge und kaputte Tontöpfe, zwei Nachttischchen, die wohl einmal zu einem Eheschlafzimmer gehört hatten. Mehrere Holzreste, die Katharina zuerst für Brennholz hielt. Dann entdeckte sie, dass sie mit Schnitzereien bedeckt waren, und sie kniete nieder, um sie näher zu betrachten.

Ein Kasten? Eine Truhe? Ja, diese abgerissene Leiste passte genau in dieses Brett, und drüben lag ein verrostetes Stück Metall, der untere Teil eines Truhenschlosses, in das sich ein Zapfen setzen ließ. Wie schön diese Schnitzereien gearbeitet waren. Das war ohne Zweifel die Geburt Christi. Und auf der anderen Seite die Anbetung der Könige. Auf den schrägen Seitenteilen waren Engelsköpfchen eingeschnitzt, auch Vögel, kläffende Hunde und Pferde, die einen Wagen zogen …

Ratlos starrte sie auf die Hölzer. Jemand hatte diese wunderschöne alte Truhe mutwillig mit einer Axt zerschlagen. Wer tat denn so etwas?

Sie war so versunken, dass sie erschrocken zusammenfuhr, als hinter ihr die Tür bewegt wurde.

»Hier stöberst du herum«, sagte Ewan. »Und? Bist du fündig geworden?«

Sie war froh, dass er weder ärgerlich noch beleidigt war, und drehte sich lächelnd zu ihm um. »Ja. Stell dir vor, hier liegt eine traumhaft schöne alte Truhe. Irgendein Verrückter muss sie zertrümmert haben.«

Er kniete neben ihr nieder und griff sich einige Stücke, steckte sie zusammen und legte sie wieder auf den Fußboden.

»Ja, die kenne ich. Armelle war der Meinung, dass sich eine Reparatur nicht lohnt, weil das Stück zu sehr beschädigt wurde. Schade darum, nicht wahr?«

Sie nickte. Sah zu, wie er die hölzernen Einzelteile zusammenfügte, als hätte er dieses Puzzlespiel schon mehrmals geübt. Wie geschickt seine Hände waren. Schöne Hände, erstaunlich schlanke Finger mit leicht gewölbten, ovalen Fingernägeln.

»Es tut mir leid, dass ich vorhin so unfreundlich war, Ewan.«

Er sah sie überrascht an, dann schüttelte er energisch den Kopf. »Ach was. Es war meine Schuld. Ich habe dich ausgefragt und Dinge wissen wollen, die mich nichts angehen. Du hattest ganz recht, mir den Mund zu verbieten!«

Sie schwieg und sah ihm bei seinen Bemühungen zu. Er hatte eines der beiden Seitenteile fast vollständig zusammengesteckt und suchte jetzt nach dem letzten Holzstück.

»Da!« Sie hatten es beide zur gleichen Zeit erspäht, ihr Griff war rascher gewesen, sodass sich seine Hand auf die ihre legte. Eine Flamme durchzuckte sie, er hielt ihre Hand fest, sie sahen einander in die Augen und erkannten, dass es zu spät war, sich gegen die Anziehung zu wehren. Er küsste sie zuerst sacht, kaum spürbar wie ein Hauch, umkreiste ihren Mund, berührte ihre Wangen, wartete, bis sie ihm sehnsuchtsvoll entgegenkam, die Lippen wölbte, seine Zärtlichkeit einforderte. Was dann geschah, erschien ihr wie ein Gewittersturm: überwältigend, schmerzerfüllt und zugleich unsagbar süß. Sie war nicht mehr sie selbst, sie war eine andere, eine leidenschaftlich Liebende, die sich an ihm festkrallte, an seinem Hemd riss, berauscht von den Worten, die er ihr ins Ohr flüsterte und die sie nur teilweise verstand.

»Me da gar … ma dousig … meine Süße … ma labousig … mon trésor … ich liebe dich … da garout a ran …«

Sie hatte noch nie zuvor geliebt. Alles, was sie über Liebe und Lust zu wissen geglaubt hatte, war ausgelöscht, es gab nur noch diese wahnsinnige, verbotene und deshalb umso wildere Leidenschaft. Ewans geschmeidiger Körper, seine Hände, sein zärtlicher Mund. Sie roch den Duft seiner Haut, seines Haars, schmeckte seine Lippen, und es war, als gehörte dies alles zu ihr, habe ihr schon immer gehört, seit vielen Jahren und Jahrzehnten. Seit Jahrhunderten. Seit Anbeginn aller Zeit.

Als der Rausch vorüber war, stieg dumpfe Verzweiflung in ihr auf. Langsam löste sie sich von ihm, suchte nach ihrem Shirt, zog den Slip an, die Jeans, sah sich nach ihren Schuhen um. Er hatte sich aufgesetzt und sah ihr dabei zu, schob eine ihrer Sandalen zu ihr hinüber, verfolgte beklommen ihre hastigen Bewegungen.

»Es tut mir leid, Kathérine …«

»Mir auch!«

Er wand sich, strich sich das zerzauste Haar aus dem Gesicht. Nein, sie habe ihn falsch verstanden. Es täte ihm nicht leid, sie geliebt zu haben.

»Es war der falsche Moment. Ich hätte Geduld haben müssen …«

»Geduld?« Sie sprach mit erstickter Stimme, war so unglücklich, dass sie beinahe losgeheult hätte. Nun hatte er erreicht, was er gewollt hatte. Und sie war so dumm gewesen, das Spiel bis zum Ende mitzuspielen. Sie hatte Armelle betrogen. O Gott – wie sollte sie ihr je wieder unter die Augen treten?

»Fahr mich bitte zum Hotel!«

»Meine Güte – ja«, murrte er. »Lass mir wenigstens Zeit, mich anzuziehen!«

Sie würdigte ihn keiner Antwort, sondern lief die Wendeltreppe hinunter durch das Zimmer, in dem einst Yoann de Morand gewohnt hatte. Im Flur des ersten Stockwerks stieß sie auf drei staubverkrustete Arbeiter, die sie mit erstaunten Blicken fixierten. Was sie sagten, konnte sie nicht verstehen, es war Bretonisch.

Ewan war anständig genug, sie nicht lange warten zu lassen. Als er sich neben sie in den Wagen setzte, stellte sie erschrocken fest, dass an seinem Hemd mehrere Knöpfe fehlten und ein Ärmel zerrissen war. Während der Fahrt zurück nach St-Malo sprachen sie kein einziges Wort miteinander.

Das war's, dachte sie unglücklich. Ich habe alles verdorben. Das Andenken meiner Großmutter habe ich beschmutzt. Niemals wieder kann ich an diesen wundervollen Ort zurückkehren.

In der Hotelhalle erfuhr sie, dass es mehrere Anrufe gegeben hatte. Frau Meyerbrink vom Haus »Abendsonne« habe versucht, sie zu erreichen. Voll böser Ahnung rief sie zurück und erfuhr, was sie befürchtet hatte. Ihre Mutter war heute früh sanft entschlafen.

»Machen Sie mir bitte die Rechnung fertig«, sagte sie zu Armelles Vater, der am Empfang Dienst tat. »Ich muss leider heute noch abreisen. Ein Todesfall in der Familie.«

Januar 1943

Wie betäubt ließ sich Margot aus dem Haus führen, ging hinter den Soldaten her die Stufen hinunter bis zu einem der Militärfahrzeuge. Dort drehte sie sich um.

»Mein Mantel. Ich habe meinen Mantel vergessen.«

Der Wehrmachtssoldat sah unsicher zu seinem Kameraden hinüber, der den Kopf schüttelte und die Wagentür öffnete.

»Einsteigen!«

»Aber … es ist kalt. Ich brauche meinen Mantel …«

Sie erhielt einen harten Stoß in den Rücken und stolperte gegen den Wagen, schlug mit dem Kopf an den Rahmen. Sie schrie, mehr vor Überraschung als vor Schmerz.

»Wird's bald? Sollen wir den roten Teppich für dich auslegen, Drecksjüdin?«, brüllte er auf Deutsch.

Jetzt erst erwachte sie aus der Erstarrung. Man wollte sie fortschaffen. In ein Lager. Das bedeutete den Tod, Marie-Anne hatte es gesagt. Die Liquidation. Das Ende. Noch konnte sie fliehen. Durch den Park, hinter den Bäumen Deckung suchen, durch die Hecke schlüpfen, sich drüben im Pferdestall oder bei den Goadec verstecken …

Sie tat nichts dergleichen. Wie ein Schaf gehorchte sie dem Befehl ihres Bewachers, kroch in den Wagen und kauerte sich frierend auf dem Rücksitz zusammen. Wo war Alan? Warum half er ihr nicht? Loan? Die beiden Söhne? Wo waren Sophie und Pierrik? Marie-Anne … Ihr Hirn war leer. Etwas war geschehen, doch sie konnte sich nicht daran erinnern. Schüsse. Mehrere Salven. Swana, die sich weinend an sie klammerte. Warum?

Der Wagen schwankte, weil sich einer der Soldaten neben sie

auf den Rücksitz warf. Der andere war vorn eingestiegen, ließ jetzt den Motor an und startete den Wagen mit einem heftigen Ruck. Margot wurde gegen die Rückenpolsterung gedrückt, verharrte dort unbeweglich und starrte auf die vorüberziehende Landschaft. Der Frost lag wie ein glitzernder Schleier über den alten Bäumen, bildete weiße Klöppelspitzen an den Wiesenrändern. Das große Parktor hing schief in den Angeln, mehr eine Erinnerung an alte, glückliche Zeiten denn ein Schutz vor Eindringlingen. Die Wiesen schienen von schimmernden Eiskristallen bestreut. Dunkel hoben sich in der Ferne die wenigen Pferde ab, die man ihnen gelassen hatte. Nur Morgane, die friedlich mit den anderen graste, leuchtete wie eine weiße Erscheinung. Vor dem Pferdestall stand Malo, die Heugabel in der Hand, und starrte fassungslos auf das vorüberratternde Wehrmachtsfahrzeug.

»Wohin bringen Sie mich?«

»Nach Dinard. Dort werden Sie inhaftiert …«

Der Wehrmachtssoldat sah sie nicht an, er hatte den Kinnriemen seines Helms so eng gezogen, dass sie sich fragte, wie er überhaupt sprechen konnte. Wie alt mochte er sein? Zwanzig? Dreißig? War er einer von denen, die unten im Keller geschossen hatten? Sie wusste es nicht. Ihr Kopf war leer.

Die Stadt Dinard war von englischen Bomben verwüstet, allerorten sah man zerstörte Gebäude, rauchende Trümmer, Menschen, die im Schutt herumstocherten, Kinder, die Bollerwagen zogen, in denen allerlei Zeug lag. Margot kannte das Polizeirevier, weil sie einmal mit Sophie de Morand hier gewesen war, um eine Fundsache abzugeben, eine Brieftasche, die ein Tourist aus Paris verloren hatte. Das war kurz nach ihrer Hochzeit gewesen. Damals war der schnurrbärtige Polizeiinspektor überaus liebenswürdig gewesen, hatte sich tausendmal bedankt und herzliche Grüße an Monsieur de Morand ausrichten lassen. Wie war doch sein Name gewesen? Le Cunff.

Heute schien er sie nicht mehr zu kennen. Inspecteur Le Cunff starrte ihr mit unbeweglicher Miene entgegen, als sie von den beiden Soldaten in sein enges Büro geführte wurde. Er war nicht einmal erstaunt – hatte er gewusst, dass man sie verhaften würde?

»Da hinein. Ich verhöre sie gleich.«

Ein winziger Raum, ein Schreibtisch, zwei Stühle, kein Fenster. Sie musste an Aachen denken. Damals war sie dem Tod noch einmal von der Schippe gesprungen. Jetzt aber …

Er ging zu ihr hinein und schloss die Tür hinter sich ab. Steckte den Schlüssel in seine Jackentasche und setzte sich hinter den Schreibtisch.

»Sie sind also Jüdin …«

Er ließ ihr keine Zeit zu einer Antwort, hätte auch keine von ihr erhalten, stattdessen prasselten Beschuldigungen auf sie herein. Täuschung der Behörden, Passfälschung, lügenhafte Angaben, sie habe wohl »untertauchen« wollen, sich einen Dummen gesucht, einen Bretonen geheiratet, um ihre Herkunft zu vertuschen. Habe sich nicht gemeldet, keinen Judenstern getragen, sei auf diese Weise den Behörden entwischt …

»Mit Ihnen machen wir kurzen Prozess …«

Sie hörte kaum noch, was er sagte, war versunken in die Betrachtung seines ergrauten Schnurrbarts, der beim Sprechen auf und nieder hüpfte.

»… an die Wand gestellt, die Hände im Nacken verschränkt, das Gesicht zur Mauer. Drei Partisaninnen haben sie in Quimper aufgehängt. Für einen getöteten Offizier erschießen sie hundert Juden …«

Sie besah sein erregtes, rotes Gesicht, die kleinen, dunklen Augen, die tiefen Furchen rechts und links des Mundes.

»Wenn du ein wenig Entgegenkommen zeigen würdest, könnte ich dich vielleicht retten …«

»Entgegenkommen?«

»Eine Kleinigkeit. Du setzt sich auf den Tisch. Ich mache es im Stehen. Wird dir gefallen. Und es wird dein Leben retten …«

Sie war schutzlos. Vor einer Stunde noch war sie die angesehene Madame de Morand gewesen, Angehörige einer hochangesehenen bretonischen Familie. Jetzt war sie ein Nichts, weniger noch als das. Eine Jüdin und Partisanin. Er konnte mit ihr tun und lassen, was er wollte, und niemand würde ihr helfen.

»Dazu müssen Sie mich erst erschießen.«

Sein Gesicht wurde starr, die Augen quollen hervor – er hatte mit dieser Masche bisher wohl Erfolg gehabt.

»Du hast bis morgen Zeit, es dir zu überlegen«, sagte er heiser. »Danach ist es zu spät.«

Sie würdigte ihn keiner Antwort. Wenn er sie mit Gewalt nahm, konnte sie es nicht verhindern. Aber sie war nicht so dumm, auf seine Lügen hereinzufallen.

»Und glaub ja nicht, dass dir irgendjemand hilft. Sie haben alle erschossen, deinen Mann, deine Schwägerin und auch deine Schwiegereltern. Nur du fehlst ihnen noch …«

Wieso sagte er eigentlich immer »sie«? Er hätte »wir« sagen sollen. War er nicht Freund und Handlanger der deutschen Besatzer?

Er schloss die Tür auf und ging hinaus, sie hörte, wie er draußen den Schlüssel herumdrehte. Sollte sie bis morgen früh in dieser stickigen Kammer bleiben? Würde er in der Nacht zu ihr hereinkommen? Über sie herfallen, wenn sie schlief? Aber wo sollte man hier überhaupt schlafen?

Die Tür war solide und das Schloss neu, es gab keine Möglichkeit, aus diesem Raum zu entkommen. Sie konnte nichts tun außer warten. Nach einer gefühlten Ewigkeit drehte jemand den Schlüssel herum, und die Tür öffnete sich einen Spalt.

»Nur die Ruhe«, sagte eine männliche Stimme. »Keine Aufregung.«

Ein dürrer, grauhaariger Mensch in viel zu großen Militärhosen schlurfte ins Zimmer, stellte ein Tablett vor sie hin, darauf befanden sich ein Glas Wasser und eine Scheibe Brot mit Marmelade. Während sie noch staunend daraufblickte, schleppte er einen Blecheimer mit Deckel herbei.

»Gute Nacht.«

Die Tür wurde hastig wieder zugezogen – hatte er Angst, sie würde über ihn herfallen? Der Schlüssel drehte sich im Schloss.

Wie dumm ich bin, dachte sie. Ich hätte ihm den Stuhl über den Kopf ziehen und davonlaufen sollen. Im gleichen Augenblick vernahm sie die Sirene – Fliegeralarm. Das Deckenlicht ging aus, sie saß im Dunklen und begriff, dass niemand sie in den Keller bringen würde, wo man vor den Bomben sicherer war. Falls das Polizeirevier getroffen wurde, hatte sie keine Chance.

Sie kauerte sich unter den Tisch, wohl wissend, dass es nicht viel helfen würde, spürte die Erschütterungen der Einschläge, hörte die Explosionen, umklammerte eines der Tischbeine und bat Gott, sie am Leben zu lassen. Als die Detonationen aufhörten, vernahm man die Sirene der Feuerwehr, und sie glaubte, Brandgeruch zu riechen. Panik erfasste sie. Brannte das Polizeirevier oder ein Gebäude nebenan? Würde der Rauch in ihre Kammer ziehen und sie ersticken?

Ihr wurde schlecht, sie glaubte, den Rauch eines schwelenden Feuers zu riechen, und begann zu würgen. Trotz aller Abscheu benutzte sie den stinkenden Eimer, danach lag sie zu Tode erschöpft unter dem Tisch, ihr Atem ging stoßweise, ihr Puls raste. Als die Geräusche draußen leiser wurden und endlich verstummten, fiel sie in einen dumpfen Schlaf. Sie sah sich im Park von Kerbourgh neben Sophie de Morand auf weißen Gartenstühlen sitzen, sie nähten zierliche Kinderschuhe aus hellblauem Leder. »Aber es ist doch ein Mädchen«, sagte sie. »Und es ist tot.« Da saß auf einmal nicht mehr Sophie de Morand neben ihr, sondern ihre Mutter. Mama hatte die goldgerandete Brille auf der Nase, die sie so ungern benutzt hatte, weil sie meinte, sie mache sie hässlich. »Es ist nicht tot«, sagte Mama. »Es ist dort drüben in der Schublade. Geh in Zukunft bitte sorgfältiger damit um.« Sie stand plötzlich in ihrem Kinderzimmer vor der braunen Kommode und zog die oberste Lade auf. Darin war eine kleine Puppe mit einem weißen Porzellankopf und blonden Haaren …

Der durchdringende Ton der Sirene riss sie aus dem Traum. Wo war sie? Was tat sie hier? Wo war Alan? Mit unsagbarer Wucht stürzte die Wirklichkeit über sie herein: Sie war gefangen, würde deportiert oder erschossen werden, wenn nicht jetzt gleich eine englische Bombe ihr Dasein beendete. Sie lag still, vernahm die Geräusche, spürte, wie das Gebäude erzitterte, erwartete jeden Augenblick das Ende.

Nicht hier in diesem dreckigen Loch, dachte sie verzweifelt. Ich will dorthin, wo meine Eltern sind. Wenn ich schon sterben muss, dann will ich bei ihnen sein…

Wann der Schlaf sie wieder übermannt hatte, wusste sie nicht. Grelles Licht weckte sie, gleich darauf ein heftiger Schmerz in der Hüfte.

»Aufstehen! Raus da!«

Sie sah Militärstiefel, vier an der Zahl, einer davon hatte ihr in die Seite getreten. Sie versuchte, sich zu erheben, doch es drehte sich alles um sie, ihr wurde speiübel.

»Gib ihr zu trinken …«

»Die macht doch bloß Theater …«

»Nun mach schon!«

Jemand kniete neben ihr und reichte ihr ein Glas Wasser, auf dem weißer Kalk schwamm. Die Erschütterungen in der Nacht hatten den Putz von der Zimmerdecke rieseln lassen. Sie schüttete etwas Wasser auf den Boden, um die Kalkschicht zu entfernen, dann trank sie durstig einige Schlucke. Es war ohne Zweifel das ekelhafteste Getränk, das sie je zu sich genommen hatte, aber es erfrischte sie dennoch. Mühsam kroch sie unter dem Tisch hervor, zog sich den Pullover zurecht, war froh, ihre Reithosen und hohe Stiefel zu tragen und so vor gierigen Blicken besser geschützt zu sein.

»Was hast du in den Taschen? Leg alles auf den Tisch!«

Ein Taschentuch, zwei Zitronenbonbons, mehrere Stücke Würfelzucker. Obgleich Alan es nicht gern sah, wenn sie die Pferde mit Würfelzucker verwöhnte.

»Das ist alles?«

Sie zog das Futter der Hosentaschen nach außen, jetzt glaubte man ihr. Ihre Habseligkeiten durfte sie wieder einstecken. Ihr wurde bewusst, dass diese Dinge außer ihren Kleidern ihr einziger Besitz waren.

Man führte sie aus dem Gebäude auf die Straße hinaus. Rötliches Morgenlicht lag auf der Stadt, es roch nach Brand und Schutt, Rauchschwaden stiegen hie und da auf, ein kalter Nordwind fachte die Brände immer wieder an. Ein Lastwagen wartete vor dem Polizeipräsidium, man schob die Plane zur Seite und nötigte sie, auf die Ladefläche zu klettern. Dort war sie nicht der einzige Passagier, sie musste sich zwischen einer Anzahl Menschen, die auf dem Boden hockten, einen Platz suchen. Im Halbdunkel waren ihre Gesichter nur schwer zu erkennen, doch sie begriff, dass es Männer, Frauen und auch Kinder waren. Ganz hinten, wo die Plane aus schwerem Wachstuch von einer Schnur zusammengehalten wurde, saß ein Wehrmachtssoldat mit Mantel und Helm, das kurze Gewehr übergehängt.

Der Wagen schwankte und ruckelte über die Wege. Wenn es dem Fahrer einfiel, scharf zu bremsen, rutschten alle nach vorn, und man hörte die Kinder jammern. Margot versuchte immer wieder, sich mit dem Rücken an die Seitenwand zu lehnen. Ihr war speiübel, und sie hatte schreckliche Angst, sich in dieser Enge übergeben zu müssen. Am Nachmittag, nach einer schier endlosen, qualvollen Reise, hielt der Lastwagen an, und man befahl den Insassen auszusteigen. Frierend und erschöpft stand

Margot zwischen den anderen, sah zu, wie die letzten kranken und alten Menschen aus dem Wagen gezerrt wurden, hörte das Weinen der Kinder, das Flüstern der Mütter, die versuchten, die Kleinen zu trösten. Fast alle trugen den gelben Judenstern an ihrer Kleidung, nur einige wenige schienen französische Widerstandskämpfer zu sein, die das Schicksal der Juden teilten.

Wie eine Herde Schafe trieben die Soldaten die erschöpften Menschen vor sich her, an flachen Gebäuden vorbei, verrosteten Schienenwegen, einen langen, kahlen Bahnsteig entlang. Der kalte Wind fuhr ihnen unter die Kleidung, einige Frauen trugen nur Rock und Bluse, sie schlangen die Arme um den Oberkörper, um sich vor der Kälte zu schützen.

»Das ist der Güterbahnhof«, sagte jemand hinter Margot.

»Aber welcher?«, fragte eine Frau.

»Da drüben liegt Rennes. Ich kenne die Stadt gut. Bin dort geboren …«

»Wo wollen sie uns hinbringen?«

»Nach Osten … Sie sagen, nach Dresden. Oder in die Tschechoslowakei … Dort sollen wir arbeiten …«

»Wenn es denn wahr ist …«

»Sind alles nur Gerüchte …«

Margot schwieg, sie fühlte sich zu krank, um über die Zukunft nachzugrübeln. Wohin auch immer man sie bringen würde, sie konnte es nicht ändern. Wenn sie nur endlich ein warmes Plätzchen finden könnte, geschützt vor dem kalten Wind, sich hinlegen, ausruhen und warten, dass die scheußliche Übelkeit verging. Dann sah sie die ausgestreckten Arme, die Finger, die auf etwas Dunkles wiesen, das sich weit in der Ferne, am Ende des langen Schienenstranges zeigte. Ein Zug. Er wuchs unaufhaltsam, man sah den Rauch der Lokomotive, hörte das Zischen und Stampfen, die dunkle Form eines Wagens wuchs vor ihnen empor, zog ein Stück vorbei. Dann kreischten die Bremsen, schneidend, ohrenbetäubend. Die Kinder hielten sich mit beiden Händen die Ohren zu.

Der Zug, der sie nach Osten bringen würde. Sie hatte von diesen Zügen gehört, die fast ohne Aufenthalt durch Frankreich und Deutschland fuhren und niemals an einem Bahnhof hielten, sondern immer weit draußen, damit niemand beunruhigt würde.

»Einsteigen!«

Die Türen zweier geschlossener Waggons wurden aufgeschoben. Es waren Wagen, die für den Transport von Vieh oder Gütern vorgesehen waren, ohne Fenster, ohne Sitze. Auch hier waren schon andere Unglückliche versammelt, die gehofft hatten, der Enge und stickigen Luft zu entkommen, nun aber erkennen mussten, dass sie sich getäuscht hatten. Anstatt frische Luft zu atmen, mussten sie noch enger zusammenrücken, um die Neuankömmlinge aufzunehmen.

Margot ließ sich willenlos zwischen den Menschen hin- und herschieben, fand einen Platz dicht bei der Tür, sank auf den Boden und nahm ein weinendes Mädchen auf ihren Schoß. Als der Zug sich in Bewegung setzte und das Geräusch der Räder seinen Rhythmus gefunden hatte, sank sie in einen Zustand vollkommener Gleichgültigkeit. Ein kühles Tuch deckte sich über ihr Gemüt, half ihr, im Augenblick zu leben, das Nächstliegende zu tun, nicht nachzudenken. Das Schreckliche aus ihrem Hirn zu verbannen: die Schüsse im Keller, die weinende Swana, die Bosheit des Inspektors Le Cunff.

»Wir werden geschoben, die Lok ist hinter uns«, sagte jemand.

»Sie haben Waggons mit Wehrmachtssoldaten angehängt«, sagte ein anderer. »Die sollen in Russland kämpfen.«

»Warum sind die hinter der Lok und unsere Waggons vorn?«

»Weil sie Angst vor Minen haben, die die Résistance unter die Schienen legt. Wenn der Zug auf eine davon fährt, sind wir es, die hochgehen, nicht die Lok und die Soldaten.«

Es gab ein kleines Fass mit Wasser im Waggon und einen Kübel, der aber bisher von niemandem benutzt worden war. Der Fahrtwind strich durch die Ritzen, trotz der vielen zusammengepferchten Menschen war es kalt. Ehepaare und Verwandte lehnten sich aneinander, um sich gegenseitig zu wärmen. Margot schloss die Augen und bemühte sich, die Geräusche der Umgebung, das Weinen und Husten, das aufgeregte Flüstern, das Schwatzen, das Stöhnen der Kranken aus ihren Ohren zu verbannen. Sie dachte an den Garten ihrer Kindheit, an ihren Bruder Max, der jetzt in England in Sicherheit war, sie versuchte, sich jede Einzelheit ihres hübschen Kinderzimmers ins Gedächtnis zu rufen: das Bett, die Regale, ihre Bücher, die Spielsachen, ihre drei Puppen, die Stofftiere. Darunter ein weißer Hase und ein gefleckter Hund. Ein grauer Seelöwe mit einem weit abstehenden schwarzen Schnurrbart, ein brauner Bär und eine Katze, die rote Schuhe trug und auf zwei Beinen stand …

Sie dämmerte vor sich hin, wachte hin und wieder auf, weigerte sich, die Gegenwart zu akzeptieren, und sank wieder in einen ruhelosen Halbschlaf. Das Mädchen auf ihrem Schoß kroch zu seiner Mutter, dafür rückte eine alte Frau näher an sie heran und lehnte den Rücken gegen ihre angezogenen Knie. Margot war es gleich, sie war nur froh, dass die peinigende Übelkeit vorüber war. Dafür verspürte sie jetzt Hunger und bedauerte, das Marmeladenbrot nicht gegessen zu haben. Der Zug fuhr den ganzen Tag, ohne anzuhalten. Erst gegen Abend, als das Licht, das durch die Ritzen drang, schwächer wurde, hörte man das kreischende Geräusch der Bremsen.

»Was ist? Wo sind wir?«

»Hört auf zu drängeln!«

»Hier ist jemand ohnmächtig geworden. Wir brauchen Luft!«

Die Tür wurde aufgeschoben, und sie starrten alle voller Sehnsucht in die Dämmerung.

»Keiner steigt aus. Den Kübel. Los, los!«

Zwei Wehrmachtssoldaten standen mit angelegten Gewehren und überwachten den Austausch der Abortkübel. Über ihnen hingen zwei Bogenlampen, in deren Lichtschein Schneeflöckchen durch die kalte Luft schwirrten. Man erkannte einen asphaltierten Bahnsteig, dahinter kahles Gebüsch, trockene Grasbüschel, auf denen sich Schneekristalle festgesetzt hatten. Links in einiger Entfernung ein Wehrmachtsfahrzeug mit abgeblendeten Scheinwerfern, mehrere Offiziere in langen Mänteln standen daneben, rauchten, besahen den Zug, einer machte sich Notizen. Er wendete sich zu ihnen um, offensichtlich in der Absicht, die Waggons zu zählen, nahm den Zeigefinger zu Hilfe. Genau in diesem Moment sah Margot die Augenklappe.

»Major von Staden!«, rief sie laut. »Major von Staden!«

»Maul halten!«

Sie konnte gerade noch sehen, dass er mit erhobenem Zeigefinger dastand und in ihre Richtung starrte, dann rasselte die Schiebetür vor ihrer Nase wieder zu.

»Wieso haben Sie geschrien?«

»Ihretwegen müssen wir jetzt hier ersticken!«

»Was ist los? Wieso ist die Tür wieder zu? Kriegen wir nichts zu essen?«

»Sie ist schuld. Hat die Soldaten mit ihrem Geschrei verärgert.«

»Rücksichtslose Person. Es sind Kinder hier. Alte Menschen. Aber das ist der wohl egal, wie?«

Der Unmut der Unglücklichen ergoss sich nicht über die Peiniger, sondern über Margot. Sie hatte sich schlecht benommen, etwas Verbotenes getan, wofür nun alle bestraft wurden. Man zischte sie an, beleidigte sie, mehrere Frauen stießen sie sogar gegen die Wand des Waggons.

»Hört auf damit! Ihr hättet das Gleiche getan, wenn ihr einen Bekannten dort gesehen hättet, oder etwa nicht?«, sagte ein Mann.

Man hörte, dass die Lok wieder unter Dampf war, die Reise ging weiter, die Insassen des Waggons beruhigten sich. Die alte Frau, die in Ohnmacht gefallen war, regte sich nicht mehr. Als man nach einem Arzt fragte, stellte sich heraus, dass sogar zwei Ärzte im Waggon waren.

»Sie ist tot«, hörte man eine leise Stimme. »Gott schenke ihr seinen Frieden.«

»Die hat es hinter sich …«, murmelte jemand.

Margot hatte sich auf den Boden gesetzt und die angezogenen Knie mit den Armen umklammert. Plötzlich erschien es ihr absurd, wie folgsam sie alle ihren Peinigern gehorchten und scheinbar freiwillig in den Tod fuhren. Wieso waren sie vorhin nicht aus dem Waggon gestürzt, hatten die beiden Soldaten niedergetrampelt und waren in den Wald geflohen? Einige wären dabei erschossen worden – gewiss. Aber so war es nun einmal im Krieg, auch die Frontsoldaten wurden vom Feind erschossen, damit die anderen nachrücken konnten. Sie verwarf den Gedanken wieder – solch eine Flucht hätte nur den jungen, kräftigen Leuten gelingen können, nicht aber alten Menschen und Müttern mit kleinen Kindern …

»Glauben Sie, dieser von Staden wird Ihnen helfen?«, fragte die ältere Frau neben ihr. »Der ist doch ein Nazi. Und ein Offizier dazu.«

»Ich weiß es nicht … Nein, vermutlich nicht …«

Vermutlich hatte sie den armen Major von Staden mit ihrem lauten Geschrei sogar in Schwierigkeiten gebracht. Aber sie hatte tatsächlich für einen winzigen Moment geglaubt, er könne sie retten. Und wenn sie ehrlich war, dann brannte tief in ihrem Inneren immer noch ein winziges, unsinniges Hoffnungsfünkchen.

Am Vormittag des folgenden Tages hielt der Zug auf einem Güterbahnhof, und alle Insassen der Viehwaggons mussten aussteigen. Auch die Kranken und Entkräfteten zerrte man aus dem

Waggon und schleppte sie zu einem kleinen Lastwagen; nur die alte Frau, die in der Nacht gestorben war, ließ man vorerst liegen. Graue, kastenförmige Wohngebäude erwarteten sie, wie ein Hufeisen um einen gepflasterten Innenhof errichtet, der ganze Komplex von einem Stacheldrahtzaun umgeben.

»Drancy«, sagte jemand, der sich auskannte. »War mal eine Wohnsiedlung für sozial Schwache.«

»Und jetzt?«

Niemand wusste etwas Genaues. Man ließ sie in einer großen Halle warten, gab ihnen dann Suppe und ein Stück Brot zu essen, wer etwas Besseres wollte, der könne es sich kaufen, es gäbe Läden und Geschäfte. Danach verlas ein französischer Angestellter die Liste der Neuankömmlinge, und man teilte sie in verschiedene Wohnungen auf. Familien kamen zu Familien, zehn bis zwanzig Einzelpersonen wurden zusammen in eine Wohnung gepfercht. Margot stand zwischen den anderen, verdreckt und zugleich froh, dem stinkenden Waggon und der entsetzlichen Enge entkommen zu sein. Das luxuriöse Badezimmer auf Kerbourgh kam ihr in den Sinn. Swana, die den Badeofen mit Holz anheizte, das Geräusch des Wassers, das in die Wanne mit den gebogenen Füßen lief, der Duft der Rosenseife. Die hatte Sophie de Morand ihr aus eigenen Beständen geschenkt, weil Margot den zartherben Geruch so liebte …

»De Morand, Margot, geborene Löwenstein!«

Der Tonfall war schneidend, ähnlich wie auf einem Kasernenhof. Der Angestellte trug eine graue Uniform, jedoch ohne Abzeichen und Kragenspiegel. Er sah von seiner Liste auf und musterte die vor ihm stehenden Menschen mit ungeduldigem Blick. »De Morand, Margot …«, wiederholte er.

»Hier …« Sie drängte sich durch die Menschen nach vorn, froh, endlich in ein Quartier zu kommen, wo es hoffentlich fließendes Wasser und eine vernünftige Toilette gab.

»Da hinüber …«

Er machte eine Bewegung mit dem rechten Daumen und fuhr in der Liste fort.

»Meyer, Anton und Editha, zwei Kinder …«

»Hier!«

»Mittelbau, zweiter Stock, Nr. 76.«

Margot begriff nichts, stand immer noch hilflos auf der Stelle, erst nach einer Weile bewegte sie sich einige Schritte nach links hinüber. Dort stand ein Geschirrwagen aus Metall, darauf hatte man ihre Suppenteller gestapelt, die Löffel lagen in einer Schale, in dem leeren Suppentopf klebten noch einige Graupen. Was sollte das? War sie etwa zum Küchendienst abgestellt?

Unbeirrt fuhr der Angestellte in der grauen Uniform fort, seine Liste vorzulesen. Die Genannten durften hinüber auf die andere Seite gehen, wo drei bewaffnete Uniformierte jeweils eine Gruppe Neuankömmlinge um sich versammelten. Einige hatten Koffer und Taschen dabei, andere besaßen nur das, was sie auf dem Leibe trugen. Margot fühlte sich beklommen, weil sie von allen Seiten angestarrt wurde. Weshalb, das wusste sie nicht.

»Margot de Morand?«, fragte eine männliche Stimme.

Der junge Angestellte war aus einem Nebenraum getreten, hatte sich suchend umgeblickt, dann waren seine Augen an ihr hängen geblieben.

»Das bin ich …«

»Zum Verhör …«

Sie erstarrte. Verhör? Aber wieso? Was wollte man von ihr wissen? Widerspruchslos ging sie hinter dem jungen Menschen her, stolperte vor Müdigkeit und Aufregung und wäre fast hingeschlagen. In dem Büro herrschte eine fürchterliche Unordnung, Papiere und Akten stapelten sich auf dem Schreibtisch und auf mehreren Aktenwagen, quollen aus den Regalen, lagen auf dem Fensterbrett. Inmitten dieses Chaos saß ein feister rothaariger Mensch mit einer Nickelbrille, der sie mit unfreundlicher Miene musterte.

»Margot de Morand, geborene Löwenstein?«

»Die bin ich …«

»Aus … Kerbourgh. Bretagne …«

Ich verstehe, dachte sie. Sie wollen die Namen der Widerstandskämpfer, die mit Alan gemeinsame Sache gemacht haben.

Er glotzte sie von oben bis unten an, grinste süffisant und zerrte an einer Schublade, die sich nur widerstrebend öffnen ließ.

Was soll ich tun, dachte Margot. Ich kenne ja nur die Decknamen, damit können sie nichts anfangen. Aber sie werden mich vielleicht foltern, weil sie glauben, ich wüsste mehr. Nein, ich werde keinen der Freunde verraten. Sterben muss ich sowieso …

»Unterschreiben Sie hier …«

Er schob ihr ein Blatt über den Schreibtisch zu, legte einen Tintenstift dazu, den er zuvor in ein Näpfchen mit Wasser tauchte. Das Wort »Entlassung« sprang ihr in die Augen. Aha, sie wurde jetzt aus dem Lager Drancy entlassen und der Gestapo überstellt. Was für Bürokraten sie doch waren. Sie setzte ihren Namen an die angezeigte Stelle, ein wenig krakelig wegen des feuchten Tintenstiftes und auch, weil ihr vor Müdigkeit und Angst die Hand zitterte.

»Haben Sie Gepäck? Koffer oder Tasche?«

»Nein …«

»Dort hinaus. Sie werden abgeholt.«

Er wies zu einer Tür auf der gegenüberliegenden Seite des Raumes und wandte sich dann schnaufend einem Aktenordner zu. Margot beachtete er nicht mehr. Sie bewegte sich mit langsamen Schritten in die angezeigte Richtung. Hinter dieser Tür warteten die Schergen der Gestapo auf sie, Gefängnis und Folter … War sie zur Heldin geboren? Vermutlich nicht. Sie würde kapitulieren.

Die Tür war ein Ausgang zum Innenhof, wo ein Militärfahrzeug auf sie wartete.

»Einsteigen!«

Sie gehorchte, setzte sich auf den Rücksitz und wunderte sich nur, dass man ihretwegen solch einen Aufwand betrieb. Erst als der Mann sie anredete, begriff sie.

»Das war in letzter Minute, Margot.«

Die schwarze Augenbinde war ein wenig zur Seite gerutscht, sodass sie sein verletztes Auge sah. Es war stark geschwollen, doch wie es schien, konnte er damit sehen.

»Major von Staden … Sie … Sie haben …«

»Es ist alles gut, Margot. Jetzt wird Ihnen nichts mehr geschehen.«

Er hatte der Lagerleitung von Drancy erzählt, Madame de Morand sei von ihm schwanger, und er wolle nicht, dass sein eigen Fleisch und Blut umkam.

Zum zweiten Mal innerhalb weniger Tage hatte sich ihr Schicksal gewendet, dieses Mal, wie es schien, zum Guten. Von Staden brachte sie in einem kleinen Hotel in St. Denis unter, empfahl ihr, sich auszuruhen, in einigen Stunden sei er wieder da. Welch ein Luxus umfing sie. Ein Bett mit Matratze und warmer Zudecke, ein kleiner Ofen, Holz zum Heizen, ein Waschbecken mit fließendem Wasser. Toilette im Flur.

Aber war sie hier sicher? Als es an der Tür klopfte, geriet sie in Panik, überlegte, ob sie rasch aus dem Fenster steigen oder sich unter dem Bett verstecken sollte.

»Das Frühstück, Madame …«, sagte die Stimme eines jungen Mädchens.

Sie entschloss sich, die Tür zu öffnen. Draußen stand ein mageres Wesen mit straff nach hinten gebundenem Haarschopf und eckigem Kinn. Die Bedienung hielt ein Tablett in den Händen, auf dem eine große, dampfende Tasse Milchkaffee stand, außerdem Weißbrot, ein Klecks Butter und zwei Sorten Marmelade. So wie der Kaffee roch, schien er einen guten Anteil an echten Bohnen zu enthalten.

»Danke, Mademoiselle …«

Margot nahm ihr das Tablett ab und stellte es auf den Nachttisch, bevor sie hörte, wie das Mädchen ihr »Guten Appetit« wünschte und die Tür schloss. Dann riss ein Strudel sie zu Boden, ließ ihr nicht einmal die Zeit, sich auf das Bett zu legen, sondern warf sie von einem Augenblick zum anderen in kreisende Finsternis. Das schwarze, kühle Nichts tat sich vor ihr auf und hielt sie mit Schattenarmen umfangen. Hundert Jahre lang. Tausend Jahre. Fünf Minuten. Wer konnte das sagen?

Als sie aus der Ohnmacht erwachte, fand sie sich vor dem Bett auf dem Fußboden liegend, ihr rechter Ellbogen schmerzte, offensichtlich war sie damit gegen die Bettkante geschlagen.

Langsam richtete sie sich auf und spürte, dass ein wildes Schluchzen in ihr aufstieg, gegen das sie sich nicht wehren konnte. Es schüttelte sie so heftig, dass sie Angst bekam, man könne sie hören, und sie riss das Kopfkissen an sich, um das verzweifelte Weinen zu dämpfen. Es dauerte eine Weile, bis der Krampf sie verließ, dann kroch sie vollkommen erschöpft und mit zitternden Gliedern auf das Bett und streckte sich dort aus.

Kein Wunder, dachte sie. Wirklich kein Wunder. Sie schloss die Augen, und ihr wurde bewusst, dass all die anderen, die mit ihr im Waggon gesessen hatten, nun dem Tod entgegengingen und nur sie allein gerettet war. Gesichter zogen an ihr vorüber: die junge Frau neben ihr, das kleine Mädchen, das sie auf dem Schoß gehalten hatte, der Mann, der für sie gesprochen hatte, der junge Arzt, der ihnen gesagt hatte, dass die alte Frau gestorben war. Nicht daran denken, befahl sie sich. Ich kann ihnen nicht helfen. Es ist unmöglich. Vollkommen unmöglich.

Sie zwang sich, einige Schlucke lauwarmen Kaffee zu trinken und ein wenig Brot zu essen, und seltsamerweise ging es ihr danach besser. Sie entspannte sich und schlief ein.

Sie musste einige Stunden geschlafen haben, denn als ein Klopfen an der Tür sie weckte, war es im Zimmer fast dunkel.

»Margot? Darf ich eintreten?«

Sie rieb sich die Augen, fuhr sich mit den Fingern durch das zerwühlte Haar und wusste, dass sie scheußlich aussah. Wieso er sie nur immer »Margot« nannte? Vermutlich um sie an ihr Abenteuer vor vier Jahren zu erinnern.

Auf seinem Militärmantel waren feuchte Flecken, die von tauenden Schneeflocken stammten, in der Hand trug er eine Reisetasche, ein Kleidersack hing über seinem Arm.

»Ich habe ein paar Sachen für Sie besorgt …«

Er zog den Reißverschluss des Stoffsackes auf, und Margot traute ihren Augen nicht.

»Nein! Das ziehe ich nicht an!«

»Es ist nur für kurze Zeit«, sagte er leise.

Die graue Uniform einer Wehrmachtshelferin. Sie hatte diese Frauen in St-Malo gesehen, hochmütige Ziegen, die auf die Französinnen herabsahen wie auf Menschen zweiter Klasse. Mit weißer Bluse und schwarzem Schlips unter der Uniform. Einem albernen, schiffförmigen Käppchen auf dem Kopf. An den Füßen die plumpen Schuhe einer alten Lehrerin. Und zu allem Überfluss war im Ärmel ein Abzeichen eingestickt. Ein Schwert mit einem Adler und darunter ein Hakenkreuz.

Mit zwei Fingern befühlte sie den Stoff, der warm und haltbar war, und wie es schien, aus Wolle gewebt.

»Bitte, Margot«, sagte er. »Es ist die einzige Möglichkeit, Sie hinüber nach Oldenburg auf unseren Gutshof zu bringen. Dort sind Sie in Sicherheit.«

Es klang verlockend. Zudem hatte er große Mühe gehabt, all diese Dinge für sie aufzutreiben. Sogar Wäsche, ein Strumpfhalter, Seidenstrümpfe, Schuhe, Bluse. Nicht einmal den hässlichen Schlips hatte er vergessen. In der Reisetasche befand sich ein Damennecessaire mit Zahnbürste, Kamm, Haarbürste und allem, was eine Frau benötigte. Sogar Parfüm war dabei. Zwei Haarspangen aus Schildpatt.

»Warum tun Sie das alles für mich?«, fragte sie kopfschüttelnd.

Er ignorierte die Frage. Ob es ihr möglich sei, in einer Stunde ausgehfertig zu sein? Er wollte sie gern zum Abendessen einladen.

»Als Blitzmädel getarnt«, sagte sie sarkastisch.

Er verzog das Gesicht, als wolle er lächeln, blieb jedoch ernst. Es sei eine Art Generalprobe. Er wisse, dass sie eine kluge und mutige Frau sei; er sei sicher, dass sie diese Rolle spielen könne.

Was blieb ihr übrig? Sie heizte den kleinen Ofen an und wusch sich mit kaltem Wasser, seifte sich ein, wusch auch das Haar und stieg dann mit Todesverachtung in die neuen Kleider. Major von Staden hatte einen guten Blick – die Sachen passten, sogar die Schuhe saßen wie angegossen. Sie drehte das feuchte Haar am Hinterkopf zusammen und setzte die Mütze schräg auf den Kopf, so wie sie es bei den Wehrmachtshelferinnen in St-Malo gesehen hatte. Dann besah sie sich ausgiebig in dem kleinen Wandspiegel, der über dem Waschbecken hing, und kam zu der Überzeugung, dass die Welt ein Irrenhaus war.

»Sie werden mir verzeihen, wenn ich behaupte, dass Sie sehr hübsch aussehen«, sagte von Staden, als er sie abholte.

»Man gibt sich Mühe …«

Der Ort lag in völliger Finsternis, alle Fenster waren mit Verdunkelungspapier abgeklebt, die Straßenbeleuchtung ausgeschaltet. Man fürchtete die englischen Bombenflieger. Von Staden führte sie mithilfe einer Taschenlampe zu einem kleinen Restaurant ganz in der Nähe des Hotels, in dem sie die einzigen deutschen Gäste waren. Man bediente sie höflich, Margot spürte jedoch, dass der Wirt die Gäste in Wehrmachtsuniform lieber gehen als kommen sah. Von Staden schien sich wenig daran zu stören, er wählte einen Wein aus und bat Margot, sie solle bitte keine Hemmungen haben, er wisse, wie hungrig sie sei.

In diesem Punkt hatte er recht: Sie verspürte jetzt tatsächlich einen fürchterlichen Hunger, immerhin hatte sie drei Tage lang kaum etwas gegessen. Also bestellte sie ein Menü und dazu Wasser, mit dem sie den Wein mischte.

»Das alles kommt mir vor wie ein Traum«, gestand sie. »Ich habe Angst, dass ich erwachen und mich in einem Gefängnis wiederfinden könnte …«

»Nicht, wenn Sie meine Ratschläge befolgen. Morgen früh werden Sie den Zug nach Metz besteigen und von dort aus über Frankfurt, Kassel, Hannover und Bremen nach Oldenburg fahren. Ich werde meiner Mutter ein Telegramm schicken, damit Sie jemand von der Bahn abholt.«

Er hatte sich alles genau überlegt. Die Züge führen leider sehr unregelmäßig, möglicherweise müsse sie in Frankfurt und Bremen auf den Anschluss warten. Aber daran sei nichts zu ändern.

Sie wagte nicht einzuwenden, dass sie viel lieber zurück in die Bretagne gefahren wäre. Zurück nach Kerbourgh, zu den Menschen, die sie kannte und liebte. Zurück zu Alan. Bei dem Gedanken an Alan durchfuhr sie jedoch ein tiefer Schmerz, und sie war nicht imstande weiterzudenken. Alan, ihr Geliebter. Er war irgendwo auf dieser Welt. Er wartete auf sie. Und sie würden einander wiedersehen …

»Was für ein unglaublicher Zufall«, sagte sie laut.

»Es war kein Zufall«, erwiderte von Staden.

Sie sah ihn verwirrt an und begriff zuerst nicht, wovon er sprach. Wie schmal er geworden war. Seine Nase trat schärfer hervor, als sie es in Erinnerung hatte, auch die beiden senkrechten Falten rechts und links seines Mundes hatte es noch nicht gegeben, als er auf Kerbourgh einquartiert gewesen war.

»Ein Beamter in Dinard spielt offensichtlich ein doppeltes Spiel«, fuhr er fort. »Er hat diesen SS-Offizier benachrichtigt, dass man ein Nest der Résistance in Kerbourgh ausheben würde …«

»Doch nicht etwa Obersturmführer Schneider?«

»Genau den.«

Sie verstand. Deshalb war Schneider so überraschend auf Kerbourgh aufgetaucht. Möglicherweise hatte er tatsächlich vorgehabt, ihnen zu helfen. Allerdings nicht ohne Gegenleistung …

»Und Schneider hat Ihnen die Nachricht weitergegeben?«, wollte sie wissen.

O nein. Nicht Obersturmführer Schneider, ein anderer habe das getan. Ob sie sich an Heilinger erinnern könne? Auch Waffen-SS. Aber trotzdem ein anständiger Kerl.

»Er hat mich in Belgien ausfindig gemacht und mir ein Telegramm geschickt. Verschlüsselt. Aber ich habe sofort begriffen …«

Von Staden hatte befürchtet, man habe sie als Widerstandskämpferin erschossen. Die andere Möglichkeit war die Deportation. Er hatte um drei Tage Urlaub gebeten und war nach Frankreich gefahren, um unter einem Vorwand die Listen der Deportierten zu überprüfen.

Jetzt endlich war der Anflug eines Lächelns auf seinem Gesicht zu erkennen. Er sei überglücklich, sie gefunden zu haben. Trotz allem grenze es an ein Wunder.

»Sie haben unendlich viel riskiert«, sagte sie beklommen.

Er schüttelte den Kopf, zupfte an seiner Augenbinde herum, und ihr wurde klar, dass er Hemmungen hatte, sie anzusehen. Er fürchtete, sie könne sein verletztes Auge als skurril oder abstoßend empfinden.

»Wir haben Krieg«, sagte er. »Jeden Augenblick kann das Leben zu Ende sein. Ich habe Kameraden neben mir sterben sehen. Schnell und auch qualvoll langsam, von Geschossen zerfetzt, verunstaltet, in fremder Erde hastig verscharrt.« Nun sah er sie doch an. Es war viel Verzweiflung in seinem Blick, er hatte in Abgründe geschaut, die ihre Spuren hinterlassen hatten. »Wozu also feige sein, wenn der Tod so gut wie sicher ist?«, fuhr er fort. »Was ich getan habe, haben mir mein Herz und mein Gewissen eingegeben, und ich bin stolz darauf.«

Sie schwieg überrascht. Was für ein ungewöhnlicher Mensch er doch war.

»Können Sie das verstehen, Margot?«

Sie lächelte ihn an und nickte. Ja, sie verstand ihn. Und sie bewunderte ihn.

»Es gibt immerhin die Möglichkeit, dass wir den Krieg überleben«, meinte sie.

»Trinken wir darauf, Margot!«

Später begleitete er sie zum Hotel zurück, leuchtete den Weg durch die stockfinstere Nacht mit dem bläulichen Licht seiner Taschenlampe aus.

»Nehmen Sie das – Sie können es mir später zurückgeben.«

Es war ein gut gefülltes Lederportemonnaie, dazu ein gefaltetes Blatt mit dem Einberufungsbefehl für eine junge Frau mit Namen Gertrude Poller. Für alle Fälle.

»Wo haben Sie den her?«

»Wer viel fragt, bekommt viel Antwort …«

Er reichte ihr zum Abschied die Hand, umschloss ihre kühlen Finger mit festem Händedruck und wünschte »Frohes Wiedersehen«.

»Wie soll ich Ihnen danken?«, meinte sie gerührt.

Er machte eine knappe Verbeugung, sie meinte sogar zu hören, wie er die Hacken zusammenschlug, dann ging er davon, und die Finsternis verschluckte ihn.

Sie brauchte fünf Tage bis Oldenburg. Drei Nächte verbrachte sie in billigen Hotels, gönnte sich kaum ein Frühstück, ernährte sich von einem Brot und einem Glas Essiggurken, das sie in Frankfurt ohne Lebensmittelkarte erstanden hatte. Immer wieder zogen feindliche Flieger über den Himmel, Bomben fielen, rechts und links der Bahnstrecke sah man tiefer Krater im Erdboden. Die vierte Nacht saß sie im Warteraum des Bremer Hauptbahnhofs, plauderte mit zwei Wehrmachtsoffizieren und log das Blaue vom Himmel herunter. Wie sehr hatten die alliierten Flieger in deutschen Städten gewütet! Schrecklich war es, das zerstörte Frankfurt zu sehen, die Stadt ihrer Kindheit, die in ihren Träumen immer wieder aufgetaucht war. Ach, das Haus, in dem sie mit ihren Eltern gelebt hatte, das hübsche Gartenhäuschen am Stadtrand – wahrscheinlich war all dies längst den Bomben zum Opfer gefallen. Ganz tief in ihrem Herzen regte sich der Gedanke, dass es den Deutschen nur recht geschah, dann wieder dachte sie an die Menschen, die unter den Trümmern gestorben waren, an die Kinder, die keine Schuld traf, und sie wusste nicht mehr, was sie denken und glauben sollte.

Natürlich kam niemand zum Bahnhof in Oldenburg, um sie dort in aller Frühe abzuholen. Immerhin war dieser behäbig wirkende Ort von Fliegerangriffen bisher weitgehend verschont geblieben, das Leben ging seinen gewohnten Gang, es schien sogar Butter, Milch und Eier in den Geschäften zu geben. Sie betrat »Erna Fienes Milchladen«, verkniff sich ihren Hunger und zog bei der blonden Besitzerin Erkundigungen ein.

Der Gutshof der Familie von Staden? Gut zwanzig Kilometer nordwestlich von hier, Richtung Westerstede. Ob sie Verwandtschaft sei? Nein? Nur Besuch. Ja, das sei ein schöner, großer Hof, der würde ihr gefallen. Kühe und Schweine, auch Hühner, Enten, Gänse. Ein richtiges Schlaraffenland. Die blonde Frau im weißen Kittel lachte, sodass man ihre Zahnlücken sehen konnte. Dann rief sie über die Schulter: »Paule! Kannst du ein Mädel nach Hof Staden mitnehmen?«

Zehn Minuten später saß Margot neben Paule, dem Vater der Milchladenbesitzerin, auf dem Kutschbock und hörte sich seine Erinnerungen aus dem Ersten Weltkrieg an. Da habe er an der Marne im Schützengraben gelegen, und die Kugeln seien ihnen um die Ohren geflogen. Margot ließ ihn schwatzen, klappte frierend den Kragen ihrer Uniform hoch und besah sich die Umgebung. Das Land war flach bis an den Horizont, von schmalen

Wassergräben durchzogen, die jetzt zugefroren waren, hie und da entdeckte man in der Ferne den spitz aufragenden Kirchturm einer Ortschaft. In den dunklen Ackerfurchen lag Schnee. Kühe standen auf den graugrünen Winterwiesen: schwarz-weiße, wohlgenährte Milchspenderinnen mit tief hängenden rosigen Eutern. In unregelmäßigen Abständen standen blanke, große Milchgefäße am Straßenrand, die mussten auf das Fuhrwerk geladen werden, und da war Paule wegen seines Rückens recht froh, eine junge Helferin zu haben.

»Die zwacken ja immer mehr für sich selber ab, als sie dürfen, die Bauern«, meinte er grinsend. »Weil die Milch ja abgegeben werden muss. Selber buttern ist unter Strafe verboten.«

Margot kannte diese Maßnahmen, in der Bretagne war es nicht viel anders zugegangen. Man hatte dort den Bauern die Kurbeln der Zentrifugen weggenommen, aber natürlich hatte jeder noch irgendwo ein Butterfass stehen, das fleißig betätigt wurde.

Er schwatzte ihr die Ohren voll, erzählte nun auch von dem Gutshof der von Staden, die gar nicht von hier stammten, sondern das Anwesen vor Jahren erworben hätten. Wann? Das dürfte wohl um die Mitte des letzten Jahrhunderts gewesen sein. Da seien die Preußen hier gewesen, und der Oberstleutnant von Staden habe sich niedergelassen. Weil – den Familienstammsitz drüben im Osten, den habe sein älterer Bruder bekommen, da hätte er wohl schlechte Karten gehabt, wenn er zurückgegangen wäre. Tüchtig seien sie immer gewesen, die von Staden. Vor allen Dingen die Frauen, die stammten aber auch aus der Gegend und hätten das Sagen auf dem Gut. Die Männer waren alle Offiziere, das war Familientradition, auch jetzt noch. Drei seien nun schon gefallen, der Hubert zuerst, der sei Leutnant gewesen. Dann der Friedrich, der arme Kerl, der wäre wohl gern ein Musiker geworden, habe immer die Orgel in der Kirche von Westerhude gespielt. Aber da gab es nix – die Familientradition musste hochgehalten werden, und so schickten sie ihn in die Kadettenanstalt nach Münster. In Russland sei er geblieben, genau wie sein jüngerer Bruder, der Karl-Eugen. Der hätte es bis zum Hauptmann gebracht, der Einzige, dem das Offiziersdasein gefallen habe.

»Und der letzte Bruder?«

Paule grinste, rückte die blaue Kappe zurecht und feuerte den braunen Holsteiner mit einem lauten »Hoho« an, damit er nicht langsamer wurde. Der August, das sei ein ganz feinsinniger Mensch, der habe sogar eine Weile in Frankfurt Malerei studiert. Ein Künstler sei das. Habe auch Bilder gemalt und Figuren aus Stein gehämmert. Mit einer Belgierin sei er verlobt, die sei Erbin einer Schiffswerft und habe Geld wie Heu. Zweimal sei sie auf dem Gut zu Besuch gewesen, eine stattliche Person, alles am rechten Fleck, wenn sie wisse, was er meine. Und freundlich sei sie auch gewesen. Habe ein paarmal im Milchladen eingekauft und sich bemüht, deutsch zu reden. Aber die Sache sei wohl im Sande verlaufen, während der letzten drei Jahre habe man nichts mehr von ihr gehört. Schade für den Major von Staden, der sei wohl mächtig in seine belgische Braut verliebt gewesen. Hatte aber nicht sollen sein. Und jetzt, wo er ein Auge durch Kriegsverletzung eingebüßt habe, schon gar nicht.

»Dann wird der Gutshof also von seiner Mutter geführt?«

Wie das so überall sei in Kriegszeiten. Da müssten eben die Alten, die Kinder und auch die Frauen ran. Weil doch die Männer im Feld für den Endsieg stritten. Der alte Oberst von Staden kämpfe irgendwo in Russland, Gott weiß wo, und der August von Staden sei wohl in Belgien stationiert. Wegen seiner Verletzung könne er nicht mehr bei der kämpfenden Truppe sein, das habe die Frau von Staden sehr bedauert, aber da sei nun mal nix zu machen.

»Seine Mutter hat das … bedauert?«, fragte Margot, die nicht sicher war, ob sie recht verstanden hatte.

»Jawoll, Frollein«, gab er kopfnickend zur Antwort und hielt den Braunen an, weil drei Milchgefäße am Wegrand standen. Die Henrike von Staden sei eine richtige Offiziersfrau. Ein Gemüt hart wie Eisen, das sei überall bekannt. Sie habe keine Miene verzogen, wenn ihr überbracht wurde, dass wieder einer der Söhne gefallen sei. Das wisse er von dem Jochen, seinem Neffen, der sei schwindsüchtig und konnte nicht Soldat werden, da habe man ihn bei der Post untergebracht. Deshalb müsse er nun überall die Todesmeldungen überbringen, das sei kein Spaß, ginge aber nicht anders.

Sie schleppten die Milchgefäße auf den Wagen, und Margot hatte Mühe, anschließend wieder auf den Kutschbock zu klettern. Einen Moment lang war ihr schwarz vor Augen, wohl der Kreislauf, schlecht war ihr auch. Außerdem hatte sie Hunger, schrecklichen Hunger. Ein Butterbrot und ein Glas fette Kuhmilch, dafür hätte sie jetzt ihre Seligkeit verkauft.

»Die Frau von Staden, die stammt ausnahmsweise nicht von hier. Hat er sich aus Berlin mitgebracht, der alte von Staden. Damals, noch vor dem Weltkrieg. Und dann ist ein Junge nach dem anderen zur Welt gekommen. Sind alle in Oldenburg auf die Schule gegangen. Lausebengel waren das, hielten immer zusammen. Einmal haben sie sich im Gebüsch versteckt und den Lehrer Kettler mit rohen Eiern beworfen. Das hat meine Frau gesehen, aber sie hat nix verraten. Weil die von Stadens doch gute Kunden waren.«

Der August, der jetzt noch am Leben sei, der sei immer der Stillste gewesen. Aber den würde sie jetzt nicht antreffen, der sei ja im Feld. Ob sie als Haustochter zur Frau von Staden käme?

»Ich?«

Er schaute sie misstrauisch an und meinte dann, er habe sich das so gedacht. Weil die Frau von Staden früher immer mal ein junges Mädel aus einer Offiziersfamilie bei sich aufgenommen und ausgebildet habe.

»Ja, natürlich«, stotterte sie. »Ich komme, um zu lernen, wie man einen großen Haushalt führt ...«

Ach, diese schreckliche Lügerei! Seit Jahren log sie, es war ein Teil ihres Wesens geworden, sich zu verstecken, eine andere zu sein als die, die sie in Wirklichkeit war. Manchmal hasste sie sich selbst dafür, und dann sagte sie sich wieder, dass es nicht ihre Schuld war. Es waren die anderen, die sie zur Lüge zwangen.

»Da wären wir dann auch ...«, meinte Paule. »War nett, mit Ihnen zu snaken ...«

Der Braune blieb von selber bei den zwölf Milchgefäßen stehen, und Margot half ein letztes Mal, die schweren Kannen auf das Fuhrwerk zu heben. Hunger würde sie wohl nicht leiden müssen, wenn es hier so viel Milch gab. Aber die Familienchronik, die sie in landläufiger Kurzfassung gehört hatte, gefiel ihr wenig. Sie klemmte die Reisetasche unter den Arm, winkte dem davonzockelnden Paule zum Abschied zu und beschritt den breiten Sandweg, der zu einigen ziemlich entfernt liegenden Backsteingebäuden führte. Wie weitläufig dieser Gutshof doch war. Hier ein lang gezogenes Stallgebäude mit hohen, grün gestrichenen Türen, dort eine Remise, dazwischen ein gepflasterter Hof. Auf der anderen Seite ein weiterer Stall, daneben eine Pferdekoppel, auf der zwei braune Oldenburger standen. Sie waren beide schon recht betagt, man konnte Rippen und Hüftknochen sehen, vermutlich erhielten sie hier das Gnadenbrot.

Zwischen kahlen Eichen war jetzt endlich das Gutshaus zu erkennen, ein zweistöckiges Backsteingebäude, groß, solide und recht schmucklos. Ein rechteckiger Vorbau diente im Erdgeschoss als offener Windfang, im ersten Stock war er mit Fenstern versehen. Efeu umrankte das Gebäude, ein dunkelgrüner Bewuchs, der Margot seltsamerweise an einen Friedhof erinnerte. Zwischen diesem behäbigen, zweckmäßigen Bauwerk und dem verwinkelten Phantasieschlösschen in der Bretagne lagen Welten.

Eine schwarz gekleidete Angestellte mit weißer Schürze und einer kleinen Spitzenhaube öffnete ihr die Tür.

»Sie wünschen?«

»Major von Staden hat mich seiner Mutter angekündigt. Ich bin Margot de Morand.«

»Warten Sie bitte hier …«

Es klang nicht gerade nach einem begeisterten Empfang. Die Angestellte ließ sie an der Eingangstür stehen und eilte mit wackelnden Hüften davon. Margot versuchte, im Halbdunkel der großen Diele einige Möbelstücke zu erkennen. Da waren bemalte Truhen, ein geschnitzter Schrank, mehrere Spinnräder, ein hoher Spiegel mit einer hölzernen Ablage …

»Frau von Staden lässt bitten!«

Jeder Schritt auf den hölzernen Dielen erzeugte ein vernehmliches Knarren, in diesem Haus konnte sich niemand ungehört bewegen. Der Raum, in den Margot nun eintrat, war mit schweren Brokatvorhängen und dunklen, geschnitzten Möbeln ausgestattet, die vermutlich noch aus dem vorigen Jahrhundert stammten. Neben dem Fenster stehend erwartete sie eine hochgewachsene Frau mit aufgestecktem, blondem Haar.

»Madame de Morand«, sagte sie und durchbohrte Margot dabei mit ihren graublauen, ein wenig vorstehenden Augen. »Mein Sohn, Major von Staden, hat mir Ihre Ankunft bereits angekündigt. Seien Sie also auf Gut Staden willkommen!«

»Vielen Dank, gnädige Frau. Ich freue mich sehr …«

Wie gut sie doch lügen konnte. Sie freute nicht überhaupt nicht, hier bleiben zu dürfen. Dankbar sein zu müssen, dass man sie duldete und mit durchfütterte. Das hatte ihr schon in Paris bei Tante Sybille nicht behagt. Aber was blieb ihr übrig?

Frau von Staden dachte keineswegs daran, ihrem Gast einen Sitzplatz anzubieten. Auch sie selbst blieb während der Unterhaltung stehen, mit geradem Rücken, das Kinn leicht angehoben.

»Sie sind Französin?«

»Nein, ich bin Deutsche.«

»So, so …«

Die Herrin von Gut Staden starrte Margot einen Augenblick lang nachdenklich an, dann fragte sie geradeheraus: »Jüdin?«

Margot zuckte zusammen, als habe man sie bei einem Verbrechen ertappt. Ja, sie sei Jüdin. Das sei dem Major von Staden auch bekannt …

»Woher haben Sie diese Uniform?«

Es klang streng, wie bei einem Verhör. Margot hatte große Lust, ihr die Reisetasche vor die Füße zu werfen und erhobenen Hauptes davonzulaufen. Ganz gleich wohin. Nur fort.

»Die hat mir Ihr Sohn gegeben.«

»Ich verstehe«, sagte Frau von Staden. »Sie werden von mir andere Kleidung erhalten. Mariechen wird Ihnen alles zeigen.«

Margot nickte nur. Sie verabscheute diese Frau, die sie so unwillig bei sich aufnahm. Und sie spürte deutlich, dass dieser Abscheu erwidert wurde.

Schweigend folgte sie der breithüftigen Angestellten, die den unpassenden Namen »Mariechen« trug. Man brachte sie nicht etwa im Gutshaus unter – wie es schien, legte Frau von Staden keinen Wert darauf, unter einem Dach mit einer Jüdin zu wohnen. Sie überquerten einen gepflasterten Hof, folgten einem sandigen Weg am Gänseweiher vorbei, ein Stück an der Pferdekoppel entlang, dann hinüber zu einem der Stallgebäude. Dem Geruch nach war es ein Kuhstall.

»Hier herauf …«

Mariechen zog eine hölzerne Pforte auf, von wo aus eine enge Treppe nach oben führte. Der warme Stallgeruch schlug Margot mit solcher Wucht entgegen, dass ihr auf der Stelle übel wurde.

»Sie schlafen in der Kammer gleich vorn links. Die Kleider hab ich Ihnen hingelegt, und das Bett ist auch aufgeschüttelt. Heizen müssen Sie nicht, ist warm genug wegen der Kühe. Mittagessen gibt's drüben im Gutshaus. Aber erst um halb eins.«

Damit stapfte die gute Seele davon; in dem weiten, grauen Mantel, den sie wegen der Kälte übergezogen hatte, sah sie aus wie ein großer Kaffeewärmer. Margot stieg die Treppe hinauf, fand sich in einem dämmrigen Flur wieder und tastete nach links, wo sie schließlich eine Türklinke spürte. Das also würde ihr Quartier für die nächsten Wochen sein. Eine rechteckige Kammer mit einem winzigen Fensterchen, das man nicht öffnen konnte. Ein einfaches Bett mit Strohsack, steinhartem Kopfkissen und einem uralten, bleischweren Federbett. Ein Stuhl, eine hölzerne Truhe mit schadhaftem Deckel, ein Nachttopf aus emailliertem Metall. Durch die Bodenritzen konnte man die gefleckten Rücken der Kühe sehen, man hörte auch das Rasseln der Ketten und das Malmen ihrer Mäuler.

Nicht gerade ein feines Quartier. Dennoch war ihr diese Gesellschaft wesentlich lieber als die der Gutsherrin.

Zwei Stunden später saß sie mit wollenem Rock, Strickjacke und handgestrickten Strümpfen angetan in der Küche des Gutshauses und nahm die erste Mahlzeit dieses Tages zu sich: Graupensuppe mit Speck, ein Stück Räucherwurst, Graubrot mit Butter. Dazu gab es Milch und dünnes Bier. Margot aß gierig ihren Anteil auf, erhielt eine zweite Kelle dicke Suppe und trank zwei große Becher Milch.

»Du hast wohl lange nichts zu essen bekommen, wie?«, fragte eine schmale, dunkelhaarige Frau mitleidig.

»Stimmt … Ziemlich lange …«

»Bist du auch … jüdisch?«

Margot hob verblüfft den Kopf und sah die Sprecherin an. Dann begriff sie. Sie war nicht die Einzige, die Major von Staden vor der Deportation gerettet hatte. Eine jüdische Familie aus Bremen mit Namen Levy saß am Gesindetisch: Vater, Mutter, drei halbwüchsige Töchter. Ein lang aufgeschossener Mensch mit Nickelbrille, der einmal Dozent für Mathematik in Hamburg gewesen war. Ein Ehepaar mittleren Alters, das aus Belgien stammte und mit Nachnamen Solomon hieß. Keiner von ihnen hatte je in der Landwirtschaft gearbeitet. Das hatten nur die zehn polnischen Zwangsarbeiter, die ganz unten am Ende des Tisches saßen und ihre eigenen Gespräche führten.

»Es lernt sich«, meinte Berthold Blumenroth, der Mathematikdozent, und er besah seine schmalen Finger, die voller Schwielen waren. Er fügte hinzu, dass es eine schöne und sinnvolle Arbeit sei.

Bald nach dem Essen stand Margot in Gummistiefeln im Schweinestall, um auszumisten, eine Arbeit, die sie nur unter Aufbietung aller Willenskraft überstand. Sie hatte keine Ahnung gehabt, wie widerlich frischer Schweinemist stinkt. Am Abend lernte sie, eine Kuh zu melken, ohne von dem hin- und hersausenden Kuhschwanz getroffen zu werden. Beim Abendbrot am Gesindetisch war sie so erschöpft, dass sie fast über ihrer Milchsuppe einschlief.

»Ein feines Stadtpflänzchen«, sagte Mariechen, die bei den »alteingesessenen« Angestellten saß und mit ihnen tuschelte. »Richtig arbeiten kann die nicht.«

»Kann doch keiner von denen!«

Das Flüstern wurde leiser und boshafter, und die jüdischen Angestellten senkten die Köpfe. Niemand hatte den Mut, sich gegen die Vorwürfe zu wehren. Margot war so müde, dass ihr alles gleich war, sie nahm sich ein Stück Graubrot und einen Becher Milch mit und ging hinüber zu ihrem Quartier. Hatte sie Grund, sich zu beschweren? Sie war dem Todeszug entkommen, sie lebte, sie hatte ein Bett, eine Kammer, genug zu essen. Konnte sie mehr vom Leben verlangen?

Alan. Sie träumte jede Nacht von ihm. Er stieg aus dem Meer und lief auf sie zu. Er ritt auf Morgane über die beschneiten Äcker. Er stand auf dem zinnenbewehrten Türmchen von Kerbourgh und winkte ihr lachend, sie solle rasch zu ihm hinaufsteigen. Doch niemals gelang es ihr, ihm nahe zu kommen.

Er war nicht tot. Er lebte irgendwo auf dieser Welt, sie wusste es, sie spürte es. Sie musste ihn nur finden. Später. Nach dem Krieg. Dann würde sie zurück in die Bretagne fahren und nach ihm suchen. Bis dahin lebte er in ihr, in ihren Träumen, in ihrer Sehnsucht und in ihrem Körper.

Als Major von Staden Mitte Mai für einen kurzen Urlaub auf das Gut kam, war Margot im siebten Monat schwanger. Er verfügte, dass sie von nun an ein Zimmer im Gutshaus erhielt und nur leichte Hausarbeiten zu verrichten hatte. Seine Mutter tat, was der Sohn verlangte. August von Staden war der einzige Mann, den der Krieg der Familie gelassen hatte, denn Oberst von Staden war inzwischen in Russland gefallen.

Drei Tage später reiste auch August von Staden an die Ostfront. Margot war inzwischen längst klar, dass das Schicksal der jüdischen Angestellten auf dem Gut davon abhing, ob Major von Staden diesen Krieg überlebte.

Die Wehen setzten in der Nacht ein. Zunächst nur schwach, sodass Margot annahm, das Abendessen sei zu reichlich gewesen. Bald wurde der Schmerz jedoch heftiger, presste ihr den Leib zusammen, und sie drehte sich stöhnend auf den Rücken. Das Kind! Alans Kind würde zur Welt kommen. Ach, es würde sicher gleich wieder sterben, so wie es beim ersten Mal gewesen war. Es konnte gar nicht anders sein, denn sie hatte während dieser Schwangerschaft Angst, Verzweiflung und Schrecken in solch großem Maß erfahren, dass ein Ungeborenes kaum überleben konnte.

Sie quälte sich bis zum Morgen, schleppte sich ins Badezimmer, um etwas Wasser zu trinken, und überlegte, ob sie Frau von Staden bitten sollte, einen Arzt zu holen. Sie hatte wenig Lust dazu und beschloss, erst einmal abzuwarten.

Am späten Vormittag waren die Wehen so heftig, dass sie sich den Zipfel der Bettdecke in den Mund stopfen musste, um nicht laut zu schreien. Jetzt endlich erschien die ältliche, magere Annelie, das zweite Hausmädchen, um die Schlafzimmer zu wischen, und sie machte große Augen, als sie Margot mit hochrotem Gesicht und schweißnassen Haaren auf dem Bettrand sitzend fand.

»Keine Aufregung«, stieß Margot hervor. »Sagen Sie Frau von Staden, sie möchte bitte die Hebamme rufen. Das Kind …«

»Ach, du lieber Gott … ausgerechnet heute. Ein Unglück kommt selten allein. Ach, du lieber Gott …«

»Wieso ›ausgerechnet heute‹?«, wollte Margot wissen. Bevor Annelie eine Antwort geben konnte, wurde Margot von der nächsten Wehe erfasst und stützte sich stöhnend mit beiden Armen auf der Matratze ab.

»Weil diese verfluchten Tommis doch unser schönes Hamburg bombardieren. Die ganze Stadt steht in Flammen. Die Frau von Staden ist ganz verzweifelt, weil doch eine Schwester von ihr in Hamburg verheiratet ist. Sie hat heute ausnahmsweise den englischen Sender abgehört, das tut sie sonst niemals. Bei uns wird nur der Großdeutsche Rundfunk angestellt, wir sind anständige deutsche Volksgenossen …«

Sie hielt inne, weil sie bemerkte, dass Frau von Moran – so sollte sie sie nennen – ihr gar nicht mehr zuhörte. Unsicher ließ sie den Blick im Zimmer umherwandern, entschloss sich dann, wenigstens das Kopfkissen aufzuschütteln und das Fenster zu öffnen, dann trollte sie sich nach unten, und Margot hörte, wie sie ihrer Herrin die Nachricht überbrachte.

»Da oben geht's los, gnädige Frau. Sie will eine Hebamme.«

Gleich darauf war der energische Schritt der Gutsherrin auf der Treppe zu vernehmen, und die Tür von Margots Schlafkammer wurde aufgerissen. Frau von Staden warf einen kurzen, abschätzenden Blick auf die werdende Mutter; sie kannte sich aus, hatte selbst vier Söhne auf die Welt gebracht.

»Das kann noch dauern …«, lautete ihr Urteil.

Bis zum Abend kümmerte sich niemand um Margot. Sie

schleppte sich im Zimmer auf und ab, hockte auf dem Fußboden, hing keuchend über dem einzigen Stuhl und war schließlich so erschöpft, dass sie nur noch auf dem Bett lag und die Wehen über sich hinwegbranden ließ. Erst gegen Abend, als unten in der Küche schon die Angestellten zum Essen versammelt waren, erschien eine weißhaarige Alte, die ein braunes Lederköfferchen in der Hand trug.

»Ich bin die Petersen …«, stellte sie sich vor. »Hab alle vier Söhne der Frau von Staden geholt. Kannst mir vertrauen …«

Entsetzt stellte Margot fest, dass die Augen der Hebamme durchsichtig wie Glas waren – sie war blind.

»Brauch die Augen nicht, Mädchen. Ich seh mit den Händen …«

Und sie hatte recht. Die Hände der alten Hebamme waren kühl und leicht, sie taten nicht weh und spürten doch genau, was von Wichtigkeit war. Sie gab kurze Anweisungen, lobte Margot, wenn sie Folge leistete, half ihr, machte ihr Mut, freute sich, als es endlich voranging.

»Da ist er. Was für ein Bursche. Und er brüllt. Recht so, kleiner Schreihals. Die Welt, in die Gott dich geworfen hat, ist ein Riesenzirkus. Aber du bist stark. Du wirst sie meistern …«

Ein Junge! Und er lebte! Wie laut er schrie, als die Hebamme ihn badete. Krebsrot war sein Köpfchen, als man ihn der Mutter in den Arm legte, und viereckig aufgerissen der zornige Mund.

»Wie willst du ihn nennen?«

Sie wollte »Alan«, sagen, dann zögerte sie. Nein. In ihrem Leben sollte es nur einen einzigen Alan geben, sein Sohn würde einen anderen Namen tragen.

»Pierrik soll er heißen. Pierrik de Morand.«

»Ist das ein Franzosenkind?«, fragte die Hebamme abfällig.

»Sein Vater ist Bretone.«

Der kleine Pierrik schlief in der ersten Nacht bei seiner Mutter im Bett, am folgenden Tag schleppten Annelie und Mariechen eine große Holzkiste in Margots Zimmer, in der einmal Weinflaschen transportiert worden waren. Sie war zur Hälfte mit Stroh gefüllt, darauf hatte man eine gefaltete Decke und ein weißes Handtuch aus Leinen gelegt. Als Zudecke hatte Frau von Staden ein ausgedientes Sofakissen spendiert.

Margot hatte während der vergangenen Wochen ein paar Hemdchen aus Handtüchern genäht, die man ihr überlassen hatte; drei halb zerrissene Windeln aus alten Beständen der Gutsherrin vervollständigten die Erstausstattung. Am Abend klopfte es leise an ihre Zimmertür: Die Levys kamen, um das neugeborene Kind zu sehen. Staunend standen die drei Mädchen vor der Kiste mit dem schlafenden Pierrik, lächelnd besah die Mutter das Baby, und der Vater, der früher einmal ein Textilgeschäft besessen hatte, überreichte die Geschenke. Eine kleine Mütze, aus einem Taschentuch mit Spitzenrand genäht, ein winziges Paar Schuhe, aus aufgeribbelter Baumwolle gehäkelt, ein weiches Tuch, das einer der Töchter als Kopftuch gedient hatte. Auch das belgische Ehepaar kam zu Besuch und brachte Geschenke, Berthold Blumenroth hatte einen kleinen Hund aus Holz für Pierrik geschnitzt. Margot war gerührt. Wie viel Wärme und Anteilnahme kam ihr von diesen Menschen entgegen, die doch selbst nicht viel besaßen.

»Er ist ein Zeichen der Hoffnung für uns alle«, sagte Frau Solomon. »Solange Kinder geboren und geliebt werden, ist unsere Welt noch nicht am Ende.«

Frau von Staden erschien erst am folgenden Morgen in Margots Zimmer und würdigte den kleinen Pierrik keines Blickes. »Ein Judenbalg«, hatte sie im Treppenhaus zu Annelie gesagt. »Dass ich das noch erleben muss, in meinem eigenen Haus!«

Sie musterte Margot, die angezogen auf dem Bettrand saß und ihr Kind stillte.

»Es scheint dir ja recht gut zu gehen. Morgen nimmst du die Arbeit wieder auf.«

»Aber … ich muss das Kind versorgen …«

Die Gutsherrin schnaubte verächtlich durch die Nase und bemerkte, dass man hier auf dem Land lebe und nicht in der Stadt. »Nimm dein Kind mit, es wird sich schon ein Platz finden, wo du es hinlegen kannst … Dann stillst du es zwischendurch. So machen es alle Bäuerinnen.«

Margot lag die Frage auf der Zunge, ob auch Frau von Staden nach der Geburt ihrer Söhne den Schweinestall ausgemistet habe. Sie schwieg jedoch. Wozu sich unnötigen Ärger einhandeln? Diese verbitterte, versteinerte Frau würde sie nicht kleinkriegen. Sie war stark, doppelt stark, weil sie für ihr Kind kämpfte. Alans Kind. Ach, wenn er doch hier wäre, um seinen kleinen Sohn zu bewundern!

Ende September erreichte ein telefonischer Anruf den Gutshof, und Frau von Staden ließ sich von dem alten Kutscher zum Oldenburger Bahnhof fahren. »Der Major ist verwundet«, sagte Annelie schluchzend. »Er liegt auf den Tod. In Berlin. In einem Lazarett …«

Jetzt ist es aus, dachte Margot voller Entsetzen. Wenn Major von Staden stirbt, wird sie uns alle der SS überstellen.

»Das wird sie nicht tun«, meinte der Mathematikdozent. »Woher will sie denn die Arbeitskräfte für das Gut nehmen?«

Vielleicht hatte er ja recht. Die folgenden Tage waren mit Warten und Hoffen angefüllt, die Arbeit musste getan, das Vieh versorgt werden, an den Abenden aber saß man zusammen und besprach die Lage. Gab es eine Möglichkeit zu fliehen? Heimlich bei Nacht zur Küste hinauf und nach England übersetzen?

»Ohne Geld ist das Selbstmord«, sagte Herr Solomon. »Niemand wird uns umsonst über den Kanal bringen.«

Der Mathematikdozent Blumenroth war der gleichen Ansicht. »Weshalb sollte sie uns an die SS ausliefern? Sie müsste doch erklären, wieso wir so lange Zeit hier auf dem Gut gelebt haben.«

Er hatte sich einen Radioempfänger zusammengebaut und hörte regelmäßig den englischen Sender Calais. Es könne nicht mehr lange dauern, sagte er. Mussolini sei abgesetzt, die Alliierten wären in Neapel gelandet, und die Russen bereiteten eine Offensive vor, um die Deutschen endgültig zurückzuschlagen. Nur noch wenige Monate, dann wäre Hitler am Ende und der Spuk vorüber.

»Ihr Wort in Gottes Ohr!«

Frau von Staden kehrte vierzehn Tage später auf das Gut zurück. Sie war in Begleitung zweier Rot-Kreuz-Schwestern, die den Major auf einer Trage vom Wagen hoben und die Treppe hinauf in sein Schlafzimmer brachten. Er hatte sie inständig gebeten, ihn aus dem überfüllten Lazarett zu holen – er wolle hier auf seinem Gut sterben.

»Es ist grauenhaft«, flüsterte Mariechen, die bei der Pflege des Verwundeten half. »Seine Brust ist eine einzige Wunde. Und der linke Arm ganz taub. Überall blutige Geschwüre …«

»Da ist es doch besser, wenn einer gleich tot ist«, fand Annelie. »Viel schöner. Und heldenhafter. Auf dem Feld der Ehre gefallen – das ist doch ganz was anderes als so ein Jammerbild.«

Der November verging, ohne dass man Näheres über den Zustand des Majors erfuhr. Es ging ihm nicht gut, so viel war klar, aber er war am Leben. Frau von Staden hatte eine ältere Frau als Pflegerin engagiert, die in dem Zimmer einquartiert wurde, das Margot für einige Monate bewohnt hatte. Margot wurde mit ihrem Säugling wieder in die Kammer über dem Stall verbannt. Dort war es in den Nächten so kalt, dass sie den kleinen Pierrik zu sich ins Bett nahm, um ihn zu wärmen.

An einem Morgen im Dezember, als ein eisiger Wintersturm über das flache Land fegte und an den Stalltüren rüttelte, kämpfte sich eine vermummte Gestalt vom Gutshaus zum Kuhstall hinüber. Eine Windbö riss einen Stapel Blecheimer um, die scheppernd über den Hof rollten. Man hörte Mariechen fluchen, als sie hastig zur Seite springen musste.

»He!«, rief sie laut zum Stallgebäude hinüber. »Margot! Komm mit deinem Balg heraus. Die Herrin will dich sehen!«

»Gehen Sie nicht«, flüsterte Herr Levy. »Oder lassen Sie wenigstens den Kleinen hier bei uns.«

Er und Margot waren damit beschäftigt, den Kühen frisches Heu vorzuwerfen, jetzt hielten sie inne und sahen einander an. War der unglückliche Major seinen Verletzungen erlegen? Standen drüben im Gutshaus schon die Schergen der SS bereit?

»Wenn es so wäre, hätten wir sowieso keine Chance«, sagte sie leise. »Wohin sollen wir fliehen bei dieser Kälte?«

»Kommst du jetzt endlich?«, keifte Mariechen draußen auf dem Hof. »Soll ich mir deinetwegen den Tod holen?«

Margot nahm den schlafenden Pierrik unter die Strickjacke, wickelte sich zusätzlich in eine Wolldecke und schob mit Berthold Blumenroths Hilfe die Stalltür einen Spaltbreit auf.

»Nun mach schon«, knurrte Mariechen und schlug schon mal den Rückweg ein. »Und pass auf, ist glatt auf den Steinen.«

Im Gutshaus war gut eingeheizt, sogar in der Diele spürte man die Ofenwärme. Frau von Staden eilte die Stiege hinunter und musterte Margot voller Entsetzen.

»Wie siehst du aus? Ganz verdreckt und voller Strohhalme. Eine Schande, sich so zu vernachlässigen. Geh hinüber ins Badezimmer und wasch dich. Kämm dir das Haar. Und zieh die Sachen an, die ich dir hingelegt habe. Ich nehme so lange das Kind …«

Margot bewegte sich keinen Millimeter. Lieber wäre sie gestorben, als den kleinen Pierrik dieser Person anzuvertrauen. Wieso lag Frau von Staden plötzlich etwas daran, dass ihre Magd Margot einen gepflegten Eindruck machte? Eine schwache Ahnung dämmerte ihr.

»Vielen Dank«, sagte sie kühl. »Bemühen Sie sich nicht – die Sachen werden im Stall sowieso wieder schmutzig.«

»Tu gefälligst, was ich sage«, rief die Gutsherrin. »Und beeil dich. Der Major möchte dich sehen.«

Ach, daher wehte der Wind!

»Es geht ihm besser?«

»Gottlob.«

Margot zögerte, dann entschloss sie sich doch, der Aufforderung zu folgen. Nicht etwa Frau von Staden zuliebe, sondern weil es ihr selbst unangenehm gewesen wäre, so verwahrlost vor ihm zu stehen. Ihr Kind nahm sie mit ins Badezimmer und legte es in die warme Strickjacke gewickelt auf den Fußboden.

Major von Staden saß angezogen auf einem Sessel, die Beine bedeckt von einer karierten Wolldecke. Zu Margots Überraschung war die Augenbinde verschwunden, von der Schwellung war nichts mehr zu sehen, nur eine feine Narbe zog sich wie ein roter Strich hinauf zur linken Augenbraue. Sein Gesicht war ebenso schmal und blass wie in St. Denis, jetzt aber waren die Wangen noch mehr nach innen getreten. Er hob ein wenig den Kopf, um sie besser ansehen zu können, und versuchte ein Lächeln, das seine ausgemergelten Züge noch schärfer hervortreten ließ.

»Ich freue mich sehr, Sie wiederzusehen, Margot«, sagte er. »Verzeihen Sie, dass ich zur Begrüßung nicht aufstehe …«

Er sprach mit kräftiger Stimme, was sie ein wenig erleichterte. Doch als sie auf ihn zuging, um ihm die Hand zu geben, erschrak sie über seine kühlen, trockenen Finger.

»Was für ein Glück, dass es Ihnen besser geht«, sagte sie. »Wir alle haben das Schlimmste befürchtet.«

»Wie es scheint, hat es sich der Sensenmann noch einmal überlegt«, scherzte er. »Setzen Sie sich zu mir, Margot. Zeigen Sie mir Ihren Sohn. Wie heißt er? Peter?«

»Pierrik!«

Er besah den Säugling mit sichtlicher Rührung, streckte dann vorsichtig die Hand aus und berührte sacht die Wange des Kleinen. Pierrik blinzelte ihn an und bewegte die kleinen Fäuste, dann schlief er wieder ein.

»Ein zufriedenes Kind«, bemerkte von Staden. »Kein Wunder – er hat eine wunderbare Mutter.«

»Ich bemühe mich …«, lächelte sie.

Er musste sich wieder anlehnen, weil die Kraft ihn verließ. Ein paar Atemzüge lang schloss er die Augen, dann sah er sie an und wollte wissen, wo sie untergebracht war.

»Drüben …«

Sie erklärte nicht genau, was sie damit meinte, doch er hatte längst begriffen. Schon der Geruch machte ihm klar, wo sich ihr Quartier befand. Er fragte nicht weiter, sondern begann von seinem Einsatz in Russland zu erzählen, von Märschen durch tiefen Morast, durch dichte Wälder, von Bauern, die ihre Hütten anzündeten und in wilder Flucht davonliefen. In verlustreichen Kämpfen hatten sie Dörfer und einsame Weiler erobert, die schon am folgenden Tag wieder aufgegeben werden mussten. Niemand begriff die Befehle, die ihnen übermittelt wurden, und manches Mal – aber das durfte man nicht laut sagen – beschlich die Soldaten der Eindruck, dass dieser Feldzug von einem Irrsinnigen geleitet wurde.

»Berthold Blumenroth sagt, es könne nicht mehr lange dauern.«

Er nickte müde, schien diese Ansicht jedoch nicht zu teilen. Er sei froh, dass es nun hoffentlich wieder aufwärts mit ihm ginge, und daran hätte sie keinen geringen Anteil.

»Ich?«, fragte sie überrascht.

»Sie, Margot, und Ihr kleiner Sohn. Und auch die anderen. Wir alle schlagen dem Schicksal ein Schnippchen. Das gefällt mir. Dafür lebe ich weiter, auch wenn ich ein verdammter Krüppel sein werde …«

»Warten Sie es ab«, widersprach sie. »Ihr Auge scheint doch wieder in Ordnung zu sein …«

»Gewiss. Wenn man davon absieht, dass ich kaum noch damit sehen kann …«

»Du meine Güte!«, rief sie. »Vor zwei Wochen glaubten Sie noch, sterben zu müssen. Und jetzt jammern Sie, weil Sie ein paar Blessuren zurückbehalten könnten …«

Sie brachte ihn tatsächlich zum Lachen. Ja, sie habe recht. Er sei unbescheiden, habe den kleinen Finger erwischt und wolle nun die ganze Hand …

»Es ist schön, mit Ihnen zu plaudern, Margot«, meinte er schließlich und keuchte vor Erschöpfung. »Haben Sie etwas dagegen, im Gutshaus Quartier zu nehmen? Es wäre für den Kleinen sicher besser als drüben im Kuhstall …«

Sie willigte ein, wenn auch mit schlechtem Gewissen. Sie täte es nur wegen Pierrik, würde aber weiter ihre Arbeit verrichten, denn sie wolle die anderen nicht im Stich lassen.

Sie erhielt das Zimmer zurück, das sie schon einmal bewohnt hatte, denn die Pflegerin wurde nicht mehr gebraucht. Nie erfuhr sie, was sich zwischen August von Staden und seiner Mutter abgespielt hatte, doch von diesem Tag an wurde ihr nahezu jeder Wunsch erfüllt. Annelie brachte einen Koffer voller Säuglingswäsche, eine Wiege mit einem hellblauen Himmel, sogar ein hölzernes Schaukelpferd, auf dem alle vier Söhne der Gutsherrin einmal gesessen hatten. Der Ofen wurde regelmäßig beheizt, das Badewasser war heiß, Mariechen brachte ihr Kleidung und Schuhe, die ganz offensichtlich einmal der Gutsherrin gehört hatten und die Margot beharrlich verschmähte.

Weihnachten feierte man nach altem Brauch gemeinsam mit allen Angestellten; auch die polnischen Arbeiter wurden – allen Verboten zum Trotz – zum Festmahl eingeladen. Es gab reichlich zu essen, auch Wein und Sekt wurden auf Wunsch des Majors ausgeschenkt.

»Lasst uns auf ein Ende dieses unsinnigen Kriegs und auf den kommenden Frieden anstoßen!«, sagte er laut in die Runde.

»Auf ein siegreiches Ende«, ergänzte seine Mutter, doch niemand hörte auf sie.

Später setzte sich Frau Levy ans Klavier, entschuldigte sich mehrfach für ihre steif gewordenen Finger und spielte Beethoven. Sie war Pianistin gewesen und hatte am Konservatorium unterrichtet. Man redete über Kunst und Musik, kramte heitere Erinnerungen hervor, lobte Schriftsteller, deren Werke inzwischen verbrannt worden waren, wagte sogar – unter dem Einfluss des Weines –, Pläne für die Zukunft zu schmieden. Wenn der Krieg vorbei sei …

»Was werden Sie dann tun, Margot?«, fragte von Staden leise. Er war inzwischen schon in der Lage, die Treppen zu gehen, und hatte erste Ausflüge auf den Hof unternommen.

»Ich werde in die Bretagne fahren.«

»Natürlich …«, meinte er ernst. »Das verstehe ich gut.«

Im Februar traf eine Gruppe SS-Leute auf dem Gut ein, um sich über die Angestellten zu informieren. Man benötige jeden Mann, und wer sich feige aus der Verantwortung zog, habe sich die Folgen selbst zuzuschreiben. Von Staden wies gefälschte Papiere vor, seine deutschen Angestellten seien schwer kriegsversehrt, einer auch tuberkulös. Außer ihnen gäbe es nur polnische Zwangsarbeiter. Die Herren ließen sich verköstigen, tranken den letzten Rotwein und fuhren davon.

Im Juni landeten die Alliierten in der Normandie, doch die Lage war unübersichtlich. Die Amerikaner waren wenig kampferfahren und erlitten hohe Verluste, die Deutschen gaben keinen Meter freiwillig auf. Als der Rundfunk im Juli meldete, der Führer habe ein hinterhältiges Attentat unbeschadet überstanden, sagte Frau von Staden, das würde noch böse Folgen haben. Auch sie glaubte inzwischen nicht mehr an den Endsieg, den Propagandaminister Goebbels beschwor, aber sie ließ hin und wieder die Bemerkung fallen, ihr Sohn August würde sie noch alle an den Galgen bringen. Die Stimmung im Land war gereizt, das Denunziantentum blühte, jedes unvorsichtige Wort galt als Wehrkraftzersetzung und wurde mit dem Tod geahndet. August von Staden wusste, dass die Leute in den Dörfern über seine Angestellten redeten. Eine Anzeige konnte für alle, auch für den Major und seine Mutter, das Ende bedeuten.

Im August, mitten in den Erntearbeiten, stürzte Margot ins Wohnzimmer, wo von Staden und seine Mutter die Nachrichten im Radio hörten. »Die Bretagne ist frei!« Sie fiel ihm vor Begeisterung in die Arme und begann zu schluchzen. Berthold habe es schon heute früh auf seinem selbst gebastelten Radio gehört, es ihnen aber erst jetzt mitgeteilt. Kerbourgh sei befreit, die Wiesen und Wälder, das Meer, die Felsen, die sandigen Buchten – alles das gehöre nun wieder den Bretonen!

»Ich muss sofort abreisen!«

Von Staden hielt sie umschlungen und wartete, bis sie sich beruhigt hatte. Ja, auch er habe die Nachricht gehört, es gehe voran, bald würden die Alliierten Paris einnehmen.

»Sie können nicht dorthin, Margot.«

»Wieso nicht?«, rief sie.

»Haben Sie vergessen, dass man in diesem Land Juden verfolgt?«

Sie hatte keinen Pass, die Zugverbindungen waren unterbrochen, Bomben fielen, es wurde gekämpft. Er hatte es nicht leicht, sie davon zu überzeugen, dass sie warten musste. Dennoch vermied er, ihr den eigentlichen Grund für die Sinnlosigkeit dieses Unterfangens zu nennen: Alan war tot. Erschossen als Mitglied der Résistance. Sie würde nur sein Grab finden, wenn überhaupt.

Margot löste sich enttäuscht aus seinen Armen und ging zurück an ihre Arbeit. Als sie die Tür hinter sich schloss und durch die Diele zur Haustür lief, hörte sie noch, was Frau von Staden zu ihrem Sohn sagte: »Diese Frau ist dein Unglück!«

»Du wirst sie mir nicht ausreden, Mutter«, gab er ruhig zurück. »Ich liebe Margot.«

Sie warf die Haustür hinter sich zu und rannte über den Hof, als würde sie verfolgt. Natürlich hatte sie so etwas geahnt. Sie hätte blind und taub sein müssen, um es nicht zu bemerken. Und doch war sie über diese drei Worte erschrocken. Was erhoffte er sich? Sie liebte ihn nicht. Sie liebte Alan. Wo immer er war, was immer er jetzt tat. Sie liebte ihren Mann mit Leib und Seele. Niemals würde es einen anderen für sie geben.

Ende August 1944 war Frankreich endgültig von der deutschen Besatzung frei, die Männer und Frauen der Résistance kämpften nun gemeinsam mit den Alliierten. Im November besetzten sie Mühlhausen und Straßburg, im Osten machte sich die Rote Armee für die Winteroffensive bereit. Holland und Belgien waren längst befreit, Italien mit den Westmächten verbündet. Deutschland war von Feinden umringt – es gab keine Rettung mehr.

»Er muss kapitulieren!«, meinte Herr Levy. »Es bleibt ihm nichts anderes übrig.«

»Er steckt im Führerbunker in Berlin, das feige Schwein«, sagte Berthold Blumenroth. »Schickt Kinder und Alte mit dem Volkssturm in den Tod …«

»Still …«, flüsterte Frau Levy und legte ihm warnend die Hand auf den Arm.

Man konnte niemandem trauen. Auch nicht dem schwerhörigen Knecht und schon gar nicht den beiden Hausangestellten oder der Köchin. Obgleich die schrecklich geflucht hatte, als man ihren vierzehnjährigen Sohn als Flakhelfer nach Berlin geholt hatte.

Warten und Hoffen. Den Kopf einziehen, im Graben Schutz suchen, wenn britische oder amerikanische Flugzeuge über sie hinwegjagten. Auch auf Oldenburg fielen Bomben. Ein paar verirrte Geschosse rissen tiefe Löcher in die Äcker des Gutshofs und setzten einen Heuschober in Flammen. Im Januar griffen Flugzeuge der Wehrmacht alliierte Flugplätze in Belgien und Nordfrankreich an. Es war das letzte sinnlose Aufbäumen gegen die unvermeidliche Niederlage. Nach Weihnachten nahm der Bombenkrieg eine neue, grausige Dimension an. Phosphorbomben fielen auf alle deutschen Großstädte, Tausende und Abertausende starben im Feuersturm.

Es dauerte bis Anfang Mai.

»Bedingungslose Kapitulation«, sagte Frau von Staden verbittert. »So weit hat es kommen müssen. Nur gut, dass mein Albert das nicht mehr erleben muss. Was für eine Schande!«

Am 2. Juni erschien ein Nachrichtenblatt der Alliierten Militärbehörde, die »Neue Oldenburger Presse«. Man war der britischen Zone zugeteilt worden. Eine Menge Vorschriften und Regelungen waren zu lesen, die polnischen Zwangsarbeiter würden vorläufig in Lagern untergebracht und sollten später in ihre Heimat zurückgeführt werden. Die Landwirte hatten Milch, Getreide und Kartoffeln abzugeben, man würde eine genaue Überprüfung der deutschen Bevölkerung mit Hinblick auf ihre Verstrickung in das Naziregime durchführen.

Kurz darauf verschwanden die polnischen Arbeiter, dafür fanden sich andere Arbeitswillige ein. Männer und Frauen ohne Papiere, dafür aber bereit, jegliche Arbeit nur für Kost und Logis zu verrichten. Ihren Händen nach zu urteilen, hatten sie bisher keine Mistgabel geführt, sondern an Schreibtischen gesessen. Die Männer ließen sich Bärte stehen und zogen die Mützen tief ins Gesicht, die Frauen trugen teure Kleider, die für die Arbeit denkbar ungeeignet waren.

»Wir haben keine Wahl«, sagte Frau von Staden. »Das Heu muss eingebracht werden, die Kühe gemolken. Und deine jüdischen Freunde haben sich inzwischen ja davongemacht.«

Die Levys waren als Erste abgereist; sie hofften, ihr Haus in

Bremen unversehrt zu finden oder wenigstens einige Dinge aus den Trümmern retten zu können. Eine Weile später hatte sich das Ehepaar Solomon verabschiedet, nach längeren Gesprächen mit den Briten hatte man ihnen die Einreise nach Belgien ermöglicht. Nur Berthold Blumenroth blieb auf dem Gut zurück, er wollte zunächst nach seiner Familie forschen und dann nach Israel auswandern. Er war es, der Margot die Fotografien zeigte, die man in der Zeitung abgedruckt hatte. Bilder aus dem Vernichtungslager Auschwitz.

Sie weinte eine ganze Nacht lang und tat in den folgenden Tagen ihre Arbeit und versorgte ihr Kind, ohne ein einziges Wort zu sprechen. Erst als Blumenroth sie um Verzeihung bat, erwachte sie aus ihrer Starre. Nein, er habe richtig gehandelt, ihr die Zeitung zu zeigen. Er brauche sich keine Vorwürfe zu machen.

Stattdessen fiel sie zornig über August von Staden her. Wieso er die Zeitung vor ihr versteckt habe? Ob er glaube, sie sei ein Kind, das er bevormunden müsse?

»Ich und mein Sohn – wir haben in diesem Land nichts mehr zu suchen«, rief sie aufgebracht. »Morgen melde ich mich bei der Britischen Militärregierung, sie werden mir die Rückreise in die Bretagne ermöglichen.«

Von Staden musste diesen Ausbruch vorausgeahnt haben, denn er blieb gefasst, wartete, bis sie ruhiger geworden war, und bat sie dann, nicht ungerecht zu urteilen.

»Ich habe diese Bilder nicht vor Ihnen versteckt, Margot. Meine Mutter hat die Zeitung vernichtet, noch bevor ich sie zu sehen bekam. Ich kann Sie an dieser Reise in die Bretagne nicht hindern, will es auch nicht«, fuhr er fort. »Ich gebe Ihnen nur zu bedenken, dass wir noch immer unruhige Zeiten haben. Sie sind nicht allein, haben ein Kind bei sich, für das Sie verantwortlich sind.«

Sie warf ärgerlich den Kopf zurück und erklärte, er solle das nur ihre Sorge sein lassen. Im Übrigen tue es ihr leid, ihn falsch verdächtigt zu haben.

»Es sind diese Bilder«, sagte sie heiser und konnte nicht weitersprechen.

»Ich verstehe Sie, Margot …« Seine Stimme war sanft, es schwang ein Schuldbewusstsein darin, das ihm, der so viel für sie und ihre Schicksalsgenossen gewagt hatte, nicht anstand. Sie empfand Scham. Ausgerechnet an ihm hatte sie ihren Zorn ausgelassen, wie ungerecht, wie dumm.

»Wenn Sie noch ein wenig Geduld haben, dann könnten wir gemeinsam reisen«, schlug er vor.

Was für eine Idee! Aber sie schwieg vorerst, um ihn nicht erneut zu verletzen.

»Ich möchte nicht aufdringlich erscheinen«, fuhr er fort, von ihrem Schweigen ermutigt. »Aber wenn Sie mir erlaubten, von nun an für Sie und Pierrik zu sorgen, wäre ich sehr glücklich.«

Es tat ihr weh. Nicht nur, weil sie ihn nicht lieben konnte, sondern auch, weil er fest davon überzeugt schien, dass Alan tot war. Aber ihr Mann war nicht tot, das spürte sie doch.

»Ich habe einen Ehemann, Herr von Staden!«

Er schloss für einen Moment die Augen, wie er es öfter tat, um eine innere Bewegung zu verbergen. »Natürlich, Margot. Wir werden ihn finden.«

Zwei Tage später saß sie vor einem britischen Offizier und erzählte ihm ihre Geschichte. Er zeigte sich bewegt, machte eine Menge Notizen und versprach, ihr zu helfen. Es könne allerdings ein wenig dauern, da sich sehr viele »displaced persons« im Sektor befänden. Sie solle in zwei Wochen noch einmal vorsprechen.

Ende Juli endlich erhielt sie ein offizielles Schreiben, das in Dinard, Bretagne, von einem Louis Léouffre, Bürgermeister, verfasst worden war. Es enthielt nur wenige Sätze.

In Beantwortung Ihrer Anfrage teile ich mit, dass folgende Mitglieder der Familie de Morand im Januar 1943 von der deutschen Wehrmacht im Keller der Villa Kerbourgh erschossen wurden: 1. Pierrik de Morand, 63 Jahre. 2. Sophie de Morand, 60 Jahre. 3. Alan de Morand, 32 Jahre. 4. Marie-Anne de Morand, 28 Jahre. Außerdem der Angestellte Loan Goadec, 43 Jahre. Die Opfer wurden im Park des Anwesens begraben.

Am Abend hatte Margot hohes Fieber, sie war so krank, dass sie sich nicht einmal um den kleinen Pierrik kümmern konnte. Fast eine Woche lang lag sie in wilden Fieberträumen, erzählte wirre Phantasiegeschichten und rief immer wieder nach Alan. Als sie schließlich, bleich und ausgemergelt von der Glut des Fiebers, wieder zu Verstand kam, sprach sie nicht mehr davon, in die Bretagne zu reisen. Und sie tat es auch nie wieder.

Erst drei Jahre später wurde sie August von Stadens Ehefrau. Sie heiratete ihn, weil sie ihn als hochherzigen und mutigen Menschen schätzte. Und weil er sie liebte.

Juli 2010

»Was den Blumenschmuck betrifft, so haben wir da verschiedene Arrangements. Ich würde in diesem Fall lachsfarbene Rosen und weiße Gerbera empfehlen. Sehen Sie?«

Der Bestatter wendete schwungvoll die Seiten und schob den Ordner über den Tisch. Katharina blinzelte, weil sich das Licht auf der Plastikfolie brach, dann besah sie widerwillig die verschiedenen Sarggestecke. Rosa, lila, gelb. Teuer, sehr teuer, viel zu teuer. Hatte ihre Mutter Blumen geliebt? Im Garten hatte es nur nach vorn heraus, wo die Nachbarn hinsahen, ein Beet mit Stiefmütterchen und Fleißigen Lieschen gegeben, hinten bei der Terrasse wuchsen nur Koniferen, auch im Haus gab es so gut wie niemals einen Blumenstrauß. Wieso trieb man solch einen Aufwand nach dem Tod eines Menschen? Ihre arme Mutter hatte jedenfalls nichts mehr davon. Auch sonst niemand – die Tanten würden bei der Beerdigung nicht anwesend sein.

»Ich denke, wir brauchen kein Sarggesteck.«

»Kein Sarggesteck. Bitte sehr …«

Der Bestatter war um die vierzig, hatte den Schädel rasiert und trug trotz der Julihitze seine Berufskleidung – einen dunklen Anzug. In seinem Büro hingen gerahmte Poster von sonnendurchfluteten Waldwegen, wogenden Kornfeldern und türkisfarbenen Bergseen.

»Wünschen Sie Kerzen? Mit einer Aufschrift in goldenen Lettern nach Ihren Wünschen?«

»Nein, danke …«

Ihr Handy summte, und sie ärgerte sich, weil sie lange in ihrer Handtasche herumwühlen musste, bis sie es fand.

»Entschuldigen Sie …«

»Aber bitte, bitte … Das Leben geht weiter …«, sagte er und grinste anzüglich.

Es war Ewan. Seitdem sie abgereist war, rief er sie pausenlos an. Bisher war sie standhaft geblieben, auch jetzt schaltete sie das Handy aus.

»Gehen wir alles noch einmal durch, Herr Piepenbrink …«

Er versuchte, ihr noch einen Kranz mit Schleife zu verkaufen, doch sie ging nicht darauf ein. Lieber spendete sie das Geld für einen guten Zweck – bei diesem heißen Juliwetter verwelkten die Blumen an einem einzigen Tag.

Beim Abschied reichte er ihr die Hand, kondolierte nochmals zu dem großen Verlust, der sie getroffen hatte, und machte dabei ein vorwurfsvolles Gesicht. Nicht mal ein Sarggesteck für die eigene Mutter!

Sie war froh, diese unliebsame Angelegenheit hinter sich gebracht zu haben. Wie dumm und überflüssig das alles war. Hätte sie sich doch mehr um ihre Mutter gekümmert, als sie noch am Leben war. Sie hatte gewusst, dass es ihr schlecht ging, aber sie war trotzdem in die Bretagne gefahren. Ach, sie hätte die Hand ihrer Mutter halten müssen, einige letzte Worte mit ihr sprechen …

Als sie im Auto saß und sich in den Verkehr Richtung Innenstadt einfädelte, hatte sie ihre reuevollen Gedanken schon wieder verdrängt. Ihre Mutter hätte sie vermutlich gar nicht erkannt. Sie hatten nie ein gutes Verhältnis gehabt, und das hätte sich in den letzten Stunden ihres Daseins auch nicht mehr geändert.

Tante Gudrun war mit einer heftigen Erkältung aus dem Urlaub zurückgekommen, daher hatte sie sich außerstande gesehen, an der Beerdigung ihrer Schwägerin teilzunehmen. Tante Alice hatte sich auf die Gallenoperation berufen, sie sei noch viel zu geschwächt für eine lange Autofahrt, und außerdem habe sie Probleme mit der Operationsnarbe. Wenn ihre liebe Nichte sie gern besuchen wolle – Katharina hatte das Erstaunen in ihrer Stimme gut heraushören können –, dann sei sie ihr herzlich willkommen. Über Nacht könne sie sie leider nicht beherbergen, es gäbe jedoch ein sehr nettes Hotel gleich um die Ecke.

Sie hatten einen Termin für die nächste Woche ausgemacht. Katharina wusste, dass der Erfolg dieses Gesprächs fraglich war. Sie musste Tante Alice dazu bringen, Dinge preiszugeben, die sie seit vielen Jahren – weshalb auch immer – beharrlich verschwieg. Vielleicht wäre es klüger gewesen, zuerst mit Tante Gudrun zu sprechen, die war ihr immer ein wenig zugänglicher erschienen. Aber die hatte abgewinkt – sie sei krank und könne momentan keine Besucher gebrauchen.

Gestern Abend hatte Katharina den Namen »Margot Löwenstein« im Computer in eine Suchmaschine eingegeben. Das Ergebnis war verwirrend – der Name war offensichtlich nicht gerade selten, es gab jede Menge Eintragungen, leider aber keine, mit der sie etwas anfangen konnte. So war sie auf die Idee gekommen, sich im Jüdischen Museum am Untermainkai umzutun. Seltsam, warum sie nicht schon längst daran gedacht hatte! Sie war hier schon mehrfach mit Schülergruppen gewesen, um Ausstellungen zu besuchen. Die Geschichte der Frankfurter Juden hatte sie schon immer interessiert, allerdings hatte sie nicht geahnt, dass ihre eigene Großmutter möglicherweise hier gelebt hatte. Sicher war es zwar nicht, aber immerhin waren die beiden Serviettenringe in Frankfurt hergestellt worden.

Unfassbar, dachte sie. Mein Vater hätte mir das alles sagen können, aber er hat geschwiegen. Sein Leben lang hat er den Mund nicht aufgetan. Und ob die Tanten es mir erzählen werden, weiß der Himmel. Aber ich bekomme es auch so heraus.

Das Jüdische Museum war ein stattlicher weißer Bau, dreistöckig mit hoch ausgebauten Dachgiebeln, direkt am Mainufer gelegen. Erbaut im 19. Jahrhundert, war es ebenso wie die angebaute Häuserzeile der Zerstörung im Zweiten Weltkrieg entgangen und stand nun zwischen den steil aufragenden gläsernen Wolkenkratzern der Mainmetropole wie ein Relikt aus früheren, gesetzteren Zeiten.

Bevor sie das Museum betrat, schaltete Katharina ihr Handy wieder ein und hörte die Mailbox ab. Ein Anruf von Gitti – du liebe Zeit, die war doch sicher im Urlaub. Zwei Anrufer, die keine Nachricht hinterlassen hatten, und dann seine Stimme. Ewans Stimme.

»*Bitte,* hör mir wenigstens zu …«

Sie löschte die Nachricht, so schnell es ging. Nein, sie würde nicht zuhören. Sie konnte nicht zuhören. Allein seine Stimme ließ ihren Herzschlag galoppieren. Wenn er sie doch nur endlich in Ruhe ließe!

Im Museum war jetzt in der Ferienzeit wenig los. An der Kasse verhandelten zwei Amerikanerinnen um ein »special ticket« – warum auch immer. Eine Besuchergruppe aus Japan wurde durch die Räume geführt, ansonsten traf Katharina nur zwei ältere Frauen, die leise miteinander flüsternd vor den Exponaten standen. Katharina steuerte die Dauerausstellung über das jüdische Leben in Frankfurt »Von der Aufklärung zur Neugründung« an und stand eine Weile vor der »Wand der Namen«. Jüdische Menschen, die aus Frankfurt verschleppt und ermordet worden waren. Es befanden sich tatsächlich einige Personen mit Namen Löwenstein darunter. Verwandte? Oder nur eine Namensgleichheit, so wie Müller oder Schmidt?

Sie starrte auf die Liste. Ein Name unter dem anderen, jeder Name ein Schicksal, ein gewaltsamer Eingriff in das Leben eines Menschen, eine Verschleppung, ein Mord. Wie war ihre Großmutter dem Grauen entkommen?

Sie flüchtete vor der Besuchergruppe, der man die Bedeutung der Ausstellung auf Japanisch nahebrachte, und stieg die Treppen hinunter, um sich im Museumsshop umzutun. Ohne viel Hoffnung besah sie die Bücherstapel: jüdische Geschichte, jüdische Maler, Musiker, Philosophen, Theaterleute. Das Mittelalter, die Renaissance, die Zeit der Aufklärung, die Shoah … Dann stieß sie auf Veröffentlichungen des Museums und kaufte auf gut Glück eine Schrift über die Frankfurter Juden zwischen 1933 und 1945. Vielleicht fand sich ja darin eine Spur.

Sie gönnte sich ein Mittagessen in einer Pizzeria, bestellte Spaghetti Napoli mit viel Käse und blätterte schon einmal in dem neu erstandenen Werk herum. Wie nicht anders zu erwarten, war der Inhalt ziemlich deprimierend. Fotos von beschmierten Geschäften, zerschlagenen Fenstern, ein junger Mann, der von mehreren Angreifern verprügelt wurde … gab es eigentlich ein Register? Ja …

»Spaghetti Napoli mit extra viel Käse …«

Der italienische Kellner stellte ihr schwungvoll den Teller vor die Nase, sie hatte gerade noch Zeit, das Buch zur Seite zu schieben. Nachdenklich streute sie noch etwas Parmesan über die Nudeln, pickte ein paar Bissen heraus und blätterte dann das Register am Ende des Buches durch. Ludwig, Löw, Löwenberg, Löwenstein …

Das Kapitel befasste sich mit der Frankfurter Universität, aus der die jüdischen Professoren und Dozenten nach und nach vertrieben worden waren. Oft waren es Studenten, überzeugte Nationalsozialisten und Judenhasser, die die Vorlesungen störten und jüdische Professoren tätlich angriffen.

> Albert Löwenstein, Professor für Kunstgeschichte und bildende Kunst. Von einer Gruppe Braunhemden im Flur der Universität überfallen, blutig geschlagen und die Treppe hinuntergestoßen. Albert Löwenstein war Maler und bildender Künstler, seine Werke wurden in Frankfurt und Paris auf mehreren Ausstellungen gezeigt. Heute existieren davon nur wenige Fotografien. Löwenstein war mit der Pianistin Selma, geborene Winterstein, verheiratet, sie hatten zwei Kinder. Die

Familie emigrierte im Jahr 1938 nach Frankreich. Im Jahr 1939 kehrten Albert und Selma Löwenstein aus nicht geklärter Ursache nach Frankfurt zurück, wo sie von der SS festgenommen und nach Auschwitz deportiert wurden.

Sie konnte vor Aufregung keinen Bissen mehr essen, schob den Teller weg und las den Absatz ein zweites Mal. Kein Zweifel, sie hatte die Nadel im Heuhaufen erwischt. Frankreich – das passte. Albert Löwenstein – AL. Der zweite Serviettenring hatte Margot Löwensteins Vater gehört. Ihrem Urgroßvater.

Überwältigt lehnte sie sich zurück und schloss die Augen. Ihre Familie! Was hatte man ihnen angetan! Die Nazis hatten ihre Urgroßeltern ermordet! All das hatte man ihr verschwiegen. Weshalb denn nur? Es war schrecklich, aber gerade deshalb hätte man es nicht der Vergessenheit preisgeben dürfen.

»Nicht geschmeckt?«, fragte der italienische Kellner enttäuscht, und er wies auf den vollen Teller, den sie ans andere Ende des Tisches geschoben hatte. »Was war schlecht? Zu viel Käse? Ich bringe andere …«

Sie tauchte aus ihrer Versunkenheit auf und versicherte dem besorgten Italiener, dass mit seinen Nudeln alles in Ordnung sei. Sie habe nur aufregende Neuigkeiten erfahren und könne nicht essen.

»Nicht essen – nix gut!«, meinte er kopfschüttelnd.

»Bringen Sie mir einen Grappa. Einen doppelten.«

Er sah sie prüfend an, runzelte die Stirn und ging, die Bestellung auszuführen. Katharina trank die klare, ölige Flüssigkeit in langsamen, kleinen Schlucken und spürte, wie eine Wolke der Gelassenheit sie einhüllte. Margot Löwenstein war also mit ihren Eltern nach Frankreich ausgewandert. Und wie es schien, hatte sie dort Alan den Morand geheiratet, der später von den Deutschen mitsamt seiner Familie erschossen worden war. Was für ein Schicksal!

Wie lächerlich waren dagegen ihre eigenen Sorgen! Ein wenig Liebeskummer, ein Beruf, der nicht immer einfach war – das war schon alles. Sie konnte sich glücklich schätzen, in einer Zeit des Friedens und der Sicherheit zu leben. Wenn sie jetzt nach Hause fuhr, erwarteten sie eine hübsche kleine Wohnung, ein Fernseher, ein weiches Bett, ein voller Kühlschrank …

Eine dreiviertel Stunde später sah sie ihr Dasein nicht mehr ganz so rosig. Schon auf der Treppe zu ihrer Wohnung vernahm sie die altbekannten Geräusche, das Kreischen, Piepsen, Zischen, dazwischen Patriks Geschwätz. O Gott! Er war zurückgekommen und hatte sich wieder bei ihr eingenistet. Dichter Zigarettenqualm empfing sie, als sie die Wohnungstür aufschloss – und dabei hatte sie inzwischen alle Gardinen und sogar die Bezüge der Wohnzimmergarnitur gewaschen, um den widerlichen Rauchergestank aus der Wohnung zu bekommen.

Im Gegensatz zu früheren Zeiten hatte er ihr Eintreten bemerkt, er drehte sich auf seinem Bürostuhl zu ihr herum und grinste. Ein wenig unsicher, aber zugleich auch herausfordernd.

»Hi, Schatz! Ich hab Spaghetti gekocht, mit Soße und viel Käse! Steht in der Küche …«

Spaghetti mit Soße war so etwa das Letzte, worauf sie jetzt Appetit hatte.

»Was war mit der Kreuzfahrt?«, knurrte sie unfreundlich.

»Abgesagt. Über die Hälfte der Reisezeit hätte ich nicht online gehen können. Geht ja gar nicht, so was.«

Sie sparte sich einen Kommentar. Wieso buchte er eine Kreuzfahrt, wenn er während der Reise am Computer sitzen wollte? Wozu fuhr er überhaupt in Urlaub?

»Ich geh mal den Tisch decken«, sagte er und fuhr sein Spiel auf dem Computer herunter. »Hab auch 'ne Flasche Rotwein besorgt …«

»Danke. Nicht für mich.«

Sie drehte sich um und verschwand im Schlafzimmer. Dort

hockte sie sich aufs Bett und versuchte, sich einen Plan zurechtzulegen. Was nicht einfach war, denn der doppelte Grappa hatte sie schrecklich müde gemacht.

Ich muss ihm sagen, dass es endgültig aus ist, dachte sie. Keine Bedenkzeit mehr, keine Zeit der Prüfung – Schluss, aus, vorbei. Er soll seinen Krempel nehmen und …

Das Handy summte in ihre Überlegungen hinein. Wieso war es überhaupt an? Hatte sie vorhin etwa vergessen, es wieder auszuschalten?

Seine Nummer. Natürlich. Was auch sonst? Himmel, wie konnte ein Mann nur so beharrlich sein? Dieses Mal nahm sie den Anruf an.

»Ja?«

»Du bist die sturste Person, die mir je über den Weg gelaufen ist …«

»Danke. Aber du schlägst mich um Längen.«

Sie hörte sein aufgeregtes Atmen und wusste, dass seine Augen jetzt schmal waren und wütend blitzten.

»Wir können nicht so auseinandergehen, Kathérine. Bitte, lass uns gemeinsam einen Weg finden …«

Was dachte er sich nur? Einen Weg? Was für einen Weg?

»Sagtest du nicht, es ginge vorüber? Wenn es so ist, dann brauchst du dir doch keine Sorgen zu machen.«

Ihr Ton war spöttisch, sie wollte ihn verletzen, denn diese Worte hatten ihr wehgetan.

»Ich habe mich getäuscht. Es ist ernster, als ich glaubte. Ich weiß, wir hätten das nicht tun dürfen, aber es war … es war wie eine Offenbarung. Ein Wunder … etwas, was ich nicht für möglich gehal…«

»Hör bitte auf damit!«

Sie rief es mehr sich selber zu, denn sie hatte seinen Worten mit wachsender Faszination gelauscht. Ja, auch ihr war es so gegangen, und sie schämte sich unendlich dafür.

»Was wir getan haben, war schrecklich, Ewan. Wir haben Armelle betrogen. Ich wünschte, ich könnte es ungeschehen machen …«

»Ich nicht!« Es klang trotzig. Er spüre keine Reue, denn er habe getan, was sein Herz ihm befahl, erklärte er ihr. »Ich liebe dich, Kathérine. Ich denke Tag und Nacht nur an dich. Wir müssen uns sehen. Es … es kann der wichtigste Moment in unserem Leben sein …«

»Vergiss es! Vergiss mich!«

»Kathérine! Ich bitte dich …«

Wie weich seine Stimme sein konnte, wenn er sie so anflehte. Oh, er war ein gefährlicher Mensch.

»Hör zu«, sagte sie und holte tief Luft, um genügend Kraft zu finden, das Notwendige zu sagen. »Ich habe keine Lust auf eine Affäre mit dir hinter dem Rücken deiner Verlobten. Ist das klar?«

»Habe ich das von dir verlangt?«, rief er vorwurfsvoll.

Sie schwieg verunsichert. Verlangt hatte er gar nichts. Verführt hatte er sie. Und sie hatte sich verführen lassen …

»Dann sag mir, was du willst!«

»Ich weiß es nicht!«, stöhnte er. »Das ist es ja. Ich weiß gar nichts mehr. Alles ist auf den Kopf gestellt. Die Welt ist aus den Fugen, und ich stehe wie ein Idiot mitten im Chaos. Deinetwegen, Kathérine …«

Was für ein Ausbruch. Sie konnte ihn keuchen hören. Lief er etwa am Strand entlang? War das Rauschen etwa das Geräusch der Wellen? Oder war es der Wind? Plötzlich wurde sie von einer tiefen Sehnsucht nach dem Meer ergriffen. Die gewaltigen Granitbrocken, gegen die die Wogen anstürmten. Das prickelnde Gefühl, wenn die zurückflutende Welle ihr den Sand unter den Füßen wegzog. Ach, die Bretagne …

»Dann solltest du dir zuerst darüber klar werden, was du eigentlich willst«, sagte sie und kam sich schrecklich lehrerhaft dabei vor.

»Aber dazu brauche ich dich!«

Es klang so wundervoll männlich. Fordernd. Komm zu mir, ich brauche dich. Ach, welche Frau sehnte sich nicht danach, von dem Mann, den sie liebte, gebraucht zu werden? Sie musste sich zusammenreißen, um keinen Unsinn zu reden.

»Ich habe hier zu tun, Ewan. Du weißt ja, dass meine Mutter gestorben ist …«

»Verzeih! Das tut mir sehr leid, Kathérine …«

»Außerdem sind meine Mittel begrenzt. Ich weiß nicht, ob ich mir eine zweite Reise in die Bretagne leisten kann. Lass mir ein wenig Zeit, ich melde mich nächste Woche …«

»Das ist zu lange!«

»Du solltest die Zeit nutzen, um gründlich nachzudenken und dir über deine Ziele klar zu werden …«

Wieso schwatzte sie schon wieder solch dummes Zeug? Patrik hatte recht, wenn er sie manchmal »Frau Oberlehrerin« nannte. Das war ja unerträglich!

»Gründlich nachdenken war noch nie meine Sache«, sagte er grimmig. »Ich werde die Zeit nutzen, um von dir zu träumen. Darin bin ich richtig gut. Du wirst bei mir sein, Kathérine, Tag und Nacht. Ob du willst oder nicht …«

»Du bist ja vollkommen verrückt!«

Er lachte triumphierend. Sie sah ihn über den Strand laufen, der Wind blähte sein Hemd, zerrte an seinem Haar. »Du hast recht – ich bin verrückt. Es ist wundervoll, ich war noch nie zuvor so glücklich. Und zugleich so traurig. Es ist dein Werk. Ich hoffe, du bist stolz auf dich …«

»Bitte, Ewan … versuch, bei den Tatsachen zu bleiben …«

»Unter keinen Umständen!«, lachte er. »Bis bald, ma chérie!«

Er beendete das Gespräch, und sie starrte fassungslos auf das Display ihres Handys, das noch immer seine Nummer anzeigte. Schließlich drückte sie hastig die rote Taste, dann legte sie das Gerät auf ihren Nachttisch und sank mit ausgebreiteten Armen auf die Steppdecke. Wieso war sie jetzt so unsagbar glücklich? Sie wusste doch, dass er rasch in seinen Handlungen und Gefühlen war. Heute glaubte er, in sie verliebt zu sein, morgen kehrte er vielleicht reumütig zu Armelle zurück, übermorgen verguckte er sich in eine englische Touristin … Und doch. Nie zuvor hatte ihr jemand so romantische Liebesgeständnisse gemacht. So wundervoll zärtliche und erregende Worte gefunden.

Bei Tag und bei Nacht. Ob du willst oder nicht …

O ja, das konnte er, dieser bretonische Charmeur. Hatte jemand einmal gesagt, die Bretonen seien eher karg und rau in ihrer Art, so wie ihre einsamen Buchten und die felsigen Landzungen? Nun – dieser Bretone war ein heißblütiger Schwätzer und Traumtänzer. Man musste ihn einfach lie…

»Was ist los mit dir?«

Patrik schob die Schlafzimmertür nur einen Spaltbreit auf, sodass sie nicht viel mehr als seine Nase sehen konnte.

»Ich sagte, dass ich nichts essen möchte«, antwortete sie gereizt.

»Ist ja gut … Ess ich eben allein. Hast du was am Magen? Soll ich dir 'nen Tee kochen?«

Wieso tat er eigentlich permanent so, als sei alles wie früher? Warum machte er es ihr so schwer?

»Nein, danke«, sagte sie. »Ich hab in der Stadt gegessen, deshalb bin ich satt.«

»Ist klar …«

Er wollte sich zurückziehen, doch sie hielt es nicht mehr aus. Je länger sich dieser Zustand hinzog, desto schwieriger würde es sein, ihn zu beenden. Patrik musste wissen, woran er war.

»Hast du dich nach einer Wohnung umgesehen?«

Er hatte die Tür fast schon geschlossen, jetzt hielt er inne. »Wozu?«

»Weil wir uns trennen werden! Und weil diese Wohnung auf meinen Namen läuft.«

»Ach so …«, sagte er, als sei ihm diese Tatsache erst jetzt wieder eingefallen. »Ja, hab schon mal im Internet geschaut. Ist aber alles ziemlich teuer in Frankfurt.«

»Ich möchte, dass du bis Ende der Sommerferien hier ausgezogen bist. Egal wohin!«

Sie fuhr sich mit der Hand über das verschwitzte Gesicht und hatte das Gefühl, eine gemeine, hartherzige Person zu sein. Sie warf ihn einfach hinaus, zwang ihn, bei einem Bekannten oder gar auf einer Bank im Park zu nächtigen. Und warum? Weil sie sich verliebt hatte? War das der eigentliche Grund, warum Patrik ihr so auf die Nerven ging? Oder war diese Trennung längst fällig gewesen, und sie hatte bisher einfach nicht den Mut dazu gefunden? Sie wusste es nicht. Es war so, wie es war.

»Bevor ich's vergesse«, sagte er hinter der Tür. »Ich habe da im Internet was gefunden. Über dein Lieblingsschlösschen in der Bretagne …«

Was auch immer er gefunden hatte – sie wollte es nicht wissen. Er wartete jedoch nicht auf ihre Reaktion, sondern fuhr einfach fort.

»Es wird wohl versteigert werden, wenn ich den Zeitungsartikel recht verstanden habe. Der Monsieur Goa… Goa-sowieso, also der langhaarige Typ, der mit der hübschen Armelle verlobt ist, der ist nämlich insolvent. Was bedeutet, dass Dornröschens Schloss mitsamt Park und Rosenhecke schon bald der Bank gehört und demnächst unter den Hammer kommen wird …«

Sie wollte es nicht glauben. Obgleich es – wenn sie recht überlegte – keine Überraschung war. Und doch …

»Woher willst du das so genau wissen? Du kannst doch gar kein Französisch.«

»Hab einen Kumpel bei WoW, der hat es mir übersetzt …«

Er wartete noch einen Moment vor der Tür, wahrscheinlich wollte er wissen, wie seine Nachricht angekommen war, doch

Katharina schwieg. Schließlich ging er in die Küche, um seine Nudeln zu essen.

Ich liebe dich. Ich denke Tag und Nacht an dich. Wir müssen uns sehen. Es kann der wichtigste Tag in unserem Leben sein …

Er hatte ihr kein einziges Wort von der drohenden Versteigerung gesagt! Konnte das sein? Oh, wie grenzenlos blöd sie doch war! Ein naives, einfältiges Schaf. Er hatte von Anfang an nur sein verdammtes Kerbourgh im Sinn gehabt. Deshalb hatte er sie verführt, deshalb diese Liebesschwüre! Er wollte, dass sie den alten Kasten kaufte, damit die Bank nicht die Hand darauf legte. Dazu hatte er sie ja schon einmal überreden wollen. Ein bretonischer Schlaukopf. Ein Mistkerl!

Sie schlief nur wenig in dieser Nacht, stand immer wieder auf und lief zum Fenster, um in den Regen hinauszustarren. Mehrfach gingen Gewitter über der Stadt nieder, einmal glaubte sie, der Blitz hätte in ein Gebäude eingeschlagen, es blieb jedoch still: kein Martinshorn, keine Feuerwehr. Dennoch hatte sie das feurige Himmelszeichen ganz deutlich gesehen, es glich dem geschwungenen Lauf eines Flusses, den jemand mit grellem Leuchtstift an den schwarzen Nachthimmel gezeichnet hatte. Später, als die Gewitterwolken sich verzogen hatten und der Regen nachließ, öffnete sie das Fenster und atmete die feuchte, schwüle Luft ein, die nach Asphalt und nasser Erde roch, nach der Linde, die gegenüber auf dem Parkplatz stand, und nach Zigarettenrauch. Der Nachbar unter ihr schien ebenfalls nicht schlafen zu können und gönnte sich eine Fluppe am Fenster. Großstadtromantik.

Ich werde niemals wieder in die Bretagne fahren, dachte sie unglücklich. Zumindest nicht mehr nach St-Malo. Ich werde Kerbourgh nie wiedersehen. Soll Armelle es doch kaufen und zu einem Geheimtipp für wohlhabende Touristen umbauen. Mit Pool und Sauna. Dann würde Ewan den eingebildeten Touristinnen Reitunterricht geben müssen. Wenn er seinen Charme spielen ließ, konnte er eine Menge nebenbei verdienen. Pfui – das war boshaft. Sie sollte besser schlafen gehen und nicht mehr an Ewan denken.

Sie schlief erst gegen Morgen ein. Als jemand gegen ihre Schlafzimmertür hämmerte, war sie mitten im Tiefschlaf und brauchte eine Weile, um zu sich zu kommen.

»Hallo? Gehst du nicht ans Telefon?«

Patrik schob die Tür ein Stück auf und warf ihr das tragbare Telefon aufs Bett.

»Wer … wer ist dran?«, krächzte sie und angelte mit der Hand nach dem Gerät.

»Haus Abendsonne …«

Was wollten die denn in aller Frühe? Ein Blick auf ihre Armbanduhr belehrte sie jedoch, dass es schon nach zehn war. Du liebe Güte, sie hatte verschlafen.

»Frau von Staden?«

»Am Apparat. Was kann ich für Sie tun?«

»Hier steht noch ein Karton mit dem Nachlass Ihrer Mutter. Es wäre nett, wenn Sie die Sachen bald abholen würden, wir benötigen den Platz.«

»Natürlich. Entschuldigung, ich war im Urlaub …«

»Ist ja nicht weiter schlimm …«

Sie schaltete das Telefon aus und ärgerte sich darüber, dass sie nicht vorher daran gedacht hatte. Es wäre sicher besser gewesen, sie hätte das Zeug selbst eingepackt und dabei gleich alles aussortiert, was zum Sperrmüll oder zum Roten Kreuz gehörte.

In der Küche stand eine Kanne Kaffee, es gab zwei frische Brötchen, Butter, Marmelade und ein hart gekochtes Ei. Patrik schien entschlossen, sich wieder bei ihr einzuschmeicheln, er hatte ihr sogar Tasse und Teller zurechtgestellt und sein eigenes, benutztes Gedeck in den Spülstein gestellt. Widerwillig machte sie von dem Angebot Gebrauch. Es bedeutete keinesfalls, dass sie ihre Meinung geändert hatte, es wäre nur albern gewesen, auf solchen Kleinigkeiten herumzureiten.

»Soll ich mitkommen? Falls es was Schweres zu tragen gibt?«

Patrik hatte also mit der Angestellten vom »Haus Abendsonne« am Telefon geredet und wusste, um was es ging. Es gefiel Katharina nicht, dass er sich in ihre Angelegenheiten einmischte, auch wenn er Hilfsbereitschaft zeigte.

»Danke – ich komme auch so zurecht.«

Im »Haus Abendsonne« führte man sie in einen Abstellraum, wo sich zwischen Toilettenstühlen, Rollatoren, gestapelten Paketen mit Windeln und Zellstoff ein Umzugskarton befand.

»So viel?«, fragte sie entsetzt.

»Wenn Sie etwas zur Kleidersammlung geben wollen, stecken Sie es einfach in diese Tüten. Wird abgeholt«, sagte die freundliche Angestellte und lief davon, weil von irgendwoher ein Klingelton schrillte.

Katharina blieb mit dem Karton allein. Jetzt plötzlich wäre sie froh gewesen, wenn Patrik mitgekommen wäre. Mit unsicheren Händen klappte sie die Pappe auseinander und entdeckte als Erstes das Nachthemd, das ihre Mutter getragen hatte, als sie sie zum letzten Mal gesehen hatte. Darunter waren ihre Wäsche, Blusen, Röcke, zwei Kleider, Strümpfe, zwei paar Hausschuhe … Sie stopfte alles in die Tüte, auch die beiden Tischdecken, eine leere Handtasche, zwei Hüte aus Samt, einen wollenen Schal. Was noch? Großer Gott – eine Vase aus Kristallglas, eine kleine Pendeluhr aus Alabaster – die hatten die Eltern von einem Italienurlaub mitgebracht – und ganz unten ein Fotoalbum. Ein richtig teures, altes Stück, in Leder gebunden mit Goldschnitt und Pergamentpapier zwischen den Fotoseiten. Hatte das wirklich ihrer Mutter gehört? Katharina konnte sich nicht erinnern, dieses Album jemals gesehen zu haben.

Sie hob es aus dem Karton und klappte es auf. Auf den Seiten waren Schwarz-Weiß-Fotos eingeklebt, schön ordentlich in

Reih und Glied, jedes Eckchen ausgenutzt, einige mit Überschriften versehen. Die Schrift war ihr vollkommen unbekannt, eine sehr gleichmäßige Handschrift, schön geschwungen, leicht nach rechts geneigt, die Anfangsbuchstaben oft kalligrafisch gestaltet. »Weihnachten 1950« stand da. Das Foto zeigte ein altmodisches Zimmer, auf dem Tisch eine geschmückte Tanne, davor ein dunkelhaariger Junge und zwei kleine Mädchen in gestrickten Kleidern. Im Hintergrund war eine ältere Frau zu sehen, ihr Profil war scharf, das weiße Haar hatte sie zu einem Knoten gesteckt.

Wer sollte das sein? War der Junge vielleicht ihr Vater als Kind? Sie blätterte weiter. Landschaftsfotos. Wiesen, Weiden, Kühe, Backsteingebäude mit hohen Türen, vermutlich Ställe eines Gutshofs. Dann das Gutshaus, ebenfalls aus Backstein, mit einem rechteckigen Vorbau, weißen Fensterumrandungen, an der Eingangstür ein Anklopfer in Form eines Hufeisens. Fotos aus dem Inneren, meist schlecht belichtet und undeutlich, dann wieder Bilder der Familie. Hie und da fehlte ein Bild, man sah das aufgeraute Papier, an dem noch der getrocknete Klebstoff hing. Die Überschriften der Bilder waren fürchterlich phantasielos. »Weihnachten 1953« – »Erster Schultag« – »Die Jubilarin«. Und dann endlich die Lösung: »Sommerfest auf Gut Staden«. Gut Staden, wo ihr Vater und die Tanten aufgewachsen waren. Den Erzählungen der Tanten nach musste es ein Paradies gewesen sein. Nun ja – viele Leute neigten dazu, ihre Kindheit in besonntem Licht zu sehen.

Sehr merkwürdig. Wieso hatte man ihr dieses Album niemals gezeigt? Und weshalb hatte ihre Mutter ausgerechnet diese Bilder mit ins Heim genommen? Sie sah sich weitere Bilder an, passte sorgfältig auf, die dünnen Trennseiten zwischen den Blättern nicht zu knicken, und fand schließlich auf der letzten Seite mehrere Hochzeitsfotos ihrer Eltern im Kreise der Verwandtschaft. Eines davon kannte sie – es hatte immer in einem silbernen Rahmen in einem Regalfach des Wohnzimmerschranks gestanden. Die anderen waren ihr unbekannt. Seltsam war, dass sie alle ein Loch aufwiesen – man hatte eine Person, die neben ihrem Vater gestanden hatte, herausgeschnitten. Auf dem silber gerahmten Foto stand dort der Pfarrer, der befand sich auf den anderen Bildern jedoch im Hintergrund. Wen also hatte man mithilfe einer Schere aus diesen Fotos entfernt?

Ihre Großmutter! Natürlich! Margot von Staden. Sie war bei der Hochzeit ihres einzigen Sohnes ganz sicher dabei gewesen. Und – das fiel ihr erst jetzt auf: Sie war auf keinem einzigen Foto in diesem Album zu sehen.

»Verflixt noch mal«, murmelte Katharina, und sie klappte das Fotoalbum zu. »Ich möchte wirklich gern wissen, was sie angestellt hat, dass sie alle so wütend auf sie waren.«

Sie entschloss sich, nur das Fotoalbum zu behalten, alles andere, was nicht in die Kleidersammlung gehörte, steckte sie in leere Plastiktüten, die in einer Ecke herumlagen und offensichtlich von den Windelpaketen stammten. Sie würde das Zeug unterwegs entsorgen.

Der Regen wollte nicht aufhören. Er ließ Pickel auf dem feuchten Asphalt wachsen, graues Schmutzwasser sammelte sich in Bächen neben dem Bordstein und verschwand gurgelnd in den Gullys. Regenschirme bevölkerten die Innenstadt, graue, rote, lilafarbene, sie bewegten sich wie schwebende Ufos über die Trottoirs, stießen aneinander, verharrten vor Schaufenstern, schwammen in bunter Schar zu den U-Bahn-Stationen, um dort im Untergrund zu verschwinden. Erst am späten Nachmittag, als Katharina im Schlafzimmer auf dem Bett hockte und in dem Album blätterte, kam für einen Moment die Sonne heraus und ließ die Tropfen an den Fensterscheiben vielfarbig aufblitzen. Sie zog die Vorhänge zu. In ihren Ohren war noch das Klirren des zerspringenden Kristalls, als sie Mutters Vase in den Glasmüllcontainer geworfen hatte. Na schön – Mutter hatte an dieser Vase gehangen. War das ein Grund, dieses scheußliche Teil aufzubewahren? Nein, war es nicht. Und dennoch hatte ihr das Geräusch wehgetan.

Zwei Tage später fuhr sie nach Steinbach im Taunus zur Beerdigung ihrer Mutter, absolvierte die Zeremonie auf dem Friedhof, den anschließenden »Flennes-Kaffee« im Gemeindehaus und beschloss angesichts der zahlreichen Obstschnäpse, zu denen sie sich hatte überreden lassen, lieber im »Roten Ochsen« zu übernachten. Es war ein weiser Entschluss, denn sie fiel wie betäubt ins Bett und schlief tief und fest bis zum Morgen. Als ihr Handy summte, griff sie verschlafen nach rechts, wo ihr Nachttisch zu stehen hatte, und schlug mit den Fingerknöcheln gegen eine Wand. Der Schmerz weckte sie endgültig auf, fluchend schlenkerte sie die Hand hin und her und setzte sich im Bett auf. Wo war sie überhaupt? Was war das für eine scheußliche Gardine? Und wieso ratterte draußen vor dem Fenster ein Traktor mit Anhänger vorbei?

Das Handy steckte in der Handtasche, die irgendwo unter dem Bett lag. Um sie zu finden, musste man aufstehen, sich auf den Bauch legen und mit der Hand unters Bett greifen. Staubig war es da – der »Rote Ochse« schien nicht so häufig Gäste zu beherbergen.

»Hallo?«, krächzte sie. Die Antwort hörte sie nicht, weil sie niesen musste.

»Was ist los? Bist du krank?«

Es war Ewan. Gleich am frühen Morgen musste er sie erwischen. Jetzt hätte sie ihn nach Kerbourgh fragen müssen, ob das Anwesen schon der Bank gehöre und weshalb er ihr nichts davon erzählt habe. Aber stattdessen redete sie sinnloses Zeug.

»Krank? Nein, nein. Es ist ein wenig staubig hier.«

»Staubig? Wo steckst du? Etwa auf einem Dachboden?«

Sie fand die Bemerkung mehr als unpassend. Und sein Gelächter ausgesprochen frech.

»Nein, ich bin in einem Gasthof.«

Jetzt war er wohl verblüfft, denn er schwieg einen Moment.

»Bist du etwa auf dem Weg hierher?« Es klang begeistert. Er glaubte tatsächlich, sie habe sich, ohne ihm Bescheid zu geben, auf die Reise gemacht. Blind vor Sehnsucht. Nun – er hatte sich getäuscht.

»Ich bin in Steinbach«, sagte sie in sachlichem Ton. »Das ist ein Dörfchen im Untertaunus, nicht weit von Bad Schwalbach. Meine Mutter wurde gestern beerdigt.«

»Ich verstehe«, sagte er betroffen. »Wirst du dort länger bleiben?«

Was ging ihn das eigentlich an? Hatten sie nicht ausgemacht, dass sie sich bei ihm melden würde, wenn sie Zeit für ihn hatte? Aber er war ungeduldig. Nun ja, er hatte dazu allen Grund, wenn man an Kerbourgh dachte.

»Ich werde jetzt erst einmal in Ruhe frühstücken und dann vielleicht noch einen kleinen Spaziergang unternehmen«, erklärte sie boshaft und blinzelte zum Fenster hinüber. Gestern hatte es in Strömen geregnet, heute schien sich das Wetter jedoch beruhigt zu haben. Ja, ein kleiner Spaziergang, das war gar keine schlechte Idee. Am alten Backes vorbei und nachschauen, ob die Grundschule noch stand, in der sie das ABC gelernt hatte.

»Dann bis bald, ma chérie …«

Er hatte das Gespräch beendet. Kurz und bündig, ganz offensichtlich war er beleidigt. Seufzend steckte sie das Handy wieder in die Handtasche und ging in das winzige Bad, um eine Dusche zu nehmen.

Ich kann nur eines tun, dachte sie, während sie sich mit dem türkisfarbenen Waschgel einschmierte. Warten und wachsam bleiben. Irgendwann wird er damit herausrücken, den Verzweifelten mimen und mich bitten, Kerbourgh vor der Versteigerung zu retten.

Eine halbe Stunde später saß sie unten in der Gaststube bei

Kaffee und Mohnbrötchen und schwatzte mit der Wirtin über die Familie, die das Haus ihrer Eltern gekauft hatte. Die müssten ordentlich Geld haben, sie hätten den Garten ganz und gar aufgewühlt und ließen sich einen Swimmingpool bauen. Keinen normalen mit Kacheln und Pumpe, sondern einen ökologischen Pool. Da kämen Pflanzen rein, die das Wasser angeblich reinigten, das brauche keinen Strom und schütze die Umwelt. Nee, und dafür so viel Geld! Die würden sich noch wundern in ihrem Schlammbad.

Katharina stimmte ihr zu, dass solche Ideen oft noch nicht ausgereift seien, und nahm sich die Heimatzeitung vor. Meine Güte, die hatten ihre Eltern jeden Morgen gelesen, Vater den politischen Teil und die Berichte aus der Wirtschaft, Mutter den Lokalteil und die Seite mit den Klatschberichten über Filmstars und andere Promis. Am Wochenende hatte es immer die Beilage mit der Kinderseite gegeben, an einige Geschichten konnte sie sich sogar noch erinnern. Da ging es um den Schinderhannes, der hier im Taunus sein Unwesen getrieben hatte. Das waren noch Zeiten, dachte sie. Da fuhr man mit Pferd und Wagen durch den Wald und wurde von Räubern überfallen. Heute surft man im Internet, wobei man leicht ebenfalls unter die Räuber geraten kann …

»Bonjour, ma chérie …«

Sie fuhr aus ihrer Zeitungslektüre auf und hätte fast die gefüllte Kaffeetasse fallen lassen.

»Wie … was … was tust du hier?«

Es war eine Erscheinung, eine Vorspiegelung ihrer überreizten Phantasie. Es konnte gar nicht sein, dass Ewan Goadec hier in der Gaststube vor ihr stand, grinsend wie ein Spitzbube, dem ein großartiger Coup gelungen war.

»Da staunst du, wie?«, triumphierte er. »Deine Beschreibung war gut, mein Navi hat sie gleich umgesetzt. Et voilà, hier bin ich!«

Er hatte nicht von der Bretagne aus angerufen. Vermutlich war er schon in der Nähe von Frankfurt gewesen, als er sie ausfragte. Was sollte sie jetzt tun? Abwarten. Jawohl, das hatte sie sich vorgenommen. Freundlich sein. Keine Versprechungen machen. Sich nichts vergeben …

»Freust du dich denn gar nicht?«, fragte er, und sein Lächeln wich einem besorgten Ausdruck.

»Doch … schon …«

Es klang wenig überzeugend, und er begriff, dass seine Überraschung danebengegangen war.

»Ich hätte nicht kommen sollen, wie?«, fragte er leise.

Jawohl, hätte sie sagen müssen, ich wünschte, du wärst in der Bretagne geblieben. Weil du ja doch nur wegen deines blöden Schlösschens und nicht meinetwegen gekommen bist.

»Lass mir ein bisschen Zeit«, sagte sie stattdessen und lächelte. »Ich muss das alles erst einmal begreifen …«

»Ich auch.« Er ging langsam auf sie zu, und als sie schon glaubte, er würde sie berühren, zog er sich einen Stuhl herbei und setzte sich an ihren Tisch. Nicht etwa neben sie, sondern ihr gegenüber.

»Möchtest du auch einen Kaffee?«

Er nickte und sah sie dabei an. Wendete nicht den Blick von ihr, verschlang sie mit den Augen, als sähe er sie zum ersten und letzten Mal in seinem Leben. Helle Augen, blau mit ein wenig Grau gemischt, leuchtend, siegesgewiss, unwiderstehlich. Sie spürte, wie sich unter diesem Blick alle ihre Vorsätze auflösten, wie der blödsinnige Wunsch sie überkam, einfach nur an die Liebe zu glauben. Selbst wenn sie in die Falle lief und später dafür bezahlen würde.

Sie riss sich zusammen und rief nach der Wirtin, bestellte ein Kännchen Kaffee, ein zweites Frühstück.

»Weil du's bist, Kati!«, sagte die Wirtin, die draußen einen Bierlieferanten stehen hatte.

»Du bist noch traurig wegen deiner Mutter, nicht wahr?«, fragte er beklommen. »Das verstehe ich gut.«

Sie schüttelte den Kopf. Nein, es sei anders, als er glaube. Sie habe leider kein gutes Verhältnis zu ihrer Mutter gehabt. Sie sei sehr streng mit ihr gewesen, habe immer nur darauf gesehen, dass sie ordentlich und fleißig sei, einen Beruf lerne, heirate, Kinder in die Welt setze …

Er hörte aufmerksam zu und meinte dann, ihre Mutter habe sicher geglaubt, diese Dinge seien wichtig für die Tochter.

»Ganz sicher hat sie das …«

Auf einmal begann sie zu reden, über Dinge zu sprechen, die sie bisher niemandem gesagt hatte. Die Mutter habe einfach bestimmt, nie nach den Wünschen der Tochter gefragt, auch nicht nach ihren Begabungen. Lehrerin habe sie werden sollen, Beamtin mit gesichertem Einkommen und der Aussicht auf eine Pension.

»Und du? Was wolltest du?«

»Ich wollte Malerin werden … So wie meine Großmutter. Und mein Urgroßvater …«

Sie erzählte ihm, was sie herausgefunden hatte. Dass ihr Urgroßvater ein erfolgreicher Maler und Bildhauer gewesen sei, ein Dozent an der Universität sogar. Dass er mit seiner Familie vor den Nazis nach Frankreich geflohen und letztlich doch in Auschwitz ermordet worden war.

»Das ist schrecklich«, murmelte er. »Waren es am Ende die Franzosen, die ihn ausgeliefert haben?«

»Nein. Dort steht, er sei im Jahr 1939 aus ungeklärter Ursache mit seiner Frau zurück nach Deutschland gereist.«

»Weshalb hätte er das tun sollen?«, meinte er kopfschüttelnd. »Das war doch kompletter Wahnsinn.«

Auch er hatte inzwischen geforscht und einen pensionierten Lehrer in Dinard aufgetan, der sich mit den Geschehnissen in der Bretagne zur Zeit des Zweiten Weltkriegs befasst hatte. Ein

Monsieur Gustave Le Cunff, dessen Vater damals bei der Polizei gewesen sei.

»Auch bei uns wurden Juden deportiert, dazu brauchten wir nicht die Deutschen«, sagte er bitter. »Dieser Le Cunff hat einige Listen sichergestellt, das meiste ist allerdings verbrannt. Aber es scheint so, als wäre deine Großmutter im Januar 1943 von Dinard nach Auschwitz deportiert worden.«

Sie sah ihn mit großen, erschrockenen Augen an.

»Aber … sie hat überlebt.«

»Ja«, sagte er und lächelte sie an. »Sie muss eine ganz ungewöhnliche Frau gewesen sein.«

Er trank ein paar Schlucke Kaffee, schob die Tasse dann zurück und bestand darauf, die Zeche zu bezahlen. Er habe sie schließlich überfallen und müsse das wiedergutmachen. Es gefiel ihr nicht, da sie wusste, wie knapp er bei Kasse war, aber sie wollte ihn nicht beleidigen und ließ es geschehen.

»Zeigst du mir dein Dorf?«, bat er. »Du bist doch hier aufgewachsen, oder?«

Warten, dachte sie und fühlte sich grauenhaft dabei. Sich nichts vergeben. Spazieren gehen und ihm die Umgebung zeigen, vielleicht auch einen Ausflug nach Bad Schwalbach oder Wiesbaden unternehmen. Es ist so angenehm, mit ihm zu reden. Ich muss nur aufpassen, dass ich nicht zu viel preisgebe. Ich rede mit ihm wie mit einem vertrauten Freund, erzähle Dinge, die ich sonst niemandem sage. Vielleicht, weil er so aufmerksam zuhört und solch kluge Antworten weiß …

Sie gingen nebeneinander wie gute Bekannte durchs Dorf, und Katharina spürte die vielen Augen, die auf sie gerichtet waren. Das war doch die Kati. Schau an, die hatte ja einen neuen Freund. Und sie redete französisch mit dem. Na ja – sie hatte ja auch drauf studiert.

»Die beobachten uns, wie?«, fragte Ewan grinsend. »Stört es dich?«

»Ach was«, log sie. »Ich wohne ja nicht mehr hier.«

Sie zeigte ihm ihre alte Grundschule, die man inzwischen um zwei Flügel erweitert hatte. Früher hatte es dort Wiesen mit Apfelbäumen gegeben, und von dem Abhang waren sie im Winter, wenn Schnee lag, auf Plastiktüten hinuntergeruscht. Jetzt war alles zugebaut, nur in der Mitte ein asphaltierter Pausenhof.

»Und wo war deine Klasse?«

Sie wies auf die Fenster im ersten Stock, und er behauptete, er könne sie sich gut als Schülerin vorstellen. Mit einem langen Zopf und einem riesigen bunten Rucksack auf dem Rücken.

»Du bist bestimmt eine brave Schülerin gewesen, oder?«

Das gab sie zu, obgleich sie nicht besonders stolz darauf war.

»Und du? Lass mich raten. Du warst ein Chaot und hast deine arme Lehrerin zur Verzweiflung getrieben.«

»Das kommt der Wahrheit ziemlich nahe«, gab er zu. »Nur dass wir einen Lehrer hatten, der ein Freund meines Vaters war.«

»Das war wohl ein Glück für dich.«

»Keineswegs. Wenn ich heimkam, wusste Papa schon Bescheid, und es gab Hiebe. Ich hatte eine harte Erziehung …«

»Sie hat dir aber nicht geschadet …«

»Aber auch nicht viel genutzt …«, behauptete er und stimmte in ihr Lachen ein.

Sie ging mit ihm über den Dorfplatz, wo immer noch die alte Linde stand, jetzt schon von mehreren Seiten abgestützt, aber in vollem Laub. Dann blieben sie vor dem »Backes« stehen, einem kleinen Steinhäuschen, das man liebevoll erhalten hatte.

»Darin wurde früher das Brot gebacken. Man stopfte es voller Reisig, das wurde angezündet, und wenn alles verbrannt war, reinigte man den Innenraum und legte die Brote auf die heißen Steine.«

»Hast du darin schon mal Brot gebacken?«, wollte er wissen.

»Nein, ich durfte nur helfen. Und bei Festen haben die Jugendlichen darin Pizza gebacken …«

Er wollte wissen, welche Feste hier gefeiert würden, und erzählte dann von den »Pardons« in der Bretagne, den Wallfahrten zu verschiedenen Heiligen, die immer sehr feierlich begangen würden. Das sei ein uralter bretonischer Brauch – beim nächsten Mal würde er mit ihr nach Plougastel fahren, um den Umzug zu sehen.

Sie schlugen einen Seitenweg ein, stiegen den Hügel hinauf und folgten einem schmalen Pfad zwischen hoch stehenden gelben Kornähren. Die Sonne ließ das reife Korn knistern, hie und da leuchtete eine rote Mohnblüte, die sich dem Licht entgegenreckte. Oben am wolkenlosen Himmel kreiste ein Milan.

»Es ist schön hier«, sagte er und beschattete die Augen mit der Hand, um hinüber zu einem bewaldeten Hügel zu schauen. »Warum lebst du in Frankfurt und nicht hier?«

Sie erklärte ihm, dass sie dort studiert und eine Stelle an einer Schule gefunden habe, dass man in der Großstadt ein viel größeres kulturelles Angebot habe: Theater, Ausstellungen, Museen …

Er hörte ihr zu und sah sehr nachdenklich aus.

»Dann ist die Bretagne für dich eine Gegend, in der man die Ferien verbringt. Aber leben könntest du dort nicht, oder?«

Aha, dachte sie und versuchte, ihre Unruhe zu verbergen. Jetzt lenkt er das Gespräch langsam dorthin, wo er mich haben will.

»Es käme darauf an …«

»Worauf?« Er hatte einen langen Grashalm ausgerupft und drehte ihn sich um den Finger, sah sie dabei gespannt von der Seite an. Sie war drauf und dran, Unsinn zu reden. Dass sie dem Mann, den sie liebte, überallhin folgen würde. Bis ans Ende der Welt – ganz egal. Wenn seine Liebe nur echt und ehrlich war …

»Nun … ob dort eine Stadt in der Nähe ist. So wie Dinard oder St-Malo. Oder Rennes. Es muss ja keine Großstadt wie Paris sein …«

»Dinard oder St-Malo würde dir also reichen?«

»Nun ja – ich denke schon …«

Sie erreichten einen kleinen Hain, in dem sich ein verfallenes Häuschen verbarg. Vor Jahren hatte sich hier jemand einen Schrebergarten eingezäunt, eine Hütte gebaut und Obstbäume gepflanzt. Es musste schon eine ganze Weile her sein, denn die verlassene Hütte diente den Rehen und Füchsen als Unterschlupf, und die Obstbäume waren zu einem Wald geworden.

»Hier haben wir früher Räuber und Gendarm gespielt«, erzählte sie, froh, von dem heiklen Thema »Bretagne« ablenken zu können. »Erst haben die Räuber die Hütte erobert, und dann kamen die Gendarmen, um die Räuber zu fangen.«

Er zog das von Winden zugewucherte Gartentor auf und betrat neugierig die kleine Ruine. Während der vergangenen Jahre war auch das Dach eingefallen, sodass man in den blauen Himmel hineinsehen konnte, nur die Wände aus Fachwerk standen noch, und die hölzerne Tür hing schräg in den Angeln.

»Und was warst du?«, wollte er wissen. »Räuber oder Gendarm?«

»Die Mädchen wollten immer Gendarmen sein. Weil wir die Räuber dann fesseln und abführen durften.«

Das schien ihn zu amüsieren. Er stapfte in dem Häuschen herum, schob die herabgefallenen Dachziegel mit den Füßen beiseite und behauptete, es könne ein Paradies sein, wenn man das Häuschen instand setzte.

»Schau dir an, wie viele Äpfel und Birnen hier wachsen.«

Kopfschüttelnd sah sie seinem Treiben zu und rief, er solle vorsichtig sein, die Wände könnten jeden Moment einstürzen.

»Ach was!«, lachte er und rüttelte an einem Balken, bis der Staub herabrieselte. »Komm her. Oder hast du Angst?«

»Meine Kleider werden schmutzig …«

Sie entschloss sich trotzdem, über Gras und Unkraut zu steigen und die schräg hängende Eingangstür beiseitezuschieben.

»Es fehlt nur das Meer – dann wäre es die perfekte Trauminsel«, witzelte sie.

Kein Spaziergänger weit und breit, Bienen summten, im Gras zirpten die Grillen. Es war gefährlich, ihm so nahe zu sein, ganz allein. Seine Gesten, seine Lippen, diese wundervolle, tückische Macht, die er auf ihre Sinne ausübte – sie war schon einmal schwach geworden, aber dieses Mal würde sie seinem Zauber widerstehen. Sie wollte es, sie musste es …

»Wenn wir als Kinder solche Spiele machten, war ich immer der Räuber«, sagte er und berührte leicht ihren Nacken. »Hättest du Lust, mich zu fesseln und abzuführen, Kathérine?«

»Warum nicht? Du hättest es ganz sicher verdient, in Fesseln gelegt zu werden«, scherzte sie.

»Auch für ein ganzes Leben?«

Sie hob den Kopf und starrte ihn verwirrt an. Was war das jetzt? Ein Antrag? Oder nur ein Scherz?

»Nein«, sagte sie leise. »Niemand sollte ein Leben lang in Fesseln liegen.«

Ganz sacht legten sich jetzt seine Hände auf ihre Schultern, kaum merklich zog er zu sich heran, und seine hellen Augen drangen tief in sie ein.

»Auch dann nicht, wenn es Liebe ist? Sag mir, ob du mich ein Leben lang lieben könntest, Kathérine.«

Sie glaubte, seinen Herzschlag zu spüren, und sehnte sich danach, seinen warmen, sehnigen Körper zu liebkosen. Ihm ins Ohr zu flüstern, dass sie ihn lieben würde bis ans Ende aller Tage …

»Ich … ich bin nicht sicher …«, stotterte sie stattdessen.

»Aber ich bin mir sicher«, sagte er ruhig. »Als ich dich heute wiedersah, waren plötzlich alle Zweifel, mit denen ich mich herumgeschlagen habe, wie weggeblasen. Du und ich – wir sind füreinander bestimmt. Niemand kann daran etwas ändern. Auch du nicht, ma chérie.«

Sie schloss die Augen, gab sich ganz und gar dem Glücksgefühl hin, das bei seinen Worten in ihr aufstieg. Er sprach etwas aus, das auch sie tief in ihrem Inneren fühlte, das lange verschüttet gewesen war, das sie als dumm und peinlich weggeschoben hatte. Heute dauerte eine Beziehung nicht mehr ein Leben lang. Jede dritte Ehe wurde geschieden, besser gar nicht erst heiraten, man lebte mit »Lebensabschnittsgefährten«, das war praktisch und zeitgemäß. Aber die Liebe, die wirkliche, große Liebe, die dauerte ein Leben lang.

Er küsste sie ganz zart, so als hätte ein Schmetterling sie mit seinen Flügeln berührt. Ihr Herz klopfte sehnsüchtig. Alle Vorsicht war vergessen.

»Hör zu, Kathérine«, sagte er mit zärtlicher Stimme. »Ich werde Kerbourgh leider verlieren, die Bank wartet nicht mehr, sie haben eine Versteigerung für Anfang August angesetzt …«

Er sprach weiter und schien gar nicht zu bemerken, dass sie in seinen Armen erstarrte. Da war es. Sie hatte nicht aufgepasst und war voll gegen die Wand gelaufen. Wie weh es tat. Wie schlimm dieser Betrug war.

»… es ist nun einmal so, ich hätte es von Anfang an wissen müssen, aber ich bin ein bretonischer Sturkopf und habe bis zum Schluss geglaubt, ich schaffe es …«

Sie blinzelte ihn an. Er war aufgeregt, das Haar zerwühlt, die Miene düster, zornig auf sich selbst und die verfluchte Bank. Wie schön er war, dieser Betrüger. Wie verlockend seine Falle. Ach, Ewan …

»Wirst du auch mit einem armen Schlucker leben wollen?«, fragte er lächelnd. »Mir bleiben immer noch meine Pferde und ein paar Äcker. Wir würden zunächst bei meiner Mutter wohnen, keine Sorge, es ist genügend Platz im Haus. Und du könntest vielleicht in einer privaten Schule eine Stelle finden …«

»Ja«, sagte sie wie abwesend. »Vielleicht könnte ich das …«

»Es ist verdammt schade um Kerbourgh. Auch um deinetwillen, Kathérine. Weil doch deine Großmutter dort gelebt hat. Du willst es nicht vielleicht doch kaufen?«

Sie gab sich einen Ruck.

»Lass uns zurückgehen, Ewan. Ich habe morgen ein wichtiges Gepräch in Dortmund und muss noch meine Sachen packen …«

»D'accord …«

Sie trennten sich auf dem Parkplatz des »Roten Ochsen«, und sie sah beklommen zu, wie er in seinen klapprigen Renault stieg. Er wollte die Nacht durchfahren und am Vormittag zu Hause sein. »Ich warte auf dich!«, rief er durchs Autofenster.

»Schau an«, sagte Tante Alice und nahm Katharina das Fotoalbum aus der Hand. »Ich hätte drauf geschworen, dass sie es verbrannt hat.«

»Meine Mutter?«

Tante Alice nickte nur, denn sie hatte sich bereits in die Betrachtung der Fotografien versenkt. Sie wirkte etwas schmaler als beim letzten Treffen, das Gesicht spitzer, auch war der Ansatz des grauen Haares zu sehen, weil sie wohl noch keine Zeit gehabt hatte, zum Frisör zu gehen. Ansonsten schien sie die Operation gut überstanden zu haben.

»Es ist doch ein wenig anders als meines«, bemerkte sie und blätterte die Seiten um. »Sie hat viel mehr Bilder eingeklebt, vor allem von Gut Staden. Und natürlich von ihrem Peterchen …«

Katharina beschloss, sie erst einmal in Ruhe das Album anschauen zu lassen und dann ihre Fragen zu stellen. Vielleicht weckten die Fotos bei ihrer Tante ja Erinnerungen an die schöne Kindheit auf Gut Staden und lösten ihre Zunge. Sie wandte sich ihrer Kaffeetasse zu, rührte Sahne und Zucker in die schwarze Brühe und nahm sich ein Stück Torte. Käse-Sahne, Erdbeerrolle, Schwarzwälder Kirsch – diese Operation musste ja wahre Wunder bewirkt haben, dass Tantchen schon wieder solche Kalorienbomben vertilgen konnte. Aber vielleicht brauchte sie ja Trost in ihrer Einsamkeit – Onkel Max war mit seinem Gesangsverein für ein Wochenende nach Thüringen gereist.

»Tja!«, ließ sich Tante Alice jetzt vernehmen und setzte die

Brille ab. »Da hat sie ja ganz schön gewütet. Elli hat schon immer zum Jähzorn geneigt, aber das hier ist wirklich lächerlich …«

Ausgerechnet Tante Alice musste ihrer Mutter das vorwerfen. War sie es nicht gewesen, die ihrem Vater die kleine Fotografie aus der Hand genommen hatte? Die Tante klappte das Album zu und legte es neben sich aufs Sofa, wobei sie darauf achtete, das mit grünem Flauschsamt bezogene Kissen nicht zu berühren.

»Du meinst … meine Mutter hat die fehlenden Fotos herausgenommen?«

»Natürlich, wer denn sonst?«

Tante Alice griff zu ihrer Kaffeetasse und bat Katharina, ihr ein Stück Erdbeerrolle aufzulegen. Der Couchtisch sei so niedrig, sie könne sich wegen der Narbe noch nicht so weit nach vorn beugen.

»Aber gern, Tante Alice. Sonst geht es dir gut? Ein wenig blass bist du noch, aber das wird schon wieder …«

Sie erfuhr, dass die Tante fünf Kilo abgenommen habe und dieses Gewicht gern halten wolle, denn sie habe ausgerechnet, dass es ihr Idealgewicht sei. Daher schaue sie jetzt genau auf die Kalorien. Dieses Stück Erdbeerrolle sei der Ersatz fürs Mittagessen.

»Du hast ja solche Probleme nicht«, fuhr die Tante fort und warf einen prüfenden Blick auf Katharina. »Du bist eher zu dünn. Musst mehr essen, Mädel. So knochig, das mögen die Männer nicht. Zum Anschauen – ja. Aber nicht zum Anfassen.«

Katharina bedankte sich für den Rat und war schon wieder kurz davor, im Selbstmitleid zu versinken. Vermutlich hatte Tante Alice recht, sie war zu mager, ihr Busen zu klein. Höchstens mit ihrem Po konnte sie punkten, der war hübsch geformt. Aber wieso hatte Ewan mit ihr geschlafen, wenn sie so unattraktiv war? Weil er sein Kerbourgh vor der Versteigerung retten wollte? Dazu hätte es genügt, sie zu küssen …

»Sie hat damals für uns alle drei ein solches Album angelegt«, sagte Tante Alice. »Damit wir unsere Kindheit und Gut Staden in guter Erinnerung behielten. Als ob wir das je hätten vergessen können!«

Eine tiefe Zornesfalte war über Tante Alice' Nasenwurzel entstanden, und Katharina rang mit sich. Sollte sie fragen? Oder abwarten?

»Von wem sprichst du, Tante?«

Alice schnaubte durch die Nase und griff nach der Kaffeetasse, um einen Bissen Erdbeerrolle hinunterzuspülen. Wenn sie sich jetzt verschluckt, ist alles aus, dachte Katharina.

»Von deiner Großmutter. Wir sprechen nicht gern von ihr, musst du wissen. Ich denke mal, dass deine Mutter sie so gut wie nie erwähnt hat.«

»Du meinst … Margot von Staden?«

»Wen denn sonst?«, sagte Tante Alice unfreundlich.

»Die wurde bei uns zu Hause tatsächlich niemals erwähnt.«

Die Tante kommentierte diesen Satz nicht.

»Deshalb war ich auch sehr überrascht, auf dem Dachboden eine Kiste mit Aquarellen zu finden, die sie gemalt hat.«

»Aquarelle? Davon hast du uns gar nichts gesagt!«, rief Tante Alice und stellte den Kuchenteller so heftig auf den Couchtisch, dass die Gabel herunterrutschte.

»Das … das habe ich wohl vergessen«, stotterte Katharina.

In der Tat hatte sie die Aquarelle den Tanten gegenüber nicht erwähnt, weil sie zuerst geglaubt hatte, die Malerin sei die Geliebte ihres Vaters gewesen. Wie hatte sie nur so einen albernen Verdacht hegen können!

»Na, hör mal!«, empörte sich Tante Alice. »Wir haben uns schon gewundert, wo die Bilder geblieben sind. Es müssen Hunderte gewesen sein …«

»Ja. Sie sind zu Mappen gebunden. Es sind wundervolle Bilder, sie war eine begabte Malerin …«

Tante Alice lehnte sich zurück und stopfte sich eines der beiden Kissen in den Rücken. Dann strich sie mit der Hand über ihre rechte Bauchseite und verzog das Gesicht.

»Ob sie eine gute Malerin war, kann ich nicht beurteilen«, sagte sie grämlich. »In unserer Gegenwart hat sie niemals gemalt. Sie hatte die Bilder in einer Kiste und nahm sie nur selten heraus. Deinem Vater hat sie sie wohl öfter gezeigt, der war ja auch ihr Liebling und wurde immer vorgezogen ...«

Die Schleusen hatten sich geöffnet, und Katharina hörte atemlos zu. Ihre Großmutter sei eine sehr eigenwillige Person gewesen, habe sich gern abgesondert und auch einen eigenen Freundeskreis gehabt. Seltsame Vögel habe sie um sich versammelt, Künstler vor allem, Hungerleider und Spinner. Da sei ein Kunstmaler gewesen, der immer nur alte Bäume gemalt habe. Und ein paar Verrückte, die sich für große Schriftsteller hielten. Auch ein Klavierspieler und einer, der auf dem Cello herumkratzte. Dann habe man musiziert, Margot von Staden strich die Geige, und Peter habe später ganz passabel Klavier gespielt.

»Um Gudrun und mich hat sie sich kaum gekümmert«, fuhr Tante Alice fort und zerrte das Kissen in ihrem Rücken zurecht. »Wir wurden von unserer Großmutter erzogen. Das war eine wunderbare Frau! Eine Gutsherrin vom alten Schlag ...«

Die alte Frau von Staden habe ihre beiden Enkelinnen von Anfang an unter ihre Fittiche genommen. Ein Kindermädchen habe es gegeben, eine Köchin, zwei Stubenmädel, eine Waschfrau und ganz am Anfang noch den Kutscher. Und alle hätten auf das Kommando der alten Gutsherrin gehört. Knechte und Mägde arbeiteten in den Ställen und auf den Äckern, später habe es Maschinen gegeben, aber zu Anfang, in den Fünfzigern, da habe man das Heu noch mit dem Rechen gewendet und mit der Gabel auf den Wagen gehoben ...

»Was für schöne Feste wir gefeiert haben«, sagte Tante Alice und lächelte versonnen zur Zimmerdecke hinauf. »Die Weihnachtsfeiern, die Konfirmationen, dann die Sommerfeste und das Osterfeuer. Das hat alles unsere Großmutter, die alte Frau von Staden, organisiert. Sie starb 1975, damals war ich dreiundzwanzig und besuchte die Hauswirtschaftsschule in Oldenburg. Gudrun ist zwei Jahre älter, sie war schon mit Wilhelm verlobt, als Großmutter starb.«

Katharina reimte sich zusammen, dass die weißhaarige Frau mit dem scharfen Profil auf dem Weihnachtsfoto wohl ihre Urgroßmutter gewesen sein musste. Die alte Frau von Staden – die Schwiegermutter der Margot von Staden. Wie merkwürdig, dass sie die Erziehung der Enkeltöchter übernahm, während sich Margot von Staden offensichtlich nur um ihren Sohn kümmerte.

»Nach ihrem Tod fühlten wir uns wie Waisen«, sagte Tante Alice. »Unsere Mutter war mit sich selbst beschäftigt. Nun ja, sie musste sich auch um unseren Vater kümmern, der häufig krank war.«

»Und wer hat in dieser Zeit die Leitung des Gutshofs übernommen?«

Die Frage schien der Tante nicht zu gefallen, sie zuckte die Schultern und meinte, es sei natürlich ihr Vater gewesen. Hie und da, wenn seine Gebrechen ihn aufs Lager zwangen, habe die Mutter das Heft in die Hand genommen. Auch Peter habe geholfen, wenn er Zeit hatte. Er habe damals aber in Hamburg studiert. Kunst. Weil die Mutter geglaubt habe, einen Maler und Bildhauer aus ihm machen zu können.

Katharina konnte sich nicht entsinnen, dass ihr Vater je gemalt hatte. Höchstens als sie klein war, da hatte er manchmal Vögel und Blumen für sie aufs Papier gezaubert, und sie hatte sich bemüht, ihm nachzueifern.

»Natürlich hat Peter irgendwann das Handtuch geworfen, um etwas Vernünftiges zu lernen. Schon weil Elli es so wollte. Er musste schließlich den Lebensunterhalt für die Familie verdienen.«

Wieder etwas, worüber der Vater niemals gesprochen hatte.

War er enttäuscht von seinem Studium? Hatte das Talent nicht gereicht? Oder hatte er seine Ambitionen aufgegeben, weil seine junge Ehefrau eine gesicherte Existenz wünschte?

»Wir haben uns das alles anders gedacht, Gudrun und ich«, sagte Tante Alice. Sie kniff die Lippen zusammen und starrte böse auf die Thermoskanne, in der sich der Kaffee befand. »Und auch Peter hat wohl damit gerechnet, einmal Herr von Gut Staden zu sein. Aber unser Vater, August von Staden, hat den gesamten Besitz seiner Frau hinterlassen, sodass wir erst nach ihrem Tod unser Erbe hätten antreten können.«

Aha, dachte Katharina, das ist der wunde Punkt. Sie wollten das Gut erben, aber aus irgendeinem Grund ist nichts daraus geworden.

»Dann muss er seine Frau sehr geliebt haben«, sagte sie.

Die Bemerkung kam schlecht an, Tante Alice warf ihr einen zornigen Blick zu und erklärte, dass ihr Vater, August von Staden, diese Regelung vermutlich nur getroffen habe, damit das Gut nach seinem Tod nicht zerstückelt würde, sondern in einer Hand blieb.

»Er war ein sehr gütiger und kluger Mensch«, sagte Tante Alice. »Der Krieg hatte ihm arg zugesetzt, er hatte ein verletztes Auge, und sein rechter Arm war steif. Großmutter von Staden sprach selten über das, was während des Kriegs auf dem Gut vor sich ging, aber ich glaube, er hat dort einige Juden versteckt und ihnen damit das Leben gerettet. Gedankt hat es ihm keiner, nach dem Krieg wurde er dafür sogar angefeindet …«

Verwirrt überlegte Katharina, ob sie die Tante darauf ansprechen sollte, dass auch ihre Mutter Margot von Staden Jüdin gewesen war. Vielleicht war es besser, damit vorsichtig zu sein …

»Und … was ist später aus dem Gut Staden geworden?«

Tante Alice fasste die Thermoskanne und schraubte nervös den Deckel ab, um nachzusehen, ob noch Kaffee darin war. »Was daraus wurde? Hat dir dein Vater das nicht erzählt? Nein? Und deine Mutter auch nicht? Die arme Elli ist damals schier wahnsinnig geworden, sie sah sich doch schon als Gutsherrin. Und wir, Gudrun und ich, hätten ein schönes Sümmchen ausgezahlt bekommen, wenn Peter das Gut übernommen hätte. Aber nein, niemand hat etwas bekommen. Verkauft hat sie es.«

»Verkauft?«

Jawohl. Margot von Staden, ihre eigene Mutter, habe ohne die Kinder zu fragen, einfach ihr Erbteil verhökert. Wie gut, dass die alte Frau von Staden das nicht mehr erlebt habe. Das wunderschöne, große Landgut, das seit fast einem Jahrhundert im Besitz der Familie von Staden gewesen sei, ein gesundes Unternehmen, das vom Vater auf den Sohn hatte übergehen sollen, hat Margot von Staden zu Geld gemacht.

Das war es also. Wenn sie ehrlich war, musste sie gestehen, dass der Zorn der Tanten nicht ganz unberechtigt war. Schade um den Gutshof. Sie ertappte sich bei dem Gedanken, dass sie, Katharina von Staden, jetzt Erbin dieses Anwesens sein könnte. Nun ja – das Schicksal hatte es nicht gewollt, vielleicht war es ja auch besser so. Es war heikel, die letzte, entscheidende Frage zu stellen. Katharina stocherte in ihrem Kuchenstück herum und wartete. Es würde kommen, es musste kommen. Tante Alice war viel zu wütend, um zu schweigen.

»Nichts ist uns geblieben. Das ganze Geld hat sie ausgegeben. Als sie starb, war gerade noch genug da, um sie beerdigen zu lassen.«

»Aber … wofür hat sie denn so viel Geld gebraucht?«

Die Tante holte tief Luft und schraubte den Deckel der Kanne wieder zu. Sie brauchte mehrere Anläufe, weil sich das Gewinde verkantete.

»Darüber möchte ich keine Auskunft geben. Sie ist tot, Friede ihrer Asche. Gott vergebe ihr, was sie ihren Kindern angetan hat.«

Katharina schwieg. Was sie gehört hatte, passte nicht zu dem positiven Bild, das sie sich von ihrer Großmutter gemacht hatte. Die begabte Malerin, Tochter eines Kunstprofessors und einer Pianistin, die junge Ehefrau des Schlossherrn von Kerbourgh, die ihren Ehemann auf tragische Weise verlor. Die Jüdin, die von den Nazis nach Auschwitz deportiert worden war und dennoch überlebt hatte. Die Ehefrau des Gutsherrn von Staden … Das alles hatte so großartig, so heroisch geklungen. Ein bewegtes, aber letztlich doch erfolgreiches Leben, eine ungewöhnliche Frau. Nun aber hatte sie eine andere Seite ihrer Großmutter kennengelernt. Sie hatte ihre Töchter vernachlässigt, sich von der Familie abgekapselt und schließlich das Erbe ihrer Kinder verjubelt. Und nicht nur das – es musste noch eine weitere Sache passiert sein, die so schlimm war, dass man sie auch nach ihrem Tod nicht erwähnen durfte.

»Möchtest du noch Kaffee?« Tante Alice schien entschlossen, das Thema Margot von Staden jetzt abzuhaken, denn sie erkundigte sich nach Patrik. Ob er sein Studium noch nicht beendet habe. Er sei ja ein höflicher junger Mann und passe auch recht gut zu Katharina, aber ein Mann müsse schließlich eine Familie versorgen können …

»Es … es gibt kein Foto von ihr?«, fragte Katharina dazwischen.

Tante Alice zuckte zusammen, der Sprung zurück auf das unliebsame Thema Margot von Staden passte ihr nicht.

»Ein Foto? Von wem?«

»Von meiner Großmutter. Sagtest du nicht, sie habe dir und Tante Gudrun ebenfalls ein Fotoalbum angelegt?«

Die Tante stieß ärgerlich die Luft aus und legte die Hand auf die rechte Bauchseite. Vermutlich wollte sie damit andeuten, dass solche unverschämten Wünsche an ihrer schwachen Gesundheit nagten.

»Ich kann Elli wirklich nicht verstehen! Erst schneidet sie das Album kaputt, und dann nimmt sie es mit ins Heim. Aber vermutlich war sie zu diesem Zeitpunkt schon nicht mehr zurechnungsfähig ... Muss das wirklich heute sein, Katharina? Du weißt, dass ich mich schlecht bücken kann.«

»Sag mir einfach, wo es ist, Tante Alice. Ich hole es.«

Dass Katharina ihre Schränke öffnete, wollte die Tante aber auf keinen Fall. Also erhob sie sich mit vorwurfsvollem Stöhnen, begab sich zu der neuen Schrankwand – Kirschbaum, hell gebeizt – und zog das Fotoalbum aus einem der unteren Fächer. Es sah tatsächlich genauso aus wie das Album, das Katharina bei ihrer Mutter gefunden hatte.

Tante Alice hatte keineswegs die Absicht, die Nichte unbeaufsichtigt in ihren Fotos herumblättern zu lassen. Sie besah sich prüfend mehrere Seiten und hielt Katharina schließlich das geöffnete Album vor die Nase.

»Hier ist sie mit drauf. Das war im Sommer 1965. Damals bekam ich ein Pony zum Geburtstag geschenkt. Ich wurde dreizehn ...«

Viel war nicht zu erkennen. Eine schlanke Frau im hellen Sommerkleid, die Gestalt war anmutig, das Gesicht jedoch kaum zu erkennen. Nur die dunklen Augen stachen hervor, alles andere war viel zu unscharf auf der kleinen Fotografie.

»Gibt es ein Bild, auf dem man sie deutlicher sehen kann?«

Ein ärgerlicher Seufzer, sie nahm das Album wieder an sich, suchte darin herum, schüttelte den Kopf, dann fand sie doch etwas. »Da. Das war nach Vaters Tod. Er ist 1983 gestorben.«

Margot von Staden saß am Klavier und schaute ein wenig überrascht zur Seite in die Kamera. Wer hatte das Foto wohl gemacht? Sie war schwarz gekleidet, ihre Hände lagen auf den Klaviertasten, und man sah deutlich, dass sie keinen Ring trug. Eine weiße Strähne zog sich durch das aufgesteckte dunkle Haar, ihr Gesicht erschien jung, fast faltenlos, und ihr Lächeln war von einer unpassenden Heiterkeit. Sie musste zu diesem Zeitpunkt um die sechzig gewesen sein.

»Bist du jetzt zufrieden?«

»Ja ... vielen Dank, Tante Alice. Es war sehr lieb von dir.«

Erleichtert klappte Alice das Buch zu und beeilte sich, es wieder zwischen die anderen Fotoalben zu schieben.

»Nimm dir noch ein Stück Torte, Katharina. Die kann man schlecht aufheben. Und du kannst noch ein paar Pfündchen auf den Rippen vertragen ...«

Der Appetit auf fette Sahnetorte war Katharina schon längst vergangen, doch um der Tante einen Gefallen zu tun, stopfte sie das Stück Schwarzwälder Kirsch in sich hinein und trank eine weitere Tasse Kaffee. Die Gespräche drehten sich jetzt um Onkel Max und seine übertriebene Leidenschaft für das Chorsingen, danach nahm sich die Tante den Neffen Rolfie vor, der bisher nichts Rechtes in seinem Leben geleistet habe, um schließlich wieder zu Katharina zurückzukehren.

»Du bist doch schon fast dreißig, oder? Wenn ihr noch Kinder haben wollt, dann solltet ihr bald damit anfangen ...«

»So bald nicht, Tante Alice. Patrik und ich – wir werden uns trennen.«

Das war die Nachricht des Tages! Tante Alice schlug die Hände zusammen und behauptete, sie habe es geahnt. Jetzt könne sie es ja sagen, sie habe diesen Herrn Sonnenweiler immer für einen Versager gehalten. Ein ewiger Student. Lebte vom Geld seiner Freundin. Also wirklich!

»Da werden nun schwere Zeiten auf dich zukommen, mein armes Kind. Oder hast du dich vielleicht sogar schon umgetan? Gibt es etwas, was ich noch nicht weiß?«

»Nein, Tante. Der Nachfolger steht nicht an der nächsten Ecke. Ich werde erst einmal allein zurechtkommen ...«

»Nun ja«, meinte Tantchen enttäuscht. »Du hast ja gottlob dein Auskommen. Es war sehr klug von deiner Mutter, dich studieren zu lassen. Als Beamtin bist du ja versorgt ...«

Gegen sechs erwähnte Tante Alice vorsichtig einen Kartoffelsalat, den sie anrichten könne, und Katharina erklärte hastig, sie müsse jetzt unbedingt nach Hause. Die Tante hatte keine Einwendungen.

»Es war nett, dass du mich einmal besucht hast. Alles Gute, Kind. Sei tapfer. Es kommen auch wieder bessere Zeiten …«

Während der Fahrt über die Autobahn kämpfte Katharina mit einem lästigen Übelkeitsgefühl, das vermutlich von zu viel Sahnetorte herrührte. Fett, Zucker und dann noch starker Kaffee – jetzt wusste sie, woher Tante Alice ihr Gallenleiden hatte. Kurz vor Frankfurt begann es zu regnen, und der Verkehr stockte, weil ein Unfall passiert war. Im Schneckentempo zogen die Wagen auf der Überholspur an der Unfallstelle vorbei, man starrte nach rechts hinüber, wo ein Lastwagen einen Pkw unter sich begraben hatte. Blaue Lichter zuckten, zwei Krankenwagen, ein Notarzt, die Polizei – war das die Feuerwehr? Katharina zwang sich, den Blick abzuwenden und zügig weiterzufahren. Schrecklich, wie schnell ein Menschenleben zu Ende sein konnte. Eine falsche Bewegung, ein kaputter Reifen oder einfach nur ein anderer Verkehrsteilnehmer, der einen verhängnisvollen Fehler beging. Eine Schrecksekunde, ein Aufprall – ob man den Schmerz überhaupt spürte? Dann das Dunkel, der tiefe, kalte Brunnen, der Tod.

Ihre Stimmung sank auf den Nullpunkt. Wieso fuhr sie in der Gegend herum, um sich deprimieren zu lassen? Mit dieser Besessenheit, das Leben ihrer Großmutter zu erforschen, musste jetzt endlich Schluss sein. Margot von Staden hatte ein wechselvolles Schicksal gehabt, sie hatte gekämpft und sich behauptet, sie hatte aber auch anderen Menschen unrecht getan und Schuld auf sich geladen. Warum auch nicht? Hatte sie vielleicht erwartet, ihre Großmutter sei eine Heilige gewesen? Nur, weil sie wundervolle Aquarelle gemalt hatte?

Überhaupt hatten diese Aquarelle ihr nur Unglück gebracht. Sie hatten sie in die Bretagne zu diesem verwunschenen Schlösschen gelockt, durch diese Bilder hatte sie Ewan Goadec kennengelernt und war seiner Verführungskunst verfallen. Und nun, da sie ihn durchschaut hatte, blieb sie mit leeren Händen und wundem Herzen zurück.

Für einen Moment tauchte in ihrem Kopf die Frage auf, wieso sie denn so sicher war, dass es Ewan nur um Kerbourgh ging. Konnte es nicht sein, dass er sie einfach liebte? Ehrlich und wahrhaftig liebte?

Warum sollte er mich lieben?, dachte sie bitter. Ich bin in keiner Weise verführerisch oder auch nur hübsch. Eine Lehrerin, die trockenes Zeug redet, viel zu dünn ist und nichts aus sich macht. Keine Schminke, kein Frisör, nicht einmal schicke Klamotten. Man muss ja nur Armelle ansehen, um zu wissen, was Ewan gefällt.

Das Foto ihrer Großmutter fiel ihr wieder ein. Ja, Margot von Staden hatte es ganz sicher verstanden, einen Mann für sich zu gewinnen. Auch ohne sich besonders zurechtzumachen. Sie war anziehend, weil sie ganz und gar sie selbst war. Die Heiterkeit in ihrem erstaunten Blick, das Lächeln, mit dem sie dem Fotografen begegnete – darin lag ein Zauber, der jeden für sie einnahm.

Das erste Hinweisschild auf Frankfurt tauchte im Regen auf, die Scheibenwischer quietschten fürchterlich, sie hätte die Wischblätter längst austauschen müssen.

Warum hatte sie nicht den Charme und die Anziehungskraft ihrer Großmutter geerbt? Dann hätte Ewan sich vielleicht wirklich in sie verliebt. Aber sie war leider nach ihrer Mutter geraten, die ganz sicher niemals in ihrem Leben einen Mann verführt hatte, nicht einmal ihren eigenen Ehemann.

Schluss jetzt, dachte sie. Ich bin so, wie ich bin. Und ich werde mein Leben so gestalten, dass ich zufrieden sein kann. Ohne die phantastische Margot von Staden. Und ohne falsche bretonische Liebesschwüre. Einfach so, wie es mir gemäß ist. Das Leben einer trockenen, langweiligen Lehrerin kann auch seine Glanzpunkte haben.

Es goss wie aus Kübeln, als sie auf dem Parkplatz aus dem Wagen stieg, und während sie mit dem Mechanismus des Klappschirms kämpfte, merkte sie gar nicht, dass sie mit beiden Füßen in einer Pfütze stand. Mit nassen Füßen stieg sie fluchend die Treppe hinauf. Oben war es still. Sie blieb einen Moment lang im Treppenhausflur stehen und lauschte ungläubig. Keine Computergeräusche, keine lauten Anweisungen – sollte Patrik tatsächlich seine Sachen gepackt und die Wohnung verlassen haben?

Sie hatte kaum die Tür aufgeschlossen, da wusste sie, dass sie diese Hoffnung getrost begraben konnte. Essensgeruch schlug ihr entgegen, ganz offensichtlich ein Fleischgericht, Ragout oder Gulasch. Er hatte also vor, weiterhin den perfekten Hausmann zu geben.

»Schatz?«, rief er durch den Wohnzimmertürspalt. »Na endlich! Ich hab schon in Dortmund angerufen. Weil es doch so geregnet hat und auf der Autobahn ein Unfall gemeldet war …«

Na, wunderbar. Er hatte bei Tante Alice angerufen und vermutlich so getan, als sei alles in schönster Ordnung. Was mochte die Tante wohl gedacht haben?

»Seit wann spielst du die besorgte Mutter?«, knurrte sie und zog die nassen Schuhe von den Füßen.

Er ging nicht darauf ein. Stattdessen erzählte er, dass eine Menge Leute für sie angerufen hätten. Wie es schien, habe sie ihr Handy ausgeschaltet und sei daher nicht erreichbar gewesen.

»Wer?«

Er kam in Jogginghosen und T-Shirt in den Flur, grinste fröhlich und lief an ihr vorbei in die Küche. Er habe extra für sie gekocht. Rindergulasch mit Paprika, lecker scharf, mit Spätzle und Gurkensalat. Ob sie dazu einen Rotwein oder lieber Weißwein trinken wolle?

»Wer für mich angerufen hat!«

»Ach so. Also, das war einmal deine Kollegin Gitti und dann

Tante Gudrun. Dann noch jemand aus Frankreich, ich glaube von dem Hotel, wo wir mal gewesen sind. Hab leider nichts verstanden …«

»Jemand von der ›Belle Jardinière‹? Ein Mann oder eine Frau?«

Er werkelte in der Küche herum, leerte den Inhalt des Kochtopfs in eine Schüssel, ließ die Nudeln auf einem Sieb abtropfen. Erstaunlich, wie eifrig er sich plötzlich als Koch und Hausmann betätigte. Leider viel zu spät.

»Eine Frau … Ich glaub sogar, es war die hübsche Blonde. Die Verlobte von dem Typ mit dem Schlösschen. Wie hieß sie doch?«

»Armelle Le Bars.«

»Genau!«

Katharina hatte kein gutes Gefühl bei dieser Nachricht. Hatte Armelle bereits Verdacht geschöpft? Ganz sicher hatte sie das, Ewan war nicht der Mensch, der seine Absichten verbergen konnte. Oh, wie überflüssig das alles war. Wie dumm!

»Wann hat sie angerufen?«

»So etwa vor einer halben Stunde …«

Er hatte ein seltsames Grinsen in den Mundwinkeln, als sie jetzt in die Küche trat. Verschwieg er ihr etwas? Es stimmte, dass er kaum ein Wort Französisch sprach, dennoch hatte er hin und wieder verstanden, wovon die Rede war. Hatte Armelle von Ewan gesprochen?

»Lass uns essen, Schatz. Du kannst ja später zurückrufen …«

Die Mahlzeit war ihr auf einmal gar nicht mehr zuwider, im Gegenteil, es roch verführerisch. Nach der eklig süßen Sahnetorte war ein scharfes Gulasch genau das Richtige, und der Gurkensalat war mit Dill angemacht. Dill war ihr Lieblingsgewürz.

»Na schön …«, sagte sie gnädig. »Aber in Zukunft möchte ich nicht mehr, dass du für uns beide kochst. Diese Zeiten sind vorbei.«

Er sagte nichts dazu, schenkte ihr weißen Burgunder ein und schob ihr die Spätzle hinüber.

»Okay, Schatz. Bin morgen sowieso verabredet.«

Sie nahm die Nachricht mit einem leichten Kopfnicken zur Kenntnis und machte sich über den Gurkensalat her. Köstlich. Wenn Patrik auch sonst nicht viel zustande brachte – der Umgang mit Lebensmitteln lag ihm. Wie schade, dass er diese Begabung erst so spät entdeckt hatte.

»Willst du gar nicht wissen, mit wem ich verabredet bin?«

Sie zuckte die Schultern. Das bedeutete, es war ihr gleich. Was nicht ganz stimmte, denn neugierig war sie schon.

»Vermutlich mit Tante Gudrun«, witzelte sie.

Er grinste und meinte, das sei gar keine schlechte Idee. Tante Gudrun habe übrigens am Telefon behauptet, Katharina hätte sie übergangen, und das nähme sie ihr übel.

»Großer Gott«, stöhnte Katharina und lud sich eine zweite Portion Gulasch auf den Teller. »Was für ein Zickentheater!«

»Haben Frauen so an sich …«

Sie warf ihm einen vernichtenden Blick zu und ärgerte sich über sich selbst. Wieso saß sie hier mit ihm beim Abendessen, als sei alles wieder beim Alten? Kein Wunder, dass er sich freche Bemerkungen erlaubte.

»Mit deiner Kollegin Gitti bin ich verabredet«, sagte er. »Da staunst du, was?«

Sie brauchte einen Moment, um zu begreifen. Da schau an – die Gitti. Offensichtlich hatten sie ein längeres Gespräch geführt, und Patrik hatte ihr sein Herz ausgeschüttet.

»Ach – ist die Geschichte mit dem attraktiven Jogger schon zu Ende?«, fragte sie boshaft.

»Keine Ahnung. Wir wollen nach Sachsenhausen zum Ebbelwoi.«

Wie originell! Aber was war von Gitti auch anderes zu erwarten? Katharina musste sich gegen ein unpassendes Eifersuchtsgefühl wehren. Immerhin war Patrik acht Jahre lang ihr fester Partner gewesen, da fühlte sie sich ein wenig für seine Zukunft verantwortlich. Und mit Gitti gab es für ihn ganz sicher keine Zukunft. Höchstens eine herbe Enttäuschung.

»Viel Spaß!«, wünschte sie sarkastisch und trank ihren Wein aus. »Danke fürs Kochen. Ich geh jetzt schlafen.«

Die folgenden beiden Tage verbrachte sie mit Übelkeit und Magenschmerzen in ihrem Bett, stand nur auf, um sich einen Tee zu kochen und einen Zwieback aus der Tüte zu nehmen. Patrik saß am Schreibtisch und schien tatsächlich ernsthaft für sein Examen zu lernen. Von dem Ausflug mit Gitti war er gegen Mitternacht heimgekehrt – viel konnte da nicht gelaufen sein.

Am Mittwochnachmittag, als sie gerade eine Fertigsuppe löffelte, reichte ihr Patrik das tragbare Telefon ins Schlafzimmer.

»Wer ist dran?«, wollte sie wissen.

»Frankreich …«

Vor Aufregung rebellierte ihr Magen schon wieder. Sie hatte ihr Handy extra abgeschaltet, weil sie Ewans Anruf fürchtete. Nein, sie wollte dieses verdammte Schlösschen nicht kaufen. Er sollte sie bitte in Ruhe lassen. Alle sollten sie in Ruhe lassen. Sie war krank, fühlte sich grauenhaft …

»Ja?«, krächzte sie.

»Hier ist Armelle Le Bars. Sie werden sicher erstaunt sein, dass ich Sie anrufe, Kathérine. Aber ich bin für Ehrlichkeit und will die Wahrheit wissen …«

Großer Gott – auch das noch! Hatte Armelle inzwischen herausgefunden, dass Ewan mit ihr geschlafen hatte? Hatten die Bauarbeiter geplaudert? Ach, wie sollte sie ihr erklären, dass das alles nichts zu bedeuten hatte …

»Bonjour, Armelle … Ja, ich bin erstaunt. Was möchten Sie wissen?«

»Ist Ewan bei Ihnen?«

Sie glaubte, sich verhört zu haben.

»Ewan? Hier bei mir?«

Armelles Stimme klang hart, sie musste eine ziemliche Wut im Bauch haben.

»Sagen Sie einfach Ja oder Nein. Mehr will ich nicht wissen.«

»Nein.«

Glaubte sie ihr? Zumindest machte sie keine Einwendungen.

»Aber er war bei Ihnen, ja? Am Freitag ist er losgefahren.«

»Er war … Ewan war am Samstag in Steinbach. Meine Mutter wurde beerdigt. Aber … aber er ist schon mittags wieder zurückgefahren …«

Eine unbestimmte, scheußliche Angst bemächtigte sich ihrer. Er hatte die Nacht durchfahren wollen. In seinem altersschwachen Renault. Was für ein Wahnsinn!

»Schwören Sie mir, dass es die Wahrheit ist, Kathérine. Er ist am Samstagmittag zurück in die Bretagne gefahren?«

»Das hat er zumindest gesagt …«

Es war einen Moment lang still, dann sagte Armelle langsam:

»Er ist bis jetzt nicht hier angekommen.«

Paris, April 1965

»Schau doch, August! Dort oben haben wir gewohnt. Das waren die Fenster von Tante Sybilles Salon. Die Schlafzimmer gingen nach hinten raus. Und dort unten, wo jetzt das Bistro ist, da war früher ein Weinladen …«

Sie zerrte ihn aufgeregt hinter sich her, konnte nicht schnell genug zu dem Bistro gelangen und versuchte verzweifelt, sich an den Namen des Weinhändlers zu erinnern. Sie habe bei ihm einmal telefoniert. Weil das Telefon oben in der Wohnung schon abgestellt war …

»Langsam, Margot«, meinte er lächelnd. »Es läuft uns doch nicht davon.«

Sie blieben vor dem Bistro stehen und schauten durch die Scheiben in den Innenraum. Drei oder vier kleine Tische, zwei davon mit jungen Leuten besetzt, am Tresen stand eine ältere Frau, blond, mollig, gutmütig.

»Wollen wir hineingehen? Einen Café au lait trinken? Eine Kleinigkeit essen?«, schlug sie vor.

»Eine gute Idee …«

Er war erschöpft, die Untersuchungen in der Augenklinik »Adolphe de Rothschild« hatten vom frühen Morgen bis zum Nachmittag gedauert. Auch den morgigen Tag würden sie dort verbringen, um weitere Diagnoseverfahren über sich ergehen zu lassen. Berthold Blumenroth, der hier in Paris an der Sorbonne lehrte, hatte ihnen geschrieben, dass Dr. Bonnard eine international anerkannte Koryphäe im Bereich der Augenheilkunde sei und schon aussichtslose Fälle erfolgreich behandelt habe. Es war eine winzig kleine Hoffnung.

Fröstelnd traten sie ein, der Frühling ließ in diesem Jahr auf sich warten, und der Wind, der durch die Rue du Théâtre pfiff, war noch winterlich kühl. Dichter Zigarettenrauch schlug ihnen entgegen, aber wenigstens war es warm, und der Café au lait, den die Wirtin ihnen brachte, war heiß und süß.

»Pardon, Madame – wissen Sie zufällig, was aus dem Weinhändler geworden ist, der hier früher einmal seinen Laden hatte?«

Margot sah, dass ihr Ehemann schmunzelte. Natürlich konnte sie es nicht lassen, überall Fragen zu stellen. Das Cinéma Pathé am Ende der Straße war vor drei Jahren geschlossen worden, das Gebäude würde wohl abgerissen werden. Wie schade!

»Eine Weinhandlung? Ja, davon hat mir mein Mann erzählt. Das war vor dem Krieg, oder?«

Die blonde Wirtin runzelte die Stirn und meinte, es habe Gerüchte gegeben, der Weinhändler sei von den Deutschen verhaftet worden. Weshalb, das wisse sie nicht. Ihr Mann habe das Bistro seinerzeit von einem Bäcker übernommen, der aus Altersgründen sein Geschäft aufgab.

August hatte schweigend zugehört, er hatte noch Mühe, sein verschüttetes Französisch wieder hervorzusuchen.

»Du hast es da leichter«, sagte er.

Sie drückte seine Hand. Da er schlecht sehen konnte, hielt sie ihn meist fest, legte die Hand auf seine Schulter, auf seinen linken Arm oder griff seine linke Hand. Seine rechte war zur Faust zusammengekrümmt und ließ sich nicht mehr öffnen, auch der Arm war verkürzt und ohne Gefühl.

»Ich habe schon als Kind französisch gesprochen«, erzählte sie und trank einen langen Schluck Milchkaffee. Wie viele Erinnerungen stiegen dabei in ihr auf. Ach, es war alles schon so lange her, mehr als zwanzig Jahre.

»Wir haben Tante Sybille und Onkel Marcel mehrfach besucht, und sie waren bei uns in Frankfurt zu Gast. Mama sprach fließend französisch …«

Sie bestellte einen Toast mit Schinken und Käse, weil sie wusste, wie hungrig er war. Draußen begann es schon zu dämmern, sie würden sich später in einem Restaurant auf dem Boulevard St. Germain mit Berthold Blumenroth treffen. Es war schön und tröstlich, diesen lieben Menschen wiederzusehen.

»Geht es dir gut?«, fragte August ein wenig besorgt. »Manchmal fürchte ich, die Erinnerungen könnten dich überfordern.«

»Nein«, gab sie entschieden zurück. »Ich wollte dieses Haus sehen und mich der Vergangenheit stellen. Es tut mir gut, August.«

»Dann bin ich beruhigt. Möchtest du ein Stück von meinem Toast?«

»Danke, nein … Iss nur …«

Sie lächelte ihm zu und drückte seinen Arm, um ihn zu beruhigen. In Wirklichkeit war sie längst nicht so stark, wie sie ihn glauben machte. Hier war sie damals aus dem Hauseingang getreten und hatte nach oben gesehen, wo Mama und Papa sich aus dem Fenster beugten, um ihr nachzuwinken. Es war das letzte Mal, dass sie ihre geliebten Eltern sah – ihre Fahrt nach England, die sie so dickköpfig von den Eltern ertrotzt hatte, endete in der Bretagne … Wie schmerzhaft in ihr jetzt doch die Erinnerung aufstieg. Hier unten auf der Straße hatte Alans Auto gestanden, als er sie abholte. Ein glückliches junges Paar waren sie gewesen … Ach, Alan. Er war nicht tot. Er lebte in ihr fort. Er war ihre große Liebe und konnte gar nicht sterben.

»Es ist schade, dass wir den Fotoapparat im Hotel gelassen haben«, meinte August. »Wir hätten die Straße und das Haus fotografieren und die Bilder nach England schicken können.«

»Vielleicht morgen«, sagte sie, immer noch abwesend.

Tante Sybille und Onkel Marcel waren inzwischen über siebzig und hatten ihr Geschäft in Birmingham an die Söhne Lucas und Bernard übergeben. Max war in New York mit einer Geigerin verheiratet, sie hatten zwei bezaubernde rothaarige Töchter.

»Was ist mit dem Louvre, Margot?«, fragte August. »Morgen Nachmittag hätten wir dafür Zeit.«

Sie schüttelte den Kopf und erklärte, als junges Mädchen schon alle Bilder gesehen zu haben. Auch die alberne »Mona Lisa«, um die ein solches Gehabe gemacht würde.

»Nein, ich bestehe darauf«, sagte er dickköpfig. »Wer weiß, wann wir wieder einmal gemeinsam verreisen. Ich möchte, dass du Freude an dieser Reise hast. Es ist schon schlimm genug, dass du meinetwegen so viele Stunden in der Augenklinik sitzen musst.«

»Wenn du unbedingt willst ...«, seufzte sie.

»Unbedingt, Margot!«

Natürlich hatte sie nur seinetwegen auf den Louvre verzichten wollen. Ihrem Gefühl nach war es grausam, so viele großartige Kunstwerke in der Nähe zu wissen, sie zu riechen, zu spüren, das Geflüster der Besucher zu hören, aber kaum etwas sehen zu können. Sein verletztes Auge war schon vor einigen Jahren erblindet, und nun sah er auch mit dem anderen, bisher gesunden Auge nur noch Schatten.

»Und dann will ich auf den Eiffelturm«, fuhr er fort, im Bemühen, sie aufzuheitern. »Ich will mir die Pariser Frühlingsluft um die Nase wehen lassen!«

»Einen Schnupfen werden wir uns beide da oben holen«, lachte sie. »Aber wenn du willst – ich bin dabei!«

Er nickte zufrieden und meinte dann, es sei doch etwas anderes als die ewige Oldenburger Landluft, wo es nur nach Kuhdung und Schweinemist rieche. Sie schwieg dazu und blickte aus dem Fenster. Auf dem Trottoir war ein Passant stehen geblieben und starrte in den beleuchteten Innenraum des Bistros, um gleich darauf wieder in der grauen Dämmerung zu verschwinden. Sie trank ihren Kaffee aus. Es war nicht die Oldenburger Landluft, die ihr Leben auf Gut Staden so beschwerlich machte, das wussten sie alle beide, doch sie erwähnten es nicht. Es war der immerwährende zermürbende Streit zwischen Schwiegermutter und Schwiegertochter, dessen Auswirkungen niemand entkommen konnte. Auch August von Staden nicht, der sich immer wieder bemühte, zu vermitteln und Frieden zu stiften. Und schon gar nicht die Kinder: Pierrik, der beharrlich »Peter« gerufen wurde, und die beiden Mädchen Alice und Gudrun.

»Einen Sohn hat sie uns ja nicht gönnen wollen«, hatte die Schwiegermutter einmal gesagt. Als ob es Margots Schuld war, dass sie August von Staden zwei Töchter geboren hatte.

»Ich glaube, es ist Zeit, nicht wahr?«

August hatte seine goldene Taschenuhr herausgenommen und hielt sie dicht vor die Augen. Solange er die Zeit noch ablesen könne, hatte er einmal gesagt, sei noch nicht alles verloren.

»Ja, lass uns gehen.«

Sie bezahlte und verabschiedete sich von der Wirtin, dann fasste sie August bei der Hand, und sie verließen das Bistro.

»Wenn wir immer Händchen halten, müssen die Leute glauben, wir seien ein Liebespaar«, scherzte er. »Ich hoffe, es stört dich nicht.«

Sie lachte und wollte wissen, weshalb sie sich daran stören sollte, und er meinte, sie seien doch ein wenig zu alt für solche Sachen.

»Verliebt warst du niemals in mich, nicht wahr?«, sagte er in die Dämmerung der Straße hinein.

»Hast du das vermisst?«

»Manchmal schon. Ich bin eitel, wie alle Männer. Aber was in einer Ehe wirklich zählt, das sind ganz andere Dinge.«

Er blieb mitten auf dem Trottoir stehen und wandte sich ihr zu. Ein junges Pärchen, das hinter ihnen gelaufen war, musste rasch ausweichen, um nicht mit ihnen zusammenzustoßen.

»Ich bin sehr glücklich mit dir, Margot«, sagte er.

Sie stand fröstelnd vor ihm, spürte gerührt, wie ernst er diese

Worte meinte, und war bekümmert, sie nicht erwidern zu können. War sie glücklich mit ihm? Nun, sie war nicht unglücklich. Sie schätzte ihn, sein tägliches Bemühen, ihr das Leben so weit wie möglich zu erleichtern. Und er brauchte sie.

»Es ist gut, bei dir zu sein«, sagte sie schließlich ein wenig hilflos und fügte hinzu: »Ich habe es nie bereut, deine Frau geworden zu sein.«

Er nickte, beugte sich ein wenig vor, um dem Wind zu widerstehen, und sie setzten den Weg fort.

»Ich glaube, wir nehmen besser ein Taxi«, meinte sie. »Oder möchtest du mit der Metro fahren?«

»Ich bin heute nicht mehr abenteuerlustig«, versetzte er heiter.

Sie winkte einem leeren Taxi, dessen Fahrer sofort bremste und an den Straßenrand fuhr, um sie einsteigen zu lassen.

»Wir haben Glück«, sagte sie zu August.

Sie wollte ihn mit sich ziehen, hielt jedoch inne und blieb wie gebannt stehen. Keine fünf Schritt entfernt hatte sich eine Gestalt aus einem Hauseingang gelöst und war vor ein hell beleuchtetes Schaufenster getreten. Ein Mann in Hut und Mantel, hochgewachsen, die Hände in den Manteltaschen. Etwas an ihm war ihr vertraut, war so eng mit ihr verbunden, dass sie erzitterte. Dann nahm er mit einer langsamen Bewegung den Hut ab, und sie blickten einander an.

Alan. Es war Alan oder sein perfekter Doppelgänger. Zwanzig Jahre hatten kaum Spuren hinterlassen. Alan, ihr Geliebter. Alan, den die Deutschen erschossen hatten.

»Was hast du?«, fragte August, der ihre Bewegung gespürt hatte.

Der Mann am Schaufenster setzte den Hut wieder auf, zog ihn tief ins Gesicht und verschwand in der Dämmerung. Margot spürte, wie rasch ihr Herz pumpte, es wurde ihr schwindelig, und sie fürchtete einen Moment, in Ohnmacht zu fallen. Doch es ging vorüber.

»Ich … ich … nichts. Mir war auf einmal flau im Magen, ich hätte doch etwas essen sollen. Lass uns einsteigen.«

Er schwieg, sprach auch nicht mehr, als sie nebeneinander auf dem Rücksitz des Taxis saßen und Margot immer noch mit ihrem heftig klopfenden Herzen zu tun hatte. Sie wusste, dass er ihr nicht glaubte, dazu kannte er sie zu gut. Während sie durch das abendliche Paris fuhren, immer wieder an roten Ampeln hielten und die bunten Lichter der Stadt über ihre Gesichter irrten, versuchte sich Margot einzureden, einer Täuschung anheimgefallen zu sein.

Es waren die Erinnerungen, dachte sie. Diese Straße, die Wohnung und dieser kleine Nebenraum im Bistro, wo damals das Telefon stand. Alles stieg so lebhaft in mir auf, es ist kein Wunder, dass ich diesen Mann für Alan gehalten habe. Es war meine überreizte Phantasie, nichts weiter.

Sie ließen sich vor dem »Chez Marlène« absetzen, einem kleinen Restaurant mit traditioneller französischer Küche, das Berthold Blumenroth ausgewählt hatte. Margot zahlte das Taxi und war froh, in die heimelige Wärme des Gastraums eintauchen zu können. Fort aus dem diffusen Dämmerlicht der Straßen, wo Passanten schemenhaft und mit bleichen Gesichtern umherliefen und ihre überdrehte Vorstellungskraft Gespenster schuf. Hier herrschte ein zartes, orangefarbenes Licht, das die Vorhänge rubinrot und die weißen Tischdecken rosig färbte.

»Monsieur Blumenroth hat einen Tisch bestellt.«

»Bitte dort drüben, Madame …«

Der junge Kellner nahm ihnen die Mäntel ab und wies sie zu einem Nebenraum, der mit einem zur Seite gerafften dunkelroten Vorhang von dem Gastraum abgetrennt war. Dort wartete bereits Dr. Blumenroth auf sie, aufrecht, sehr schlank, im dunklen, teuren Anzug mit gestreifter Krawatte.

»Es ist mir eine solche Freude …«

Man umarmte einander, glücklich über diese seltene Möglichkeit, einander leibhaftig wiederzusehen, beieinanderzusitzen wie in alten Zeiten und sich auszutauschen. Blumenroth war in den vergangenen Jahren ein wenig gealtert, hatte Falten und graues Haar bekommen, auch trug er jetzt eine Hornbrille. Die hatte er noch nicht gehabt, als er vor fünf Jahren auf dem Gut einen kurzen Besuch abgestattet hatte.

Er scherzte, dass er nun in ein gesetztes Alter käme und nicht mehr wie früher in der Welt herumgondeln sollte. Hamburg – Washington – Rom – Jerusalem – Paris – das müsse für ein Gelehrtenleben ausreichen, er fühle sich hier wohl und habe vor, der Sorbonne bis zu seiner Emeritierung treu zu bleiben.

»Ich habe mir erlaubt, das Menü zu bestellen und auch den Wein auszuwählen«, sagte er und entschuldigte sich für diese Freiheit. Es sei heute ein besonderer Tag, und er schätze sich ganz besonders glücklich, ihn mit guten Freunden begehen zu dürfen – den besten Freunden, die er je hatte.

Margot war gerührt. Dieser kluge und zugleich so einsame Mensch war der Einzige, der sich August von Staden zutiefst dankbar erwiesen hatte. Wo auch immer er war – er hatte ihnen Briefe geschrieben, sich nach ihnen erkundigt, an ihrem Leben Anteil genommen. Möglich, dass er selbst niemanden hatte, der ihm nahestand. Wie schade, dachte Margot. Ein solch gutherziger Mensch – wieso findet er keine Frau?

»Lassen Sie mich raten«, sagte sie und lächelte schelmisch. »Es ist Ihr Geburtstag.«

Er gab es zu. Er schließe heute das erste halbe Jahrhundert ab, die Jugend sei vorbei, wie man auch an seinem ergrauten Haar sehen konnte. Dann erkundigte er sich nach den Untersuchungen an der Augenklinik, erzählte von unverhofften Heilungen und gab sich alle Mühe, seinem Freund August von Staden Mut zu machen. Man trank Champagner auf den Ehrentag, und als von Staden gerade ein »Hoch« auf den »gereiften Herrn Professor« ausbrachte, erschien eine junge Frau in rotem Kostüm und stimmte laut in den Trinkspruch ein.

»Wie immer zu spät«, rief sie. »Aber von Herzen!«

Aha, dachte Margot, als der neue Gast Berthold Blumenroth kurzerhand umarmte und auf beide Wangen küsste. Recht jung ist sie ja schon, aber doch ungemein tatkräftig. Wieso kommt sie mir so bekannt vor?

»Wissen Sie nicht mehr, wer ich bin? Wir haben einmal Wand an Wand gewohnt. Über dem Kuhstall auf Gut Staden …«

»Susanne Levy!«, rief August von Staden. »Dass wir uns einmal wiedersehen …«

Susanne war die jüngste der drei Levy-Töchter, inzwischen Assistenzärztin in einem Pariser Krankenhaus und auf dem Weg zur Fachärztin für innere Medizin. Was für ein Abend! Was für ein Wiedersehen nach zwanzig Jahren! Margot hatte August lange nicht mehr so lebhaft und froh gesehen, er glühte förmlich vor Wohlbehagen, lachte laut über Susannes heitere Berichte, hörte aufmerksam zu, was sie von ihren Schwestern und den Eltern zu erzählen hatte. Allen ging es gut, die Levys führten ein Schuhgeschäft in München, die drei Töchter hätten studiert, die älteste sei Studienrätin in Hannover, die zweite habe eine Tierarztpraxis gemeinsam mit ihrem Ehemann. Nach der zweiten Vorspeise kramte man Erinnerungen hervor, erzählte kleine Anekdoten aus der Zeit auf dem Gutshof, lachte über Susannes panische Angst vor den großen Kühen, über Bertholds Versuche, das Heu auf den Wagen zu gabeln, wobei das meiste auf der anderen Seite wieder herabfiel. Über Margot, die einmal mit einer Wäscheklammer auf der Nase den Stall ausmistete …

Da waren sie, die guten Erinnerungen. Besonnt und farbig zogen sie an ihnen vorüber, ließen sie schmunzeln, weckten die Fabulierlust, wurden bei gutem Essen und französischem Wein zu kleinen Kostbarkeiten, die man an Kinder und Kindeskinder weiterreichen konnte. Margot spürte den liebevollen Händedruck ihres Mannes, sah ihn fröhlich lachen, zwanzig Jahre waren nichts, ein Hauch, man war immer noch voller Energie, und der beste Teil des Lebens lag vor ihnen.

»Geht es dir wieder gut?«, fragte er leise.

»Es geht mir die ganze Zeit hervorragend!«

»Das freut mich. Vorhin, als wir in das Taxi stiegen, bist du so zusammengezuckt, als hättest du ein Gespenst gesehen.«

Sie lachte hell auf und trank ihm zu. Ja, sie habe sich einen Augenblick lang erschrocken, dort habe ein Mann gestanden, der sie ungemein lebhaft an Frankenstein erinnert habe. Sie hätten den Film doch gemeinsam im Fernsehen gesehen.

Jetzt sprach man über den Aufstieg des Fernsehens und den damit verbundenen unweigerlichen Niedergang der großen Kinosäle. Von Staden hingegen verteidigte das Fernsehen, es bringe Kultur, Nachrichten und ein Stück »große Welt« in solch entlegene Gegenden wie Gut Staden bei Oldenburg. Margot bestätigte dies. Sie fühlte sich beschämt, weil sie ihn angelogen hatte, zugleich aber auch erleichtert, diese dumme Geschichte so aus der Welt geschafft zu haben. Es wäre keine gute Sache gewesen, ihm die Wahrheit zu gestehen. Alan und die Zeit ihrer ersten Ehe waren ein Thema, über das sie niemals sprachen. Ein Stück Vergangenheit, das ihr heutiges Leben nur stören konnte und das sie deshalb ignorierten. Eine jener Kammern, deren Schlüssel verloren gegangen war.

Man trennte sich spät, hätte wohl noch länger beisammengesessen, wenn der Kellner nicht zart angedeutet hätte, man würde in absehbarer Zeit schließen. Berthold ließ es sich nicht nehmen, die gesamte Rechnung zu begleichen: Es sei ihm eine Ehre, schließlich sei sein Geburtstag.

»Ohne Sie, mein lieber, verehrter Freund, könnte ich diesen Tag heute kaum feiern«, sagte er zu August von Staden.

Grüße und gute Wünsche wurden ausgetauscht, Adressen hastig notiert, und man versprach, einander zu schreiben und auch zu telefonieren, um auf jeden Fall in Verbindung zu bleiben.

Margot und August gingen zu Fuß zu ihrem Hotel, das nur wenige Schritte von dem Restaurant entfernt lag. Nach all dem guten Essen und dem reichlich genossenen Wein war es angenehm, durch die kühle Nacht zu gehen und sich den Wind um die Nase wehen zu lassen.

»Was für ein schöner Abend«, sagte August.

Margot hatte sich bei ihm eingehängt. Bevor sie an der Hoteltür klingelten, damit der Nachtportier ihnen öffnete, reckte sie sich ein wenig empor und küsste ihn auf den Mund.

»Auf offener Straße, Madame«, murmelte er amüsiert. »Dafür können wir eingesperrt werden.«

Der ältliche Nachtportier schien sich nicht daran zu stören. Er humpelte ihnen voraus durch den Eingangsraum, schaltete das Treppenlicht an und bat sie, leise zu sein, die übrigen Gäste schliefen bereits. Oben in dem hübschen kleinen Doppelzimmer amüsierten sie sich wieder über das französische Bett, das so viel schmaler war als die Ehebetten in Deutschland.

»Geh du zuerst ins Bad, August. Du weißt ja, dass ich etwas länger brauche …«

Sie stellte das Fenster auf Kippe und zog die Vorhänge zu, wollte schon ihr Nachthemd unter dem Kopfkissen hervorziehen, da klopfte es leise an die Zimmertür.

»Pardon, Madame …«

Es war die Stimme des Nachtportiers. War etwas passiert? Ein Anruf aus Deutschland am Ende? Hatte sich die Schwiegermutter irgendeine Bosheit ausgedacht, um ihnen die Freude an der Reise zu verderben?

»Was ist?«

Sie öffnete die Tür, und er hielt ihr einen Zettel entgegen. Ein Blatt, das jemand aus einem Taschenkalender herausgerissen und mit Kugelschreiber beschrieben hatte.

»Da ist ein Monsieur, der sie unbedingt sprechen will … Er sagt, sie würden ganz sicher herunterkommen, wenn ich Ihnen das da gebe …«

Sie erkannte die Schrift, kaum dass sie den Zettel entfaltet hatte.

Margot, Liebste. Wenn du es wirklich bist, dann gib mir ein Zeichen. Ich bin nahe daran, verrückt zu werden. Alan

Die Buchstaben tanzten vor ihren Augen, für einen Moment verschwand alles um sie herum im Nebel. Das war nicht möglich, Alan war tot. Wer trieb mit ihr seine grausamen Scherze?

»Der … der Monsieur wartet unten?«, fragte sie atemlos.

»Am Empfang.«

Wahrscheinlich war es unklug, was sie tat, doch sie konnte nicht anders. Sie rief August zu, es habe jemand aus Deutschland angerufen, sie ginge hinunter zum Telefon. Dann folgte sie dem Nachtportier.

Schon auf der Treppe sah sie den hochgewachsenen Mann, der ruhelos auf und ab ging, den Hut in der Hand. Oh, sie kannte diesen Gang, und sie kannte auch die Art, wie er den Kopf anhob und sie ansah. Es war Alan. Sie musste träumen. Oder verrückt geworden sein …

»Nur ein paar Minuten, Madame«, flüsterte hinter ihr der Nachtportier. »Es ist eigentlich nicht erlaubt um diese Zeit. Weil der Monsieur kein Gast des Hotels ist …«

Sie nickte geistesabwesend, spürte, wie ihre Beine zitterten, und klammerte sich am Treppengeländer fest.

»Alan«, flüsterte sie. »Bist du das wirklich?«

Sie hatte immer wieder geträumt, ihn vor sich zu sehen. Hatte versucht, ihn zu fassen, und ins Leere gegriffen. Konnte es wahr sein, dass er jetzt langsam auf sie zutrat, dass seine hellen Augen sie hielten, sich an ihr festsaugten?

»Margot …«

Seine Stimme. Sie schluchzte plötzlich auf, wollte auf ihn zugehen, doch ihre Beine versagten den Dienst. Sie wäre gestürzt, hätte er sie nicht in seinen Armen aufgefangen.

»Margot, meine Liebste … du mein Leben …«

Sie atmete seinen Geruch, spürte die Wärme an seiner Brust, hörte seinen raschen, wilden Herzschlag. Er streichelte ihr Haar und murmelte allerlei Worte und Sätze, war sich selbst kaum bewusst, was er redete. Er küsste ihre Stirn, ihre Wangen, fand ihren Mund, wollte nicht aufhören, sie mit Lippen und Worten zu liebkosen.

»Wie ist das möglich?«, schluchzte sie. »Sie haben mir gesagt, du wärest tot … erschossen von den Deutschen …«

»Wer hat dir das gesagt?«

Sie kam zu sich, stand heftig atmend vor ihm und versuchte, ihre Gedanken zu ordnen.

»Der Polizist in Dinard hat es gesagt. Und dann gab es ein offizielles Schreiben vom Bürgermeister.«

Er strich über ihre Wange und berührte sacht ihr Kinn. Grub die Finger in ihr langes Haar, das sich bei seinem Ansturm aufgelöst hatte.

»Ich lag monatelang krank auf Kerbourgh, Marie-Anne hat mich versteckt und gepflegt. Ich hatte mehrere Kugeln im Rücken. Aber keine davon hat mich getötet …«

»Marie-Anne?«

»Sie haben sie glauben lassen, man würde auch sie erschießen. Aber sie haben sie verschont …«

Sie legte ihren Kopf an seine Brust und fuhr mit der rechten Hand sacht an seinem Rücken hinab. Er lebte. Sie hielt ihn fest, hatte ihn wieder. Alan, ihr Geliebter. Ihr Ehemann …

»Sie haben mir gesagt, man hätte dich nach Drancy gebracht. Ich bin dorthin gefahren, kaum dass ich wieder stehen konnte. Aber ich habe dich nicht gefunden … Nach Auschwitz, sagten sie. Hoffnungslos. Ich habe gewartet, Margot. Ich habe trotz allem gehofft, du würdest zurückkommen …«

Er hatte sieben Jahre lang auf sie gewartet. Dann hatte er wieder geheiratet. Nicht aus Liebe, wie er ihr versicherte. Aus Pflichtgefühl seinem Besitz gegenüber, Kerbourgh sollte in der Familie bleiben, das war der Wunsch seiner Eltern gewesen.

Sie hatten sich auf die Treppenstufen gesetzt, hielten einander bei den Händen und flüsterten. Versuchten zu erklären, was nicht erklärbar war, ergingen sich in Selbstvorwürfen, konnten nicht fassen, dass ihre Liebe um zwanzig Jahre betrogen worden war. Er gestand ihr, sie schon in der Rue du Théâtre erkannt und seitdem nicht mehr aus den Augen gelassen zu haben. Er war ihr bis zum Restaurant gefolgt, hatte dann drei Häuser weiter in einem Bistro gesessen und gewartet, bis sie zum Hotel gingen. Er war ihnen nachgegangen und hatte dann dem Nachtportier ein Trinkgeld gegeben, damit er ihr den Zettel brachte.

»Du bist meine Frau, Margot«, sagte er. »Unsere Ehe ist gültig, sie wurde niemals aufgelöst.«

Er hatte recht. Und doch war dies keine Frage von Recht oder Unrecht. Das Schicksal hatte entschieden, zwanzig Jahre gelebtes Leben standen zwischen ihnen.

»Du weißt, dass auch ich verheiratet bin?«

Er wusste es, hatte August von Staden sogar erkannt. Schweigend hörte er zu, was sie über ihren Ehemann erzählte, konnte nicht leugnen, dass dieser Mann sich mutig und ehrenwert verhalten hatte, dass er Respekt verdiente. Eine Bemerkung konnte er sich allerdings nicht verkneifen: »Er war schon damals in dich verschossen. Als er bei uns einquartiert war.«

»Möglich …«

»Liebst du ihn? Sei ehrlich zu mir, Margot. Nach all den Jahren dürfen wir einander nicht belügen.«

Er legte die Hände an ihre Wangen und sah sie eindringlich an.

»Ich liebe ihn nicht, Alan«, sagte sie leise. »Aber ich könnte ihn niemals verlassen.«

Er hielt sie immer noch fest, starrte sie an, als könnte er nicht glauben, was sie gerade gesagt hatte.

»Ich habe immer nur dich geliebt, Alan«, fuhr sie voller Traurigkeit fort. »Auch als ich glauben musste, man hätte dich erschossen, habe ich immer gespürt, dass du noch auf dieser Welt bist. Dass wir uns eines Tages wiedersehen …«

»Hör auf …«, sagte er bitter und ließ sie los. »Du sagst, du liebst mich, aber du willst bei einem anderen bleiben. Wenn es so ist, dann wünschte ich, wir hätten uns niemals wiedergesehen.«

Es tat ihr weh, ihn so reden zu hören. War er denn nicht auch eine neue Bindung eingegangen? Konnte er die Frau, mit der er über zehn Jahre lang verheiratet war, so leichten Herzens verlassen?

»Habt ihr Kinder?«, wollte sie wissen.

»Zwei Söhne …«

»Wie könntest du ihnen das antun?«

Er verzog das Gesicht, machte die Augen schmal. Wie gut sie das kannte. »Sie bleiben meine Söhne, auch wenn ich zu dir zurückkehre …«

Hinten am Tresen räusperte sich der Nachtportier. Das Treppenlicht flackerte und erlosch, nur der Tresen war noch spärlich von einer grünlichen Bürolampe beleuchtet.

»Du und von Staden – habt ihr auch Kinder?«

»Wir haben einen Sohn und zwei Töchter.«

Sie wagte nicht, ihm zu sagen, dass Pierrik sein Sohn war.

Alan stieß ärgerlich die Luft aus, fasste sie bei den Schultern und zog sie an seine Brust.

»Warum hast du keinen Mut, Margot? Was ist unsere Liebe wert, wenn uns der Mut fehlt, sie zu leben?«

Sie spürte die Sehnsucht, alles andere zu vergessen und nur ihrem Herzen zu folgen. Doch dann dachte sie an den kranken Mann, der oben auf sie wartete, der sie liebte, der sein Leben für sie gewagt hatte und der ohne sie hilflos und einsam wäre. Die Traurigkeit überwältigte sie, sodass sie kaum sprechen konnte.

»Unsere Liebe hat keinen Ort mehr auf dieser Welt, Alan. Der verdammte Krieg hat sie uns genommen. Was uns bleibt, sind nur unsere Träume …«

»Nein …«, stöhnte er.

»Es ist so, Liebster …«

Mit einem Ruck stieß er sie von sich. Sein Gesicht war blass, die Augen glühten in hilflosem Zorn.

»Welcher boshafte Teufel hat dann gefügt, dass wir uns wiederfanden?«

Sie wusste keine Antwort und weinte.

»Adieu«, sagte er mit harter Stimme und erhob sich, um hinauszugehen. »Adieu pour toujours!«

1965–1967

Mai 1965

Mein Liebster,
verzeih, wenn ich Dir wehgetan habe. Allzu viel ist auf mich eingestürmt, als ich Dich so plötzlich vor mir sah. Wie soll ein Mensch in diesem Aufruhr von Schrecken und Freude, Jammer und Glückseligkeit Herr seiner Sinne bleiben?
Ich konnte es nicht. Und Du gewiss auch nicht.
Dennoch glaube ich fest daran, dass dieses Wiedersehen einen Sinn haben muss. Nein, es ist keine Bosheit des Schicksals, wie Du im Zorn gesagt hast. Es ist ein Geschenk.
Meine Liebe zu Dir ist stärker als je zuvor. Ich denke Tag und Nacht an Dich, und es tut mir unendlich weh, dass wir auf diese Weise auseinandergingen.
Margot

P.S.: Ich schicke diesen Brief an Swana im festen Vertrauen, dass sie ihn an Dich weiterleiten wird. Falls Du mir antworten möchtest – und ich hoffe sehr auf eine Antwort –, sende Deine Post an diese Adresse: Erna Fiene, Sonnenweg 45, Oldenburg.

*

Juni 1965

Margot,
ich habe lange überlegt und mich schließlich doch entschlossen, Dir zu antworten. Vor allem, weil auch ich Dich um Vergebung bitten muss: Ich war aufgeregt, habe Dich vielleicht sogar beleidigt, was mir jetzt unendlich leidtut.
Nimm diesen Brief als versöhnliches Ende unseres Wiedersehens und sei versichert, dass auch meine Liebe zu Dir niemals sterben wird.
Mehr kann und will ich nicht schreiben. Ich habe nicht das Recht, Zugeständnisse von Dir zu verlangen, die Du später bereuen würdest.
Alan

*

Juni 1965

Mein lieber Alan,
es tröstet mich, dass Du Dich trotz aller Bedenken durchringen konntest, mir eine Antwort zukommen zu lassen. Schade nur, dass sie so kurz und bündig ausfällt.
Wirklich, Alan! Es kränkt mich, dass Du so hartnäckig auf Deinem Standpunkt bestehst. Wie sollte das gehen? Soll ich Mann und Kinder verlassen, zwanzig Jahre aus meinem Leben streichen und mit fliegenden Fahnen zu Dir zurückkehren? Was würde mich dort erwarten? Eine unglückliche Ehefrau und zwei Söhne, die mich mit vorwurfsvollen Augen betrachten. Dazu vielleicht noch Deine Schwester Marie-Anne, mit der das Zusammenleben schon früher nicht einfach war.
Liebster Alan, ich weiß, dass Du wie jeder Mann die klaren, einfachen Entscheidungen bevorzugst. Hü oder Hott. Ja oder

Nein. Liebe oder Trennung. Das Leben wartet indes nur selten mit einfachen Lösungen auf.
Unsere Liebe ist lebendig, niemand kann sie uns nehmen, ganz gleich, ob ich an Deiner Seite lebe oder auf Gut Staden. Es genügt mir, hin und wieder einen Brief zu erhalten, der mich an Deinem Schicksal Anteil nehmen lässt. Dir meine Sorgen und mein Glück mitteilen zu dürfen. In zärtlicher Liebe an Dich zu denken und zu wissen, dass auch Du in Gedanken bei mir bist.
Mehr will ich mir nicht erhoffen. Nur diesen kleinen Zipfel vom goldenen Mantel des Glücks.
Margot, die ewig die Deine sein wird

*

September 1965

Margot,
die vergangenen zwanzig Jahre haben Dich um keinen Deut verändert – Du bist immer noch so dickköpfig wie früher.
Ja, ich bin ein Mann, und ich bevorzuge den ehrlichen Weg. Was ist schlecht daran? Was geschah, war nicht unsere Schuld, es war der Krieg, der uns auseinanderriss. Wir haben alles Recht der Welt, auf unserer Ehe zu bestehen und neu miteinander zu beginnen. Offen vor aller Welt – so wünsche ich es mir.
Aber Du ziehst die komplizierten Lösungen vor. Du möchtest an mich denken, mir Briefe schreiben, an meinem Leben Anteil nehmen. Meine liebe Margot, Du kommst mir vor wie eine romantische Schülerin. Du müsstest mich besser kennen – mit solchen Träumereien kann ich nichts anfangen. Ich will die Frau, die ich liebe, bei mir wissen. In meinem Haus und – pardon, Fräulein Träumerin – auch in meinem Bett.

Wenn ich von ihr nichts weiter haben kann als ein paar sehnsüchtige Gedanken und Liebesbriefe auf Rosenpapier – dann will ich sie lieber aus meinem Leben verbannen.
Verzeih mir meine Offenheit, aber mit Heimlichkeiten und Brieflein hinter dem Rücken unserer Ehepartner werden wir unserer Liebe keinen Gefallen tun.
Da Du meine Schwester Marie-Anne erwähnst – sie ist nicht mehr am Leben. Nach dem Krieg fanden sich hier erstaunlich viele, die angeblich schon immer in der Résistance gekämpft hatten. Man rottete sich zusammen, um die »Kollaborateure« zu bestrafen, und ließ seinen Hass zuerst an den Schwächsten aus. Das waren die Frauen. Meine Schwester geriet in einen dieser Pöbelhaufen, man zerrte sie aus dem Auto, riss ihr die Kleider herunter und schnitt ihr das Haar ab. Ich kam zu spät und konnte ihr nicht mehr helfen. In der darauf folgenden Nacht hat sie sich erschossen.
Das ist zwanzig Jahre her, aber der Schmerz um ihren Tod und der Zorn auf die verdammten Feiglinge ist noch in mir lebendig.
Stärker als alle anderen Empfindungen ist aber meine Liebe zu Dir. Und der Wunsch, Dich ganz und gar bei mir zu wissen.
Noch ist es nicht zu spät, Margot.
In Erwartung Deiner Antwort,
Alan

*

Weihnachten 1965

Mein geliebter Alan,
es ist weit nach Mitternacht, alle sind zur Ruhe gegangen, nur ich allein sitze noch im Wohnzimmer neben dem geschmückten Baum und schreibe Dir. Ein schönes, ein harmonisches

Fest ist es gewesen, die Mädchen wurden mit neuen Kleidern, Büchern und einem Plattenspieler beschenkt, Pierrik erhielt einen Aquarellkasten und das Fahrrad, das er sich so sehr gewünscht hatte. Noch ziehen die Düfte unseres Festmahls durch die Räume, gemischt mit dem Geruch der Tanne und der Lebkuchen, die ich gebacken habe.
Mir ist recht gut bewusst, mein lieber Alan, dass Du solche Berichte aus meinem Leben nicht lesen möchtest, mir auch an Deinem Familienleben keinen Anteil gönnen willst. Du willst alles oder nichts, und ich will mich weder auf das eine noch auf das andere einlassen. Ehrlichkeit ist eine Tugend, die nicht weit entfernt von der Grausamkeit wohnt. Und August hat zu viel für mich getan, als dass ich jetzt grausam sein dürfte.
Sei umarmt, Du mein Geliebter, ich denke immerfort an Dich. Nein, ich bin keine romantische Schülerin, da irrst Du Dich gewaltig. In meinen Träumen tun wir erregende und höchst schamlose Dinge, die nur Eheleuten erlaubt sind.
Vergiss niemals, wie sehr ich mich nach Dir sehne.
Schreib mir bald.
In Liebe
Margot

*

März 1967

Mein Geliebter,
willst Du mir nicht mehr schreiben? Es ist hartherzig von Dir, denn Deine Briefe geben mir die Kraft, gegen alle Widerstände anzukämpfen.
Schreibe mir. Ich bitte Dich herzlich darum. Schreibe mir – bei unserer Liebe.
Margot

Mai 1967

Mein dickköpfiger, hartherziger Alan,
wenn Du schon beschlossen hast, mir keinen Brief mehr zukommen zu lassen, dann schick mir etwas anderes.
Eine Feder. Ein wenig Sand. Eine Muschel.
Dann werde ich die Bretagne spüren. Und Dich.
Margot

*

August 1967

Sehr geehrter M. de Morand,
ich bestätige hiermit den Erhalt eines handtellergroßen Granitbrockens in rötlicher Farbe, von den Wellen der Manche glatt geschliffen, in Seidenpapier verpackt. Mit gleicher Post geht ein Aquarell, das Schlösschen Kerbourgh darstellend, an die bekannte Adresse. Besagtes Aquarell ist ein Geschenk für Swana Goadec, ein kleiner, höchst unzulänglicher Dank für ihre treue Freundschaft.
Weiterhin habe ich die Ankündigung zu machen, dass ich in der ersten Oktoberwoche für einige Tage in die Bretagne fahren werde.
Margot de Morand, verheiratete von Staden

*

August 1967

Margot,
falls Du tatsächlich vorhast, in die Bretagne zu reisen: Entweder Du kommst nach Kerbourgh und bleibst bei mir, oder wir werden uns nicht sehen.
In Liebe,
Alan

*

Sie mietete sich in einem kleinen Hotel in St. Brieuc ein und rief Swana Goadec an, um ihr die Adresse mitzuteilen.

»Ach, Madame«, schluchzte Swana in den Hörer. »Wie wohl es tut, Ihre Stimme zu hören. Sie müssen zurückkommen, dann wird es so sein wie damals. Nur mein armer Loan wird nicht wieder lebendig …«

»Ich werde nicht zurückkommen, Swana«, sagte Margot. »Es gibt eine Madame de Morand auf Kerbourgh, und ich habe nicht vor, sie zu verdrängen.«

Swana widersprach heftig. Sie, Margot, sei die wahre Madame de Morand, die andere eine herrschsüchtige Person, die Monsieur so lange um den Bart gegangen sei, bis sie ihn in der Ehefalle gefangen habe. Und erst die beiden Söhne: zwei Rangen, wild und unerzogen …

»Bitte, Swana – ich möchte davon nichts wissen. Lass uns beide Freundinnen bleiben, du warst schon damals meine engste Vertraute und bist es heute wieder …«

»Und das wunderschöne Bild, Madame«, seufzte Swana. »Ich weiß noch genau, wie Sie mit Madame Sophie im Park saßen …«

»Das stimmt, Swana. Wie gut du dich erinnerst!«

»Und ich soll Ihnen von Malo Grüße ausrichten. Er wünscht sich so sehr, Sie kämen zurück.«

»Malo? Grüßen Sie ihn herzlich von mir. Au revoir, ma chère amie …«

Sie hatte Block, Pinsel und Farben mitgenommen, um wieder zu malen, doch in den ersten Tagen war sie so überwältigt, dass sie nur am Strand entlangwanderte. Wie hatte sie dies alles nur so lange entbehren können? Das Meer in seinen unendlich vielen Farbschattierungen, Wellen, die sich schäumend an den Felsen brachen, die zischten und sich aufbäumten, zu Nebeln versprühten. Die vielen einsamen Leuchttürme, wie aufrechte Wächter der Gewalt des Meeres trotzend. Dieser Geruch nach Tang und Salz, den man nur hier atmete. Und das zarte blaugrüne Licht, das sich am Abend mit den ersten Nebeln mischte und von alten Sagen und Geisterwesen erzählte. An den Abenden saß sie in ihrem Zimmer, machte beim Licht der Lampe erste Skizzen, versuchte, ein mitgebrachtes Buch zu lesen, und wartete. Er würde kommen. Nicht gleich in den ersten Tagen, dazu war er zu dickköpfig. Aber es würde ihm keine Ruhe lassen. Ach, sie kannte ihn doch.

Er ließ sie ganze fünf Tage warten, schickte keine Nachricht, rief auch nicht an. Am Abend des sechsten Tages fand sie ihn in ihrem Zimmer, als sie mit ihren Malsachen vom Strand zurückkehrte. Er saß auf dem einzigen Stuhl, die Arme auf die Knie gestützt, und hob den Kopf ein wenig an, als sie eintrat. Sein Blick war eine Mischung aus Vorwurf und Wiedersehensfreude.

»Du hast gewonnen, du sture Person. Ich bin hier. Mach mit mir, was immer du willst.«

Sie hatte sich dieses Wiedersehen immer wieder vorgestellt, jede Geste, jede zarte Berührung, die Küsse, noch gehaucht, ungläubig, als könnte man noch nicht fassen, dass man einander ganz und gar gehören durfte. Doch was geschah, war etwas völlig anderes. Es brach über sie beide hinweg wie eine große Woge, zwang sie, sich aneinanderzuklammern, machte ihre Lippen blutig von den wütenden Küssen und hinterließ Schrammen auf ihrer Haut. Es war mehr Zorn als Zärtlichkeit, als Alan in sie eindrang, und sie biss die Zähne zusammen, um nicht vor Lust aufzustöhnen. Später, als sie sich müde geliebt hatten und dicht umschlungen auf dem zerwühlten Bett lagen, flüsterten sie miteinander, gestanden einander ihren Kummer, ihre Sehnsucht und dachten sich tausend Pläne für die Zukunft aus. Gegen zehn Uhr suchte Alan seine Kleider zusammen, küsste sie zum Abschied und fuhr zurück nach Kerbourgh.

»Bis morgen, meine Liebste …«

»Fahr vorsichtig … Denk daran, dass ich ohne dich nicht leben kann …«

Von da an kam er jeden Tag, zunächst nur am Abend, später schon am Nachmittag, die letzten drei Tage blieb er ganz, fuhr auch in den Nächten nicht zurück. Sie gingen Hand in Hand an einsamen Stränden spazieren, saßen aneinandergeschmiegt im Sand, den Rücken gegen den Fels gelehnt, und redeten. Versuchten die gewaltige Kluft, die sich zwischen ihnen aufgetan hatte, durch Erzählungen zu schließen. Zwanzig Jahre, zwei Ehepartner, fünf Kinder. So viel Kraft und Sehnsucht, Glück und Kummer, so viel schweigendes Erdulden, so wenig Auflehnung gegen das Spiel des Schicksals. An den Abenden lagen sie ineinander verschlungen auf dem Hotelbett und liebten sich, taten es nun mit zärtlicher Bedachtsamkeit und dem Wissen, dass diese Stunden kostbar waren und vielleicht nicht wiederkehren würden. Margot fragte nicht, wie er seiner Frau die Abwesenheit erklären würde, und auch er sprach niemals von August von Staden. Sie lebten im goldenen Lichtkegel ihrer Zweisamkeit, der Rest der Welt lag in Finsternis, es gab sie nicht.

»Wann?«, fragte er am letzten Tag.

»Bald.«

»Was ist bald?«

»Im Frühjahr.«

Sie nahmen in der Dunkelheit des frühen Morgens voneinander Abschied. Einsam, wie sie gekommen war, verließ Margot das Hotel, führte auf der Post ein rasches Ferngespräch, bevor sie zum Bahnhof ging.

»Bis du es, Margot?«

»Ich bin auf der Rückreise.«

August von Staden schwieg, doch sie konnte seinen tiefen Atemzug hören. Im Hintergrund stritten sich die Mädchen, gleich darauf hörte sie die energische Stimme der Schwiegermutter.

»Wann soll Peter dich vom Bahnhof abholen?«, fragte er.

»Am späten Abend. Ich melde mich.«

August hatte die Wahrheit sofort erraten. Noch im Hotel in Paris, als sie spät zurück ins Zimmer kam und nichts über das angebliche Telefonat mit dem Gutshof berichtete. »Es war Alan, nicht wahr?«, fragte er, als sie das Licht ausgeschaltet hatte und schweigend wie eine Fremde neben ihm im Hotelbett lag.

»Wie kommst du darauf?«

Er antwortete nicht, und sie wusste, dass er jetzt ganz sicher war. Die folgenden Tage sprachen sie nicht darüber, erst später, als sie das gewohnte Leben auf Gut Staden wieder aufgenommen hatten, stellte er ihr eines Abends die Frage.

»Wirst du zu ihm zurückkehren?«

»Nein.«

»Du hättest alles Recht der Welt, es zu tun.«

»Er ist verheiratet und hat zwei Söhne.«

Er beließ es vorerst dabei, aber sie wusste, dass er wachsam blieb. Wie alle Blinden erspürte er ihre Stimmungen an den kleinsten Anzeichen, er hörte es an ihrer Stimme, an ihren Bewegungen, es schien fast so, als könnte er auch ihre Gedanken, ihre Sehnsüchte und Hoffnungen erlauschen. Und auch sie, die ihn nun zwanzig Jahre lang kannte, begriff, dass er sich beständig mit etwas herumschlug.

Er konnte nichts von den Briefen wissen, dennoch fragte er eines Abends: »Werdet ihr euch sehen? Willst du zu ihm reisen?«

»Ja.«

Er gab ihr das Geld, erklärte seiner Mutter, dass Margot eine Kur in Bad Nauheim benötige wegen ihrer Gelenke, ermunterte sie, Aquarellfarben und Papier mitzunehmen. Als sie sich von ihm verabschiedete, hielt er einen Moment lang ihre Hand fest, sagte aber kein Wort.

Seine Großmut verwirrte sie. Hätte er sie bedrängt, ihr vorgehalten, was er alles für sie getan hatte, und Dankbarkeit verlangt, hätte er sie daran erinnert, dass sie zwei Töchter miteinander hatten – vielleicht wäre ihre Entscheidung anders ausgefallen. Aber sein Verständnis und die unausgesprochene Bitte berührten sie tief. Nein, sie konnte ihn nicht verlassen.

Erst in Quimper, als Alan ihr erzählte, er habe in Dinard auf dem Bürgermeisteramt nach jenem Schreiben gefragt, das sie nach Kriegsende erhalten hatte, kam ihr ein Verdacht, den sie jedoch gleich wieder von sich wies. Es habe nach Kriegsende einen Wechsel im Bürgermeisteramt gegeben, berichtete Alan, dabei seien wohl auch Akten verloren gegangen. Niemand könne bestätigen, ob ein solches Schreiben je ausgestellt worden sei. Margot wollte nicht darüber nachdenken, sie wollte auch keinen Verdacht hegen. Ein solcher Betrug war unwürdig und hätte nicht zu August von Staden gepasst.

Sie fuhr im Frühjahr wieder nach Quimper, blieb dort ganze vier Wochen, und Alan wich nicht von ihrer Seite. Sie waren einander nun nicht mehr fremd, gingen miteinander um wie ein glückliches, verliebtes Paar, das einen gemeinsamen Urlaub verbringt. Wenn sie malte, saß er bei ihr, las in einem Buch oder erzählte ihr von der Arbeit auf den Feldern, von Kerbourgh, von seinen geliebten Pferden. Morgane, die schöne Stute, war vor zwei Jahren hochbetagt an Alterschwäche gestorben, doch sie hatte zahlreiche Nachkommen hinterlassen. Sein Kummer war nur, dass die Pferdezucht kaum noch etwas einbrachte. Niemand kaufte seine hübschen Postiers, die Traktoren und Autos hatten auch auf dem Land längst das Pferdefuhrwerk verdrängt. Dass er Geldsorgen hatte, erfuhr sie nur durch einen Nebensatz.

»Wieso warst du eigentlich in Paris?«

»Das Schicksal hat mich dorthin geführt …«

»Es hat dich bei der Hand genommen, in den Zug gesetzt und nach Paris in die Rue du Théâtre geführt …«

Er lachte verlegen und behauptete, sie sei schon immer fürchterlich neugierig gewesen. Aber auch das liebe er an ihr.

»Ich hatte bei einer Bank zu tun. Wollte das nur ungern bei uns in der Gegend erledigen. Damit kein Gerede entsteht, verstehst du?«

Sie verbrachten eine glückliche, sorglose Zeit miteinander und trennten sich mit dem festen Vorsatz, einander so bald wie irgend möglich wiederzusehen.

Kerbourgh, 13. März 1968

Margot,
mit diesen Schreiben teile ich Dir mit, dass ich die Auflösung unserer Ehe beantragen werde. Ich gehe davon aus, dass Du keine Einwände hast.
Unsere Wege trennen sich vom heutigen Tage an. Ich verbiete Dir ausdrücklich, mir weiterhin Briefe zu schreiben oder mich anzurufen. Es wird auch keine Begegnungen mehr geben.
Hochachtungsvoll,
Alan de Morand

Sie begriff nichts. Starrte auf die wenigen Zeilen, die mit Schreibmaschine geschrieben waren, und überlegte, ob es nicht eine Fälschung war, eine Bosheit der Schwiegermutter, die inzwischen längst hinter das Geheimnis ihrer Reisen gekommen war. Aber da stand sein Name, mit der Hand geschrieben, und die alte Frau von Staden würde nicht so weit gehen, eine Unterschrift zu fälschen. Der Brief war in St-Malo aufgegeben und nicht an Erna Fiene, ihre heimliche Vertraute, adressiert, sondern an Margot von Staden auf Gut Staden. Auch das war ungewöhnlich.

Drei Tage später, als sie gemeinsam mit Pierrik von einem Ausritt zurückkehrte, lief ihr die sechzehnjährige Alice entgegen. »Mama, da hat einer für dich angerufen. Ein Franzose. Er hat gesagt: Isch rufff widär an …« Sie wollte sich kaputtlachen über die komische Aussprache des Fremden. Dann fragte sie, ob Mama heute endlich ihr Tanzstundenkleid fertig nähen würde. Ihre Freundin Angelika hätte übrigens zwei Kleider bekommen und zu jedem die passenden Schuhe.

Margot ahnte, wer der Anrufer gewesen war. Sie versprach Alice, das Kleid noch heute fertig zu stellen, und beeilte sich, die letzten Nähte auf der elektrischen Maschine herunterzurattern. Dann setzte sie sich mit ihrer Näharbeit ins Wohnzimmer, wo das Telefon stand, und wartete mit heftig klopfendem Herzen. Würde er noch heute anrufen? Oder erst morgen? Womöglich zu einer Zeit, wo sie nicht im Haus war? Nicht auszudenken, wenn Henrike von Staden den Anruf entgegennahm. Die Schwiegermutter saß auch jetzt in ihrem Sessel und las beharrlich die Zeitung, obgleich sie um diese Zeit eigentlich in der Küche beschäftigt war. Natürlich hatte Alice auch ihr von dem französisch sprechenden Anrufer erzählt.

Die Zeit floss zäh dahin, nur der regelmäßige Pendelschlag der Standuhr bewies, dass die Minuten vergingen. Hin und wieder wendete Henrike von Staden ein Zeitungsblatt, dann blickte sie aufmerksam über den Rand der Brille hinweg zu Margot hinüber, die roséfarbene Knöpfe an das Tanzstundenkleid nähte.

»Ich finde diese Farbe kitschig. Aber du hörst ja nicht auf mich …«

»Alice hat den Stoff selbst ausgesucht.«

»Ich hätte Blau gewählt. Ein helles Blau, das mit ihren Augen harmoniert. Zum Glück hat sie die Augen ihres Vaters geerbt …«

Margot schwieg. Es war die beste Methode, mit Henrike von Staden fertigzuwerden. Ihren Bosheiten wortlos begegnen, sich nicht beeindrucken lassen und tun, was man selbst für richtig hielt. Margot hatte gelernt, der Schwiegermutter Tatsachen entgegenzusetzen und lange Streitgespräche zu vermeiden. Aber es war nicht leicht; Henrike von Staden hatte Gudrun und Alice von Anfang an auf ihre Seite gezogen, gegen die Mutter intrigiert, den Mädchen eingeredet, Pierrik würde ihnen vorgezogen. Natürlich hatten Margots Reisen in die Bretagne den Weizen der Schwiegermutter blühen lassen – eine Mutter, die ohne Ehemann und Kinder Reisen unternahm, konnte nur eine schlechte Mutter sein.

»Rrrring … Rrrrring …«

Margot fiel die Nadel aus der Hand, Henrike von Staden ließ die Zeitung sinken.

»Hallo?«, sagte Margot in den hellgrauen Plastikhörer hinein.

»Margot? Bist du es?«

Sie erbebte beim Klang seiner Stimme, hätte ihm so gern gesagt, wie froh sie war, dass er sie anrief. Doch der aufmerksame Blick der Schwiegermutter zwang sie, gleichmütig zu bleiben.

»Ja …«

»Kannst du offen sprechen?«

»Nein …«

Sie hörte, wie nervös er war, im Hintergrund wimmerte Schlagermusik, eine Frau lachte laut auf – war er in einer Bar in St-Malo?

»Es ist etwas Schlimmes passiert, Margot. Meine Frau … Gaelle … sie weiß von uns. Sie hat mich gezwungen, diesen Brief zu schreiben …«

Er hielt inne, sie hörte, wie Münzen in den Apparat eingeworfen wurden. Das Gespräch kostete ihn vermutlich ein Vermögen.

»So ist das also …«, sagte sie.

Henrike von Staden hatte sich wieder ihre Zeitung vorgenommen, doch Margot wusste, dass die alte Frau gute Ohren hatte. Im Flur hörte man jetzt das Gekicher der beiden Mädchen, die August im Arbeitszimmer aufgesucht und um einen Vorschuss des Taschengeldes gebeten hatten. In diesem Haus war man so gut wie nie allein.

»Ich habe nicht viel Zeit«, sagte Alan. »Sie ist nebenan und kauft ein. Sie hatte einen Nervenzusammenbruch, wir fürchteten, sie würde sich etwas antun. Ich habe Angst, Margot. Bitte versteh mich. Ich habe Angst, mich schuldig zu machen …«

»Ich verstehe …«

»Ich liebe dich, Margot. Ich liebe dich unendlich. Es wird niemals eine andere geben ...«

Das Gespräch brach ab, vermutlich waren ihm die Francstücke ausgegangen. Margot legte den Hörer auf die Gabel und schenkte der neugierig hinüberblickenden Schwiegermutter ein Lächeln. Es fiel ihr nicht allzu schwer, sie hatte in ihrem Leben gelernt, Gefühle zu verbergen.

»Der Tierarzt. Er hat zu viel zu tun und kann wegen der beiden Kühe erst heute Abend kommen.«

Die Schwiegermutter glaubte ihr kein Wort, aber das war ihr gleich. Die Nachricht stimmte, allerdings hatte Dr. Traut sie schon heute früh durchgegeben. Weitere Fragen zu dem Telefonat erübrigten sich, denn jetzt kamen die beiden Mädchen ins Wohnzimmer gestürmt. Alice stürzte sofort auf ihr Kleid los und jammerte, der Rock sei viel zu lang, Mama müsse den Saum wieder auftrennen und ihn breiter machen. Die achtzehnjährige Gudrun zuckte nur die Schultern, erklärte, die Farbe sei hässlich, Alice würde in diesem Kleid wie ein dickes Schweinchen aussehen. Worauf sich Alice heulend zu ihrer Großmutter flüchtete, die sie mit liebevollen Worten tröstete.

»Sei ruhig, meine Kleine. Das Kleid wird wunderhübsch an dir aussehen. Deine Schwester ärgert sich nur, dass sie nicht mehr zur Tanzstunde gehen darf ...«

»Du bist zu alt, zu alt, zu alt ...«, rief Alice triumphierend.

»Ihr beiden Hübschen kommt jetzt mit mir, ich habe eine Überraschung für euch«, sagte Henrike von Staden und stand mit Gudruns Hilfe von ihrem Sessel auf.

Früher hatte sie den Mädchen Süßigkeiten, Wundertüten oder Comicheftchen geschenkt, heute waren es kleine Geldzuwendungen, die sie wohldosiert an die Enkelinnen austeilte. Margot hatte sich oft genug darüber geärgert – heute aber war sie ausnahmsweise froh. Wenigstens blieb sie so für ein paar Minuten allein und konnte ungestört über das Telefonat nachdenken.

Gaelle de Morand. Sie hatte es also herausgefunden. Nun – das war kein Hexenwerk, denn Alan war ein schlechter Lügner. Und sie machte Theater. Ein Nervenzusammenbruch. Sogar ein Selbstmordversuch, wenn sie recht verstanden hatte. Margot spürte, wie Zorn und Kummer sie ungerecht werden ließen. Was für eine hysterische Person! Glaubte sie wirklich, ihren Ehemann auf diese Weise an sich fesseln zu können? Wie lange wollte sie das durchhalten? Jede Woche eine neue Selbstmorddrohung?

Nun – es war nicht ihre Sache, Alan musste damit zurechtkommen. Und leider konnte sie ihm dabei wenig helfen. Zumindest in der nächsten Zeit nicht, denn wie es schien, überwachte die Dame alle ihre Verbindungen. Ob sie wenigstens Swana Goadec anrufen sollte, um zu erfahren, wie die Dinge standen? Ja, das war eine gute Idee.

Die Dinge standen schlimm. Swana gestand ihr, dass sie sehr krank sei, vielleicht nicht mehr lange zu leben habe. Ein Geschwür in der Brust, das sie lange ignoriert habe. Nun sei es vielleicht schon zu spät.

»Ach, Madame«, seufzte sie bekümmert. »Ich habe gebetet, dass Gott Sie zurück nach Kerbourgh bringt, aber wie es scheint, will er mich nicht erhören. Ja, die jetzige Madame de Morand ist ebenfalls krank, ständig muss Docteur Bernardin zu uns kommen. Und Monsieur läuft herum wie das lebendige Leiden Christi – niemand weiß, was daraus noch werden soll …«

»Vor allem musst du gesund werden, meine Liebe. Wenn du Geld für eine Behandlung brauchst – ich schicke es dir. Denke jetzt vor allem an dich, Swana. Lass dich operieren, danach wird es dir besser gehen …«

Swana starb schon wenige Wochen später. Es war Malo, der die Trauerkarte an Margot von Staden schickte, und er schrieb dazu, dass er seiner Mutter versprochen habe, die Freundschaft zu der »richtigen« Madame de Morand niemals aufzugeben. Alan ließ nichts von sich hören.

Margots Kummer wurde bald von ihrer Sorge um Pierrik überdeckt. An seinem einundzwanzigsten Geburtstag hatten sie und August ihm eröffnet, dass er Alans Sohn war. Er hatte es schweigend zur Kenntnis genommen, sodass sie schon glaubten, er habe es recht gut verkraftet. Nun aber hatte sich Pierrik mit glühender Begeisterung der Studentenrevolte angeschlossen, wohnte zum Entsetzen seiner Mutter in einer Kommune und rauchte Marihuana. Margot fuhr nach Hamburg und versuchte, mit ihm zu reden. Doch die einst so liebevolle Beziehung war zerrissen, er behauptete, sie habe ihm nichts mehr vorzuschreiben. Sie habe ihm ein Leben lang den Vater vorenthalten, jetzt brauche er ihn nicht mehr, er habe vor, sein Leben allein zu gestalten.

Alan meldete sich nicht. Drei ganze Jahre lang währte sein Schweigen. Dann erreichte sie ein kurzer Gruß. Eine Weihnachtskarte, kitschig und geschmacklos, eine Fichte im Schnee, Kerzenlichtlein, der Stern von Bethlehem. Die läppischen Worte: »Dir und deiner Familie ein frohes Fest. Alan.« Sie antwortete nicht darauf.

Gaelle hatte gewonnen. Was für ein Feigling er doch war. Vor allem diese Erkenntnis war es, die schmerzte.

1976–1980

Mai 1976

Meine liebe Margot,
heute gegen vier Uhr in der Nacht verstarb Gaelle Brelivet auf Kerbourgh, wo sie mit unseren beiden Söhnen gewohnt hat. Man setzte mich per Telefon von ihrem Ableben in Kenntnis und erklärte mir zugleich, dass ich auf ihrer Beerdigung nicht erwünscht sei. Unsere Ehe wurde anno 1970 auf Gaelles Betreiben hin annulliert.
Ich sollte Dich mit dieser Nachricht eigentlich verschonen, denn sie erweckt den Anschein, als hoffte ich auf Dein Mitgefühl. Das tue ich nicht.
Indes – warst Du es nicht, die damals wünschte, an meinem Leben Anteil nehmen zu dürfen? Aber das ist Jahre her – wahrscheinlich bist Du inzwischen längst anderer Ansicht.
Wenn es so ist, dann könnte ich es gut verstehen.
In aufrichtiger Freundschaft,
Alan

Alan de Morand
St-Lupin sur mer
23, Rue Charles de Gaulle

*

August 1976

Lieber Alan,
verzeih, dass ich mich nicht für die hübsche Weihnachtskarte bedankte, die Du mir vor fünf Jahren zukommen ließest. Es lag daran, dass ich nicht wusste, wohin ich meinen Gruß schicken sollte, da mir der Schriftverkehr mit Dir offiziell verboten war.
Zum Ableben Deiner gewesenen Ehefrau Gaelle mein Beileid. Das Leben ist nicht sanft mit ihr umgegangen, was ich bedaure. Möge sie nun ihren Frieden finden.
Aus Deinem Schreiben schließe ich, dass du nicht mehr auf Kerbourgh lebst. Wie schade.
Ich wünsche Dir viel Kraft für dein weiteres Leben und verbleibe in treuer Freundschaft
Margot

*

Weihnachten 1977

Meine liebe Freundin,
Dir und Deiner Familie ein glückliches und gesegnetes Fest. Die Austern wurden frisch geerntet und fachmännisch verpackt, sie sind ein kleiner Gruß aus der Bretagne an Dich und Deine Lieben.
Alan

*

Januar 1978

Mein lieber Alan,
sei herzlich bedankt für Deinen Weihnachtsgruß und die Kiste mit frischen Austern. Tatsächlich brachten sie den Duft des Meeres zu mir ins platte Binnenland, und ich musste an die sturmbewegte Küste Deiner Heimat denken.
Unsere Familie ist längst auseinandergefallen, nur zu Festtagen wie Weihnachten, Ostern oder Geburtstagen versammeln wir uns auf Gut Staden – nun schon mit den Ehepartnern unserer Kinder. Bald wird auch das erste Enkelkind geboren werden – meine Tochter Gudrun ist schwanger.
Den Rest des Jahres über bin ich mit August allein. Er muss sich seit seinem Schlaganfall sehr schonen, steht mir jedoch bei der Verwaltung des Gutshofs mit seinem Rat und seiner Erfahrung zur Seite.
Ich habe St-Lupin sur mer auf der Karte gefunden – es muss ein sehr romantisches, kleines Küstendorf sein. Gewiss ein sehr angenehmer Ort, um dort zu leben.
Sei umarmt von Deiner
Margot

*

7. April 1980

Meine liebe Freundin,
ich möchte nicht versäumen, Dir zu Deinem Ehrentag meine Glückwünsche zu senden. Ja, ich habe mir Deinen Geburtstag über all die Jahre hinweg gemerkt und weiß, dass Du heute sechzig Jahre alt wirst. Glauben mag ich es kaum, denn in meiner Erinnerung bist Du immer noch die bezaubernde, eigensinnige, zärtliche Margot, das junge Mädchen, das ich

am Strand gefunden habe und auf meinen Armen nach Hause trug, ein Geschenk des Meeres, eine große, lebenslange Liebe.
Verzeih, dass ich Dir im vergangenen Jahr nicht schrieb – meine Gesundheit, die mir immer so eisern erschien, macht in letzter Zeit ein wenig Ärger. Inzwischen sind die Probleme jedoch behoben, und ich bin entschlossen, mich in Zukunft von allen Ärzten und Krankenhäusern fernzuhalten.
St-Lupin sur mer ist ein winziges Nest, ein kleiner Fischerort, der sich bisher – gottlob – dem wild aufstrebenden Tourismus verweigert. In dem Haus, das ich vor einigen Jahren gekauft habe, lebte früher eine vielköpfige Familie, heute ist es sogar für mich allein ein wenig klein. Dafür gibt es einen Garten, den dichte Hecken vor dem Wind schützen, und ich pflanze dort Salat, Artischocken, Karotten und sogar Kartoffeln.
Mein Haar ist weiß, meine liebe Freundin, und wenn im Winter meine Knie schmerzen, ist mein Gang schwerfällig. Ich denke viel an Dich, stelle mir vor, wie Du lebst, welche täglichen Aufgaben Dich erwarten, was Dich zum Lachen bringt und worüber Du traurig bist. Du hast recht gehabt. Es hilft über die Einsamkeit hinweg, wenn man seine Gedanken auf einen geliebten Menschen in der Ferne richten kann. Manchmal denke ich mir Gespräche mit Dir aus, streite über allerlei dummes Zeug mit Dir oder frage Dich um Rat, wohin ich die Tomaten setzen soll, die der Wind mir immer wieder von den Stangen reißt.
Vergib einem alten Mann diese Geschwätzigkeit.
Sei umarmt und geküsst von Deinem
Alan

*

Juli 1980

Mein geliebter Freund,
herzlichen Dank für die hübschen Holzschuhe. Mit Wollsocken an den Füßen passen sie gut, mein Gang hat etwas vom Watscheln einer Ente, was August sehr erheiternd fand.
Es ist so kostbar, dieses Lachen in dunkler Zeit. August wurde vorgestern aus der Klinik nach Hause gebracht, er wollte es so, obgleich die Versorgung im Krankenhaus besser wäre. Der dritte Schlaganfall hat ihn völlig unbeweglich gemacht, nur sein Kopf ist nicht betroffen, er redet klar und verständlich, kann sogar lächeln. Ich sitze nun Tag und Nacht an seinem Lager, wir sprechen viel miteinander, es sind Worte des Abschieds. Es tröstet mich sehr, dass er ohne Bitterkeit aus dem Leben gehen wird. Er sieht seinem nahenden Ende gelassen entgegen und hat sogar die Kraft, mir und den Kindern Mut zuzusprechen. Gudrun und Alice sind gestern hier eingetroffen, morgen wird auch Pierrik aus Frankfurt kommen. Ich bin sehr glücklich, dass meine Kinder mir jetzt zur Seite stehen.
Vergib mir, mein herzensguter Freund, wenn ich in den kommenden Tagen und Wochen nichts von mir hören lasse. Dass Du Kerbourgh verlieren wirst, tut mir sehr leid. Wie ist es möglich, dass Deine Söhne diesen schönen Besitz so tief in die roten Zahlen geführt haben? Ist denn gar nichts mehr zu retten? Vielleicht durch den Verkauf einiger Äcker und Wiesen?
Grüß bitte Malo Goadec ganz herzlich von mir. Er schreibt mir regelmäßig, der treue Bursche, und ich habe momentan so wenig Zeit, ihm zu antworten.
Ich umarme und küsse Dich, mein liebster Freund. Dass es Dich gibt, ist ein Geschenk, für das ich unendlich dankbar bin.
Margot

*

Wie fremd er ihr geworden war. Dieser harte Blick aus den gleichen Augen, die früher voller Vertrauen und Liebe zu ihr aufgesehen hatten. Die hellen Augen des Kindes, die so wunderbar mit dem dunklen Haar kontrastierten. Pierrik war ein hübscher Junge gewesen, man hatte sie um diesen Sohn beneidet.

»Nein, Mama, ich lege keinen Wert darauf.«

»Das ist sehr schade, Pierrik. August hat gehofft, du würdest das Gut übernehmen, er war fest davon überzeugt, dass du der Richtige dafür …«

»Da hat er sich geirrt!«

Seine Stimme klang kühl, er zog die Augen zusammen, wenn er sprach, als wäre es eine unangenehme Pflicht, derer er sich so rasch wie möglich entledigen wollte.

Margot war erschöpft. Die Beerdigung am Nachmittag bei Regen und Sturm, die vielen Gäste, die immer wieder gleichen Beileidsbekundungen, die heimlichen Blicke, das Geflüster. »Einen Liebhaber soll sie haben. Einen Franzosen. Briefe schreiben sie sich. Und das in ihrem Alter …« Nach der Beisetzung hatte man über hundert Trauergäste verköstigen müssen, das Gutshaus platzte aus allen Nähten, dazu das schlechte Wetter, die vielen Regenschirme, die schmutzigen Stiefel. Und jetzt am Abend, da sie endlich Zeit hatte, ein paar Worte mit ihrem Sohn zu sprechen, da zeigte er sich widerspenstiger denn je.

»Überleg es dir, Pierrik. Deine Frau hat mir gesagt …«

»Ich heiße Peter und nicht Pierrik, Mama«, fiel er ihr ins Wort.

»Pardon«, sagte sie geduldig, auch wenn seine Forderung ihr wehtat. »Also, Peter. Deine Frau würde …«

»Ja, ich weiß«, schnitt er ihr wiederum die Rede ab. »Elli sähe sich gern als Gutsbesitzerin. Aber ich kann und will ihr diesen Gefallen nicht tun.«

Margot atmete tief durch, trotz ihrer Müdigkeit war sie jetzt ärgerlich geworden. Mit welchem Recht behandelte er sie so kurz angebunden? Kanzelte sie förmlich ab? Sie trug ihm einen

Gutshof an, ein Anwesen, das mehrere Millionen wert war, und er lehnte hochmütig ab. Sie musste sich zusammennehmen, weil ihr die Tränen in die Augen stiegen. Wenn August noch am Leben wäre, hätte ihr Sohn nicht gewagt, so mit ihr zu reden.

»Darf man erfahren, worauf sich deine Ablehnung gründet? Mir schien bisher, dass dir das Leben auf dem Lande gefällt. Auch August war der Ansicht, dass du diese Aufgabe meistern könntest.«

Pierrik hatte zum Fenster hinübergesehen, wo noch einige letzte Trauergäste über den Hof gingen, die Männer leicht schwankend, da man den heimischen Schnaps großzügig ausgeschenkt hatte. Jetzt wandte er sich seiner Mutter zu, auf seinem Gesicht lag der hochmütige Spott eines jungen Menschen, der in seinem Inneren zutiefst unglücklich ist.

»Das fragst ausgerechnet du, Mama?«, sagte er provokativ.

Sie hatte jetzt genug. Es war nicht ihre Schuld, wie die Dinge gekommen waren. Er hatte kein Recht, es ihr vorzuwerfen.

»Ja, das frage ich dich als deine Mutter und als Witwe jenes Mannes, der dich aufgenommen und liebevoll großgezogen hat.«

Er stieß ein unechtes Lachen hervor. »Wie pathetisch du manchmal sein kannst! Nun – wenn du es unbedingt hören willst: Ich fühle mich nicht berechtigt, dieses Anwesen zu übernehmen. Warum hat dein Mann es nicht seinen Töchtern vermacht? Ich habe einen Beruf, der mich ernährt – ich brauche den Besitz eines ehemaligen Wehrmachtsoffiziers nicht …«

Margot fuhr auf. Verbot ihm, so über seinen Stiefvater zu reden, zumal heute, da man ihn zu Grabe getragen hatte. »Du vergisst, dass er den Mut hatte, eine Gruppe Juden, darunter auch deine Mutter, auf seinem Gut vor den Nazis zu verstecken!«

»Dann verstehe ich nicht, wieso er trotzdem klaglos als Major diente. Wäre er konsequent gewesen, dann hätte er sich den Offizieren angeschlossen, die am 20. Juli 1944 das Attentat auf Hitler verübt haben!«

»Er wurde zu Treue und Gehorsam erzogen, das war damals so. Er hätte es als unehrenhaft empfunden, die Kameraden im Stich zu lassen …«

»Ach, Mama!«, rief er aufgebracht. »Das ist doch alles Blödsinn. Treue und Gehorsam einem Verbrecher wie Hitler gegenüber – du liebe Zeit …«

Er behauptete, eigentlich habe jeder wissen können, was passieren würde, man hätte ja nur Hitlers »Mein Kampf« lesen müssen. Er könne nicht verstehen, dass die Juden nicht gleich nach Hitlers Machtergreifung geflohen und die Deutschen dem »Führer« so blauäugig gefolgt seien.

Margot hatte diese Diskussion schon mehrfach mit ihm geführt, doch es war schwer, gegen seine Rechthaberei anzukommen. In seinen Augen war ihre Generation dumm und einfältig gewesen, hatte die Zeichen der Zeit nicht erkannt, war blindlings in die Katastrophe gelaufen. Und das Schlimmste daran war für ihn, dass die meisten dies nicht wahrhaben wollten. Auch seine Mutter nicht. Und der Stiefvater schon gar nicht.

Margot sah ein, dass es keinen Zweck hatte. Sie erklärte ihm, sehr erschöpft zu sein und bald zu Bett gehen zu wollen.

»Natürlich, Mama«, sagte er. Für einen Moment wich die Härte aus seinen Zügen, und er sah sie besorgt an. »Ruh dich aus. Es war für uns alle ein anstrengender Tag. Morgen wollen wir alles in Ruhe besprechen und gemeinsam eine Entscheidung finden.«

Margot nickte ihm dankbar zu. Ihren Entschluss hatte sie nach diesem Gespräch längst gefällt.

Sie reiste mit einem einzigen Koffer, der ihre Kleider und einige wenige Andenken enthielt. Die Herbstsonne ließ die Wälder gelb und dunkelrot leuchten, saftig grün lagen die weiten Wiesenflächen, von schnurgeraden Gräben durchzogen, auf den grauen, frisch gepflügten Äckern tummelten sich hungrige Krähen. Vor fast vierzig Jahren war sie diesen Weg auf dem Milchwagen des alten Paule Fiene gefahren, bei eisiger Kälte und in einer Wehrmachtsuniform. Damals hätte sie es nicht für möglich gehalten, dass ihr diese Landschaft einmal wie eine Heimat ans Herz wachsen könnte.

Als der Zug aus dem Oldenburger Bahnhof rollte, sah sie die keilförmige Formation einer Schar Graugänse am blauen Himmel, und eine warme, glückhafte Stimmung stieg in ihr auf. Es war kein Traum, sie hatte alle Schwierigkeiten überwunden, nichts stand ihr mehr im Weg, mit jeder Minute, jeder Bahnstation kam sie ihrem Ziel näher. Sie hatte es nicht mehr eilig, konnte die Reise in aller Ruhe genießen. Und doch war sie unruhig, spürte, wie ihr Herz aufgeregt schlug, und wünschte sich, der Zug möge rascher fahren. Lübeck, dann Hannover. Das lästige Umsteigen auf lärmenden Bahnhöfen, wo sie im Strom der Reisenden feststeckte, behindert durch den großen Koffer, den sie schleppen musste. Lautsprecheransagen, die durch die unruhige Bahnhofshalle irrten und sich im Gewirr der Deckenkonstruktion verloren. Dann das Aufatmen, wenn sie den richtigen Zug gefunden und einen Sitzplatz ergattert hatte.

»Darf ich Ihren Koffer ins Gepäcknetz heben?« Der junge Mann trug eine wollene Pudelmütze und verblichene Jeans, sein Pullover war nagelneu, ein Markenprodukt. Er grinste geschmeichelt, als Margot bemerkte, sie selbst wäre nie im Leben in der Lage gewesen, diesen schweren Koffer zu stemmen. »Mach ich doch gern …«

Sie lächelte ihm zu und war ein wenig unsicher, ob er sie als Frau oder als liebe Omi betrachtete. Es zogen sich viele weiße Fäden durch ihr dunkles Haar, aber sie hatte dem Drängen ihrer Töchter niemals nachgegeben, es zu färben. Aufmerksam besah sie das flüchtige Spiegelbild im Zugfenster. Ihre Haut war noch glatt, nur ein paar kleine Krähenfüße in den Augenwinkeln, und die Lippen waren schmaler geworden. Lagen die Augen nicht tiefer als früher? Hatten sie an Glanz und Ausdruckskraft verloren? Ach, es war schon über zwanzig Jahre her, dass sie einander gegenübergestanden hatten, damals war sie Anfang vierzig gewesen. Er würde vielleicht erschrecken, dass sie nun eine alte Frau geworden war.

Amsterdam. Der Bahnangestellte sprach deutsch, half ihr, den mächtigen Koffer auf einen Wagen zu heben, und sie erwischte den Zug nach Paris im letzten Moment. Dort hatte Susanne Levy für sie ein Hotelzimmer reserviert, sie würde sich mit Berthold Blumenroth treffen, der untröstlich über den Tod seines Lebensretters August von Staden war.

Der Abend lief an Margot vorüber wie ein Film. Berthold Blumenroth, gebeugt durch ein Rückenleiden, faltig, schmaler denn je, Susanne Levy, die sich inzwischen als Fachärztin niedergelassen und geheiratet hatte, ihr Ehemann, ein Geiger, der im »Orchestre de Paris« engagiert war. Bertholds Befremden, dass sie nicht schwarz gekleidet und tief betrübt war, seine Reue, August im vergangenen Jahr nicht noch einmal aufgesucht zu haben. Margot tröstete ihn, beantwortete alle seine Fragen und war froh, dass Susanne und ihr Ehemann Zuversicht und Heiterkeit ausstrahlten. Als man sich voneinander trennte, war sie ungemein erleichtert und sank todmüde in ihr Hotelbett.

Rennes. Noch eine Stunde bis St-Malo. Es regnete in Strömen, die Zugfenster waren blind von zahllosen winzigen Tröpfchen, kaum erkannte sie die grüne Wälder- und Heckenlandschaft, die an ihr vorüberzog. Dann, endlich, stand sie auf dem Bahnsteig in St-Malo, den Koffer neben sich, roch den Atem des Meeres und spürte den Wind, der ihr den Regen entgegentrug.

»St-Lupin? Was wollen Sie denn in diesem Nest, Madame?«, fragte der Taxifahrer verständnislos. »Hier in St-Malo oder drüben in Dinard gibt es jede Menge Hotels …«

»Ich möchte aber nach St-Lupin, Monsieur. Würden Sie mich dorthin fahren?«

Er zuckte die Schultern und schob die Mütze zurück. Vermutlich hatte er wenig Lust, bei diesem Wetter über zwanzig Kilometer zu fahren, zumal er nur die Hinfahrt bezahlt bekam. Dann sah er sie an, nass, wie sie war, mit einem übergroßen Koffer, den sie kaum tragen konnte.

»Weil Sie es sind, Madame«, meinte er. »Guter Gott, was haben Sie in diesem Koffer? Ihren gesamten Hausstand?«

»Ja«, sagte sie und lachte.

Nebel verhüllte das Meer, lag als weißer Dunst über Wiesen und Ortschaften, bedeckte tückisch die Küstenstraße, sodass der Wagen nur langsam vorankam. Wenn vor ihnen urplötzlich ein Fahrzeug auf der Gegenfahrbahn auftauchte, hörte sie den Taxifahrer abwechselnd fluchen und den Heiligen Yves anrufen. Hin und wieder sah man eine grüne Hecke, das Dach eines Hauses, ein Straßenschild, dann strichen wieder die Nebelgeister darüber hin und nahmen alles mit sich fort. Margot saß kerzengrade und starrte mit weiten Augen auf das wenige, das von der Straße zu erkennen war. Konnte das Schicksal so boshaft sein, sie so kurz vor dem Ziel noch verunglücken zu lassen?

Sie brauchten mehr als eine Stunde, dann hielt das Taxi neben einer Hauswand, von der der Putz abbröckelte. Ein Laden. Man konnte jetzt auch das Fenster erkennen, wo ein Stapel Dosen und einige Käseschachteln mit einem künstlichen Blumenstrauß dekoriert waren.

»Das ist St-Lupin«, sagte der Taxifahrer missmutig. »Sind nur ein paar Häuser, Madame. Ich hoffe, Sie wissen, was Sie tun.«

»Die Rue Charles de Gaulle?«

Er zuckte wieder die Schultern und meinte, es gäbe hier nur eine einzige Straße, nämlich die, auf der sie sich jetzt befänden. Alles andere seien nur Wiesenwege oder Trampelpfade.

»Ein paar Schritte weiter ist ein Dorfplatz mit einem Gedenkstein für die Gefallenen des Ersten Weltkriegs. Sonst gibt's hier nichts. Nicht mal eine Kirche.«

»Vielen Dank, Monsieur.«

Er lud ihren Koffer aus und stellte ihn neben die Mauer, dann schaute er auf den Tachometer und forderte fünfzig Franc. Margot gab ihm siebzig. Er steckte das Geld ein, bedankte sich und wünschte ihr einen frohen Tag. Sie konnte ihm ansehen, dass er sich insgeheim ärgerte, nicht mehr verlangt zu haben, da dieser Dame das Geld anscheinend locker saß.

Da stand sie nun im Nebel, fühlte sich von Gott und der Welt verlassen und fragte sich, ob nicht alles nur ein Traum war. Dies war also der romantische Fischerort, von dem er geschrieben hatte. Sie fasste den Koffer und ging langsam ein paar Schritte. Bröckelige Mauern, ein Laden, mehrere sehr kleine Fenster, dann ein niedriger Zaun, hinter dem das Unkraut wucherte, der wohlbekannte Geruch eines Kuhstalls, eine dichte grüne Hecke … Sie musste den Koffer wieder abstellen und ein wenig verschnaufen. Hausnummern schien es hier nicht zu geben, wozu auch, wenn jeder jeden kannte? Wenigstens hob sich jetzt der Nebel ein wenig, sodass sie die Häuser und Höfe sehen konnte. Ein großer brauner Hund lief auf sie zu, beschnüffelte sie und machte Anstalten, das Bein gegen ihren Koffer zu heben.

»Pfui! Lass das!« Aus einem niedrigen Hauseingang kam eine ältere Frau, stämmig, rundlich, das Haar blond gefärbt und dauerwellengekräuselt.

»Pardon, Madame. Ich suche das Haus Nummer dreiundzwanzig.«

Die Angesprochene zog Stirn und Nase kraus und musterte die Fremde mit Misstrauen. Die Nummer dreiundzwanzig müsse ganz am Ende der Straße sein. Zu wem sie denn wolle?

»Monsieur de Morand. Kennen Sie ihn?«

Sie schüttelte den Kopf und rief den Hund zurück, der sich inzwischen neben Margot niedergelassen hatte.

»De Morand? Nie gehört. Gibt's hier nicht.«

Margot spürte, wie der Boden unter ihr nachgab.

»Aber … aber das ist hier doch St-Lupin sur mer, oder nicht?«

»Aber ja, Madame … Kommst du jetzt her, Dodo! Gleich mach ich dir Beine, verflixter Köter …«

Der Hund stand mit einer nachlässigen Bewegung auf und stakste langsam in den Hof hinein, schnüffelte dort ein wenig herum und legte sich verdrossen neben den Hauseingang.

»Und Sie kennen wirklich keinen Alan de Morand?«

Die Frau hatte sich schon abgewendet und sammelte einige Körbe ein, die auf dem Zaun gehangen hatten. Jetzt hielt sie inne, als sei ihr etwas eingefallen.

»Meinen Sie vielleicht Monsieur Alan? Der immer mit Lucas Le Guic zum Fischen hinausfährt?«

»Das … das wäre möglich. Wo wohnt er?«

Sie deutete nach rechts, wo jetzt weitere Häuser aus dem Nebel aufgetaucht waren. Man sah die gepflasterte Dorfstraße, eine alte Buche und das Mahnmal für die Gefallenen, einen rechteckigen Stein aus heimischem Granit. Dahinter machte die Straße eine Kurve.

»Das letzte Haus auf der linken Seite. Hängen Fischernetze davor. Sind Sie eine Verwandte von Monsieur Alan?«

»Nein.«

»Der bekommt nämlich nie Besuch. Hockt immer allein in seinem Haus und flickt die Netze oder gräbt im Garten. Von Pferden versteht er eine Menge …«

»Vielen Dank, Madame …«

Sie schleppte ihren Hausstand die Straße hinunter, kam ins Schwitzen dabei und spürte, wie ihr Herz immer rascher schlug. Die Wolken hoben sich, im Westen leuchtete schon ein Stück blauer Himmel, nur im Norden über dem Meer lag noch dichter grauer Dunst. Möwen zogen über den Ort hinweg, eine setzte sich frech auf das Mahnmal und ließ einen weißen Klecks zurück, als sie wieder startete.

Schon aus der Entfernung sah Margot die Netze, die er zwischen mehreren Pfosten vor seinem Häuschen aufgespannt hatte. Nein, er hatte doch untertrieben, so klein, wie er es beschrieben hatte, war das Haus nicht. Ein lang gestreckter Bau aus heimischen Granitsteinen, niedrig, um dem Wind keine Angriffsfläche zu bieten, die Fenster klein, das Dach mit grauen Schindeln gedeckt. Schön war es, ein Teil dieser Landschaft, in der das ungebändigte Meer auf Sand und Granit traf.

Mit wild klopfendem Herzen blieb sie vor dem Anwesen stehen. Hatte er sie schon entdeckt? Stand er hinter dem Fenster und starrte ungläubig auf die Frau im hellen Mantel, die einen Koffer trug, der schwerer war als sie selbst? Sie wartete, zitternd vor Aufregung, die Augen fest auf die braun gestrichene Eingangstür geheftet. Als sich nichts tat, ging sie entschlossen an den im Wind flatternden Netzen vorbei zur Tür und klopfte an.

Niemand antwortete.

Er ist nicht zu Hause, dachte sie beklommen. Wieso habe ich ihm auch nicht geschrieben? Ich wollte ihn überraschen, und nun stehe ich vor einem leeren Haus. Ohne viel Hoffnung drückte sie die Türklinke herab, und zu ihrer Verblüffung bewegte sich die Pforte knarrend nach innen. Sie zögerte, dann ging sie ein paar Schritte, entdeckte einen Tisch, zwei Stühle, einen Lehnstuhl am Fenster. Und an den Wänden …

»Ach, Alan!«, schluchzte sie auf.

Er hatte ihre Aquarelle gerahmt und aufgehängt. Eines neben dem anderen. Die bizarren Felsen. Das Meer in allen Farbschattierungen, Strandgut und Muscheln, grünende Wiesen, der Park von Kerbourgh. Und das Schlösschen. Sein Kerbourgh, das Erbe seiner Eltern, das seine Söhne verprasst hatten. Sie würde es ihm erhalten, notfalls gegen seinen Willen. Kerbourgh durfte nicht unter den Hammer kommen.

Leise wie eine Einbrecherin öffnete sie eine Tür und fand dahinter das Schlafzimmer. Ein alter geschnitzter Schrank, zwei

Betten, die nebeneinanderstanden. Das eine benutzt, das andere frisch bezogen und unberührt.

Wo mochte er sein?

Eine Eingebung sagte ihr, wo sie ihn suchen musste. Sie lief aus dem Haus, folgte einem schmalen Pfad an der Hecke entlang und überquerte die Küstenstraße. Das Meer lag in tiefem, unendlichem Blau vor ihr, Möwen segelten darüber hin, in der Ferne sah man zwei Frachtschiffe, davor ein Segelboot. Sie entdeckte den Durchgang zwischen den grauen Steinblöcken und beschattete die Augen mit der Hand, um den weiten Strand der Bucht zu überblicken. Noch war Ebbe, auf dem feuchten Sand lagen mehrere Fischerboote, ruhten auf der Seite liegend aus von stürmischer Fahrt, mit langen Tauen angepflockt, damit die Flut sie nicht davontrug. Zwei Männer waren mit Farbeimern und Pinsel an einem der Boote zugange, strichen die hölzerne Reling leuchtend weiß und schwatzten dabei miteinander.

Sie ging durch den Sand auf die beiden zu, blieb nach einer Weile stehen und zog die Schuhe aus, die voller Sand waren, trug sie in der Hand und lief weiter.

Einer der beiden richtete sich jetzt auf, sah sie kommen, sagte irgendetwas zu seinem Kameraden und fuhr mit seiner Arbeit fort. Der andere stand wie gebannt, legte dann langsam den Pinsel fort, stellte den Farbeimer ab. Nahm ein Tuch und wischte sich die Hände sauber. Erst als sie schon dicht vor dem Boot stand, atemlos, vom Wind zerzaust, ging er ihr entgegen.

Alan. Immer noch hochgewachsen, ein wenig breiter als früher, das Haar noch so dicht wie damals, aber schlohweiß, das Gesicht vom Wetter gegerbt. Seine Augen waren von jenem lichten Blau, das der Himmel an hellen Tagen annimmt.

»Ich wusste es«, sagte er, und seine Stimme brach, er musste neu ansetzen. »Ich wusste, dass du kommen würdest!«

Sie wollte tausend Dinge antworten, doch ihr Hals war wie zugeschnürt. Ohne ein Wort stand sie ihm gegenüber, sah, dass ihm die Tränen über die Wangen liefen, und spürte, dass auch sie weinte.

›Jetzt bin ich da‹, wollte sie sagen. ›Die Zeit ist unser, jeder Augenblick gehört von nun an uns beiden, solange Gott uns noch das Leben schenkt.‹

Aber sie schwieg. Atmete stattdessen seinen vertrauten Geruch, der ein klein wenig mit Schiffslack gemischt war, und schmeckte das Salz seiner Tränen, als er sie küsste.

»Wie schön du bist«, stammelte er.

In seinen Augen lag Glückseligkeit, und seine Küsse waren stürmisch wie die eines jungen Mannes.

Frankfurt, August 2010

»Außerdem möchte ich dem geschätzten Kollegium zwei Fortbildungen ans Herz legen. Es geht um ›schülerorientierten Unterricht‹, ein Seminar über drei Tage, wobei der letzte Tag leider ein Samstag ist. Die andere Fortbildung …«

Schulleiter Krüger hatte die Jacke ausgezogen und die obersten Knöpfe seines hellblauen Hemds geöffnet. Die langgezogene Fensterfront des Lehrerzimmers ging nach Süden, man schwitzte hier wie in einer Sauna.

»Das können die vergessen«, knurrte Gitti, die im tief ausgeschnittenen pinkfarbenen T-Shirt und Minirock zur Konferenz erschienen war. »Für so'n Pädagogik-Scheiß opfere ich doch keinen Samstag!«

Katharina antwortete nicht. Die Konferenz in der letzten Ferienwoche war eine Ansammlung von Unwichtigkeiten, daher waren ihre Gedanken weit fort. Seit drei Tagen keine Nachricht. Sie hatte schon mehrfach bei den Goadec angerufen, aber dort schien niemand zu Hause zu sein. Und Armelle Le Bars, dieses Miststück, ließ sich verleugnen …

»Wie geht's denn deinem Patti? Hängt er noch bei dir rum, oder hat er endlich eine Bleibe gefunden?«

Gitti beugte sich vor und fuhr zweimal mit der Hand vor Katharinas Gesicht hin und her.

»Träumst du, Schätzchen? Ich rede mit dir.«

Katharina gab sich einen Ruck und erklärte flüsternd, dass Patrik immer noch kein bezahlbares Zimmer gefunden habe. Leider habe er momentan auch kein Einkommen, da er sich intensiv auf seinen Bachelor vorbereite.

»Tja …«, meinte Gitti und zuckte die Schultern. »Der hängt halt an dir, Kati. Die Klette wirst du wohl dein Leben lang mit dir herumtragen.«

»Mach mir keine Angst …«

Gitti kicherte leise und schadenfroh.

»Er hätte es anders haben können, aber wie man sich bettet, so liegt man … Bei mir hat er ja nach einem Date die Flucht ergriffen.«

Friedhelm Künzel drehte sich zu ihnen um und räusperte sich. »Darf ich die Damen bitten, ein wenig leiser zu schwatzen?«

Gitti zog die Augenbrauen in die Höhe und lehnte sich im Stuhl zurück, damit ihre Oberweite besser zur Geltung kam.

»Aber bitte gerne, Herr Oberstudiendirektor Professor Doktor von Künzel …«, säuselte sie anzüglich.

Künzel errötete vor Ärger, streifte Katharina mit einem kurzen, enttäuschten Blick und wandte ihnen wieder den Rücken zu. Schulleiter Krüger wischte sich die Stirn mit einem Taschentuch und trank einen Schluck Cola, bevor er im Programm weitermachte.

»Weiterhin möchte ich Ihnen eine neue Kollegin vorstellen, Frau Klingenbiel, die unser Kollegium in den Fächern Mathematik, Physik und Sport unterstützen wird. Ein ganz herzliches Willkommen im Kreise Ihrer Mitstreiter …«

Im Hintergrund des Lehrerzimmers erhob sich eine zierliche blonde Person, die man leicht mit einer Schülerin hätte verwechseln können. Sie lächelte gezwungen und bedankte sich für die freundliche Aufnahme – man sah ihr an, dass ihr das Ganze schrecklich peinlich war.

»Frisch aus dem Referendariat, wie?«, meinte Gitti grinsend. »Und schon auf die armen Schüler losgelassen …«

Katharina zuckte zusammen, weil ihr Handy summte. Mehrere Kollegen straften sie mit bösen Blicken, doch momentan war ihr die eiserne Regel, dass Mobiltelefone in der Konferenz abzuschalten waren, vollkommen gleichgültig. Sie sah kurz auf das Display und drückte dann enttäuscht auf die rote Taste. Tante Gudrun sollte sie um Himmels willen in Ruhe lassen.

»Außerdem habe ich schon einmal einen ersten Jahresplan erstellt. Die beweglichen Ferientage finden Sie rot ausgedruckt, natürlich werden wir als echte Frankfurter der alten Tradition des ›Wäldchestages‹ frönen und den Dienstag nach Pfingsten freinehmen …«

Die Konferenz schleppte sich lustlos dahin. Der Einzige, der Vergnügen daran fand, bei dieser Augusthitze im Lehrerzimmer zu schwitzen, war Schulleiter Krüger, der sich nur zu gern selbst reden hörte. Nach einer gefühlten Ewigkeit löste sich die Konferenz endlich auf, man wünschte einander frohe »Restferien« und eilte durch die ausgestorbenen Flure hinaus auf den Parkplatz. Der Schulhof kochte im prallen Sonnenschein, nur dicht an den Gebäuden lagen schmale Schatten, in denen hie und da ein Büschel Löwenzahn gedieh.

»Lust auf einen netten Abend beim Ebbelwoi?«, fragte Gitti hoffnungsvoll. »Du, ich hab was aufgetan. Riesig netter Kerl, würde zu dir passen. Bring doch den Patti mit, sonst versauert er noch …«

Katharina lehnte dankend ab, es gäbe familiäre Probleme, sie sei nicht in der Stimmung für einen fröhlichen Abend.

»Dann eben nicht …«

Autotüren knallten zu, Motoren wurden gestartet. Alle Lehrer waren froh, bis zum Schulanfang noch eine Gnadenfrist von einer Woche zu haben.

Ewan versteckt sich vielleicht irgendwo, dachte Katharina, während sie zu ihrer Wohnung fuhr. Der Gedanke war nicht neu, sie hatte schon mehrfach versucht, sich damit zu beruhigen. Es konnte doch sein, dass er sich in irgendeinem kleinen Nest einquartiert hatte, um die Versteigerung seines geliebten Kerbourgh nicht miterleben zu müssen. Aber natürlich war das

Blödsinn. Ewan war keiner, der den Kopf in den Sand steckte. Und außerdem würde er ganz sicher bis zum letzten Moment hoffen, von ihr Hilfe zu bekommen.

Aber wenn es so wäre, dann hätte er sie doch längst angerufen!

Sie parkte den Wagen vor der Wohnung und stieg eilig die Treppen hinauf. Vielleicht hatte ja inzwischen jemand angerufen. Wenigstens eine Nachricht, ganz gleich, ob gut oder weniger gut. Alles war besser als diese grauenhafte Unsicherheit.

Sie konnte Patti schon im Flur sprechen hören. Wie üblich, dachte sie enttäuscht. Dann aber begriff sie, dass die Hintergrundgeräusche fehlten. Kein Quieken und Schmatzen, kleine Plopps – nichts. Patti spielte nicht sein Internetspiel, er telefonierte. Hastig schloss sie die Wohnungstür auf und lauschte. Was schwatzte er da?

»Je peux … je connais … oui, oui … no problem … kenne ich alles …«

»Patti?«

Als er sie eintreten sah, winkte er ihr und reichte ihr das Telefon.

»Armelle … Aus St-Malo… Für dich, Kati …«

Also doch … endlich! Mit zitternden Händen nahm sie das Gerät und setzte sich vorsichtshalber auf einen Sessel. Er war nicht tot. Doch nicht Ewan, dieser schlitzohrige Bretone. Er konnte doch nicht tot sein! Sie musste ihm doch noch so viele Dinge sagen …

»Hallo? Hier ist Kathérine …«

»Kathérine? Ah – Sie waren in der Schule, nicht wahr? Ihr Freund hat es mir erzählt …«

Ihr Herz hämmerte so laut, dass sie kaum verstand, was Armelle sagte. Wieso schwatzte sie solch überflüssiges Zeug?

»Ja, wir hatten eine Konferenz …«

»Ich rufe wegen Ewan an …«

»Ja?«

Sie presste das Gerät gegen ihr Ohr. Jetzt würde sie das Urteil hören. Ja oder nein. Leben oder Tod.

»Er liegt in der Klinik in St-Malo. Auf der Intensivstation …«

Er lebte! Gott sei gedankt. Er lebte!

»Auf … der Intensivstation?«, stotterte sie.

»So ist es, Kathérine. Er hatte einen Autounfall, gar nicht weit von … Halt! Stellt das dort drüben hin. Nein, die Rosenblätter erst ganz am Schluss … Pardon, Kathérine, wir haben hier eine Hochzeitsfeier vorzubereiten. Ich melde mich gleich zurück …«

Aus. Sie hatte das Gespräch abgebrochen.

Wie betäubt saß Katharina im Sessel, schloss für einen Moment die Augen und wusste nicht, ob sie erleichtert oder verzweifelt sein sollte. Er lag auf der Intensivstation! Das bedeutete, es bestand Lebensgefahr. Sie versuchte, ihre überbordende Phantasie zu dämpfen, die ihr nun alle Arten von Schreckensbildern vorhielt. Ewan mit zertrümmertem Schädel, Ewan vom Halswirbel an querschnittsgelähmt. Mit eingedrückten Brustwirbeln. Innere Blutungen, die unweigerlich zum Tode …

Der Signalton des Telefons durchfuhr sie wie ein elektrischer Schlag, zumal sie das Gerät in der Hand hielt.

»Ja …«, hauchte sie atemlos.

»Was ist denn mit dir los, Kati? Bist du krank? Du klingst ja ganz heiser …«

Tante Gudrun! Wieso hatte sie nicht auf das Display geschaut, bevor sie den Anruf annahm?

»Ich? Ich bin vollkommen gesund, Tante Gudrun. Nur leider habe ich im Augenblick keine Zeit. Können wir uns vielleicht heute Abend unterhalten? Ich rufe dich an …«

»Auf keinen Fall, Kati«, sagte die Tante streng. »Heute Abend gehen Wilhelm und ich zum Bridge. Ich möchte jetzt mit dir sprechen, also nimm dir bitte ein paar Minuten Zeit.«

Katharina stöhnte in heller Verzweiflung, was Tante Gudrun

überhörte. Sollte sie das Gespräch einfach ausschalten? Aber wie sie ihre Tante kannte, würde die sofort wieder anrufen.

»Also gut, Tante Gudrun. Aber versuch bitte, dich kurz zu fassen. Ich erwarte eine wichtige Nachricht.«

Sie konnte sich das beleidigte Gesicht der Tante lebhaft vorstellen. Ach, ihre dumme Phantasie. Wieso ließ sich so etwas nicht abstellen?

»Da ich mich nun schon einmal durchgerungen habe, dich ins Vertrauen zu ziehen, wirst du mich jetzt auch anhören«, forderte Tante Gudrun. »Es geht um das kleine Foto, das mein Bruder in der Hand hielt. Ein Bildchen, das er aus seinem Fotoalbum gerettet hatte, bevor Elli alle Bilder entfernte, auf denen unsere Mutter abgelichtet war …«

»Das weiß ich inzwischen, Tante …«

»Ja, richtig, du hattest ja ein langes Gespräch mit Alice. Ich muss schon sagen, Kati, es wäre mir lieber gewesen, du hättest dich zuerst an mich gewandt …«

Unfassbar! Hatte sie nicht Tante Gudrun angerufen und um ein Gespräch gebeten? Hatte sie nicht zu hören bekommen, die Tante sei krank und wolle niemanden sehen?

»Das tut mir leid, Tante …«

Es hatte überhaupt keinen Zweck, einen Streit über diesen Punkt zu beginnen, es würde das Gespräch nur verlängern.

»Nun ja – es ist nun einmal passiert. Ich habe dieses Bildchen an mich genommen – jawohl. Es geschah ganz spontan, ich weiß selbst nicht genau, weshalb ich es tat. Peter war jahrelang mit Mutter zerstritten, erst gegen Ende ihres Lebens haben sie sich miteinander versöhnt. Und natürlich hat sie ihm verziehen. Sie hat Peter immer alles nachgesehen, er war ihr Liebling. Wir, Alice und ich, kamen erst an zweiter und dritter Stelle …«

»Das tut mir leid …«

Was interessierte sie das? Wenn Tante Gudrun ihr Gewissen erleichtern wollte, sollte sie sich einen Priester suchen.

»Ich vermute mal, dass dein Vater es dir nicht erzählt hat. Er hatte Probleme damit, vor allem in seiner Jugend …«

Da! Ein Anrufer klopfte im Apparat an. Das konnte nur Armelle sein.

»Tante Gudrun, ich muss jetzt leider Schluss machen …«

»Dein Vater war nur unser Halbbruder. August von Staden hatte ihn zwar adoptiert, sein wirklicher Vater aber war dieser Franzose, mit dem Mutter einmal verheiratet gewesen ist …«

»Alan de Morand? Der war … mein … Großvater?«

Sie hörte die Tante leise husten, vor Aufregung meldete sich ihre Erkältung zurück. »Siehst du – ich hatte recht. Peter hat es dir verschwiegen, nicht wahr? Wir haben überhaupt niemals über diesen Menschen gesprochen, und ich will mich auch jetzt nicht über ihn auslassen. Aber ich bin mit Alice übereingekommen, dass du es wissen solltest.«

Katharina hatte das Gefühl, ihr Kopf würde gleich zerplatzen. Wenn die Tante die Wahrheit sagte – und daran zweifelte sie nicht –, dann war sie tatsächlich eine de Morand. Und Kerbourgh war der Sitz ihrer Familie gewesen.

»So«, sagte Tante Gudrun mit Nachdruck. »Jetzt ist es heraus. Dann bis zum nächsten Mal, Kati. Alles Gute und viel Kraft wünsche ich dir. Gott schütze dich, armes Mädchen.«

»Warte doch, Tante Gudrun! Wieso habt ihr nie über Alan de Morand sprechen wollen?«

Sie unterbrach sich, weil sie bemerkte, dass Tante Gudrun das Gespräch längst beendet hatte. Erschöpft lehnte sie den Rücken an und betätigte die rote Taste des tragbaren Telefons.

»Hallo? Kathérine? Sind Sie endlich dran?«, meldete sich Armelle mit Ungeduld. »Ich habe nicht viel Zeit.«

Es musste ein Film sein, der gerade in ihrem Wohnzimmer ablief. Ein Traum. Oder eine Wahnvorstellung. Wieso stürzte jetzt alles auf sie ein?

»Ich bin da, Armelle. Verzeihen Sie – ein Gespräch kam

dazwischen. Sagen Sie mir bitte, wie es um Ewan steht. Ist er schwer verletzt?«

Sie hörte ein kurzes, abfälliges Lachen und war empört. Was war daran komisch?

»Er muss vollkommen übermüdet gewesen sein, als er von dem Besuch bei Ihnen zurückkam«, sagte Armelle mit bissiger Ironie. »Er ist die Küstenstraße gefahren und offensichtlich eingeschlafen. Bei St-Lupin – das ist ein winziger Ort nicht weit von St-Malo – hat es ihn von der Straße gefegt, und der Wagen hat sich überschlagen … Servan! Ich hatte doch gesagt, die beiden Tische kommen unters Fenster. Für die Geschenke. Und ein Blumenstrauß in die Mitte … Pardon, Kathérine … Also, kurz gesagt: Er hatte eine Gehirnerschütterung und drei Rippen gebrochen. Zuerst fürchtete man, eine gebrochene Rippe habe die Lunge gespießt, aber das war zum Glück nicht der Fall …«

»Dann … dann geht es ihm schon besser?«

Armelle lachte wieder, es klang seltsam in Katharinas Ohren. Hatte Ewan schon mit ihr gesprochen? Die Hochzeit abgesagt? Ihr erklärt, er liebe eine andere? O Gott, wie peinlich!

»Wie man es nimmt, Kathérine. Am Montag wird Kerbourgh öffentlich versteigert. Diese Tatsache trägt nicht gerade zu seiner Genesung bei …«

»Ich verstehe …«, sagte Katharina gedehnt, obgleich sie noch völlig im Dunklen tappte. »Werden Sie Kerbourgh ersteigern, Armelle?«

»Ich? Nein.« Die Antwort war kurz, aber energisch.

»Weshalb nicht?«

»Hören Sie, Kathérine. Ich möchte gern mit offenen Karten spielen. Und dazu wäre es hilfreich, wenn Sie kommen könnten. Auch Ewan würde Sie gern sehen …«

Katharina atmete tief durch, um den Ansturm ihrer Gefühle zu bewältigen. Er wollte sie sehen. Natürlich, um sie zu bitten,

Kerbourgh für ihn zu retten. O Himmel, sie war so froh, dass er lebte, sie wäre so gern zu ihm gefahren. Aber das würde sie nicht tun. Schon deshalb, weil sie keine Lust hatte, sich von Armelle einfach so herbeizitieren zu lassen. Vor allem aber, weil er ein verdammtes Schlitzohr war, dem es nur um sein blödes Schlösschen ging.

»Ich bedaure, Armelle. Die Schule beginnt, Sie verstehen? Ich bin Beamtin und habe meine Vorschriften.«

»Soweit mir bekannt ist, beginnt die Schule bei Ihnen erst in der kommenden Woche …«

Keine Verhandlungen. Auch sie konnte energisch sein. Es musste sein, sie würde einen Strich ziehen. Aus und Ende.

»Wenn wir schon mit offenen Karten spielen, Armelle: Ich habe keinerlei Absichten auf Ihren Bräutigam. Ewan ist ein charmanter, gut aussehender Mann, der mir gewiss gefallen könnte – eine nähere Beziehung kommt für mich allerdings nicht infrage.«

»Nein, wirklich?«

Katharina ärgerte sich über den ungläubig-ironischen Tonfall in Armelles Stimme. Was mochte Ewan ihr erzählt haben?

»Wirklich nicht. Falls Sie Ewan in der Klinik besuchen, grüßen Sie ihn bitte von mir. Ich wünsche ihm eine rasche Genesung und für seine Zukunft alles Gute.«

»Na schön, Kathérine. Wenn Sie es so wollen. Ich werde es ihm ausrichten.«

»Und vielen Dank für Ihren Anruf. Ich war wirklich sehr besorgt.«

»Das waren wir alle … Au revoir, Kathérine … À bientôt!«

»Adieu, Armelle!«

Die Verbindung brach ab, und Katharina blieb kerzengerade im Sessel sitzen, das Handy noch in der Hand. Gut gemacht, Kati, dachte sie. Damit war die Angelegenheit geklärt, Armelle wusste Bescheid, und Ewan würde sich nicht länger falschen

Hoffnungen hingeben. Von nun an konnte sie sich auf einem guten Gewissen getrost zur Ruhe begeben.

Aber sie fühlte sich einfach nur grauenhaft.

Mit bleischweren Gliedern quälte sie sich aus dem Sessel, warf das tragbare Telefon aufs Sofa und schlich hinüber ins Schlafzimmer.

»Falls jemand für mich anruft – ich bin nicht da.«

Patrik hockte vor seinem Bildschirm und schien vollkommen in die Betrachtung einer bunten Website vertieft.

»Schon klar … Ruh dich aus … Wenn du Hunger hast – in der Küche steht Ragout fin mit Hühnerfleisch. À la française …«

»Sehr nett … Danke …«

Musste er jetzt ausgerechnet die französische Küche ausprobieren? Ihr Magen hob sich schon bei der Vorstellung von Hühnerfleisch mit weißer Soße …

Sie legte sich aufs Bett und war froh, dass die Rollläden noch herabgelassen waren, sonst wäre es noch heißer im Zimmer gewesen. An der Decke summten mehrere Fliegen, setzten sich auf die Lampe, krochen auf der Tapete herum und unternahmen hin und wieder Sturzflüge, um auf ihrem verschwitzten Gesicht zu landen. Sie überlegte, ob es der Mühe wert war, mit der Fliegenklatsche auf die Jagd zu gehen, ließ es aber bleiben und drehte sich auf die Seite, sodass ihr langes Haar über das Gesicht fiel.

Alles war gut. Alle Probleme gelöst. Wieso fing sie jetzt an zu heulen? Wahrscheinlich war es die Anspannung, die sich jetzt löste. Er lebte … Sie war unglaublich froh, dass er noch am Leben war. Drei Rippen gebrochen – nun, das war unangenehm, aber es würde bald heilen. Gehirnerschütterung. Das war es doch gewesen, oder? Nicht etwa ein Schädelbruch? Nein, nur eine Gehirnerschütterung.

Nun machte ihre Phantasie doch, was sie wollte. Sie sah Ewans alten Renault auf der Küstenstraße, sein Gesicht, die vor Übermüdung halb herabgesunkenen Lider, seinen lächelnden Mund.

Der Wagen schlingerte, kam von der Straße ab, Ewan steuerte verzweifelt dagegen, das Fahrzeug kippte auf die Seite, machte eine Rolle, stand wieder auf den Rädern. Ewan blutüberströmt hinter dem Steuer, bewusstlos, sein langes braunes Haar klebte an Stirn und Wangen …

Auf einmal war ihr klar, dass sie feige war. Sie bildete sich ein, alles aus der Entfernung an ihm vorbei regeln zu können. Anstatt ihm gegenüberzutreten und – wie hatte Armelle gesagt – mit offenen Karten zu spielen. Er sollte wissen, dass sie sich nicht als Rettungsanker für sein Kerbourgh missbrauchen ließ.

Kerbourgh, das einmal ihrem Großvater gehört hatte …

Sie setzte sich auf und strich sich das Haar aus dem Gesicht. Noch war genügend Zeit, um in Ruhe mit Ewan zu sprechen und dann endlich mit diesem Thema abzuschließen. Kerbourgh, ihre Großmutter, Ewan Goadec, das Gut von Staden, die Wirren des Zweiten Weltkriegs, Armelle Le Bars – unter dieses ganze Kapitel würde sie endlich einen dicken Strich ziehen. Und dann neu beginnen!

Patrik hockte noch immer hinter seinem Bildschirm. Das Telefon lag neben ihm – offensichtlich hatte er einige lästige Anrufer abgewimmelt.

»Gib mir doch bitte mal die Schlüssel vom Audi, ich brauche den Wagen.«

Er drehte sich zu ihr herum und musterte sie neugierig von oben bis unten. Eigentlich hatte sie erwartet, dass er ärgerlich sein würde, aber er zuckte nur die Schultern und wies auf die Flurkommode.

»Liegen da drüben. Willst du in die Bretagne fahren?«

Wie kam er darauf? Sie hatte zwar in seiner Gegenwart mit Armelle telefoniert, aber auf Französisch.

»Kann sein …«

Er tippte auf mehrere Tasten, und das Computerbild schrumpfte in sich zusammen. Der Bildschirm wurde grau.

»Dann lass mich besser fahren.«

Sie war zuerst verblüfft, dann wurde sie ärgerlich. Himmel, was war er nur für eine Klette!

»Nein, Patrik, ich werde allein fahren.«

Er schüttelte stur den Kopf. Sie sei viel zu aufgeregt, er wisse von Armelle, dass dieser Typ, Ewan, verunglückt sei.

»Von Armelle? Aber du sprichst doch kein französisch …«

»Aber sie spricht englisch.«

Natürlich – wieso hatte sie daran nicht gedacht? Armelle war Hotelbesitzerin und stellte sich auf ihre Gäste ein.

»Ich fahre dich hin und wieder zurück. Sonst nichts. Jeder geht seiner Wege. Ich habe vor, meinen Segelschein zu machen.«

Sie schwankte, musste sich aber sagen, dass er nicht unrecht hatte. Die Strecke war lang, allein hätte sie irgendwo übernachten müssen, zu zweit konnten sie sich am Steuer abwechseln.

»Also gut. Getrennte Wege.«

»Getrennt marschieren … vereint schlagen«, witzelte er und stand auf, um seine Sachen zu packen.

Sie starteten am frühen Nachmittag und waren am Abend schon in Frankreich. Kurz hinter Paris übernahm Katharina das Steuer, fuhr über Le Mans bis Rennes, während Patrik wohlig auf dem Rücksitz vor sich hin schnarchte. In einer Raststätte nahmen sie einen nächtlichen Imbiss ein, tranken Kaffee, und Katharina staunte über Patriks strahlende Laune.

»Schlaf jetzt, mein Schatz. Das letzte Stück fahre ich.«

Aber sie war nach dem Kaffee viel zu wach, um sich schlafen zu legen. Eine Weile unterhielten sie sich, dann versank sie in den Anblick des immer heller werdenden Morgenhimmels, den die aufgehende Sonne für einige Minuten orangerot färbte.

»Schau dir das an«, meinte Patrik begeistert. »Rosige Rokokowölkchen vor Himmelsblau. Dass es so was in Wirklichkeit gibt …«

»Man muss nur früh genug aufstehen …«, versetzte Katharina, die über seine Naturbegeisterung staunte.

Das Meer glich einem silberfarbenen Band am Horizont. Es war Ebbe, die braunen Felsblöcke ragten wie ungeschlachte Riesen und Fabeltiere aus dem Sand auf; Seevögel staksten herum, machten Jagd auf Muscheln und Krabben, die das Meer zurückgelassen hatte. Ein rotes Fischerboot lag auf der Seite und wartete auf die Flut, ein junges Paar hockte vor einem der blau gestreiften Badezelte und mühte sich, ein Gummitier aufzublasen.

Sie fanden ein Bistro, das schon geöffnet war, und frühstückten überbackenen Toast mit Schinken, tranken dazu Milchkaffee. Katharina fragte den Besitzer nach der Unfallklinik und erfuhr, dass es in St-Malo zwei davon gab.

»Ewan Goadec? Natürlich kenne ich den. Armer Kerl. Erst verliert er sein Kerbourgh, dann seine Braut und schließlich noch fast das Leben. So kann's gehen. Er liegt im Centre Hospitalier in der Rue de la Marne. Sind Sie etwa mit ihm verwandt?«

»Nur befreundet …«

Die Rue de la Marne war nicht allzu weit entfernt. Patrik schlug vor, sich um ein Hotel zu kümmern, während Katharina ihren Klinikbesuch machte.

»Zwei Einzelzimmer?«, fragte er grinsend.

»Was sonst?«

Sie fröstelte in der kühlen Morgenluft, während sie durch die Gassen der Altstadt zum Klinikum ging. Die meisten Läden waren noch geschlossen, nur hie und da wurde schon ein Schutzgitter beiseitegeschoben, ein Rollladen hochgezogen. Einzig in der Bäckerei herrschte Betrieb, der Duft von ofenfrischem Weißbrot zog durch die Straßen. Das Klinikum bestand aus mehreren Bauten, alle modern und funktional, in den blanken Fensterreihen spiegelte sich die Morgensonne. Der Haupteingang war von einem breiten Vordach geschützt, dahinter drehte sich die gläserne Eingangstür. Es sah aus wie alle Krankenhäuser, kühl und sauber, Marmor am Boden, weiß getünchte Wände, zwei in den Boden eingelassene Beete mit den obligaten Grünpflanzen. Hinter dem Empfangstresen saß ein junger Mensch mit rasiertem Schädel und dichten schwarzen Augenbrauen.

»Besuchszeit erst ab zehn Uhr, Madame.«

»Pardon. Ich wollte zu Monsieur Ewan Goadec. Ist er noch auf der Intensivstation, oder kann man ihn be…«

»Besuchszeit ab zehn Uhr …«

»Man kann ihn also besuchen?«

Der junge Mann zog tief die Luft ein, was ihm hörbar Mühe bereitete, weil seine Nase verstopft war.

»Wen wollen Sie besuchen, Madame?«

»Monsieur Ewan Goadec.«

Was für ein Idiot, dachte Katharina, während sie dem jungen Kerl ein nachsichtig-freundliches Lächeln schenkte. Er tippte auf seinem Computer herum, furchte die Stirn und erklärte dann, dass Monsieur Ewan Goadec auf Zimmer Nummer 231 liege.

»Ganz herzlichen Dank, Monsieur!«

Der Versuch war es wert, aber leider hatte er aufgepasst. »Halt, Madame! Besuchszeit erst ab zehn Uhr!«

Es half nichts, sie musste gute zwei Stunden auf einem unbequemen Sessel neben dem Blumenbeet verbringen, las die Zeitung des Vortages, die jemand dort vergessen hatte, studierte sämtliche Prospekte des Klinikums und beschäftigte sich ausgiebig mit dem Heft »Kultur- und Freizeitangebot St-Malo und Umgebung«, das das Büro für Tourismus hier auslegte. Gegen halb zehn wurde der glatzköpfige Mensch am Tresen von einer streng dreinblickenden älteren Frau abgelöst, und Katharina sah ihre Chance gekommen. In einem unbewachten Moment huschte sie die Treppe hinauf in den zweiten Stock.

Im Flur schob eine junge Krankenschwester einen Wagen voller Instrumente und Porzellanschälchen an ihr vorbei, ein älterer

Mann in grau-gestreiftem Pyjama humpelte zur Toilette – niemand beachtete die verfrühte Besucherin.

224 … 227 … 229 … 231

Schüchtern klopfte sie an die Tür. Vermutlich lag er nicht allein dort. Plötzlich wurde ihr klar, dass sie ihre Erklärungen vor mehreren Zeugen würde abgeben müssen. Aber das war jetzt auch gleich, sie wollte die Sache endlich hinter sich bringen.

»Ja? Ist da jemand?«, tönte es von innen.

Ihr Herzschlag überschlug sich. Das war seine Stimme. Und sie klang keineswegs kränklich oder matt, sondern recht kräftig.

Sie unterdrückte den Impuls, auf der Stelle davonzulaufen, und öffnete die Tür.

Er war allein im Zimmer. Lag mit angewinkelten Knien auf dem weißen Laken, das seine sonnengebräunte Haut noch dunkler erscheinen ließ. Sein Gesicht leuchtete, als er sie erkannte.

»Kathérine! Ma chérie … Oh, ich habe es gewusst …«

Seine Brust war mit einem Verband umwickelt, der sich über die rechte Schulter zog und die Arme frei ließ. Ansonsten war er nur mit blau karierten Shorts bekleidet.

»Bleib um Himmels willen liegen«, rief sie erschrocken, als er Anstalten machte, sich aufzusetzen. »Ich … bin nur für einen kurzen Besuch …«

»Komm her …«, bat er und streckte den Arm nach ihr aus. »Setz dich zu mir. Bitte!«

Sie trat zögernd näher, blieb jedoch außerhalb seiner Reichweite stehen und zog sich einen Stuhl heran. Er verfolgte ihre Bewegungen mit wachsender Enttäuschung, als hätte er ernsthaft erwartet, sie würde sich an seinen Bettrand setzen.

»Was ist los, Kathérine? Weshalb hast du Armelle solchen Unsinn erzählt? Das war doch nicht dein Ernst, oder?«

Es war viel, viel schwerer, als sie es sich vorgestellt hatte. Hier, in seiner Nähe, unter dem Einfluss dieser tückischen Anziehungskraft, über die er verfügte – wie sollte sie da erklären, dass zwischen ihnen alles vorbei sei? Mit jeder Faser ihres Körpers zog es sie zu ihm hin.

»Wie geht es dir?«, fragte sie hilflos.

Er zog die Augen schmal, ärgerlich, dass sie seinen Fragen auswich. Es ginge ihm so weit ganz gut. Sein Schädel brumme noch etwas und die Brust täte weh, wenn er lachte. Ansonsten sei er topfit.

Sie wusste, dass er schwindelte, aber sie schwieg. Wie lange er noch hierbleiben müsse? Ein paar Tage.

»Du hast unfassbares Glück gehabt, Ewan. Wie konntest du nur so leichtsinnig sein!«

»Ich habe von der Frau geträumt, die ich liebe«, sagte er ironisch. »Das hat mich aus der Bahn geworfen. Aber wir Bretonen sind harte Burschen, uns bringt so leicht nichts um.«

Er versuchte tatsächlich zu lachen, ließ es aber gleich wieder bleiben und verzog für einen Moment das Gesicht.

»Ich hatte schreckliche Angst um dich«, entfuhr es ihr.

Sie sah seine Augen aufleuchten und bereute sogleich, diesen Satz gesagt zu haben. Indes war er viel zu misstrauisch, um sich Illusionen zu machen. Er ahnte längst, dass etwas im Busch war.

»Bist du deshalb gekommen? Weil du Angst um mich hattest?«

Sie schüttelte den Kopf. Nein, deshalb nicht.

»Warum dann?«, fragte er ungeduldig. »Aus Mitleid? Glaubst du, ein schlechtes Gewissen haben zu müssen? Nun sag schon. Ich bin kein Kind, ich vertrage die Wahrheit.«

»Es ging mir um … um Kerbourgh.«

Sie hatte erwartet, dass er diese Aussage mit Interesse oder gar Begeisterung aufnehmen würde. Doch seine Miene drückte nur Verblüffung aus.

»Kerbourgh? Was hat Kerbourgh damit zu tun?«

War er ein so guter Schauspieler? Er tat wirklich so, als sei er überrascht.

»Es wird am Montag versteigert, nicht wahr?«

»Woher weißt du das?«

»Von Armelle. Außerdem kann man es im Internet lesen.«

Er schnaubte abfällig und stieß einen langen, unverständlichen Satz aus. Es war Bretonisch und vermutlich kein Segensspruch.

»Willst du es etwa kaufen?«, fragte er anzüglich.

»Warum nicht?«, sagte sie mit gekünstelter Heiterkeit. »Darauf hast du doch gehofft, oder? Deshalb bist du doch nach Steinbach gekommen.«

»Was redest du da für wirres Zeug, Kathérine?«, rief er aus. »Ich bin doch nicht wegen Kerbourgh nach Steinbach gefahren.«

Sie nahm einen Anlauf. Es musste jetzt endlich gesagt werden. Reinen Tisch machen. Sie ließ sich nicht länger von ihm an der Nase herumführen.

»Du solltest wissen, dass ich nicht ganz so einfältig bin, wie du glaubst, Ewan. Ich weiß sehr wohl, dass du mir nicht nur meiner schönen Augen wegen Liebesgeständnisse machst. Von Anfang an wolltest du, dass ich Kerbourgh kaufe. Damit es dann uns beiden gehört, dir und mir. Damit du dein Schlösschen behalten kannst …«

Er starrte sie mit weit aufgerissenen Augen an, dann fuhr er sich mit der Hand über die Stirn, als müsse er etwas verscheuchen, das ihm den Blick vernebelte.

»Damit ich mein Schlösschen behalte …«, wiederholte er langsam. »Bin ich jetzt verrückt oder du?«

Sie konnte nicht mehr zurück, obgleich sie deutlich spürte, dass sie auf der falschen Fährte war. Dass sie sogar einem unverzeihlichen, schrecklich dummen Irrtum aufgesessen war.

»So ist es doch«, beharrte sie. »Findest du es nicht auch besser, wenn wir ehrlich zueinander sind?«

Sein Blick war jetzt so starr, dass sie Angst bekam. Er spießte sie mit seinen blauen Augen förmlich auf.

»Ich glaube es nicht …«, sagte er leise. »Ich glaube es einfach nicht …«

Sie schwieg. Sah zur Seite, um diesem zornigen, vorwurfsvollen Blick zu entkommen, und spürte doch, dass es nicht möglich war. Sie hatte sich getäuscht. O Gott – wie war sie nur auf diese irrsinnige Idee gekommen.

»Für was hältst du mich eigentlich?«, zischte er sie an. »Für einen Heiratsschwindler? Einen, der eine Frau verführt, um ihr hinterher ihren Besitz abzuluchsen? Ja? So was hast du von mir gedacht?«

»Nein … so darfst du das nicht sehen … Ich … ich war nur … Ich dachte …«

Er hatte sich aufgesetzt und hielt sich beide Hände an die Schläfen. Erschrocken stand sie auf und setzte sich auf seine Bettkante, versuchte, den Arm um ihn zu legen. Doch er blitzte sie zornig an und stieß sie mit einer heftigen Bewegung von sich. Wie viel Kraft er doch hatte, trotz seiner Verletzung!

»Hör mir gut zu, Kathérine«, fuhr er sie an. »Ob du Kerbourgh ersteigerst oder nicht – das ist mir vollkommen gleichgültig. Weil wir von diesem Moment an geschiedene Leute sind. Für immer. Hast du das verstanden?«

»Bitte, Ewan … Es tut mir leid … Ich weiß selbst nicht, was in mich gefahren …«

Hinter ihr wurde die Tür aufgerissen, eine Gruppe weiß gekleideter Menschen betrat das Krankenzimmer, allen voran ein weißhaariger Arzt, flankiert von einer jungen Frau, die eine Mappe aus rotem Plastik in den Händen hielt.

»Visite«, sagte sie zu Katharina. »Warten Sie bitte draußen, Madame.«

Sie wartete nicht, sondern lief Hals über Kopf aus der Klinik. Sie hatte alles falsch gemacht. Nie, nie würde er ihr das verzeihen. Die Liebe ihres Lebens war zu Ende, bevor sie begonnen hatte.

Kerbourghs Mauern und Türmchen zeichneten sich gestochen scharf gegen den pastellblauen Morgenhimmel ab. Nie zuvor war Katharina das alte Gebäude so schön erschienen, der stolze Bau eines romantischen Träumers, Dornröschens Märchenschloss inmitten von Weiden und Artischockenfeldern.

»Sollen wir hineinfahren?«, fragte Patrik, der am Steuer des Audi saß.

»Nein, stell den Wagen hier am Gatter ab.«

Sie wollte den ehemaligen Park schonen. Schlimm genug, dass die Baufahrzeuge den kiesbestreuten Weg zwischen den Wiesen platt gewalzt und die Arbeiter überall ihren Müll hinterlassen hatten. Aber damit war vorerst Schluss. Die Renovierungsarbeiten waren längst eingestellt, nur ein paar leere Farbeimer und ein mörtelverschmierter Plastikkübel standen noch neben dem Eingang.

»Es scheint jemand im Haus zu sein«, meinte Patrik.

Katharina blinzelte gegen die Sonne – tatsächlich, die Eingangstür unter dem Vorbau mit der gotischen Haube stand offen. Es enttäuschte sie ein wenig, denn sie hatte gehofft, die Erste zu sein, die sich am heutigen Tag hier einfand. Um die Stille vor dem Sturm zu genießen, zu hören, wie die Vögel in den Hecken sangen, das Farbenspiel der Morgensonne in den Fenstern zu beobachten. Nun war ihnen also jemand zuvorgekommen.

Langsam stiegen sie den Hügel hinauf. Die Stufen waren mit Gras und Unkraut überwuchert, doch die harten Granitblöcke waren unverwüstlich. Sie lagen hier schon über ein Jahrhundert und hatten die Schritte aller Bewohner von Kerbourgh gespürt.

»Vorsichtig«, warnte Patrik, als sie oben standen und Katharina in das Gebäude eintreten wollte. »Wer weiß, wer da drin ist.«

Sie zuckte die Schultern. Wer sollte das schon sein? Vermutlich ein Gerichtsvollzieher, der die heutige Versteigerung leiten würde. Oder jemand von der Bank.

»Es könnte aber auch ein Landstreicher oder ein ...«

Aus dem oberen Stockwerk vernahm man lautes Gepolter und danach einige Worte auf Bretonisch.

»Kaoc'h! Ma sac'h!«

»Hallo?«, rief Katharina schüchtern nach oben. »Brauchen Sie Hilfe?«

Oben stapfte jemand durch den Flur zum Treppenaufgang. Gleich darauf wurde eine weiß bestaubte Gestalt sichtbar, die sie misstrauisch musterte.

»Die Versteigerung beginnt erst um elf«, knurrte er. »Was wollen Sie schon so früh?«

Er klopfte seine hellbraune Lederjacke ab und versuchte, den Kalk aus der Designerjeans zu schütteln. An den Füßen trug er spitz zulaufende lederne Cowboystiefel, deren Schäfte weit geschnitten waren und vermutlich eine Menge Kalkstaub aufgenommen hatten.

»Nun – wir wollen vermutlich das Gleiche wie Sie: uns ein wenig umsehen.«

Seiner Kleidung nach war er weder ein Bankbeamter noch ein Gerichtsvollzieher. Vermutlich ein potenzieller Käufer.

Er beugte sich vor und fuhr mit den Händen durch sein blondes Haar, wobei eine weiße Staubwolke auf Katharina herabsank.

»Sorry«, sagte er und nieste ausgiebig. »Die verdammte Schachtel mit Fugenkalk stand auf dem alten Badeofen ...«

»So ein Pech ...«

Er musterte sie grimmig und erklärte dann, sie dürften eigentlich noch gar nicht in das Gebäude hineingehen, bevor der Gerichtsvollzieher mit dem Schlüssel da sei.

»Und Sie? Wie sind Sie hier hereingekommen?«

Er grinste. Seine Züge waren die eines kleinen Jungen, der die dreißig schon überschritten hatte, sich jedoch beharrlich weigerte, erwachsen zu werden.

»Ich habe einen eigenen Schlüssel. Hab hier mal gewohnt.«

Katharina starrte ihn überrascht an, dann begriff sie. Es musste der Vorbesitzer sein, von dem Armelle und Ewan einmal gesprochen hatten. Wie hieß er doch noch? Es war ein typisch bretonischer Vorname gewesen …

»Sind Sie Yoann de Morand?«

Er hatte sich auf die Treppe gesetzt, um seine Stiefel auszuleeren, und hielt in dieser Beschäftigung jetzt verblüfft inne.

»Kennen wir uns etwa? Aus Paris vielleicht?«

»Nein«, meinte sie lächelnd. »Aber ich habe Ihre Schulhefte gesehen. Sie liegen oben in einer Schublade.«

»Meine … Verflucht noch mal, Madame. Da haben Sie vermutlich nichts Großartiges zu sehen bekommen, wie?«

Sie lachte fröhlich und behauptete, dass erfolgreiche Menschen meist schlechte Schüler gewesen seien. Er stimmte in ihr Lachen ein, ihre Interpretation seiner schlechten Noten gefiel ihm.

»Ich bin Katharina von Staden, und dies ist ein Bekannter. Patrik Sonnenweiler …«

»Angenehm. Kommen Sie ruhig hinauf in den großen Saal. Er ist recht ordentlich instand gesetzt worden. Früher haben wir hier Feste gefeiert, da floss der Champagner in Strömen …«

Er war auf einmal redselig, spielte sich als Besitzer auf und erklärte ihnen die Funktion der Räume. Unten das Büro, da habe seine Mutter oft gesessen und über den offenen Rechnungen gebrütet. Neben dem großen Saal gäbe es noch einen hübschen, kleinen Salon, der mit Möbeln aus der Epoche Louis Quinze ausgestattet gewesen sei. Echte Antiquitäten, sein Vater habe sich da nicht lumpen lassen. Der Clou sei aber oben das alte Badezimmer. 19. Jahrhundert – bis aufs Detail erhalten.

»Fürchterlich unpraktisch, man muss den Ofen mit Holz anheizen, wenn man baden will«, lachte er. »Wir haben später ein zweites Bad eingebaut …«

Katharina rang mit sich. Sollte sie ihm eröffnen, dass ihre

Großeltern hier einmal gelebt hatten? Dass sie vermutlich sogar miteinander verwandt waren? Doch etwas hielt sie davon ab. Etwas, das sie nur erspürte, aber nicht erklären konnte.

»Haben Sie den Park noch in seinem Urzustand gekannt?«, fragte sie stattdessen.

Er trat an eines der Fenster und öffnete es. Lobte die neuen Fenster, die Monsieur Goadec hatte einsetzen lassen. Tja, so ein Anwesen sei eben ein Fass ohne Boden, verschlinge Hunderttausende wie nichts. Das habe Monsieur Goadec wohl inzwischen gemerkt.

»Den Park? Keine Ahnung, wie sein Urzustand war. Als Kind hab ich da mit Freunden gespielt, da standen noch eine Menge alter Bäume, die hat mein Vater irgendwann mal abgeholzt. Er hat auch das Grab wegmachen lassen.«

»Eine Grabstätte? Im Park?«

Er lachte und erzählte, dass sie als Kinder immer Angst vor diesem Grab gehabt hätten. Besonders gegen Abend, wenn die Schatten der Bäume darüberfielen. Weil es hieß, die Toten dort seien gewaltsam ums Leben gekommen und gingen in der Nacht im Park um.

»Es hieß, es seien meine Urgroßeltern, die die Deutschen erschossen haben …«

Er schüttelte sich. »Wir sind eine ziemlich verrückte Familie, Madame«, sagte er dann und grinste schief. »Da könnte ich Ihnen Sachen erzählen … Meine Großmutter vor allem. Die soll angeblich vollkommen durchgedreht sein, weil der Großvater eine andere hatte. Wenn sie ihren Rappel bekam, dann hat sie die Axt genommen und die Möbel zerhackt. Liegen jetzt noch Trümmer oben auf dem Dachboden herum …«

Katharina verdrängte die Erinnerung an den Dachboden. Stattdessen stellte sie sich vor, dass man vom Turm aus wohl das Meer sehen konnte. Hatte sie dort gestanden? Das Haar im Wind flattern lassen?

»Hieß Ihre Großmutter vielleicht Margot mit Vornamen?«, fragte sie beklommen.

»Nee«, sagte er und sah sie erstaunt an. »Sie hieß Gaelle de Morand. Und der Großvater hieß ... Wie hieß er doch? Warten Sie mal. Der hieß ... Alan. Genau. Wie kommen Sie auf Margot?«

»Ach, nur so«, schwindelte sie. »Ich glaube, man sprach bei den Goadec von einer Margot de Morand.«

Er nickte. Sie war also eine Bekannte dieses armen Spinners Ewan Goadec, der den maroden Kasten unbedingt hatte kaufen wollen.

»Aber ich erinnere mich, dass Vater mal eine Margot erwähnt hat«, sagte er nachdenklich. »War aber nicht im Guten. Keine Ahnung, was mit ihr war ... O verdammt, da kommt schon wieder einer angefahren. Und dahinter noch zwei. Jetzt geht's los, Madame. Wollen Sie mitbieten?«

Tatsächlich bogen jetzt mehrere Wagen in die ehemalige Einfahrt zum Park ein und hielten unter dem Hügel auf der Wiese.

»Ich? Aber nein. Sie vielleicht?«

Er hob die Schultern und staubte noch einmal kräftig seine Hosenbeine ab.

»Warum nicht?«, meinte er dann grinsend. »Ist ja ne ganze Menge repariert worden. Neues Dach, neue Fenster, unten sogar neue Wasserleitungen. Wenn man noch ein bisschen investiert, könnte es ein Geheimtipp für verschwiegene Gäste werden, wie?«

Er lachte über Katharinas entsetztes Gesicht, und gleich darauf schüttelte ihn ein Hustenanfall, weil der Kalkstaub ihm in Hals und Nase gedrungen war. Unten im Eingangsbereich wurde es jetzt lebendig, Gespräche waren zu hören, das Klappern von Stöckelschuhen auf Fliesenboden, jemand klopfte gegen die Wand, um die Festigkeit des Putzes zu testen.

»Das Gebäude ist bis halb elf zur Besichtigung freigegeben«, sagte eine Männerstimme. Es klang etwas gepresst, in dem Bemühen, möglichst laut zu sprechen. »Falls Sie noch Fragen haben – Monsieur Goadec, der Vorbesitzer, ist gern bereit, Ihnen Auskunft zu erteilen …«

Er war also hier! Sie mochte es kaum glauben. Ewan hatte die Klinik verlassen, um die Versteigerung von Kerbourgh mitanzusehen. Sie lehnte sich aus dem Fenster und entdeckte unweit des Parkeingangs eine Gruppe Menschen, die zu Fuß unterwegs waren. Zwei Kinder liefen voraus, dann kam eine Dreiergruppe, die aus zwei Männern und einer Frau bestand. Es war Ewan, von seinem Schwager Servan und seiner Schwester Enora flankiert. Ihnen folgten Ewans Mutter und Tante Marie.

»Da kommt Armelle«, meinte Patrik, der sich neugierig im Haus umgesehen hatte, während Katharina mit Yoann de Morand sprach. »Du liebe Güte, sie wird diesen alten Kasten doch nicht ersteigern wollen?«

»Warum nicht«, meinte Katharina mit Bitterkeit. »Der Herr, mit dem ich gerade sprach, ist ganz wild darauf. Er will ein verschwiegenes Etablissement hier einrichten.«

Die Räume füllten sich mit kauflustigen oder auch nur schaulustigen Besuchern. Staunende Laute, Gelächter, abfällige Ausrufe. »Iiih, eine Spinne!« – »Papa, da ist ein Loch in der Decke!« – »Gibt es hier Gespenster?«

»Was will er einrichten?«, fragte Patrik verständnislos.

»Einen Puff!«

»Ach so. Na ja – sicher ein gutes Geschäft«, gab er zurück, ohne sich an Katharinas Empörung zu stören.

Es war grauenhaft, mitansehen zu müssen, wie all diese Leute im Schlösschen herumschnüffelten, jedes Detail unter die Lupe nahmen, an den Türen kratzten, die Fenster öffneten, im Kamin herumstocherten, mit den Fingernägeln an der alten Badewanne herumkratzten. Bald darauf erschienen auch die Goadec im großen Saal, und Ewan begrüßte den Gerichtsvollzieher mit erstaunlichem Gleichmut. Nun ja – der Mann tat nur seine Pflicht. Für Katharina hatte Ewan nur einen kurzen, zornigen Blick, dann drehte er sich weg und sprach mit einem Bekannten. Ganz anders verhielt sich seine Familie.

»Kathérine! Sie sind hier!«, rief Ewans Mutter. »Was für eine Freude!«

Die liebevolle Begrüßung tat Katharina wohl, zugleich hatte sie ein schlechtes Gewissen und glaubte, all diese Freundlichkeit nicht verdient zu haben. Sie ließ sich jedoch nichts anmerken, umarmte Ewans Mutter und seine Schwester, sagte »Bonjour« zu Tante Marie und verblüffte die Buben, weil sie sich ihre Namen gemerkt hatte: Loan und Ivain. Der rothaarige Servan winkte ihr begeistert zu, wich indes nicht von Ewans Seite. Vermutlich hatte er von Ewans Mutter den Auftrag erhalten, auf ihn aufzupassen.

»Ewan hat mit Ihnen gestritten, wie?«, fragte Ewans Mutter und hielt ihre Hand fest. »Nehmen Sie es nicht so ernst, Kathérine. Er ist rasch im Zorn, aber er ist ein guter Junge, er sieht seine Fehler ein. Es ist nicht schwer, sich mit ihm zu versöhnen …«

Wenn die Sache nur so einfach wäre, dachte Katharina beklommen.

»Das alte Zeug muss alles raus«, sagte jemand neben ihr. »Kann man gut verkaufen. Und dann ein schönes, neues Badezimmer einbauen. Mit Whirlpool und Lichteffekten …«

»Im Ernst«, sagte Enora leise zu Katharina. »Ich fürchte ja, diese Armelle Le Bars wird es trotz allem ersteigern. Sie hat schon viel zu viel investiert, um es nicht zu tun.«

»Aber da sind auch einige Ausländer, die es haben wollen«, seufzte Ewans Mutter. »Schaut euch doch die Autos unten an. Die kommen aus Holland und aus Deutschland.«

Katharina nickte zu allem und ließ dabei kein Auge von Ewan. Er stand leicht vornübergeneigt neben dem Gerichtsvollzieher, zu dem sich jetzt ein Herr im Anzug gesellt hatte, vermutlich ein Vertreter der Bank. Wie schrecklich musste das alles für Ewan sein. Und wie tapfer stellte er sich seinem Schicksal. Fast gleichmütig redete er mal mit diesem, mal mit jenem, beantwortete Fragen, nickte, zeigte Details auf dem Bauplan, der auf einem Tapeziertisch neben ihnen aufgerollt lag. Kerbourgh, der Sitz ihrer Familie, das schöne alte Gebäude, das so viel Glück und so viel Leid seiner Bewohner in sich aufgenommen hatte, Kerbourgh wurde ausverkauft, bis in den letzten Winkel ausgespäht und abgetastet, von neugierigen Blicken und hämischen Bemerkungen geschändet. Wie konnte man das ertragen?

»Meine Herrschaften – ich beginne jetzt mit der Versteigerung!«

»Na endlich!«, sagte jemand.

»Besser ein Ende mit Schrecken als ein Schrecken ohne Ende«, bemerkte Tante Marie. »Der arme Junge. Aber es muss sein. Schuster, bleib bei deinen Leisten. Und ein Goadec ist eben kein de Morand …«

Sie musste sehr aufgeregt sein, es war die längste Rede, die Katharina je von ihr gehört hatte. Ewan schien nicht geneigt, sich zu seiner Familie zu gesellen, sondern stand einsam am Kamin und starrte geistesabwesend vor sich hin. Armelle und ihre Eltern hatten gleich neben ihm auf einer niedrigen Bank Platz genommen und luden ihn ein, sich zu ihnen zu setzen. Doch er lehnte ab. Katharina blieb bei den Goadec stehen, während sich die Kaufwilligen nun dichter um den Gerichtsvollzieher scharten.

Er begann mit einer schrecklich ausführlichen Beschreibung des zu versteigernden Objektes, zählte die Nebengebäude auf, das Grundstück, zwei dazugehörige Wiesen, einige Äcker, einen Obstgarten hinter dem Anwesen …

Für einen Moment konnte Katharina Yoann de Morand sehen, der gelangweilt zur Decke des Saales hinaufschielte. Gleich darauf machte er ein bedenkliches Gesicht, denn der Gerichtsvollzieher erklärte, dass bereits zwei Angebote vorlägen. Die Summe, die zu überbieten war, schien ihm offenbar viel zu hoch.

Es gab indessen mehrere Gebote, die der Gerichtsvollzieher eifrig registrierte, um dann nach weiteren aufgereckten Armen Ausschau zu halten.

»Das sind alles welche von außerhalb«, knurrte Servan. »Aus Paris. Und der da hinten kommt aus Lyon.«

»War doch klar«, gab Enora zurück. »Die haben das meiste Geld.«

Katharina schwieg dazu und beschäftigte sich lieber mit den beiden Söhnen, die sich bei der Versteigerung langweilten. Sie konnte ja doch nichts ändern, sollten die Dinge ihren Lauf nehmen. Gleich darauf entstand unter den Kauflustigen Unruhe, es wurden zornige Rufe laut, jemand brüllte sogar, das sei ungesetzlich, man könne den Verkauf per Rechtsanwalt anfechten.

»N'eo ket gwir tamm ebet!«, sagte der Gerichtsvollzieher mit großer Freundlichkeit und fuhr mit der Versteigerung fort. Auf Bretonisch.

»Kant ugent ... Kant daou-ugent ... Kant tri-ugent ...«

Katharina verstand kaum etwas, die Goadec hingegen verfolgten die Versteigerung mit größter Spannung. Die ersten Kaufwilligen aus Paris verließen den Saal, einige schimpften lauthals, andere zuckten die Schultern und eilten anderen Projekten entgegen. Ewan verharrte, von den Vorgängen scheinbar völlig unberührt, an seinem Platz neben dem Kamin und besah eingehend seine Fingernägel. Armelle flüsterte mit ihren Eltern, die bereits zweimal geboten hatten, dann wandte sie sich ihrem Nebenmann zu, und Katharina stellte erstaunt fest, dass Patrik den freien Platz neben Armelle eingenommen hatte.

Die Gebote überschlugen sich, der Gerichtsvollzieher hatte Mühe, alle zu berücksichtigen, er wedelte heftig mit den Armen, zeigte mal auf diesen, mal auf jenen Bieter, zwischendurch riss er sein Taschentuch heraus, um sich die Stirn abzuwischen.

»Das ist Monsieur Renan, dem gehören in Dinard mehrere Hotels«, flüsterte Enora Katharina aufgeregt zu. »Und das war Madame Le Bars, jetzt wieder Monsieur Renan. Und das ist Monsieur Le Cunff, unser alter Lehrer. Jetzt Madame Le Gwernig, die hat in St-Malo einen Kosmetiksalon ... und wieder Monsieur Le Cunff ...«

Katharina bekam feuchte Hände, sodass der Papierflieger, den sie gerade für Ivain faltete, schief wurde und sie von vorne beginnen musste. Renan ... Le Gwernig ... Le Cunff ... Le Bars ... Renan ...

Dann wurde es still im Saal, der Gerichtsvollzieher wiederholte einen Satz mehrfach, sah fragend in die Runde und wischte sich erneut Wangen und Stirn mit dem Taschentuch. Schweigen war die Antwort, Katharinas Herz klopfte so laut, dass sie fürchtete, Enora, die neben ihr stand, könne es hören.

»Was ist los?«, flüsterte sie.

»Monsieur Le Cunff hat es ersteigert«, sagte Ewans Mutter. »Das freut mich sehr. Er hat im vergangenen Jahr eine Erbschaft gemacht, sonst könnte er den Preis wohl nicht bezahlen.«

Katharina half Dustin, seinen Papierflieger am offenen Fenster zu starten. Der Kleine jubelte, als der weiße Vogel pfeilschnell durch die Luft glitt, ein paar Kreise zog und dann sacht auf der Weide zwischen den braunen Ziegen landete.

*

»Frau von Staden! Wie geht es Ihnen?«

Die Stimme von Schulleiter Krüger klang verzweifelt, er hatte offenbar große Probleme, die Vertretungen zu regeln.

»Danke der Nachfrage, Herr Krüger«, sagte Katharina mit schwacher Stimme in ihr Handy. »Es geht mir leider gar nicht gut. Habe die ganze Nacht über Magenkrämpfe gehabt. Und Kopfschmerzen dazu …«

Eine freche Möwe hüpfte dicht vor ihren Füßen über den Sand, erwischte eine Muschel und flog mit ihrer Beute auf. Das Meer leuchtete tiefblau im Sonnenschein, ein Fischerboot schaukelte nicht weit von ihr auf den Wellen, mit einigen kräftigen Schwimmzügen hätte man es erreichen können.

»Die übliche Magengrippe«, seufzte Krüger. »Widerlich, so etwas. Geht anscheinend in ganz Frankfurt um. Zum Schulanfang haben sich gleich vier Lehrkräfte krankgemeldet.«

»Das ist sehr bedauerlich«, meinte Katharina, während sie mit bloßen Füßen durch die sacht heranschwappenden Wellen lief. Die braunen Felsen, die das Meer umspülte, waren von der Mittagssonne so warm, dass sie sich ganz lebendig anfühlten, wenn man die Hand darauflegte. Bretonische Zauberwesen waren solide und bodenständig.

»Bedauerlich ist gar kein Ausdruck, Frau von Staden. Es ist die blanke Katastrophe. Heute sind in der siebten und achten Klasse insgesamt sieben Stunden ausgefallen, und an morgen will ich noch gar nicht denken. Wissen Sie denn schon, wann wir wieder mit Ihnen rechnen können?«

»Tja …«, sagte sie und hielt den nackten Fuß in die herbeirauschende Welle. Es kitzelte wundervoll an der Fußsohle, fast hätte sie vor Vergnügen gekichert.

»Ich fürchte, dass es ein paar Tage dauern wird, Herr Krüger. Mein Arzt will mich bis Ende der Woche krankschreiben. Die Galle ist in Mitleidenschaft gezogen …«

»Ach herrje! Bis Ende der Woche! Denken Sie denn gar nicht an Ihre Schüler? Wie wollen Sie denn mit dem Lehrstoff durchkommen?«

»Das wird schwer werden«, seufzte sie. »Aber was soll ich machen, Herr Krüger? Komme ich zu früh zurück, dann stecke ich doch das halbe Kollegium an.«

»Nur das nicht! Darf ich fragen, ob dieses Rauschen in Ihrem oder in meinem Gerät ist?«

Hinterlistig hatte sich eine große Welle zwischen die harmlosen Artgenossen geschmuggelt, war mit Macht an den Strand geschlagen und hatte ihre Hosen bis über die Knie durchnässt.

»Das Rauschen? Oh, das ist hier in meiner Küche. Ich koche mir gerade einen Kamillentee. Das Einzige, das ich seit gestern Abend zu mir nehmen konnte, ohne es wieder …«

»Schon gut«, wehrte er ab. »Also können wir erst kommenden Montag wieder mit Ihnen rechnen, ja?«

»Vermutlich, Herr Krüger. Ich gebe Ihnen noch Bescheid.«

»Je früher, desto besser, Frau von Staden. Dann wünsche ich rasche Genesung …«

Eine Gruppe Möwen hatte begonnen, um eine Beute zu streiten, sie kreischten und krächzten so laut, dass Katharina das Gespräch rasch ausschaltete. Sollte er das Möwengeschrei für das Pfeifen ihres Wasserkessels halten, es war ihr egal. Katharina von Staden, die überaus pflichtbewusste Kollegin, lief in nassen Hosen und kurzem T-Shirt am Meer entlang, kletterte über glitschige, seetangbewachsene Felsen und besah die bunten Muscheln und Schneckenhäuser. Nichts auf der Welt konnte sie dazu bringen, zurück nach Frankfurt zu fahren, um in einem stickigen Klassenzimmer widerspenstige Schüler mit der französischen Grammatik zu traktieren.

Sie begegnete nur wenigen Touristen: unentwegte Jogger, die sich am Meer austoben wollten, um fit fürs Büro zu sein. Wie seltsam, dass es die meisten Badeurlauber an die überfüllten Strände zog, dorthin, wo die gestreiften Badezelte standen, die Pommes-Buden, die Eisverkäufer und Bootsverleihe. Wie viel schöner waren doch die verschwiegenen kleinen Buchten, von schmalen Leuchttürmen bewacht, wo man mit dem Meer allein war, seinen immerwährenden Rhythmus spürte und das Lied des Windes in den Ohren hatte.

Gegen vier Uhr beschloss sie umzukehren und überlegte kurz, ob sie einen Umweg durch das Inland machen und dann mit dem Bus zurück nach St-Malo fahren sollte. Doch sie entschied sich, so lange wie möglich am Meer entlangzulaufen, selbst wenn die Flut jetzt schon einige der kleineren Buchten ausfüllte. Sie setzte sich in Trab, lief durch die leichte Brandung und hatte großen Spaß daran, wenn das salzige Wasser hoch aufspritzte. Es war Mitte August, die Sonne brannte vom Himmel herab und ließ die kleinen Wellen glitzern und funkeln wie eine Ansammlung Glasscherben. Eine Gestalt war am anderen Ende der Bucht aufgetaucht und bewegte sich auf sie zu, zu groß für einen Jogger, auch die Bewegung war eine andere. Ein Reiter. Sie lief ihm entgegen, sah die dunkle Silhouette wachsen, Farbe annehmen. Das Pferd war ein Schimmel, kräftig und nicht allzu hoch, das braune Haar des Reiters wehte im Wind, er saß leicht nach vorn gebeugt, ließ das Pferd galoppieren …

Das ist doch nicht möglich, dachte sie. *Er hat drei Rippen gebrochen, wie kann er da reiten …*

Ewan zügelte den Schimmel erst kurz bevor sie sich begegneten, das Tier verfiel in leichten Trab, dann ging es im Schritt. Katharina konnte am Gesichtsausdruck des Reiters ablesen, dass ihm diese Aktion heftige Schmerzen bereitete. Nahm er keine Schmerzmittel? Das würde zu ihm passen.

»Bonjour …«, sagte er kurz angebunden, während er an ihr vorüberritt.

»Bonjour, Ewan …«

»Ich dachte, du wärst längst wieder in Frankfurt …«

»Ich mache Urlaub …«

»Ah!«

Das war alles. Er trieb seinen Schimmel wieder an und ließ ihn jetzt durch die Brandung galoppieren, dass die Pferdebeine fast im schaumig aufspritzenden Wasser verschwanden. Katharina sah ihm eine Weile nach. Was für ein verrückter Kerl. Anstatt die Folgen des Unfalls auszukurieren und sich zu schonen, stieg er in den Sattel und ritt am Meer entlang. Wenn er nun stürzte! Was hatte er gesagt? Er glaubte, sie sei längst wieder in Frankfurt? Sehr freundlich. Ganz offensichtlich hatte er gehofft, sie schon los zu sein.

Ihre glückliche Stimmung sank in sich zusammen. Ja, sie hatte ihn falsch verdächtigt. Er hatte allen Grund, enttäuscht von ihr zu sein. Sich beleidigt zu fühlen. Aber wenn er sie tatsächlich liebte … Sollte er ihr dann nicht eine zweite Chance geben?

Sie brauchte über eine Stunde bis St-Malo und fühlte sich reichlich erschöpft, als sie sich in den Sand setzte, um ihre Schuhe anzuziehen. Um sie herum herrschte Aufbruchsstimmung, Mütter riefen ihre Kleinen, Väter schleppten Windschutzmatten und Badetaschen, ein Junge mühte sich, aus seinem Gummitier, einem grauen Haifisch, die Luft herauszupressen. Im Westen hatte sich eine dunkle Wolkenwand aufgebaut, ein finsteres Gebirge, das immer weiter in die Höhe wuchs und heftige Windböen vorausschickte. Als Katharina die Gassen der Stadt erreichte, fielen die ersten Regentropfen. Die Ladenbesitzer schleppten hastig die ausgestellten Waren ins Trockene, einzelne Postkarten, vom Wind aus einem Ständer gerissen, flatterten an Katharina vorbei.

Im Bistro von Monsieur Paul saßen einige Bauarbeiter, die das Wetter von ihrer Arbeit vertrieben hatte, und gönnten sich ein Bier oder einen Cidre. Der nette Patron hatte Katharina das Zimmer vermietet, in dem früher seine Tochter gewohnt hatte. Es war die letzte Rettung gewesen, denn zu dieser Zeit war hier alles ausgebucht.

»Bonjour, Monsieur Paul … Was für ein Wetter …«

Ihre Worte wurden von dem Grollen des Donners überdeckt, ein umgestürzter, orangeroter Sonnenschirm trieb auf der Gasse vorbei, und einer der Bauarbeiter eilte nach draußen, um den übergroßen roten Pilz einzufangen. Monsieur Paul schaltete die Beleuchtung ein und zapfte unverdrossen ein Bier.

»Da hat einer nach Ihnen gefragt, Madame«, meinte er grinsend.

»Ach ja? Wer denn?«

»Einer, der neugierig war. Wollte wohl herausbringen, wo Sie untergekommen sind …« Sie musste dichter an den Tresen herantreten, weil jetzt der Regen gegen die Fensterscheiben trommelte. »Der junge Goadec …«, sagte er verschwörerisch.

»Und? Haben Sie es ihm verraten?«

Er stellte schwungvoll zwei gefüllte Biergläser auf die Theke und ging daran, einen Espresso zuzubereiten.

»Sollte es etwa geheim bleiben?«, fragte er über die Schulter hinweg. »Dann habe ich jetzt ein Problem.«

»Aber nein, Monsieur Paul«, lachte sie. »Alles in Ordnung.«

Ein kräftiger Donnerschlag folgte auf ihre Worte. Draußen eilten zwei nasse Gestalten vorüber, einer trug die Reste eines vom Wind zerfetzten Regenschirms.

»Beim heiligen Yves«, knurrte Monsieur Paul. »Haben Sie oben die Fenster zugemacht?«

»Uhhh!«

Sie stürzte die enge Stiege hinauf, verlor dabei eine Sandale und musste umkehren, um den Ausreißer auf der untersten Stufe einzusammeln. Natürlich standen die Fenster sperrangelweit offen, Bett und Teppich waren klatschnass, auch der Holzfußboden hatte gelitten. Sie kämpfte eine Weile verzweifelt mit einem verklemmten Fensterflügel, schaffte es endlich, das Fenster zu schließen, und wollte sich gerade daranmachen, das nasse Bettzeug abzuziehen, als ihr Handy in der Hosentasche summte.

Das Gerät war bei ihrem Lauf durch die Meeresbrandung ziemlich feucht geworden, ein Wunder, dass es überhaupt noch funktionierte.

»Kati? Wo steckst du? Doch nicht etwa am Strand?«

Es war Patrik. Wie rührend, er schien sich Sorgen um sie zu machen. In letzter Zeit hatte er in ihren Augen viel gewonnen, vor allem, weil er die klettenhafte Anhänglichkeit abgelegt hatte. Er wohnte in der »Belle Jardinière« in einem Dachzimmerchen, das man extra für ihn frei geräumt und mit Bett und Schrank ausgestattet hatte.

»Aber nein. Ich bin in meinem Zimmer und habe es gerade geschafft, die Fenster zuzumachen.«

»Was? Jetzt erst? O je!«

»Ja, ich werde wohl den Boden wischen und die Matratze trocknen müssen …«

Im Handy war entferntes Stimmengewirr zu vernehmen, vermutlich stand Patrik in der Halle, wo jetzt verschiedene regennasse Touristen ankamen, um eilig ihre Zimmer aufzusuchen.

»Wenn du damit fertig bist, komm rüber zu uns. Armelle und ihre Eltern laden uns zum Essen ein.«

»Uns?«, fragte sie stirnrunzelnd. »Hast du ihnen nicht gesagt …«

»Doch, doch«, beruhigte er sie. »Auf Deutsch, auf Englisch und sogar auf Französisch. Wir sind kein ›couple‹ mehr, sondern ›seulement des amis‹. Korrekt?«

»Kann man so stehen lassen«, knurrte sie. »Na schön, ich komme.«

Sie zog die nassen Betten ab und stieg die Treppe hinunter, um Monsieur Paul die Katastrophe mitzuteilen und schuldbewusst um Eimer und Lappen zu bitten.

»Genau wie meine Tochter«, meinte er kopfschüttelnd. »Wo haben die jungen Leute nur ihren Kopf? In den Wolken, wie? Ja, die Liebe … die Liebe …«

»Halb so wild, Monsieur Paul.«

Als sie endlich in trockener Kleidung und Regenjacke zur »Belle Jardinière« aufbrach, war das Gewitter einem feinen, warmen Nieselregen gewichen. Dichte Nebelschwaden lagen über Meer und Strand, nur hie und da tauchte eines der gestreiften Zelte für einen Moment aus dem Dunst, oder man sah eine

Möwe, die auf einem Pfosten hockte und grämlich vor sich hin starrte. In den Läden drängten sich Touristen, die aus Langeweile allerlei Überflüssiges einkauften, und auch die Cafés, die Crêperien und Restaurants waren gut besucht.

In der »Belle Jardinière« wartete eine Überraschung auf Katharina. Hinter dem Tresen in der Eingangshalle stand Armelle, und neben ihr saß Patrik, eifrig mit dem Hotelcomputer beschäftigt.

»Kathérine! Was für ein Wetter bringen Sie uns«, rief ihr Armelle lachend entgegen. »Aber ich verzeihe es Ihnen, denn Sie haben uns Patrice mitgebracht. Er ist ein wahrer Schatz!«

Der Genannte warf nur einen kurzen Blick auf Katharina, dann versank er wieder im verschlungenen Labyrinth des digitalen Netzwerks. Nur seine Ohren waren ungewöhnlich gerötet.

»Müsste gleich funktionieren«, sagte er in den Bildschirm hinein und hackte auf der Tastatur herum. »Cela fonctionne dans trois minutes …«

»Ach, Patrice – wenn Sie das hinbekommen würden … Wir basteln seit fast einem Jahr daran herum, aber es klappt immer noch nicht …«

»Pas de problème …«

Er hatte einen ganz neuen, selbstbewussten Tonfall, stellte Katharina fest. Und er bemühte sich ernsthaft, Französisch zu lernen.

»Ich dachte, du wolltest deinen Segelschein machen?«

»Später …«, meinte er, ohne sie anzusehen.

Armelle überließ ihren Posten einer Angestellten und führte Katharina in den kleinen Nebenraum, wo schon ihre Eltern auf sie warteten.

»Nehmen Sie doch Platz, Madame. Einen Aperitif? Sherry? Oder einen Cidre?«

»Einen Cidre – gern …«

Man sprach über die Versteigerung. Madame Le Bars, eine agile, zierliche Frau um die fünfzig, bedauerte sehr, letztlich doch nicht den Zuschlag bekommen zu haben. Sie hätte weitergeboten, aber ihr Mann und Armelle hätten sie davor zurückgehalten.

»Es ist schade, Madame von Staden. Wir hatten große Pläne mit Kerbourgh, und Armelle hat schon einiges dort investiert. Sie müssen wissen, dass ein solches Objekt selten ist ...«

Monsieur Le Bars war jedoch der Ansicht, dass dieses Gebäude sie allesamt in den Ruin getrieben hätte. »So ist das mit den alten Kästen«, sagte er entschieden. »Da renoviert man sich zu Tode. Wenn man glaubt, endlich fertig zu sein, dann fällt irgendwo das Dach ein, oder ein Türmchen muss abgestützt werden. Lieber abreißen und neu bauen.«

Armelle war zwar anderer Ansicht, aber Patrik, der sich nun zu ihnen gesellte, unterstützte Armelles Vater. »Une vieille maison – beaucoup de travail. Trop de travail ...«

»Das wird Monsieur Le Cunff auch bald bemerken«, meinte Armelle. »Wie man hört, will er dort einziehen und den Rest des Schlösschens vermieten.«

Man machte sich ein wenig Sorgen um den alten Herrn, der seine gesamte Erbschaft in dieses Haus gesteckt hatte. Er war Lehrer an der École primaire gewesen und vor drei Jahren in den Ruhestand gegangen.

»Oh, er war bisweilen recht streng mit uns«, erzählte Armelle schmunzelnd. »Aber wir liebten ihn trotzdem. Und er liebte uns. Das war es, was zählte. Monsieur Le Cunff mochte seine Schüler, jeden einzelnen. Und er hat sich immer bemüht, gerecht zu sein.«

Seit er im Ruhestand sei, habe er sich ganz und gar der Erforschung seiner Heimat gewidmet. Er hocke nur noch in Archiven herum, um alte Schriften zu lesen.

»Dann passt er ja hervorragend zu dem alten Schlösschen«,

meinte Katharina nachdenklich. »Er wird gewiss sehr liebevoll mit Kerbourgh umgehen.«

Man fand diese Ansicht erheiternd und machte sich über die Vorspeise her. Austern mit Himbeervinaigrette, Fruits de mer, frisch gebackenes Baguette …

»Wir sind sehr froh, dass sich Monsieur Patrice um die Computer kümmert«, sagte Madame Le Bars mit einem mütterlichen Seitenblick auf Patrik, der sich schlürfend eine Auster einverleibte. »Ein so anstelliger junger Mensch. Und so höflich. Er hat versprochen, noch einige Tage zu bleiben …«

»Ach ja?«, staunte Katharina.

Patrik hatte wohl nicht die ganze Lobrede verstanden, den Sinn aber begriffen, denn er wischte sich den Mund mit der blütenweißen Stoffserviette und lächelte seiner Gönnerin dankbar zu.

»Morgen bekommen Sie ein vernünftiges Zimmer«, versprach Armelle. »Servan kann Ewans Sachen mitnehmen, dann sind sie uns nicht mehr im Weg.«

Katharina fing einen besorgten Blick auf, den Monsieur Le Bars zu seiner Tochter hinübersandte. Hatte sie recht begriffen? Ewan hatte hier ein Zimmer belegt, das jetzt geräumt wurde, damit Patrik dort untergebracht werden konnte? Dann schien es Armelle mit der Trennung von Ewan ernst zu sein. Oder wollte sie ihn nur provozieren?

Ausgerechnet Patrik, dachte Katharina, während das Essen seinen Fortgang nahm und Monsieur Le Bars sich über die russischen Touristen aufregte, die keine Manieren hätten. *Was findet sie nur an ihm? Na schön, er versteht etwas von Computern. Aber sonst? Er ist doch ein Langweiler, wie er im Buche steht. Ein Schmarotzer. Hängt die meiste Zeit antriebslos herum, nur wenn es um Autos oder Reisen geht, wird er lebendig. Und im Bett … na ja … wenn er in Fahrt kommt …*

Sie beobachtete ihn jetzt häufig und stellte fest, dass er lebhaft wirkte, die Gespräche verfolgte und sich – trotz mangelnder Französischkenntnisse – immer wieder einmischte. Armelle lächelte ihm verdächtig oft zu, auch sorgte sie dafür, dass die Bedienung ihm die Vorspeisenplatte mehrfach anreichte.

Vielleicht lag es ja an mir, dachte Katharina. Er braucht eine Frau, die ihn auf Trab bringt. Die ihm Aufgaben stellt und sein Selbstbewusstsein stärkt. Das war es wohl, was ihn ganz besonders anturnte. Armelle lobte ihn über den grünen Klee.

Aber warum machte sie sich Gedanken? War sie seine Mutter? Patrik war erwachsen, er musste selbst wissen, was er tat.

Zwischen dem dritten und vierten Gang entführte Patrik das Ehepaar Le Bars ins Büro, um ihnen die Funktionsweise des Computers zu zeigen.

Armelle blieb mit Katharina am Tisch zurück. Nachdenklich trank sie einige Schlucke Wein, zupfte an dem Blumengesteck herum und hob dann den Blick, um Katharina in die Augen zu sehen. »Sie haben vermutlich geglaubt, ich sei wütend auf Sie«, sagte sie leise. »Das war ich auch. Aber es ist vorbei.«

Sie hielt das Rotweinglas an seinem schlanken Stiel und drehte es, sah zu, wie der samtrote Wein im Licht der Kerze funkelte. Auf ihren Zügen lagen Trauer und Resignation.

»Wieso sollte ich Ihnen einen Vorwurf machen?«, fuhr sie fort. »Ewan trägt die Schuld an der ganzen Misere. Er hätte mir längst sagen müssen, wie es um ihn steht. Aber er war zu feige, vielleicht hatte er auch Angst, ich würde das Geld zurückverlangen, das ich ihm geliehen habe. Und nun hat er sein geliebtes Kerbourgh ohnehin verloren …«

Katharina schwieg betroffen und beschränkte sich darauf, von ihrem Wein zu nippen und zuzuhören. Armelle behauptete, schon bei ihrer ersten Begegnung mit Katharina gewusst zu haben, dass Ewan in sie verliebt war.

»Eine Frau spürt so etwas, Kathérine. Ich hätte auf meinen Instinkt hören sollen. Es war passiert. Coup de foudre. Ein Blitz aus heiterem Himmel mitten hinein in sein dummes, romantisches Herz. Dagegen gibt es kein Mittel. Ich hatte ihn verloren.«

»Aber nein …«, murmelte Katharina gequält. »Zu Anfang war es …«

»Ach was!«, unterbrach Armelle sie energisch. »Ich weiß es besser, Kathérine. Von dem Tag an, da er Sie gesehen hatte, war er verändert. Zerstreut. Verkrümelte sich zu seinen Pferden. Lief in der Gegend herum, um nach Ihrer Großmutter zu forschen. Hing ständig an seinem Handy …«

Vom Büro her, das gleich nebenan war, hörte man erstaunte Ausrufe. Patriks Lehrstunde schien dem Ehepaar Le Bars zu gefallen.

»Und außerdem schlief er nicht mehr mit mir«, sagte Armelle mit Nachdruck. »Das gab mir am meisten zu denken.«

Katharina spürte, dass sie errötete, denn sie dachte an die Szene auf dem Dachboden von Kerbourgh. Was hatte er damals behauptet? *Das geht vorüber.*

Eine junge Angestellte trat mit einer üppigen Käseplatte ein und blieb überrascht an der Tür stehen, da drei Plätze am Tisch leer waren. Armelle winkte ihr, die Platte abzustellen.

»Es ist, wie es ist, Kathérine«, sagte sie dann und lehnte sich zurück. »Liebe lässt sich nicht erzwingen, und ich bin nicht die Frau, die einem Mann nachläuft. Nicht einmal einem Ewan Goadec.«

»Wann hat er es Ihnen gesagt?«

Armelle schnaubte ärgerlich durch die Nase. »In der Klinik. Noch auf der Intensivstation. Nun, ich hatte es ja schon geahnt. Aber dann kam Ihr Anruf und Sie behaupteten, keine Absichten auf Ewan zu haben. Da wusste ich dann gar nicht mehr, woran ich war …«

Katharina hoffte inständig, dass Armelles Eltern mit Patrik im Gefolge aus dem Büro kämen, damit sie weiterer Erklärungen enthoben würde. Doch die drei ließen auf sich warten.

»Was ist los mit Ihnen und Ewan«, fragte Armelle und blickte sie forschend an. »Haben Sie Streit?«

»So ähnlich …«

Sie stotterte herum, meinte, dass Ewan wohl der Verkauf von Kerbourgh noch in den Knochen stecke.

»Aber Sie lieben ihn doch, oder?«, fuhr Armelle dazwischen.

»Schon …«, gab Katharina errötend zu. »Es ist nur … Es gab da ein dummes Missverständnis …«

Armelle runzelte fragend die Stirn. Ob es mit ihr zu tun habe? Dann sei sie gern bereit zu vermitteln.

»Das ist sehr lieb«, meinte Katharina gerührt. »Aber es hat nur mit mir zu tun … mit meiner eigenen Dummheit.«

»Ach was«, meinte Armelle mit einer wegwerfenden Handbewegung. »Sie sind nicht dumm, Kathérine. Sie sind ein wenig zurückhaltend, aber sehr klug und überlegt. Genau das, was Ewan braucht. Er ist ein Träumer, wissen Sie? Man muss immer ein wenig auf ihn achtgeben …«

Sie erzählte, dass Madame Goadec sie heute früh angerufen habe. Sie sei in Sorge um Ewan, der seit dem Tag der Versteigerung wie ein ruheloser Geist umherlaufe. Er schliefe nicht im Haus, sondern bei seinen geliebten Pferden, nähme seine Medikamente nicht, habe sich Servans Auto ausgeliehen, um damit in St-Malo herumzufahren.

»Er ist ein ziemlicher Dickschädel, Kathérine. Aber glücklich ist er dabei nicht.«

Ich auch nicht, wollte Katharina bemerken. Doch in diesem Moment kehrte Patrik mit Armelles Eltern an den Tisch zurück, und das Gespräch drehte sich um die enormen Erleichterungen, die sich nun für die Büroarbeit ergaben. Patrik wurde nicht müde, immer wieder neue Funktionen zu erklären, er radebrechte auf Englisch und Französisch, bat Katharina ein ums andere Mal zu übersetzen und aß dabei eine große Menge Käse mit frischem Baguette.

Katharina war jetzt der Appetit endgültig vergangen. Ein Dickschädel, ein bretonischer. Ach, das wusste sie ja. Aber er schien sich hilflos in seinen Zorn verrannt zu haben und nichts als Unsinn anzustellen.

*

Dies ist die Mailbox von … Ewan Goadec … Ihr Anruf kann zurzeit leider nicht entgegengenommen werden. Sie haben aber die Möglichkeit, eine Nachricht zu hinterlassen …

Ewan, es tut mir leid. Ich habe mich geirrt. Aber … ich liebe dich, Ewan. Ich liebe dich. Melde dich doch. Bitte …

Dies ist die Mailbox von … Ewan Goadec … Ihr Anruf kann zurzeit leider nicht entgegengenommen werden. Sie haben aber die Möglichkeit, eine Nachricht zu hinterlassen …

Warum bist du so stur? Ich habe dich heute früh bei Monsieur Paul gesehen. Als ich ins Bistro trat, bist du Hals über Kopf geflüchtet. Warum gehst du einem Gespräch aus dem Weg? Ich habe dir gesagt, dass es mir leidtut. Dass ich dich liebe. Was willst du noch hören? Dass ich vermutlich ein Disziplinarverfahren an den Hals bekomme, weil ich unentschuldigt in der Schule fehle? Dass mir mein Job vollkommen egal ist? Dass ich mein ganzes Leben auf den Kopf gestellt habe? Gib uns eine zweite Chance, Ewan. Bitte!

Dies ist die Mailbox von … Ewan Goadec … Ihr Anruf kann zurzeit leider nicht entgegengenommen werden. Sie haben aber die Möglichkeit, eine Nachricht zu hinterlassen …

Ich sitze hier seit zwei Tagen und warte auf eine Antwort. Was ist los? Hörst du deine Mailbox nicht ab? Willst du mich am ausgestreckten Arm verhungern lassen? Warum meldest du dich nicht? Ich habe meinem Schulleiter heute gesagt, dass er mich vom Dienst suspendieren soll. Ich bleibe hier. Es ist mir ganz egal, was sie mit mir machen. Monsieur Paul hat mir verraten, dass du gestern Abend nach mir gefragt hast. Wieso bist du nicht zu mir heraufgekommen? Willst du nicht mit mir sprechen? Hast du Angst vor mir? Wieso schleichst du um mich herum und weichst mir aus?

Dies ist die Mailbox von … Ewan Goadec … Ihr Anruf kann zurzeit leider nicht entgegengenommen werden. Sie haben aber die Möglichkeit, eine Nachricht zu hinterlassen …

Na schön, Ewan Goadec. Ich habe verstanden. Kerbourgh ist verkauft – was willst du also noch mit einer langweiligen, deutschen Lehrerin? Ich hätte es gleich wissen müssen. Aber ich liebe dich, ich dummes Huhn. Leider liebe ich dich. Auch wenn du ein verdammter Heiratsschwindler bist.

*

Es sei der Ruhestand, hatte Monsieur Le Cunff ihr erklärt. Früher sei er Marathon gelaufen, habe an Schwimmwettbewerben teilgenommen – man habe seine sportliche Statur bewundert. Bis zu seiner Pensionierung habe er seine Figur gehalten, danach aber …

»Das gute Leben, Madame. Spät am Abend noch ein Glas Wein, dazu einen oder zwei dieser Kekse, die meine Haushälterin bäckt. Und das Ausschlafen am Morgen. Das ist mein Ruin …«

Er strich mit der flachen Hand über das kleine Bäuchlein und schüttelte unzufrieden den Kopf. Die Gartenarbeit würde ihm guttun. Hinter dem Schlösschen habe es in früheren Zeiten einen umfangreichen Gemüsegarten gegeben. Den gedenke er, neu anzulegen.

»Eine wundervolle Idee, Monsieur Le Cunff!«

Es war ein sonniger Tag, nur hie und da trieb der Wind eine durchscheinende Wolkenschicht über den Himmel, weißlich, wie flach gezupfte Wolle. Kerbourgh stand schön und einsam auf seinem Hügel, die Käufer und Schaulustigen, die neugierigen Gaffer und Geschäftemacher waren abgereist, nur einige Reifenabdrücke in den Wiesen erinnerten noch an die Invasion.

»Kommen Sie, Madame von Staden. Hier ist es. Das Gras ist darübergewachsen, aber man sieht noch die verrosteten Stäbe. Sie haben sie abgesägt, sehen Sie?«

Katharina folgte ihm durch das morgenfeuchte Gras, das ihre Turnschuhe im Nu durchnässte. Monsieur Le Cunff hatte einen trockenen Zweig aus der Hecke gebrochen und stocherte damit in der Wiese herum. Tatsächlich, da war ein rostiger Eisenstab in den Boden eingelassen.

»Und hier ebenfalls, Madame. Drei Schritte zur Hecke hin finden wir den dritten und gleich dort den vierten. Es gab eine kniehohe schmiedeeiserne Einfriedung. Leider hat der Vater des Letzten de Morand sie absägen lassen und bei dieser Gelegenheit wohl auch das Kreuz mit dem Namensschild entfernt. Seine Frau fand dieses Grab unheimlich, sie wollte es nicht sehen.«

Er zog sein Taschentuch heraus, um sich die Stirn zu wischen, nahm auch die Brille ab und zwinkerte dabei. Der Wind kam vom Landesinneren, ein warmer, sommerlicher Wind, der den Geruch von Heu und feuchter Erde mit sich führte.

»Und wer liegt hier begraben?«, fragte Katharina beklommen.

Monsieur Le Cunff setzte seine Brille wieder auf und rückte sie umständlich zurecht. Er schien es zu genießen, sein Wissen weiterzugeben.

»Soweit ich erfahren konnte, liegen hier drei Personen begraben. Sophie und Pierrik de Morand, die 1943 von den Deutschen erschossen wurden. Außerdem ihre Tochter Marie-Anne de Morand.«

»Also hatte Alan de Morand eine Schwester? Wurde sie ebenfalls erschossen?«

»Nein, Madame«, sagte er und warf den trockenen Zweig unter eine windgebeugte Zeder. »Sie hat Selbstmord verübt – warum, das habe ich nicht erfahren können. Aber der Priester weigerte sich, sie auf dem Friedhof beizusetzen, und daher wurde sie hier, bei ihren Eltern, begraben. Gott sei ihrer armen Seele gnädig.«

»Amen«, flüsterte Katharina.

Es waren ihre Urgroßeltern, die hier lagen. Von deutschen Wehrmachtssoldaten ermordet. Und ihre Großtante, Marie-Anne.

»Gehen wir hinauf?«, fragte Le Cunff und wies mit einer Kopfbewegung zum Schlösschen hoch. »Dort oben gibt es einen langen Tisch, da kann ich Ihnen die Pläne zeigen, die ich gefunden habe.«

Sie stiegen die Treppe aus Granitsteinen hinauf, und Katharina erfuhr, dass der Aufgang in früheren Zeiten von einer Buchsbaumhecke eingerahmt gewesen war. Oben lag allerlei Müll herum, die Besucher hatten Bonbonpapiere, Getränkedosen und eine Pralinenschachtel neben den leeren Farbeimern entsorgt, außerdem fanden sich zwei nasse, gefaltete Papierflieger im Gras.

»Nächste Woche kommt jemand von der Telefongesellschaft«, meinte Le Cunff, während er sich mühte, das verrostete Türschloss aufzuschließen. »Und drüben das Nebengebäude wird entrümpelt. Ich habe schon die Maurer bestellt. Ein vernünftiger Fußboden und eine Heizung, neue Fenster und die Wände verputzen. Solide ist das Gebäude ja …«

Der große Saal leuchtete. Ungehindert schien die Augustsonne durch die Fenster, und die hell gestrichenen Wände reflektierten das Licht.

»Hier kann man es auch während der tristen Jahreszeit aushalten«, meinte Le Cunff. »Ob der Kamin allerdings genügend Wärme für den großen Raum produziert, das möchte ich bezweifeln …«

Er zog einen Plan aus der Innentasche seiner Jacke, entfaltete ihn und breitete ihn auf dem langen Tisch aus. Man sah den Park, so wie er im 19. Jahrhundert angelegt gewesen war: ein englischer Garten mit Ulmen und Buchen, ein Schwanenteich, von schlanken Trauerweiden umgeben, dazwischen kleine Statuen, halb im Gezweig verborgen, Nymphen, Fischwesen, ein fetter Meeresgott, auf einem Walfisch reitend …

»Es ist nicht viel davon übrig«, seufzte er. »Auch die Statuen hat der Zahn der Zeit hinweggenommen. Drüben im Nebenhaus habe ich eine beschädigte Meerjungfrau entdeckt, vielleicht könnte man sie restaurieren …«

Katharina nickte und sah zum Fenster hinaus. Wiesen und Felder, so weit das Auge reichte, in der Ferne ein Waldgebiet. Dort sollte es Steinkreise geben, den Touristen erzählte man, König Artus habe hier seine Tafelrunde gehalten. Man konnte die Pferde sehen, auch den Schimmel, den Ewan neulich am Strand geritten hatte. Ein schönes Tier mit langer, seidiger Mähne. Ob Morgane, die schöne Verführerin, auf einem solchen Pferd gesessen hatte?

»Wie ich hörte, besitzen Sie Aquarelle von Kerbourgh, die Ihre Großmutter gemalt hat«, sagte Le Cunff, dem ihr Blick nicht entgangen war. »Es wäre sicher interessant zu sehen, in welchem Zustand sich das Anwesen in den vierziger Jahren befand. Ich vermute, dass es zu dieser Zeit noch recht gepflegt war …«

Er zog sich einen Stuhl herbei und setzte sich. Blinzelte in die Sonnenstrahlen und nahm die Brille ab, um sie nochmals zu putzen. Er hatte kleine, dunkle Augen, mit denen er fortwährend zwinkerte. Monsieur Paul hatte ihr erzählt, dass Le Cunff in ärmlichen Verhältnissen groß geworden war. Sein Vater war Polizist gewesen, er hatte nach der Befreiung 1944 fliehen müssen und war nie wieder in der Gegend gesehen worden. So hatte Madame Le Cunff ihre drei Kinder allein durchbringen müssen.

»Es hat mir keine Ruhe gelassen«, sagte Le Cunff und faltete die Hände über seinem Bäuchlein. »So ein großer, schöner Besitz, und man lässt ihn so verkommen. Gewiss, da war der Krieg. Schicksale haben sich abgespielt. Menschen wurden ermordet. Auseinandergerissen. Niemand kann etwas dafür …«

Katharina wollte ihn unterbrechen, denn sie war der Ansicht, dass es durchaus Schuldige gab. Doch er ließ sie nicht zu Wort kommen. »Der Besitz war wohl schon sehr lange mit Schulden belastet, aber erst unter den beiden Söhnen des Alan de Morand begann der Niedergang. Dass Kerbourgh damals noch nicht unter den Hammer kam, lag daran, dass jemand ihre Schulden beglich. Jahrelang haben sie von fremdem Geld gelebt und sich weder um die Pferdezucht noch um die Landwirtschaft gekümmert.«

»Ach …«, meinte Katharina mit der Miene einer braven Schülerin. Hatte ihr nicht Madame Goadec Ähnliches erzählt?

»Und wissen Sie, wer dieser ominöse Geldgeber war?« Monsieur Le Cunff spitzte den Mund und blickte sie triumphierend hinter den frisch geputzten Brillengläsern an.

»Keine Ahnung …«

»Es war Margot von Staden. Ihre Großmutter.«

»Was?«

Er hatte es per Zufall herausgefunden. Ein Treffen alter Klassenkameraden, man schwatzte über dieses und jenes, und er erzählte von seinem ehemaligen Schüler Ewan Goadec, der sich plötzlich für eine gewisse Margot de Morand interessierte. Die Ehefrau von Alan de Morand, eine Jüdin, die vermutlich im Jahr 1943 nach Auschwitz deportiert worden war.

»Und da sagte mir Conan Brelivet, das wäre seine Nachbarin gewesen. Na, ich habe erst geglaubt, er habe zu viel Cidre gehabt, aber nein, es war die Wahrheit.«

Jetzt brauchte auch Katharina einen Stuhl, denn was der alte Lehrer ihr erzählte, war die Aufdeckung eines lang gehegten Familiengeheimnisses. Was für eine Geschichte! Der Krieg hatte sie auseinandergerissen, sie hatten einander für tot gehalten und beide jemand anderen wieder geheiratet. Und als August von Staden gestorben war, hatte ihre Großmutter das Gut im Oldenburgischen verkauft und war in die Bretagne gezogen. Zu ihrem ersten Ehemann, Alan de Morand.

»Die beiden müssen sehr glücklich miteinander gewesen sein. Sie bewohnten ein kleines Häuschen in St-Lupin sur mer, etwa zwanzig Kilometer von hier …«

St-Lupin sur mer? Von diesem Ort war doch kürzlich in irgendeinem Zusammenhang gesprochen worden? Was war das noch gewesen?

»Sie hat viel gemalt, saß immer in ein wollenes Tuch eingewickelt am Meer mit ihrem Block und den Farben. Einmal ist sie nach Deutschland gefahren, aber nur für drei Tage. Weil sie ihre Enkelin sehen wollte. Über ihre Kinder hat sie nie gesprochen …«

Margot de Morand, wie sie sich hier wieder nannte, hatte nicht nur Alans Söhne mit Geld unterstützt. Sie half auch Familien, deren Väter auf See ums Leben gekommen waren, später unterstützte sie arbeitslos gewordene Fischer. Angeblich gab sie auch ihren Töchtern Geld, nur der Sohn hatte keinen Sous von ihr annehmen wollen.

»Alan de Morand ist 1997 gestorben. Sie hat ihn auf dem Friedhof von St-Lupin beerdigen lassen. Aber damit ist die Geschichte noch keineswegs zu Ende, Madame.«

Er strahlte förmlich vor Begeisterung. Ja, die Erforschung der Vergangenheit sei eine merkwürdige Sache. Mal saß man wochenlang über Aktenbergen und war danach genau so schlau vorher. Und dann gab es Momente, da purzelten die Erken nisse förmlich übereinander her.

»Was noch?«, fragte sie atemlos.

»Die letzten Jahre hat sie nicht allein verbracht. Sie hatte eine treuen Begleiter, der sich liebevoll um sie kümmerte. Ich denke mal, er hat sein Leben lang auf dieses späte Glück gehofft …«

Du liebe Zeit, dachte Katharina. *Da muss sie schon weit über siebzig gewesen sein.*

»Und wer war das?«

»Malo Goadec, der älteste Sohn von Swana und Loan Goadec. Er hat nie geheiratet. Möglich, dass er sich schon als Junge in die hübsche Ehefrau des Alan de Morand verliebt hat.« Onkel Malo – natürlich! Von dem hatte doch Ewans Mutter erzählt. »Er blieb sieben Jahre bei ihr, bis zu ihrem Tod. Er hat auch dafür gesorgt, dass sie neben Alan de Morand beerdigt wurde. Die Aquarelle und ein paar Andenken hatte sie in eine Kiste gepackt, die sollte Malo ihrem Sohn nach Deutschland schicken. Was er wohl auch brav getan hat …«

Er schwatzte noch ein wenig über das Verhältnis der Goadec zu den de Morand, das ein ganz besonderes sei. Die Goadec wären seinerzeit arme Bauern gewesen, als sie jedoch im 19. Jahrhundert in die Dienste der de Morand traten, ging es aufwärts mit ihnen. Sie kamen zu Geld, konnten ein Haus bauen, Grund und Boden erwerben. Deshalb hätten sie wohl auch so lange an ihrer Herrschaft gehangen, selbst später, als dort alles drunter und drüber ging.

»Ihre Großmutter war eine de Morand«, meinte er schmunzelnd. »Wenn auch nur angeheiratet.«

»Ja«, gab sie lächelnd zurück. »Aber auch mein Großvater war ein de Morand. Mein Vater war Alans Sohn.«

»Donnerwetter!«, rief er und schlug die Hände auf die Knie. »Dann wird mir einiges klar.«

»Es musste so sein«, sagte sie. »Ich konnte gar nicht anders.«

Er nickte und musste schon wieder seine Brille putzen. Dieses Mal dauerte es ein wenig länger, er schien tatsächlich gerührt.

»Dann lassen Sie uns jetzt hinüber nach St-Malo fahren«, meinte er und blinzelte sie an. Ein wenig erinnerte er an einen Maulwurf, fand sie. Einen freundlichen Maulwurf. »Es wird Zeit, dass wir die Geschichte mit der Bank regeln, sonst bleibe ich am Ende noch auf Kerbourgh hängen.«

Sie lachte ihn aus und behauptete, er sei ein großartiger Strohmann gewesen.

»Einmal und nie wieder«, knurrte er. »Ich habe noch nie in meinem Leben so geschwitzt wie bei dieser Versteigerung.«

Als sie das Bistro betrat, winkte sie Monsieur Paul zu sich an den Tresen. Er grinste hintergründig und meinte, sie solle vorsichtig sein, wenn sie hinauf zu ihrem Zimmer stiege. Da sei etwas im Weg, ein ordentlicher Brocken. Schwer wie Blei und alt wie die Bretagne.

Sie starrte ihn ratlos an. Ob er ihr einen Granitfels vor die Zimmertür gelegt habe.

»Gar nicht schlecht geraten … aber scharf daneben ist auch vorbei, Madame Kathérine …«

Quer vor ihrer Zimmertür stand eine Truhe. Sie stolperte die letzten Treppenstufen hinauf und kniete vor dem Möbelstück nieder. Sie war es! Da waren die Schnitzereien in den quadratischen Kassetten, die Geburt Christi, die Heiligen Drei Könige und auch der Pferdewagen, die Engelsköpfchen … Sie fuhr mit den Händen an den Schnitzereien entlang, ärgerte sich, dass der Flur so dämmrig war, und öffnete ihre Zimmertür, um mehr Licht zu bekommen. Da war das Wappen der de Morand, das »M«, von Eichenlaub umschlungen. Das Wappen, das ihr Vater nie hatte führen wollen.

Jemand hatte das zerschlagene Möbelstück in mühseliger

Kleinarbeit wieder zusammengefügt. Nur die Rückwand war ersetzt worden, das alte Truhenschloss aber war intakt, es steckte sogar ein Schlüssel darin, der sich ohne Mühe umdrehen ließ. Neugierig klappte sie den Deckel hoch. Die Truhe war vollgestopft mit allerlei altem Kram: die Reste eines Spinnrads, alte Türbeschläge aus Messing, eine Vase aus Porzellan, zwei schön bemalte Teller, drei Suppenlöffel aus Silber, die ebenfalls das Monogramm der de Morand trugen, und mehrere alte Folianten, in braunes Leder gebunden. Chateaubriand. Die Briefe der Madame de Sévigné. Ein Band Corneille. Und sogar eine alte Gesamtausgabe der Theaterstücke von Molière. In allen Büchern war mit altertümlicher Schrift vermerkt, dass sie Eigentum von Sophie de Morand seien.

Überwältigt legte sie die Bücher zurück in die Truhe und bemerkte jetzt erst den weißen Umschlag, den jemand an die Innenseite des Truhendeckels geklebt hatte.

»Für Kathérine …«

Mit fahrigen Händen löste sie den Umschlag ab, öffnete ihn, zog einen Brief heraus. Handgeschrieben mit rascher, ungeduldiger Schrift.

Kathérine,
ich fange diesen Brief jetzt zum dritten Mal an und werde ihn dieses Mal beenden, ganz gleich, welchen Mist ich verzapfe. Mit der Arbeit an dieser Truhe habe ich am gleichen Tag angefangen, als Du so überstürzt zurück nach Deutschland gefahren bist. Weshalb ich diese Verrücktheit beging – keine Ahnung. Vielleicht war es das schlechte Gewissen. Ich bin zurück auf den Dachboden gestiegen, habe mir verdammte Vorwürfe gemacht, dass ich wieder mal zu rasch, zu unüberlegt gewesen bin und jetzt in deinen Augen als ein gewissenloser Verführer dastehe. Dann habe ich angefangen, die Holzstücke einzusammeln, und sie hinüber in den Pferdestall gebracht.

Ehrlich gesagt: Es war eine verfluchte Puzzlearbeit, und ich würde es auf keinen Fall noch einmal tun.
Ich habe es für Dich getan, Kathérine. Weil ich Dir beweisen wollte, dass ich auch geduldig und hartnäckig sein kann. Ich gestehe gern, dass ich wohl hundert Mal kurz davor war, das Zeug gegen die Wand zu werfen. Aber ich habe es fertig gestellt, nur die Rückwand musste ich ersetzen.
Diese Truhe soll Dir gehören, Kathérine. Ein Andenken an Deine Großmutter, die eine de Morand gewesen ist. Das Zeug, das darin liegt, sind ein paar Reste, die ich für Dich aus Kerbourgh gerettet habe. Inzwischen habe ich alle Schlüssel an Monsieur Le Cunff ausgehändigt – das Kapitel »Kerbourgh« ist für mich zu Ende.
Jawohl, es ist vorbei. Ich bin von meiner Verrücktheit geheilt. Ich brauche dieses Schloss nicht, mir sind meine Pferde und einige Weiden geblieben, damit bin ich glücklich und zufrieden. Basta.
Ich habe meine Mailbox sehr wohl abgehört.
Wenn Du es wissen willst – ich höre sie immer wieder ab. Alles, was du sagst. Jedes Wort. Immer wieder von vorn.
Deine letzte Nachricht ist eine Frechheit!
Ich liebe Dich.
Dein Heiratsschwindler

*

Das Meer lag still unter einem wolkenlosen Himmel. Sacht krochen die durchsichtigen Wellen über den Sand, schoben sich fast unmerklich immer ein wenig näher zur Küste, nur hie und da trugen sie ein klein wenig Schaum, der im weißen Sand sogleich verging. Draußen in der Bucht schlummerten braune Granitungeheuer, von kristallklaren, blauen Fluten in den Schlaf gewiegt.

Katharina saß im Sand, stützte den Malblock mit den Knien ab und lehnte den Rücken gegen den sonnengewärmten Fels.

»Solche Tage gibt es hier höchstens zwei- oder dreimal im Jahr«, hatte Monsieur Paul gesagt. »Da sieht man von den Landspitzen mit bloßem Auge bis hinüber nach England, so klar ist die Luft.«

Er wusste stets über das Wetter und den Zustand des Meeres Bescheid, ihr netter Vermieter. Und das, obgleich sie ihn noch kein einziges Mal am Strand gesehen hatte. Sie tupfte ein wenig Grün auf die Küstenlinie und sah mit kritischen Augen, wie Wasser und Farbe auf dem Papier arbeiteten. Zu viel Wasser, dachte sie bekümmert. Weshalb schaffe ich es immer noch nicht, solch perfekte Bilder wie meine Großmutter zu malen? Ach, ich habe meine Zeit verbummelt. Mit solchem Blödsinn wie Studium, Referendariat, Schuldienst …

Sie kicherte vor sich hin. Gestern hatte sie schriftlich ihrem Vermieter in Frankfurt gekündigt, ihre Entlassung aus dem Schuldienst war auf dem Weg. Wie gut, dass ihre Mutter das alles nicht mehr mitbekam, sie war so stolz darauf gewesen, dass ihr Kind Beamtin auf Lebenszeit war. Ihre Ersparnisse und der Rest der Erbschaft würden noch ein paar Monate zum Leben reichen, was danach kam, lag im Reich der Hoffnungen und Möglichkeiten.

Sie lehnte sich zurück und spürte den Fels im Rücken, die kraftvolle Ruhe dieses Steins, der seit Jahrtausenden an der gleichen Stelle lag, den anstürmenden Fluten trotzte und zugleich von ihnen geformt wurde. Hatte Margot hier gesessen? War es dieser Fels, der einem menschlichen Gesicht glich, den sie gemalt hatte? Oder ein anderer? Katharina schloss die Augen und stellte sich eine zarte Gestalt vor, in eine Decke gewickelt auf einem Stuhl sitzend, einen Malblock vor sich, ein Wasserglas, Farben … Wie schade, dass sie sie niemals kennengelernt hatte! Ach, sie hätte sie so vieles fragen wollen. Ihr zuhören. Zuschauen, wie sie malte. Wie sie über das Meer blickte und die Farbe des Wassers mischte …

Kalte Tröpfchen sprühten über ihr Gesicht, ein Schwall Meerwasser ergoss sich über ihre nackten Füße. Sie riss die Augen auf und blickte in ein zornrotes Gesicht.

»Du hast es gekauft!«

Er schleuderte ihr diesen Satz entgegen, trat dann noch einmal mit dem Fuß in die herbeieilende Welle und erzeugte einen neuen Sprühregen aus salzigem Meerwasser. Sie versuchte, ihren Malblock in Sicherheit zu bringen, doch es war zu spät, die Farben schwammen schon in runden Flecken auseinander.

»Wie schön, dass du dich endlich einmal zeigst, Ewan Goadec«, stellte sie lächelnd fest und hatte große Mühe, sich zur Ruhe zu zwingen.

Er trug nur die knielange Jeans am Körper, eine vermutlich eigenhändig gekürzte Kreation, die an den Rändern ziemlich ausfranste. Sein nackter Oberkörper war bronzefarben und glatt, zwei rötliche Linien, kaum verheilte Narben, waren von dem Unfall geblieben.

»Wieso hast du mir das verschwiegen?«, schimpfte er weiter. »Die ganze Gegend weiß es schon, nur ich Idiot habe es erst heute erfahren. Wie stehe ich denn da? Wie soll ich überhaupt noch …«

Er brach ab und machte eine hilflose Geste mit den Armen.

»Was regst du dich auf? Sagtest du nicht, dass Kerbourgh dir inzwischen gleichgültig sei?«

Er starrte sie böse an, fuhr sich dann durch das Haar und behauptete, so etwas nie gesagt zu haben.

»Aber geschrieben hast du es mir …«

»Mag sein«, knurrte er. »Gib mir mildernde Umstände. Es war mitten in der Nacht, und ich war vor Sehnsucht nach dir halb verrückt …«

»Ist das wahr?«

Er näherte sich, setzte sich dicht vor ihr auf den Fels und starrte sie an. Die kleinen Wellen schwappten jetzt über ihre Zehen, die Flut kam heute langsam und in vollkommener Stille.

»Ja, das ist wahr«, gestand er. »Lustig, wie? Der verliebte Heiratsschwindler. Der miese Kerl, der nur Kerbourgh im Kopf hatte und diesen Kopf jetzt vor Liebe verliert ...«

»Hör endlich auf damit! Ich weiß doch, dass es nicht stimmt. Ich dachte nur ...«

Sie stockte und rutschte ein wenig höher auf den Fels hinauf, damit ihre Füße im Trockenen waren.

»Was dachtest du?«

Sie hatte nun einmal damit angefangen und musste Farbe bekennen. Auch wenn es peinlich war.

»Ich dachte ... ich dachte, dass du eine wie mich doch gar nicht lieben kannst. Ich bin weder hübsch noch verführerisch, ich habe nichts von Armelle an mir ...«

Seine Augen weiteten sich, während sie sprach, als hätte er etwas vollkommen Neues, Unbegreifliches erfahren. Er stand auf und stieg zu ihr hinüber, hockte sich vor sie hin und nahm ihr den Malblock fort, fasste ihre Hände.

»Das hast du wirklich gedacht, Kathérine?«, sagte er zärtlich. »Hast du eigentlich niemals in den Spiegel gesehen?«

Sie schwieg, kam sich schrecklich lächerlich vor, und dennoch war sie gierig nach seinen Worten.

»Du bist die, von der ich immer geträumt habe, Kathérine. Ich sah dich durch den Park von Kerbourgh gehen. Auf dem Turm sah ich dich stehen, dein Haar wehte im Wind. Du hast an dem langen Tisch vor dem Kamin gesessen und schautest mir entgegen. Lach mich ruhig aus, aber als wir uns im Frühjahr begegneten, da kannte ich dich längst ...«

Sie sog diese Sätze in sich hinein, sie taten wohl und waren doch zugleich fürchterlich schwülstig.

»Du bist ein Schwätzer, Ewan Goadec«, sagte sie zärtlich.

»Ja«, gab er bereitwillig zurück und setzte sich neben sie, um endlich den Arm um sie zu legen. »Wir Goadec kämpfen mit allen Mitteln, wenn wir eine Frau erobern wollen …«

Seine Lippen umschlossen ihre Ohrmuschel, und sie schrie leise auf, denn sie hörte das Rauschen und Glucksen des Meeres. Er lachte sie aus, zog sie dichter an sich, küsste ihre Wangen, ihre Schläfen, folgte mit dem Mund ihrem Haaransatz und behauptete, ihre Haut schmecke salzig wie die einer echten Bretonin.

»Ich hatte mir alles so schön zurechtgelegt«, sagte er grimmig. »Eine Reitschule aufmachen. Ich habe schon angefangen, zwei Zimmer in unserem Haus zu renovieren. Es ist Platz genug, weil Servan und Enora bald nach St-Malo ziehen …«

Er hatte tatsächlich Pläne für eine gemeinsame Zukunft gemacht.

»Aber das ist doch wunderbar … Monsieur Le Cunff wird das Nebengebäude von Kerbourgh renovieren und dort einziehen. Und wenn Kerbourgh instand gesetzt ist, dann will ich Künstler einladen. Maler, Musiker, Schriftsteller … Es soll ein Ort der Kunst werden, verstehst du? Der Park wird voller verrückter Statuen sein, und aus den Zimmern wird Musik erschallen …«

Er fand diese Idee wunderbar. Da könnte er Reittouren durch die Wälder anbieten, Besuche bei Artus' Tafelrunde, nächtliche Fackelzüge an Dolmen und Steinkreisen vorbei …

Leise und zärtlich war die Flut gekommen, hatte den braunen Fels, auf dem sie saßen, ganz und gar umspült und stieg an ihm empor, netzte und koste den harten Stein, schwappte mit kleinen Glucksern um die Beine des Liebespaares, das dort oben eng umschlungen hockte, sich selbst und die Welt vergessend.

Es war sanft gestimmt an diesem Tag, das Meer. Leise ging sein Atem, es hörte dem Geschwätz der beiden Liebenden zu und strich sacht über ihre nackte Haut. Unten auf dem Grund in dunkler Bläue lagen seine Ungeheuer in tiefem Schlaf.

Große Gefühle auf einem englischen Land-sitz

Kathryn Taylor
DARINGHAM HALL
- DAS ERBE
Roman
336 Seiten
ISBN 978-3-404-17137-8

Die junge Tierärztin Kate mag ihr ruhiges Leben in Salter's End, einem beschaulichen Dorf in East Anglia. Ein besonders enges Verhältnis pflegt sie zur ansässigen Gutsbesitzerfamilie, den Camdens von Daringham Hall. Doch eines Tages taucht ein Fremder im Ort auf, der durch einen Unfall sein Gedächtnis verloren hat. Kate nimmt den attraktiven Mann bei sich auf und verliebt sich bald rettungslos in ihn. Schon wagt sie zu glauben, dass er ihre Gefühle erwidert - da stellt sich heraus, dass er Ben Sterling ist, der eigentliche Erbe von Daringham Hall. Und er hat schon vor langer Zeit Rache an der Familie geschworen, die seine schwangere Mutter damals so abrupt vor die Tür setzte …

Bastei Lübbe